A E
&I

En tiempo de prodigios

Autores Españoles e Iberoamericanos

Marta Rivera de la Cruz

En tiempo de prodigios

Finalista Premio Planeta
2006

Planeta

Diagonal, 662-664, 08034 Barcelona (España)

Primera edición: noviembre de 2006

Depósito Legal: B. 47.465-2006

ISBN-13: 978-84-08-06901-0
ISBN-10: 84-08-06901-2

Composición: Foinsa-Edifilm, S. L.

Impresión y encuadernación: Cayfosa-Quebecor, S. A.

Printed in Spain- Impreso en España

A la sonrisa de mi madre.
A la mirada de mi madre.
A mi madre, que sigue estando aquí

Si bien es cierto que vivimos tiempos crueles, también es cierto que estamos en tiempo de prodigios.

SERGIO PITOL, *El arte de la fuga*

Las peores aflicciones son las que nos causamos a nosotros mismos.

SÓFOCLES, *Edipo Rey*

PRIMERA PARTE

Cuando nos hicimos esta foto, mi madre ya estaba enferma. Nosotros no lo sabíamos, y siempre supuse que ella tampoco. Pero ahora, cada vez que veo el retrato, me pregunto si mi madre ignoraba realmente que la desgracia nos estaba acechando o si ya había notado las primeras señales de su mal, y nos lo ocultó a todos por sentirse incapaz de interrumpir la bonanza que caracterizaba nuestra vida.

Es una foto preciosa. La tomamos el día de la boda de mi hermana, poco antes de salir hacia la iglesia. Estamos muy serios, en parte por la solemnidad del momento, en parte porque el cielo llevaba dos horas amenazando lluvia y justo en el instante de hacer la foto cayeron las primeras gotas de lo que acabaría siendo un aguacero descomunal. Por eso teníamos todos el gesto grave. Todos menos mi madre, que sonreía a la cámara luciendo una expresión muy suya, con la boca apretada y los ojos pacíficos irradiando luz, como si quisiese decirnos que todo iba bien, que nada estaba perdido por completo, que ni siquiera el diluvio universal podría estropearnos la fiesta de la boda. Ésa era su forma de enfrentarse al mundo: con una confianza suprema en el futuro, con un optimismo que acababa por volverse contagioso y que fue, creo, la razón fundamental por la que se ganó el amor de tanta gente. La vida está llena de personas que no creen en nada, y si de pronto se nos cruza en el camino alguien capaz de tener fe en cualquier cosa buena, el instinto de supervivencia nos empuja a acercarnos a ella, a buscar refugio a su lado. Yo ni siquiera tuve que buscar ese refugio. Era mi madre, y pasé toda mi vida alimentándome de su luz particular, una luz que iluminaba hasta las cosas más mezquinas, aquellas que pese a las mejores intenciones no podemos evitar que nos salgan al paso en algún momento de nuestra historia.

Mi madre conservó esa luz durante casi toda su enfermedad. Un día la perdió, y entonces supe que le quedaba muy poco tiempo de vida. No creo que vuelva a ver una luz así en la mirada de nadie. Supongo que es un sello distintivo de algunos seres excepcionales, de esos que pasan por el mundo con el objetivo secreto de convertirlo en un lugar mejor. Los dioses conceden entonces una luz especial a su mirada, a lo mejor para que puedan reconocerse entre ellos, o quizá para distinguirlos al primer golpe de vista del resto de nosotros.

Es terrible pensar que, mientras nos tomaban aquella foto (creo que una de las últimas que nos hicimos los cinco juntos), la desdicha estaba ahí, agazapada, esperando el mejor momento para extender sus alas negras y cubrirlo todo con una sombra espesa. Eso fue lo que sentí cuando murió mi madre. Que había llegado una época de sombras. Que íbamos a pasar el resto de nuestros días añorando su luz, la luz que iluminó aquel retrato hecho en una tarde de tormenta, al filo del agua, unos minutos antes de que el cielo se rompiera en un jaleo de truenos y relámpagos que hizo temblar la capilla nupcial del mismo modo que un año después la enfermedad de mi madre haría que se tambalearan las vidas de todos nosotros.

Tenía la foto entre las manos cuando recibí la llamada de Elena. Elena vive en Nueva York desde hace nueve años, lo que no impide que hayamos mantenido una amistad entrañable capaz de sobrevivir a una distancia de siete horas de vuelo y a la más completa informalidad de ambas, que olvidamos los cumpleaños mutuos y el resto de las fechas señaladas que utiliza la gente para mantener el contacto con los seres queridos. En compensación, intercambiamos larguísimos correos electrónicos cuyo fluir se interrumpe abruptamente, a veces por puro despiste, o tras muchas semanas de desconexión nos llamamos sin motivo y permanecemos al teléfono más tiempo del que recomiendan el sentido común y los rudimentos de la economía doméstica. Así que cuando aquella tarde vi el número de Elena en la pantalla de mi móvil tras haber pasado un mes y medio sin recibir noticias suyas, sólo pensé que se avecinaba una de nuestras conversaciones de puesta al día. Sin embargo, después de los saludos rituales y de la obligada mención a mi estado de ánimo tras mi reciente orfandad, me di cuenta de que la voz de Elena tenía un tono apremiante que me resultaba desconocido, como si quisiese pasar por encima de cualquier fórmula de afecto para llegar a una cuestión fundamental que no sabía cómo atacar.

—Tengo que pedirte un favor... —dijo al fin, y me sentí aliviada. Así que sólo era eso...—. Caramba, no sé ni por dónde empezar... Se trata de mi padre. Tiene una enfermedad rara... de esas que nadie investiga porque no son rentables. Algo degenerativo que ni siquiera tiene nombre. Mi madre y él llevan semanas peregrinando por media docena de hospitales, y los médicos se limitan a encogerse de hombros y a decir que es un caso muy raro, que en España sólo hay cincuenta enfermos como él y que no saben muy bien qué tratamiento aplicar. Y mientras, venga a hacerle pruebas, venga a pincharle, a pedir radiografías y resonancias magnéticas y a mandarle mear en botes de plástico.

—Lo siento. Debe de ser duro.

Por supuesto que es duro. A mí me lo iban a decir, que

había visto morir a mi madre después de semanas interminables de consultas oncológicas, análisis y sesiones de radioterapia. Claro que, por lo menos, su patología había tenido nombre y apellidos desde el primer momento, lo cual, en el fondo, resultaba para nosotros y para ella vagamente tranquilizador. Es curioso que todavía haya gente que en vez de decir «cáncer» prefiera llamarle «una larga y cruel enfermedad». Menuda tontería. Como si hubiera alguna enfermedad a la que no calificar de cruel. Instantáneamente me compadecí del padre de Elena, que vagaba por los hospitales buscando, no ya un tratamiento eficaz, sino un miserable nombre para lo que le estaba pasando.

—Peter estuvo estudiando el asunto con algunos colegas. —Peter es el esposo de Elena, un cirujano plástico que amasó una fortuna arreglando las narices, los pómulos y los labios de centenares de norteamericanas insatisfechas con sus rostros y seguramente también con sus vidas—. Ha encontrado una clínica en Manhattan donde van a someter a un grupo de enfermos a una terapia experimental. Consiguió que admitiesen a mi padre en el programa, así que él y mi madre pasarán una temporada en Nueva York para seguir el tratamiento.

Llegado este punto, y aunque no me atrevía a interrumpir a Elena, estaba deseando conocer mi papel en la historia, porque de momento no encontraba ninguno. Por fin, Elena fue al grano.

—El problema es mi abuelo, Silvio. Ya sabes que vive con mis padres...

Pues no, no lo sabía. Elena y yo nos habíamos conocido en Oxford y mi contacto con su familia se reducía a media docena de encuentros casuales que no incluían, desde luego, al abuelo en cuestión.

—Les dije que se lo trajeran a la ciudad. Total, esto ya es una casa de locos, con los niños, el perro y un bicho asqueroso que alguien acaba de regalar a Peter y que no sé ni qué clase de animal es. Pero el abuelo no quiere venir. Dice que está muy mayor para meterse tantas horas en un avión...

—Y tiene razón. ¿Cuántos años ha cumplido ya? ¿Noventa?

—Ochenta y ocho, pero está como una rosa. Ya quisiera yo llegar así a su edad. El caso es que a mi madre le preocupa dejarle solo en Madrid. Y conste que eso de «solo» es muy relativo. Tiene una asistenta interna y un fisioterapeuta que le visita dos veces a la semana para hacer sus ejercicios. La artritis, ya sabes.

—¿Entonces...?

—Pues que mi madre es una paranoica. Me pone la cabeza como un bombo, de verdad. Que si el abuelo se va a deprimir, que si la asistenta casi no le habla, que si a lo mejor le falla el riego y ni nos enteramos... Te juro que a veces no sé quién es más dependiente, si el bueno de Silvio con sus años o mi madre inventándose motivos para estar todo el día dale que dale a la lavadora. Necesita estar pendiente de alguien. Así que cuando Sergio y yo nos fuimos a vivir solos, la tomó con el pobre viejo para seguir dando la murga. Es como una enfermedad.

—¿Y...?

Elena resopló en el teléfono, como si le diese rabia llegar al fondo del asunto.

—Pues que mi madre se quedaría más tranquila si supiese que alguien de confianza va a pasar por su casa de vez en cuando para hacer al abuelo algo de compañía, darle un poco de conversación y comprobar que se encuentra bien atendido.

Ya estaba claro. Preferí adelantarme a cualquier petición para evitar así el embarazo de Elena, a la que pone enferma mendigar favores.

—No hay problema. Yo puedo hacerlo, tengo tiempo de sobra.

Pude escuchar el suspiro de alivio de mi amiga desde el otro lado del teléfono.

—Ceci, siento cargarte con semejante muerto. Pero no tenemos familia en Madrid. Sergio sigue viviendo en Roma. Y no me fío un pelo de las amigas de mi madre. De hecho, ni siquiera mi madre se fía. Son un montón de loros con el cerebro de mosquito y dudo que su espíritu de sacrificio sea mayor que su materia gris. Si les pidiésemos que se ocupasen del abuelo, irían una tarde por la casa, lo atiborrarían de pasteles de Embassy y luego, si te he visto no me acuerdo. En cuanto a los amigos de mi padre... bueno, no creo que media docena de jubilados que están todo el día dándole al naipe y al chinchón sean una buena compañía para nadie. Y además, los tíos pasan de hacer buenas obras. Me da la sensación de que no irían a ver al abuelo ni para cumplir. El pobre hombre se iba a tirar semanas enteras sin pegar la hebra, porque la asistenta es más buena que el pan, pero parece muda.

—¿Y... y no tiene tu abuelo algún amigo?

—¿A los ochenta y ocho años? Cecilia, querida, lo malo de llegar a esas edades es que te vas dejando a todo el mundo por el camino. El último contemporáneo que le queda a Silvio está en una residencia de ancianos con un alzheimer de libro. Su hermano murió con el cambio de siglo, y eso que era bastante más joven que él...

—Entendido. ¿Cuándo se marchan tus padres?

—Tienen plaza en un vuelo que sale mañana por la tarde. Y te diré que, con todos los preparativos, mi madre está bordeando el ataque de nervios. El otro día me preguntó si era posible que se repitiese lo de las torres gemelas, y ahora tiene miedo a que la confundan con una terrorista en el aeropuerto. El caso es perder la cabeza cada dos por tres.

Elena nunca ha demostrado demasiada misericordia con su madre. Es verdad que Carmina no resulta lo que se dice una persona templada... pero ahora le sobran motivos para estar fuera de sí. Su esposo se ha puesto enfermo, va a enfrentarse a una ciudad desconocida y a un entorno que puede ser hostil, y deja atrás a un padre anciano con la conciencia de estar abandonándolo a su suerte. La pobre tiene todo el derecho del mundo a ponerse histérica y a soñar con ataques suicidas y cacheos policiales. Mientras escuchaba las quejas de Elena, no podía dejar de imaginarme las calles de Manhattan y la elegante casa de Grammercy Park que Peter había comprado después de crear durante años incontables bellezas artificiales. Nuestra vivienda vale cinco mil narices, decía Elena entre risas. Mi amiga trabaja como traductora en la sede de Naciones Unidas. Tienen dos niños pequeños, Alexander y Eliza, más un hijo de un anterior matrimonio de Peter que ahora vive con ellos. La última vez que estuve en Nueva York pude conocer a aquel quinceañero desgarbado y triste, que andaba por los pasillos como un alma en pena, consciente de su poco envidiable posición. Creo que se sabía un estorbo. Un adolescente en una casa donde hay dos críos hijos de una madre distinta a la propia se convierte automáticamente en la nota discordante de la fiesta, en la pieza que sobra en ese perfecto rompecabezas de una pareja exitosa y rica con dos hijos guapos y bien educados que vive en una casa soberbia donde estoy segura de que en alguna ocasión debió de tomar café el mismísimo Henry James. Ahora, esa casa de tres plantas, esa casa que tiene incluso un invernadero y un pequeño jardín sombrío en la parte de atrás (un lujo asiático en el corazón de Manhattan) va a dar cobijo también a los padres de Elena. Me pregunto qué dirá Aidan, el hijo de Peter, cuando los vea aparecer. Quizá la presencia de los nuevos inquilinos le haga sentirse aún más agredido en su ya limitada intimidad. Quizá, por el contrario, la llegada de una pareja con sus propios y graves problemas a cuestas servirá para dulcificar su condición de miembro postizo de una familia feliz.

—¿Tienes la dirección de mis padres? Apunta... te daré también el teléfono por si acaso. Si llamas te contestará Lucinda, la asistenta.

Anoté los datos que me daba Elena. La casa en cuestión estaba relativamente cerca de la mía. Había tenido suerte: el ancianito a quien iba a vigilar podía estar viviendo en Chamartín, en la Moraleja o en algún pueblo de la sierra, e igualmente hubiera aceptado el encargo de Elena, que después de diez años de amistad me ha dado muchas más cosas de las que me ha pedido.

—No hace falta que te diga...

—No, no hace falta en absoluto. —De ninguna forma quería que Elena se dilatase en una serie interminable de agradecimientos. Además, nunca sé qué contestar cuando me dan las gracias.

—Vale, cambio de tercio. ¿Cómo va todo? ¿Qué tal está Miguel?

Vaya. Habíamos llegado a esa parte de la conversación que deseaba soslayar con todas mis fuerzas. Debería haber dejado que Elena se arrojase a mis pies para demostrarme su gratitud infinita. Cualquier cosa antes de tener que hablar de algo en lo que ni siquiera quería pensar. Al menos, no de momento. Por fortuna, la providencia y la pequeña Eliza vinieron en mi ayuda desde el otro lado del Atlántico.

—Pero ¿qué demonios hace esta niña? —Era evidente que Elena acababa de perder el hilo de la conversación.

—¿Qué pasa?

—Eliza, que se está embadurnando la cara con un lápiz de ojos... oh, no, demonios, es un rotulador... un rotulador negro... ¿de dónde lo habrá sacado? ¡Eliza! *We are going to have problems...! Stop to do that!*

—¿Ahora les hablas en inglés?

—Sólo cuando me cabreo con ellos. Así saben que las cosas se están poniendo feas de verdad. ¡Eliza! *I'm telling you not to do it! I'm telling you...!*

Apostaría a que a Eliza le daba exactamente igual lo que le estuviera diciendo su madre y el idioma que empleara para hacerlo.

—Me parece que a la niña le impresiona muy poco lo del inglés.

—Ya verás cuando tengas hijos...

Elena no lo sabe, pero esa frase empieza a parecerme una especie de broma cruel y no una amenaza cariñosa de boca de una madre desbordada. Cuando tengas hijos... Ya. En fin, los hados se habían puesto de mi parte, así que aproveché la ocasión para cortar.

—Te dejo con tu hija bilingüe. Da un abrazo a Peter de mi parte.

—Cecilia, mil gracias otra vez.

Pero yo ya no escuchaba la voz de Elena ni las protestas de la adorable Eliza, que tiene cuatro años, los cabellos rubios y me llama *«aunt Ce»*. Había vuelto a colocar la foto en la estantería, y allí la miré una vez más, deseando que el tiempo y la vida estuviesen hechos de un material reversible para poder regresar a aquel día, hace más de tres años, cuando mi hermana se casó y cayó una tormenta que no nos impidió prolongar la fiesta de la boda hasta un espléndido amanecer de agosto. Yo estrenaba un vestido largo de gasa. Mi madre se había comprado un traje a juego con unos zapatos de color milagrosamente idéntico al de la falda. Mi padre y mi hermano alquilaron sus chaqués (después de abortar el intento de mi padre de usar el de su propia boda) y llevaban las camisas blancas planchadas de forma impecable. Nuestros amigos llegaron desde todos los rincones para estar con nosotros. Tíos, primos, sobrinos y ahijados prepararon cestos llenos de arroz y de pétalos de flores para arrojar a la pareja, y algunos ni siquiera durmieron la noche anterior al acontecimiento, que era para todos irrepetible y especial. Fue uno de los días más felices de una vida, la nuestra, extremadamente feliz.

Por eso, la noticia de que mi madre estaba enferma supuso para mí un mazazo, pero no una sorpresa. Llevaba años esperando que ocurriese algo capaz de equilibrar la balanza de nuestra existencia dichosa. A diferencia de los demás (mi padre, por ejemplo, siempre creyó que nuestra familia había encontrado una fórmula mágica para ponerse a salvo de los vientos de la desgracia), yo tenía la sospecha de que el destino estaba preparándonos una jugada que viniese a romper aquel envidiable equilibrio. La enfermedad de mi madre y su muerte posterior fue la mejor forma de desarbolarnos, de dejar a cada uno de nosotros completamente desamparado, inerme, desnudo y sin protección alguna ante los tiempos por venir. A veces, mirando la foto, se me pasa por la cabeza la sombra de un reproche a la suerte, que tan cruelmente había acabado por cobrarse la factura de nuestra placidez vital, pero aquella tarde preferí no enredarme en reivindicaciones a los dioses y echar mano de un estoicismo que iba y venía para ayudarme, imagino, a sobrellevar la situación sin recurrir a milagros químicos recomendados por media docena de amigas (incluida la propia Elena) que parecen tener una fe ilimitada en los antidepresivos. Pero yo nunca he estado deprimida. Sólo condenadamente triste.

En un alarde de responsabilidad (y también para hacer algo distinto a mirar y remirar el retrato de bodas) pasé a la agenda la dirección de los padres de Elena: había anotado los datos en un trozo de papel de periódico que, con toda seguridad, acabaría perdiendo. Era un piso de la calle Velázquez. Podría ir en metro desde mi casa con sólo hacer un trasbordo. ¿Cómo me dijo Elena que se llamaba su abuelo? ¿Silvio? Debí haberle preguntado algunas cosas acerca de él. Ahora sólo sé que tiene ochenta y ocho años y artritis. Estupendo. Podría telefonear a mi amiga, que ya habrá terminado de limpiar de tinta la carita de Eliza y pedirle que me hablara un poco de su abuelo para no tener la sensación de estar a punto de enfrentarme a algo completamente desconocido. Pero sabía que si llamaba a Elena, volvería a preguntarme por Miguel. Y esta vez no resultaría tan fácil el salirme por la tangente para no dar explicaciones. Se llama Silvio, es viejo y tiene los huesos hechos polvo. Con eso basta.

En honor a la verdad, es muy poco lo que sé de la gente anciana. En mi familia no hay viejos. Todos mis abuelos murieron antes de llegar a la edad provecta, y jamás tuve relación con parientes de más de setenta años. Pero lo cierto es que las personas mayores despiertan en mí ciertos rescoldos de ternura. Al verlos por la calle, en el autobús, en el metro, apoyados a veces en un bastón imprescindible, tantaleando para acercarse a un asiento cedido por alguien con buena educación, siento el deseo de protegerles, pero también una rara curiosidad: me gustaría entender en qué consiste la vejez, cómo se enfrenta con más o menos dignidad una etapa vital que casi todo el mundo considera indeseable, con qué material se construye el día a día cuando sabemos que el tiempo se agota y hay que buscar hasta debajo de las piedras algún motivo para seguir viviendo. Por eso pensé que las jornadas junto al abuelo de Elena podían significar una oportunidad de oro para conocer de primera mano el milagro de la senectud... y, tal vez, la ocasión de averiguar que mi pretendida gerontofilia es producto de la pura ignorancia.

Desconozco los misterios que rodean a la vejez, pero he prometido hacer compañía a un ancianito durante un período de tiempo indeterminado. Pueden ser días o semanas. Quizá sean meses, no lo sé. ¿Hasta qué punto me resultaba engorroso el encargo de Elena? No podía calibrarlo, al menos de momento. Supongo que muchas personas se subirían por las paredes ante la perspectiva de ocuparse de un octogenario, y sin embargo aceptarían encantadas el cuidar de una mascota. Recuerdo que una vez, hace un par de años, un amigo me pidió que vigilase a su gato durante unas vacaciones y tuve que pasar por su apartamento dos veces por semana para dar de comer y de beber a aquel ejemplar esmirriado y pretendidamente elegante que se movía de forma sinuosa y me miraba desde una esquina con una sombra de amenaza en sus falsos ojos líquidos. Había cumplido aquel encargo de muy mala gana y sólo porque no había sido capaz de inventar una excusa convincente para eludirlo. Sin embargo, nunca buscaría excusas para rechazar la petición de Elena, mi querida Elena, que vive en Nueva York, a un mundo de distancia, y a la que siento prodigiosamente cerca. En cuanto a su abuelo, era de esperar que se tratase de un vejete cascarrabias con algunos desvaríos seniles y toda una legión de manías más o menos respetables. Lo normal. Habrá que verme a mí cuando sea vieja, si ya ahora, antes de cumplir los cuarenta, puedo resultar francamente insoportable incluso cuando no me lo propongo.

Tengo mal genio y poca paciencia. Creo que sólo se me dulcificó el carácter durante los últimos meses de la enfermedad de mi madre, cuando mi amor por ella se adueñó de todo y me ayudó a soportar aquellos días infames en los cuales fui incapaz de pensar en mí: sólo pensaba en su dolor, en su humillación al verse impedida, en su desamparo, en su miedo y entonces pude desembarazarme de mí misma y entregarme en cuerpo y alma a la persona que más me ha querido. Recuerdo que pensé en ello el mismo día de su muerte: nadie volverá a quererme así. La idea me lastimó tanto que fui incapaz de llorar, como aquella vez que, siendo muy pequeña, me partí un brazo jugando con mi hermana. La intensidad del dolor era tan grande que me impedía gritar, a pesar de lo mucho que me hubiese aliviado soltar un buen alarido. Lloré muy poco cuando murió mi madre. Tenía el alma demasiado herida como para dejar que se desbarrancara en lágrimas.

No fui a ver a Silvio hasta cinco días después. Tenía que terminar un trabajo, y luego me llamaron de la editorial para hacerme un encargo urgente, así que estuve más ocupada de lo que había previsto. Cuando entré por primera vez en casa de los padres de Elena lo hice con un vago sentimiento de culpa por haber dejado pasar demasiados días sin aparecer por allí. Claro que Elena tampoco había propuesto ninguna pauta para mis visitas... De hecho, había dicho «de vez en cuando». ¿Qué significa eso? ¿Una vez a la semana, un día sí y otro no, cuando no tengas otra cosa que hacer, en el preciso instante que te dé la real gana?

Fue Lucinda quien me abrió la puerta. La madre de Elena debía de haberla avisado de mi posible aparición, pues me identificó enseguida.

—¿La señorita Cecilia?

Tenía un fuerte acento andino y la piel oscura. Ya había cumplido los cincuenta años y parecía de una timidez enfermiza, porque ni siquiera era capaz de mirarme mientras se ofrecía a hacerse cargo de mi chaqueta y a preparar un café.

—O un refresquito, o un té caliente...

—No, gracias, Lucinda... sólo he venido a ver a Silvio.

Sin levantar los ojos del suelo, Lucinda me hizo una señal para la que la siguiera.

—El señor acaba de despertarse de la siesta. A esta hora está siempre en la salita. Ahí le tiene.

Y desapareció como un fantasma, dejándome a espaldas de un anciano que se suponía solo en la habitación. Silvio se sentaba en un butacón de aspecto anticuado, y miraba a la calle con los ojos perdidos en sabe Dios qué. Maldije a Lucinda por haberse esfumado sin hacer las presentaciones. No se me ocurría cómo advertir al abuelo de mi presencia en la sala, y me quedé así un buen rato, callada, observando el perfil de Silvio, que era de una envidiable pureza. Tenía la piel clara y motejada de las manchas propias de la edad, las cejas anchas y el recuerdo de lo que debió de ser en tiempos un cabello brillante y espeso. La barbilla era firme, la nariz no muy grande y su expresión al mirar por la ventana le convertía en un ser de aspecto extraordinariamente pacífico. Un personaje que ni pintado para hacer el anuncio de un plan de pensiones. En eso estaba pensando cuando, bruscamente, Silvio se dio la vuelta y me descubrió al fondo de la sala.

—¿Lucinda?

—No soy Lucinda. Soy Cecilia...

Carraspeó y se puso de pie sin dejar que diese otra explicación.

—Mi hijos me dijeron que vendría alguien. Bueno, pues pase usted. Acérquese, vamos. No creerá que la voy a morder.

Al aproximarme a él recordé un momento de la infancia: mi primer día en un colegio nuevo, cuando la profesora me pidió que escribiese mi nombre en el encerado, y yo lo hice luchando contra unos deseos irrefrenables de echarme a llorar. Silvio me había tendido la mano, y descubrí entonces a un anciano alto y esbelto con aspecto de patricio, que me miraba con cierta ferocidad por debajo de las cejas grises luciendo una expresión que podría calificarse de adusta. De golpe, Silvio dejó de parecerme un viejecito rebosante de serena dulzura para convertirse en un personaje atrabiliario del que de buena gana hubiera huido sin dar explicaciones, igual que treinta años atrás había querido escapar de aquella clase llena de niñas desconocidas que me escrutaban mientras, con lento esfuerzo, dibujaba mi nombre en la pizarra con un trozo de tiza.

—Siéntese, haga el favor —dijo, y volvió a su sillón. La aspereza de su tono de voz me molestó profundamente—. Bueno, empecemos cuanto antes, ¿le parece bien? Para desayunar, tomé un café y tres galletas. El café poco cargado, no se preocupe. Luego leí el periódico y me di un paseo. Por el barrio y esperando el disco verde para cruzar los semáforos. Comí a las dos en punto, un caldo de pollo y una menestra de verduras sin sal para cuidar la tensión. Me he tomado todas las pastillas y no me ha dolido nada en lo que llevamos de día. De momento, no hay mucho más que contar. ¿Alguna pregunta?

—No... supongo que no.

Pero bueno, ¿a qué venía semejante discurso? Nos quedamos callados, Silvio mirando al suelo enfurruñado y yo mirándole a él. ¿Qué se supone que debería hacer ahora? ¿Marcharme y volver otro día? ¿Regresar a casa, llamar a Elena y decirle que su abuelo no tenía la menor intención de colaborar en la tarea que me habían asignado? Estaba tan desorientada que ni siquiera me di cuenta de que a Silvio le pasaba lo mismo que a mí: estaba tratando de ubicarme y de ubicarse a sí mismo en aquella situación. Tras unos diez minutos de un silencio que empezaba a parecerme enloquecedor, el abuelo de Elena se dirigió a mí sin variar su gesto hosco.

—Espero que, por lo menos, le paguen a usted bien.

De modo que era eso: Silvio pensaba que era una acompañante de esas que se contratan para entretener a los viejos, reírles las gracias y escuchar batallitas sin decir ni mu.

—Ni bien ni mal. No me pagan nada.

—¿Es usted monja?

Eso sí que tenía gracia. Silvio me miró de arriba abajo para descubrir, desconcertado, mis botas de tacón, la americana de cuero y los pantalones vaqueros que no podían casar muy bien con la indumentaria de una religiosa.

—¿Tengo pinta de hermanita de la caridad? En cualquier caso, le aseguro que, con mis antecedentes, ninguna orden me admitiría entre sus filas.

—Pues de una de esas cosas modernas, una oenegé...

—Frío, frío. Soy una amiga de su nieta. Lo crea o no, estoy aquí porque quiero, sin cobrar un céntimo y sin esperar bendiciones apostólicas. Menudo negocio, ¿verdad?

En ese momento me pareció que Silvio se relajaba. Incluso cambió de postura para arrellanarse en el sillón.

—¿Cómo me dijo usted que se llamaba?

—Cecilia.

—Es bonito... Mire, Cecilia, no quiero que me interprete mal... es que no necesito que nadie me cuide. A saber qué le habrá dicho Elenita. O la loca de mi hija, que está como un cencerro.

—Ellas no...

—Por favor, que las conozco desde hace años. Sobre todo a Carmina, que habla de mí como de un pobre tarado. Pues, señorita, de la cabeza estoy bastante mejor que ella, así que puedo apañármelas solo. La casa la lleva Lucinda, de modo que no hay peligro de que me deje abierta la llave del gas ni de que se me olvide en el fuego el cazo de la leche. Y como no soy idiota, puedo llamar al médico si me encuentro mal o a los bomberos si empieza a arder el edificio.

—Ya veo...

—Y además, estoy como un roble. Pasa el invierno y no cojo ni un triste catarro. De hecho, mi nieta pretendía que me fuese a Nueva York con toda la familia. ¿Cree de verdad que hubiese insistido tanto si pensase que estoy hecho un carcamal?

—¿Por qué no quiso ir? La ciudad le habría gustado...

—Pues porque hubiese sido un incordio. Por muy bien que me encuentre, los años no me los quita nadie. Tengo buena salud, pero al moverme resulto bastante torpe. Además, ya conozco Nueva York...

—¿En serio? Elena no me dijo...

—Elena no lo sabe. Fue hace mucho tiempo y nunca le he hablado de eso.

Por primera vez consideré la posibilidad de que Silvio chocheara. Sin embargo, la mirada del anciano parecía extremadamente lúcida. No, no estaba loco. Quizá se le iba un poco la cabeza y confundía las cosas. Ahora sonreía. Tenía una sonrisa luminosa, espléndida, envidiable. Me di cuenta de que se parecía un poco al Gregory Peck anciano que tuve ocasión de saludar fugazmente a su paso por el festival de San Sebastián.

—Bueno, a ver ¿qué le pidieron que hiciera? —preguntó por fin.

—Nada del otro mundo. Sólo tengo que pasarme por aquí de vez en cuando, hablar con usted y asegurarme de que todo está en orden...

—Vamos, comprobar que no me estoy volviendo majara y que no hago nada raro, como intentar salir a la calle desnudo o con los calzones en la cabeza. Y, además, darme palique para que no me deprima y empiece a pensar que estaría mejor en una residencia.

El hielo estaba roto.

—Veo que lo entiende perfectamente. Y como ya me he comprometido con Elena a venir por aquí, no puedo dejar de hacerlo por muy difícil que me lo ponga.

Silvio se pasó las manos por los ojos.

—Menudo muerto le ha caído encima... cuidar a un viejo de mal genio que encima la ha recibido a usted sacando las uñas... Discúlpeme. Antes tenía mejor carácter, pero supongo que el tiempo también se ha ocupado de echarlo a perder.

Meneó la cabeza, disgustado. Me pareció que acababa de ponerse encima unos cuantos años.

—Puede usted volver cuando quiera —me dijo al fin—. Lo que no quiero es que lo tome como una obligación. ¿De acuerdo? Casi siempre estoy en casa. Sólo salgo por las mañanas a dar un paseíto por el barrio...

—Sin saltarse los semáforos...

—Eso. Los lunes y los jueves no paseo, porque viene el fisioterapeuta y ya se ocupa él de dejarme molido. No sabe lo bruto que es. Carmina dice que los ejercicios me vienen bien para la artritis, pero yo no lo acabo de ver. Por las tardes, leo o hago crucigramas. Comprenderá que me parece estupendo que alguien me dé conversación. Lucinda no tiene mucha labia, que digamos, y el fisio sólo me habla para pedir que no me queje cuando me hace daño.

—Así que tengo poca competencia...

—Con esos dos, ninguna.

—Muy bien. Vendré una o dos tardes a la semana, si le parece. De todos modos, me gustaría dejarle mi teléfono por si le hace falta algo...

Silvio me detuvo con su mano cuando iba a buscar en el bolso un boli y un papel.

—De verdad, señorita, no necesito nada. Lucinda no dice dos palabras seguidas, pero la casa la lleva muy bien. A mí me basta con poder charlar con alguien. Es que cuando uno se hace viejo, todo el mundo deja de contarle cosas. No sé si es que la gente cree que no nos enteramos. Como mi hija. En vez de explicar que una amiga de Elena iba a hacerme algunas visitas, ¿qué cree que fue lo que me dijo?: «Papá, cuando estemos fuera va a venir a vigilarte una señorita muy simpática.» ¿Le extraña que me enfade? Pensaba que me habían puesto una niñera. A mí, que estuve en la guerra...

La verdad es que Silvio tenía derecho a disgustarse. Carmina no se había molestado lo más mínimo en darle detalles de la situación. Quizá sea ése uno de los principales problemas a la hora de vivir con ancianos: la cochina manía de tratarles como a niños pequeños. Pasa lo mismo con los enfermos en los hospitales. Se me ponen los pelos de punta cuando escucho a una enfermera hablando a un recién operado como si estuviera dirigiéndose a un oligofrénico.

—Mi hija piensa que estoy senil. —Silvio parecía haberme leído el pensamiento—. En fin, qué le vamos a hacer. ¿Sabe una cosa? Me alegro de que haya venido. De verdad. Si hubiera sabido desde el principio que es usted una amiga de Elena... Por cierto, ¿tiene fotos?

¿Fotos? ¿El abuelo de Elena me estaba pidiendo una foto mía? De inmediato pensé que quizá Silvio «sí» estuviese un poco gagá, después de todo. Ochenta y ocho son muchos años para cualquier cosa, sobre todo para conservar las neuronas en su sitio.

—Pues... me hice unas de carnet hace...

Silvio se echó a reír.

—No, hija, no. Fotos de su familia, de sus amigos. Son muy buenas para recordar. Yo tengo un montón de fotos. Las miro de vez en cuando, para refrescar la memoria. Claro que a usted esas cosas no le harán falta. ¿Cuántos años tiene?

—Treinta y cinco. Dos menos que Elena.

—Elena... cuando era pequeña le encantaba estar conmigo. Ahora casi no la veo, ni a ella ni a los dos chiquillos.

No supe qué decir a eso. Supongo que es la eterna canción de la gente mayor, a la que siempre parecen pocas las visitas de las personas queridas.

—El viaje desde Nueva York es complicado con dos niños tan pequeños. —Era una disculpa bastante buena.

—Ya lo sé. Además, soy el menos indicado para hablar de esas cosas. Cuando tenía vuestra edad, pasé años sin ver a mis padres. Claro que tenía mis motivos, pero... en fin, cada cual sabe lo suyo. ¿Conoce a Eliza y a Alexander?

Silvio había pronunciado los nombres de los pequeños con la corrección de un miembro de la cámara de los lores, pero no me pareció oportuno dar muestras de sorpresa ante su dicción impecable.

—Claro. Son unos niños preciosos...

—Yo estuve con ellos el año pasado, cuando vinieron de vacaciones. Eliza se durmió en mis rodillas. Llevaba un vestido rosa y parecía una muñeca.

Pensando en sus bisnietos, Silvio había perdido definitivamente el aspecto feroz que casi me había atemorizado unos minutos antes. Ya no era un anciano encolerizado, sino un abuelito nostálgico que recordaba a una niña dormida en su regazo. Me pregunto qué sensación se debe experimentar cuando tienes en brazos a los hijos de los hijos de tus hijos. Como tantas otras cosas, eso es algo que voy a perderme. Quizá algún día le pida a Silvio que me cuente qué pensó al ver por vez primera a sus dos bisnietos, pero desde luego no en aquella visita, que de todos modos había resultado ya suficientemente rara.

—Permiso, señor...

Lucinda, que sabía caminar sin hacer ruido, se acercaba a nosotros con una bandeja donde había un servicio de té y una rebanada de bizcocho. Colocó la merienda en una mesa auxiliar. Era fácil darse cuenta de que todo obedecía a un ritual bien establecido, a la rutina que sirve de andamiaje a los días de aquellos que no tienen nada que hacer excepto dejar que pase el tiempo. Lucinda sirvió una sola taza de té, y Silvio se dio cuenta de que mi presencia obligaba a alterar las costumbres de la casa.

—¿Y qué pasa con esta señorita, Lucinda? ¿La vamos a tener de secano?

—¿Cómo dice? —La asistenta se puso tan colorada que me dio pena.

—Pues que habrá que traer otra taza para ella. Y más bizcocho.

—No se preocupe, Lucinda —intervine antes de que la buena mujer cayese fulminada por el sofoco—. Yo tengo que marcharme. Silvio, le veré dentro de unos días.

El abuelo de Elena se levantó para estrecharme la mano. Así, de pie, intentando mantenerse erguido, tensando adrede los músculos del cuello, parecía un viejo senador romano preparado para iniciar la defensa de alguna causa perdida.

—Hasta la próxima tarde.

Hizo una leve inclinación que se me antojó majestuosa.

—Lucinda, acompañe usted a la señorita Cecilia.

No volvió a sentarse hasta que me marché. Ya en la puerta del salón, me volví para mirarle por última vez. Desde allí, protegido por las primeras sombras de la tarde que difuminaban sus rasgos y sólo dejaban entrever su figura imponente, Silvio no parecía el abuelo de nadie, ni tampoco un hombre corriente. De pronto, la inminencia de futuras visitas a aquella casa había cobrado un cierto matiz de aventura.

Era casi de noche cuando salí a la calle. Septiembre estaba a punto de terminar, y los días que iban acortándose provocaban en mí una leve melancolía. Habían empezado a encenderse las farolas, y la calle estaba llena de gente que apuraba los últimos coletazos del verano o hacía las primeras compras de otoño en los grandes almacenes. El tráfico, como siempre, era terrible, pero para mí el ruido de los claxons, los frenazos repentinos y las sirenas de los coches de policía eran una parte más de la banda sonora de la urbe. Había llegado a disfrutar de ese caos como otras personas disfrutan de la paz del campo. Cuando vivía en Oxford, con su silencio secular que sólo rompen los timbres de las bicicletas o el tañido de las campanas de los colegios, añoraba extrañamente el jaleo de Madrid, incluidos los embotellamientos, las alarmas y los bocinazos, que tienen en mí un misterioso efecto galvanizador y me sirven para recordar a diario que he elegido libremente el vivir aquí, en esta ciudad desmadrada y endurecida, donde no existen el orden ni el concierto. Madrid, irredenta, carísima, inhumana, absurda, sucia, voraz, ajena o propia, salvaje o cívica, como aquella vez que unos trenes saltaron por los aires y en cuestión de minutos este monstruo se organizó para convertirse en un gigantesco vivero de eficacia y buenas voluntades, y los camiones de la Cruz Roja se llevaban por centenares las bolsas de sangre nueva mientras cuatro millones de personas lloraban, encorajinadas, la sangre derramada de las víctimas y el dolor de cientos de seres a los que no conocían. Aquel día maldito aprendí que esta ciudad, mi ciudad, está llena de gente dispuesta a llorar las lágrimas de otros, y encontré un nuevo motivo para amarla a mi manera.

Regresé a casa en taxi. Llevo cuatro años viviendo en un segundo piso sin ascensor en una zona de Lavapiés que puede calificarse de privilegiada: mi calle es casi una isla pacífica en un barrio que en los últimos años se ha ganado un hueco en las páginas de sucesos y en la cabecera de «Sucedió en Madrid». Aquí casi nunca pasa nada verdaderamente grave. De vez en cuando hay alguna pelea más o menos violenta entre chinos y magrebíes (generalmente provocada por los segundos: los chinos prefieren matarse discretamente entre ellos) y atracos sin consecuencias, así como sustracciones limpias y tirones de bolso de los de toda la vida. Lo de los móviles arrancados de un zarpazo empieza a perder vigencia, pues ha habido tantos robos en esas condiciones que ya nadie se aventura a pasearse por el barrio con el telefonillo pegado a la oreja: si alguien recibe una llamada se mete en la tienda más cercana o en un portal abierto, o espera a llegar a casa para atenderla sin sobresaltos. El metro es territorio acotado por los grafiteros, que han demostrado tener tan malas pulgas como vocación artística propinando un par de palizas a los vigilantes de la estación. Las violaciones no son frecuentes. Los asesinatos, tampoco (al menos en esta zona concreta; un par de calles más abajo las cosas están algo más feas) y los únicos delincuentes habituales de todo el barrio son unos cuantos carteristas, varios traficantes de poca monta que entran y salen de los calabozos con enternecedora naturalidad y una familia de trileros que hace su agosto con los turistas de la Gran Vía. Luego están los del taller clandestino que hay en los bajos del todo a un euro, pero eso es harina de otro costal, igual que el sospechoso y constante cambio de camareros del restaurante chino y el trasiego del piso en el que viven media docena de chicas de cabellos rubios y gesto hastiado, que van siempre pintadas como puertas y lucen en los ojos un ademán desafiante como anticipándose a cualquier reproche. Quizá nunca llegarán a entender que en este barrio son muchos los que tienen algún motivo para sentirse despreciados o merecedores de determinada admonición. Y, en contra de lo que ellas piensan, unas cuantas putas bielorrusas no llaman la atención de nadie.

A mi madre no le gustaba mi casa, pero nunca me lo dijo. Hacía tiempo que había decidido no interferir en las vidas de sus hijos, y eso suponía aplaudir cualquier decisión que pudiéramos tomar, desde la elección de la pareja a la compra de un piso en un barrio conflictivo. La primera vez que visitó la casa (para lo cual hubo que apartar gentilmente a tres moritos que esnifaban pegamento sentados en el escalón de la entrada) se limitó a señalar los aspectos positivos de la vivienda: su amplitud, la luminosidad extrema del salón y los dos dormitorios y el tamaño de la cocina. No dijo nada de los desconchones de las paredes, del suelo irregular ni del ejército de cucarachas que salían de los desagües del cuarto de baño. Tampoco pareció darse cuenta de la sospechosa catadura de los vecinos, y si lo hizo no emitió ningún comentario al respecto. Si su hija mayor había comprado aquella casa tan poco apetecible, por algo sería, así que se limitó a ayudarme a hacer una limpieza a fondo, a elegir un color apropiado para las paredes (al final nos decidimos por un tono que el pintor calificó como «gardenia», aunque ambas pensamos que era el blanco roto de toda la vida) y a colocar un greca de flores en la pared del recibidor. Eso fue antes de que enfermara, claro. Había que verla cuando estaba sana, subiendo y bajando, haciendo media docena de cosas a la vez, dando una puntada aquí y un brochazo de cola allá, cosiendo cortinas, arreglando enchufes, sacando un cable de la lámpara y vigilando al mismo tiempo el punto de un potaje, y siempre sin cansarse. Por eso, en sus últimos tiempos fue más terrible ver a mi madre reducida a la inmovilidad de una silla de ruedas, convertida en una sombra de lo que había sido durante tantos años. Recuerdo que un día, cuando le quedaban sólo unas cuantas semanas de vida, le pedí que me arreglase el cuello de una camisa. Lo cierto es que no necesitaba en absoluto que lo hiciera, pero era una forma de engañarla —y de engañarme— jugando a que nada había cambiado y que mi madre seguía conservando algo de su habilidad extraordinaria y su energía proverbial. Cuando descubrí la labor a medio hacer, con el cuello descosido y arrugada de cualquier manera en la esquina del sofá, me eché a llorar. Mi camisa abandonada era una prueba más de que todo estaba perdido.

El teléfono empezó a sonar en el mismo instante que entré en casa. Lo cogí al vuelo, y escuché la voz de mi hermana, que quería saber detalles de mi encuentro con Silvio.

—¿Qué tal tu primer día con el abuelito?

—Mejor de lo que pensaba. Es un tipo curioso. Se parece a Gregory Peck.

—¿En *Matar a un ruiseñor*?

Siempre era una delicia imaginar fugazmente al inolvidable Atticus Finch.

—No, más bien en *Gringo Viejo.* Va camino de los noventa, aunque se conserva perfectamente. Y de la cabeza parece estar mejor que yo.

—Qué bien. —La voz de mi hermana estaba indicando la inminencia de un cambio de tema—. Por cierto, me ha llamado Miguel.

Por favor...

—¿Y por qué te llama a ti?

—A lo mejor porque tú no le coges el teléfono. Deja de hacer el tonto, Cecilia. Tendrás que hablar con él algún día ¿no?

Algún día, algún día. Pues claro que sí. Hace siglos que repito esas dos palabras mágicas: algún día empezaré a hacer deporte, me mudaré algún día, buscaré un trabajo fijo algún día, me casaré algún día, tendré hijos algún día. Ése ha sido mi problema: que llevo media vida en la víspera de grandes acontecimientos. Tengo treinta y cinco años y sigo sin nómina, sin actividad deportiva, sin marido y sin hijos, y viviendo en un piso sin ascensor en un barrio inseguro. Así que si he podido aplazar algunas cosas verdaderamente importantes hasta mandarlas al limbo, ¿de verdad cree mi hermana que voy a tener prisa en hablar con Miguel? Pues eso, algún día.

—¿No quieres saber lo que me ha dicho? —Mi hermana, erre que erre.

—No.

—Bueno, da igual, te lo voy a contar de todas formas. Dice que no entiende qué es lo que te pasa. Y ¿sabes lo peor, Cecilia? Que yo, que soy tu hermana, tampoco lo entiendo muy bien, así que me gustaría que descendieses de tu mundo particular y tuvieses la bondad de explicarnos a todos de qué va esta historia...

Silencio al otro lado del hilo. Escuchando el rapapolvo de Lidia había recordado —otra vez— a mi madre. Ella nunca intentaba entender los comportamientos de la gente, quizá porque intuía que hay cosas que queremos que nadie comprenda, cosas que pertenecen al territorio sagrado de esas decisiones que ni siquiera nosotros mismos sabemos por qué tomamos. Mi madre jamás preguntaba por qué. Aceptaba. Justificaba. Llegado el caso, y si era posible, disculpaba incluso. Pero lo que no hacía era juzgar. En ese momento la necesité a mi lado, como tantas veces, pero no estaba. Ya no estaría nunca más. Al pensarlo, dos lágrimas enormes me rodaron por la mejilla, y una cayó directamente en el auricular del teléfono, que se la tragó produciendo un ruido extraño.

—Ceci... ¿estás ahí?

Lidia, mi hermana, tan parecida a mamá que sólo le quedaban unos cuantos años de aprendizaje para volverse exactamente igual a ella. Ahora que nuestra madre se había marchado, iba a faltarle un guía, un maestro en el arte intrincado de la bondad, de la generosidad, de la entrega. Lidia pasaría mucho tiempo aún preguntando por qué, pidiendo explicaciones, intentando entender.

—Lidia, vamos a dejarlo. No me apetece hablar de eso ahora. Te lo pido por favor.

Pude escuchar el suspiro resignado de mi hermana seguido de su característico chasquido de la lengua entre los dientes.

—Bueno, allá tú. Pero te advierto que esto no se queda así. ¿Comemos juntas mañana? Mi suegra va a venir a ver a la niña y puede quedarse con ella a mediodía.

Le dije que sí. Antes, Lidia y yo comíamos juntas casi todos los días, pero llegó el bebé y esas y otras rutinas apetecibles quedaron aparcadas. La vida de Lidia dejó de pertenecerle por completo para depender a tiempo total de un ser indefenso que se había convertido en epicentro de todas las cosas. Cuando nuestra madre murió, envidié intensamente la condición maternal de mi hermana. Ahora que no podía llamar madre a nadie, alguien la llamaba madre a ella. Era un raro consuelo que a mí me estaba vedado, igual que a Lidia las cenas, las copas a medianoche y los almuerzos en restaurantes.

Cené una ensalada mientras veía la televisión y trabajé un poco antes de acostarme. En la editorial acababan de encargarme una serie de ilustraciones para una colección adaptada de clásicos infantiles. Tenía que dibujar a Cenicienta junto a la madrastra y las hermanas malvadas, a la Bella Durmiente del Bosque con el correspondiente príncipe azul, a Hánsel, Gretel y la casita de Chocolate... la verdad es que me sorprende que esas historias continúen editándose, pero sospecho que su mercado principal no son los niños (que dedican a Harry Potter todo el tiempo libre que les deja la televisión y la videoconsola) sino un puñado de adultos nostálgicos que necesitan avivar con historias como éstas los rescoldos de una época perdida.

Dibujé durante dos horas, recordando una vez más lo afortunada que soy al poder distribuir a mi antojo una jornada laboral. Gracias a mi privilegiada situación pude cuidar de mi madre en los últimos meses de su enfermedad. Entonces estaba trabajando en las ilustraciones de una enciclopedia infantil de mitología. Era un trabajo precioso, en el que encontré un cierto refugio para mi desdicha y del que hubiera disfrutado más si mis circunstancias personales no hubiesen sido tan tristes, si cuando dibujaba a Afrodita, a Ceres o a Poseidón no hubiese estado pensando en cómo se encontraría mi madre, a sabiendas de que la respuesta a mi pregunta era «mal», «muy mal» o «regular», en el mejor de los casos. Mi hermana cuidaba de mamá por las mañanas, mientras yo dibujaba faunos, y ninfas, y furias, y harpías, y sirenas de cabello verde dispuestas a arruinar las vidas de los navegantes incautos. A eso de las tres de la tarde yo tomaba el relevo cuando Lidia se iba al trabajo, y algunas veces me llevaba las carpetas con los dibujos para intentar, no siempre con éxito, reclamar la atención de mi madre con los bocetos terminados. Ella miraba aquellos diseños con una sonrisa triste, a veces distraída y siempre melancólica. Ahora sé que estaba pensando en que nunca llegaría a ver impreso aquel trabajo, como había visto, orgullosa, tantos otros libros ilustrados por mí.

Mis padres vivían en Lugo, pero mi madre siguió aquí todo su tratamiento oncológico. No fue por capricho: en su hospital los médicos la habían desahuciado dos años antes. Ventajas de las medicina de provincias. Así que mi madre se trasladaba a Madrid cada tres meses para seguir un protocolo con el que intentaba frenar el avance de su enfermedad, y cuando se puso peor los médicos le recomendaron que no se moviera de aquí. Ella y mi padre vivían en casa de mi hermana, y cada noche yo les abandonaba con cierta sensación de culpa. Al cerrarse la puerta, en aquel piso quedaba guardado todo el dolor que se había abatido sobre las personas que amaba, y marchándome yo estaba escapando de una parte de él. Por eso me atormentaba la certeza de que la carga soportada por mi hermana era mucho más pesada que la mía.

A veces me pregunto si hubiera podido hacer las cosas de otra manera, pero no se me ocurre cómo. La casa de mi hermana era más grande que mi apartamento, y se encontraba justo enfrente del hospital donde mamá recibía las radiaciones. Además, estaba el bebé. El contacto diario con mi sobrina, con su nieta, proporcionó a mi madre sus escasos momentos de felicidad durante aquella temporada infausta. Evidentemente, se encontraba mejor en el hogar de Lidia de lo que hubiera estado en mi piso. A pesar de ello, cada vez que me iba de la casa (muchas veces pasada ya la medianoche y cuando mi madre dormía) me sentía un ser despreciable porque no podía evitar que en mí se mezclasen la culpa y el alivio ante la perspectiva de pasar unas horas de relativa libertad, dibujando hipogrifos, nereidas y musas, leyendo en silencio o, simplemente, durmiendo sin temor a que me sobresaltase en plena noche algún quejido de mi madre. Intentaba compensar la poca equidad del reparto de tareas durante el fin de semana, o preparando cantidades industriales de comida para que Lidia se viese al menos liberada del incordio de algunas tareas domésticas. Pero incluso mientras guisaba dos kilos de carne y preparaba litros de salsa para pasta, no me abandonaba la certeza de estar llevándome la mejor porción de aquel pastel amargo que había que repartir entre todos.

Aquella noche me dormí pensando en Silvio. Cuando volví a su casa, tres días después, me recibió con una sonrisa jovial que debía de ser muy parecida a la de sus mejores tiempos, y en cuanto me senté frente a él me di cuenta de que había estado mirando una foto que parecía ser más vieja que el propio mundo. Movida por la curiosidad, hubiese querido echarle un vistazo, pero Silvio no hizo ninguna oferta al respecto y la foto se quedó boca abajo, presidiendo en una posición tan poco digna la reunión de aquella tarde.

—¿Cómo se encuentra hoy?

—Bien, señorita. Como siempre. Ya le he dicho que tengo una salud estupenda, así que no se preocupe por eso.

—Lo que me preocupa es que me llame señorita. Me da la impresión de que estoy en un internado. Prefiero que me llame Cecilia... y que me tutee.

Silvio asintió.

—Como prefieras. Cuéntame cosas de ti. ¿A qué te dedicas?

—Soy ilustradora. De libros para niños.

Silvio abrió mucho sus pequeños y arrugados ojos de galán de cine en blanco y negro.

—Qué bonito. ¿Tú tienes hijos?

—No...

—¿Estás casada?

—Tampoco.

—¿Y eso por qué?

Contesté encogiéndome de hombros. Debería haber respondido con la verdad: que no me habían interesado ninguno de los hombres que quisieron casarse conmigo, y que el único con el que hubiera querido hacerlo no demostró la más mínima intención de abandonar en mi favor la soltería. Pero eran muchas explicaciones sobre un tema que empezaba a aburrirme después de haberlo tratado un millón de veces con amigos, parientes indiscretos y compañeros impertinentes que creen que tienes que justificar ante ellos tu estado civil.

—Tendrás novio, al menos...

Lo decía como para aferrarse a la última posibilidad de no estar en presencia de una especie de ermitaña aquejada de una aguda misantropía.

—Pues no, Silvio, no tengo novio, ni perro, ni siquiera un pez de colores. Vivo sola. Pero no se preocupe: soy bastante normal. Simplemente, no he tenido mucha suerte en ese aspecto. Y preferiría que hablásemos de otra cosa, si no le importa.

—Te has enfadado...

—Qué va. Yo no me enfado nunca.

Era mentira, por supuesto, pero Silvio no tendría ocasión de comprobarlo porque, desde luego, no pensaba enojarme con él por mucho que me provocara. Enfadarse con un viejo es como enfadarse con un niño pequeño: una crueldad y una pérdida de tiempo.

—¿Y usted? ¿En qué trabajaba?

Tuve la sensación de que Silvio estaba pensándose la respuesta, porque tardó un poco en contestar.

—Era escritor de novelas policíacas.

—¿De verdad?

—Claro. Firmaba con seudónimo: Nathaniel Prytchard.

—Espere. —Acababa de recordar una colección de novela negra que mi padre conservaba de su época de soltero—. ¿No escribió usted un libro que se llamaba... *¿Quién mató a Walter... nosequé?*

Silvio se animó visiblemente.

—*¿Quien mató a Walter Evans?* Pertenece a la serie de Townsed, el detective privado. ¿Lo has leído?

—Sí... En casa de mi padre. Le encanta la literatura policíaca. Pero siempre supuse que el autor del libro era un inglés. De hecho, creo que la biografía de la solapa...

—Oh, claro, cosas del editor. Decía que era difícil llamar la atención del público con un escritor de nombre español, y posiblemente tenía razón, así que siempre firmé con seudónimo.

Aquella tarde, Silvio me contó cómo el falso Nathaniel Prytchard había vendido un montón de libros, y que incluso uno de ellos, *El caso Collins*, había sido llevado al cine en 1957 por una productora americana. Aquella película (dirigida por un realizador desconocido que se puso al frente de un reparto mediocre donde sólo sobresalía el nombre de Peter Lorre en una misteriosa aparición de cuatro minutos) no fue precisamente un éxito, pero a pesar de todo el señor Prytchard había cobrado dos mil dólares de la época por la cesión de derechos y tres mil más por adaptar a guión su propio texto.

—¿Era capaz de escribir en inglés?

—Sí, sin problemas.

—¿Donde aprendió?

—Es una historia muy larga. —Silvio me sonrió. No sé si esperaba que le animase a contarla, o si prefería aparcar aquella conversación. Quizá le costaba recordar, o no quería hacerlo. Se pasó la mano por la cara. Tenía los dedos largos, nudosos, y las uñas pulidas y perfectamente cortadas.

—Como escritor no fui gran cosa... —dijo al fin—. Era un trabajo para sobrevivir. En ese sentido, no puedo quejarme: gané mucho dinero y lo invertí bien. La vejez es más fácil si uno no tiene que hacer números para llegar a fin de mes.

—¿Cuándo dejó de escribir?

—Hace unos veinte años, en cuanto descubrí que podía vivir de las rentas. Y no, no lo echo de menos, si es eso lo que vas a preguntarme. La literatura no me entusiasmaba. Escribía libros como hubiera podido hacer chorizos.

Parecía el discurso de un cínico, pero Silvio no lo era. Hablaba de sí mismo con una distancia admirable, como si la tarea literaria del señor Nathaniel Prytchard nada tuviese que ver con la suya, como si el personaje del escritor hubiese sido en realidad alguien a su servicio del que prescindió en cuanto dejó de resultarle necesario. Silvio me contó después que fueron muy pocos los que conocieron la identidad del creador del detective Townsend, y que incluso muchos de sus allegados nunca sospecharon cuál era su verdadera profesión.

—¿Y a qué creían que se dedicaba?

—Oh, les decía «tengo negocios», sin dar más explicaciones. —Frunció el ceño—. Aquéllos eran otros tiempos. Entonces a la gente sólo le importaba que tuvieses dinero, y no de dónde lo sacabas. Ahora sería distinto: si alguien no puede justificar sus ingresos, empiezan a decir que se dedica a vender drogas o al tráfico de armas.

Nos reímos los dos. A las siete, Lucinda nos trajo una taza de té con bizcochos, y al terminar la merienda me marché. Silvio no me preguntó cuándo iba a regresar, pero creo que se alegró cuando le dije «hasta el viernes». Estábamos a martes. Faltaban sólo tres días.

Mi trabajo con las ilustraciones de los cuentos marchaba razonablemente bien, hasta que me atasqué dibujando a las hadas madrinas de la Bella Durmiente. Parece una broma, pero no lo era: estaba bloqueada con aquellos tres personajes que no acababa de ver dentro de mi cabeza, condición imprescindible para llevarlos al papel. ¿Debía representar a tres viejecitas encantadoras como las que aparecen en la versión de Walt Disney o, por el contrario, crear un trébol de damas sofisticadas de largos cabellos y rostros misteriosos que viniesen a romper con el tópico americano? Le pregunté a mi editora, pero no estaba por la labor de colaborar: «Haz lo que te parezca, pero hazlo pronto. Y, sobre todo, no me des la tabarra», me dijo. Silvia paga bien, pero no es ningún modelo de diplomacia.

Decidí pasarme por la Biblioteca Nacional para echar un vistazo a las recreaciones de las hadas aparecidas en otras ediciones del cuento. Mientras me buscaban los libros, se me ocurrió fisgar en los archivos para comprobar cuántas novelas policiales había publicado en realidad el falso Nathaniel Prytchard. Introduje su nombre en la base de datos, y para mi sorpresa aparecieron un total de sesenta y siete títulos, de algunos de los cuales se habían hecho varias ediciones. Fue entonces cuando caí en la cuenta de algo un poco extraño: el primer libro databa de 1951. Silvio tenía 88 años, así que había nacido en 1917... de modo que había publicado su primera novela a los 34 años. ¿De qué había vivido hasta entonces, si, como aseguraba, la de escritor había sido su única profesión?

Pasé la tarde hojeando volúmenes de ilustraciones, pero salí de la biblioteca sin haber sacado nada en claro sobre mis hadas madrinas, y haciendo bailar en mi cabeza las fechas vitales de Nathaniel-Silvio. Estaba claro que mi Gregory Peck particular me ocultaba algo. Aunque, después de todo, ¿qué obligación tenía el hombre de sincerarse conmigo? A lo mejor sólo me estaba contando alguna mentira sin consecuencias. Quizá se inventaba la historia del escritor para darse un poco de importancia. A lo mejor, Nathaniel Prytchard existía realmente y, como rezaba la solapa de sus libros, vivía aún «en un tranquilo pueblo de la región de Devonshire» ignorando que en España un viejecito se estaba apropiando de su nombre y de su historia para impresionar a una mujer que podría ser su nieta. Sin embargo, Silvio parecía tan convincente cuando me hablaba de su editor, del productor americano, de la película con el cameo de Peter Lorre... Le di vueltas al asunto hasta llegar a casa, y seguí dándoselas mientras cenaba y también mientras fingía no escuchar el sonido de mi móvil (el teléfono de Miguel aparecía, bien clarito, en la pantalla).

Estaba a punto de acostarme cuando decidí llamar a Elena. Después de todo, no tenía nada de particular el que me interesase por su padre, que llevaba más de una semana en Nueva York. De hecho, creo que debería haber llamado a mi amiga mucho antes para enterarme de cómo iba todo, pero... en fin... Fue la propia Elena quien contestó al teléfono. Eran las seis de la tarde en la costa Este y acababa de regresar del trabajo.

—¡Ceci! He estado a punto de llamarte un montón de veces, pero no sabes qué lío tengo con mis padres aquí.

—Precisamente te llamaba por eso. Quería saber cómo va todo en el hospital...

Mentira, mentira, mentira. Pero ¿es que es un pecado dejarse ganar por la curiosidad?

—Bueno, han empezado con la terapia, y aún es pronto para saber nada. Lo cierto es que papá está animado y mamá parece un poco más tranquila. Por lo menos ya no sueña con Bin Laden. Ya te iré contando. ¿Y tú? ¿Qué tal con el abuelo?

Elena me lo estaba poniendo en bandeja.

—Estupendamente, es un encanto. Nos llevamos muy bien. Ayer me estuvo contando lo de sus libros...

—Ah, eso. Es una de sus batallitas preferidas. Publicar esas dichosas novelas fue lo más interesante que le pasó en la vida. Oye, pero no le hagas ni caso si te pide que las leas. El pobre no era precisamente Dashiell Hammett...

Elena, mi querida Elena, se me antojó un poco cruel. Las aventuras del detective Townsed no pasarían a la historia de la literatura, pero eran bastante dignas, y en su momento constituyeron un éxito editorial. Un poco fastidiada por el tono que empleaba la castellana de Grammercy Park, decidí dejarme de rodeos.

—Elena, ¿qué hacía Silvio antes de empezar a escribir?

Breve silencio.

—Era militar. Y sí, chica, hizo la guerra del lado de Paquito, pero no se lo tengas en cuenta. Estaba en el norte y tenía 20 años, así que eran lentejas. Luego, en el 39, empezó a trabajar en un ministerio. Le pegaron un tiro en el frente del Ebro, y había perdido movilidad en un brazo.

—No se lo he notado.

—Bueno, se trataba de una lesión mínima, pero a pesar de eso Silvio quedó inútil para la vida militar. Supongo que podía escribir a máquina, pero no manejar un fusil. Un día le dio por la literatura y acabó dejando el trabajo en la Administración... No sé cómo se le ocurrió dedicarse a eso, ni de dónde sacaba las tramas policiales de sus novelas. El abuelo vivió en provincias toda la vida, luego se fue a la guerra y al terminar se quedó en Madrid emborronando papeles en un despacho. Ya ves qué vida tan intensa para un escritor.

Elena tenía que ir al hospital a recoger a sus padres, así que nos despedimos —«si me retraso cinco minutos, mi madre empieza a pensar que me han cosido a puñaladas para quitarme la cartera»—. El misterio de Silvio estaba resuelto. De hecho, no había ningún misterio. El hombre era un oficinista y antiguo militar a la fuerza, reciclado en escritor por motivos puramente crematísticos. Fin de la historia. Ya en la cama, y con la luz apagada, recordé el tono compasivo que empleaba Elena al hablar de la vida monótona de su abuelo. A veces creo que mi amiga está convencida de que todo el mundo es como ella, que nació en Madrid, estudió en Oxford, vivió un año en Berlín y otros dos en Viena y ahora está en Nueva York casada con un médico millonario. No, Elena, las cosas no son así. La gente no vive en media docena de ciudades, ni va a cenar con primeros ministros, ni tiene la oportunidad de aprender más idiomas que el propio... Y en ese momento se me encendió la luz: recordé la perfecta pronunciación inglesa del abuelo Silvio al decir los nombres anglosajones de sus bisnietos, y su capacidad para escribir el guión de una película americana ¿Qué contestó cuándo quise saber dónde había aprendido inglés? «Es una larga historia», me dijo. Y apuesto a que no se refería a su trabajo como funcionario, ni a los tres años que pasó en la guerra. Elena querida, quizá no lo sepas todo. Quizá te estés equivocando al compadecer a tu abuelo, con su vida gris y sus veleidades literarias. Hay algo que Silvio te está ocultando. Algo que os está ocultando a todos y que, no sé por qué, creo que va a acabar contándome a mí.

Mi hermana dice siempre que tengo una especie de imán para las confidencias ajenas. Es cierto que llevo años escuchando historias privadísimas de labios de desconocidos, que me confían sus secretos, algunos de los cuales han llegado a incomodarme. No siempre quiere uno tener acceso a las debilidades y los demonios de los demás, sobre todo porque a veces quien hace una revelación delicada cree tener, a su vez, paso franco a la intimidad del depositario de su secreto. Y yo soy incapaz de revelar los míos, no ya a los extraños, sino incluso a aquellos por los que siento un afecto sincero.

Estoy convencida de que mi polo de atracción para las confidencias lo heredé de mi madre. La verdad, no me dejó muchas más cosas, pues Lidia se llevó lo mejor de su carácter y de su físico envidiable. Pero esa capacidad de inspirar confianza fue su mejor legado. Mi madre murió llevándose consigo las confesiones de decenas de seres que habían depositado en ella un aluvión de misterios. Cuando se fue, hubo personas que quedaron casi tan huérfanas como sus propios hijos; eran hombres y mujeres que habían apoyado en mi madre una buena parte de su historia personal, y que necesitaban de su ayuda para seguir enfrentando la vida. Como nosotros, muchos se habían acostumbrado a que estuviera siempre ahí, en su casa o al otro lado del teléfono, preparada para escuchar, para consolar o para dar consejos única y exclusivamente a aquellos que los pedían. Por eso, la desaparición de mi madre trajo consigo un caudal de desamparo que, con su familia, arrastró a mucha otra gente cuyos caminos se habían cruzado con el suyo.

Mi madre era un ser necesario. Sé que estoy usando una frase rara y un calificativo frío, y quizá sólo quienes la conocían entenderán bien a qué me refiero. Despertaba en los demás un afecto misterioso, pero también una oferta de protección que muchos no dudaron en aceptar, creyendo que aquel contrato iba a estar vigente para siempre. Por desgracia se equivocaron. Mi madre se murió el año en que hubiera debido cumplir los sesenta y uno, veintidós meses después de que le fuera diagnosticada su enfermedad.

Nadie me lo ha dicho nunca (no se han atrevido), pero sé que todos los que amaban a mi madre le reprochan en secreto que no hubiera hecho todo lo posible para vivir eternamente. Yo no soy una excepción. Ella no se cuidaba. Viviendo en una sociedad en la que se nos bombardea de continuo con mensajes apocalípticos sobre el avance imparable de los casos de cáncer, los peligros del tabaco y la importancia extrema del diagnóstico precoz, ella fumaba como un carretero y jamás se había hecho una mamografía. Al principio, mi hermana y yo poníamos el grito en el cielo cada vez que se negaba a someterse a las revisiones ginecológicas que le correspondían por su edad, pero al final incluso nosotras nos aburrimos de aquellas discusiones que no llevaban a nada. El resultado fue que una enfermedad que debía de llevar años en un estado larvario, y por tanto manejable, apareció con todo lujo de detalles y los fuegos artificiales de la tan temida metástasis.

Nunca le pregunté a mi madre por qué se negaba a ir al médico. Cuando la enfermedad dio la cara, hubiera sido una crueldad lanzarla de bruces contra su propia inconsciencia. Pero ahora pienso que quizá debí haberlo hecho. Porque ahora esa pregunta me atormenta a diario media docena de veces, junto con la convicción de que el cáncer de mi madre hubiera podido controlarse de haberlo tratado a tiempo. Y sí, al igual que todos aquellos a los que dejó abandonados, a veces hago alguna recriminación a su recuerdo. Cuando eso ocurre, algo parecido a la rabia me impide llorar, y entonces no siento nostalgia de ella ni añoro su presencia, sino que noto unos deseos podridos de gritar a mi madre, de zarandearla, de decirle, mira lo que nos has hecho, mamá, con tu puta manía de tener al médico bien lejos, como si el hacerse controles rutinarios multiplicase las posibilidades de caer enfermo. Luego, mientras se me caen las lágrimas, pido perdón a mi madre por haber perdido los estribos, recupero su recuerdo y sólo siento su ausencia irreparable y la falta de todas las cosas que se llevó al morir. Pero sigo pensando que debió haberse cuidado más. Porque había demasiada gente que necesitaba que estuviese viva. Demasiada gente, madre, a la que has dejado sola.

El viernes llegué un poco más tarde a casa de Silvio. Había tenido un problema con la calefacción en mi apartamento, y el técnico se las había apañado para tardar dos horas en dar con la avería y poder abultar así el montante de la factura que me pasó al final, ciento ochenta euros, tócate las narices, treinta mil del ala por apretar tres tuercas, purgar dos radiadores y limpiar uno de los filtros. Llegué a la calle Velázquez a las siete y media. Cuando entré en el salón, Lucinda acababa de servir la merienda, y Silvio mordisqueaba sin apetito la rebanada de bizcocho, que dejó gentilmente en el plato para ponerse de pie cuando me vio entrar.

—¡No se levante!

Pero Silvio no me oía, o a lo mejor sí y se negaba a poner coto a sus maneras de caballero. Me estrechó la mano.

Sus ojos pequeños y húmedos me parecieron aquella tarde particularmente vivos.

—Pensé que no ibas a venir...

Renuncié a explicar a Silvio las causas de mi retraso, porque si empezaba a justificarme delante de él entraría voluntariamente en un camino de no retorno, y prefería que mis visitas a aquella casa estuviesen libres de cualquier atisbo de obligación, de formalidades o de compromisos.

—Así que creyó que le había plantado. Apuesto a que le daba rabia.

Silvio no dejó de mirarme para contestar.

—No. Me daba pena.

Fue un momento extraño, un instante de cierta intensidad que a punto estuvo de emocionarme. Aquel anciano, que tenía a sus espaldas 88 años, una guerra y un secreto, abría delante de mí la caja de Pandora de sus debilidades. Diez días antes había estado a punto de echarme de su casa, y ahora confesaba sin rodeos que le ponía triste la posibilidad de que no volviese. Me senté a su lado.

—¿Quieres merendar?

—No.

—¿Ni siquiera un poco de té?

Negué con la cabeza. Silvio terminó de comerse su bizcocho, y luego se limpió cuidadosamente. Se me hacía raro estar allí, en silencio, viéndole comer y haciéndome preguntas. ¿Quién era realmente el abuelo de Elena? ¿Y qué parte de sí mismo me estaba ocultando mientras retiraba de su chaqueta las cuatro migajas de bizcocho que habían quedado allí prendidas?

—No sé qué me da que estés ahí sin tomar nada. ¿Estás segura de que no quieres alguna cosa? Lucinda puede traerte café, o un refresco...

Decidí coger el toro por los cuernos.

—Hay una cosa que me apetece mucho... pero no tiene nada que ver con la merienda.

—Tú dirás... —Silvio sonreía, así que me envalentoné.

—Usted tiene un secreto —le dije.

—Y tú también. Todo el mundo los tiene, no es ninguna novedad.

—Ah, no. No vaya por ahí. Su secreto es más grande que el mío.

—Bueno, también soy más viejo.

—Ya...

Silvio tomó la taza de té, le dio un sorbo corto, se limpió los labios. Era evidente que estaba intentando ganar tiempo. No me importaba. Yo tenía todo el del mundo. Dejó la taza en la mesa, se frotó la cara en un gesto que acababa de darme cuenta que le era habitual, y luego se llevó la mano al bolsillo de su chaqueta, de donde sacó una foto que estuvo mirando durante unos segundos antes de fijar en mí unos ojos que, en aquel instante, dejaron de parecerme los de un viejo. Silvio puso el retrato encima de la mesa, y me pareció que era el mismo que había estado mirando la otra tarde, antes de que yo llegara, y que en vano esperé que me mostrase. Colocó la mano sobre él, hizo tamborilear sus dedos diáfanos sobre la superficie de color sepia, y volvió a mirarme con una intensidad distinta, como si estuviésemos a punto de hacer un pacto que a ambos convenía por igual.

—Cecilia —dijo, por fin—. La historia que te voy a contar sólo la sabe otra persona, y hace años que está muerta. Así que atiende, porque cuando yo me muera tú serás la única en conocerla del todo, y tendrás que decidir qué es lo que haces con ella. Ésta es mi historia, Cecilia, y a partir de ahora será también la tuya.

La llegada al pueblo de Zachary West no pasó desapercibida para ninguno de nosotros, y no porque él no apareciese haciendo gala de la exquisita discreción que le había caracterizado siempre, sino porque todos estábamos pendientes de su venida y, además, aquella vez le acompañaba un niño negro. Nadie en la ciudad había visto nunca un ser humano de un color distinto al nuestro, aunque sabíamos que existían en otros mundos tan lejanos para nosotros como la misma luna. Pero el que no ignorásemos que a muchos kilómetros vivían seres achocolatados, amarillos y rojizos (una vez alguien habló también de ciertos hombres azules, aunque casi nadie se creyó aquella historia) no impedía que siguiésemos concibiéndoles como piezas de un universo completamente ajeno al que nunca tendríamos acceso. Todavía recuerdo la conmoción que causó en Ribanova la primera aparición pública del señor West paseando de la mano de aquel crío de piel oscura como la noche, vestido enteramente de blanco en un desafío a la suerte que le había hecho nacer más negro que el carbón. El señor West y aquel niño zahíno se pasearon por la plaza de España, arriba y abajo, arriba y abajo, mezclados con los otros caminantes dominicales que acudían a la alameda para escuchar el concierto de zarzuelas de la banda municipal, y a todos costó un trabajo ímprobo saludar al señor

West disimulando la sorpresa descomunal que despertaba aquella visión.

Nadie dijo nada, por supuesto. No hubiera sido de buen gusto, y aunque la nuestra era una ciudad hermética y pequeña, presumíamos de ser también medianamente civilizados. Así que aquellos días las madres aleccionaron a los hijos para que no señalasen al negrito como un fenómeno de las fiestas de San Froilán, cuando, para regocijo de todos, los feriantes traían animales pretendidamente exóticos y cobraban un real por el derecho a verlos y otro más si alguien con arrestos quería tocarlos. Una vez mi padre nos invitó a todos a pasar la mano por el lomo de un avestruz de Madagascar. Aquel pájaro triste estaba atado por una pata a un tocón de madera. Le faltaban la mitad de las plumas y saltaba a la vista que tenía más años que el propio mundo, pero ninguno de nosotros fue capaz de ver en el ave otra cosa que un ejemplar magnífico llegado de tierras ignotas, que desafiaba al público con su cuello larguísimo y sus ojos vidriosos que sólo ahora comprendo que estaban húmedos de miedo.

Pero no pienses que estoy comparando al niño del señor West con un pajarraco renqueante. Era sólo un ejemplo, ¿sabes?, para que comprendas la cara que se nos quedó a todos cuando vimos a aquel crío por el paseo de la Alameda. Fue como descubrir a un ejemplar de otra galaxia. Los jóvenes os creéis que el mundo ha sido siempre así, manejable y pequeño, con la televisión y los ordenadores, pero te aseguro que hubo un tiempo bien distinto a éste. La edad de piedra, como quien dice. Nuestra experiencia con los negros se reducía a las funciones de cine mudo del teatro Principal. Algunos pensaban que eran caníbales. Sí, hija, así de brutos éramos. Creíamos que los hombres de color, como los llaman ahora, bailaban el hula hula y la danza de la lluvia, llevaban huesos en la cabeza y aros de oro en la nariz. De modo que no sabría decirte qué nos sorprendió más, si que el señor West apareciese llevando de la mano a un negrito de seis o siete años, o que el niño en cuestión fuese pulcramente vestido de blanco inmaculado, con un sombrero de paja encasquetado en la cabeza y zapatos de charol brillantes como espejos. La imagen de aquel angelito negro tan bien apañado, que no se subía a los árboles ni lanzaba alaridos sino que caminaba lleno de mansedumbre al lado de Zachary West, mirando a su alrededor con unos ojos enormes y extraordinariamente vivos, produjo en nosotros, por encima de todo, un profundo desconcierto. Acabábamos de enterarnos de que los negros existían más allá de las películas, y que eran civilizados y correctos y capaces de andar calzados con zapatos de primera comunión.

Ninguno de los niños se le acercó. Y que conste que fue por pura timidez. Simplemente, no nos atrevimos. Era un ser demasiado fabuloso, demasiado fantástico, y supongo que nos temimos que se desvaneciera si lo rozábamos con las manos pegajosas de los caramelos dominicales. Así que, mientras nuestros padres saludaban al señor West, estrechaban su mano y le preguntaban por la vida en general, nosotros mirábamos al niño con la boca abierta y los ojos cargados de una admiración sin condiciones. Él era distinto a todos, y no sólo por el color de su piel, sino también porque iba cuidadosamente vestido y peinado y porque, además, vivía con el extraordinario señor West, que era americano y aviador. En Ribanova no había nadie como él, nadie nacido en otro país, nadie capaz de pilotar una avioneta, nadie tan cargado de experiencias que tenían como escenario misteriosos lugares de los cinco continentes. Zachary West era el pariente que todos hubiéramos deseado tener, el tío postizo con el que soñábamos, el visitante de lujo que cualquiera querría sentar a su mesa para hacerle contar historias increíbles de proezas aeronáuticas y aventuras en el África Austral. Pero Zachary West no tenía parientes, ni lejanos ni próximos. Era huérfano de padre y madre, no se había casado, no tenía hijos. Y entonces llegó a Ribanova llevando de la mano a aquel niño, y todos entendimos que ellos dos solos se habían convertido en una familia.

Lo creas o no, cualquiera de nosotros se hubiese cambiado por aquel crío sin pensarlo más allá de unos segundos. Él paseaba por los cantones aferrado a la mano del señor West mientras nosotros lo hacíamos acompañados de nuestros padres, abuelos y tíos: gente corriente y moliente, vulgar a más no poder, que no tenían grandes cosas que contarnos ni habían protagonizado hazañas de novela a bordo de un bimotor. No, querida, nadie miró a aquel niño negro por encima del hombro, ni le compadeció por hacer nacido cambiado de color. Sólo le envidiamos con toda la fuerza de nuestra poca edad y nuestra experiencia nula. Cuando uno es pequeño, la envidia es algo mucho menos mezquino que en la edad adulta, porque se mezcla tanto con la admiración que acaban por confundirse la una y la otra. Y aquel día lo único que deseamos todos y al mismo tiempo, fue hacernos amigos cuanto antes de aquel niño magnífico que acababa de llegar a Ribanova junto a Zachary West.

¿Que cuándo ocurrió aquello? Pues debió de ser en 1925, poco más o menos. Yo tenía ocho años y unos celos terribles de mi hermano menor, que acababa de nacer. Recuerdo que el día que el señor West se paseó con su niño por la plaza de España, mis padres estaban preparando la celebración de su bautizo, y yo me subía por las paredes con el ambiente de fiesta que reinaba en mi casa porque desde hacía tiempo no era yo el centro de atención ni se cosían en mi honor banderitas de colores y bolsas de peladillas. En esta ocasión el rey de la casa era mi hermano

Efraín, un pelón escuchimizado que había nacido con apenas kilo y medio de peso. Ya ves tú qué birria, poco más que un chuletón de esos que se quedan en nada al echarlos en la sartén. Los primeros días se temió por su vida, y yo escuché cómo el médico le decía a mi padre, «no se haga usted demasiadas ilusiones». Aquella noche, mi abuelo intentó prepararme a mí también para la más que previsible muerte de mi único hermano, y me dijo que a lo mejor Dios mandaba a unos ángeles para llevarse al cielo a Efraín.

Yo era un niño muy pío, muy beatón. Coleccionaba estampitas de santos y pedía libros de misa como regalo de cumpleaños, así que la posibilidad de que una cuadrilla de ángeles estuviese preparada para entrar en mi casa me llenó de una emoción intensa. El que viniesen a recoger a Efraín me parecía una cuestión menor. Estábamos muy bien sin él, así que nada iba a ocurrir si volvían a llevárselo al limbo. Estuve días enteros aguardando la llegada del ejército celestial, acechando un posible batir de alas y escudriñando el reflejo del aura de santidad que habría de venir para iluminarlo todo, preparado para aquella experiencia sobrenatural que marcaría el resto de mi vida. Pero el tiempo pasó y los ángeles no llegaron. Efraín ganó peso muy poco a poco, y su piel perdió el tono azulado que tan pocas esperanzas prestaba a su supervivencia. Un día, el mismo médico que había augurado su muerte le dijo a mi padre que el peligro había pasado, y fue como si toda la alegría del mundo entrase a borbotones por cada rendija de la casa. Yo no dije nada, pero me llevé una decepción mayúscula. Jamás tendría otra oportunidad de ver a un ángel de cerca, y encima Efraín iba a perturbar para siempre mi existencia feliz.

Cuando uno tiene ocho años, el mundo puede venirse abajo por las cosas más absurdas. Y eso fue lo que ocurrió con la llegada de mi hermano. Que el mundo se resquebrajó por todas partes. Mi madre vivía pendiente de Efraín, y lo mismo le ocurría a mi padre. Toda la casa flotaba a cualquier hora en un silencio opresivo destinado a facilitar en lo posible el descanso del recién nacido, y el olor a lavanda de los armarios se trocó en una indeseable peste a formol con la que los médicos pretendían convertir nuestra vivienda en un reducto estéril donde no tuviesen cabida los microbios ni las bacterias. Mis padres y mis abuelos se pasaban el día lavándose las manos con jabón lagarto, y yo tenía que someterme a un complicado ritual cuando llegaba de la calle: debía despojarme en la cocina de toda mi ropa, empezando por los zapatos, y ponerme una especie de pijama que olía de forma insoportable a una mezcla de alcanfor y lejía. Mi madre se pasaba el día tumbada, para que el reposo le ayudase a producir más y mejor leche, y mi padre no hacía otra cosa que observar su descanso o agotar las horas muertas junto a la cuna del bebé. El moisés que había sido mío en otro tiempo estaba ahora rodeado de canecos de barro llenos de agua caliente en un remedo de las incubadoras modernas, y Efraín pasaba así los días envuelto en una atmósfera tibia, parecida, supongo, a la del útero materno.

No sé hasta qué punto aquellas precauciones sirvieron para sacar adelante a mi hermano, o si fue su naturaleza invulnerable quien le ayudó a desafiar los peores augurios de los doctores. Pero una mañana yo fui el primero en darme cuenta de que el pequeñajo lloraba más fuerte y con más ganas que nunca, como si quisiese anunciar a los cuatro vientos su firme determinación de aferrarse a la vida. Esa misma tarde supe que debía dejar de esperar la visita angelical, y prepararme para convivir en lo sucesivo con un hermano que no deseaba. Con un rival enviado por la suerte. Y me sentí desdichado. Intensamente desdichado, para qué te voy a decir otra cosa.

A Efraín lo había bautizado en casa un cura amigo de la familia a las pocas horas de nacer, cuando nadie daba un céntimo por su supervivencia. Su entrada en el paraíso quedaba así asegurada, pero dadas las circunstancias nadie pensó en celebrar el sacramento con una fiesta. El faldón de bautizo que mi abuela había bordado con sus propias manos quedó guardado en el armario, a la espera seguramente de servir de mortaja en el día previsible del entierro, y mi bisabuelo ni siquiera mencionó que tenía guardado para Efraín otro frasco con agua del río Jordán exactamente igual al que habían utilizado conmigo para hacerme cristiano. Por eso, cuando el médico dijo que Efraín viviría y la dicha se apoderó de todos los miembros de la familia, lo primero que dijo mi padre era que quería repetir la ceremonia del bautismo y organizar después una gran fiesta. El sacerdote al que mis padres y mis abuelos confesaban sus pecados dijo que, aunque las alharacas y albricias que sucedían al acto de cristianar le parecían una lamentable feria de vanidades, también podían interpretarse como un deseo de dar gracias al Creador por salvar de la muerte a una criatura inocente, y no sólo dio el visto bueno a la fiesta sino que, además, se ofreció a derramar de nuevo las aguas sagradas sobre la cabeza del recién nacido.

La familia decidió echar la casa por la ventana. Mi padre alquiló el Salón de los Espejos del hotel Almirante y encargó en la confitería de Alejo Pelayo una tarta de varios pisos adornada con frutas escarchadas y una cigüeña de azúcar. Mi madre se hizo un vestido de color palo de rosa y se compró un hermoso sombrero de paja adornado con flores de crinolina. La abuela añadió más encajes al faldón de cristianar, el abuelo (que era el padrino de Efraín) compró dos kilos de confites para lanzar a los chiquillos a la puerta de la iglesia. Mis tías entraban en casa a todas horas canturreando como pájaros, y traían para mi hermano pololos y camisitas, patucos y baberos, gorritos de ganchillo y manoplas de lana, y los amigos de mis padres enviaban sonajeros de plata, medallitas de oro, colgantes de chupete y todas cuantas chucherías inútiles puedas imaginarte. En cuanto a mí, vagaba por los pasillos con la conciencia de haberme vuelto invisible a los ojos de todos, de no tener lugar alguno en la atmósfera festiva de la casa. No sé cuántas cosas horribles se me pudieron ocurrir durante aquellos días, pero estaba convencido de que mis padres habían dejado de quererme para transferir todo su amor a mi nuevo hermano. Llegué a rezar al cielo para que me enviase alguna enfermedad grave (sarampión, escarlatina, tifus o viruela loca), por entender que sólo un virus alarmante podría servirme para recuperar el favor paterno. Pero nada ocurrió. Pasaban las horas y los días, se acercaba la fecha del bautizo y yo me sentía cada vez más ajeno a mi familia y a lo que, hasta entonces, había sido mi mundo.

Fue entonces cuando Zachary West llegó a Ribanova y se paseó por los cantones llevando de la mano a Elijah. ¿No te había dicho que el niño se llamaba Elijah? Faltaban sólo unos días para el bautizo, y era la primera vez que mis padres sacaban de casa a Efraín. Como todo el mundo, Zachary West se inclinó sobre el cochecito de capota para ver la cara de mi hermano, acarició sus manitas arrugadas y mintió diciendo que era un chico muy guapo. La cosa quedó ahí. Pero aquel mediodía, durante el almuerzo de los domingos que celebrábamos siempre en nuestra casa, mi abuelo Nicolás hizo a mi padre una singular oferta: la de renunciar al honor de apadrinar a Efraín si Zachary West aceptaba ocupar su puesto junto al neonato.

No recuerdo muy bien qué pasó a continuación, o puede que en realidad no lo supiera nunca. A mi edad, la memoria es una cosa muy rara. En fin, creo que mis padres y mis abuelos discutieron durante un rato, pero debieron de ponerse de acuerdo sin mucha dificultad porque aquella misma tarde fueron a hablar con el padre Mauro, que se había avenido a repetir la ceremonia del bautismo, para explicarle la nueva situación. Mi madre contaba siempre que, al principio, el cura montó en cólera con la propuesta que le hicieron, pero se fue amansando cuando mi padre le recordó que, a buen seguro, Zachary West haría un donativo a la parroquia de Santa María la Nova, y que desde luego mi abuelo pensaba mantener la limosna que había prometido entregar para los pobres de la diócesis. El padre Mauro debió de echar sus cuentas y aceptar que el negocio era redondo para todos, y que no había en aquel trapicheo con los sacramentos ningún perjudicado directo. Así que, pásmate, tras santiguarse muchas veces, el cura rompió la fe de bautismo de mi hermano Efraín.

—Y ahora, si se les muere el niño de aquí al sábado, allá se las tengan ustedes con su alma inocente —dijo—. A todos los efectos legales, hasta entonces la criatura es morita.

No te rías. Ya te he dicho que antes la gente era muy bruta, y los curas de provincias no iban a ser una excepción. El caso es que, aquella tarde, mi padre fue al hotel Almirante a hablar con Zachary West para pedirle que apadrinase al menor de sus hijos. Y el señor West, nacido en Alabama, criado en Boston, comandante del ejército de los Estados Unidos de América y héroe de la primera guerra mundial, aceptó llevar de la mano al pequeño Efraín en su entrada en la comunidad católica.

Supongo que te estarás preguntando qué demonios pintaba en Ribanova un americano aviador. Zachary West había venido por primera vez a nuestra ciudad sólo unos meses después de terminada la gran guerra, cuando el mundo y él mismo convalecían aún de las heridas terribles de la contienda. Vino por consejo de Juan Sebastián Arroyo, un diletante local aficionado a los viajes, que tenía una justa fama de encantador de serpientes. Te hubiera gustado. Era un tipo que gustaba a todo el mundo. Por eso, cuando conocía a alguien en Madrid, en París o en Londres, siempre le invitaba a visitar Ribanova. Supongo que debía de describir la ciudad como una especie de sucursal del paraíso, como una arcadia feliz donde todo era hermoso y ordenado, porque así veía él a nuestra ciudad. Luego, cuando sus amigos se bajaban del tren, les costaba adivinar el reflejo de la urbe fabulosa que Arroyo les había descrito, y sólo encontraban una muralla en lucha perpetua contra las malas hierbas, unas casas irregularmente conservadas y un ambiente provinciano que espantaba a cualquier recién llegado de una metrópolis.

Sin embargo, con Zachary West las cosas sucedieron de otro modo, y aquel americano alto y rubio que cojeaba ostensiblemente a consecuencia de su herida de guerra, fue víctima del hechizo de nuestra ciudad como antes lo había sido del fuego de los aviones alemanes. Venía a pasar cuatro días pero se quedó dos meses, y se marchó cuando no tuvo más remedio y prometiendo volver. Supongo que todo el mundo pensó que lo decía por decir, pero no había pasado ni medio año cuando ya el señor West estaba de regreso en nuestra ciudad. Aquellas visitas se repitieron de forma esporádica. Pronto todo Ribanova supo de su pasado de héroe de la aviación y de su historia presente: había abandonado por invalidez las filas del ejército americano, y ocupaba un cargo importante en la embajada estadounidense en Madrid. Seguía pilotando, pero ya sólo por puro placer, y a pesar de su pierna medio inútil se había convertido en aventurero vocacional tras comprar un aeroplano con el que había sobrevolado tres continentes.

Fue en el transcurso de uno de aquellos periplos de alto riesgo cuando se cruzó en su camino un niño de raza negra abandonado por sus padres en una aldea de Nigeria. Zachary West sacó del país al pequeño huérfano, lo adoptó y le puso el nombre de Elijah. Cuando el niño se instaló en su casa, el señor West dio carpetazo para siempre a sus aventuras aeronáuticas, porque ahora ya no era un lobo solitario que no tenía a quien rendir cuentas, sino el padre adoptivo de un niño desamparado que sólo podía contar con él. A partir de entonces, aquellos viajes desmadrados y peligrosos se transformaron en pacíficas excursiones a las capitales europeas para que su hijo pudiese descubrir una realidad que nunca hubiera imaginado desde su aldea africana. Supongo que West quería contagiar en el niño su cosmopolitismo y su curiosidad por cualquier cosa, y desde luego que lo consiguió, pero eso ya te lo contaré otro día. El caso es que, cuando Zachary West llegó a nuestra ciudad acompañado de Elijah, el chico ya había visto más mundo y recorrido más kilómetros que todos los adultos que yo conocía. Claro que eso lo supe después. En un principio, lo único que no se me ocultaba de aquel niño es que era negro de nacimiento y poseedor de un destino envidiable como hijo adoptivo del señor West.

La noticia de que Zachary West iba a apadrinar a mi hermano corrió como la pólvora por todo Ribanova. Los padres de otros recién nacidos debieron de darse de cabezazos contra la pared, porque hasta entonces nadie se había atrevido a hacer al americano una petición semejante, pero la naturalidad con la que el aviador había aceptado la oferta de mi padre daba a entender que consideraba el asunto más como un honor que como un incordio. Aquella misma tarde envió a mi hermano el primero de los muchos regalos que le haría en vida: una primorosa canastilla rebosante de ropita de color blanco y azul con una medalla de oro colocada en lugar bien visible. A mi madre le hizo llegar un ramo enorme de rosas blancas y un camafeo de marfil, y a mi padre una purera de cuero. ¿Y a mí? A mí, Zachary West no me regaló nada material, pero en cambio me brindó la oportunidad más grande de mi vida: la de trabar amistad con su hijastro Elijah, al que conocí el día del bautizo de Efraín.

Mi hermano fue bautizado a las 12 de la mañana del sábado 28 de mayo en la iglesia de Santa María la Nova, que estaba considerada la parroquia más elegante de la ciudad. Los feligreses de aquella iglesia eran —éramos— las familias acomodadas que vivían entre murallas, más concretamente en el perímetro privilegiado de la calle de San Marcos, la plaza de Campo Castillo y los escalones de la plaza de España, rematados por el imponente edificio del Casino. Nuestra entrada en la iglesia tuvo mucho de apoteosis, pues el día radiante había ayudado a congregar en la calle a no menos de un centenar de curiosos que aplaudían la llegada de los invitados (unos setenta) y, sobre todo, la presencia magnética de Zachary West, que entró llevando en los brazos al pequeño hereje cuyos lloriqueos mi madre intentaba aplacar con un chupete de plata. En la pila de bautismo, mi hermano recibió los nombres de Efraín Zacarías, el primero en recuerdo de un bisabuelo muerto en los tiempos del ruido, y el segundo en honor a su padrino West. Cuando salimos de la iglesia fuimos otra vez objeto de aplausos y ovaciones, que arreciaron cuando, mano a mano, mi abuelo y Zachary West bombardearon a la concurrencia con saquitos de peladillas y caramelos variados. Aquella escena, con el señor West y mi abuelo arrojando golosinas con un raro ímpetu juvenil mientras niños y mayores lanzaban hurras y vivas, se fijó en mi memoria con tanta pasión que, ochenta años después, puedo recordarla sin que se me escape un solo detalle.

El hotel Almirante estaba justo enfrente de la iglesia de la Nova, de modo que los asistentes al convite posterior a la ceremonia sólo tuvimos que cruzar la calle. Fue allí, en el vestíbulo del hotel, donde Elijah West y yo fuimos presentados oficialmente. No había más niños invitados al almuerzo. Mi padre era hijo único, y los hermanos de mi madre, bastante más jóvenes que ella, estaban solteros. No contaba, pues, con primos de mi edad, cosa que hasta entonces había amargado un poco mi primera infancia. Así que aquella mañana, después de haber ejercido a la perfección su papel de padrino, Zachary West tomó de la mano a Elijah y le trajo hasta donde yo estaba.

—Tú eres Silvio, ¿verdad? —dijo, con su español inimitable de aventurero de película—. ¿Cuántos años tienes?

—Ocho... —Yo miraba al suelo al hablar, algo que mi padre consideraba una muestra suprema de mala educación, pero ¿cómo iba a atreverme a mirar directamente a los ojos al señor West, el héroe de guerra?

—Los mismos que tú —dijo, dirigiéndose a Elijah. Luego se dio la vuelta, como si aquel dato de las edades idénticas fuese suficiente para que iniciásemos una conversación. Y así ocurrió. Aquella tarde, en el vestíbulo del hotel Almirante, Elijah West y yo comenzamos no sólo una charla infantil, sino una amistad que se prolongó durante muchos años y que sólo fue interrumpida por cuestiones que nada tenían que ver con nosotros, sino con los dictados del destino.

Nos sentaron juntos durante la comida. Elijah hablaba un español correcto pero difícil, de vocales torcidas y consonantes que parecían atravesársele en la lengua. Aquellos errores de pronunciación debían de ser hijos de su primera infancia africana y del tiempo pasado junto al señor West, cuyo castellano estaba fabulosamente trufado de meteduras de pata. El que mi amigo recién estrenado fuese capaz de hablar mi idioma con tan fantástica incorrección era un elemento más de su atractivo. En su lenguaje percudido, Elijah me contó que vivía en una casa con jardín, que tenía un caballo de madera y que estaba aprendiendo a nadar, y también que no iba al colegio, sino que se educaba con un profesor particular que le daba clase a domicilio. En el transcurso de aquel almuerzo (compuesto, aún me acuerdo, de langostinos rebozados, vieiras al horno, suprema de lubina y chateaubriand), Elijah me hizo un retrato pormenorizado de su existencia al lado de Zachary West, pero no me habló de su pasado en Nigeria como yo hubiera querido, posiblemente porque ya no se acordaba de que había habido para él otra vida bien distinta a la que llevaba ahora. En cuanto a mí, le hablé de mi familia, de los insoportables lloros nocturnos de mi hermano Efraín, de mis maestros en el colegio de la Compañía de María y de mi pericia como jugador de canicas, que pareció impresionarle mucho, pues aseguraba ser un perfecto inútil en la materia, lo cual dificultaba enormemente sus relaciones sociales.

Cuando llegó la tarta del postre (un prodigio de repostería de cinco pisos de altura, con hojaldre liviano, crema pastelera y chantilly blanco como la nieve), tanto Elijah como yo estábamos secretamente convencidos de que nuestra amistad tendría que continuar por encima de las coordenadas del tiempo y el espacio. Faltaban sólo unos días para que él se marchara de Ribanova, y los utilizamos para afianzar nuestro primer encuentro ante tazones de chocolate con picatostes en el Salón de los Espejos del hotel Almirante, paseos por el parque de Rosalía y largas sesiones doctrinales en las que en vano intenté enseñar a Elijah los rudimentos del juego de las canicas: tal como me había advertido, era una completa nulidad. Quizá para compensar su torpeza y agradecer mi magisterio con las bolitas de colores, Elijah se empeñó en darme clases de inglés que, a decir de su padrastro West, era el idioma del futuro. Así que de vez en cuando Elijah se dirigía a mí en una jerigonza incomprensible. Pero, para mi sorpresa, aquellas palabras en clave empezaron a cobrar sentido, y cuando Elijah decía «*ball*» señalando una canica, «*water*», cuando bebíamos el agua de las fuentes del parque y «*duck*» al señalar a los patos del estanque, yo no necesitaba más explicaciones. Aquel niño fue el primer y mejor profesor de idiomas que tuve en mi vida.

¿Ves? Éste es el retrato del bautizo. El montón de carne que mi madre llevaba en brazos era mi hermano Efraín. Mi padre es el del bigote y el sombrero canotier. Los otros son mis tíos y mis abuelos. Y ese hombre alto, rubio y de sonrisa radiante era Zachary West. Obviamente, Elijah es el niño que está a mi lado, agarrando mi mano y mirando hacia la cámara con un aplomo impropio de sus ocho años recién cumplidos. Siempre tuve la sensación de que, en ese mismo momento, Elijah West había empezado a desafiar al destino.

El señor West y su hijastro volvieron a Ribanova en los primeros días de septiembre. Yo había pasado el verano en un hotel familiar de Caldas de Reyes, donde mis abuelos tomaban los baños y mis padres hacían vida social con un puñado de amigos. Efraín había engordado y estaba más llorón que nunca, pero yo había terminado por acostumbrarme a su presencia y ya no me molestaba tanto compartir con él mi casa y mi familia. Los días en Caldas habían sido largos y aburridos. En el hotel no había muchos niños de mi edad, y los tres o cuatro huéspedes que se contaban entre mis contemporáneos se me antojaban estúpidos y pretenciosos, así que pasé el verano prácticamente solo. Lo mejor de aquellas semanas fueron las larguísimas cartas que Elijah West me hacía llegar desde cada una de las etapas de su fascinante periplo vacacional. Mientras yo me consumía de aburrimiento en un balneario del norte, mi nuevo amigo había estado con su padrastro en París, Viena y Praga, protegidos ambos por el pasaporte diplomático del señor West, que les abría las puertas de las embajadas centroeuropeas y también, supongo, las de la vida excitante que Elijah me describía prolijamente en aquellas cartas escritas en su mal español. Elijah hablaba de museos, de jardines, de palacios, hablaba de restaurantes de lujo y de porteros con librea, de chóferes de uniforme y de paseos a caballo, y por eso sus cartas eran tan interesantes como una novela de aventuras, mientras las que yo le enviaba no pasaban de ser simples telegramas que describían un veraneo más bien vulgar con el telón de fondo de las llantinas de Efraín y el ruido de la pelota en la cancha de tenis. Cuando en una de sus últimas cartas Elijah me informó de la intención de su padre de volver a Ribanova a principios de septiembre, pensé que la inminencia de la visita de mi amigo iba a servir para ayudarme a soportar el tedio mortal de las últimas tardes del verano.

Los West arribaron a Ribanova cinco días después de nuestro regreso de Caldas. Se instalaron, como siempre, en el hotel Almirante, y desde allí Zachary West nos envió una nota en la que nos hacía partícipes de su llegada a la ciudad y manifestaba su intención de visitarnos para ver a su ahijado cuando mis padres lo estimasen conveniente. Dos días después, Zachary West y su hijastro acudían a mi casa para compartir con nosotros el almuerzo dominical. Llegaron cargados de regalos para todos. Mi madre recibió un sombrero de madame Reboux, que hacía furor entre las parisinas elegantes; mi padre, una corbata de seda y unos gemelos de plata; para Efraín, dos faldones de batista, y para mí un tren de juguete que Elijah había elegido en una tienda de Viena. Creo que la generosidad de Zachary West nos abrumaba un poco a todos pero ¿a quién no le gusta recibir presentes? Así que, tras las protestas de rigor y los consabidos «no tendría que haberse molestado», mis padres debieron de decirse que en buena hora habían elegido a un caballero tan generoso como padrino de su hijo menor. Aquel día, después de la comida, Zachary West y mi padre se pusieron de acuerdo para tutearse.

—Después de todo —había dicho el americano— ahora somos casi familia.

A partir de entonces, mi relación con Elijah se hizo más estrecha. Mi amigo comía con nosotros un par de veces por semana, y por las tardes, cuando salía del colegio, era yo quien le visitaba en el hotel Almirante. Para nuestra satisfacción, Zachary West no manifestaba prisa alguna por regresar a Madrid, y yo empezaba a acostumbrarme a la presencia de Elijah cuando, una tarde, el señor West entró en la habitación en donde estábamos enfrascados en un juego de construcciones. La puerta se abrió de una forma tan violenta que media docena de piezas de madera sostenidas en precario equilibrio se precipitaron al suelo, pero el padrastro de Elijah pareció no darse cuenta.

—Elijah, *we must come back. Hurry up. We leave tonight.*

Y, ante la desolación que se dibujó en el rostro oscuro de mi amigo, añadió al marcharse:

—*I'm so sorry.*

Ayudé a Elijah a recoger los juegos y a hacer su maleta. Creo que nunca había visto a nadie tan triste como a aquel niño que doblaba su ropa con la maestría de quien está acostumbrado a hacerlo continuamente.

—¿Por qué os vais? —me atreví a preguntarle al fin. Él se encogió de hombros.

—No sé muy bien. Es por mi padre, por el trabajo. Siempre se está marchando. Le llaman, y se tiene que ir así, muy deprisa.

—Y a ti ¿no te importa?

Elijah volvió a componer un gesto resignado.

—*I'm used to.*

No sé por qué no contestó en castellano, pero, para mi sorpresa, entendí perfectamente lo que me había dicho. Elijah me hablaba muchas veces en inglés, y aunque no siempre comprendía sus parrafadas, poco a poco iba aprendiendo una lengua que entonces no estaba de moda: todo el mundo quería estudiar francés, que era el idioma de la poesía, de la diplomacia y del amor.

Mi padre y yo fuimos a la estación a despedir a los West. Elijah estaba enfurruñado y triste. En cuanto al padrino de mi hermano, llevaba en los ojos una rara expresión de urgencia que le hizo parecer distraído hasta en la forma de decirnos adiós. Mientras veía alejarse el tren que se llevaba a Madrid a mi mejor amigo, tuve el amargo presentimiento de que aquella vez él y su padrastro se marchaban de Ribanova con la perspectiva de no volver nunca más.

Las cartas de Elijah llegaban cada dos semanas. Si bien es cierto que ya no eran los textos vibrantes que había redactado durante el verano para hacerme partícipe de sus vacaciones novelescas, aquellas cuartillas seguían despertando mi interés, porque eran una prueba de que lejos de las murallas de Ribanova existía un mundo distinto al mío, aunque no era capaz de decidir si mejor o peor que el que me había tocado en suerte. Elijah me contaba que su padre había salido de viaje, y que pasaba los días bastante aburrido, asistiendo a las clases impartidas por su tutor y en compañía de los sirvientes de la casa. Los sábados acudía a montar a caballo en un club privado (en una de sus cartas me contaba que había visto al rey Alfonso XIII jugando al polo), y los domigos iba al cine a ver películas de Buster Keaton o de Charles Chaplin.

Si durante las vacaciones había envidiado la vida de mi amigo, ahora me daba cuenta de que en realidad el bueno de Elijah tampoco gozaba de una existencia perfecta. No parecía tener amigos, y es de suponer que los parientes del señor West se hallaban a muchos kilómetros de distancia. Cada vez que su padrastro salía de viaje (lo que sucedía con bastante frecuencia), el pobre se quedaba solo en aquella casa enorme en la que vivían, y que tantas veces yo había jugado a reconstruir basándome en las descripciones que de ella me hacía Elijah. Mientras, yo vivía en un tercer piso de cuatro dormitorios, con dos personas externas como todo servicio, y no sabía montar a caballo ni había visto al rey de España más que en los sellos de correos, las monedas de curso legal y las fotografías del *ABC*, pero tenía todo un ejército de parientes revoloteando a mi alrededor, muchos compañeros con quienes jugar y hasta un hermano pequeñajo y gritón que iba creciendo delante de mis narices y al que estaba empezando a querer.

Pasó el otoño y llegó el tiempo del Adviento. En Ribanova cayeron las primeras nieves, y mientras yo me deslizaba en un trineo artesanal que me había hecho mi abuelo, una carta de Elijah me informaba de que su padre le había prometido que pasarían las Navidades en una estación de esquí de los Alpes suizos. Aquellas noticias me decepcionaron, porque albergaba la esperanza de que los West volvieran para pasar en Ribanova las fechas pascuales, pero en mi carta de contestación me limité a pedir a Elijah que me enviase una postal desde las montañas. Empezaba a pensar que mis presentimientos no andaban desencaminados: quizá nunca volviese a ver al hijo de Zachary West.

Fueron unas Navidades blancas y felices. Nuestra casa, como cada año, se llenó de familia y de amigos que se reunieron con nosotros para compartir almuerzos y cenas de sobremesas larguísimas. El día 31 de diciembre se me permitió velar para recibir el año nuevo, y la mañana de Reyes los tres magos de Oriente dejaron junto a mis zapatos un montón de juguetes y de golosinas. A veces me acordaba de Elijah, que debía de estar en Suiza viendo caer la nieve o paseando en un trineo tirado por un solo caballo, como decía aquella canción inglesa que me había enseñado. No había vuelto a recibir cartas suyas, salvo una felicitación navideña garabateada apresuradamente en la que me expresaba sus mejores deseos para el año nuevo. Quizá Elijah había encontrado nuevos amigos en la estación alpina y se había olvidado de mí.

Y entonces, cuando ya me había resignado a dar por terminada mi relación fraternal con el pequeño West, ocurrió algo que cambió de golpe todas las cosas. Fue el 8 de enero de 1926. Yo acababa de regresar del colegio cuando el cartero llamó a la puerta para entregar un telegrama. Fue mi padre quien lo recogió. Lo leyó un par de veces, como si no entendiese bien lo que quería decir, y luego fue en busca de mi madre. Hablaron en susurros durante media hora en la que no se me permitió entrar en la sala donde se encontraban. Al fin, mi padre salió de aquel cuarto y, sin saberse observado, guardó el cable recibido en un mueble del vestíbulo de la entrada. Recuerdo perfectamente cómo me acerqué en completo sigilo al lugar donde mi padre había depositado el telegrama, y cómo, conteniendo el aliento, abrí muy despacio aquel cajón para hacerme con él. Lo leí allí mismo, con el corazón alborotado y conteniendo a la vez el aliento y la mala conciencia. Si cierro los ojos, puedo ver de nuevo aquellas líneas: Necesito vuestra ayuda stop Llegamos mañana once noche stop No aviséis a nadie stop. Y firmaba Zachary West.

Lucinda entró en el salón haciendo uso de su misteriosa capacidad para deslizarse, e interrumpió el relato de Silvio.

—Señor... es que... la cena.

Un poco sorprendida, miré mi reloj: eran casi las nueve.

—Me... me tiene que decir qué quiere que le prepare. Como hoy ha merendado tan tarde...

Silvio dijo que no tenía hambre. En realidad, creo que lo que quería era seguir con su narración y alejar de la sala a la criada, pero Lucinda era tan discreta como conocedora de sus obligaciones.

—Ah, no, señor, eso no puede ser. La señora Carmina dice que tiene usted que cenar algo todos los días, aunque sea poquita cosa. Le puedo traer una taza de caldo, una tortilla francesa, una ensalada de tomate y lechuga, unas tostadas con queso de Burgos o pollo cocido del que sobró a mediodía, pero no puedo dejar que se acueste sin comer. La señora Carmina dice...

Silvio detuvo la súbita elocuencia de Lucinda con un gesto de rendición.

—Está bien, tomaré el consomé. —Y volviéndose a mí—: Ya ves cómo me tienen, Cecilia. Aquí hay que tener apetito por obligación.

—Pues yo me marcho. Se me ha hecho un poco tarde. Volveré el próximo lunes.

Cuando salí a la calle, me sorprendió encontrarla casi desierta. Durante las horas de trabajo, las zonas comerciales parecen dotadas de una poderosa energía que se desvanece como barrida por el viento en cuanto cierran las tiendas. La calle se convierte entonces en un lugar distinto, con resabios de páramo, en el que a nadie extrañaría que brillasen los fuegos de San Telmo. A las diez de la noche, la zona de Velázquez era un conjunto de escaparates iluminados, de farolas encendidas en una luz amarillenta, de cortinas corridas, de verjas que se cierran y de aceras desoladas e inmóviles.

Entré en el metro pensando en Silvio, en la historia de Silvio, en los secretos de Silvio. Siempre y cuando hubiera alguno. Porque, a pesar del aire misterioso que sabía dar a la narración, a pesar de su acento solemne al relatar su propia historia, hasta el momento, el abuelo de Elena no me había hablado de nada particularmente excitante, salvo que alguien pueda considerar extraordinaria la amistad con un niño de otra raza. Claro que, para entender la situación, quizá habría que olvidarse de los criterios del siglo XXI y aplicar los imperantes en los años veinte. Es curioso pensar que hubo un tiempo, no tan lejano, en que el mundo era así: cerrado, pequeño, unánime. Miré con disimulo a mi alrededor, y junto a mí, en el vagón, había viajeros de media docena de nacionalidades distintas. Ellos también tendrían su historia y sus secretos. Como Silvio. Como yo.

Si pudiéramos conocer los secretos de todas las personas que se nos cruzan en el camino, creo que la carga sería insoportable. Por otro lado, saber que quienes nos rodean ignoran los nuestros nos porporciona una rara sensación de seguridad. A los ojos de la mujer que viaja enfrente (creo que es filipina) yo soy un ser incógnito, una página en blanco. Cuando me senté, cruzamos brevemente nuestros ojos, pero desviamos la mirada en un segundo, supongo que por no parecer indiscretas y para respetar el derecho del otro a ser ignorado. Yo no sé nada de ella, ella lo desconoce todo de mí, no sabe lo que siento ni cómo me siento, no se hace preguntas en torno a mi carácter o mis circunstancias vitales. Para esta mujer soy un simple contacto visual. Ahora se bajará del vagón y no volverá a verme, y no me olvidará porque ni siquiera se ha parado a pensar en que existo.

Esa paz que da el desconocimiento ajeno me fue de gran ayuda el día que murió mi madre. Aquella mañana de marzo, la casa de mi hermana se convirtió por unas horas en una especie de sucursal de cualquier manicomio. Si el dolor no hubiese llenado entonces hasta los más pequeños rincones de nuestros sentidos, creo que la escena hubiera podido resultar digna de un vodevil. Porque, cuando llegaron los servicios de emergencia y certificaron la muerte de mi madre, nos explicaron que, al no haberse producido el fallecimiento en un hospital, era necesario llamar a la policía. Así que ahí lo tenéis: un piso de poco más de cien metros cuadrados donde había un médico, una enfermera, un camillero y dos policías de uniforme, aparte de un bebé que acababa de despertarse, cuatro adultos anonadados por lo que estaba ocurriendo y, cómo no, un cadáver, pero no un cadáver cualquiera: el de mi madre. Enseguida aparecieron algunos allegados (mi tía, mi prima) con la encomiable intención de ayudarnos en todo lo posible, de compartir nuestra tristeza. Y de compadecernos, por supuesto. No podría ser de otro modo. Eran seres generosos, que nos amaban, que amaban a mi madre, que también se sentían heridos por su pérdida y por nuestro desconsuelo. Otras veces había sido yo quien había secado las lágrimas de otros, prodigado abrazos, transmitido serenidad y afecto. Esas cosas se me dan bien. Pero aquella mañana descubrí que no soportaba ser objeto de tantas atenciones. Que no quería que me consolaran. Que necesitaba manejar a mi aire todo lo que estaba sintiendo, porque no hay nada tan personal como el dolor, nada tan inmune a la buena intención ajena. Frente al dolor siempre estamos solos, y es necesario aprender a administrar esa sensación.

La casa estaba llena de gente y de lágrimas. Y entonces, en medio de aquel escenario demencial donde, al menos para la burocracia de la ley, éramos sospechosos de haber asesinado a mi madre hasta que un forense certificara lo contrario, mi hermana se dio cuenta de que la niña tenía que comer y que no había en la casa ni un solo potito. Así que me ofrecí a buscar una farmacia de guardia, pues para colmo de males estábamos en domingo. En domingo de Pascua, para ser más exactos. Todo Madrid flotaba, pues, en el limbo particular de los días festivos.

Era una preciosa mañana de marzo. Descubrí las primeras flores tiernas apuntando en las ramas de los árboles, y hasta me pareció que podía oler su perfume dulzón. Atravesé un parque donde jugaba todo un ejército de niños, hartos de tantos días de reclusión a causa del mal tiempo. En los bancos había padres leyendo el periódico, parejas besándose, jubilados matando el tiempo de su eterno domingo. Me crucé con una adolescente esbelta que patinaba con los brazos abiertos como si tuviese alas, con un niño gordito a quien su padre enseñaba a montar en bicicleta, con una pareja de ancianos que regresaban de la procesión del Domingo de Ramos llevando en la mano, en una escena de otra época, las palmas bendecidas de la Semana Santa. No había nada a mi alrededor que pudiera considerarse deprimente o luctuoso: al contrario, el ambiente que se respiraba en la calle era casi festivo y, en general, tímidamente feliz. El mundo seguía existiendo al margen de mi pena. La vida común me ignoraba y transcurría al ritmo habitual.

Siempre pensé que, en medio de la desdicha, la alegría ajena podía considerarse como un insulto. Pero no es así. La normalidad del entorno era como una especie de bálsamo para las heridas que sangraban en mi interior, un soplo de paz para la conmoción que acababa de sacudir mi vida. Hice un extraño ejercicio de imaginación e intenté ver toda la realidad en su conjunto, conmigo dentro, preguntándome si había algo en mí que desentonara en aquel escenario apacible de una mañana de marzo. Pero no lo había. Allí estaba yo, con mi desdicha, rodeada de niños que jugaban, de hombres y mujeres, y ancianos perezosos, y muchachas ligeras de pies, y chicos de voz aflautada por la pubertad que se llamaban unos a otros. Qué alivio, qué infinito alivio, pensé al caer en la cuenta de que todas aquellas personas ignoraban el tamaño de mi dolor. Nadie me compadecía, nadie se fijaba en mí ni observaba mis reacciones. Yo era un elemento más de la amable mañana de primavera, una pieza que no contribuía a hacer mejor la escena, ni tampoco a empeorarla. Una pieza perfectamente prescindible, pero no necesariamente indeseable.

Para participar del juego, compré los periódicos en el quiosco, y durante un segundo me sentí como en un domingo cualquiera. El que me viese pensaría que la lentitud de mis pasos estaba provocada por la indolencia del fin de semana, por la falta de prisa dictada por los días festivos. Una mujer que camina despacio tras comprar la prensa, bajo el primer sol del año. Ésa era yo para los demás. Nadie especial, nadie distinto, nadie digno de conmiseración. El quiosquero me había dado el cambio con una indiferencia absoluta, libre de atención y de vestigios de lástima. La mujer de la farmacia que me vendió los potitos debió de confundirme con una madre poco previsora. El conductor que se detuvo en un paso de cebra no lo hizo por compasión hacia mi condición de huérfana reciente sino probablemente por dar ejemplo a sus dos hijos, que disfrutaban del domingo en el asiento de atrás. Y el niño del monopatín que estuvo a punto de destrozarme un tobillo al pasar junto a mí me sacó la lengua con una fiereza que no hubiera utilizado, a buen seguro, de saber que mi madre acababa de morirse. Recorrí el camino a casa con los periódicos bajo el brazo, llevando en la mano la bolsa de la farmacia, una tristeza intensísima en el corazón y, en la cabeza, la seguridad de que la vida estaba esperando mi regreso.

Me había entretenido tanto junto a Silvio que llegué a mi apartamento bastante tarde. Aquella noche tenía una cita con unos amigos, y me quedaba el tiempo justo para darme una ducha rápida. Con el albornoz puesto consulté el correo electrónico. Había cuatro mensajes: una oferta de vuelos baratos de un buscador que utilizo a menudo, el acuse de recibo de una factura que había enviado, una nota de la editorial preguntándome cómo iban los dibujos (que era una forma de decir «te estás retrasando más de lo debido») y un texto que me enviaba Elena desde Nueva York:

Ceci querida, espero que todo vaya bien con el abuelo. A veces me remuerde la conciencia por haberte echado el muerto encima, pero cada vez que mi madre empieza a dar la murga con el asunto de que Silvio está solo en Madrid, le recuerdo que tú estás yendo a verle y se queda más tranquila. Los niños están muy contentos con su abuela aquí y mi madre dedica todo el tiempo libre a maleducarlos, cuando se marche me va a costar meses volver a reconducirlos. Por cierto, Eliza me dice que te mande besos y más besos y que te pregunte cuándo vas a venir.

Mi padre está bien, bueno, bien a medias, pero por lo menos no está mal. Esta semana va a pasarse tres días ingresado en el hospital porque tienen que aislarlo completamente para hacerle unas pruebas. El médico asegura que no es nada importante, aunque digo yo que si no es importante no sé para qué le tienen que aislar al pobre. Peter dice que no me meta porque los médicos saben lo que tienen que hacer, pero yo no las tengo todas conmigo.

Te echo de menos.

ELENA

Normalmente contesto de inmediato a los correos de Elena. Esta vez no lo hice: hubiera tenido que hacer referencia concreta a sus recelos sobre la clase médica, y para tranquilizarla al respecto me hubiese visto obligado a mentir. Porque los médicos no son infalibles. A veces cometen errores. Errores tremendos e irremediables. A mi madre, uno de esos errores la privó de algunos meses de vida. Cuántos, no lo sé. Pero aunque hubiese acortado su final sólo unas cuantas horas, tendría motivos para detestar de por vida al matasanos que confundió una metástasis ósea con una ciática severa. Porque eso fue lo que le ocurrió a mi madre: en lugar de una terapia contra el cáncer, durante cinco meses recibió tratamiento para un problema de huesos. El cretino que ni siquiera le hizo un análisis de sangre le prescribió antiinflamatorios, aspirinas y unas sesiones de rehabilitación que la dejaban agotada de cansancio y de dolor. El muy insensato tardó semanas en solicitar una resonancia magnética, y ni siquiera lo hizo por el procedimiento de urgencia: total, ya se sabía lo que era aquello, el ataque de ciática de una postmenopáusica quejica que se inventaba excusas para no hacer los ejercicios y lloriqueaba con los estiramientos. Nada que mereciera la pena tomarse en serio. Así que mi madre perdió cinco meses preciosos que el cáncer aprovechó para seguir disparándose.

Siempre me he preguntado si el médico de mi madre sintió algún remordimiento a causa de su ineptitud, si alguna vez se reprochó su falta de rigor, su dejadez, su incompetencia. Y algo me dice que no. A pesar de que conocía a mis padres, jamás nos llamó para preguntar cómo iban las cosas, ni tampoco lamentó ante nosotros el haberse equivocado en su diagnóstico de forma tan evidente. Por eso creo que aquel médico se limitó a anotar su equivocación en el mismo cuaderno imaginario en el que apuntaba todas sus chapuzas, y donde supongo que se mezclan, sin orden ni concierto, escayolas retiradas antes de tiempo, vendajes mal colocados, fisuras ignoradas y la muerte de una mujer que debía estar viva. Todo el mundo se equivoca, debió de decirse, es lamentable pero sucede. Y nadie podría llevarle la contraria. Yo me equivoqué con el código de colores en una ilustración, y si el impresor no llega a darse cuenta, el dios Júpiter hubiese tenido la cara verde en la portada de un libro. Mi error hubiese llevado a confundir a una deidad griega con el increíble Hulk. Cualquiera puede equivocarse, me dijo el editor mientras arreglaba el desaguisado. Claro que sí. Hasta los doctores lo hacen. Y no pasa nada. Un gazapo, una chapuza, un descuido sin mala intención. A veces pienso que los médicos deben ser extraordinariamente indulgentes consigo mismos, pues a diferencia de los de los demás, sus errores acaban siempre bajo tierra.

Contesté al correo de Elena sin hacer mención a sus temores sobre la posible torpeza de los doctores de Manhattan:

Querida:

Di a tu madre que no tiene que preocuparse, que Silvio está estupendamente y que Lucinda se ocupa de la organización de la casa con más rigor que un coronel de artillería. Hoy he ido por allí, y volveré el lunes.

Abrazos para ti y para tus padres. Da un beso a los niños de mi parte, y dile a Eliza que la próxima vez que vaya a vuestra casa le llevaré un regalo tan bonito, tan bonito, que ni siquiera se lo puede imaginar.

CECILIA

Hacía un par de semanas que le había comprado a la pequeña Eliza un disfraz de mariposa, con alas transparentes y unas antenas de colores que se colocan como una diadema. Le va a gustar. Supongo que a los niños les sigue encantando disfrazarse. Y, después de todo ¿qué se le puede comprar a una pequeña neoyorquina hija de un médico rico que ya debe de estar de vuelta de cualquier cosa? De hecho, en esta época es difícil hacer regalos a los niños; a partir de cierta edad, no les ilusiona casi nada, a pesar de que los juguetes que hay en las tiendas son cada vez más bonitos y más perfectos. Cuando nosotros éramos pequeños sólo había media docena de muñecos con la cabeza grande y dura, algunos juegos de mesa y las construcciones de toda la vida que, por cierto, me parecían de lo más entretenido. Ahora, cada juguetería es igual que una Disneylandia en pequeñito. Ojalá yo hubiera tenido todos esos juguetes. Lo más sofisticado que me regalaron fue una muñeca que se hacía pis y echaba mocos y babas, y era capaz de andar con unas piernas rígidas de víctima de la polio. En el siglo XXI, los muñecos tienen el tacto tierno de los bebés, y es difícil resistir la tentación de acunarlos como si fueran niños de verdad, con la piel tibia y olorosa a leche y a polvos de talco.

Hace unos días compré un muñeco de esos para mi sobrina, a pesar de que es demasiado pequeña para jugar con él. Siempre me ha gustado comprar cosas. Cosas para los demás, cosas para mí: un pastel de yema para mi cuñado, que adora los tocinos de cielo; fresas para mi hermana, chocolate para una amiga. Cada vez que venía mi madre, compraba para ella boquerones en vinagre y escabeche de atún. Le volvían loca los encurtidos. También le llevaba caramelos de violeta, una porción de tarta capuchina, confit de pato o aceitunas rellenas. O churros para tomar con el desayuno. Le encantaban los churros con el café con leche, y agradecía hasta el infinito el que alguien se hubiese desviado unos metros de su camino para comprarle este o aquel capricho. No había nadie en el mundo con un sentido de la gratitud tan desmesurado. Le llevabas una bolsita de aceitunas con anchoa y era como si hubieses aparecido en casa con el tesoro de Alí Babá.

Por eso siempre estaba buscando cosas para comprarle. No era por ella, sino por mí, porque me encantaba disfrutar de su reconocimiento. Y aún ahora, cuando hace medio año que murió, me sorprendo a mí misma asomada a la sección de conservas de El Corte Inglés para seleccionar el próximo obsequio. Es sólo un segundo, claro. Enseguida vuelvo a la vida real, y ya no puedo ser una hija que compra regalitos a su madre para recibir de ella todo aquel torrente de satisfacción que era como un aliento de vida. La última cosa que le compré fue un jersey, un jersey de color malva, de lana suave, con un poco de escote. Mi madre estaba en la cama cuando se lo llevé. Y aún así, enferma y triste, aquel jersey le encendió la mirada.

—Qué bonito. Siempre me estás trayendo cosas.

Pero no lo decía protestando, como esas personas ñoñas que se quejan cuando reciben un regalo, como si las dádivas fuesen un motivo de ofensa. Mi madre entendía lo que significaban aquellos presentes, los boquerones, los caramelos, el jersey de lana. Eran pequeñísimos, insignificantes actos de amor que ella se encargaba de llenar de sentido. Llegó a estrenar aquel jersey. Ahora lo llevo yo. Cuando me lo pongo, vuelvo a ver a mi madre y la luz de sus ojos enfermos.

El fin de semana pasó deprisa. Vi a mis amigos de siempre y nadie me preguntó por Miguel, aunque en algún momento casi todos me interrogaron con la mirada. Yo guardé silencio. Aún no había decidido qué iba a contarles. De hecho, ni siquiera estaba muy segura de los pasos que iba a dar a continuación. Seguía sin contestar al teléfono. Si había esperado tantos meses para hablar conmigo, bien podía aguardar unos cuantos días más a que yo levantase el auricular.

Pasé en casa todo el domingo, trabajando en las ilustraciones de *El patito feo* y comiendo galletas caducadas de una lata que había comprado en Holanda unos meses atrás. El teléfono no sonó en todo el día, y tampoco lo hizo el lunes por la mañana, ni a mediodía, cuando salí de casa para tener una reunión en la editorial.

Al volver seguía pensando en el silencio del teléfono, que me parecía incomprensible. No sé por qué había pensado que esta situación iba a durar eternamente, que Miguel podía pasar toda la vida ignorando mis silencios tercos. Había dejado de llamar, y en vez de entender como una victoria la repentina mudez del teléfono, me embargaba una especial sensación de derrota. No había sido una buena jornada. En la reunión, la editora que me había encargado las ilustraciones de los cuentos puso algunos problemas a los bocetos que le había enviado. Sus objeciones me parecieron estúpidas, y discutimos. Al llegar a casa, descubrí que me había dejado un grifo abierto, y como el desagüe del lavabo llevaba atascado un par de días, había provocado un conato de inundación. Me pasé una hora dale que te pego con la fregona, intentando ver el lado positivo del asunto: al menos, el agua no había llegado al piso de abajo. Pero resulta difícil ser optimista cuando mi casa está medio encharcada, me he peleado con mi jefa y el teléfono ya no suena.

Había quedado en ir a ver a Silvio aquella tarde, pero no me apetecía ni tanto así. En aquel momento, su historia ni siquiera me interesaba. Pensé en inventar una excusa para ahorrarme el viaje a la calle Velázquez. Después de todo, no tenía ninguna obligación con Silvio, y el primer día quedó muy claro que no había compromisos por mi parte. Él mismo me lo había dicho, no quiero que te compliques la vida para verme. Entonces ¿qué me impedía coger el teléfono, llamar a casa de Silvio y decirle que teníamos que dejar nuestro encuentro para otra tarde? Quizá mi particular sentido de la formalidad. Silvio estaría esperándome ante la mesa de la merienda, buscando en la caja de fotografías una imagen adecuada para ilustrar su relato de la tarde. Guardé la fregona, me aseguré de que el grifo estaba esta vez bien cerrado y me preparé para salir.

Cuando llegué a casa de Silvio, Lucinda estaba a punto de servir el té, y Silvio había colocado en un lugar bien visible una fotografía algo quemada que les inmortalizaba a él y a su amigo Elijah a punto de subir en un balandro. Iban vestidos de domingo, y junto a ellos, mirando a la cámara con el descaro de un galán de cine, estaba el aviador americano. Merendamos casi en silencio, y luego Silvio empezó a hablar. Para mi sorpresa, retomó la narración en el punto justo en que la había dejado: con el extraño telegrama de Zachary West.

La noche en que debía producirse la misteriosa llegada de Zachary West, mi madre me envió a la cama sin mucha convicción, «acuéstate y duerme», me dijo, pero mi padre y ella estaban demasiado pendientes de otras cosas como para preocuparse de mis horas de sueño. La jornada había transcurrido entre silencios y susurros, entre las miradas furtivas y llenas de ansiedad que intercambiaban mi padre y mi madre y un montón de preparativos desordenados para no se sabía qué exactamente. Me imagino que pasaron el día haciéndose preguntas, sopesando posibilidades, elucubrando y tratando de leer entre las líneas del cable recibido. Puede que te extrañe, pero a veces creo que, a mis ocho años, fui el único que entendió el telegrama de Zachary West, el único que intuyó que la visita de nuestro común amigo era el preludio de acontecimientos que iban a cambiar las vidas de todos nosotros, y, sobre todo, mi propia vida.

Como cada noche, a las diez me puse el pijama, y merodeé por el salón hasta que alguien (creo que fue mi abuela) dijo que no eran horas para andar de paseo, y sin muchas contemplaciones me enviaron a mi cuarto. Desde allí, con la luz apagada y la puerta entreabierta, tratando de no hacer ruido y acompasando mi respiración para que a cualquier curioso pudiera parecerle la de un durmiente, luché por permanecer despierto y con todos los sentidos en guardia para no perderme nada de lo que iba a pasar a continuación.

El llamador sonó una sola vez en mitad de la noche. Acababan de dar las once en el reloj de pared del pasillo. Me levanté como si tuviese un resorte en la espalda: si quería escuchar algo, lo haría mejor junto a la puerta, así que me situé en la entrada de la habitación y afiné el oído. Tras unos segundos percibí el sonido del pestillo al descorrerse, y la voz de mi padre dando la bienvenida a Zachary West... Casi inmediatamente oí avanzar a ambos por el pasillo en dirección a los dormitorios, y tuve el tiempo justo de meterme en la cama y taparme hasta la nariz, porque el señor West entró en la habitación llevando en brazos a Elijah. Parecía sumido en un sueño imperturbable. Mi padre y él le quitaron los zapatos, y le tumbaron vestido en una cama gemela a la mía. Luego, tras arroparlo, Zachary West besó en la frente a su hijo adoptivo antes de salir de la habitación. Creo que no tuvo tiempo de escuchar a Elijah murmurando algo en sueños. Pensé que mi amigo iba a despertarse, pero no fue así, y unos segundos después, a pesar de mi esfuerzo por permanecer en vela, yo también me quedé dormido.

Cuando abrí los ojos a la mañana siguiente, Elijah seguía durmiendo. Al mirar mi reloj de pulsera (un generoso regalo del abuelo con motivo de mi primera comunión), me di cuenta de que eran las nueve y media: no me habían levantado a tiempo para ir al colegio. Hacía frío aquella mañana, y una fina capa de nieve recién caída velaba la claraboya de mi habitación. Hubiese querido despertar a Elijah, alegrarme con él por su sorprendente llegada y preguntarle si iba a quedarse mucho tiempo en Ribanova y en mi casa, pero una misteriosa ráfaga de prudencia me dijo que era preferible dejar dormir a aquel niño que, tapado con el cobertor y vestido con ropa de calle, se me antojó más pequeño y más débil de lo que yo lo recordaba.

Salí de mi habitación con los pies descalzos y la bata de paño mal anudada sobre el pijama. Toda la casa estaba en silencio, lo cual resultaba sorprendente, porque las dos sirvientas de la familia eran vocingleras y escandalosas, y hacían las labores de limpieza cantando cuplés y aires de zarzuela. Al entrar en la cocina sólo vi a mi abuela y a mi madre, hablando en voz baja y con un aire de tan inequívoca gravedad, que ya no tuve ninguna duda de que algo extraño estaba pasando.

—¿Donde están Toñita y Asela? ¿Por qué no me habéis despertado para ir a clase?

Mi madre dibujó una sonrisa.

—Toñita y Asela me pidieron el día libre. En cuanto a ti... pensé que preferirías quedarte en casa para poder estar con Elijah. Porque ya has visto que está en tu cuarto, ¿verdad?

Yo tenía ocho años, pero en modo alguno era un idiota, y habría que serlo para creerse el cuento de que mis padres habían consentido que hiciera novillos para que pudiera dar la bienvenida a un amigo. De todas formas, no era el momento de hacer muchas preguntas. Mi abuela me puso delante un tazón de leche y una rebanada de pan untada con manteca.

—Desayuna.

—No tengo hambre.

—Pues da igual. —Se dio la vuelta y quedó mirando los fogones. Mi madre se sentó junto a mí, que revolvía, desganado, el azúcar en la leche.

—Bueno, Silvio... tengo buenas noticias para ti. Elijah va a quedarse con nosotros una temporada.

—¿Eso cuánto tiempo es?

—Pues... no sé, unas cuantas semanas, quizá un par de meses. ¿Qué pasa, no te alegras?

—Sí, claro... ¿Y el señor West? ¿También va a quedarse son nosotros?

A pesar de su fugacidad, no me pasó desapercibida la mirada que intercambiaron mi madre y mi abuela.

—Oh, no. —Mi madre intentaba parecer despreocupada—. Ya sabes, él tiene muchos negocios en el extranjero, y va a estar fuera del país durante un tiempo bastante largo. Cuando nos lo contó, papá y yo le propusimos que dejara a Elijah en nuestra casa.

Incluso de no haber leído aquel telegrama, hubiera estado seguro de que mi madre me mentía. Había algo raro en su fingido tono festivo, en su esfuerzo por normalizar la llegada de Elijah y su permanencia con nosotros. Creo que uno de los más raros momentos de la infancia es aquel en el que descubres que tus padres te mienten. Hay algo que se quiebra, una especie de decepción sorda, de mudo reproche hacia aquellos en los que habías depositado tu confianza absoluta en la seguridad de que nunca iban a engañarte. A otros niños les sucede al enterarse de la verdadera identidad de los magos de Oriente, pero a mí me pasó aquella mañana, ante un vaso de leche caliente, mientras mi madre se enredaba en explicaciones atolondradas para justificar la estancia en nuestra casa de mi mejor amigo.

Elijah se despertó poco después. Apareció en la cocina con la ropa arrugada y el pelo revuelto, dio los buenos días y aceptó la taza de leche y las tostadas que le ofreció mi madre. No había acabado el desayuno cuando ya él y yo habíamos recuperado nuestra antigua amistad, interrumpida durante más de tres meses. No parecía extrañado de encontrarse en mi casa, ni tampoco echar de menos a su padre ni a su vida habitual. Cuando, después de asearnos y vestirnos, mi madre nos dejó jugando juntos en la habitación en espera de la hora del almuerzo, mi amigo y yo pudimos tratar lo que estaba ocurriendo. Yo le hablé del famoso telegrama, cuyo texto recordaba sin dificultad alguna, y él reconoció que, en efecto, su padre adoptivo viajaba con cierta frecuencia.

—Pero esta vez debe de ser distinto —dijo.

—¿Porque te han traído aquí?

Elijah frunció el ceño.

—Por eso y por otras cosas. En los últimos días, Zachary estaba preocupado. Le llamaban por teléfono muchas veces...

—¿Tenéis un teléfono en casa?

—Sí. —Aunque yo hubiera querido que ahondara en detalles, Elijah no pareció dar mucha importancia a semejante prodigio—. Y hace tres noches alguien vino de visita más tarde de las doce. Zachary pensó que yo estaba durmiendo, pero escuché el timbre y me levanté. Era un hombre mayor, muy alto, con uniforme. Se metieron en el despacho y estuvieron allí hasta el amanecer. Al día siguiente mi padre me dijo que iba a traerme a Ribanova por unas semanas. Yo me puse contento, porque así podría verte y estar contigo. Otras veces me quedo solo en casa con los criados. Es muy aburrido.

A pesar de que aquella situación contaba con muchos elementos enigmáticos, Elijah no parecía preocupado, ni siquiera excitado. Supongo que sus ocho años de vida habían estado jalonados de acontecimientos excepcionales, de forma que su traslado a mi casa por un período de tiempo sin definir debió de parecerle un asunto menor. Aquel mismo día, durante la hora del almuerzo, mi padre le dijo a Elijah que estaba muy satisfecho de tenerle con nosotros, y que su padre volvería a buscarlo en cuanto resolviese unos asuntos que tenía pendientes en el extranjero.

—Mañana empezarás a ir a clase en el colegio de la Compañía de María. Ya he hablado con el director y está todo arreglado. No sabemos cuánto tiempo va a pasar antes de que tu padre regrese, y él no cree conveniente que pierdas el ritmo de estudio. Tu preceptor no puede trasladarse a Ribanova, de modo que es mejor que vayas al colegio. Así harás nuevos amigos, ¿eh?

Elijah asintió con docilidad, pero me di cuenta de que la perspectiva de ir a clase no parecía hacerle demasiado feliz. Su español era todavía bastante pobre, se sabía diferente y no estaba muy acostumbrado al trato con contemporáneos. Al día siguiente, cuando salimos hacia el colegio, me confesó que estaba asustado. Llevaba puesto un grueso abrigo de lana oscura y unas botas especiales para caminar por la nieve que Zachary West le había comprado en Suiza durante las últimas vacaciones. Su cartera escolar era nueva, y también sus cuadernos y sus lapiceros: estaba claro que su padre había intentado equiparlo perfectamente para la etapa escolar.

Como era de esperar, toda la clase quedó en silencio cuando Elijah ocupó el pupitre que le habían asignado. Nuestro tutor le dio la bienvenida al colegio en un tono extremadamente ceremonioso, para pedir a continuación a todos los alumnos que fuesen agradables con el recién llegado.

—Recordad que todas las criaturas de Dios somos iguales ante él, que nadie es mejor que nadie y que no debemos menospreciar a aquellos que han nacido diferentes a nosotros. ¿De acuerdo?

Elijah escuchó aquel discurso torpe e inoportuno con los ojos clavados en su cuaderno de tapas azules mientras todas las miradas convergían en él. Yo no observaba a Elijah, sino a mis compañeros, y me di cuenta de que, lejos de la figura protectora de su padre aviador, Elijah no era para ellos un ser digno de envidia, sino una criatura diferente que no pertenecía a nuestro mundo.

La primera lección del día era la de lengua española, y con ella empezaron también los problemas de Elijah, que no dominaba nuestro idioma y al ser preguntado cometió algunos errores de expresión que provocaron las risas del resto de los chicos. La expresión de mi amigo cambió al escuchar las primeras carcajadas, su mirada se hizo más sombría y su gesto más duro. Ahora creo que el señor West cometió un gran error al insistir en educar a su hijo entre las paredes protectoras de su casa, privándole así del contacto con otros niños y acentuando su conciencia de ser distinto a los demás. Elijah no sabía jugar en grupo, ignoraba los rudimentos de los deportes de equipo (él, que sabía esquiar y patinar y había ganado ya un campeonato de tenis), y era incapaz de participar de las bromas y chanzas que se intercambian a diario los compañeros de estudios. Me había demostrado varias veces que a pesar de su escaso vocabulario era un gran narrador, pero la locuacidad que demostraba en privado se desvanecía en presencia de mucha gente. Creo que jamás he visto a nadie tan despistado y tan al margen del mundo como a Elijah West en aquellos primeros días de clase.

Es justo reconocer que los chicos tampoco le pusieron las cosas demasiado fáciles. Los gallitos de la clase (tres o cuatro muchachos más altos que el resto que ejercían sin discusión su reinado sobre el aula) le condenaron al ostracismo desde el primer recreo, cuando admitió con su media lengua que jamás había jugado al fútbol. Supongo que, en el fondo, sólo estaban buscando una excusa para marginarle, y la impericia de Elijah en cuestiones deportivas les puso la disculpa en bandeja. Cuando uno se hace mayor, y sobre todo cuando la inteligencia se desarrolla de forma correcta, las cosas distintas nos atraen poderosamente. Pero, cuando uno es un niño o un completo estúpido, rechazamos sin dudar todo aquello que es diferente, y nos negamos a admitirlo en nuestras vidas por miedo a alterar aquello que consideramos bien construido. La primera vez que los chicos de Ribanova se encontraron con Elijah, vieron en él a un ser de excepción porque sólo estaba de paso en la ciudad y en sus vidas. Pero, ahora, aquel negrito desconocido había llegado para quedarse, con sus botas nuevas y su cartera de cuero, y eso no podía ser. En aquellos días tuve la amarga ocasión de descubrir la infinita crueldad de niños que habían sido mis amigos y que pretendían someter a Elijah al más pavoroso de los aislamientos en castigo a su osadía al variar, siquiera temporalmente, la rutina de todos nosotros.

¿Y yo? ¿Qué iba a hacer yo? A los ocho años, se necesita mucho valor para alinearse en contra de un grupo y a favor de un individuo enviado al destierro. Cuando se es niño uno no quiere proteger su individualidad, sino sentirse parte de un colectivo, ser aceptado por los demás, admirado y querido, igual al resto. Por eso creo que nunca fui tan valiente como en el instante en que decidí por mi cuenta que no iba a dejar solo a Elijah frente a unos niños que, hasta entonces, habían sido parte de mi mundo. Cuando aquel primer día, en el recreo, reconoció que no sabía jugar al balón, ni al marro, ni a la billarda, y se alejó sin mirarme para no poner en un brete mi lealtad hacia él, abandoné sin dudarlo el grupo de muchachos que se organizaban para pasar media hora de libertad. Aquel día no jugué con mis compañeros de clase (de hecho tardaría mucho en hacerlo de nuevo), pero puse otra piedra para hacer indestructible mi amistad con Elijah.

A pesar de sus problemas con el idioma, a Elijah le iba bien en casi todas las clases. Era muy bueno en matemáticas y en geografía, y hasta creo que aquellas lecciones le aburrían un poco, porque iba muy adelantado con respecto al resto del grupo. Deseé muchas veces que mi amigo fuese capaz de dejar de lado su timidez y sus complejos, porque desde su insólita experiencia mundana hubiese podido referir al resto de los compañeros todo un filón de anécdotas inverosímiles. Ninguno de nosotros había salido jamás al extranjero, pero Elijah conocía Londres, París y Roma, Viena y Bruselas, Budapest, algunas ciudades del norte de Marruecos, las montañas suizas, la metrópoli de Nueva York (que en los años veinte estaba tan lejos de Ribanova como la tierra de la luna) y, por supuesto, la inmensidad de los paisajes africanos que recordaba vagamente de su primera infancia en Nigeria. En vano le animé a que hablase a los otros chicos de aquellos lugares excitantes, pues estaba seguro que de hacerlo mi amigo se hubiera ganado para siempre la admiración de aquellos que le ignoraban, o aún peor, habían decidido convertirle en un permanente inadaptado.

—¿Por qué no les cuentas lo de la estación de esquí? ¿O lo de aquella vez que montaste en camello en el desierto?

Pero Elijah se negaba.

—Ya te lo he contado a ti.

En aquellos días, y a pesar de que Elijah West hacía notables progresos con el español, él y yo solíamos tener algunas conversaciones en inglés, que yo aprendía casi sin darme cuenta. Usar otro idioma para hablar entre nosotros era una forma de construirnos un refugio particular, un sanctasanctórum en el que no podía entrar nadie y nadie, tampoco, podía hacer daño a Elijah.

Las cartas de Zachary West llegaban con bastante frecuencia. Mi padre siempre se las daba a Elijah después de haberlas abierto, y él las leía tumbado en la cama, levemente decepcionado por lo insulso de su contenido. Su padre sólo le contaba que las cosas iban bien, que le echaba mucho de menos y que pronto volvería a buscarle, que fuese bueno en casa, que estudiara, que se portase bien conmigo. En vano buscaba Elijah alguna referencia al lugar en el que Zachary se encontraba, algún dato sobre el trabajo que estaba desempeñando dondequiera que fuese. Los sobres podían ser una pista, por supuesto, pues el matasellos indicaría al menos el lugar de procedencia de la carta, pero mi padre entregaba a Elijah tan sólo los folios escritos.

—¿Por qué no te da los sobres?

—No sé. A lo mejor quiere quedarse con los sellos. ¿Es coleccionista, tu padre?

Pues no, mi padre no coleccionaba nada, ni sellos, ni cajas de fósforos, ni monedas antiguas, ni ninguna otra cosa. Y, la verdad, tampoco era propio de él el dedicarse a abrir las cartas de un pobre chico para escamotarle los sobres, los sellos o lo que fuera. Tenía que haber algo más. Así que, sin decir nada a Elijah, decidí actuar.

Las cartas de Zachary West se recibían con un intervalo de diez días, así que cuando estaba próxima a llegar la siguiente misiva monté guardia en el portal de nuestra casa para así coincidir con el cartero. Era un hombre bajito y bonachón, algo pasado de kilos, a quien parecía costar un trabajo ímprobo el arrastrar su saca atiborrada por las calles de Ribanova.

—Hola...

—Hola. Tú eres el chaval de los Rendón, ¿verdad?

—Sí. ¿Tiene algo para nosotros? Yo puedo llevarlo, voy a subir a casa ahora mismo.

Vivíamos en un tercero de escaleras más bien empinadas. Aquel funcionario de correos debió de decirse que si había una oportunidad de evitar subirlas con la bolsa a cuestas, era su obligación aprovecharla.

—Hay una carta para tu padre. —Me tendió un sobre bastante grande de papel de estraza—. Pero no te olvides de entregársela, ¿eh? Estas cosas son importantes...

—No se preocupe. Se la daré ahora mismo.

Ni siquiera miré la carta. Aparentando una indiferencia por aquel sobre que estaba muy lejos de sentir, lo guardé en la cartera escolar y luego subí los escalones de dos en dos. Cuando llamé al timbre de nuestro piso, apenas me quedaba aliento para respirar.

—¿Dónde te habías metido? Te están esperando para comer. —Asela, la criada, me miraba con cierta ferocidad—. Anda a lavarte las manos, que tu padre está empezando a enfadarse.

Ni siquiera pude sacar el sobre de la cartera. Entré en el comedor, escuché el consabido sermón sobre la necesidad de ser puntuales a la hora de las comidas y di cuenta del almuerzo sin dejar de pensar en lo que acababa de hacer. Luego, cuando Elijah y yo volvimos a salir hacia el colegio para las lecciones de la tarde, le conté lo que había hecho y le enseñé mi botín: aquella carta venía de Madrid y estaba dirigida a mi padre. El remitente era un tal Fernando Pérez.

—¿Conoces a alguien que se llame así?

Elijah dijo que no con la cabeza. Empecé a pensar que quizá había cometido un error, y la misiva en cuestión no tenía nada que ver con las que enviaba Zachary West. Pero mi padre nunca recibía correspondencia de la capital, y aquel sobre oscuro y voluminoso ni siquiera parecía un envío corriente. Así que tomé una decisión heroica: abrirlo y examinar su contenido. Elijah no estaba muy seguro de querer hacerlo, y así me lo dijo en su español atravesado.

—Quizá vas a tener problemas, tú.

Pero ya había rasgado el sobre. Dentro había otra carta con el membrete del embajador de los Estados Unidos de América en Madrid. Al abrirla apareció otro sobre enviado por la embajada estadounidense en Alemania y protegido por media docena de sellos de lacre. El propio Elijah me ayudó a romperlos, indiferente ya a la perspectiva de algún castigo. Dentro, por fin, aparecieron dos folios escritos con la caligrafía clara y menuda de Zachary West. Mi amigo los leyó por encima.

—Dice todo como siempre. Que me porte bien, que estudie, que volverá pronto. Bueno. —Se guardó los folios en un bolsillo—. Por lo menos, ahora ya sé que está en Alemania.

—¿Y por qué no te manda las cartas él mismo?

Elijah me miró con seriedad.

—Porque no quiere que nadie sepa que está allí.

Las cartas de Zachary West siguieron llegando cada diez días, pero nadie preguntó por la que se había perdido. En los años veinte el correo funcionaba bastante mal, y no era extraño que alguna carta no llegase a su destino. Terminó el mes de enero, y luego llegó febrero con las emociones del carnaval. Elijah y yo nos disfrazamos de máscaras y asistimos juntos a un baile infantil en el Casino. Estuvimos solos casi toda la tarde, porque los otros chicos sólo se acercaban a hablar con nosotros azuzados por sus madres, y abandonaban nuestro pequeño grupo en cuanto éstas dejaban de vigilarles. Bien es verdad que ni Elijah ni yo demostramos que nos importara nada aquella actitud de nuestros supuestos amigos. Juntos y solos pasamos una tarde estupenda con nuestros capuchones y nuestros antifaces de cartón, bebiendo naranjada y hartándonos de chocolate con churros. Ni una sola vez intentamos integrarnos en los juegos de los otros grupos, ni siquiera nos acercarmos a los demás niños cuando éstos se disponían a romper la piñata. Ignoramos la lluvia de regalos menudos y los gritos alegres de nuestros contemporáneos con una madurez impropia de nuestra edad. Creo que ya entonces Eijah y yo creíamos pertenecer a un mundo diferente, no necesariamente mejor que aquel del que habíamos sido expulsados, pero tampoco mucho peor.

Mi madre y mi abuela, que nos habían acompañado a la fiesta, tuvieron que darse cuenta de lo que pasó aquella tarde, pero no dijeron nada. ¿Qué iban a decirnos? ¿Puede alguien explicar a un niño las claves de la estupidez humana, que por desgracia empieza a manifestarse demasiado pronto? Sin embargo, aquella noche, cuando estaba a punto de acostarme, mi padre me llamó a su lado y habló conmigo brevemente sobre lo sucedido por la tarde. Quiso saber cómo transcurrían los días en el colegio, si nuestro aislamiento en la fiesta había sido un acontecimiento de excepción o si, como ocurría en realidad, a Elijah y a mí se nos marginaba en la escuela. Yo hubiera preferido no tener esa conversación: me avergonzaba la actitud de mis compañeros, y, a veces, también la mía propia por no saber atajarla. Pero, antes de darme un beso y mandarme a la cama, mi padre me dijo que estaba orgulloso de mí, porque había sido capaz de decidir por mí mismo, de estar al lado de mi amigo, y de hacer lo correcto. Aquel discurso me sorprendió, y pasarían varios años antes de que aprendiese a valorar mi propio comportamiento, que había tenido mucho de admirable. Entonces yo no tenía una conciencia ética, un sentido de la moral en el que basarme para tomar ciertas decisiones. Eso vino después. Pero, a mis ocho años, sólo sabía que no podía abandonar a Elijah para alinearme con los demás en contra suya.

Zachary West regresó de la misma forma que había llegado: en mitad de la noche y cuando ya Elijah y yo estábamos durmiendo. Mi amigo no se enteró de que su padre había entrado silenciosamente en la habitación que compartíamos, pero yo, que tenía el sueño más ligero, pude escuchar el timbre de la puerta a medianoche, y entendí de golpe por qué mi padre y mi madre llevaban todo el día comportándose de un modo diferente. Supuse que el señor West había mandado algún telegrama para advertir de su llegada, pero esta vez no pude interceptarlo, a pesar de que consideraba que mi reválida como violador de correspondencia estaba más que superada después del episodio de la carta.

Zachary West dejó dormir a Elijah, y yo no hice la mínima señal de estar despierto mientras su padrastro lo miraba desde el quicio de la puerta después de casi tres meses sin verle. Pero después, mientras los pasos del señor West se perdían por el pasillo, me levanté de la cama y, sin ponerme la bata ni las zapatillas para hacer el menor ruido posible, recorrí el camino hasta la puerta del salón. Allí, protegido por la oscuridad de la casa y el silencio nocturno que parecía multiplicar todos los ruidos, escuché lo que Zachary West tenía que contar a mis padres después de aquellas semanas de ausencia.

—¿Cómo ha ido todo? —dijo, y me pareció que su acento americano se había marcado más en aquellos meses.

—Bastante bien.

—¿Y en el colegio?

Hubo un silencio.

—Regular. Los chicos pueden ser crueles...

—No me sorprende. —El señor West debió de encender un cigarro, porque escuché el chasquido de una cerilla—. Tengo que daros las gracias.

—No hace falta...

—Yo creo que sí. Me he marchado muchas veces, pero ya os expliqué que esta vez era distinto. Si me hubiera pasado algo, habría sido un alivio el saber que Elijah estaba aquí y no a cargo de unos cuantos sirvientes.

—¿Ha... ha ido todo como esperabas? —Fue mi madre quien hizo la pregunta.

—Eso parece. Las cosas siguen revueltas, pero he cumplido con mi parte. El mundo se está volviendo loco.

Hacía mucho frío aquella noche. Todas las estufas de la casa estaban apagadas, excepto la del salón, y la temperatura del pasillo era verdaderamente gélida. Pensé que había sido una estupidez el no ponerme la bata. Tenía los pies helados, y me protegí las manos estirando las mangas de mi pijama de algodón.

—Mis superiores dicen que en los próximos meses no tendré que viajar. Digamos que no piensan darme trabajo por una temporada. Creo que no será mala idea el permanecer en Ribanova durante unas semanas, por lo menos hasta las vacaciones de Pascua. Así Elijah podrá terminar el trimestre en el colegio. Y luego... me gustaría llevarme a Silvio con nosotros. No, Elena, no te asustes... estoy pensando en diez, quince días. Quiero que conozca Madrid, que viva en nuestra casa. Elijah necesita un amigo... y, dadas las circunstancias, no resulta fácil que los encuentre.

Nadie dijo nada. Yo era incapaz de imaginar el desconcierto que la propuesta del señor West había provocado en mis padres, pero desde una esquina del pasillo, muerto de frío y de sueño, supe que el padre de Elijah estaba abriendo para mí una ventana que daba al mundo. No quise escuchar nada más. Volví a la cama y pasé mucho tiempo intentando calentar mis pies y volver a dormirme.

Zachary West y su hijastro se instalaron en el hotel Almirante. Elijah siguió yendo a clase conmigo. Para mi sorpresa, y una vez que los otros niños pudieron verle de nuevo paseando con el señor West por la plaza Mayor, rompieron un poco el aislamiento al que le habían sometido. Lo curioso es que ya ni mi amigo ni yo teníamos la menor intención de integrarnos en un grupo del que tan gratuitamente se nos había excluido, y seguimos haciendo rancho aparte, jugando solos en los recreos y hablando entre nosotros en inglés. Mis progresos con el idioma eran tan evidentes que incluso el propio Zachary West me felicitó delante de mis padres.

—Bien hecho, Silvio. El inglés te será muy útil el día de mañana. Oh, vaya si lo será. Más que útil, completamente irrenunciable.

Creo que, de alguna forma, Zachary West ya había decidido cambiar mi destino, y el conocimiento de otra lengua era esencial para sus planes futuros. Cuando se acercaba el final del trimestre académico mi padre, muy serio, se acercó a mí para preguntarme con cierta solemnidad si me gustaría acompañar a Elijah y al señor West cuando regresaran a Madrid.

—Zachary quiere que pases con ellos las vacaciones de Semana Santa. ¿Te gustaría eso? Viajarías en tren hasta Madrid, y luego te quedarías en su casa... pero es sólo si tú quieres. Si no te apetece, yo no voy a obligarte.

Por aquel entonces yo ya me había convertido en un maestro en el arte del disimulo. A punto de cumplir los nueve años, no me costó trabajo fingir que aquella propuesta me sorprendía tanto como me alegraba. Acepté, por supuesto. ¿Qué niño no lo hubiera hecho? Dos días después, mis padres nos acompañaban a la estación de tren de Ribanova para tomar el expreso que salía dos veces por semana con destino a Madrid. Cuando el tren se alejó, me pareció ver que mi madre lloraba. Creo que, gracias a algún extraño instinto que sólo tienen las mujeres cuando se trata de sus hijos, ella entendió que había empezado a perderme.

Llegamos a Madrid de madrugada. Recuerdo que me sorprendió el color del cielo, que al alba era de un transparente tono rosado, salpicado aún de alguna estrella. No había una sola nube, y el olor del aire era distinto al que el viento traía en Ribanova. El viaje desde el norte duraba una eternidad, pero nosotros habíamos ido confortablemente instalados en un coche cama, de forma que si no dormí de un tirón toda la noche fue porque quería aplastar las narices contra el cristal de la ventanilla para ser testigo de la marcha solemne de aquel tren que me llevaba en dirección a una vida incógnita. Creo que nunca experimenté una emoción parecida a la que sentí la primera vez que, con mi traje arrugado y las huellas en la cara de una noche sin sueño, puse el pie en Madrid con la certeza de que había empezado a descubrir otro mundo.

En la estación nos esperaba el coche del señor West y un chófer uniformado. Elijah, que parecía andar en sueños, no me había advertido de que su padrastro tuviera un coche. Creo que mi amigo daba por supuestas demasiadas cosas. En Ribanova sólo había cuatro coches particulares: el del notario de la plaza Mayor, el del gobernador civil, el de los condes de Orduña y el del alcalde. Y mis amigos los West tenían un coche negro, grande y reluciente, y un conductor con gorra de plato que acomodaba el equipaje en el maletero y nos abría la puerta con una elegante reverencia de cortesía.

Aunque Elijah no me había hablado de su coche, ni del mecánico, ni de otras muchas cosas, sí me había hecho una descripción de la casa en la que vivían, que en mi imaginación había reconstruido como una especie de castillo en medio de Madrid. En realidad, la residencia de Zachary West era un palacete no demasiado grande situado al principio del paseo de la Castellana. Años más tarde acabaron tirando casi todas aquellas casas para construir edificios espantosos, pero entonces la Castellana estaba flanqueada por los palacios de los últimos aristócratas y los nuevos burgueses. Al franquear la verja de entrada, descubrí un jardín sombrío y un estanque profundo donde Elijah solía bañarse en verano, algunas estatuas estudiadamente cubiertas de musgo y un pequeño cenador en forma de pagoda japonesa. La casa tenía cinco dormitorios, una sala de juegos, un salón comedor bastante grande, una biblioteca que servía de despacho a Zachary West y un cuarto de estar donde nos esperaba el desayuno. Además del chófer había otras cinco personas de servicio, todas circunspectas y uniformadas, las doncellas con cofia y delantal sobre el vestido negro, el mayordomo con pantalones de rayas y chaquetilla de botones dorados, de blanco inmaculado la cocinera y el pinche. Todos parecían tan conscientes de la seriedad de su trabajo, del tremendo peso de la responsabilidad que llevaban sobre los hombros, que se olvidaban incluso de sonreír. Al pensar que el pobre Elijah solía quedarse a cargo de ellos durante días enteros, no pude por menos que compadecer a mi amigo.

Nosotros también teníamos criadas, pero eran sólo dos y no vivían en casa, y además eran ruidosas y expansivas. Desde luego, el servicio de Zachary West resultaba mucho más refinado que el nuestro: las doncellas ponían la mesa de forma primorosa, llevaban las bandejas con una gracia especial y usaban un carrito para servir el desayuno. La cocinera era capaz de elaborar obras maestras de repostería (nuestra Toñita nunca había pasado del bizcocho y del flan de huevo), el mayordomo usaba guantes blancos y el chófer de uniforme tenía la apostura de un capitán de barco. Pero, a pesar de que la vida en aquella casa era regalada y comodísima, su ambiente parecía cualquier cosa menos hospitalario, y desde luego muy poco adecuado para un niño que pasaba tantas horas solo como el pobre Elijah.

Al margen del hieratismo del servicio, mi estancia en Madrid resultó muy divertida. Por la mañana, mientras Zachary West trabajaba o leía en su despacho, Elijah y yo trasteábamos con sus juguetes prodigiosos (tenía, entre otras cosas, un tren eléctrico con su correspondiente maqueta que representaba un pueblo austríaco y un fuerte de madera con indios y vaqueros en miniatura) o descubríamos nuevas posibilidades en el jardín de la casa. Hicimos carreras de balandros en el estanque, subimos a los árboles y hasta llegamos a levantar una cabaña muy chapucera que permaneció en pie hasta que la descubrió Rogelio, el jardinero, y la echó abajo sin muchos miramientos. A mediodía,

Zachary West almorzaba con nosotros, a veces fuera de casa, y por las tardes nos llevaba al jardín botánico, al Museo del Prado o a una sesión de cine. Recuerdo que durante aquellas jornadas, el señor West nos hablaba a los dos de su pasado como oficial de la aviación y de viejas hazañas aéreas de camaradas desaparecidos, y hasta nos daba algunas lecciones básicas de política internacional. «El mundo será tan complicado dentro de unos años, que es mejor que os vayáis enterando de cómo están las cosas», nos decía. Fíjate en este retrato: nos lo tomó un fotógrafo junto al estanque del Retiro, justo antes de que subiésemos en una barca de remos para dar un paseo. Recuerdo perfectamente lo que Zachary West nos dijo aquella tarde, mientras nuestro bote se deslizaba suavemente sobre el agua sucia del estanque: «El problema será Alemania. No perdáis de vista a Alemania», y Elijah y yo nos intercambiamos una mirada fugaz recordando al mismo tiempo aquella carta enviada desde Berlín.

Zachary West salía casi todas las noches, y Elijah y yo cenábamos solos en el comedor los platos refinadísimos confeccionados en las cocinas de la casa. A veces, después de haber dado cuenta de los medallones de *foie* o las perdices escabechadas, echaba vagamente de menos los guisos sencillos que servía mi abuela, pero sentía que esa añoranza era parte del peaje que debía pagar a cambio de mi ingreso en otro mundo. Fue entonces cuando aprendí a administrar sabiamente la melancolía, a comprender que la nostalgia es aceptable desde el punto de vista poético, pero inadmisible si va a poner obstáculos a nuestra evolución personal.

Aquellos diez días pasaron volando. La víspera de empezar las clases volví solo a mi casa, sintiéndome mayor e importante cuando me dejaron instalado en el compartimento del tren. Los West se despidieron de mí con un abrazo y una promesa: dentro de dos meses irían a verme a Ribanova para celebrar juntos mi cumpleaños. Entretanto, Elijah y yo nos intercambiamos cartas (todavía temblaba al ver al cartero, pues seguía siendo factible el que se descubriera el robo del famoso sobre llegado de Alemania) e hicimos todo lo posible por permanecer al tanto de nuestras vidas respectivas, él en su mansión de la Castellana, rodeado por un ejército de sirvientes antipáticos, y yo en el mundo pequeño de mi casa, con mis padres, mis abuelos y mi hermano Efraín, todos cercados por las murallas milenarias de Ribanova y los pros y los contras de nuestra ciudad natal.

Elijah volvió en mayo con su padrastro, y se quedaron dos semanas en el hotel Almirante. Venían a comer con nosotros casi todos los días, y por la noche Zachary West y mis padres cenaban con amigos en el Salón de los Espejos o acudían a alguna velada en el Casino. Creo que el señor West se divertía en Ribanova: para un hombre como él, aventurero y cosmopolita, la vida provinciana de nuestra ciudad no estaba falta de atractivos por el profundo contraste que suponía con su existencia habitual. En cuanto a mí y a Elijah, nuestra amistad había llegado a un desconcertante nivel de madurez. Habíamos dejado de ser camaradas para convertirnos en hermanos. Entonces yo no tenía ninguna duda de que mi futuro estaba uncido al suyo, pero también es cierto que a los nueve años uno no entiende cuán grave puede ser el concepto de destino. Y Elijah y yo estábamos forjando el nuestro sin saber lo esencial que nuestra amistad iba a resultar en un futuro.

Aquella tarde había escuchado a Silvio sólo a medias. Las pequeñas miserias del día habían comenzado a amontonarse en algún lugar del alma, que empezaba a pesarme como si estuviera hecha de un elemento material. Me resultaba difícil mantener la atención. Para escuchar una historia, para escucharla de verdad, son necesarios los cinco sentidos. En justicia, la historia de Silvio se merecía algo más que un par de oídos sólo mínimamente atentos, se merecía a alguien mejor que yo, y aquella certeza añadió un poco más de peso al que iba aumentando en mi interior a medida que pasaba la tarde. En ese momento, Silvio me miró de una forma que me pareció difícilmente clasificable, como si pretendiese ver lo que había en mí más allá de la piel. No sé por qué, pero me molestó aquella mirada. Nadie tiene derecho a intentar descubrir algo más que aquello que cada uno desea mostrar.

—Bueno ¿y tú? —dijo Silvio por fin—. Como hablo tanto, nunca me cuentas nada.

—No hay mucho que contar.

Silvio levantó las cejas al mirarme.

—Tengo ochenta y ocho años. Hace doce tenía setenta y seis, y dentro de doce cumpliré un siglo, así que, lo mires por donde lo mires, soy viejísimo. Eso me da cierta ventaja. Sé más cosas de ti de lo que crees...

—Por ejemplo...

—Por ejemplo que, aunque quieras disimularlo, siempre estás triste...

Sabía que iba a ocurrir. Era cuestión de tiempo. Cuando alguien te cuenta sus secretos, espera una reciprocidad y se siente insultado si no compartes los tuyos. ¿Qué quería Silvio que le contase? Y, más concretamente, ¿qué quería yo contarle a Silvio?

—Mi madre murió hace unos meses —dije, y pronuncié la frase con la intención de dejar zanjado el asunto. Semejante revelación debería servir para explicarlo todo.

—Lo siento. ¿Era mayor?

—Sesenta años.

Silvio fue incapaz de contener un gesto de sorpresa. A su edad, una mujer de sesenta años debía de parecerle una niña.

—Tenía cáncer. —No sé por qué, me sentía obligada a proporcionar más detalles. Supongo que dar respuestas antes de que las pidan es una buena forma de evitar las preguntas—. De pecho. Se murió en año y medio. No se hacía revisiones y le detectaron el tumor demasiado tarde. El médico dijo que, de haber actuado hace siete años, hubiera podido salvarse. Pero no llegamos a tiempo.

Y colorín colorado, este cuento se ha acabado. Ahora sí que no hay nada más que añadir. Mi madre ha muerto y podría estar viva. Le había dado al cáncer siete años de ventaja, nada menos. Creí que, a ojos de cualquiera, acababa de ganarme el derecho de estar todo lo triste que me viniera en gana. Silvio tardó un rato en hablar de nuevo.

—Bueno... yo no sé mucho de esas cosas... pero tal vez fue mejor así.

Fui consciente de estar mirando al anciano con unos ojos duros y helados. Fue mejor así. En los días inmediatamente posteriores a la muerte de mi madre, había escuchado decenas de veces frases como aquella en boca de personas cercanas y queridas: «Para como estaba, es mejor que haya muerto»; «Vivir de esa manera no es vivir»; «No era plan, Cecilia, ni para ella ni para vosotros»; «Fue mejor así». Hubiera querido estar de acuerdo con ellos, pensar que era preferible que mi madre estuviese muerta a contemplar, impotente, sus momentos de dolor, su degradación paulatina. Pero no podía. Y me daban ganas de gritarles a todos que era mi madre la que ya no estaba, y que, si alguien me hubiera dejado decidir, hubiese preferido que viviese más tiempo, incluso con la condena de la silla de ruedas, incluso con las puntas de dolor que hacían necesaria la administración de morfina. Yo la quería conmigo de cualquier forma, a cualquier precio, enferma o sana, pero a mi lado. Soy una persona egoísta, soy una persona horrible por pensar de esa forma, pero no puedo evitarlo. No me importaba hipotecar mi tiempo libre, mi trabajo, mis proyectos, mis fines de semana, mi vida entera, mi puta vida, a cambio de tener a mi madre conmigo. Quería que viviera, por encima de todo, al margen de sus tristes circunstancias, de nuestros sacrificios, del dolor que se había convertido en vértice de nuestra existencia. Y aquellas personas, mi familia, mis amigos, repitiendo la misma cantinela, supuestamente para consolarme. «Fue mejor así.» ¿Qué sabían todos ellos lo que era mejor? ¿Qué demonios sabía Silvio de mí, de mi madre, de todos nosotros? El viejo carcamal de ochenta y tantos años diciéndome en la cara que ver morir a tu madre a los sesenta años puede tener ventajas... pero qué valor... qué cara más dura.... Noté cómo la sangre se me subía a la cabeza, y Silvio también debió de darse cuenta de que algo iba mal.

—A lo mejor no me he explicado bien... Lo que quiero decir...

Sin mirarle eché mano del bolso, que descansaba sobre una silla.

—No se preocupe, ya le he entendido.

—Cecilia, espera un momento... deja que te lo aclare, por favor.

—No, Silvio, se me ha hecho muy tarde y tengo un montón de cosas pendientes.

Estaba ya en el pasillo cuando escuché su voz.

—¿Vas a volver?

Pero fingí no haber oído nada. Necesitaba marcharme de allí.

Aquella noche hizo frío por primera vez. Salí de casa de Silvio justo cuando empezaba la lluvia y descubrí que, como a mí, el cambio de estación había cogido por sorpresa a la ciudad entera. Los abrigos, las gabardinas, los paraguas y los zapatos de goma dormían en algún armario el sueño de los justos, y la gente caminaba castañeteando los dientes, cerrándose de mala manera las chaquetas de algodón y maldiciendo la llegada repentina del mal tiempo. Yo tampoco iba demasiado abrigada y, por supuesto, no llevaba paraguas. Corrí hacia el metro, pero no llegué a entrar. Los guardias municipales habían precintado la estación con dos tiras largas de plástico amarillo.

—¡Lo siento, señora, no se puede pasar!

Pues sí que acaba bien el día, pensé. No puedo meterme en el metro, hace un frío que pela y encima me llaman señora.

—Hay una avería en la línea cuatro. Tendrá que coger el autobús.

¿El alcalde ha puesto un autobús de aquí a Lavapiés?, me dieron ganas de preguntar. Pero no dije nada y me di la vuelta en busca de un taxi mientras arreciaba la tormenta.

Hacía meses que no caía una gota. La lluvia viene bien, recordé para consolarme, y a la vez iba notando cómo mis zapatos se llenaban de agua. Mientras bajaba la calle Goya intenté recordar la última vez que había visto llover así, y me di cuenta de que era cuando mi madre aún estaba viva. Qué crudos habían sido aquellos días del invierno, cómo habían contribuido a martirizarla. Ella que adoraba el sol, el cielo azul y las temperaturas suaves, había pasado las últimas jornadas de su vida observando la lluvia y el gris desesperado del cielo de febrero. En aquellos días pensaba que todo, incluso el tiempo, se estaba aliando en contra de nosotros. ¿Cómo es posible que haga tanto frío a principios de marzo, que el termómetro no supere los dos grados estando en la última semana de febrero? ¿Por qué llueve a mares, si tanto dicen que hay sequía? ¿Y qué es eso de que la nieve llegue a cuajar en plena ciudad? ¿Qué pasa, que estamos en la jodida Siberia? Mi madre había muerto justo la víspera de que empezase la primavera, en el primer día templado y amable en muchas semanas, y tuve la sensación de que aquello había sido otra burla del destino.

Encontré un taxi cuando llegaba a la plaza de Colón y ya tenía el pelo completamente empapado, por no hablar de los zapatos de piel echados a perder y del pañuelo de seda que llevaba al cuello y que, si de verdad era tan bueno como me había obligado a creer la vendedora, a buen seguro quedaría hecho una pena después de la mojadura. Me lo quité nada más entrar en el coche, cuya atmósfera cálida me hizo desear que el trayecto hasta mi casa fuese intrincado y larguísmo. Claro que, en Madrid y con lluvia, ese tipo de deseos suelen hacerse realidad: en cuestión de minutos estábamos metidos en un atasco de los que conforman uno de los signos de identidad del lugar en que vivo.

Desde dentro del coche, fui testigo de cómo la ciudad aprendía a convivir con la nueva estación mientras el verano iba convirtiéndose en un recuerdo. En el bulevar de Recoletos, los camareros del café Gijón se afanaban en desmantelar la terraza del quiosco, y llegando a Cibeles pude ver a un chino haciendo su agosto con la venta de paraguas plegables. La gente buscaba la protección ínfima de las marquesinas de autobuses o intentaba cobijar la cabeza bajo las páginas extendidas de los periódicos gratuitos, y detrás de las nubes el cielo nocturno perdía el azul brillante que había tenido en los últimos meses.

En el paseo del Prado, el atasco adquirió una nueva dimensión mientras el concierto de claxons alcanzaba proporciones apocalípticas. Siempre me he preguntado por qué se empeña la gente en tocar la bocina en mitad de un embotellamiento. Está claro que el de delante no se mueve porque no puede, y si se trata de molestar a los culpables del desbarajuste, dudo mucho de que les lleguen siguiera los ecos del jaleo de pitos. Mi taxista juraba en arameo y también tocaba el claxon, a lo mejor para distrer su instinto asesino. Le escuché un par de blasfemias y una porción de buenos deseos de muerte lenta y dolorosa para el concejal de tráfico, el guardia de la porra que intentaba poner orden en aquel caos y, cómo no, el alcalde de Madrid. Confieso que, muchas veces, encuentro divertido el espolear la indignación de los taxistas: me pongo de su parte y les digo que la policía municipal no tiene ni idea de cómo actuar en estos casos, que la gente es una insolidaria invadiendo el carril bus, que hay que ver la que están montando con las obras, que a qué viene poner patas arriba todo el centro y que, en efecto, debe de haber algún listo forrándose a costa de los pobres ciudadanos. Quiero pensar que estoy haciendo una buena obra permitiendo que los conductores exorcicen conmigo sus particulares demonios. Sin embargo, aquella tarde no me apetecía atizar las iras de nadie. Estaba cansada. Estaba muy cansada.

Detenido junto a mi taxi había otro coche en el que viajaban dos mujeres, una más joven, que iba al volante, y otra de mediana edad ocupando el lugar del copiloto. A todas luces eran madre e hija. Iban tan enfrascadas en su conversación que hasta creo que el atasco había dejado de importarles. La mujer joven gesticulaba, más apasionada que indignada, y la otra asentía como dándole la razón, y luego se echó a reír. Hubiese querido bajar la ventanilla y escuchar las carcajadas de aquella mujer. Inevitablemente, pensé que mi madre y yo hubiéramos podido protagonizar aquella escena de no haber tenido tan mala suerte. Yo iría con ella, en un coche, bajo la lluvia, y le explicaría algo que me hubiese ocurrido, algo gracioso, y a ella le daría la risa. Mi madre se reía mucho con las cosas que yo contaba. A ella, que tenía un carácter eminentemente pacífico y dulce, le divertía mi naturaleza impaciente, mi humor sombrío y mi mordacidad extrema. Y se reía, cerrando los ojos y echando la cabeza hacia atrás. Puedo escuchar su risa ahora mismo, en esta tarde de otoño. La risa de mi madre, que debía de ser parecida a la de la mujer del otro coche.

Pero ella está ahí, con su hija, y yo viajo sola en este taxi atascado.

En nuestro mundo civilizado la gente no se muere con sesenta años. Por favor, que nadie me hable de la escasa longevidad de los pobres africanos, que nadie me diga que en la India muchas mujeres no llegan al medio siglo. Ya sé que en el Tercer Mundo uno empieza a ser viejo a los cuarenta años, pero esto no es Burundi, ni Sri Lanka ni una maldita aldea de Mongolia donde viven en plena Edad Media. Esto es Occidente. Europa. Tenemos terroristas suicidas, tenemos atracos a mano armada, tenemos brotes de racismo, fraude fiscal, toda la contaminación que queramos, drogas en los colegios, especulación inmobiliaria, verduras insípidas y unos niveles de ruido que difícilmente toleraría un nativo del Amazonas. A cambio, hay vacunas, subsidios de desempleo, universidad para todos y medicina gratuita. Y un montón de ancianitos yéndose de viaje con el Imserso o tomando el sol en los parques públicos. Porque aquí, menos unos cuantos desdichados como mi madre a los que el destino ha puesto en el punto de mira, todo el mundo llega a viejo.

Últimamente no puedo evitar fijarme en la edad de los fallecidos que aparece en las esquelas, y la mayoría se mueren con ochenta, con noventa, con setenta y muchos años. Silvio es rematadamente viejo y ahí está, manoseando fotos del año catapum, contando batallitas y metiéndose donde no le llaman. A veces, muy pocas veces, tropiezo con una esquela de alguien más joven, desaparecido a los cincuenta y cinco, a los sesenta y dos, a los cuarenta y ocho, y me pregunto si todo el mundo será consciente de la injusticia que late detrás de esas fechas, de que no hay derecho a que la vida de unos se interrumpa tan temprano cuando hemos nacido en una sociedad naturalmente longeva. ¿Quién reparte los números de esa lotería? ¿Quién y desde dónde decide que haya trayectos vitales tan ridículamente cortos como el de mi madre o el de esos otros desgraciados de las notas necrológicas? ¿Por qué en ese coche una mujer de sesenta y tantos años va partiéndose de risa y yo ya no puedo reírme con mi madre?

No es normal quedarse huérfana a los treinta y cinco años. Ninguno de mis amigos es huérfano. Yo soy la única huérfana que conozco, por todos los santos. Apuesto a que hasta el taxista tiene padres, y eso que peina canas. La chica del otro coche tiene a su madre consigo, puede hablar con ella, contarle sus cosas, hacerla reír, pedirle consejos o dárselos. ¿Por qué yo no? ¿Por qué me ocurrió precisamente a mí? Me dieron ganas de pedir al conductor que hiciera cualquier cosa por cambiar de carril hasta apartarnos de aquel coche donde una madre y una hija compartían su intimidad en una tarde de lluvia. No soportaba estar tan cerca de algo que me había sido arrebatado.

—Señorita... oiga, señorita.

Aquella voz me devolvió al mundo.

—Mire cómo está esto...

—Ya, ya lo veo.

El conductor se rascaba la cabeza.

—Es que estaba yo pensando que va a ser mejor que se quede en Atocha.

¿Mejor? ¿Mejor para quién?

—*Usté* se mete en el metro, y yo bajo por Méndez Álvaro y me voy de retirada. Así no se puede trabajar.

En otras circunstancias, tras oír una propuesta así hubiera puesto el grito en el cielo. Después de amenazar al taxista con todo tipo de calamidades en forma de denuncia, habría exigido que me llevase a la misma puerta de mi casa así estuviese cayendo el diluvio universal. Pero la tristeza nos vuelve mansos y dóciles. Me sentí incapaz de discutir, acepté la propuesta del caradura del conductor y, al llegar a Atocha, me bajé del taxi tras pagar la carrera y arrastré los pies hasta la boca de metro. Justo cuando entraba me di cuenta de que el pañuelo que llevaba al cuello se había quedado olvidado en el asiento del coche. Creí distinguir el vehículo entre todo el maremágnum del tráfico, parado aún junto a un semáforo en rojo, pero el desaliento era ya demasiado grande, y diciéndome a mí misma que no valía la pena, di el pañuelo por perdido.

El metro iba lleno. Me agarré a una de las barras de seguridad, y menos mal que lo hice, porque el imbécil del conductor provocaba en el vagón unos raros estertores en forma de frenazos repentinos. Éste debe de querer batir algún récord, pensé. Una mujer mayor hacía esfuerzos por mantener el equilibrio, y miré con fiereza a los que estaban sentados esperando que alguno cediera el sitio a la anciana. Había una mujer con dos críos pequeños, guapos y mal vestidos, que ocupaban un asiento cada uno mientras jugaban a pellizcarse. Aposté contra mí misma a que aquella señora no había pagado el billete de sus dos monstruos que, sin embargo, iban privando de un lugar donde sentarse a otros pasajeros, en especial a la pobre vieja que amenazaba con caerse al suelo a cada bandazo del tren. Respirando hondo para controlar mi enfado, me dirigí a la madre de los dos bichejos.

—Perdone... ¿podría decirle a uno de sus hijos que se levante para dejar el asiento a esta señora? Es que se va a caer.

Ella me miró como si no me hubiese entendido.

—Las personas mayores tienen prioridad a la hora de sentarse —insistí.

—Oiga. —La madre de los críos tenía un acento extraño que no pude identificar—. Los niños también están cansados.

Miré a sus hijos, que seguían incordiándose y lanzando gritos ajenos a la conversación. No eran españoles, eso resultaba evidente por el acento de la mujer. Quizá sería mejor dejar las cosas así pero... ¿no es ésa una forma refinada de desprecio al extranjero? ¿Exigir menos al que viene de fuera no es también considerarle un inferior, una suerte de salvaje al que hay que mantener al margen de la reglas de nuestra sociedad occidental? Levanté un poco el tono de voz para dirigirme a la mujer.

—Pues a mí me parece que sus hijos están perfectamente. Y que deberían levantarse y ceder su sitio a quien lo necesita más que ellos.

A todo esto, la viejecita protestaba débilmente diciendo que daba igual, que sólo le quedaban tres paradas. La madre de los niños había decidido ignorarme y fingió enfrascarse en la lectura de un periódico gratuito. Para ella, la cuestión había quedado zanjada. Pero yo ya me había embalado.

—Pues sí que educa usted bien a estos críos, dejando que vayan haciendo el gamberro mientras una anciana hace equilibrios para no *esnafrarse.*

—¡Mis hijos no son gamberros! —La mujer pronunció la frase como si la escupiera.

—Bueno, bueno, señora, pues que se note. —Un hombre grande y gordo, de cincuenta y tantos años, acababa de entrar en la conversación—. Levántelos y que se siente la señora, que lleva toda la vida pagando impuestos. Eso es lo que les pasa a ustedes, que vienen de sus países sin civilizar y se piensan que todo el monte es orégano.

—Les damos un dedo y se llevan el brazo entero. —Alguien más intervino y me di cuenta de que yo solita acababa de amotinar a medio vagón contra la madre de los niños gritones—. Llegan a España y, como todo es gratis, se creen los reyes del mambo.

El asunto se me estaba yendo de las manos. Traté de ponerle un parche.

—Oiga, eso es una tontería y además no tiene nada que ver con...

—Pues claro que tiene que ver. —El gordo me miraba con la chulería de un cacique de pueblo—. ¿O es que ahora se ha puesto usted de parte de ellos? Si se vienen a vivir aquí, que aprendan a comportarse o que se vayan a sus países a seguir pasando hambre, no te jode.

Acobardada por lo que estaba siendo un ataque xenófobo en toda regla, la mujer propinó un capón a cada uno de los críos y los hizo levantar de mala manera. El chaval más pequeño se echó a llorar. Y, para acabar el espectáculo, la anciana no quiso sentarse porque la próxima parada era la suya. El tío grande y gordo ocupó uno de los asientos libres con el aire del propietario de una plantación, y una joven distraída que abrazaba una carpeta se sentó en el otro sitio, mientras el niño lanzaba alaridos y la madre le reprendía en su idioma. Eran polacos. Dos pequeños y una mujer llegados del frío y lanzados contra un entorno que a veces, demasiadas veces, se volvía contra ellos. Ni siquiera me atreví a mirarles cuando bajé del vagón, pero pude sentir los ojos acerados de la madre clavados en mi nuca mientras dejaba el tren.

Cuando llegué a mi casa me dio la sensación de haber envejecido diez años y de soportar sobre los hombros un peso sobrenatural. Tenía tanto frío que me costó hasta abrir el portón de entrada, porque mis manos entumecidas no conseguían hacer girar la llave en la vieja cerradura roñosa, que a ver si el presidente de la comunidad la cambia de una puta vez.

—Malas noticias, Cecilia. Van a tardar dos semanas en dar la calefacción. Es un escándalo.

Era Publio, mi vecino, que sacaba cartas de su buzón bajo la luz amarillenta y triste de nuestro portal. Intenté sonreírle, pero sólo conseguí componer una mueca extraña antes de derrumbarme en llanto. Hubiera querido echar a correr para refugiarme en mi casa, pero estaba tan cansada, tan raramente cansada, que me senté en un escalón y seguí llorando allí, con la cara oculta entre las manos. Publio no dijo una palabra. Sólo me levantó tomándome del brazo con una delicadeza extrema, y me empujó suavemente escaleras arriba.

—Creo que será mejor que vengas un rato a mi casa. Tengo dos calefactores eléctricos, una botella de Armagnac y una caja de bombones Wittamer que me han traído ayer de Bruselas. —Publio no soltaba mi brazo, como si temiese que pudiera escapar o, quizá, desvanecerme en mis propios sollozos. Abrió la puerta de su piso. Era la primera vez que entraba allí, a pesar de que hacía más de dos años que vivíamos en el mismo edificio. Dicen que en Madrid la vecindad no da para gran cosa, pero lo cierto es que el asunto con Publio era mucho más complicado.

Publio y yo nos habíamos conocido cuando, una noche, cortaron la electricidad en su piso, que está enfrente del mío, y él fue a mi casa para preguntar si yo tampoco tenía luz. En mi apartamento todo estaba en orden, así que le invité a pasar para llamar desde allí a la compañía eléctrica. Hasta entonces, él y yo no habíamos intercambiado más que algún saludo amistoso en las escaleras o en el rellano, pero había algo en Publio que despertaba mis simpatías. Tal vez era su porte esmirriado, que le convertía en un ser físicamente inofensivo, su palidez extrema o su sonrisa luminosa, que no casaba en absoluto con su aspecto hético. Así que Publio entró en mi salón y llamó por teléfono a Iberdrola. Después de marear la perdiz durante un buen rato, la telefonista acabó confesando que había saltado un repetidor en el edificio, y que la avería afectaba a todos los pisos del lado izquierdo.

—Pero no se preocupe, que están en ello.

—¿Cuánto cree que van a tardar?

—Eso no se sabe, señor.

Publio gimió. Acababa de llenar de helados su congelador.

—Y tengo también dos kilos de langostinos de Sanlúcar y... joder, y media docena de filetes argentinos que se van a ir al carajo en cuestión de horas. Estamos a treinta y cinco grados, por el amor de Dios. Toda mi casa acabará oliendo a muerto.

Le propuse que dejara sus cosas en mi congelador, que estaba completamente vacío. No soy muy buena ama de casa, que digamos, y mi instinto previsor es nulo. Así que atiborramos mi frigorífico de helados Haagen Dasz y carne de la Pampa. Los langostinos no cabían, y Publio me propuso cocinarlos para los dos.

—Si no tienes planes, claro.

No, no tenía planes. Así que mi vecino preparó la cena y abrimos una botella de vino, y luego otra, y más tarde Publio fue a su casa, que seguía a oscuras, y recuperó de la nevera una botella de champán que empezaba a calentarse. Cuando quise darme cuenta, ambos estábamos completamente borrachos. El alcohol bebido entre dos invita a la intimidad. Si mi vecino no fuese descaradamente gay, aquella noche él y yo hubiéramos acabado en la cama. Pero lo era, así que nos deslizamos al terreno de las confidencias. Ni siquiera recuerdo las cosas que le conté, pero creo que hice un repaso exhaustivo de todo mi pasado sentimental y sexual. Pocas veces había hablado con tanta libertad delante de nadie, y creo que Publio tampoco.

—Voy a contarte una cosa que sabe muy poca gente —me dijo al fin—. De hecho, sólo la saben dos personas.

—¡Qué honor! Lo de mi fin de semana con el lituano no lo sabe nadie, fíjate.

—Esto es otra cosa.

—Tú dirás.

Antes de seguir hablando, Publio me sirvió otra copa de champán y se bebió la suya de un trago.

—Voy al psiquiatra.

—Menuda novedad. La mitad de la gente que conozco lo hace.

Publio sonrió débilmente.

—Lo mío es distinto.

—¿Cómo de distinto? ¿Qué pasa, que eres un asesino?

—Peor que eso. Verás... tengo... tengo tendencias pedófilas.

Puedo jurar que en aquel mismo instante se me pasó la borrachera. Publio me contó que llevaba diez años en tratamiento con una terapeuta especializada, y que le había costado mucho encontrar un profesional experto en disfunciones como la suya. También me aseguró que jamás en su vida había tocado a un niño, y que sólo sentía una pulsión que, gracias a la medicación correcta y a muchas horas de diván, había conseguido neutralizar.

Me explicó que los pedófilos no son delincuentes sino enfermos, «como los ludópatas o los cleptómanos». No le dije nada, pero recuerdo que pensé, qué delicia vivir en una sociedad que considera enfermos a los maltratadores de mujeres, a los violadores, a los asesinos en serie y a los sociópatas que entran pegando tiros en un hamburguesería y se cargan a doce personas antes de volarse la cabeza. Qué maravilloso es formar parte de un mundo que perdona nuestros pecados disfrazándolos de patologías. Casi nadie es responsable de sus actos. Uno no tiene la culpa de estar enfermo. Uno no tiene la culpa de ser un yonqui o un maldito violador de niños. Pero Publio me repetía que él no era un violador, que jamás había tocado a un crío a pesar de que había deseado hacerlo muchas veces, del mismo modo que siendo muy pequeño soñaba con romper el escaparate de la tienda de juguetes para llevarse la locomotora eléctrica o el robot a pilas. Por supuesto, jamás hizo otra cosa que espachurrar las narices contra el cristal y fantasear con sus impulsos de atracador. Así se lo explicó a su psiquiatra, y ella dijo que era una buena imagen y un modo muy sabio de normalizar la represión de un impulso que uno no puede evitar tener, pero que no sigue por reconocerlo como incorrecto.

—Todo el mundo siente pulsiones no apropiadas —decía Publio—. ¿Tú crees que el tipo que trabaja quemando billetes de banco no ha pensado alguna vez en meterse unos cuántos en el bolsillo? ¿Que un diabético no se para ante una pastelería soñando con hincharse de dulces que podrían matarle? Lo importante es reconocer como indebida esa pulsión. En principio no soy peor que ese hombre que quema billetes y fantasea con quedárselos, o el diabético que metería la cabeza en una tarta de crema.

Me entraron ganas de decirle que era un chollo dar con un psquiatra capaz de comparar su instinto de pederasta con el ataque de gula de un pobre hipoglucémico, pero en aquel momento, mientras Publio me ofrecía detalles de las sesiones con su terapeuta, sólo quería poner punto y final a la conversación y sacarle para siempre de mi casa y de mi vida. Ya es de día, dije en cuanto vi que clareaba un poco, y él me entendió. Se puso de pie y agradeció mi hospitalidad con la misma sonrisa de siempre, pero sabía que a mis ojos acababa de convertirse en una especie de Frankenstein, y que iba a ser incapaz de superar el rechazo que inspiraba en mí su condición de pervertido. Al día siguiente, y tras asegurarme de que había luz en su casa, le mandé los congelados por medio de la asistenta. No quería que me invitase a pasar, que abriese para mí uno de los botes de helado de crema, que volviese a hacerme partícipe de sus miserias, que pretendiese convertirme en su confidente o, peor aún, en su amiga.

Durante mucho tiempo no pude ver en Publio nada distinto a una bestia, y evité su contacto tanto como pude. Él se dio cuenta, y se contentó con mantener una correcta relación de buenos vecinos que se limitaba a comentarios sobre el tiempo, la limpieza del portal o el funcionamiento de la calefacción. Él respetó mis prejuicios y yo respeté su secreto: jamás comenté con nadie lo que me había confiado. O, por lo menos, hasta que el estado de mi madre se agravó. En aquella época, para distraerla, yo le contaba historias. Cuanto más raras eran, más cautivaban su atención, y por eso le hablé de Publio. Ni siquiera mencioné su nombre, ni le dije que vivía en mi casa, pero no fue para preservar su intimidad sino para no verme relacionada ni de lejos con una figura que se me antojaba miserable. De ninguna forma quería que nadie supiese que había estado una noche entera con aquel desviado, comiendo langostinos y bebiendo vino tinto.

—Pobre chico.

Fue todo lo que dijo mi madre cuando acabé mi relato, pobre chico. Publio no le inspiraba asco, ni miedo, ni desprecio. Sólo lástima. Mi madre estaba muriéndose, tenía episodios de dolor extremo, y encontraba motivos para compadecerse de quien yo consideraba un desecho social. Así que revisé mi condena a Publio, espantándome al reconocer la escasa piedad que había demostrado al juzgarle y mi extrema superficialidad al hacerlo. Mi madre murió unos días después, y algunas noches, mientras pensaba en ella, me acordaba de Publio. ¿Qué habría hecho mi madre en mi lugar? Al escuchar su historia, ella no había visto a un monstruo, sino a un hombre permanentemente asomado al abismo que hacía un esfuerzo supremo para no caer en él. ¿Por qué le había tocado a Publio la suerte de arrastrar de por vida una carga semejante? Por la misma razón que mi madre había contraído un cáncer: porque sí. Porque en esta vida muchos factores son cuestión de pura suerte, y ni Publio, ni mi madre, ni yo, habíamos tenido demasiada.

Hubiese querido arreglar las cosas con mi vecino pero, evidentemente, era demasiado tarde. Había pasado más de un año desde aquella noche de revelaciones insospechadas. ¿Qué iba a hacer, llamar al timbre y decirle, hola, soy una pobre imbécil estrecha de mente que lleva doce meses considerándote un apestado, pero estoy muy arrepentida y quiero volver a empezar? Antes me avergonzaba el contacto con Publio. Ahora sentía vergüenza de mí misma. Y aquella noche, mojada como un trapo, aterida y triste, aquella noche en la que había tocado fondo, mi vecino el pedófilo había decidido darme otra oportunidad y me tomaba del brazo mientras abría ante mí la puerta de aquella casa que, durante tanto tiempo, había considerado la guarida de una alimaña.

—Vamos, entra. Quítate la ropa y los zapatos, te daré algo seco. El baño está por ahí. Voy a encender los calefactores ¿de acuerdo? Hay toallas limpias justo debajo del lavabo.

Cinco minutos después, enfundada en una especie de pijama color azul celeste, luciendo unos calcetines térmicos de esos que te dan en los aviones, había empezado a entrar en calor. Publio me tendió una copa de coñac, y le di un buen trago.

—¿Cómo estás?

—Mejor, gracias.

—A propósito, siento lo de tu madre. Me lo dijo el portero. Pensé en llamarte, pero...

—Publio...

Me detuvo con un gesto que le agradeceré eternamente. Quizá, para firmar la paz nos bastaba con un par de copas de licor y algo de ropa seca. Sentí una leve punzada de optimismo.

—¿Te apetece un sándwich?

No tenía hambre, pero dije que sí. Publio tardó unos minutos en volver, y lo hizo con unas rebanadas de pan de molde tostadas a la plancha y rellenas de pechuga de pollo, jamón ahumado y mayonesa. Cenamos juntos, como aquella otra noche para olvidar, y luego Publio puso ante mí una enorme caja de bombones belgas y toda su delicadeza, su hospitalidad y su ternura. No me preguntó qué me había ocurrido en el portal, quizá porque intuía que no iba a ser capaz de explicárselo. Entonces recordé que en el mundo hay personas eminentemente buenas con una especie de sensor para determinar la debilidad de los demás, para saber cuándo son necesarios. Y Publio, mi vecino, era una de esas personas. Mientras me llenaba la copa de Armagnac y me invitaba a probar otro bombón («ésos tienen guirlache, son buenísimos») pensé que había perdido el tiempo durante el último año, y qué quizá muchas cosas hubieran sido un poco más fáciles de haberle tenido cerca, de haber podido subir al piso de arriba, donde el congelador rebosaba helados y carne de primera y había alguien con una desesperada necesidad de que le quisieran, le entendieran y le perdonaran por unos pecados que ni siquiera había cometido.

Tenía el pelo seco y el contenido de la caja de chocolates había mermado considerablemente cuando le hablé a Publio del abuelo de Elena. Le conté que me había enfadado con él.

—¿Por qué lo hiciste?

—Se metió donde no debía.

—Seguro que fue con buena intención.

—Pues ni por esas.

Publio se echó a reír.

—Estás de mala leche.

—Sí, desde hace treinta y cinco años. —Cogí otro bombón, y me aclaré la voz—. Oye... ¿cómo van tus sesiones con el psiquiatra?

—En realidad es «la psiquiatra»... ¿seguro que quieres saberlo?

Asentí con la cabeza, y Publio me habló del tratamiento que seguía y de las visitas a la terapeuta, «voy sólo dos veces por semana. Antes iba todos los días, pero como estoy progresando ha reducido las sesiones». Me contó que al principio lo había pasado tan mal que incluso intentó suicidarse tomando un tubo de pastillas «pero soy un miedica y me fui al hospital a que me hicieran un lavado de estómago». Se había dado cuenta de sus tendencias a los veinte años: estaba en el chalet de unos amigos y aparecieron dos o tres parejas con sus hijos pequeños. Se pasó la tarde jugando con ellos, y todo el mundo le agradeció sus desvelos con aquella caterva de mocosos chillones, pero él había sentido algo extraño: una nueva forma de deseo. Aquel descubrimiento le horrorizó. «Pensé que iba a volverme loco, de verdad. Las pasé putas.» Estuvo tres meses de baja por depresión. Luego dejó la empresa en la que trabajaba y se fue a pasar una temporada con su abuela, que vivía en mitad de ninguna parte. «Decidí que lo mejor que podía hacer era pasar aislado el resto de mi vida. Ya sé que suena estúpido, pero tenía veinte años.» Volvió a Madrid unos meses después, cuando se le acabó el dinero. Se instaló en casa de sus padres, y redujo a cero su vida social. Sólo salía para ir al trabajo. «Mis padres estaban preocupados por mí. Me pasaba las horas leyendo en la habitación. Ni siquiera veía la tele. Fue entonces cuando me tomé las pastillas. Un tubo de orfidales. Entero. No tardé ni media hora en ir al hospital.» Luego pasó una etapa relativamente tranquila en la que pensó que podía superar el problema, y hasta llegó a olvidarse de él. Seguía haciendo poca vida fuera de casa, pero estaba tan acostumbrado que ya no le importaba.

—¿Cuándo decidiste tratarte?

—Un día estaba viendo la tele y salió un tío al que acababan de detener por abusar del hijo de unos amigos. Parecía una persona normal, sabes, no un loco, ni nada de eso. Era alguien como yo, alguien que quizá pensó que era capaz de controlarse solo. Y me dije que, si no buscaba ayuda, podía acabar como él, manoseando a los críos de cualquiera y destrozándoles la vida. Así que localicé a una psiquiatra especializada en patologías sexuales. Fue como volver a nacer. Estoy mucho mejor. Sé que lo mío no tiene cura, pero también que no voy a hacer ninguna tontería. Puedes creerme o no, pero jamás he tocado a un niño, ni he entrado en webs de pornografía infantil, ni nada por el estilo. Sé distinguir perfectamente lo que está bien de lo que está mal.

Se levantó y volvió de la cocina con dos vasos de agua. Se bebió el suyo entero antes de seguir hablando.

—¿Sabes?, es muy duro admitir que dentro de ti vivirá siempre un criminal. Pero también resulta un alivio pensar que sabes cómo controlarlo para que no salga nunca de la jaula. Estoy condenado a seguir tratamiento de por vida, y hay algunas reglas demenciales que debo respetar para no ponerme las cosas más difíciles. Por ejemplo, compré esta casa después de asegurarme de que no había niños viviendo en ella. No soy una persona normal y tengo que vivir en función de esa certeza. Pero, de momento, la batalla la voy ganando yo.

No sabía qué decir. Llevaba más de un año repudiando a una persona que, en realidad, tenía muchos motivos para despertar mi respeto.

—Eres muy valiente.

—Ya lo sé. —Partió el último bombón de la caja y me dio la mitad—. ¿Y tú? ¿Cómo te encuentras?

Fingí darme unos segundos para masticar el chocolate.

—Pues... pensé que estaba bien... pero hoy he perdido los papeles. No ha sido un buen día, la verdad.

—Bueno —Publio parecía concentrado en lo que iba a decir a continuación—, quizá tenía que ocurrir. Quiero decir que a lo mejor te estás exigiendo demasiado. Has pasado unos meses muy difíciles y tienes derecho a derrumbarte.

Nunca hubiese pensado que dejarse vencer por la pena pudiese ser también un acto de justicia con uno mismo. Cuando murió mi madre, hice un esfuerzo sobrehumano para no dejarme arrastrar por todo aquel caudal de tristeza que amenazaba con asolar mi vida. Fue como ir paseando al borde de un precipicio teniendo la certeza de que, si un solo día me asomaba a él, acabaría desbarrancándome y seguramente no sabría salir del agujero. No quería que eso sucediera. El destino me había arrebatado a mi madre, y no iba a permitir que me quitase también el dominio sobre mí misma. Por eso, pocos días después de perderla a ella, volví a mi vida habitual. Dibujé muchísimo, me cité con mis amigos, asistí a fiestas, a presentaciones, a cócteles. Recuerdo que cada vez que pasaba por debajo de los arcos detectores de metales pensaba que era una suerte que aquellos aparatos no fuesen capaces de observar lo que tenía por dentro. Porque, al escrutar mi interior, hubiesen encontrado sólo un profundo vacío, un desolador agujero negro horadadado por toda la tristeza con la que había tenido que luchar, a diario, desde la muerte de mi madre. Quizá, como decía Publio, me exigí demasiado pretendiendo que mi vida siguiera al mismo ritmo, imponiéndome como obligación el aparecer en público como si nada hubiera pasado, acotando de un modo poco racional todo lo que estaba sintiendo. Me habían quedado dentro muchas lágrimas. Y las lágrimas tienen que salir si no queremos que lo desborden todo, incluso aquello que creíamos estar preservando de la desesperación. La serenidad verdadera llegaría después de llorar, y pensando en ello volví a hacerlo. Publio abandonó su sitio en el sillón y se sentó a mi lado, abrazándome y pasándome de vez en cuando la mano por el pelo. Así transcurrieron dos horas: yo llorando el llanto atrasado y el bueno de Publio dejándome llorar en silencio, con la paciencia y la mansedumbre del que también ha tenido que aprender a llorar.

Como aquella primera noche que pasamos juntos, era casi de día cuando Publio y yo nos despedimos, sólo que aquella vez yo tenía la convicción de que no tardaríamos mucho en volver a vernos. Me besó en la frente cuando llegamos a la puerta.

—Mucha suerte —me dijo—. Y haz las paces con el viejo, o te sentirás como la misma mierda.

Estaba a punto de darme la vuelta cuando recordé algo.

—Publio... ¿recuerdas aquella noche, cuando me contaste tu... bueno, tu secreto? Dijiste que sólo había otras dos personas que lo sabían. Una es tu psiquiatra... y la otra...

Publio me miró como pidiendo perdón.

—La otra es mi madre.

Le dirigí una sonrisa.

—Me alegro mucho por ti.

Muy a mi pesar, estuve más de una semana sin ver a Silvio. La Feria del Libro de Frankfurt había organizado un encuentro entre ilustradores, y alguien de mi editorial consiguió que me invitaran. Había tomado con cierta desgana aquel viaje, diciéndome que sólo lo emprendía por pura conveniencia profesional, pero el día antes de coger el vuelo a Alemania, mientras ordenaba mi maleta y revisaba los papeles que tenía que llevar conmigo, experimenté una sensación parecida a la dicha que sentía de niña antes de emprender un viaje con el colegio, cuando el acto de preparar la mochila con la comida a base de bocadillos era tan trascendente como seleccionar el contenido de una valija diplomática. Recuerdo aquellas excursiones que no duraban más allá de un día: salíamos en autobús de delante del colegio, y allí nos despedían las madres hasta nuestro regreso, cuando caía la tarde. Nunca entendí por qué todas nos abrazaban y nos besaban con tanto ímpetu, si después de todo sólo pasarían unas horas hasta que volviesen a vernos. Ahora entiendo que estaban secretamente asustadas al ver marchar a todas aquellas niñas, sus hijas, que tenían siete, ocho, nueve años, que empezaban a volar solas y no disimulaban la felicidad proporcionada por aquellas pocas horas de independencia. Sabían que aquellas excursiones eran como pequeños ensayos de libertad hasta que decidiésemos levantar el vuelo definitivo en dirección a nuestras vidas.

Un día después de volver de Frankfurt me presenté en casa de Silvio. Lucinda abrió la puerta con la misma expresión asustada de siempre. Me costaba acostumbrarme a los ojos húmedos de aquella mujer que parecía tener miedo a todo, y especialmente miedo a mí, lo cual no contribuía a mejorar la situación. Estaba segura de que cualquier cosa que yo hiciese o dijera podría acentuar el pánico en sus pupilas amarillas, y eso condicionaba mi relación con ella, reduciéndola al mínimo indispensable.

—Señorita Cecilia —me dijo, y su voz era un susurro—, menos mal que ha venido. El señor Silvio estaba preocupado. Dice que el otro día se marchó usted enfadada, y anda triste desde aquella tarde. Se va a contentar cuando vea que ha vuelto. Yo creo que pensaba que ya no la iba a ver más nunca.

Era un discurso demasiado largo para Lucinda, que acabó su parlamento bajando la cabeza y ruborizándose bajo la piel cetrina. Me deprimía pensar que era yo quien despertaba sus temores, quien azuzaba su aire medroso. Y aquella tarde, precisamente, decidí empezar a poner remiendos a una situación que no nos ayudaba a ninguna de las dos.

—¿De dónde es usted, Lucinda? —le pregunté.

—De Bolivia. —La pregunta la había cogido por sorpresa.

—¿De La Paz? —insistí.

—Quite de ahí, soy de una aldea chiquita. Palomares se llama. —Me miró arrugando los ojos, que eran pequeños y oscuros—. ¿Viene a ver al señor Silvio, verdad?

La pobre mujer debía de estar horrorizada ante la perspectiva de que mi intención fuese tener una charla con ella en mitad del vestíbulo.

—Sí, claro... pero es que al oírla hablar... yo tuve un compañero de clase boliviano —era mentira, por supuesto— y su acento me recuerda al suyo. Él era de La Paz. Se llamaba José Andrés Cifuentes. Muy buen chico, y muy listo.

Al escuchar el nombre que acababa de inventarme, Lucinda me miró con una expresión reconcentrada.

—Pues no me suena, señorita Cecilia. Pero es que Bolivia es muy grande. —Meneó la cabeza—. Ande adentro, que el señor Silvio acaba de despertarse de la siesta.

Pasé a la sala. El abuelo estaba allí, solo, mirando por la ventana. No parecía haber oído el timbre de la puerta ni mi conversación con Lucinda. Como mi primera tarde en aquella casa, pude mirarle sin que él me viera: el perfil limpio recortado en la tarde de otoño, el cabello blanco, las manos nudosas y los ojos fijos en quién sabe qué, como si estuviese esperando algo. O quizá como si pensase que no había nada que esperar, puesto que todas las cosas ya habían sucedido. Así que esto es la vejez, pensé.

—Hola, Silvio...

Apartó la vista de la ventana, y la forma en que me miró hizo que entendiese hasta qué punto había sido implacable con él la otra tarde al marcharme de aquel modo.

—Cecilia, hija...

Se me llenaron los ojos de lágrimas. Me acerqué a Silvio y le di un breve abrazo cuando se levantó a saludarme. Olía a loción de afeitado y a jabón de La Toja.

—Pensé que no ibas a volver.

—Qué tontería....

—Pero siéntate. Lucinda traerá el té enseguida. ¿Hace frío en la calle? ¿Quieres que subamos la calefacción?

No sabía si me merecía todos aquellos mimos, pero los acepté de buen grado. Lucinda apareció con la bandeja de la merienda y, por primera vez desde que la conocía, me dirigió una sonrisa que quise entender como cómplice. Ella nos sirvió el té y el bizcocho, y se retiró igual que siempre, en su particular silencio, como si se hubiese desvanecido en el aire.

—Cecilia... hay algo que quiero explicarte. Es por lo del otro día...

Yo no necesitaba aclaraciones. Sólo quería olvidar lo que había pasado y mi lamentable comportamiento. Las excusas de Silvio no harían sino avergonzarme todavía más, y ya me encontraba suficientemente arrepentida tras haber sacado los pies del tiesto.

—En realidad, soy yo la que tiene que explicarse —le dije—. No debí haber reaccionado de esa forma... Había tenido un día horrible, ¿sabe? Y supongo que...

Silvio me interrumpió.

—No, eso es igual. Pero me gustaría que entendieses a qué me refería cuando dije que quizá era mejor que las cosas hubieran sucedido así con tu madre.

—Le aseguro que no es necesario.

Silvio se pasó la mano por los ojos.

—Pues yo creo que sí. Dame unos minutos, ¿de acuerdo? —Desvió la vista y, apoyando la espalda en el sillón, volvió a mirar por la ventana—. Verás, mi mujer... la abuela de Elena... también murió de cáncer.

—No lo sabía. Lo siento mucho. —Era una frase torpe. Elena debía haberme advertido de aquella coincidencia.

—Sucedió hace tiempo, antes de que Elena naciera. Carmen estuvo enferma durante casi doce años. A ella le diagnosticaron el tumor en una exploración de rutina. Carmina era muy joven y no reaccionó bien cuando supo lo que le ocurría a su madre. Ya sabes lo que viene en cuanto te dicen que tienes cáncer: quimioterapia, bomba de cobalto, la incertidumbre de las revisiones... Mi hija no estaba preparada para lo que se nos vino encima. Y se hundió. No puedo explicarte el daño que aquello le causó a Carmen. Creo que el ver así a su hija fue para ella mucho peor que el propio cáncer. Carmina adoraba a su madre. Intentaba ayudarla, pero, sencillamente, era incapaz. Le faltaban años, experiencia, sentido común, fortaleza, todo. Ésas son cosas que uno aprende poco a poco, y ella tuvo que asumirlas de un solo golpe en mitad de su paso a la edad adulta. Lo llevó muy mal. Mucho peor que Carmen su enfermedad. Después, cuando ella murió, a Carmina le costó mucho superar la convicción de que había sido incapaz de ayudar a su madre.

No sabía muy bien a dónde quería llegar Silvio.

—Perdone, pero no sé qué tiene que ver todo esto conmigo.

—El otro día me dijiste que tu madre no se hacía revisiones y por eso el diagnóstico de su enfermedad llegó tarde. No apruebo ese comportamiento pero, por otro lado, te ahorró mucho tiempo de dolor. Unos años importantes, Cecilia. ¿Puedes imaginar lo que es crecer y madurar mientras se arrastra la rémora de una enfermedad grave? ¿Crees de verdad que hace ocho, nueve años, hubieses sido capaz de plantar cara a lo que os pasó? ¿Estás segura de que no te hubieses hundido para siempre, como le ocurrió a mi hija? No conocí a tu madre, pero a lo mejor ella hizo su elección conscientemente. En esos años se estaban poniendo los cimientos de tu vida, Cecilia. De tu vida y de la vida de tu familia. Cualquier cosa que ocurre a los veinte años te cambia el futuro sin contemplaciones. Las madres saben eso.

Y tu madre también lo sabía. Supongo que no quiso torcer vuestro destino.

—¿Y cree usted que no lo hizo al morirse tan pronto?

—Claro, pero no tanto como si tu vida hubiera empezado a tambalearse nueve, diez años atrás. ¿Cuántos tenías tú entonces?

—Veinticinco. Tengo dos hermanos menores.

—Intenta recordar qué estabas haciendo entonces. —Y ante el gesto cansado que no pude reprimir—: Vamos, haz un esfuerzo.

Volví atrás en el tiempo. Veinticinco años. Acababa de ganar una beca para pasar un trimestre en Oxford. Fue allí donde conocí a Elena. En ese momento, y por primera vez, me di cuenta de que, de haberse declarado la enfermedad de mi madre, no hubiese aceptado aquella estancia en Inglaterra. Silvio parecía haberme leído el pensamiento.

—Cecilia, piensa en todas las cosas buenas que os sucedieron en estos años. Buena parte de ellas no hubieran ocurrido de haberos dicho tu madre que estaba enferma.

Aquella tarde hice balance de todos los pequeños y grandes acontecimientos que habían marcado mi vida y las vidas de los míos en los últimos nueve años. La boda de mi hermana. Los primeros tiempos de mi relación con Miguel. Los libros que ilustré, el premio que me dieron en Italia, los viajes por Europa. Las fiestas familiares donde no había ni una sombra que amenazase la alegría general. La sensación, muchas veces, de tenerlo todo. El nacimiento de mi sobrina. Las vacaciones en el campo. Las Navidades. La certeza de moverme en un terreno seguro y firme donde cada cosa estaba en su sitio. Si la enfermedad de mi madre hubiese aparecido en su momento, ¿qué hubiese ocurrido con nuestras vidas? Mi hermana, seguramente, no hubiese aceptado un trabajo en Madrid, y, en consecuencia, no habría conocido al hombre con quien después se casó. La niña no habría nacido nunca. Yo también hubiese vuelto a casa. No habría entrado en contacto con aquella editorial que me encargó el primer libro de cuentos. Quizá habría dejado de dibujar. Tenía tantas dudas sobre todas las cosas hace ocho años, que sólo la solidez del mundo que me rodeaba me había impulsado a seguir adelante. No, definitivamente no hubiese continuado mi carrera como ilustradora de haber estado moviéndome en un terreno resbaladizo. Hoy no tendría mi casa, ni mi estabilidad económica, ni tantas otras cosas a las que, de eso sí estoy segura, renunciaría sin dudar a cambio de que mi madre estuviese viva. Porque nada podía consolarme por haberla perdido, ni había ninguna cosa material capaz de compensar su ausencia.

—¿Sabe, Silvio? Es que yo preferiría no tener lo que tengo, y que mi madre no hubiese muerto.

—Bueno, tú sí, pero no puedes saber lo que preferiría tu madre. ¿Fuisteis felices en estos años, Cecilia? Pues cada momento de esa felicidad os lo regaló ella. Optó por dar la voz de alarma cuando erais adultos y ya habíais encauzado vuestras vidas. No sé si fue una decisión equivocada, pero fue su decisión. No hagas reproches a su memoria, Cecilia. Respeta lo que hizo, y dale las gracias. Y entiende que, aunque tal vez no eligió el camino más correcto, su error fue simplemente un acto de amor hacia vosotros.

Silvio me había cogido de la mano. No sé si era consciente de que sus palabras habían despertado en mi interior una paz desconocida, una tranquilidad de espíritu que no había sentido en ningún momento de los últimos meses.

—Era una mujer maravillosa —le dije.

—Estoy seguro de eso. Y para ti es una suerte poder recordarla de ese modo. Supongo que eso es lo importante: lo que dejamos en los demás, la memoria que queda de nosotros.

Estuve un rato así, aferrada a la mano de Silvio mientras pensaba en mi madre y en todas las cosas espléndidas que habíamos vivido juntas en estos años. Por primera vez me sentía libre de toda la rabia y la amargura que en los últimos tiempos habían estado emponzoñando mi interior. Sabía que, en adelante, iba a llorar cada vez que evocase aquella tarde junto a Silvio. Pero en ese momento, mientras acariciaba la mano nudosa del viejo y recordaba en silencio episodios vitales que había estado a punto de relegar al último rincón de la memoria, no quería derramar una sola lágrima. Había reconquistado la serenidad perdida tiempo atrás. No era el mejor escenario para el llanto. Solté con suavidad la mano de Silvio, y luego, por primera vez desde que le conocía, le besé en la mejilla.

—Muchas gracias —susurré.

—No me las des a mí. Son los años, que al final resultan útiles.

Sonreímos los dos, y acabamos la merienda quizá para restar solemnidad a lo que acababa de ocurrir entre ambos: Silvio y yo nos habíamos hecho amigos.

—Bueno —le dije—, sígame contando su historia. ¿Dónde lo dejamos el otro día?

—¿De verdad quieres saberlo?

—Claro. ¿Cree que no me tiene intrigada? Me he acordado varias veces de su amigo Elijah... y de Zachary West, por supuesto. Me gustaría saber qué pasó con usted y con ellos.

Parecía satisfecho.

—De acuerdo. Hazme un favor... ¿quieres pedirle a Lucinda la caja de las fotos?

Encontré a la criada en la cocina, metiendo en el lavavajillas los cacharros sucios de la comida. Estaba de espaldas a mí y por eso dije su nombre muy bajito. No quería asustarla.

—Lucinda...

—¡Ay, señorita!

—Perdone que haya entrado... pero es que Silvio quiere sus fotografías.

Salió de la cocina y volvió enseguida con la caja de cartón que ya me resultaba familiar.

—Muchas gracias, Lucinda.

Iba a darme la vuelta cuando, para mi sorpresa, me detuvo la voz de la muchacha.

—Señorita Cecilia... que estuve dándole vueltas al nombre de su amigo.

—José Andrés Cifuentes... —Menos mal que no había olvidado el embuste.

—... y así me acordé de que en Palomares había un hombre que se llamaba parecido. José Andrés Sufuentes. Era el dueño de la panadería. Lo mismo es pariente del amigo suyo. Pariente lejano, claro.

Por nada del mundo hubiera rescatado a Lucinda de su candidez.

—A lo mejor el chico era de La Paz, pero había nacido en su pueblo.

—Pues eso estaba pensando yo, señorita Cecilia. ¿Ve qué pequeño es el mundo?

Regresé al salón con una confusa sensación de triunfo. Entregué la caja a Silvio, que tras buscar unos segundos extrajo un retrato que me alargó. Estaba tomado en el salón de una casa opulenta, y representaba a tres adolescentes larguiruchos que miraban a la cámara con el aire inseguro que dan los quince años. Uno era Elijah. El otro, desde luego, nuestro Silvio. ¿Y el tercero? ¿Quién era ese muchacho pálido y esbelto que acababa de introducirse en la historia?

Puede decirse que Elijah y yo crecimos juntos. Aunque él pasaba la mayor parte del tiempo en Madrid mientras yo seguía mis estudios en Ribanova, solíamos coincidir en la época de vacaciones escolares. Además, las desapariciones de Zachary West acabaron volviéndose una costumbre, y un par de veces al año, de forma intempestiva, telegrafiaba a mis padres para avisarles de su llegada. Todos sabíamos lo que eso quería decir: que Elijah aparecería en plena noche y permanecería con nosotros durante varias semanas mientras su padrastro se encontraba sabe Dios dónde y haciendo sabe Dios qué. Porque a eso también tuvimos que acostumbrarnos: al misterio que rodeaba las entradas y salidas del señor West. Mi padre seguía despojando del sobre las cartas que le entregaba a Elijah, pero ni él ni yo consideramos oportuno repetir la jugarreta del engaño al cartero para averiguar la dirección exacta del remitente. De pronto, y quizá porque sabíamos que había secretos que no iban a sernos revelados, Elijah y yo dejamos de encontrar trascendentes los motivos que llevaban a su padre a desaparecer sin dejar rastro, y a él a instalarse en Ribanova de forma esporádica. Lo importante era que teníamos la ocasión de estar juntos, así que nos limitamos a aprovechar aquellas semanas que nos proporcionaban los inesperados viajes de Zachary West.

Mi padre había arreglado las cosas para que, durante sus estancias en Ribanova, Elijah pudiese tomar lecciones en el colegio al que yo acudía. Mi amigo se había vuelto algo más sociable, pero de todos modos los otros chicos pusieron límites a su completa adaptación. Es cierto que habían acabado por habituarse a su presencia inconstante entre nosotros. Ya no le miraban como si llegase de otra galaxia, y algunos incluso intercambiaban con él algunas bromas sin consecuencias. Pero, en cualquier caso, Elijah seguía siendo un ser distinto, al que se podía tolerar pero no integrar completamente. Él lo sabía, y creo que en el fondo le daba exactamente igual la consideración que de su persona pudieran tener todos aquellos muchachos.

En cuanto a mí, llegué a la conclusión de que poco o nada tenía que ver con los chicos que se negaban a derribar el muro levantado entre ellos y mi amigo, y fui yo quien voluntariamente se aisló de todos ellos. Durante las ausencias de Elijah, me relacionaba más bien poco con mis compañeros de clase. Pasaba mucho tiempo solo, generalmente leyendo. En una de sus visitas, Zachary West me trajo como regalo una colección completa de novelas de aventuras escritas en inglés, y los volúmenes de Karl May, Jack London o Conan Doyle se convirtieron en buenos compañeros de armas. No necesitaba mucho más. Fue en aquellos años cuando aprendí que la soledad puede ser un valor en sí misma, y que uno alcanza la completa madurez cuando sabe asumirla e incluso disfrutar de ella en su justa medida. Aquel que sabe estar solo tiene más facilidad para apreciar la buena compañía, y el que no se encuentra a gusto consigo mismo difícilmente estará bien con los demás.

Es cierto que mi amistad con Elijah y el consiguiente acercamiento a los West me distanció un poco de mi propia familia. Solía pasar con ellos casi toda la temporada de vacaciones, a veces en la casa de Madrid, a veces participando de algún viaje preparado por el padre de mi amigo. Nos llevaba a Santander, a San Sebastián, a las playas templadas del Mediterráneo, a la costa de Cádiz. Hasta entonces, yo había viajado poco con los míos. Mis abuelos no estaban en condiciones de baquetearse demasiado en trenes y coches de alquiler, y la salud de mi madre, que siempre fue delicada, desaconsejaba los desplazamientos largos. Con ellos iba a tomar las aguas al balneario de Caldas, y, una vez al año, a pasar una semana en La Coruña para que Efraín y yo nos diésemos los convenientes baños de mar. Por eso, aquellos viajes con los West tenían todos los ingredientes de la mejor aventura.

Nunca supe qué opinaban mis padres acerca de mi querencia por la que empezaba a ser mi familia de adopción, pues jamás me comentaron nada al respecto. Supongo que el desapego que demostraba hacia ellos cuando me marchaba, jubiloso, a pasar lejos de Ribanova dos, tres o cuatro semanas tenía que ser para ellos un motivo de disgusto. Su hijo mayor les había sido arrebatado por un americano misterioso y rico, que cojeaba de la pierna derecha y se permitía el lujo de desaparecer durante dos meses al año como si se lo hubiese tragado la tierra. Pero, por otro lado, mis padres debieron de ver con claridad el abanico de posibilidades que se abría ante mí gracias a la relación mantenida con los West: iba a viajar, a ver el mundo, a conocer una realidad que en Ribanova me estaba vedada. Había aprendido a hablar inglés con una corrección más que notable, a comportarme en la mesa con la exquisitez de un príncipe ruso y, a pesar de mi poca edad, a interesarme siquiera mínimamente por los avatares de la política europea. Zachary West me enseñó a escuchar música y a contemplar pintura —aunque nunca fui un experto en ninguna materia—, a practicar algunos deportes entonces considerados elitistas como el patinaje o el tenis, a apreciar la buena comida y a disfrutar de pequeños lujos, desde las trufas de chocolate a los almohadones de plumas, los jerseys de cachemir o los baños turcos.

—Aprecia estas cosas, Silvio, pero jamás te acostumbres a ellas —me dijo una vez—. El que no sabe prescindir de los placeres es tan imbécil como el que se muestra incapaz de valorarlos.

El tiempo pasó para todos. Mi hermano Efraín se convirtió en el mismo niño que yo había sido. Heredó de mí muchos juguetes, varias prendas de ropa y determinados rasgos de carácter. Sin parecernos mucho, algunos de nuestros comportamientos y nuestras actitudes eran sorprendentemente similares. Después de haberle detestado durante sus primeros meses de vida, había aprendido a quererle, pero de una forma equivocada, y le dedicaba las mismas atenciones que hubiera prestado a un cachorrito. Por su parte, él me adoraba, y jamás ocultó su admiración por aquel hermano mayor que, cuando no estaba fuera de casa, no hacía otra cosa que contar los días que le faltaban para marcharse otra vez. Soy consciente de que nunca correspondí al cariño de Efraín con la intensidad que hubiera debido, y que el haber limitado mi afecto hacia él fue un error del que me arrepentí durante toda mi vida adulta. En aquellos años, perdí por voluntad propia la ocasión de convertirme en el mejor amigo de mi hermano.

Estaba a punto de cumplir catorce años cuando los republicanos hicieron poner pies en polvorosa a la familia real, que salió de España en dirección al exilio en aquella primavera de 1931. Mi abuelo, que era un monárquico ferviente, llegó a llorar por la marcha de don Alfonso XIII. Avanzamos hacia el desastre, dijo, pero no encontró eco en ningún otro miembro de la familia, pues mi padre sentía pocas simpatías por el rey y entonces las mujeres no solían entrar a discutir asuntos de ese tipo. No, Cecilia, no me mires así: eran cosas de la época.

El advenimiento de la República coincidió con una de las ausencias de Zachary West. Elijah estaba en nuestra casa el 14 de abril, y aquel día él y yo pensamos que el ocaso de la monarquía española y la desparición del señor West podían estar directamente relacionados. La idea de imaginar al padre de Elijah como uno de los artífices de la caída de Alfonso XIII nos llenaba de emoción. Aunque éramos demasiado jóvenes como para entrar de lleno en cuestiones políticas, ambos simpatizábamos con la causa de la república. Supongo que aquella querencia nuestra estaba claramente influida por el ideario particular del señor West, que aseguraba que en una sociedad moderna el concepto de los privilegios heredados estaba condenado a desaparecer para siempre. Además, Zachary afirmaba que el rey Alfonso le había causado una pésima impresión cuando tuvo oportunidad de conocerlo durante una recepción en el palacio real.

—Es pobre de espíritu, pagado de sí mismo y profundamente egoísta, lo cual sorprende viniendo de una persona que lo tiene todo. El carácter de este hombre es fruto de sus pocas luces, y también de una malísima educación. Le han criado para convertirse en un niño pera, no para ser un jefe de Estado.

Zachary West podía ser muy duro en sus juicios cuando quería. Su desprecio hacia el carácter del rey en particular y la institución monárquica en general nos convenció de su concurso en la caída de los Borbón. Ni Elijah ni yo podíamos sospechar que el señor West tenía entre manos algo mucho más grave, y que en aquel momento le importaba bastante poco el envío al exilio de un rey mal educado.

El padrastro de Elijah regresó a mediados de mayo. Le encontré desmejorado y algo triste, y no entendí muy bien a qué venía aquella palidez ni el gesto adusto que llevaba en la cara, si acababa de culminar con éxito una misión en favor de la democracia y la abolición de los privilegios de sangre. Aquel verano lo pasamos en Santander, y en esta ocasión Zachary convenció a mis padres para que viajasen con nosotros. Mi madre protestó débilmente alegando que no se encontraba demasiado bien, pero el señor West insistió, diciendo que el descanso junto al mar mejoraría su salud y su estado de ánimo. Así que nos acompañaron y pasaron en Santander dos semanas enteras. Fue divertido estar fuera de casa todos juntos, aunque debo decir que Elijah y yo hacíamos la guerra por nuestra cuenta la mayor parte del día. Efraín trataba de seguirnos a todas partes, pero a los catorce años un hermano que sólo tiene siete resulta un estorbo. Así que el pobre Efraín estaba casi siempre con mi madre que, tal y como Zachary West había augurado, se había fortalecido con el aire del mar y los baños de sol, y estaba más guapa que nunca. A veces la veía desde la playa, paseando despacio por el Sardinero, acompañada de mi padre o de algunas amigas ocasionales que había conocido en el hotel, y tenía que recordar que aquella dama elegante y hermosa era mi madre. Quizá porque, en el fondo, ya había empezado a distanciarme de ella espiritualmente.

Aquél fue el último verano que Elijah y yo pasamos en España. Cuando llegó el mes de junio de 1932, Zachary West pidió permiso a mis padres para llevarme consigo en un viaje al extranjero. El plan era quedarnos una semana en Biarritz, y viajar luego a París para permanecer en la ciudad durante veinte días. En la casa, sólo mi abuela objetó que era demasiado joven para irme tan lejos, pero era un argumento sin demasiada consistencia y nadie lo tomó en consideración. Además, en 1932 un chico de quince años estaba mucho más cerca que ahora de la edad adulta. Así que mi padre gestionó mi pasaporte y me dejó marchar con sus bendiciones. El día que nos despedimos, mi madre se dio la vuelta para que no la viese llorar.

Fue ese verano cuando conocimos a Ithzak Sezsmann. Era el hijo único de Amos Sezsmann, un famoso violinista polaco a quien Zachary West, melómano declarado, había escuchado tocar en Berlín y en Viena. La esposa de Amos Sezsmann había muerto dos años atrás, y desde entonces él y su hijo viajaban siempre juntos para que el chico no estuviese solo en Varsovia durante las giras de su padre.

Algo mayor que nosotros, Ithzak era un adolescente sensible, algo triste —supongo que por la pérdida prematura de su madre— y de una inteligencia extremada. Era el perfecto ejemplo de un niño prodigio, que tocaba el violín y el piano con la soltura de un virtuoso, hablaba tres idiomas además del polaco y se comportaba con la corrección y la prudencia de un adulto precoz. Acababa de cumplir dieciséis años y quería ser director de orquesta. Ithzak hablaba de su futuro como músico con la firmeza del que ha tomado una decisión irrevocable, sin calibrar siquiera la posibilidad de que las circunstancias, la suerte o el destino fuesen capaces de torcer su voluntad de hierro.

La primera vez que vimos a Ithzak Sezsmann fue en París, en la embajada americana donde nos alojábamos durante nuestra estancia en la ciudad. Su padre había sido invitado a cenar después de ofrecer un recital, y para desconcierto del embajador, se presentó en compañía de su hijo, a quien el protocolo no había asignado un lugar en la mesa de gala. Zachary West propuso entonces que se uniera a Elijah y a mí, que cenábamos solos en las dependencias de invitados. Confieso que al principio me incomodó la presencia de aquel muchacho pálido y ojeroso, delgado como un huso, de cabello pajizo y relucientes ojos azules que parecían prestados. A los quince años y con una amistad tan bien definida como la nuestra, había veces que Elijah y yo veíamos a los demás como simples intrusos que iban a ser incapaces de comprender las reglas de conducta de nuestro dúo feliz. Pero Ithzak era distinto. Empezó a hablarnos en francés, y al darse cuenta de que yo no le comprendía, siguió la conversación en un inglés gramaticalmente impecable y de pronunciación casi perfecta. Era un chico extraño. Parecía libre de toda timidez, a pesar de su innato sentido de la moderación, y nada le acobardaba, ni siquiera la sensación de estar de más que Elijah y yo transmitíamos a veces sin darnos cuenta. En quince minutos hizo las preguntas precisas para conocernos a ambos, y prestó a las respuestas que le dábamos una atención halagadora y sincera. Luego, sin esperar nuestras inquisiciones, nos habló de su vida, de los viajes con su padre y de su intención de convertirse en músico. Contó que había aprendido a tocar el piano con cinco años, como si fuese un joven Mozart, y que no estaba muy seguro de cuál era su lengua materna, pues había sido educado en alemán, francés y polaco. El inglés lo había aprendido después, «por eso lo hablo peor», se justificó. Nos dijo que había padecido sarampión y tos ferina, que ahora cojeaba un poco a consecuencia de un accidente ocurrido hacía un mes cuando montaba a caballo, y que no sabía nadar porque había tomado un miedo cerval al agua desde que, siendo muy pequeño, estuviera a punto de ahogarse en un estanque. También nos habló de su casa de Varsovia, de los estudios precozmente comenzados en el conservatorio, de la excelente relación que mantenía con su padre, estrechada a la fuerza tras la muerte de su madre. Hablaba de sí mismo con una rara distancia, como si estuviese refiriéndose a otra persona, y parecía tener tanto interés en subrayar sus virtudes y sus logros como en dejar evidencia de sus limitaciones. Aquella noche, después de haber compartido con Ithzak nuestra cena para dos, Elijah y yo decidimos que aquel músico en ciernes podía convertirse, siquiera por un tiempo, en vértice de nuestro triángulo fraternal.

Ithzak y su padre se quedaron en París durante una semana. Antes de regresar a Varsovia debían hacer una parada en Amsterdam, donde Amos Sezsmann iba a ofrecer un único concierto. Zachary West y el músico acogieron con agrado la amistad incipiente nacida entre nosotros tres, y fomentaron nuestros encuentros durante la estancia de todos en la Ciudad de la Luz. Juntos visitamos los museos de París y el palacio de Versalles, subimos al último piso de la Torre Eiffel e hicimos cortas excursiones por los alrededores.

Recuerdo lo mucho que nos divertimos. El tiempo era espléndido, y París me pareció una ciudad radiante hecha para invitar a la vida. Creo que aquella semana fue una de las más felices que pasé nunca. Tenía quince años, buenos amigos y muchos planes y había descubierto que el mundo era enorme y estaba lleno de lugares deslumbrantes dignos de ser conocidos. Aquel verano decidí que Francia era sólo el principio de un larguísimo periplo que debía llevarme por los cinco continentes. Por las noches, soñaba con trenes y barcos, con aviones y coches de alquiler, con otras razas y otros hombres distintos que me esperaban en cada rincón del mapa.

Llevábamos ya quince días en París. Entre nuestros planes estaba el pasar unos días en Bruselas para finalizar las vacaciones, pero Amos Sezsmann convenció a Zachary de que cambiásemos la ruta y les acompañásemos en su visita a Holanda. Recordaré siempre aquel viaje en compañía del violinista y el futuro director de orquesta, y no sólo por el grato ambiente de camaradería que se desató desde el primer momento. Durante aquellos días tuve ocasión de descubrir hasta qué punto era perfecta y envidiable la relación entre Ithzak y su padre. Ambos parecían muy por encima de ataduras familiares, del afecto impuesto por los lazos de sangre. Eran amigos, cómplices, compañeros de fatigas, colegas, hermanos. Se reían exactamente igual y de las mismas cosas, tenían idéntica forma de sorprenderse y de emocionarse. Durante el viaje nocturno de París a Amsterdam, tocaron juntos el violín en el vagón restaurante, cuando ya todos los clientes se habían marchado. En un instante, una música prodigiosa recorrió todo el tren y, en un silencio lleno de respeto, los viajeros fueron abandonando sus compartimentos para compartir con nosotros aquel concierto improvisado de los dos Sezsmann.

Físicamente no se parecían demasiado. Amos era corpulento y su hijo más bien delgado, y los rasgos faciales de Ithzak eran notablemente más finos que los del padre, quien tenía los ojos saltones y una nariz enorme que parecía hacer alarde de su origen judío. Además, el señor Sezsmann tenía edad para ser el abuelo de su hijo. Pero aquella noche, mientras tocaban juntos, se obró en ambos una metamorfosis milagrosa, y me di cuenta de que, cuando estaban haciendo música, aquellos seres eran tan parecidos como dos gotas de agua. Era su expresión de triunfo mientras domesticaban las cuerdas del instrumento e iban haciendo surgir las notas en el orden preciso, el brillo idéntico en la mirada de ambos, incluso la forma casi salvaje de sostener el violín con la barbilla lo que les hacía prácticamente iguales. Tuve la convicción de que, cuando estaban tocando, el hombre y el muchacho sentían exactamente lo mismo, y que la energía que ponían en la música fluía del mismo sitio, de un lugar incógnito para todos excepto para ellos. Intuí que los Sezsmann, padre e hijo, estarían unidos de por vida por una misteriosa relación que nadie, salvo ellos dos, sería capaz de entender. Cuando acabó la música, Ithzak y Amos se abrazaron mientras los demás rompíamos con nuestros aplausos el breve silencio de los violines, y un segundo después cada uno de los Sezsmann recuperó su forma original, su diferencia frente al otro, y volvieron a ser padre e hijo, el niño que caminaba hacia la edad adulta y el hombre que veía acercarse el momento de la senectud.

Estuvimos una semana en Holanda y luego dimos por terminadas las vacaciones. De regreso a España, pasé dos o tres días descansando en Madrid en casa de los West y después, de mala gana, tuve que volver a Ribanova. Creo que nunca se me hizo tan difícil el regreso como en aquella ocasión. Mi mundo se me antojaba más cerrado y pequeño que nunca, mi vida más provinciana y mi universo más mezquino. Hasta el volver a hablar en español me parecía un atraso, y deliberadamente introducía en las conversaciones algunas frases en inglés. Aquello provocaba el pitorreo de mis compañeros de clase, que ya empezaban a declararme la guerra abiertamente. A mí no me importaba. Me sabía distinto a ellos, y desde luego no para peor. Mis amigos de la primera infancia eran para mí una caterva de mozalbetes ignorantes de todo lo que ocurría detrás de las murallas de Ribanova. Muchos ni siquiera habían salido de la ciudad, y París estaba tan lejos de su realidad como la misma luna. Me parecían limitados y dignos de compasión en sus carencias, y por eso no respondí nunca a sus provocaciones ni a sus chanzas. Tenía quince años y la firme convicción de que mi futuro estaba muy lejos de ellos y de mi ciudad natal, donde había sido feliz hasta que se me presentó la oportunidad de conocer el mundo que existía lejos de ella.

No volví a ver a Elijah hasta que llegó la Navidad y él y Zachary West vinieron a Ribanova a pasar las pascuas con nosotros. Recuerdo que fueron unas fiestas muy divertidas, y que mi hermano Efraín recibió como regalo de su padrino una cámara de fotos. Creo que nunca vi a mi hermano tan contento como aquel día, mientras Zachary West le explicaba los rudimentos del oficio de fotógrafo y le daba consejos para conseguir los mejores negativos. Es posible que fuese un regalo exagerado para un niño de siete años, pero la pasión con que Efraín recibió aquella cámara me hizo pensar que quizá aquel presente fuese para él algo más que una sorpresa navideña. Y acerté, porque mi hermano acabó convirtiéndose en fotógrafo profesional, y más tarde en reportero de guerra. Pero no quiero anticiparme.

Las Navidades de 1932 se interrumpieron de una forma abrupta al recibir Zachary West un telegrama que reclamaba su presencia inmediata en Madrid.

—Creí que estabas de vacaciones —protestó Elijah.

—Y así era. Pero han surgido contratiempos y tengo que volver cuanto antes.

Tras hablar con mi padre, se decidió que Elijah permaneciera en Ribanova. A punto de cumplir dieciséis años, era ya casi un adulto perfectamente preparado para quedarse solo, pero por alguna razón Zachary West prefería que no lo hiciera. Años más tarde comprendería por qué. El caso es que Elijah se instaló en nuestra casa, y juntos pasamos el resto de las fiestas. El 8 de enero me reincorporé a mis clases en el instituto, aunque esta vez Elijah no me acompañó: estaba preparando por su cuenta la reválida de Bachillerato, y su preceptor le había mandado todos los libros, los apuntes y los textos necesarios para que siguiese las lecciones por su cuenta. Una vez insinué a mi padre que yo podría hacer lo mismo, evitando así tener que ir a clase todos los días y encontrarme con unos compañeros con los que no simpatizaba, pero él ni siquiera quiso considerar mi proposición.

—Dejemos las cosas tal y como están, Silvio. Y, de todas formas, no vendría mal que recordaras de vez en cuando que tú no eres Elijah West.

Aquel comentario me dolió. A mis quince años, creía saber perfectamente quién era y quién no era. Pero no quise discutir con mi padre. Además, le conocía lo suficientemente bien como para saber cuándo valía la pena seguir negociando con él, y cuándo toda conversación acabaría por resultar inútil. Me incorporé al instituto y seguí las lecciones con total aprovechamiento. Después de todo, me decía, quizá un día puedan servirme de algo todas las estupideces que estoy aprendiendo aquí.

Zachary West regresó la primera semana de febrero. Apareció de noche, como siempre, pero esta vez Elijah y yo habíamos sido advertidos de su llegada, y decidimos esperarle despiertos junto a mi padre y mi madre, formando así un pequeño comité de bienvenida. Llegó pasadas las doce y media, y nada más verle pensé que parecía haber envejecido diez años. Hasta me dio la sensación de que su cojera se había hecho más ostensible. Las arrugas de la frente se habían acentuado y formaban profundos surcos en su piel curtida, y tenía en los ojos una expresión de desencanto que no pude descifrar hasta que, pasados los años, yo tuve también mi cupo de decepciones y de motivos para la desesperanza.

—¿Estás cansado? ¿Quieres irte a dormir? Hemos preparado una habitación, es un poco tarde para que vayas al hotel.

—La verdad, si no es una molestia, lo que me gustaría es comer algo.

Mi madre preparó café y bocadillos, y se improvisó una reunión en el cuarto de estar. Zachary aceptó una copa de coñac que le ofrecía mi padre.

—¿Cómo te ha ido esta vez? —fue mi madre quien preguntó.

—No muy bien —dijo, y a todos nos desconcertó que Zachary no contestara de inmediato con el ambiguo «sin problemas», que utilizaba siempre para hacer balance de sus desapariciones. Nos miramos unos a otros, como esperando alguna explicación adicional.

—El mundo ha perdido el juicio definitivamente —continuó, y volvió a quedarse callado mientras hacía girar el licor dentro de la copa con la mirada perdida. Ninguno de nosotros sabía muy bien qué decir.

—¿Tan mal están las cosas? —preguntó mi padre, y Zachary West nos miró a todos a la vez.

—Hitler ha ganado las elecciones —dijo—. Ahora, el partido nazi decidirá el destino de Alemania avalado por una victoria en las urnas. Claro que no sé de qué me sorprendo. Hace meses que sabíamos lo que iba a pasar.

Se hizo un silencio que estaba cargado de ignorancia.

—¿Quién... quién es Hitler? —preguntó mi madre.

Zachary West sacudió la cabeza tristemente al contestar.

—El hombre que va a escribir las páginas más negras de la historia de Europa. Recordad lo que os digo hoy, 17 de febrero de 1933, en la muy noble ciudad de Ribanova. Vendrán malos tiempos para todos.

Ésas fueron sus palabras. Me parece que estoy escuchándolas todavía, aunque confieso que aquella noche pensé que el señor West exageraba un poco las cosas. Tal vez estaba cansado del viaje, quizá había tenido mucho más trabajo que de costumbre. Así que, para qué negarlo, no dediqué demasiado tiempo a pensar en Hitler ni en las circunstancias que rodeaban su llegada al poder. Y además ¿cómo iba a afectarnos a nosotros algo que estaba ocurriendo a tantos kilómetros de distancia?

Viajé a Madrid con los West para pasar las vacaciones de Semana Santa, y allí recibí una sorpresa: los Sezsman estaban a punto de llegar a España, pues Amos había sido contratado para ofrecer dos conciertos en Madrid. Elijah y yo pasamos cinco días muy felices sirviendo de guías por la ciudad a nuestro amigo polaco. Cuando estaban a punto de regresar a Varsovia, Amos Sezsmann hizo a Zachary West una oferta de lo más apetecible: pasar con ellos una parte de las vacaciones de verano.

—Nos quedaremos unos días en mi casa de Varsovia... y

luego podemos hacer un viaje juntos. Tengo programada una serie de conciertos por Alemania: Berlín, Munich, Weissbaden, Bayreuth... Recorreremos el país, nos alojaremos en los mejores hoteles y tendréis entradas de palco para todos los conciertos. ¿Qué decís, chicos? ¿Qué te parece, Zachary?

A todos nos sorprendió que no respondiera de inmediato a la atractiva propuesta de nuestro amigo. ¿Qué podía haber más agradable para un melómano como Zachary West que pasar una parte del verano recorriendo las salas de conciertos de un país junto a un músico reputado como Amos Sezsmann?

—Suena bien. Hace tiempo que tengo ganas de volver a Varsovia... En fin, ya veremos. Falta mucho para el verano...

Creo que aquella tarde fui el único en advertir una sombra en los ojos y la sonrisa de Zachary West.

Estoy seguro de que, si aquel verano viajamos a Varsovia, fue por la extrema insistencia de Elijah y la mía propia, pues deseábamos volver a ver a Ithzak, y no había muchas ocasiones para nuestros encuentros. Además, queríamos conocer Varsovia, y nos atraía singularmente la idea de viajar a Alemania. Recorrer todo un país, tomar casi a diario trenes y coches, cambiar de hotel, hacer y deshacer maletas era, desde luego, mucho más divertido que permanecer semanas enteras en la misma ciudad, como habíamos hecho otros veranos. Elijah y yo dedicamos los últimos días de junio a recopilar información turística sobre las distintas zonas de Alemania, y mi amigo incluso se esforzó en aprender unas cuantas palabras del idioma ayudándose de un diccionario que encontró en casa de su padre adoptivo.

El viaje hasta Varsovia fue largo y excitante, y supongo que también agotador, aunque no recuerdo que llegara a cansarme a pesar de que tardamos unos diez días en arribar a Polonia desde Madrid. Los Sezsmann nos recibieron en la estación de ferrocarril y nos condujeron a su casa, una hermosa construcción decimonónica situada en el mismo centro de la ciudad, en la calle Trebaka, muy cerca del parque Saski. La residencia de los Sezsmann era mucho más imponente que la casa de Zachary West. El lujo con el que estaba decorada hubiera resultado ostentoso de no ser por el buen gusto que había dirigido la selección de los muebles, los cuadros y los adornos. La casa no tenía jardín, pero la proximidad del parque suplía esa carencia. Allí había aprendido Ithzak a montar a caballo, allí había estado cerca de ahogarse siendo muy niño, allí se había acostumbrado al paso de las estaciones que cambiaban los colores de la hierba y de las hojas de los árboles. Y allí, también, había conocido a Hannah Bilak tres meses atrás, y se había enamorado.

A nuestros dieciséis años, Elijah y yo mostrábamos por las chicas un interés sólo relativo. Al no contar con un grupo de amigos bien definido, nos había sido hurtada la posibilidad de flirtear con muchachas de nuestra edad. El individualismo, durante la adolescencia, tiene esos problemas. El año anterior, durante nuestra estancia en París, yo había bebido los vientos por una guapa francesa que jugó a ignorarme durante todo el verano para confesar que me amaba desesperadamente justo cuando estábamos a punto de abandonar la ciudad, y aquel otoño, en Ribanova, había compartido algunos paseos con la hija de una amiga de mi madre, a quien conseguí tomar de la mano y robar un par de besos antes de que transfiriese sus afectos a un muchacho universitario que vino de visita en vacaciones. Así las cosas, no estaba en condiciones de entender el apasionamiento de Ithzak al hablarnos de aquella joven, ni la trascendencia de los suspiros que parecían capaces de partirle el pecho ni la expresión estúpida que se le dibujaba en la cara de vez en cuando y que era señal de que estaba pensando en ella.

—Bueno, ¿y dónde está? ¿No vamos a conocerla?

Ése era el problema: Hannah Bilak, que era huérfana de padre, pasaba la mayor parte del año en Alemania, junto a su madre, y sólo viajaba a Varsovia en vacaciones para quedarse con su abuela polaca. No llegaría a la ciudad hasta dentro de dos semanas.

—Para entonces, nosotros ya habremos salido para Berlín. Estaremos fuera casi un mes, así que a nuestro regreso ella estará a punto de marcharse otra vez. La verdad, no sé si lo soportaré.

Elijah y yo le aseguramos que «sí» lo soportaría, e intentamos contagiar a nuestro amigo el entusiasmo que despertaba en nosotros la inminencia del viaje, pero él pasaba el día pensando en su enamorada, solazándose en su desdicha e interpretando con el violín tristes romanzas que hablaban de amores contrariados.

Mientras ultimábamos los detalles para salir hacia Berlín, hicimos turismo por la ciudad. Varsovia me impresionó por la solemnidad de su belleza. No tenía, desde luego, la brillantez de París, donde todo era de una hermosura evidente. Pero Varsovia conservaba un carácter particular que la hacía, al menos para mí, tan atractiva como la capital de Francia. Eran las sobrias avenidas, los parques frondosos, los oscuros muros del castillo, la alegría contenida de la plaza del mercado, la paz de los callejones de la ciudad antigua, las cúpulas de las sinagogas tan cercanas a las iglesias de los gentiles. Era un mundo irrepetible que estaba, sin yo saberlo, muy próximo a desmoronarse para siempre.

Mira esta foto, Cecilia. La tomamos en casa de los Sezsmann, en la sala de música. Recuerdo muy bien el día que la sacaron, porque justo cuando el fotógrafo se marchaba llegó un telegrama que vino a cambiar todos nuestros planes para aquel verano.

El cable venía de Berlín y estaba dirigido a Amos Sezsmann, que lo abrió sin mucha atención. A medida que lo leía, la cara del violinista fue cambiando de color, como si se estuviera quedando sin sangre.

—Es increíble —dijo al fin—. Han cancelado mi gira...

Los rostros de todos reflejaban las distintas impresiones que causó a cada uno aquella notica. Amos estaba descompuesto. Elijah y yo, decepcionados. Ithzak, radiante al pensar que estaría en Varsovia cuando regresase Hannah Bilak. En cuanto a Zachary, aparentaba una tranquilidad absoluta, como si el ver alterados sus planes para el próximo mes no le causase la más mínima contrariedad.

—En fin, Amos, qué se le va a hacer. Son cosas que pasan, ¿no es así? Los artistas estáis siempre sujetos a este tipo de informalidades...

—¿Informalidades? ¿Llamas informalidad a suspender ocho conciertos cuando sólo faltan unos días para el primero? Yo soy un músico, no un saltimbanqui. Mis giras se programan con meses de antelación... hace casi un año que me invitaron a dar esos recitales...

—Bueno, Amos, en un año pueden pasar muchas cosas... no le demos más vueltas. Ya que hemos venido, podemos aprovechar para hacer viajes cortos por dentro del país. Siempre he querido conocer Cracovia... ¿Hay una buena conexión por ferrocarril o deberíamos usar un coche?

Estaba claro que Zachary West quería correr un velo sobre la indignación de Amos Sezsmann y distraer su atención con nuevos planes, pero nuestro amigo no estaba dispuesto a colaborar en la tarea.

—¿Tienes idea de cuántas ofertas de trabajo he recibido para este verano? Me hablaban de una gira similar por Italia. Incluso de dar un concierto en el Carnegie Hall de Nueva York, ¿entiendes? Nueva York. ¿Es que no saben de música allí? ¿Soy bueno para los norteamericanos, pero no lo suficiente para los malditos alemanes?, ¿qué pasa, que creen que estoy demasiado viejo?, ¿que me he vuelto torpe, que he perdido mi talento? A los sesenta y cinco años, un músico está en la plenitud de sus facultades, pero a lo mejor hay quien quiere jubilarme antes de tiempo.

—Amos, no creo que se trate de eso...

—¿Ah, no? ¿Y de qué se trata entonces?

Justo en ese momento entró un criado y se dirigió en polaco al señor Sezsmann.

—¡Estupendo, estupendo! Es mi representante. Llega en el momento más apropiado. —Y como todos hicimos ademán de salir de la habitación—: No, no, por favor. Quiero que estéis todos presentes cuando me digan que en Alemania se me considera un músico acabado.

Un hombre bajo y calvo, de unos cincuenta años, entró en la habitación. No sé por qué, pero me pareció un ser profundamente triste. Amos Sezsmann se dirigió a él con los ojos brillantes de ira.

—Stefan Siewerski, éste es mi amigo Zachary West. A mi hijo ya le conoce. Silvio y Elijah han venido con Zachary. —Era una presentación muy poco correcta para alguien tan exquisito en sus formas como Amos Sezsmann, pero supongo que estaba fuera de sí.

Tras estrechar nuestras manos, el recién llegado se dirigió a Sezsmann en polaco y en un tono de voz apenas audible.

—De eso nada, Siewerski. No quiero hablar en privado. Al contrario, prefiero tener testigos de lo que va a decirme, y le rogaría que hablase en inglés para que mis amigos puedan entenderle. Los artistas necesitamos público en nuestras horas de gloria, y también en los momentos de humillación. Vamos, hable. Le escucho.

—Señor Sezsmann... sabe que es mi músico favorito... de todos mis representados no hay ninguno al que admire más que a usted...

—Pero ha consentido que anulen una gira contratada desde hace nueve meses... ¿Qué explicación le han dado?

¿Creen que me he vuelto imbécil, que me han cortado una mano? ¿Que no estoy a la altura de los teatros alemanes?

—Señor Sezsmann... lo que ocurre es complicado... no sé cómo decirlo...

—Oh, eso me resulta difícil de creer...

Me pareció que a Siewerski se le llenaban los ojos de lágrimas.

—No quieren que toque en Alemania porque... porque es usted judío. Lo siento, señor Sezsmann. Puedo conseguirle algo en Salzburgo para los primeros días de agosto... y sabe que en Viena están locos por contratarle... Hay... hay una sala de conciertos en Praga desde donde me preguntan a diario si tiene fechas libres...

Siewerski desgranó ante nosotros todo un rosario de nombres de ciudades y teatros donde estarían dispuestos a recibir a Sezsmann con los brazos abiertos. Pero creo que el músico ya no le escuchaba. En su cabeza, y también en las nuestras, resonaba sólo aquella frase que supuestamente lo explicaba todo: «Es usted judío.»

Hannah Bilak regresó a Varsovia cinco días después. La misma mañana en que deberíamos estar tomando nuestro tren en dirección a Berlín, la vimos paseando por el parque en compañía de su abuela. En un principio me llamó tanto la atención el porte majestuoso de la anciana, que ni siquiera me fijé en aquella niña vestida de blanco, que llevaba el cabello dorado recogido en una trenza. Me di cuenta de que se trataba de la joven de los sueños de Ithzak cuando éste enrojeció violentamente al distinguirla entre el grupo de caminantes que disfrutaban de la mañana de verano. A nuestro amigo le temblaban las piernas.

—Ya ha vuelto. No puedo creerlo. Voy a saludarla. Vosotros quedaos aquí un momento.

—¿No nos vas a presentar? —En nuestro tono había un deje de burla.

—Ahora no. Llevo dos meses sin verla. Otro día, ¿de acuerdo? Id a dar un paseo, o volved a casa.

Se alejó atusándose el pelo y tratando de colocar bien el cuello almidonado de su camisa blanca. Elijah y yo elegimos una posición más bien discreta para observar aquel reencuentro y, a qué negarlo, tomar nota de los gestos y ademanes de Ithzak para mofarnos de él en cuanto tuviésemos ocasión. Le vimos acercarse a Hannah y a su abuela, hacer una profunda reverencia a la mujer e inclinar respetuosamente la cabeza delante de la niña y, a continuación, unirse a ellas en el paseo matinal. Elijah y yo desechamos la idea de seguirles: no había nada demasiado interesante en aquella escena, así que regresamos a casa.

Ithzak estaba muy contento cuando volvió, poco antes de la hora de comer. Dijo que le había hablado de nosotros a la abuela de Hannah, y que ésta nos había invitado a tomar el té aquella misma tarde. Así que a las cuatro menos cuarto, perfectamente arreglados y llevando en las manos una caja de bombones para la señora Bilak, Elijah, Ithzak, y yo nos presentamos en la casa de Hannah.

Era una residencia más bien modesta, pequeña y exquisitamente decorada, lo que me hizo pensar que seguramente la familia Bilak había conocido tiempos mejores. Una criada vieja y gruesa nos abrió la puerta y nos condujo al salón, donde nos esperaban Hannah y su abuela. Excepto para Ithzak, a quien la proximidad de Hannah hacía sentirse en el séptimo cielo, fue una tarde aburrida para todos. La conversación discurrió en francés, y al no conocer yo el idioma más allá de media docena de palabras, apenas pude meter baza. La señora Bilak, que era alta y delgada y tenía un magnífico cabello plateado recogido en un moño, nos trató con una frialdad considerable. Cuando nos despedimos, cerca de las seis y después de haber tomado un par de tazas de té y media docena de pastelillos resecos, me dije que no había sido una buena idea aceptar aquella invitación. Por alguna razón, las Bilak no se sentían cómodas con nuestra presencia en aquella casa. Entonces ¿por qué demonios nos habían invitado?

Aquella noche, Ithzak se las arregló para hablar a solas conmigo. Acababa de recibir una carta de Hannah Bilak en la que le pedía, me dijo, que disculpásemos la escasa simpatía de su abuela. Al parecer, le había desconcertado la presencia de Elijah.

—¿Por qué?

Ithzak me miró, desesperanzado.

—Silvio, Elijah es... es negro. ¿Con cuántos negros te has cruzado en Varsovia? Apostaría a que la señora Bilak jamás había visto a un ser humano de un color distinto al suyo.

Así que ahí estaba el problema. Acababa de descubrir que Varsovia, a pesar de sus parques umbríos, sus palacios dieciochescos y sus amplias avenidas con ínfulas modernas podía ser un lugar tan atrasado como mi pequeña ciudad natal. Intenté adoptar un aire de indiferencia.

—Bueno, no te preocupes. Puedes decirle a tu amiga que ni Elijah ni yo volveremos a su casa para no herir la sensibilidad de nadie. La verdad, empiezo a pensar que es muy difícil moverse por el mundo. A tu padre no le quieren en Alemania porque es judío, y a Elijah no le quieren en casa de Hannah porque es negro. Debo de tener suerte de ser blanco y católico...

Ithzak parecía desolado.

—No es culpa de Hannah. Ella dice que Elijah le parece muy simpático. Y tú también. Sólo que, mientras que Elijah esté aquí, tendremos que vernos sin que su abuela se entere.

Tenía dieciséis años y todas aquellas tonterías empezaban a ponerme de mal humor. Encuentros clandestinos, engaños, secretos... Tiempo atrás, quizá aquellas conspiraciones me hubieran parecido emocionantes, pero ahora encontraba que todo aquello era una verdadera niñería.

—Mira, Ithzak, no te preocupes por nosotros. No te estorbaremos, ¿de acuerdo? Podrás ir a casa de Hannah, pasear con ella y con su abuela y hacer todo lo que te apetezca. Elijah y yo nos mantendremos a distancia.

—Por favor, no digas eso. Yo quiero estar con vosotros. Sois mis amigos y no tenemos muchas ocasiones de vernos. A mí no me gusta el comportamiento de la señora Bilak, ni a Hannah tampoco... por favor, Silvio, quiero que estemos todos juntos... Quiero que Hannah sea vuestra amiga...

Prometí a Ithzak que le ayudaría. ¿Qué otra cosa podía hacer?

Aquellas semanas en Varsovia fueron irrepetibles por lo extrañas. Elijah, Ithzak y yo nos veíamos a diario y en secreto con una adolescente judía que escapaba de la vigilancia de su abuela para reunirse con nosotros. Las conversaciones discurrían en francés, pero mis amigos traducían para mí algunas frases, y Hannah se esforzaba por utilizar las cuatro palabras que sabía en un inglés macarrónico para comunicarse conmigo.

Por supuesto, no hicimos ningún viaje. Después de la visita del señor Siewerski, Amos Sezsmann había caído en una profunda melancolía, así que rechazó todas las proposiciones viajeras del bueno de Zachary West, que se quedó con las ganas de conocer Cracovia. Él y el señor Sezsmann pasaban muchas horas hablando. West congenió enseguida con otros amigos que solían visitar la casa: un puñado de intelectuales polacos tan distinguidos como el propio Amos, que dominaban el inglés y venían casi a diario después de cenar para dilatarse hasta el alba en conversaciones que, invariablemente, acababan deslizándose en el terreno de la política, y más en concreto de la ola antisemita que estaba barriendo Alemania. Algunos de los amigos de Sezsmann eran también judíos, y casi todos habían tenido ocasión de comprobar en carne propia que no eran bienvenidos más allá de la frontera germana. Jan Szapiro, un profesor de filosofía que llevaba diez años dictando un seminario de verano en la Universidad de Heidelberg había recibido una carta del propio rector informándole de que su compromiso quedaba rescindido «*sine die*», y Pawel Grupinska, un anticuario oriundo de Galitzia que tenía negocios en el país vecino, había visto denegado su visado cuando estaba a punto de viajar a Alemania.

Ithzak dedicaba cuatro horas diarias a practicar con el violín y el piano. En septiembre iba a empezar a recibir clases de cello, pues debía dominar al menos tres instrumentos si quería hacer realidad su sueño de dirigir algún día una orquesta sinfónica. Aquel verano, nuestro amigo hablaba más bien poco de su futuro como músico profesional: pasaba demasiado tiempo flotando en su nube amorosa como para pensar en metrónomos, corcheas y partituras. Ithzak se levantaba con el alba para sus lecciones, y el resto de la jornada vivía pendiente de sus citas con Hannah Bilak, que por su parte hacía lo posible para burlar la férrea vigilancia de su abuela y reunirse con él en algún café de Varsovia.

Aunque respetábamos su intimidad y su legítimo deseo de estar solos, Elijah y yo solíamos ver a Hannah y a Ithzak prácticamente a diario, pues el músico tenía verdaderos deseos de fomentar el sentimiento de camaradería entre su novia y sus amigos. Formábamos un grupo muy particular: los dos adolescentes judíos, el joven americano de piel oscura, el español aislado de todo por carecer del don de lenguas y al que sus amigos se esforzaban por poner al corriente de sus conversaciones en francés. Lo curioso es que no me aburría. Observaba desde fuera el apasionamiento de mi querido Ithzak, que vivía la explosión del primer amor, la risueña complicidad de Elijah, la resolución de Hannah que desafiaba las reglas familiares reuniéndose con un chico negro.

Para ponerle más fácil sus escapadas, no solíamos citarnos con Hannah en lugares demasiado concurridos, como la plaza del castillo o la calle Piwna. Nos veíamos en la ladera de las murallas, donde apenas había paseantes, o en los cafés cercanos a la Universidad, raramente frecuentados por quienes podían alertar a la señora Bilak de los encuentros de su nieta con un joven de color. A veces, cuando su abuela salía a comer fuera, Hannah aparecía en casa de los Sezsmann, donde se le invitaba a compartir nuestro almuerzo. Era una muchacha adorable, casi una niña, con la piel de un blanco transparente y unos profundos ojos grises. Sonreía casi siempre, y se ruborizaba al utilizar su mal inglés al dirigirse a mí. Amos Sezsmann y Zachary West debían de entender como un juego de críos el incipiente enamoramiento de Ithzak, y fomentaban, entre burlas cariñosas, las visitas a casa de la joven polaca.

Una tarde, Hannah no se presentó en el café donde nos habíamos citado. Al llegar a casa, extrañados por su tardanza, encontramos una nota garabateada apresuradamente y salpicada de borrones causados por las lágrimas. La abuela había descubierto sus escapadas, y castigaba su desobediencia y sus mentiras sometiéndola a riguroso aislamiento. No podría salir de casa, ni recibir visitas, ni siquiera pasear por el parque en lo que quedaba de su estancia en Varsovia. Ithzak se sintió morir.

—Se va dentro de seis días... y no volverá hasta Navidades. Si no puedo verla, haré una locura, os lo aseguro.

Ni Elijah ni yo encontrábamos proporcionada su congoja, pero en aquellos días yo había leído una traducción al inglés de *Las desventuras del joven Werther*, y el trágico destino del héroe de Goethe me puso en guardia ante la tribulación de mi amigo. Ithzak pasó dos días sin dormir ni comer, paseando como un fantasma por las habitaciones de la casa, ojeroso y triste. Descuidó incluso sus prácticas de violín, y Amos Sezsmann se enojó con él, dirigiéndole una ruda reprimenda en polaco que ninguno entendió, pero que sirvió para aumentar la desazón del enamorado. Pensé que sólo un milagro podía salvar del desastre absoluto la última semana de las vacaciones, y el milagro ocurrió: aquella misma tarde recibimos en casa una misiva de Edith Griessmer en la que solicitaba ser recibida por el señor Sezsmann.

Edith Griessmer era en realidad la madre de Hannah Bilak, que había perdido el apellido de su primer esposo al casarse de nuevo con un hombre de negocios alemán. Ithzak, que no la conocía, supuso que estaría en Varsovia para recoger a su hija y llevársela de regreso a Dresde, donde vivía con su nueva familia.

—Pero ¿por qué quiere ver a tu padre? —le preguntamos a Ithzak.

—Supongo que para quejarse de mí.

Ithzak estaba convencido de que las cosas no podían sino ponerse peor para él. La señora Griessmer fue invitada a tomar el té aquella misma tarde, y para sorpresa de todos nosotros —que la aguardábamos en el salón de música con las camisas recién planchadas y los zapatos lustrosos— apareció en la casa en compañía de Hannah. Cualquiera puede imaginar la cara de nuestro Ithzak cuando vio entrar a su enamorada, cuya mano estrechó con un gesto teatral mientras la miraba a los ojos como si fuese a verla por última vez. Sin embargo, aquella vez no tuve ganas de memorizar los ademanes de mi amigo para imitarlos después en son de burla. Estaba demasiado ocupado en observar a la hermosa madre de Hannah Bilak.

Debía de tener tu edad. Era una mujer esbelta, de talle estrecho y un cabello rubio idéntico al de la hija, aunque ella lo llevaba recogido en un moño bajo como los que estaban de moda en los años treinta. Tenía los ojos grises, una piel finísima en la que empezaban a aparecer, como muestras de madurez, las primeras pinceladas de las arrugas y una sonrisa amplia y clara, muy diferente a la tímida mueca que esbozaba Hannah. Es curioso, algunas mujeres no aprenden a sonreír hasta pasados los años. Edith Griessmer me estrechó la mano después de despojarse de los guantes de encaje, y yo sentí un profundo estremecimiento. Acababa de comprender muchos de los extraños comportamientos de Ithzak Sezsmann.

Durante el té la conversación se desarrolló en francés, e incluso en mi pobre conocimiento de la lengua pude comprender que tuvo como base una charla insustancial en la que la señora Griessmer se limitó a agradecer las muchas atenciones que los Sezsmann habían tenido con su hija en aquel verano. Pero en cuanto acabamos la merienda, noté que Edith Griessmer se envaraba un poco al dirigirse, en alemán, al señor Sezsmann y a Zachary West. Amos pareció sorprenderse, pero respondió enseguida.

—Chicos —nos dijo, en inglés—. Llevad a Hannah a la otra sala y esperad allí. La señora Griessmer quiere hablar con nosotros en privado. Pedid a Wanda que os sirva más té, ¿de acuerdo?

Elijah y yo intercambiamos una mirada de desconcierto, pero Hannah e Ithzak ya estaban saliendo de la habitación, felices de poder verse a solas después de tantos días. En la otra sala, nuestros amigos se dedicaron a cuchichear cogidos de la mano. Nosotros nos sentamos en el otro extremo de la pieza para procurarles algo parecido a la intimidad.

—¿A qué viene todo esto? —le pregunté a Elijah. Él frunció el ceño.

—No lo sé. Pero aquí pasa algo raro.

La señora Griessmer estuvo reunida durante más de una hora con Zachary y Amos. Aunque cuando vinieron a buscarnos la expresión de todos era de jovialidad, era fácil percibir que los tres adultos estaban preocupados. La madre de Hannah nos invitó a comer al día siguiente en un restaurante del centro, y el corazón me dio un vuelco al pensar que iba a volver a verla en cuestión de horas. Luego, ella y su hija se despidieron de nosotros hasta el día siguiente.

—*Herr* Sezsmann, *Herr* West... *Danke. Danke schön.*

Yo no sabía alemán, pero era capaz de entender aquellas palabras. Y también el matiz de profundidad que había en ellas. Evidentemente, Edith Griessmer no estaba agradeciendo el que la hubiesen invitado a merendar. Cuando se cerró la puerta, Ithzak, Elijah y yo nos volvimos hacia Zachary y Amos, que se llevó un dedo a los labios para indicar silencio. Cuando escuchamos el ruido del coche de la señora Griessmer, el padre de Ithzak nos miró, muy serio.

—Vamos a la biblioteca. Tenemos que hablar.

Amos Sezsmann nos explicó entonces el motivo real de la visita de Edith Griessmer. Se disculpó primero por «el comportamiento incalificable» de su suegra y pidió mil disculpas por los disgustos que éste nos hubiera podido ocasionar. Dijo que había hablado seriamente con ella, y que Hannah no volvería a tener problema alguno para reunirse con nosotros. Lo que había contado después era mucho menos halagüeño. Al parecer, en Alemania las cosas estaban poniéndose verdaderamente duras para los ciudadanos judíos. Había tenido dificultades para salir del país y viajar a Polonia, y su marido ario aseguraba que las cosas no habían hecho más que empezar. El señor Griessmer, un industrial con influyentes amistades dentro del partido nazi, tenía informaciones poco optimistas sobre el futuro de los judíos en el país. Por eso había decidido que, de momento, Hannah no regresaría con ella a Alemania.

Ithzak soltó un grito y una exclamación en polaco. Pero yo pensaba en otra cosa.

—Y... ¿y ella? La señora Griessmer, quiero decir. ¿No es judía también?

Amos Sezsmann meneó la cabeza.

—Sí, pero... en fin, su marido es ario. Tienen dos niños pequeños a los que están educando como gentiles, y ese Griessmer parece contar con amigos bien situados. En fin, no nos alarmemos antes de tiempo, ¿de acuerdo? Quizá las cosas se tranquilicen. Edith Griessmer sólo quería asegurarse de que, si algo ocurriera, ayudaríamos a Hannah.

—Pero ¿que podría ocurrir?

—Nada, Ithzak, pero las madres siempre se preocupan más de la cuenta. —El tono de Amos era forzado—. Supongo que a la señora Griessmer le inquieta que la abuela de Hannah pueda ponerse enferma... en cualquier caso, ya nos ocuparemos de los problemas cuando vayan surgiendo. Otra cosa: Hannah todavía no sabe que va a quedarse en Varsovia, así que hasta que ella se lo diga, no le hagáis comentarios al respecto, ¿de acuerdo?

Ithzak estaba tan contento que era incapaz de pensar en algo distinto a la certeza de que Hannah iba a permanecer en Polonia. Pero ni a Elijah ni a mí nos pasó desapercibido el aire inquieto de Amos y de Zachary. Evidentemente, la preocupación de Edith Griesmer iba más allá del estado de salud de la señora Bilak. Aquella misma noche, cuando Ithzak se retiró para recuperar los dos días perdidos en sus estudios de música, nos las arreglamos para hablar a solas con Zachary West.

—Papá ¿qué está pasando?

—Nada que pueda sorprenderme, Elijah. Adolf Hitler dejó muy claro que los judíos son un estorbo para la nueva Alemania. La verdad, tenía la esperanza de que las cosas pudieran reconducirse, pero se están precipitando. Por eso no me extrañó que cancelasen la gira de Amos. ¿Sabéis que en primavera se expulsó de sus puestos en la administración germana a todos los funcionarios no arios? Alemania se convertirá en un infierno para los judíos. Y creo que la señora Griessmer también lo sabe. Por eso prefiere que su hija no regrese. Y por eso nos ha pedido que cuidemos de ella.

—¿Y por qué a vosotros?

—Pues porque me temo que esta mujer no tiene más gente en quien confiar. Vive en Alemania desde que volvió a casarse. Allí todos sus amigos son arios. Veremos lo que tardan en darle la espalda a ella. Hace bien en sacar a Hannah del país antes de que la situación se vuelva insostenible. En Varsovia está segura. Al menos de momento.

Zachary pronunció entre dientes la última frase, aunque no creo que en ese instante pudiese imaginar lo que ocurriría en Polonia seis años después.

Ithzak, Elijah y yo almorzamos con Hanna y con Edith Griessmer al día siguiente. Creo que Hannah ya sabía que su madre no iba a llevársela consigo, porque tenía los ojos llorosos y la piel levemente congestionada. La señora Griessmer había elegido un restaurante de moda con grandes ventanales que tenían vistas a la plaza del Mercado. Durante nuestra comida, pensé varias veces que nunca había tenido cerca a una persona tan llena de encanto, de gracia natural. Todo en ella era admirable, desde sus rasgos aristocráticos hasta su perfecto atuendo: un traje de chaqueta azul oscuro, perfectamente entallado, que se adhería a su cuerpo como una segunda piel, zapatos altos y un pequeño sombrero ladeado a juego con los guantes y el bolso. Sé que te parece imposible que pueda recordar todos esos detalles más de sesenta años después, pero cierro los ojos y vuelvo a ver a Edith Griessmer en aquel restaurante de Varsovia, hermosa como una actriz de cine. Todos los hombres del local la miraban a ella, y también las mujeres. Había algo particular en la madre de Hannah Bilak. Quizá su forma de sonreír o la naturalidad de su comportamiento, que la convertían en una mujer real a pesar de su belleza cinematográfica. Pensé que la recordaría siempre como aquella tarde y me resultó fácil: no volví a verla nunca más.

Regresamos a España el día 24 de agosto. Ithzak, Amos y Hannah vinieron a despedirnos a la estación, y ella derramó algunas lágrimas al vernos partir. En realidad todos estábamos tristes, pero intentábamos animarnos con la esperanza de futuros encuentros. Pero creo que, en el fondo de nuestra conciencia, cada uno de nosotros sabía que el mundo estaba cambiando, y que cerca de allí sucedían cosas que se escapaban por completo a nuestro control. A pesar de eso, me alegro de no haber sido capaz de imaginar aquel día, en la estación de ferrocarril de Varsovia, hasta qué punto el destino de todos iba a torcerse en poco tiempo, y que nunca más volveríamos a estar los cuatro juntos, Ithzak, Hanna, Elijah y yo.

El dolor es una estación de paso. Un lugar de tránsito donde a veces no queda más remedio que detenerse antes de seguir viaje. Ojalá hubiese podido renunciar a ese apeadero, pero no fue posible. El dolor no invita. Aparece, sin más, y entonces no queda otra opción que hacer un alto en el camino y enfrentarse a la certeza de que nada podrá ser igual, que el resto del viaje se ha visto alterado por esa parada intempestiva, por esa parada indeseable, por esa parada que ha tocado en suerte. Qué ironía, llamar suerte al roce mezquino de la desgracia, al contacto íntimo con la aflicción. Qué estúpido resulta llamar suerte a la desventura.

El dolor elige con los ojos cerrados a quien le corresponde interrumpir la marcha y conocer un territorio incógnito regido por reglas distintas, por normas particulares, donde nada de lo que sabemos sobre la vida nos resulta de provecho. Existen muchos lugares comunes que en principio deberían ser de ayuda para orientarnos en el dolor, y, sobre todo, para salir de él. Pero ni las frases hechas, ni los buenos consejos, ni las recomendaciones resultan demasiado útiles. Ni siquiera la colaboración de quienes ya han estado allí, al otro lado de la frontera. Frente al dolor, en el dolor, uno siempre se encuentra solo.

Hasta que murió mi madre, era consciente de que mi experiencia con el dolor había sido tibia y limitada. No es que no hubiese perdido a personas a las que amaba, pero entonces siempre había alguien que quería a esas personas más que yo, de forma que —digámoslo así— viví el dolor en la segunda fila, experimentándolo desde una envidiable periferia. Qué fácil es, en esa posición, prodigar consejos, repartir consuelo, secar lágrimas e infundir ánimo. Qué sencillo resulta manejar el dolor cuando no es enteramente propio, cuando es otro el que arrastra la carga más pesada. Yo había dicho demasiadas veces «tienes que superarlo», «te queda mucha vida por delante», «él hubiera querido que no te hundieras», mientras apretaba una mano, acariciaba una mejilla húmeda de llanto o ponía toda la fuerza en un abrazo que trataba de ser reconfortante. Pero luego, cuando me alejaba de aquel que sufría tras perder a un padre, a una madre, a un hermano o a un cónyuge, íntimamente me reconocía incapaz de abarcar la tremenda carga de pesadumbre que se estaba abatiendo sobre los mismos hombros que había estrechado. Siempre intuí que el dolor tiene una cierta consistencia física. Por eso me sorprendía que aquellas personas fuesen capaces de sostenerse bajo un peso que suponía intolerable.

Me imagino que por eso, cuando mi madre se puso enferma, fue pánico lo primero que sentí. Miedo puro al entender que se avecinaba un encuentro con el dolor en mayúsculas, con una forma de dolor desconocida. ¿Qué tamaño tendría ese dolor? ¿A qué sabría, a qué olería? ¿Me dejaría dormir? ¿Me dejaría respirar? ¿Sería posible hacer alguna otra cosa al margen de sentir dolor? ¿Es factible caminar, comer, vestirse, mantenerse en pie con el alma partida en dos? ¿Puede soportarse ese dolor sin reventar por dentro, sin dejarse caer de bruces sobre el suelo, sin gritar? ¿Sería yo capaz de tolerar el dolor? Y mientras esperaba la respuesta a esas preguntas me consumía de miedo, de un miedo irracional que me cortaba el aliento. Aquello duró muy poco.

No tardé en darme cuenta de que si quería servir de ayuda a las personas que amaba, tenía que aparcar ese pánico, colocarlo en segunda, en última posición. Así lo hice: puse mi miedo en el mismo lugar que otras muchas cosas que habían dejado de tener importancia. La necesidad de ayudar a mi madre lo ocupó todo. Así vencí mi miedo. Y supe entonces que, a mi manera, también podría resistir el dolor sin venirme abajo.

Fue lo primero que aprendí al morir mi madre: que la fortaleza del alma humana no conoce límites. Que estamos hechos para aguantar absolutamente cualquier cosa. Sí, ya sé que existen casos de personas que se han transtornado después de sufrir una tragedia, pero esos ejemplos son la excepción y no la regla. El instinto de supervivencia y el afán por conservar la cordura son, en muchos casos, muy superiores al propio sufrimiento. Por eso el dolor casi nunca nos mata, ni nos vuelve locos. Nos mutila por dentro, eso sí, pero ¿es que no puede uno vivir lisiado?

El dolor es parte de un largo proceso de crecimiento al que casi todo el mundo debe enfrentarse en alguna ocasión. Supongo que son pocos los que saben hacerlo de la forma correcta. Recuerdo que, siendo yo una niña, una mujer llegó a mi barrio y abrió junto al mercado de abastos una bazar de útiles domésticos. Vendía cafeteras, baterías de acero inoxidable, tostadoras de pan y artilugios de cocina. Aquella mujer tenía poco más de treinta años, vestía de negro y siempre estaba triste. Un día, mi madre supo su historia y nos la contó, supongo que para que no juzgásemos mal su sempiterno gesto de amargura. El marido de la dueña del bazar había muerto seis meses antes. Sólo unas semanas después, su hijo pequeño sufrió una meningitis fulminante y murió también. Viuda y con otro niño, la mujer había abierto el negocio para ganarse la vida. Se me encogió el corazón al escuchar aquel relato, y empecé a observarla con una piedad infinita cada vez que pasaba por delante de la tienda. Allí estaba ella, entre espumaderas, batidoras y sartenes antiadherentes, siempre haciendo algo, colocando cajas, ordenando el mostrador, tejiendo... No sé qué me desoncertaba más: si el despliegue de energía de aquella mujer o el que conservase, a pesar de su eterna tristeza, una completa serenidad. Nunca la vimos llorando. A veces se le perdía la mirada o contraía el gesto, y supongo que era entonces cuando redoblaba su actividad, llevaba las cajas vacías al almacén, colocaba las piezas de menaje, quitaba el polvo de los estantes, recomponía el escaparate o retomaba una labor de punto que siempre llevaba consigo. Yo no entendía el porqué de tanto ajetreo. Era una niña, y no imaginaba que la entrega al trabajo pudiese ser una forma de dar esquinazo momentáneo a la desesperación.

A veces, por la noche, le rezaba a Dios para pedir que aquel negocio fuese viento en popa, y se me aligeraba un poco el espíritu cuando a través del escaparate descubría a alguien adquiriendo una sandwichera, unas tazas de desayuno o una cubertería. Yo misma compré en el bazar un juego de café bastante feo con el propósito de colaborar en la prosperidad de aquella pequeña empresa, que pertenecía a la más desdichada de todas las personas con las que tenía contacto.

Una tarde vi a aquella mujer después de cerrar la tienda. Llevaba un abrigo negro y una bufanda del mismo color alrededor del cuello. Me saludó con la sonrisa triste de siempre, y luego se subió en una bicicleta. Entonces, en Lugo, nadie iba en bicicleta por el casco urbano. Ella usaba la suya para desplazarse, quizá porque no podía permitirse el comprar un coche. Y aquella tarde, tras verla pedalear con energía, con los músculos tensos y el rostro todavía joven desafiando al frío del invierno, supe que estaba ante alguien excepcionalmente valiente, que a pesar de su congoja quería salir adelante, que era capaz de encarar su desgracia y seguir viviendo. Esa mujer nunca lo supo, pero con los años se convirtió para mí en un referente moral. Me dije siempre que, al llegar la hora del dolor, querría estar hecha del mismo material que ella.

Yo no soy como aquella joven madre que montaba en bicicleta con el abrigo negro y el alma golpeada por una desgracia que, sería injusto no reconocerlo, era mucho mayor que la que me ha tocado en suerte. Pero, aunque hace mucho que no pienso en ella —y sin embargo ahora vuelvo a verla con una inexplicable nitidez— supongo que debería recordar su valor para convencerme de que, quizá, yo también puedo ser valiente.

El dolor nos quita muchas cosas, y a cambio nos deja otras. En estos meses me he negado a aceptar que el dolor nos hace crecer, que nos vuelve más sabios e, incluso, un poco más buenos. Que nos descubre facetas que ignorábamos sobre nosotros mismos y también sobre los demás. Por eso es necesario aprovecharse del dolor, exprimirlo hasta el fondo, exigirle una cuota de aprendizaje a cambio de todo aquello de lo que nos ha privado. He escuchado mil veces que la desgracia hace aflorar lo más bajo del ser humano. Yo no puedo estar de acuerdo. Al menos, en mi caso no fue así. La enfermedad de mi madre, su muerte, me mostraron una nueva dimensión del mundo y de las personas, y puedo jurar que nada ni nadie resultó ser peor de lo que parecía. Más bien al contrario. Lo que ocurre es que, en un principio, no me tomé el trabajo de pensar en ello. La pesadumbre llenaba hasta los rincones más pequeños de mi inteligencia, de mis sentidos, de mi capacidad de análisis. Era incapaz de ver más allá de la pena inmensa que sentía, de experimentar algo que no fuese un pesar profundísimo. Incapaz de buscar, entre los restos del naufragio, los útiles indispensables para seguir adelante, como un moderno Robinson.

En el colegio, siendo yo muy pequeña, una profesora nos explicó que, tras el desbordamiento de un río, en sus márgenes se forman las llamadas tierras de aluvión, que son de una fertilidad extrema. Cuando en el pasado las crecidas fluviales arrasaban poblados enteros, los campesinos sabían aprovechar aquellas tierras nacidas del desastre, que eran generosas y devolvían en forma de cosecha una buena parte de lo que el agua se había llevado. Ahora que admito lo mal que lo he hecho durante todos estos meses, me he propuesto explorar el dolor, que después de haber arrasado una parte de las vidas de todos los míos ha debido de dejar entre los escombros algunas cosas que debería conservar y que podrían servirme de ayuda para continuar con mi vida. Es algo que me debo a mí misma. Y, sobre todo, algo que le debo a mi madre.

Recuerdo algo que sucedió la misma mañana en que ella murió. Ya he contado cómo transcurrieron aquellas horas demenciales en casa de mi hermana, cómo aquel lugar se llenó de pena, de desesperanza y de angustia. Durante mucho tiempo recordé sólo eso: el golpe demoledor de la pérdida. No dediqué ni un segundo a pensar en otros acontecimientos que también tuvieron lugar allí y que disputaron un pequeño espacio al desconsuelo que se había enseñoreado de todo. Ahora pienso, por ejemplo, en la dulzura infinita del médico que nos confirmó la muerte de mi madre, su modo sereno de confortarnos al asegurar que nada de lo que hubiéramos hecho habría podido ayudarla a seguir con vida. Era un hombre de unos cincuenta y tantos años, con el pelo gris y supongo que muchas horas de experiencia a sus espaldas. Tenía un tono de voz equilibrado y austero al que era capaz de imprimir una justa dosis de ternura. No había una forma mejor de tratarnos en ese momento. Y recuerdo también que el camillero, que era joven e inexperto —un veinteañero imberbe, más bien poca cosa, a todas luces escasamente acostumbrado a tratar con la burocracia de la muerte— parecía abrumado con nuestra desdicha, y en un momento dado bajó la cabeza para enjugarse, en silencio, dos lágrimas lloradas en nombre de otros, en nuestro nombre, cuando ni siquiera sabía quiénes éramos, ni nosotros sabríamos nunca quién era él. El recuerdo de aquellas lágrimas me sirve hoy para dulcificar, siquiera levemente, el amargo recuerdo de la mañana infame en la que perdí a mi madre.

He escuchado demasiadas veces que la gente es mala, pero no estoy segura de que sea verdad. Porque me he cruzado en el camino con muchas personas buenas. Y no hablo de mis amigos, de mi familia, de cuya bonhomía no he dudado nunca, pues tengo de ella suficientes pruebas. Hablo del corazón de los demás, de los desconocidos que pasan por nuestra vida y dejan en ella una reserva de ternura gratuita que no nace del interés, ni de la conveniencia, ni de la obligación. Surge de algo limpio y misterioso: de la bondad humana.

Lo comprobé cuando salía con mi madre, en su silla de ruedas. No soy capaz de determinar cuántas personas nos ofrecieron su ayuda para bajar una acera, para subir un escalón, para atravesar una puerta incómoda, para entrar en un autobús o en un taxi. Aquellos hombres, aquellas mujeres a los que no conocíamos, nos brindaban su colaboración siempre con una sonrisa, con algún ademán tranquilizador para quitar importancia a su esfuerzo, o más aún, para dejar claro que lo que estaban haciendo no suponía un engorro, sino un motivo de satisfacción. No sólo estaban echándonos una mano: intentaban demostrarnos su afecto, solidarizarse con nosotros, transmitirnos un poco de calor. Ojalá pudiera hacerles saber cuánto agradecí aquellos gestos de amistad anónima, de cariño espontáneo.

El portero de casa de mi hermana —un hombretón más bien rudo, a quien todos habíamos catalogado como un bruto que no tenía remedio— se precipitaba a manejar la silla de ruedas en cuanto nos acercábamos al portal, y por unos segundos se volvía un ser extremadamente delicado y cortés que empujaba el vehículo como si estuviese hecho de cristal y pudiera quebrarse mientras hablaba a mi madre en tono de voz que parecía haber pedido prestado especialmente para usarlo con ella. Una noche, en un restaurante, un camarero organizó una auténtica revolución de mesas y sillas para buscar a mi madre un sitio más cómodo donde nadie pudiera molestarla. Aquel chico ejecutó la tarea con la pericia de un ingeniero y la alegría natural de quien está disfrutando con lo que hace. Hubiera querido abrazar a aquel muchacho, que intentaba procurarnos una comodidad que no era tan importante como el significado último de su gesto. Recolocar aquellas mesas y aquellas sillas, organizar un pequeño caos en mitad del restaurante, era una forma de hacernos saber que no estábamos solos, que había mucha gente deseando hacer más liviana nuestra carga.

El farmacéutico al que compraba todo el arsenal de medicinas que precisaba mi madre no quiso cobrarme un paquete de toallitas desmaquilladoras, «bastante estás gastando ya en todo esto», me dijo. Un día, en la Puerta del Sol, un auténtico ejemplar de macarra veló nuestro camino por un paso de peatones. Una señora mayor nos cedió un taxi. Una adolescente intercambió conmigo una sonrisa de cálida complicidad cuando me vio conduciendo la silla de mi madre por una exposición de pintura. Hubo tantos gestos de amabilidad, de compasión respetuosa, de simpatía, que no puedo recordar cada uno de ellos, pero sí el poso de gratitud que fueron dejando en mi interior. Por eso no puedo pensar que la gente es mala. Me he encontrado con demasiadas personas buenas a las que ni siquiera tuve tiempo de preguntar su nombre.

La enfermedad de mi madre me brindó también la ocasión de descubrir el valor extraordinario de los seres físicamente más débiles, el incalculable coraje de los enfermos de cáncer. Es difícil describir el ambiente de mutua solidaridad que se respira entre los que aguardan para hacerse un análisis, para pasar consulta o para recibir tratamiento de rayos. Existe un respeto escrupuloso hacia la privacidad ajena, pero también una intención unánime de ayudar a otros con la experiencia que la enfermedad va dejando a cada uno. Los enfermos y sus familiares intercambian recetas, trucos, remedios caseros para combatir las náuseas, para abrir el apetito, para dormir mejor. Se habla de libros que leer, de música para escuchar, de cremas corporales, de platos de cocina, de infusiones. En esas reuniones improvisadas, ni los enfermos ni las familias se quejan de su suerte. Dedican más tiempo a interesarse por el malestar de los otros que a lamentar el suyo propio.

En la sala de espera del oncólogo coincidimos alguna vez con una mujer de poco más de treinta años. Se llamaba Cristina. Tenía tres niños, un cáncer de mama con metástasis en el hígado y, además de una esperanza ciega en su curación, la voluntad de infundir ánimos a todas las pacientes con las que se encontraba. Había que verla en acción: con sólo una mirada era capaz de detectar a la enferma más nerviosa, a la más preocupada, a la más triste de todas, y entablaba conversación con ella. Era prodigioso escucharla. Utilizaba las palabras radioterapia, metástasis o ciclo de quimio con una naturalidad pasmosa, de forma que sólo necesitaba unos minutos para prestar consuelo a la paciente que más lo necesitaba. Aclaraba a todo el mundo que su espléndida melena rubia era en realidad una peluca y facilitaba las señas de la tienda donde la había comprado, contaba que estaba siguiendo un régimen vegetariano para preservar su hígado maltrecho, que había explicado a sus hijos que iba a perder el pelo «para que no se asusten cuando tengo que lavar el postizo». Se reía mucho, era guapa y alegre, y joven, y estaba enferma, y quería ayudar a otros, y no tenía miedo, y contagiaba su serenidad y su optimismo y sus ganas de estar viva. No sé qué habrá sido de Cristina, pero deseo de todo corazón que siga ahí, repartiendo a manos llenas el valor envidiable que tantas veces sirvió de asidero a muchas personas asustadas.

En el caso del cáncer, el miedo puede ser peor que la enfermedad misma. Yo, ya lo he dicho, tuve mucho miedo cuando diagnosticaron a mi madre. Luego se me pasó, cuando comprendí que la única forma de serle útil era sacando el coraje de cualquier sitio. El desconsuelo paraliza todo, pero luego nos da una fuerza desconocida que nos lleva, incluso, a olvidar la aflicción para concentrarnos en ayudar a quien verdaderamente importa. Hay algo particularmente hermoso en esa entrega a alguien querido. Cuidar de un ser amado encierra una belleza única y proporciona una paz que es imposible conocer de otra forma. Eso era lo que yo sentía cuando ayudaba a mi madre a vestirse, cuando tenía que lavarla o llevarla al baño: una emoción intensa que no había experimentado antes, similar al orgullo, pero mucho más puro y más noble, algo que me aligeraba el alma y me hacía sentir, por primera vez en mi vida, que lo que estaba haciendo era realmente valioso e importante y que tenía sentido en sí mismo.

Sé que es inútil explicárselo a alguien que no lo haya vivido, pero cuando estaba cuidando físicamente de mi madre, a pesar de la gravedad de su estado, a pesar de que se acercaba la muerte, sentía algo parecido a la felicidad. En el preciso instante en que hacía caer agua tibia por su cuerpo maltrecho, mientras la secaba o le daba un masaje en las piernas, le estaba haciendo llegar a ella todo el inmenso caudal de cariño que habíamos acumulado juntas durante treinta y cuatro años. Ojalá nunca hubiera tenido que lavar a mi madre. Ojalá nunca hubiera tenido que hidratarle la piel, que sostenerle la cabeza mientras vomitaba, que sujetarle la mano o acariciarle el pelo durante una crisis de dolor. Pero qué infinita suerte tuve al brindárseme la ocasión de hacerlo. Qué experiencia grandiosa la de poder cuidar de alguien a quien se ama tanto.

No siempre fuimos completamente infelices durante las semanas que precedieron a la muerte de mi madre. Lo cierto es que luchamos con uñas y dientes por procurarnos algunos momentos de alegría. Recuerdo algo que ocurrió una noche con mi sobrina, que entonces tenía ocho meses. Yo jugaba con ella y empezó a reírse. Creo que nunca he escuchado carcajadas tan imponentes en un bebé. Se reía con fuerza, con ganas, como si quisiese jalear mis payasadas y mis muecas. La pequeña se escacharraba, literalmente, y mi madre y yo nos contagiamos de su risa ignorante. Acabamos riéndonos con ella, y ella con nosotras. No puedo explicar la carga de dicha, la invaluable carga de dicha fugaz que nos transmitió la niña en aquel momento. Me pregunté de dónde estábamos sacando fuerzas para reírnos así en medio de una situación como la nuestra. Ahora lo sé: la risa venía del profundo amor que nos profesábamos, del deseo de sentirnos vivas, de imaginar, por unos segundos, que teníamos verdaderos motivos para reír.

Es una imagen hermosa. Tres mujeres separadas por un abismo de tiempo y de circunstancias riendo al mismo tiempo. Mi madre, la abuela, intentando a sus sesenta años agarrarse a la vida. Yo, con treinta y cuatro, buscando desesperadamente algún motivo para la esperanza, perdida en mis dudas, haciéndome preguntas, esperando respuestas, intentando dominar mi angustia. Y el bebé, inconsciente de todo, aguardando otra ocasión para seguir riendo. Mi madre, que pertenece a una generación que consideraba a los médicos como enemigos. Yo, que llevo años visitando al ginecólogo y haciéndome exámenes periódicos de todo tipo para prevenir los infinitos morbos de la sociedad moderna. Y la niña, mi sobrina, riendo a nuestro lado. Ella verá otro mundo distinto y, quizá, cuando tenga mi edad, o la edad de mi madre, ya nadie morirá de cáncer. Aquella noche, con menos de un año de vida, ajena a la realidad terrible que nos había tocado enfrentar, se reía sin saber que su risa nos hacía a su abuela y a mí extraordinariamente libres y, por unos segundos, incapaces de pensar en otra cosa distinta de aquellas carcajadas que volaban por la habitación y nos bendecían a las tres. Algún día, cuando sea mayor y capaz de entenderlo, explicaré a esta niña que mucho tiempo atrás hizo a dos mujeres tristes uno de los más grandes regalos que habían recibido en su vida: la oportunidad de ser felices durante unos instantes de plenitud irrepetible.

También recuerdo el día que nevó. La ciudad estuvo bellísima durante unas horas, hasta que la nieve fresca se convirtió en una especie de porquería fangosa que ensuciaba las calles y complicaba el tráfico. Aquella tarde, en muchas páginas de internet publicaron fotos de los edificios nevados, de los parques y jardines cubiertos de blanco. Se las enseñé a mi madre. Y ella hizo el esfuerzo supremo de dejar de lado el dolor físico para admirar conmigo las estampas invernales, los árboles purificados por la nieve, los palacios inmaculados, las calles desiertas de un Madrid distinto. Aquel ordenador portátil dio a la enferma la oportunidad de contemplar la momentánea metamorfosis de un mundo que podía volverse espléndido, y a mí la ocasión de participar de su entusiasmo valiente al ver las fuentes heladas del Retiro, la blanca explanada del Palacio Real, los árboles de los jardines de Sabatini combados bajo el peso de la nieve, las torres nevadas de las iglesias. ¡Qué cosa tan preciosa, qué cosa tan preciosa!, decía ella, mientras yo abría otras páginas y buscaba otras imágenes con las que avivar su espíritu. Sólo los seres extraordinarios, como mi madre, son capaces de hacer algo así: conmoverse pasando por encima de las miserias del sufrimiento. Fue una suerte haberle mostrado aquellas fotos, porque fue la última ocasión que tuvimos para asomarnos juntas a la belleza en estado puro.

Al rememorar aquella tarde, frente al ordenador, se me cayeron algunas lágrimas. Al contrario que otras veces, no las sequé de un manotazo, ni empecé a hacer otra cosa para apartar a empujones el recuerdo de mi madre. Quería entregarme a aquella imagen, ella y yo viendo juntas las fotos de la nieve, mientras fuera hacía frío y el aire del invierno, de nuestro último invierno juntas, golpeaba los cristales. Luego vinieron otras escenas, otras estampas, otras lágrimas. Me vi besando las manos de mi madre la tarde anterior a su muerte. La recordé acariciándome la cara después de que la hubiese arropado en su cama de enferma, en un gesto de gratitud innecesaria. Y seguí llorando todo lo que no lloré el día que murió, y las semanas posteriores en las que dediqué a alimentar mi rabia por su pérdida todo el tiempo que huiera podido emplear en honrar su recuerdo.

Creo que ha llegado el tiempo de aprender a llorar por mi madre, sin histerismos, sin aspavientos, yo sola, acompañada por su memoria y por su ausencia. Ahora soy consciente del valor de cada lágrima, y me siento aliviada porque, seis meses después, por fin puedo llorar como hay que hacerlo, con la dignidad que mi madre se preocupó de inculcarme y el abandono de quien conoce el peso exacto de la tristeza. Se acabaron los reproches, se acabaron las preguntas. He perdido a mi madre, y eso es lo peor. Eso es lo único por lo que hay que llorar, lo único por lo que se debe llorar, lo único que vuelve necesario el llorar. Qué gran error por mi parte el no haberlo hecho antes. Qué estupidez cometí al buscar excusas para no abandonarme a una legítima tristeza. Prefería sentir rabia antes que estar triste, destilar rencor antes que reconocer el tamaño de mi desconsuelo. Hacer reproches al recuerdo de mi madre antes que dolerme por su muerte. Por fortuna, uno casi siempre está a tiempo de dar marcha atrás y volver a empezar. A tiempo de aprender a hacer las cosas de la forma correcta.

Antes dije que el dolor es una estación de paso. Ahora creo que puede ser también un punto de partida.

SEGUNDA PARTE

Acabé los dibujos unos días antes de la fecha fijada, y tras meterlos en una carpeta me fui a la editorial para hacer la entrega en mano. Normalmente llamo por teléfono para que un mensajero los recoja en mi casa, pero esta vez, no sé por qué, quería llevarlos yo. Hice el trayecto en un taxi y atravesé la ciudad dorada bajo el sol caramelo del mes de noviembre. Había dejado de llover y el cielo azul tenía la transparencia particular que le otorga el otoño. Los árboles conservaban aún parte de sus copas amarillas, y los bulevares estaban cubiertos de una alfombra crujiente de hojas secas. Cuando era niña, hace ya muchos años, me gustaba pasear por el parque dando patadas a las hojas muertas que se amontonaban en los paseos, bajo los plátanos y los castaños de indias. Al verlas volar, mecidas por el aire del otoño, me daba la sensación de estar insuflándoles vida. No sé cuándo dejé de pasear por los parques, de pisar hojas secas, ni tampoco por qué lo hice. Madrid está lleno de parques, de árboles desnudos, de follaje marrón que se derrama cada otoño sobre las avenidas de gravilla.

Entregué los bocetos a la editora. Después de las discusiones de los últimos días, habíamos llegado a una especie de pacto de no agresión. Ella estaba disgustada conmigo, yo con ella, pero el enfado de ambas se desvaneció en cuanto los dibujos estuvieron desparramados por la mesa del despacho, y ante nosotros empezaron a desfilar las princesas de los cuentos, los príncipes encantados, las hadas y los ogros, y el castillo envuelto en maleza donde la bella durmiente se entregaba a su sueño de cien años en espera de un beso de amor.

—Ay, Cecilia... esto era lo que quería.

—¿Te parecen bien las hadas?

Había dibujado a tres mujeres completamente distintas entre sí, una alegre y serena de edad avanzada, otra delgada y lánguida en su camino hacia la madurez, y una tercera, aniñada y libre de formas, con la mirada esquiva de una adolescente. Tres hadas madrinas diferentes, inconfundibles, particulares. Silvia estaba entusiasmada con aquellos bocetos.

—Creo que es lo mejor que has dibujado en tu vida. Ven, dame un abrazo... pobrecita, he estado insoportable contigo.

—Oh, yo sí que estuve insoportable. Con todo el mundo —suspiré—. Me alegro de que te gusten los dibujos.

—¿Gustarme? Me entusiasman. Mira el caballo del príncipe, parece que va a echar a volar... y la bruja... Cecilia, este libro va a llevarse un premio. ¿Has traído la factura? ¿No? Pásamela mañana, sin falta. Les daré caña a los de administración para que cobres enseguida. Por cierto, tengo otro trabajo para ti. Como últimamente pareces más rápida que Billy *el Niño*...

Iba a sacar la libreta de notas para apuntar los detalles del nuevo encargo, pero cambié de opinión.

—Silvia... esos otros dibujos... ¿te corren mucha prisa?

Se encogió de hombros.

—Debería decir que sí, pero te estaría mintiendo. Son para un libro que vamos a publicar a finales del año que viene...

—Entonces, si no te importa, ¿podemos hablar dentro de unas semanas? Llevo seis meses trabajando sin parar, y creo que voy a regalarme una especie de vacaciones.

Silvia me apretó el brazo.

—Te las has ganado. Llámame cuando quieras.

Salí del despacho sin la carpeta y con la sensación de haberme liberado de otro peso. Al volver de la editorial, pedí al taxi que se detuviese un poco antes de llegar a casa de Silvio, y paseé sola y en silencio por entre las hojas caídas en el bulevar de Recoletos, mientras el viento de noviembre me acariciaba la cara. Tenía muchas cosas en qué pensar, mucho tiempo que recuperar. Mucha vida que poner en orden después de seis meses entregada al trabajo en cuerpo y alma, parapetándome detrás de mis dibujos, refugiándome en ellos de un montón de cosas a las que no quería enfrentarme. Supongo que, en su momento, el trabajo fue una buena excusa para aplazar mi regreso a la vida. Pero había llegado el momento de volver, o mejor, el momento de empezar otra vez.

Ya había oscurecido cuando llegué a casa de Silvio. Al abrirme la puerta, tuve la sensación de que Lucinda me miraba de otra forma, como si ya no se asustase de mi presencia.

—Buenas tardes, señorita Cecilia. Tomará usted la merienda con el señor Silvio, ¿verdad?

—Claro. Por cierto, Lucinda... —Acababa de ocurrírseme una idea—: ¿Tiene usted hijos?

—Sí, señorita. Tres. Ya están grandes.

Por supuesto. No sé por qué había pensado en niños pequeños. Niños a los que pudiese regalar algunos ejemplares de los cuentos que ilustraba.

—Perdone, ¿por qué lo quiere saber?

—Es que... tengo muchos libros para niños... y si usted tuviera hijos, le traería alguno. Pero, claro, si sus chicos ya son mayores...

El rostro de Lucinda se iluminó.

—Ay, señorita, pero me los puede dar a mí. Yo leo malamente, pero voy despacito y me entero de todo. ¿Me los trae al otro día? ¿Me los trae de verdad?

Se lo prometí. Silvio me esperaba en la sala, ante la mesa con el servicio de té, con la caja de fotografías en una esquina. Mientras merendábamos hablamos de media docena de obviedades: el tiempo de noviembre, el tráfico en Madrid, el precio astronómico de las flores en la fiesta horrenda de los Fieles Difuntos. Conversaciones de ascensor, charla para entretener la espera hasta que pudiésemos llegar a esa parte de la tarde que esperábamos ambos: Silvio, porque quería seguir contando su historia. Yo, porque en cuanto llegaba a aquella casa, se me despertaba la necesidad de saber más acerca de la historia de mi amigo.

—Alcánzame la caja —dijo, en cuanto Lucinda retiró los platos. Sacó unas cuantas fotos que no me enseñó inmediatamente. Las apartó del resto, cerró la caja y puso aquellos retratos boca abajo y encima de la mesa.

—El otro día les dejé a ustedes en la estación de ferrocarril de Varsovia —le ayudé—, despidiéndose de los Sezsmann y de aquella chica, Hannah Bilak. ¿Qué ocurrió después?

Silvio sonrió unos segundos antes de recuperar su gesto grave y retomar el relato.

El verano siguiente lo pasamos entre Italia y Suiza. Amos Sezsmann iba a dar conciertos en Roma, Milán, Zurich y Basilea, y Zachary decidió que acompañarle en su gira sería un buen plan para el mes de agosto. Fueron unas vacaciones estupendas pero, a diferencia de las del verano del 33, estuvieron libres de acontecimientos excepcionales. Nuestro Ithzak había obtenido calificaciones excelentes en el conservatorio, y continuaba su noviazgo con Hannah Bilak. Después de las semanas de zozobra vividas el año anterior, su relación se había consolidado, y aunque me pareció que ya no tenía el apasionamiento de aquellos primeros tiempos —apasionamiento provocado, a partes iguales, por la juventud, las emociones y la incertidumbre— había evolucionado hasta volverse estable y de una grata placidez que iba muy bien al carácter de Ithzak y al de la propia Hannah. Se habían comprometido formalmente aquella primavera, después de que Edith Griessmer diese su consentimiento por escrito desde Alemania, y entre sus planes estaba casarse en cuanto Ithzak concluyera su formación musical. Le quedaba un curso en el conservatorio, y a continuación el señor Sezsmann quería someterle a la disciplina de distintos profesores particulares para consolidar su aprendizaje. Luego vendrían los conciertos, las giras y, me decía yo, los aplausos y la gloria. Aunque Ithzak jamás pensaba en el reconocimiento ajeno. Sólo pensaba en la música. Y, por supuesto, en Hannah.

Amos había invitado a la novia de su hijo a unirse a nosotros en nuestro viaje, pero la anciana señora Bilak no quiso ni oír hablar del asunto: hubiera sido escandaloso que una muchacha tan joven viajase por Europa en compañía de su prometido. Así que Hannah e Ithzak se contentaron con intercambiarse cartas y telegramas en espera del tiempo en el que no tendrían obstáculos para recorrer el mundo los dos juntos. Ithzak hablaba de su matrimonio con Hannah con la misma tranquila seguridad que utilizaba para referirse a su futuro como director de orquesta. Para él, no se trataba de simples posibilidades, sino de estaciones perfectamente prefijadas en el itinerario de la vida. Un día, mientras paseábamos por el Trastévere bajo un sol de justicia aprendiendo que en Roma el mes de agosto puede ser implacable, le pregunté cómo, con dieciocho años, podía estar tan convencido de que su destino era casarse con Hannah y convertirse en músico profesional. Me dijo que porque eran cosas que dependían únicamente de sí mismo:

tenía talento y su novia estaba enamorada de él, así que sólo debía cultivar y cuidar aquello que amaba: la música y Hannah.

En el verano del 35 no hubo viaje al extranjero. Mentiría si dijese que Elijah y yo no nos sentimos decepcionados, pues habíamos diseñado por nuestra cuenta una excitante gira con Ithzak por Hungría y Checoslovaquia. Teníamos la tímida esperanza de que se nos permitiera viajar solos en aquella ocasión, y a los dieciocho años la idea de vivir por unos días libre de la presencia de tutores nos parecía emocionante. Pero, cuando Zachary West nos informó de que los Sezsmann iban a trasladarse a España para cumplir con algunos compromisos profesionales de Amos, supimos, resignados, que debíamos guardar en un cajón las guías, las listas de hoteles y los horarios de los trenes. Aunque consideramos casi una desgracia el ver desbaratados nuestros planes para el mes de julio, la perspectiva de ser anfitriones de los Sezsman nos compensaba hasta cierto punto de la decepción, así que no pensamos más en nuestra excursión frustrada y la pospusimos hasta que llegase una mejor oportunidad. Ahora creo que, si hubiese sabido lo que iba a ocurrir en cuestión de meses, hubiera insistido en realizar aquel viaje.

Ithzak y su padre estuvieron seis semanas con nosotros, primero en Barcelona, donde Amos ofreció dos recitales en el Liceo, y luego en Madrid, pues también había sido contratado para dar un concierto. Después viajamos juntos a Galicia para que los Sezsmann conociesen Santiago de Compostela —a Amos le fascinó la ciudad, que definió como «un magistral concierto de piedra»— y nos quedamos una semana en Ribanova antes de trasladarnos a San Sebastián junto a mi familia. Esta foto nos la hicimos allí, en una terraza junto al paseo marítimo. Mira a mi madre, estaba preciosa con aquel sombrero. La foto la tomó Efraín, que no se separaba de su cámara y parecía entregado al arte de la daguerrotipia. A pesar de que mi hermano no hablaba más idioma que el suyo y apenas podía entenderse con nuestros amigos extranjeros, Ithzak simpatizó mucho con él. Es un artista, me dijo un día, después de verle medir la luz y la distancia de una forma milimétrica, para obtener una foto —por supuesto, en blanco y negro— de la puesta de sol en la playa de la Concha.

Ithzak, que acababa de cumplir diecinueve años, había ofrecido ya su primer concierto en una pequeña sala de Varsovia. Interpretó al piano algunas obras de Liszt, y el éxito obtenido fue tal, que el señor Siewerski aseguró que podría conseguirle algunos contratos fuera de Polonia. Pero los Sezsmann no quisieron considerar la proposición: Ithzak estaba llamado a ser director de orquesta, no un simple intérprete de piano. Si interrumpía sus estudios con viajes y actuaciones, quedaría relegado a la categoría de concertista corriente y moliente. Y eso era algo que no deseaban ni el padre ni el hijo, cuyos deseos, afortunadamente, seguían estando en completa sintonía.

En cuanto a mi futuro, durante aquel año se tomaron algunas decisiones importantes. Había obtenido el título de bachiller con unas calificaciones bastante buenas, y quería ir a la Universidad y estudiar ingeniería. Zachary West habló con mis padres: pensaba enviar a Elijah a Boston para realizar estudios superiores, y no tenía inconveniente en sufragar también mi carrera allí. Aunque supongo que sabían que un traslado a América supondría para mí el definitivo alejamiento de la familia, ni mi padre ni mi madre pusieron objeciones a la propuesta, que reconocían como una oportunidad para labrarme el mejor futuro. Así que se decidió que, en septiembre, empezaría a cumplir con el servicio militar para poder viajar a Boston libre de compromisos con la patria. Aunque, a decir verdad, en aquel momento yo ni siquiera tenía muy claro qué patria era la mía. Creo que me había convertido en un caballerete algo *snob* y pretendidamente cosmopolita que quería ser, como dicen los cursis, ciudadano del mundo.

De regreso de vacaciones, y gracias a los buenos contactos de mi padre, obtuve un destino cómodo para mi primera temporada en el ejército. Hice la instrucción en un pequeño pueblo relativamente cercano a Ribanova, de forma que podía pasar en casa los permisos concedidos a la tropa. El período de formación castrense, del que muchos hablan con verdadero rencor, no fue para mí especialmente desagradable. No tuve dificultad en acatar la disciplina militar. La idea de obedecer las órdenes de mandos prácticamente analfabetos, cuando yo era bachiller, no me daba ni frío ni calor. Simplemente, aquello no iba conmigo: era sólo un trámite por el que debía pasar para continuar mi camino, como el que tiene que vadear un arroyo maloliente antes de llegar a la tierra prometida. Sufrí pocos arrestos y no tuve ningún problema con los compañeros, a cinco de los cuales, por cierto, enseñé a leer y a escribir mientras yo aprendía a marchar bajo la lluvia, a empuñar un fusil y a luchar cuerpo a cuerpo. Fíjate en esta foto: fue la primera que me hicieron vestido de recluta. No tengo un aire muy marcial, que digamos.

Al terminar la etapa de instrucción se me buscó destino en oficinas, concretamente en Capitanía de La Coruña. Todo estaba saliendo según lo previsto. En sus cartas, Elijah me mandaba información sobre Boston y el campus universitario de Harvard, aunque en aquel momento yo nada sabía sobre las elitistas universidades de la Ivy League ni lo que significaba ser admitido en aquel sanctasanctórum reservado a cerebros privilegiados e hijos de papá. Tenía dieciocho años y ninguna razón para pensar que pudiera haber algo fuera de mi alcance. Me faltaban sólo unos meses para alcanzar la completa independencia, la libertad más absoluta.

En aquella época, mi única fuente de preocupación fueron las noticias enviadas por Ithzak Sezsmann: Amos se había puesto enfermo a finales de octubre, y no acababa de mejorar. Tenía fiebre todas las tardes, estaba débil y desganado y parecía sumido en una rara melancolía. Al principio no dimos mucha importancia al estado de nuestro amigo: se trataba, posiblemente, de un catarro mal curado que acabaría por remitir. Pero llegó la primavera y las novedades que llegaban de Polonia seguían siendo alarmantes. Así que, mientras yo permanecía encerrado en una oficina militar, los West viajaron a Varsovia para visitar a Amos. Elijah y Zachary volvieron descorazonados. El señor Sezsmann parecía haberse echado encima todos los años del mundo, estaba distraído y torpe y ni siquiera la visita de unos amigos tan queridos había sido capaz de animarle. Zachary West pensaba que una estancia en alguna estación balnearia podría hacerle mucho bien, y se ofreció para organizar un traslado a Spa o a Montecatini, pero Amos no estaba en condiciones de viajar. Se pasaba el día sentado en un sillón, mirando a través de la ventana, sin pronunciar palabra durante horas. A veces paseaba por la casa en plena noche, o permanecía en la cama hasta bien entrado el mediodía. Ya no tocaba el violín, y ni siquiera se interesaba por los progresos musicales de su hijo. Ithzak había asumido la situación con una madurez encomiable, y encontraba tiempo para continuar sus estudios sin descuidar al enfermo. En cuanto a Hannah, pasaba muchas horas junto a Amos, leyéndole en voz alta o hablándole de cualquier cosa, aunque a veces sólo obtenía del músico una sonrisa triste como recompensa a sus desvelos.

La entrega de mi licencia como soldado estaba prevista para finales de septiembre. El curso en Havard comenzaba a mediados del mes de octubre, así que tendría los días contados para trasladarme a Estados Unidos a tiempo de empezar las clases. Todavía no estaba claro si Elijah vendría conmigo o si viajaría unos días antes para visitar a sus parientes americanos. Zachary West ya se había ocupado del papeleo y las matrículas, y a finales del mes de mayo recibimos la carta de admisión en la Universidad y el resguardo de reserva de plaza en una residencia de estudiantes en pleno campus. ¿Cómo iba a pensar entonces que la vida se nos podía torcer, que algo más fuerte que nosotros iba a mandar al diablo nuestros planes para el futuro?

Mi mundo, igual que el de otros jóvenes, se derrumbó el 18 de julio de 1936. La misma noche de la sublevación militar pude hablar con los West. Sabía a qué me arriesgaba si algún mando me descubría usando de matute el teléfono de las oficinas, pero reinaba tal descontrol en Capitanía que no tuve problemas para llamar a mis amigos sin que nadie se enterase. Elijah, optimista nato, estaba convencido de que la situación acabaría por reconducirse pero Zachary West, que había pasado todo el día reunido en la embajada de Estados Unidos, tenía otras informaciones.

—Zachary ¿qué va a ocurrir?

No me contestó inmediatamente, pero al final acabó por confirmarme lo que yo estaba temiendo: habría guerra.

Los acontecimientos se precipitaron. Zachary se apresuró a sacar a Elijah del país. Y yo, como miles de chicos de mi edad, tuve que partir al frente. Las primeras semanas transcurrieron como en un sueño: tardé mucho tiempo en asumir que todo aquello iba en serio, que la guerra era real, que había hombres muriendo y matando, y que en cualquier momento yo podía ser uno de ellos, víctima o verdugo, sólo en función de las añagazas de la suerte. Puedo decirte exactamente cuándo desperté de mi estado de estupidez: fue el día en que le volaron la pierna a un compañero, un muchacho leonés muy joven que se había incorporado a nuestro batallón sólo dos días atrás. Aquel chico estaba a mi lado cuándo recibió en la pierna una carga de metralla. No sé cómo, pero de la rodilla para abajo toda la extremidad quedó hecha trizas.

No sabía gran cosa de mi compañero. Creo que ni siquiera había tenido tiempo de aprender su nombre. Pero recuerdo perfectamente sus gritos animales mientras los demás llamábamos al camillero. Y ¿sabes?, creo que no gritaba de dolor. Gritaba de miedo. Ese día, Cecilia, empezó para mí la guerra con mayúsculas. Se trataba de vivir o morir. Y decidí que, pasara lo que pasara, quería estar vivo cuando todo aquello terminase. Habría muchos muertos, pero yo no sería uno de ellos.

Puede decirse que fui un buen soldado. De hecho, se supone que fui un soldado ejemplar: acabé la guerra con el grado de teniente, y eso es mucho para alguien que entró en la contienda como un pobre soldado raso a punto de licenciarse. En el frente aprendí muchas cosas indeseables y una bastante interesante, pues me convertí en un excelente mecánico, y en un avezado conductor de cualquier cosa que tuviera ruedas.

Pero no voy a contarte nada de lo que ocurrió durante aquellos tres años. Al acabar la guerra me prometí a mí mismo que nunca, jamás, hablaría a nadie de lo sucedido en ella. Otros lo han hecho por mí. Sólo te diré que, cuando se firmó la paz, yo no era el mismo chico que el 18 de julio de 1936 había desafiado a unos superiores utilizando un teléfono para hablar con sus amigos. Era un hombre, Cecilia. Un hombre amargado, agotado de la guerra y de sí mismo, que se había hecho adulto a la fuerza y, de paso, se había convertido en un cínico. Me habían herido en un brazo en el último intercambio de disparos de aquellos tres años, cuando ya el enemigo se limitaba a pegar tiros al aire para gastar la munición. Una de aquellas balas fue para mí, que me las había apañado para salir indemne del frente del Ebro. Sentí un golpe pequeño cerca del hombro, y me di cuenta de que me habían dado cuando noté el calor de la sangre que corría por el brazo. Un cirujano patoso me extrajo el plomo de mala manera, y al hacerlo dañó un músculo importante. Así que, además, volví convertido en un lisiado, lo cual acabó siendo una ventaja: el nuevo régimen me premió con una medalla —la de Teniente Caballero Mutilado— y un puesto fijo en el Ministerio de Asuntos Exteriores. No estaba mal para un chico sólo medio inútil del brazo izquierdo, que por lo demás podía considerarse perfectamente capacitado para seguir adelante con su vida, o más bien con lo que quedaba de ella. Mira, aquí está el retrato del día en que me condecoraron. Sí, el que me da la mano es Franco. El periódico de Ribanova publicó la foto en primera página.

Durante aquellos tres años había pensado muy poco en mi familia, y apenas nada en mis amigos: Zachary West, Elijah, Amos e Ithzak Sezsmann parecían formar parte de un capítulo cerrado. Me escribieron varias veces a mi casa de Ribanova, y mi madre intentó hacerme llegar al frente todas aquellas cartas. Supongo que muchas se perdieron, pero poco me importaba. ¿Qué tenía yo que ver con Elijah, que estaba a punto de graduarse en Harvard, o con el bueno de Ithzak Sezsmann, que me hablaba de su padre enfermo, de sus estudios de música y de su noviazgo con Hannah? Aquellas cartas de mis antiguos camaradas me parecían de un insultante infantilismo. Allí estaba yo, matando a hombres que no conocía y exponiéndome a morir, mientras ellos continuaban instalados en su cómoda existencia burguesa, sin llegar a imaginarse que el mundo puede ser un lugar atroz. Alguna vez me pregunté por qué el destino había elegido mi vida para ponerla del revés, por qué no la de

Ithzak o la de Elijah, pero eso fue al principio de la guerra. A medida que el tiempo pasaba, decidí que era preferible dejar de dar vueltas a algunas cosas y concentrarse en la tarea de seguir vivo.

Tras firmarse la paz, pasé unos días en Ribanova, y en el mes de mayo me trasladé a Madrid para incorporarme a mi nuevo destino como oficinista. Aunque el puesto tenía un nombre más largo y pomposo, mi trabajo era el de un vulgar administrativo, muy parecido al que realizaba en Capitanía de La Coruña antes de que empezase la guerra. Ya ves qué final para un muchacho que cuatro años atrás soñaba con licenciarse en una universidad americana y recorrer el mundo junto a sus amigos. Pero aquel chico había desaparecido dejando en su lugar a un adulto prematuro que se pasaba los días escribiendo a máquina con absoluta desgana y haciendo todo lo posible para olvidar a la persona que había sido una vez, cuando el mundo era distinto y parecía estar reservándole un lugar privilegiado.

Desde el final de la guerra, Elijah me había escrito dos o tres veces. Ni siquiera abrí aquellas cartas, que rompí en pedazos para no caer en la tentación de leerlas y dejarme ganar por la nostalgia de unos tiempos que para mí ya no podían volver. Estaba seguro de que en sus misivas Elijah me animaría a recuperar los años perdidos, a trasladarme a Boston para retomar mis estudios, a preparar nuevos viajes. Pero yo no quería recuperar nada: había visto de frente la vida real, lejos del universo idílico de los West y los Sezsmann, y aunque la experiencia no me había gustado, menos me gustaba la idea de volver a meterme en la amable burbuja de mis antiguos amigos. Como mi padre me había dicho tiempo atrás, yo no era Elijah West.

Aunque gracias a mis condecoraciones hubiese podido encontrar acomodo en una residencia militar, preferí alquilar una casa para mí solo. Conseguí una vivienda a buen precio en la zona de la glorieta de Bilbao, y allí me trasladé con unos cuantos muebles de segunda mano que había comprado a un trapero y que, dado su buen estado de conservación, debían de proceder de un expolio a alguna familia acomodada. Desde Ribanova, mi madre se ofreció a enviar todo lo que me hiciese falta. Sólo le pedí mi ropa de civil (para comprobar, con sorpresa, que me quedaba ridículamente pequeña) y un diccionario, pues a veces lo echaba de menos en mi oficina del ministerio. Como suelen hacer las madres, la mía decidió por su cuenta que necesitaba más cosas, y me hizo llegar un enorme baúl donde encontré, además de lo solicitado, mis viejos libros en inglés, un puñado de recuerdos de los viajes por Europa (la torre Eiffel de latón, una maqueta del Coliseo, unos lápices de colores comprados en Varsovia) y mi caja de fotografías. Saqué todas las cosas que necesitaba, y el resto —las fotos, los souvenirs, los libros— permanecieron en el arcón. Confieso que en un principio pensé en tirar todos aquellos trastos que ya consideraba inútiles, pero un pudor difuso me impidió hacerlo. Después de todo, la caja contenía los rescoldos de lo que había sido mi vida, y no era capaz de exponerlos a la curiosidad del primero que los descubriera. Me dije que quemaría todos aquellos cachivaches en cuanto tuviera oportunidad —el fuego arrasa y dignifica al mismo tiempo— y dejé el arcón en uno de los cuartos vacíos de aquella casa enorme, inhóspita y a todas luces desmesurada para alguien que planeaba vivir completamente solo.

Pasaba semanas enteras sin ponerme en contacto con mi familia. Cuando, de mala gana, me decidía a escribir a mi madre, garabateaba en algún papel oficial unas cuantas líneas con la misma emoción que ponía al redactar la correspondencia del ministerio. Ella me contestaba con unas cartas larguísimas que yo leía sólo por encima, y en las que me hablaba de la ciudad, de la familia y de antiguos compañeros de estudios. Unos cuantos habían muerto en la guerra. Otros habían regresado a Ribanova —algunos tras sufrir mutilaciones más o menos aparatosas— para reunirse con sus padres, para casarse con la novia de toda la vida, para darse la oportunidad de reconstruir una existencia aplazada. Supongo que mi madre pretendía hacerme reflexionar poniendo en mi conocimiento historias paralelas a la mía cuyos protagonistas intentaban proporcionarse, a pesar de todo, un final feliz.

Mi hermano Efraín también me escribía de vez en cuando. Sólo tenía quince años, pero, mientras continuaba sus estudios, había empezado a trabajar como fotógrafo e incluso colaboraba frecuentemente con el diario local, que publicaba las fotos tomadas con la cámara que le había regalado Zachary West. Yo nunca le escribía. Me limitaba a enviarle unas palabras de supuesto afecto en las cartas que, muy de tarde en tarde, hacía llegar a mi madre, y me parecía que con eso era más que suficiente. Después de todo, el aprendiz de fotógrafo era casi un completo extraño para mí.

Mi vida en Madrid era gris y tranquila. Llegaba a las nueve a la oficina, comía a las dos y media en un restaurante modesto cuya dueña tenía buenos contactos con los estraperlistas y por las tardes volvía a la oficina a hacer tiempo hasta las seis o las siete, cuando no me quedaba más remedio que regresar a casa. A veces me reunía con mis compañeros para tomar una taza de achicoria (el precio del café lo hacía inasequible para los establecimientos vulgares) y participar en una partida de cartas, pues durante la guerra me había aficionado a los juegos de naipes. Aunque todos habíamos estado en el frente, casi nunca hablábamos de nuestras experiencias allí. En realidad, no hablábamos de nada. Aquellos muchachos de mi edad y yo mismo nos limitábamos a hacernos mutua compañía física para eludir la soledad y toda la colección de imágenes horribles que se nos venían a la cabeza cuando volvíamos a casa y nos quedábamos mano a mano con nuestros recuerdos de la guerra.

En el otoño de 1939 nadie había puesto nombre a lo que nos ocurría. El régimen de Franco había intentado restañar con medallas y pensiones las heridas corporales de sus soldados, pero supongo que a nadie se le ocurrió pensar que las cicatrices más terribles las teníamos por dentro. Harían falta muchos años y otras guerras para que la medicina se decidiese a buscar una nomenclatura para nuestra misantropía, nuestros problemas de insomnio que se alternaban con mostruosas pesadillas en las horas de sueño, nuestras lágrimas a destiempo y nuestra perpetua desorientación. Por mi parte, puedo decir que en aquellos tiempos detestaba la vida, la mía y la de los demás, pues había llegado a la conclusión de que ninguna tenía demasiado valor.

Una tarde, a finales de noviembre, la portera de mi edificio dijo que un caballero había venido a verme.

—Llegó hace dos horas. Quería esperarle en un bar, pero era tan educado y tenía tan buena pinta que le abrí la puerta de su casa.

Renuncié a enfadarme con aquella mujer, a la que había catalogado desde el primer momento como una estúpida sin solución, y subí las escaleras de dos en dos. Cuando entré en mi casa, encontré a Zachary West sentado en una de las butacas de la sala de estar.

—Zachary... Dios, debe de hacer un siglo desde ...

Mi antiguo amigo me abrazó con fuerza. Estaba exactamente igual que la última vez que lo viera, como si aquellos tres años largos no hubiesen transcurrido para él. Encendí la estufa de carbón, saqué una botella de coñac barato y dos copas y serví un trago para cada uno.

—Salud —dije, antes de beber el mío de un solo golpe. Zachary me imitó.

»Bueno —añadí tras volver a llenar las copas—, pues

esto sí que es una sopresa. ¿Qué te trae por aquí? Pensé que estabas en América.

Zachary me miró a los ojos.

—Silvio... ¿qué demonios te pasa?

Me encogí de hombros, supongo que para ganar tiempo.

—No sé qué quieres decir.

—Pues que no entiendo tu actitud. Llevas dos años sin enviarnos noticias. Supe de ti gracias a tu madre, que, por cierto, tampoco recibe muchas novedades de tu parte. No contestas al correo, ni has intentado ponerte en contacto con nosotros al regresar del frente...

Detuve el inicio de sermón con un gesto que no dejaba lugar a dudas: no iba a permitir que nadie juzgase mi forma de actuar. Ni siquiera el hombre que había influido en mí más incluso que mi propio padre.

—Zachary, lo siento... pero digamos que en los últimos años he estado muy ocupado matando gente y evitando que me volaran la cabeza. Además, confieso que tampoco tenía gran cosa que contaros.

—No se trata de eso. Lo creas o no, Elijah y yo lo sabíamos todo de ti. Me procuré un seguimiento completo de tu compañía. Felicidades por tu condecoración. Por cierto, ¿qué tal el brazo?

Instintivamente, me llevé la mano a la extremidad malherida.

—Mejor. Ya casi no duele.

—Me alegro. —Encendió un cigarro y me ofreció otro. Luego atemperó el tono, o eso me pareció a mí—. Silvio, lo que no comprendo es que no hayas intentado obtener noticias nuestras en todo este tiempo. ¿No estabas preocupado por nosotros?

—Por favor, Zachary... ¿de qué iba a preocuparme? No creo que los obuses sean capaces de cruzar el océano, y además, las malas noticias vuelan. ¿Ha terminado Elijah sus estudios?

—Sí, es bachiller en Artes. Se acaba de matricular en la Facultad de Arquitectura. Ésta es la foto de su graduación.

Miré aquel retrato con muy poco interés y bastante rencor: aquel muchacho fornido oculto bajo una túnica y un birrete que sostenía ostentosamente un diploma historiado era mi amigo de la infancia. Elijah sonreía a la cámara en un gesto triunfante. El gesto de los que están obteniendo de la vida todo lo que la vida puede darles. El gesto de quienes consideran que merecen cada golpe de fortuna, cada motivo de satisfacción. Elijah, que había conseguido un título mientras yo mataba gente, que se había chapuzado en la vida estudiantil mientras yo cruzaba campos de lama y carreteras embarradas. ¿Qué tenía yo que ver con semejante lechuguino?

—¿No vas a preguntarme por los Sezsmann? —La voz de Zachary West vino a rescatarme de mi absurdo atracón de bilis a la vista de aquella foto. Los Sezsmann... nuestros amigos músicos. Me los imaginaba cómodamente atrincherados en su espléndida mansión de Varsovia, envueltos en las notas de algún violín, haciendo planes para futuros viajes mientras Hannah, convertida ya en una mujer, preparaba su ajuar de novia.

—Supongo que estarán bien.

—Pues supones mal. —Apagó el cigarro contra un cenicero de latón—. Silvio ¿en qué mundo estás viviendo de un tiempo a esta parte?

No quise responder.

—Hitler acaba de invadir Polonia. Y no hace falta ser muy listo para saber que los problemas para los judíos polacos están a punto de comenzar. Llevo un tiempo haciendo gestiones para sacar del país a los Sezsmann y a Hannah Bilak, pero en su último telegrama Ithzak me decía que Amos no puede viajar.

—¿Por qué?

Zachary bajó los ojos.

—Está casi inválido, Silvio. Y hace unos meses que se ha quedado ciego.

Algo se revolvió en mi interior al recordar al Amos Sezsmann que había conocido seis años atrás: aquel hombre soberbio de ojos enormes y manos prodigiosas capaces de hacer hablar a los violines, el viajero audaz, el músico cosmopolita de generosidad desbordante que nos había acogido en su casa aquel verano, en Varsovia, cuando yo pensaba que los cimientos de nuestro mundo estaban perfectamente asentados.

—Lo siento mucho —dije, torpemente—. Pero, Zachary, ¿crees de verdad que van a verse en apuros sólo por ser judíos...?

El antiguo aviador me miró con una ferocidad desconocida. Me di cuenta de que estaba apretando los puños como si estuviera haciendo un esfuerzo sobrehumano por contenerse para no golpearme.

—Silvio... ¿has dedicado siquiera unos minutos del tiempo que empleas en lamentar tu suerte a enterarte de lo que ocurre con los judíos en la Alemania de Hitler? ¿No? Pues te haré un resumen. Estamos hablando de asesinatos masivos. De deportaciones. De restricciones salvajes destinadas a limitar los movimientos de la comunidad al mínimo imprescindible. Al principio, simplemente, se les impidió trabajar, tener dinero en el banco, alquilar una casa, entrar en un café o usar el transporte público. Pero ahora el gobierno de Hitler quiere eliminarlos a todos. ¿Lo entiendes? Hacer desaparecer a los judíos de la faz de la tierra. Te estoy hablando de planes de exterminio, Silvio...

Yo escuchaba a Zachary West jugando nerviosamente con la bufanda que llevaba al cuello y que ni siquiera me había quitado. No podía creer lo que me estaba contando. O quizá prefería ignorarlo. Bajé la voz.

—Pero los organismos internacionales... no sé, la Cruz Roja...

Zachary menó la cabeza con energía.

—No, Silvio. Al mundo no le interesa ese problema. Te contaré algo. Colaboro... colaboro con una organización que intenta sacar de Alemania a algunos judíos. No hemos tenido mucho éxito, pero a pesar de todo se ha logrado poner a salvo a un centenar de familias. Esta primavera, supongo que con objetivos propagandísticos, el gobierno nazi permitió salir del país a unos cuantos... exactamente 943. Zarparon del puerto de Hamburgo en un barco, el *Saint Louis,* que estuvo semanas casi a la deriva porque ningún país aceptaba hacerse cargo de los refugiados... ¿Recuerdas a la señora Griessmer?

Edith Griessmer... la imagen de la hermosa madre de Hannah Bilak vino a mi encuentro de la mano de otras memorias de aquel verano en Polonia. Me pareció que podía oler el perfume de sus guantes de piel —una suave esencia de violetas— y escuchar su voz, hablándome en un idioma que no comprendía. Edith Griessmer, con su piel transparente, su acento francés y su sonrisa estelar.

—¿Qué pasa con ella?

—Iba en ese barco. Su marido ario la abandonó hace más de un año y se llevó a los hijos de ambos. Edith trató de huir a Polonia, pero los judíos ya no tenían libertad de movimientos. Casi de milagro pude conseguir que viajara en el *Saint Louis...*

—¿Y dónde está ahora?

—A punto de llegar a Estados Unidos. Se le permitió entrar en territorio cubano cuando el barco atracó en La Habana. Tuvo suerte, ¿sabes? La mayoría de los pasajeros del *Saint Louis* tuvieron que regresar a Europa. Dentro de unos meses, muchos de ellos estarán muertos. Y el destino de los judíos polacos promete ser peor. Por eso tenemos que hacer todo lo posible para sacar de Varsovia a los Sezsmann y a Hannah Bilak. Si Amos no estuviera tan enfermo sería más fácil. La huida es dura para todo el mundo, pero él está impedido y es casi un anciano. De todas formas, es un momento perfecto para organizar las salidas porque, a pesar de la famosa organización alemana, en Polonia reina todavía cierto descontrol. Intentaremos que en las próximas semanas algunas familias crucen la frontera. Ya hemos diseñado los trayectos para la huida, pero este tiempo es precioso y no podemos perderlo... Así que tenemos que darnos prisa.

Zachary encendió otro cigarro y se aclaró la voz antes de cambiar el tono para dirigirse a mí. Esta vez me pareció que su acento tenía el deje falsamente casual de un charlatán de feria.

—Estás trabajando en el Ministerio de Asuntos Exteriores, ¿no es así?

—Sí... en oficinas.

—Perfecto. Eso nos será de gran ayuda.

En aquel instante lo comprendí todo.

—Así que por eso has venido... porque crees que puedo serte útil.

Zachary me miró con los ojos muy abiertos mientras el pitillo se cosumía entre sus dedos.

—Silvio... no te estoy hablando de mí. Se trata de personas que van a ser asesinadas. Se trata de niños, de mujeres, de Hannah y de Ithzak...

—¿Y qué se supone que puedo hacer yo? ¿Ir a Polonia y traerlos a todos a cuestas?

—No seas estúpido. Tú podrías proporcionarnos pasaportes, visados, qué sé yo. Cualquier cosa que pueda servir como salvoconducto para cruzar una frontera.

—Oye, no sé quién te has creído que soy ni lo que hago en el ministerio. Estoy en una maldita oficina archivando papeles, rellenando instancias y pegando sellos. No he visto un pasaporte desde que perdí el mío. Además ¿de verdad me estás pidiendo que robe documentos oficiales? Te recuerdo que aún soy militar. Podrían fusilarme por hacer una cosa así.

Me di cuenta de que la cabeza me dolía como si estuviese a punto de reventar. No tenía aspirinas en casa. En realidad, supongo que casi nadie tenía aspirinas en el Madrid de 1939. Frente a mí, Zachary West parecía esperar a que yo dijese algo más, pero la verdad es que sólo quería que se marchase de allí con sus historias tenebrosas sobre barcos fantasma y amenazas que quizá existían sólo en la mente de algunos visionarios. Si la situación de los judíos era tan terrible, ¿de verdad el resto de los países hubiesen ignorado su suerte? Y esa tontería del barco, el dichoso *Saint Louis*... ¿quién iba a creerla, salvo un estúpido? ¿Casi mil almas viajando a la deriva en un barco sin destino? Además, ¿quién había fletado la nave? Y si lo había hecho el gobierno de Hitler, ¿no era eso una muestra de buena voluntad hacia los judíos que deseaban abandonar Alemania? ¿No resultaba incompatible con ese apocalipsis de persecuciones, asesinatos y demás atrocidades del que hablaba mi amigo?

—Zachary... no te ofendas, pero creo que esta historia no es exactamente como me la cuentas. Imagino que ésa es la versión que están dando los judíos, pero me niego a pensar que el gobierno de un país civilizado pueda hacer la vida imposible a un puñado de ciudadanos sólo por cuestiones religiosas. Reconozco que no sigo muy de cerca los sucesos de la política internacional, pero imagino que los judíos alemanes habrán planteado problemas al gobierno de Hitler, y éste habrá tenido que defenderse de ellos. Si los judíos polacos demuestran un poco más de tacto, apuesto a que no tendrán nada de qué preocuparse. No creo que Amos e Ithzak se metan en líos, ni con Hitler ni con nadie. ¡Si ni siquiera les interesaba la política! Estarán en su casa, esperando a que pase la tormenta.

Fue entonces, al decir aquello, cuando me di cuenta de que a Zachary se le habían llenado los ojos de lágrimas.

—Voy a marcharme. Estoy perdiendo el tiempo contigo, y tengo demasiadas cosas que hacer. Estás enfermo, Silvio. Estoy seguro de que algún día te avergonzarás de lo que acabas de decir. Cuando eso ocurra —me tendió una tarjeta en la que había anotado una dirección— envíame un telegrama. Te estaré esperando, Silvio.

No aguardó a que le acompañara a la puerta. Tomó su sombrero y su caja de cigarros y se marchó. Ya estaba en la escalera cuando me di cuenta de que se había dejado sobre la mesa la foto de Elijah, sonriendo durante su ceremonia de graduación. Mírala. ¿Verdad que se le ve feliz?

Unas semanas después, Inglaterra declaró la guerra a Alemania. Bueno, me dije, ahora se arreglarán las cosas para Ithzak y los demás. La verdad es que no sé si fui tan imbécil como para creer realmente que los problemas de mis amigos habían terminado, o si sólo intentaba tranquilizar mi conciencia pensando que otros se estaban ocupando de prestarles la ayuda que yo les había negado. Qué cinismo, ¿verdad? Hacer cargar con el muerto a Churchill, y a partir del 42, a Roosevelt o al mismo general Eisenhower. Después de todo, poner el mundo en orden era cosa suya. Yo me pasé más de cinco años —los mismos que duró la guerra— sacando punta a los lápices, escribiendo cartas insulsas y, esencialmente, vegetando diecisiete horas al día. También escalé posiciones en el ministerio: mis estudios de bachiller y, sobre todo, mi dominio del inglés, acabaron resultándome de gran ayuda. Se me asignó un despacho oficial y un asistente, y si lo solicitaba con antelación, incluso podía disponer de chófer. No hace falta que te diga que mi cambio de estatus me traía sin cuidado. Seguía viviendo en la misma casa, comiendo en el mismo restaurante, y teniendo pocas relaciones y ningún amigo.

Supongo que te preguntarás si, en esos años, recibí noticias de la política de exterminio aplicada por Hitler sobre los judíos de los países ocupados. La respuesta, Cecilia, es no. Puedo jurártelo. Mi postura frente al problema había sido la de un completo miserable, pero en el fondo no resultó muy diferente a la actitud de la comunidad internacional. Yo ignoré los datos que me proporcionaba Zachary West. El mundo, las señales de alarma lanzadas por miembros de la resistencia, por judíos que habían logrado librarse de los traslados a los campos de la muerte. Yo rechacé la oportunidad de salvar un puñado de vidas. Nuestra mal llamada civilización occidental no quiso poner obstáculos al exterminio de siete millones de seres humanos. En ese aspecto, me siento vergonzosamente empatado con el mundo, que fue, en lo que respecta al holocausto, ciego, sordo y mudo.

No pienses que estoy buscando una justificación para lo que hice. Nunca, jamás, he dejado de reprocharme el haber dejado escapar la ocasión más fabulosa que me ha brindado la suerte. Pude contribuir a salvar la vida de algunas personas, y no quise hacerlo. He vivido sesenta años con el peso de esa culpa, y, lo creas o no, se vendrá a la tumba conmigo. Muchas veces, antes de dormir, intento imaginar los rostros de aquellos desconocidos a los que dejé morir. Veo a jóvenes, a mujeres, a niños, a ancianos, a hombres condenados al infierno que quizá hubieran podido cambiar su destino sólo con que yo me hubiese arriesgado a robar para ellos un miserable pedazo de papel. Nunca sabré los nombres de los que empujé al abismo, pero han vivido conmigo, Cecilia. Están en mis sueños y en mis pesadillas, y me señalan con el dedo. Quizá el mundo pueda perdonarse el haber mirado hacia otra parte mientras funcionaban los crematorios de Auschwitz, de Treblinka, de Dachau, de Bergen-Belsen. Los organismos internacionales intentaron reparar su error ayudando a los judíos a recomponerse como pueblo, y así, de alguna forma, creyeron que sus culpas quedaban expiadas. Pero uno no puede purgar una culpa como la mía, igual que no se puede pedir perdón a un fantasma.

Las primeras noticias sobre los campos de concentración llegaron a España poco después de finalizada la guerra, y nunca de forma oficial. Los relatos de las atrocidades nazis circulaban de forma esporádica y difusa, transmitidos de boca en boca, y yo prefería pensar que aquellas historias terribles habían pasado por tantas manos que habían ido creciendo en intensidad y crudeza hasta perder todo viso de realismo. Como muchos otros, no quería creer que el horror hubiese estado a tan pocos kilómetros de distancia, y que todos —empezando por mí mismo— hubiésemos consentido su existencia.

Más de una vez sentí el impulso de ponerme en contacto con Zachary West para contrastar con él las informaciones que iba recibiendo y, sobre todo, para obtener noticias de Hannah, de Ithzak y de Amos Sezsmann. Me contaron que tras la ocupación los alemanes habían confinado a todos los judíos de Varsovia en un solo barrio de la ciudad, y que los que no murieron allí víctimas del hambre y del frío lo habían hecho en los campos de trabajo. ¿Es posible que mis amigos hubiesen acabado así? Quería pensar que no, que Zachary West habría utilizado sus contactos para hacerles salir de Polonia. Sí, a buen seguro los Sezsmann se encontraban ahora en algún lugar pacífico de la Suiza neutral. Ithzak y Hannah se habrían casado, y él sería ya director de una orquesta filarmónica cuya actividad se multiplicaría con la llegada de la paz. Amos estaría muy recuperado de sus dolencias. Quizá mis amigos le habrían hecho abuelo, un abuelo capaz de tocar el violín incluso privado de la visión. En cuanto a Elijah, ¿que habría pasado con él? Posiblemente sería arquitecto. Estaría en América, levantando edificios altísimos de acero y cristal. Eso me repetía para poner a salvo mi mala concienciencia. En el fondo, me aterraba la posibilidad de que mis amigos polacos hubiesen sido asesinados por los nazis, de que Elijah se hubiera alistado y hallado la muerte en algún campo de batalla en Europa, y de que yo hubiera seguido viviendo ignorante de la desaparición de todos ellos. Sólo la vergüenza y el profundo desprecio que empezaba a sentir por mí mismo me impedían buscar la tarjeta entregada por Zachary West para demandarle, de rodillas si era preciso, noticias sobre Ithzak, sobre Hannah, sobre Elijah, sobre Amos. Sobre aquellos que, en definitiva, habían sido en otro tiempo los pilares básicos de mi vida.

El destino fue generoso conmigo, y me dio una segunda oportunidad que no estaba seguro de merecer. Una tarde, a finales de julio, mientras Madrid se derretía a cuarenta grados, el correo me trajo una carta de mis padres. La abrí enseguida. Llevaba dos o tres meses intentando recomponer mi relación con ellos, y les escribía de vez en cuando interesándome por sus vidas y por la de Efraín, que a sus veinte años había empezado a trabajar como fotógrafo para una agencia internacional de noticias. En su carta, mis padres me decían que un hombre había estado en Ribanova preguntando por mí. Le habían facilitado mis datos y la dirección de mi oficina del ministerio, aunque ahora no estaban seguros de haber hecho bien proporcionando tanta información a un desconocido. «Ni siquiera nos dio su nombre. Creemos que era catalán, pero no te lo podemos asegurar. Nos dijo que iría a verte, que tenía cosas importantes de las que hablar contigo. ¿No te parece que es muy raro? No debimos haberle dado tus señas, pero era un hombre muy correcto y parecía enfermo... y nos insistió mucho en que debía encontrarte.»

La carta de mis padres me dejó intrigado. Por fortuna, la visita misteriosa de la que me hablaban no se demoró: un día después, mi asistente en el ministerio me informó de que un hombre había venido a verme.

—No tiene cita, mi teniente... dice que no le importa esperar. Se llama Ignacio Font.

No tuve ninguna duda de que se trataba del hombre que había estado en Ribanova preguntando por mí.

—Ah, sí, viene de parte de unos amigos. —No sé por qué mentí—. Hágale pasar.

Ignacio Font entró en mi despacho. Como me habían advertido, parecía un enfermo. Tenía los ojos hundidos en las cuencas, la piel del color de la parafina, el cabello como los tiñosos y un esqueleto que amenazaba con quebrarse a cada paso. Me miró con la desconfianza con que miran los animales cuyo dueño los ha molido a palos.

—¿Es usted Silvio Rendón? —Tenía la voz sibilante que cabía esperar por su aspecto.

—Sí... mis padres me dijeron que alguien vendría... siéntese, por favor.

Pero el recién llegado negó con la cabeza.

—Aquí no. Éste no es buen sitio.

No estaba preparado para una respuesta así. Él bajó la voz, que adquirió una consistencia de ultratumba.

—No quiero hablar de esto en un despacho... verá... ¿Recuerda usted a Ithzak Sezsmann?

Noté cómo toda la sangre del cuerpo se me bajaba a los pies. La boca se me secó de golpe.

—Hay un café en la esquina —dije—. Podemos hablar allí.

Hicimos el camino en silencio, Ignacio Font con la mirada perdida en alguna parte, yo aterrado y seguro de que las noticias que traía no eran buenas. Ahora no sé cómo fui capaz de resistir la inquietud durante aquellos dos minutos que me separaban de la verdad, cómo no agarré a aquel despojo de hombre por las solapas para exigirle que me contase de inmediato todo lo que sabía acerca de mi amigo. Ahora creo que sólo estaba dilatando mi enfrentamiento con una historia que suponía terrible. Quería saber, pero me daba miedo lo que Font iba a contarme.

A las cinco de la tarde el café estaba lleno de gente, pero la mayor parte de la parroquia pasaba las horas sin pedir más que un vaso de gaseosa, a veces ni eso. Muchos fumaban cigarros de manzanilla, aunque todos sabíamos que el limpiabotas vendía tabaco americano de contrabando, además de entradas para los toros y medias de cristal, que costaban una pequeña fortuna. Antes de sentarnos compré una cajetilla de Marlboro. Ignacio Font encendió uno y aspiró el humo como si pretendiera hacerlo llegar al último rincón de los pulmones.

—Dígame lo que sabe.

—Mire... es que es muy complicado. Me voy a liar. Son muchas cosas las que tengo que contarle. Lo mismo empiezo por el final, o me pierdo a la mitad... y además, llevo tanto tiempo sin hablar español...

Aquella introducción me puso nervioso y la corté por lo sano.

—¿Dónde está Ithzak Sezsmann?

Me contestó inmediatamente, como si en el fondo quisiera librase de un peso insoportable.

—Lo siento, señor. Su amigo murió en abril del 44 en el campo de concentración de Mauthausen.

Y después, para hacer infinita mi consternación, aquel

hombre me contó su historia y juntos reconstruimos lo que debieron de ser los últimos días en la vida de Ithzak Sezsmann.

Ignacio Font era un catalán de Tarragona que había salido de España al finalizar la guerra. No hizo falta que me dijera que había combatido en el 36 con el ejército republicano, y que era uno de tantos exiliados a la fuerza. Vivía en Francia cuando, al iniciarse la guerra, entró a formar parte de la Compañía de Trabajadores Extranjeros del Ejército Francés. En principio, todo fueron ventajas. Había trabajado en una barbería, y su habilidad con la brocha y la navaja le tenían convenientemente alejado de la primera línea de fuego como peluquero de la tropa. En mayo de 1940, cuando estaban cerca de Amiens, su compañía fue capturada por los nazis. Unos meses después les trasladaron al campo de Mauthausen.

Situado cerca del Danubio, Mauthausen pretendía ser un campo de trabajo, pero pronto se convirtió en un centro de exterminio. La vida circulaba en torno a una cantera de granito y la terrible escalera de 189 peldaños que los presos debían subir llevando a sus espaldas enormes bloques de piedra. Sobrevivir era difícil. Escapar, completamente imposible. Ithzak había llegado al campo en la primavera de 1944. Ignacio Font me dijo que nada más verle supo que no duraría mucho allí. En aquellos días era fácil intuir quiénes estaban preparados para aguantar la vida en el infierno y quiénes tenían ya un pie en el otro barrio. Normalmente, los prisioneros llegaban a Mauthausen en trenes de ganado, pero Sezsmann llegó con un pequeño grupo.

—Supongo que los atraparon en los alrededores del campo, pero nunca entendí por qué no los habían matado cuando los cogieron. Era algo que había que aprender para sobrevivir en Mauthausen: que uno no podía intentar comprender el comportamiento de los alemanes. El caso es que a su amigo y a los otros los trajeron un buen día, atados entre sí, y cuando pensábamos que iban a pegarles un tiro, me los mandaron para que les rapase al cero, como al resto de los presos. Todos estaban muy asustados. Todos menos Ithzak. Por eso me fijé en él, porque era distinto. No pudimos hablar mucho, claro, pero cuando supo que yo era español se le cambió la cara y me dijo que tenía que hablar conmigo. Le advertí que no era el mejor momento, porque los guardias estaban esperando para llevárselos al barracón, pero que le buscaría en cuanto tuviese oportunidad. Le deseé buena suerte, como hacía con todos, aunque no sé por qué a él se lo dije con más sentimiento.

Ignacio pudo encontrarse con Ithzak en otras dos ocasiones. Incluso le consiguió algo de comida —«mantequilla y unos panecillos llenos de serrín que entonces nos sabían a gloria»— y un par de calcetines de lana. Font sabía que aquel chico no tenía muchas posibilidades de sobrevivir. Estaba en los huesos, y además era judío. Los judíos vivían muy poco tiempo en Mauthausen. De todos los que entraron con él, Ithzak fue el último en morir. Aguantó cinco semanas. Un día, Font le buscó en el barracón, pero ya no estaba. Alguien le contó que aquella misma mañana se había desplomado en la cantera, y que posiblemente ya estaba muerto cuando el *kapo* empezó a golpearle con el látigo para que volviese al trabajo. Le habían llevado al crematorio. En ninguna parte de Mauthausen había tanta actividad como en los hornos.

—No tuve mucho tiempo para hablar con su amigo. Si los guardias te sorprendían de cháchara, podían matarte de una paliza. Me dijo que era polaco...

—Vivía en Varsovia...

—Entonces debía de venir del gueto. La vida allí era terrible, ¿sabe usted? Los boches metieron en un barrio a todos los judíos de la ciudad. No había comida, las casas eran estercoleros y la gente se moría de hambre en plena calle. De vez en cuando, llegaban los nazis, mataban a los viejos y a los inútiles y se llevaban a un montón de personas a los campos de trabajo. Los cargaban como si fueran bestias en vagones de tren, y hacían el viaje de pie, sin comer ni beber, helándose en invierno y asfixiados en verano. Cuando abrían los furgones, algunos estaban muertos. ¿Tenía familia su amigo?

—Su novia salió del país poco después de la invasión alemana. Su padre estaba muy enfermo, tal vez habría muerto.

Ignacio Font dijo entonces que en el gueto los enfermos tenían los días contados. Si Ithzak había sobrevivido allí durante dos años, eso quería decir que no había tenido que cuidar de nadie más que de sí mismo. Era la única forma de resistir y, por supuesto, de eludir las deportaciones periódicas.

—Lo mismo que en el campo. O te ocupabas de ti, o estabas listo. Aquel chico, Sezsmann, me habló de usted y de otro amigo americano, y de una novia que tenía, y me pidió que les encontrase cuando saliera de Mauthausen. Quería que yo les dijese que había estado con él, y también que había muerto. Intenté animarle, tranquilo, hombre, no te vas a morir, pero él no era idiota y sabía que le quedaba poco tiempo, eso fue lo que me dijo. Me dio la impresión de que estaba muy al tanto del funcionamiento de los campos. Los alemanes solían informar del fallecimiento de algunos de los prisioneros, pero no si eran judíos. A ésos los llevaban al horno, y se acabó. Sezsmann no quería que sus amigos y su novia le siguiesen buscando al acabar la guerra. Yo le juré que daría con usted aunque estuviese debajo de una piedra. Apunté el nombre de Ithzak, y también el suyo, y el de su ciudad, Ribanova, él lo pronunciaba muy gracioso, Gaifanofa, me decía, y me lo tuvo que deletrear porque no me enteraba. Recuerdo que nos reímos los dos. Y le aseguro que reírse en el campo era muy difícil. Eso pasó tres días antes de que se muriese. Yo creo que fue agotamiento, ¿sabe? Muchos morían así. Caían al suelo como sacos de patatas y ya no se levantaban. Simplemente, no podían más. Le voy a decir una cosa... no conocí mucho a su amigo pero había algo en él... no sé... mire que vi pasar gente por el campo, pero a pesar de que estaba hecho fosfatina, aquel chico tenía algo distinto...

—Era músico —dije yo, no sé si para ayudarme a tragar las lágimas o como si ese detalle pudiese explicar el hecho de que mi amigo fuese un ser diferente.

—Eso no me lo dijo. Claro que en Mauthausen nadie se acordaba de esas cosas. ¿De qué iba a servirle a uno la música en un lugar así? Pero parecía un chico estupendo. Y no estaba asustado. Allí, todo el mundo tenía miedo. De los alemanes, del frío, de los golpes, de morir. Él no. Ojalá yo hubiese sido la mitad de valiente que aquel chaval.

El campo de Mauthausen había sido liberado por los americanos el 5 de mayo, sólo unos días antes de la capitulación alemana. Parte de los supervivientes fueron trasladados a Francia, donde la Cruz Roja se ocupó de ellos.

—No sabía si iba a poder volver a España —bajó la voz y miró en torno suyo antes de seguir—: Por cosa de ideas, ¿me entiende? Pero el alcalde de mi pueblo es primo de un obispo, y el hombre pidió por mí. Ya ve lo que es tener a los curas de parte de uno: pude regresar a casa sin pasar por la cárcel. Tuve suerte, ¿verdad? Primero me salvo de los alemanes y después del exilio. Lo dicho, que a pesar de todo no me puedo quejar.

—¿Dónde vive ahora?

—En Barcelona, con mi hermana. Mi cuñado va a darme trabajo en un taller de confección para que pueda ir tirando. Pero yo le dije que, antes de nada, tenía que encontrarle a usted. Se lo había jurado a ese amigo suyo. Por eso fui a Ribanova. Pensé que vivía allí. Sus padres me dieron las señas de su oficina en Madrid, y aquí estoy, cumpliendo.

Nunca en mi vida experimenté un sentimiento de gratitud tan grande hacia nadie, menos aún hacia un desconocido. Hubiera querido hacer cualquier cosa por aquel hombre que, enfermo y solo, había cruzado el país para traerme una noticia terrible que no podía seguir ignorando. Le propuse a Ignacio Font que se quedase a dormir en mi casa, pero dijo que ya había pagado la pensión, y que por la mañana cogía el primer tren a Barcelona. Pensé en darle dinero, pero estoy seguro de que lo habría considerado como una ofensa. Sólo aceptó que le invitase a cenar.

Escogí un restaurante caro y conseguí que pusiesen la mesa en un salón reservado para que Ignacio pudiese hablar a sus anchas. Pedí vino, gambas y solomillo. Font me dijo que todavía no era capaz de evitar que le temblasen las manos cuando veía mucha comida junta.

—Estuve pasando hambre durante cuatro años. Cuando entraron los americanos y nos dieron comida, me salvé por los pelos de morir de un atracón. Fue gracias a otro español que era médico y me dijo que comiese despacio, que no tenía el estómago acostumbrado y me podía dar un mal. Otros no hicieron caso y se pusieron tibios de chocolate y galletas y de trozos de carne en conserva. Más de uno se murió allí mismo, que ya es mala suerte: tanto tiempo a pan y agua para acabar así, reventado.

Aquella noche, Ignacio Font me hizo un retrato deslavazado y espantosamente real de la vida en Mauthausen. Me habló de la selección de prisioneros, hecha nada más llegar, cuando los más débiles eran enviados directamente a las cámaras de gas, y de allí a los hornos crematorios. Me habló de las raciones miserables de comida, del frío y las caminatas bajo la nieve, de las palizas, de las torturas. Me habló del mal llamado dispensario, que era en realidad un gabinete del horror donde un grupo de supuestos médicos sometía a los internos a los más descabellados experimentos con pretensiones científicas.

—Allí había de todo. A uno le inyectaron gasolina en el corazón. A otro lo operaron anestesiándole antes con un golpe en la cabeza. Contado así, hasta parece de risa.

Los internos de Mauthausen trabajaban en la cantera de granito, donde cumplían jornadas de catorce o dieciséis horas, «en invierno algo menos, pero porque había poca luz y no se veía un pijo». También me explicó que él, gracias a su experiencia como barbero, había conseguido eludir los trabajos más duros del campo.

—Sólo estuve un mes y medio en la cantera. Luego me pusieron a rapar a los que llegaban. Los pelaba completamente, ¿sabe? Quedaban como recién nacidos. Recuerdo a un chico holandés, muy educado, con pinta de estudiante, que se echó a llorar cuando le acerqué la navaja a los huevos. Pobre chaval. Murió en quince días. Comparándome con los demás, lo mío era gloria bendita. Tenía más comida y hacía lo que mejor se me daba, porque además de dejar pelados a los presos, también me encargaron afeitar y cortar el pelo a los alemanes. Por un lado estaba bien, ¿sabe? En los barracones de los oficiales siempre hacía calor, y daba gusto entrar. Pero también iba acojonado. Porque con ésos podía pasar cualquier cosa. A otro barbero lo mataron de un tiro porque había hecho un corte en la mejilla a un capitán. Menos mal que tengo buen pulso y nunca me ocurrió nada. Conmigo estaban contentos, y a veces me daban cigarros, mermelada o embutidos. Una tarde me ofrecieron chocolate. Se morían de risa, los cabrones, al verme chupándolo con los ojos cerrados, para que durara más. Qué vergüenza me da cada vez que me acuerdo de cómo agradecía sus regalos de mierda, bajando la cabeza igual que un perro. Lo peor es que sé que estoy vivo gracias a aquellos trozos de salchicha y los pedazos de pan que me daban los nazis. Aunque también me llevé lo mío, no se crea. Hubo un oficial que me molió a palos porque había utilizado con un guardia una navaja que sólo debía usar para afeitarle a él. Lo malo es que si me hubiese negado a coger aquella navaja tan bien afilada, los golpes me los hubiera dado el otro. Allí te podía caer el mundo encima cuando menos te lo pensabas. Querías hacer las cosas bien, pero las reglas cambiaban de un día para otro, y por mucho que lo intentases, siempre acababas metiendo la pata.

Ignacio me habló también del código de colores de los prisioneros —un triángulo amarillo para los judíos, verde para los delincuentes, rojo para los presos políticos...—. Él lucía el triángulo azul destinado a los apátridas.

—Pero usted es español.

—Como si no. Además, me daba lo mismo. Pues sí que hicieron mucho mis paisanos para sacarnos de allí... bueno, esto dicho en confianza... Le estoy hablando como a un amigo, usted ya me entiende.

A pesar de lo terrible de su narración, Ignacio parecía contento durante la cena, y pidió permiso para repetir el postre. Luego, mientras tomábamos café y nos fumábamos un puro, hablamos de su nuevo trabajo en la fábrica de confección. Su cuñado le había propuesto montar una peluquería en un pequeño local contiguo al taller textil, pero Font se había negado.

—Lo que es yo, no vuelvo a afeitar más barbas que las mías. Bastante tuve con estos cuatro años trasquilando alemanes y pelando a desgraciados antes de que los matasen.

Quería encontrar una novia —«antes tendré que engordar un poco, quién me va a querer ahora que parezco un tuberculoso»—, casarse, tener hijos y, con el tiempo, comprarse una casa en su pueblo para acabar viviendo allí. Comparé a aquel hombre conmigo. Éramos de la misma edad, y el infierno pasado por él en el campo de exterminio dejaba pequeño a mi purgatorio en el frente del Ebro. En realidad, mis días en la guerra empezaban a parecerme unas vacaciones pagadas al lado de lo vivido por Ignacio Font y otros internos de Mauthausen. Sin embargo, a pesar de su pésimo aspecto, de sus ojos vidriosos y su piel de tísico, él tenía una fuerza que a mí me faltaba y que venía, estoy seguro, de la tranquilidad de su conciencia. Estábamos a punto de despedirnos cuando le pregunté cómo había conseguido sobrevivir cuatro años en aquellas condiciones, y frunció un poco el ceño, como si tuviese que pensarse la respuesta.

—Ya le dije que tuve suerte. Y además había otra cosa... un día, uno de los guardias nos dijo que nadie se iba a enterar de lo que pasaba en Mauthausen porque ninguno de nosotros iba a salir vivo para contarlo. Así que cuando me pegaban, cuando tenía hambre, cuando pasaba las noches muerto de frío, me decía a mí mismo, esto se lo voy a contar yo a todo el mundo, se va a enterar la gente de lo que han hecho estos hijos de puta. Y fui aguantando. Pensé que no iba a ser capaz, pero ya ve. Uno nunca sabe. Nunca sabe.

Al día siguiente acompañé a Ignacio a la estación. Le di una tarjeta con mi nombre y mi cargo en el ministerio, y le pedí que no dudara en llamarme si él o su familia tenían algún problema. Dijo que me tomaba la palabra: «los amigos, hasta en las puertas del infierno».

Nos dimos un abrazo de despedida. Luego esperé hasta ver partir el tren que se llevaba al hombre que había hecho más de mil kilómetros para cumplir la palabra dada a un desconocido. Al hombre cuya visita iba a cambiar otra vez el curso de mi vida. Aquella mañana llegué tarde al ministerio. Estuve paseando por Madrid acompañado del recuerdo de Ithzak Sezsmann, espantado todavía por la noticia de su muerte y más aún por las circunstancias atroces que la habían rodeado. Nuestro Ithzak, que estaba destinado a convertirse en director de orquesta, a recibir aplausos, a fundar una familia de la mano de Hannah Bilak, a recorrer el mundo con su esposa y su música. Nuestro Ithzak, del que siempre pensé que era un elegido de la suerte. Ithzak Sezsmann, mi amigo, mi hermano, al que había jugado a ignorar durante tanto tiempo, luchaba por seguir vivo mientras yo empleaba las horas en destilar una amargura inútil que se había vuelto contra mí mismo, convirtiendo los últimos seis años de mi vida en un bochornoso erial. Cuando llegué a mi oficina, pasadas ya las doce del mediodía, lo primero que hice fue redactar un telegrama para Zachary West:

«Ya estoy avergonzado. Si no es demasiado tarde, necesito verte.»

Esta mañana me miré al espejo por primera vez en mucho tiempo. Quiero decir que hoy, después de meses sin hacerlo, dediqué unos minutos a contemplarme, a estudiar mi reflejo, a buscar sin prisa lo que hay del otro lado. Esta mañana me enfrenté a la imagen de mí misma que he labrado durante todo este tiempo. Allí estaba yo, una mujer de treinta y cinco años que ve alargarse hacia ella, como una amenaza, la sombra traidora de la cuarentena. Mi piel va dejando de ser joven. Tengo algunas arrugas alrededor de los ojos, y las últimas penas han dejado en mi frente unos surcos que puedo percibir incluso con los ojos cerrados, con sólo pasar el dedo sobre ellos. Me pregunto si soy del todo consciente de la madurez que se avecina o sí, de forma bastante insensata, sigo aferrándome a una edad que ya no tengo. El encuentro con el espejo me recuerda la verdad. Ésa soy yo. Ésa, la que me mira desde el otro lado del azogue, es la persona que he ido construyendo durante una vida que no es tan corta.

Esta mañana he sonreído al espejo. Al hacerlo me brillaron los ojos y volvió a ellos, de una forma fugaz, la sombra de mis veinte años. Pero ya no los tengo. La edad es cruel con las mujeres. El cutis pierde lozanía, el cabello se marchita y aparecen en la piel algunas manchas que ayer no estaban, que no estuvieron nunca y que están ahora para recordarnos el paso del tiempo. Esta mañana he decidido que en realidad me importan muy poco mis arrugas, y que nada puedo hacer contra ellas salvo redoblar mis esfuerzos con las cremas hidratantes y las mascarillas nutritivas. Bastante tengo con concentrarme en las arrugas que llevo dentro, esas que no ve nadie, esas que, salvo yo, ignora todo el mundo.

Mi madre tuvo siempre una piel fantástica. Y eso que no le hacía ni caso. Se echaba cuatro pegotes de crema de vez en cuando, y le era más que suficiente para mantener el rostro en perfecto estado de revista. Era una mujer muy hermosa. Cuando miro alguna de sus fotos en blanco y negro, me parece estar viendo a una estrella de cine, a una actriz desconocida retirada por amor de los focos y el estrellato. Algo así ocurrió con mi madre: lo dejó todo para concentrarse en su familia. Alguna vez discutí con ella por eso. A quién se le ocurre, decía yo, renunciar a los estudios en la universidad para eternizarse en un noviazgo larguísimo. A quién se le ocurre, seguía machacando, tener tres niños en cinco años y dedicarse a la casa, estar todo el día de la ceca a la meca, absorbida por un trabajo que no te agradecía nadie, ni siquiera nosotros, las tres fieras corrupias, ni papá, que durante mucho tiempo creyó que las lavadoras se ponían solas, que la comida aparecía en la mesa por arte de birlibirloque, que las bolsas de la compra subían por voluntad propia las escaleras de casa. Ella se reía y decía que no se hubiese cambiado por ninguna otra mujer. Había sido feliz así, lavando pañales, viviendo en una buhardilla sin ascensor, subiendo y bajando cuatro pisos dos o tres veces al día con un bebé en los brazos y otro agarrado de su mano.

Mi madre siempre estaba contenta. La recuerdo canturreando mientras hacía la comida o cuando planchaba nuestros vestidos, de un eterno buen humor al volver del mercado o al llevarnos al colegio. Estaba satisfecha con su elección. Con su vida entre cerros de ropa que planchar, menús semanales y compras de alimentación para cinco personas. Aquella actividad para mí aburridísima no parecía ponerla de mal talante. Al contrario: mi madre estaba orgullosa del trabajo que hacía, de tener un horario de veinticuatro horas sin paga de beneficios ni posibilidades de ascenso.

Cuando yo era pequeña, me daban mucha pena las niñas cuyas madres trabajaban fuera de casa. Qué placer era entonces encontrar siempre a mi madre cuando volvíamos de la escuela. Qué gusto que todas las comidas estuvieran listas a su hora, que cuando uno de nosotros caía enfermo ella pudiese velar un sueño inquieto, poner paños frescos en una frente que ardía, administrar un jarabe o controlar la temperatura. Qué suerte tener una madre siempre presente, preparada para secar lágrimas, para curar una rodilla herida, para consolar, para reñir incluso. Cuando era pequeña, yo no tenía llaves de nuestro piso. ¿Para qué, si sabía que mi madre nunca iba a estar fuera cuando yo llegara?

Más adelante, ya adulta, empecé a reprocharle su dedicación a nosotros, su autoinmolación, la castración a la que voluntariamente se había sometido. Qué ganas de estar todo el día en casa, qué ganas de poner lavadoras, de madrugar para hacer el desayuno, de pelar patatas para cinco. ¿Por qué no nos dabas patatas de paquete, como otras madres?, le decía. Ella recordaba sus patatas fritas doradas, crujientes, abundantes, y aclaraba las cosas sin perder la sonrisa.

—Quería hacer bien mi trabajo. Tú también quieres hacer bien el tuyo. Mi trabajo era cuidar de vosotros.

Yo, tan moderna, tan progre, tan liberada, hubo una época en la que vi a mi madre como una especie de esclava digna de lástima. Hay que ser tonta, pensaba yo, hay que ser muy tonta para casarse con el primer novio que se tiene, para parir dos niñas en quince meses, para asumir todo el trabajo de una casa durante cincuenta y dos semanas al año, sin días libres, ni fines de semana, ni vacaciones ni nada de nada. Y encima, sin quejarse, la pobrecita. Después caí en la cuenta de que mi compasión era también una falta de respeto al camino elegido por mi madre. Una elección de la que no se arrepintió nunca. «Mi trabajo era ése. Yo quería hacer bien mi trabajo. ¿No quieres tú hacer bien el tuyo?» Por eso cantaba mientras recogía la mesa. Por eso estaba siempre como unas castañuelas. Por eso no la ponían de mal humor las manchas de tinta en los mandilones del colegio ni nuestras urgencias a la hora de cenar. Porque era feliz con la vida que había escogido y no tenía nada que echar en cara a nadie. Estaba justamente orgullosa de sí misma, de la familia que había creado, de poder asistir a las funciones de Navidad, de venir a buscarnos cuando acababan las clases, de preparar nuestras fiestas de cumpleaños. Cuando llegaba a casa del colegio, era mi madre quien abría la puerta de la cocina, donde flotaba el olor sabroso de algún guiso casero. Allí estaba ella, hecha sonrisas. Durante años, al entrar en mi casa, lo primero que veía era a una mujer completamente feliz. Y ahora me doy cuenta de cómo esa circunstancia marcó mi niñez. La convivencia diaria con la alegría es el mejor regalo que puede recibir un niño.

Mi generación ha pasado años mirando por encima del hombro a mujeres como mi madre, compadeciendo su suerte, reivindicando por ellas el derecho a huir del hogar, de las familias numerosas, de las cacerolas y las listas de la compra. Nunca nos dio por pensar que, entre tantas mujeres insatisfechas, entre tantas mujeres decepcionadas con su suerte, entre tantas mujeres que renegaban de su condición de amas de casa, había un puñado de mujeres dichosas a las que gustaba lavar pañales, planchar camisas y hacer potajes, y que no sentían como un fracaso el haberse consagrado a sus familias. Cuando torcemos el morro ante las vidas de estas mujeres, no pensamos en ellas sino en nosotras mismas inmersas en una existencia así, que se nos antoja vacía de todo contenido. Ni en un millón de años hubiese cambiado mi vida por la vida de mi madre. Pero creo que ella tampoco hubiese cambiado la suya por la mía.

Una vez, hace casi veinte años, mi hermana quiso repetir aquel modelo de comportamiento. Tenía un novio adolescente, y empezó a dar vueltas a la posibilidad de renunciar a la universidad para quedarse en Lugo, estudiando cualquier cosa poco complicada, para casarse con él lo antes posible. Se lo planteó a mi madre como quien tiene una idea genial, y entonces ella montó en cólera. Le dijo que estaba completamente loca si de verdad creía que iba a dejar que hiciera semejante estupidez. Que se lo quitase de la cabeza, porque no pensaba consentirlo. Eso fue lo que dijo. Sencillamente, que no lo permitiría.

—Vas a irte a Madrid, vas a estudiar en la universidad, vas a licenciarte y ni sueñes con quedarte aquí aprendiendo a hacer lentejas, ¿te queda claro? Ni lo sueñes. Pues hasta ahí podíamos llegar.

Mi hermana no entendía nada.

—Pero si fue lo que tú hiciste.

—No es lo mismo.

Fue su última palabra. Mi hermana no volvió sobre el asunto: mi madre había sido demasiado contundente al respecto. Se vino a Madrid, vivió en un colegio mayor y luego en un apartamento, se licenció, se espabiló. Hizo viajes y conoció a otra gente. Años después rompió con su novio y se casó con otro chico.

Mi hermana y yo hablamos muchas veces de aquella tarde, cuando nuestra madre puso coto a sus intenciones de repetir el esquema de comportamiento del que estaba tan orgullosa. No es lo mismo, había dicho. Tenía razón. Los tiempos habían cambiado, y ella lo había visto antes que nadie. Le gustaba su vida, pero, al mismo tiempo, no quería una vida como la suya para ninguna de sus hijas.

Llevo en la cartera una foto de mi madre tomada en el año 78. Acababa de cumplir treinta y tres años y no le había salido ni una arruga. Tenía la frente limpia, los pómulos altos y tensos, la expresión fresca de una adolescente. Fue mi padre quien tomó el retrato en unas vacaciones, durante el viaje en barco a Ibiza. Mi madre era muy guapa, y está especialmente guapa en esta foto. Lleva el pelo recogido bajo una pañoleta, una camisa de algodón, una falda de flores a la moda de los setenta. Nosotros, sus tres hijos, estamos junto a ella. Es la única que no mira a la cámara. Quizá había fijado los ojos en el mar, en el horizonte azul del Mediterráneo. La imagen de mi madre en esta foto es la de una mujer hermosa, serena, feliz. Una joven madre que reivindica su condición. No parece una esclava. La forma de mirar es la de alguien satisfecho con su elección vital. No sé si yo sería capaz de mirar así, con esa elegante despreocupación, con esa sensación de tranquilo desafío. Parece que está diciéndole al mundo, ésta soy yo, ésta es mi forma de ser yo, atrévete a decir que no estaba en lo cierto cuando elegí hacer así las cosas.

Hoy me miré en el espejo. Con treinta y cinco años, a una edad en la que mi madre ya había criado a tres hijos, yo soy mucho más vieja de lo que era ella. Quizá porque, a su manera, ella supo conducir su vida en la dirección deseada. Y yo aún no sé hacia dónde estoy llevando la mía. Ésa soy yo. La mujer del espejo a la que no había prestado atención en mucho tiempo.

El teléfono sonó justo en ese momento. Era Elena. Me pareció que estaba llorando.

—¿Qué pasa?

Por favor, otro drama no. En un segundo se me vinieron a la cabeza media docena de posibles desgracias sucedidas al otro lado del Atlántico. El padre de Elena había empeorado. Peter, su marido, había tenido un infarto. Mi amiga acababa de recibir el diagnóstico de alguna enfermedad espantosa. Uno de los niños había sufrido un accidente y estaba en el hospital...

—Ceci... tenía que hablar contigo... estoy tan contenta, Cecilia...

La sensación de alivio que experimenté fue casi física, como si el viento me acariciase la cara. Dejé que Elena llorase sin interrumpirla. Las lágrimas de dicha se venden tan caras que hay que sacarles todo el partido posible. El llanto de mi amiga fluía a muchos kilómetros de distancia, y era maravilloso saber que esa clase de lágrimas no necesitan ser enjugadas.

—Es mi padre... han parado el proceso degenerativo. No saben qué va a pasar en un futuro, pero de momento la enfermedad no va a peor. Acaban de llamar a Peter desde el hospital para decírselo... y tenía que contártelo cuando antes, Ceci.

Esto es la amistad, pensé. La necesidad de compartir la alegría, mucho más que la obligación de compartir la pena. Hubiese querido abrazar a aquella hija que lloraba por las buenas noticias acerca de la enfermedad de su padre, pero en realidad no era preciso. Elena y yo sólo necesitábamos escuchar nuestras voces, y eso bastaba para saber que estábamos cerca.

—Me ha dado una llorera imponente. —Pude escuchar cómo se sonaba—. Te juro que no sé por qué me pongo así...

—Disfrútalo —le dije, de buen humor—, no pasa todos los días, pero sienta de miedo. Me alegro de que me hayas llamado. ¿Y tu madre? ¿Cómo se lo ha tomado?

—Imagínate. Dice que Europa es el tercer mundo y España, de lo peor, y que aquí sí que saben hacer bien las cosas. Mañana dirá que quiere comprarse una camiseta con la bandera americana. Debe de creerse que tiene una deuda con el Tío Sam en persona.

—Mientras no piense que ha sido cosa de Bush...

—Espero que no. Peter se está portando muy bien con mis padres, pero no sé qué tal llevaría el tener en casa a una suegra republicana.

Nos reímos las dos. En un segundo recordé cómo se había forjado nuestra amistad, durante mi corta estancia en Oxford, cuando el destino nos hizo coincidir en una casa victoriana del barrio de Summertown donde una profesora española acogía estudiantes de la universidad. Elena vivía allí. Yo me había trasladado a disfrutar durante unos meses de una beca que ni siquiera estaba segura de merecer. Cuando llegué a Oxford, con sus hermosas cúpulas y los parques impecables de los colegios, sentí que estaba allí como de prestado, que era una auténtica intrusa entre todas aquellas mentes prodigiosas de jóvenes trilingües destinados a ocupar un lugar de privilegio en el mundo futuro. Elena era uno de aquellos alumnos casi superdotados a los que hubiera querido parecerme. Hablaba inglés, francés y alemán como una nativa, y tenía conocimientos de italiano y de lenguas eslavas. Preparaba su tesis doctoral bajo el manto protector del Trinity College, y además era una experta en comida macrobiótica y estaba obteniendo un diploma profesional de masajista de *shiatsu.*

La primera vez que vi a Elena, llevaba una falda larga y un sombrero negro, y no sé por qué creí que aquella chica morena y vivaz no tenía nada que ver conmigo. No me equivocaba: éramos la noche y el día. Creo que precisamente por eso acabamos haciéndonos amigas. Guardo en la memoria nuestras conversaciones en el invernadero de la casa, bebiendo té Lady Gray mientras divagábamos acerca de nuestras vidas en construcción.

Ella y yo pasábamos el día enfrascadas en nuestros trabajos, y nos nos veíamos hasta la noche, pero solíamos esperarnos la una a la otra para cenar juntas y hacer luego una larga sobremesa antes de dormir. Los fines de semana preparábamos algún desayuno especial, o un auténtico té a la inglesa con *scones* de pasas y crema batida. De vez en cuando íbamos a algún concierto o a una obra de teatro. A veces viajábamos juntas a Londres y antes de tomar el autobús comprábamos *brownies* de chocolate con nueces. Nos cambiamos mutuamente. Yo rescaté a Elena del vegetarianismo; ella me salvó de un amor empecinado que no tenía sentido y cuyo recuerdo había arrastrado hasta la pérfida Albión. Luego, cuando yo dejé Oxford y ella se quedó, supimos que aquellos meses compartidos en la casa del número 10 de Hamilton Road iban a ser parte esencial del resto de nuestras historias respectivas.

La conversación telefónica duró más de una hora. Hablamos de antiguos camaradas de la universidad, de la tarde en que nos trasladamos a Londres para asistir a una conferencia de Vargas Llosa en el Instituto Cervantes y de una fiesta que habíamos organizado en casa coincidiendo con el día de Guy Fawkes. Luego, Elena me dio cuenta de los progresos en la escuela de Eliza y Alexander, yo del último trabajo que había entregado en la editorial.

—Por cierto, mi madre me pide que te dé las gracias otra vez por cuidar del abuelo. Ayer hablamos con él, y parece tan contento contigo... ¿de verdad no te está incordiando?

—En absoluto. Le he cogido cariño. A lo mejor hasta le pido que me adopte...

—Es una posibilidad. Oye, Ceci, tengo que colgar. Unos colegas de Peter vienen a cenar a casa, y como uno de ellos es el que trata a mi padre, voy a echar el resto para parecer la perfecta esposa americana, que es lo que de verdad le gusta a esta gente. Se creen muy modernos porque votan demócrata y hablan pestes de la guerra, pero en el fondo son más carcas que nadie. Lo que es por ellos, las mujeres deberían estar en casa haciendo tarta de pacanas y tejiendo calcetines. Te llamaré en unos días.

Iba a despedirme, pero había algo que debía contar a Elena, y tenía que hacerlo en ese mismo momento.

—Una cosa más... he dejado a Miguel.

Silencio.

—¿Cuándo?

—Hace cuatro semanas. No te lo dije antes porque quería rumiarlo sola, ¿vale?

—Vale. —Otro silencio—. ¿Tú estás bien?

—No estoy mal. Ya seguiremos hablando. Tus dinosaurios deben de estar a punto de llegar y no deberían encontrarte en zapatillas.

—Ceci, espera...

—¿Qué pasa?

—Que te quiero mucho.

Pero eso yo ya lo sabía.

Reconocer ante los demás que Miguel y yo habíamos roto era dar un paso hacia adelante. Llevaba demasiado tiempo negándome a asumir lo que consideraba un fracaso, porque eso es una relación rota: un pequeño desastre mutuo donde siempre hay dos culpables.

Le dije a Elena que había acabado con Miguel, pero de momento no le he contado la historia entera. Después de todo, pasarán meses antes de que yo misma sea capaz de diseccionar lo ocurrido entre Miguel y yo, antes de que pueda determinar qué porción de responsabilidad tiene él y qué parte me toca asumir a mí. Aunque, después de todo, ¿qué más da eso ahora? Ya no estoy con el hombre a quien quise durante más de tres años, con el hombre a quien no sé si quiero todavía. Pero no deseo pensar en eso. Me basta con ser capaz de admitir ante los demás que nuestra historia en común se ha terminado, y con reconocer ante mí misma que fui yo quien le puso punto y final, quien cogió la puerta para marcharse. La decisión la tomé yo, y supongo que eso me hace doblemente responsable.

A mi madre le gustaba Miguel. Supongo que eso no tiene ningún mérito, porque en realidad estaba predispuesta a que le gustase todo el mundo. A veces creo que la simpatía es una cuestión de voluntad, de buenas intenciones. Hay gente que va por el mundo con la guardia en alto, buscando motivos para detestar a todo bicho viviente que se le cruce en el camino. Y hay personas, como mi madre, que intentan encontrar razones para crear empatía con quienes aparecen en sus vidas.

Claro que en el caso de Miguel había otros motivos que facilitaban a mi madre el camino hacia el afecto. En primer lugar, el hecho de que por primera vez en mucho tiempo su testaruda hija mayor fuese capaz de reconocer sin subterfugios que había encontrado a una persona que mereciera la pena. Imagino que empezó a preocuparse cuando abordé la treintena sin lo que ahora se llama una pareja estable. A todos los efectos, estaba sola, aunque no lo estuviera. Hubo otros hombres antes que Miguel. Cuántos, no importa. En cualquier caso, demasiados para el gusto de mi madre.

Ella conoció a un solo hombre en toda su vida. Empezó su noviazgo con mi padre cuando tenía quince años. A esa edad, ni yo ni ninguna de mis amigas pensábamos en novios, mucho menos en maridos ni en nada parecido. Salíamos con chicos porque era lo que había que hacer, pero se nos hubiesen puesto los pelos de punta sólo de pensar que alguno de aquellos ejemplares salpicados de granos y con la hormonas alborotadas podía convertirse en el padre de nuestros hijos. Yo ni siquiera estoy segura de quién fue el primer chico a quien besé. Mi madre se casó con el chico que le dio el primer beso. A ella y a mí nos separaban veinticinco años y todo un abismo sociológico del que echar mano para explicar nuestra diferencia de criterios.

Al contrario de lo que hacían las madres de mis amigas, ella nunca expresó en voz alta su preocupación ante mi nulo interés en, como se decía antes, «sentar la cabeza». En lugar de una boda, yo le brindé toda una sucesión de amigos y amantes oficiosos que no exhibía pero que tampoco ocultaba. Hablaba de ellos con una falta de pudor que ahora no sé si resultaba provocadora o tierna. Aquellas parejas de ocasión tenían sus nombres y sus vidas, y entraban y salían de la mía con una naturalidad extrema. De pronto, dejaba de mencionarlos y mi madre sabía que habían desaparecido, probablemente sin dejar la menor huella. Y mientras yo pasaba de puntillas por el mundo de las relaciones amorosas entre adultos, las hijas de sus amigas celebraban aniversarios junto a sus novios formales.

Algunas de aquellas chicas se casaban y la invitaban a sus bodas, que solían celebrarse por todo lo alto. Ella y mi padre acudían a las listas de regalos, elegían un presente sin saber que en realidad la aspiradora o el juego de té estaban destinados a convertirse en una fracción de la luna de miel, y participaban de la emoción de los padres y los padrinos y en la fiesta posterior, donde alguien, a buen seguro, les preguntaba si su díscola hija mayor no se animaba a pasar por la vicaría. Siempre había un alma caritativa que añadía una especie de pregunta desesperada, como quien lanza un cabo misericordioso: «Al menos tendrá novio, ¿no?», para añadir, con más bien poco tacto, «como se despiste, se le va a pasar el arroz».

Supongo que mi madre se hacía cruces con mi fragilidad sentimental, pero jamás me hizo insinuaciones al respecto. Siguió yendo a las bodas de las hijas de otros, comprando regalos para los demás, escuchando comentarios impertinentes y preguntándose, imagino, si alguna vez le tocaría a ella el organizar una boda para rentabilizar, al menos, los muchos regalos que había hecho. Y mientras todo el mundo (supongo que mi madre también) empezaba a pensar en mí como en una especie de bicho raro, aquellas chicas de las bodas tenían hijos, y mi madre las veía pasear por la ciudad, con sus cochecitos y sus bebés, orgullosas de su condición de madres juveniles. Yo no estaba por allí, evidentemente. Como no tenía marido, ni hijos, ni perspectivas de tener ninguna de las dos cosas, me gastaba el dinero que ganaba en ropa y zapatos y viajes exóticos. Ellas tenían niños y una casa en propiedad. Yo tenía un traje de noche de Armani y había estado en Japón, en Estonia y en Birmania. Doy por hecho que esas cosas consolaban a mi madre. Unas chicas tenían hijos y otras nos comprábamos ropa de los mismos diseñadores que vestían a las estrellas de cine y conocíamos lugares misteriosos que la mayoría de la población ni siquiera sabría ubicar en el mapa.

Pasó el tiempo, y pasaron otras cosas. Las hijas de las mismas amigas que habían protagonizado pomposas ceremonias en el altar de alguna iglesia pija empezaron a divorciarse, a tener problemas con la custodia de los niños y con el pago de la pensión compensatoria. Tampoco entonces hizo mi madre ningún comentario, pero imagino que se dio cuenta de que, para mi generación, las cosas no eran tan elementales como lo habían sido para la suya. Debió de empezar a ver mi situación con otros ojos. Y mientras yo seguía incrementando mi lista de desengaños y de relaciones fugaces, algunas chicas de mi edad consumían ansiolíticos y pleiteban con el mismo tipo al que habían jurado fidelidad eterna ante doscientas personas. Al menos, yo estaba tranquila en mi inestabilidad.

No sé muy bien qué pensó mi madre al conocer a Miguel. Sólo me dijo «es muy guapo». No comentó nada más, probablemente porque estaba segura de que no volvería a verle el pelo. Cuando su presencia se convirtió en una constante, cuando no dejé de nombrarle pasadas cuatro semanas, cuando se dio cuenta de que esta vez estaba permitiendo que se quedara alguien que, además, deseaba hacerlo, debió de cruzar los dedos y decirse, «bueno, quizá es éste. Quizá ha merecido la pena esperar». Porque, más allá de su buena disposición, a mi madre le gustaba aquel chico. Le gustaba de verdad. No me lo dijo nunca, claro. Pero yo lo sabía. Conocía demasiado bien a mi madre como para que me pasara desapercibida una cosa así.

También sé que le hubiese gustado que nos casáramos aunque, obviamente, jamás de los jamases me preguntó por mis planes de boda. Pero todas las madres, la mía también, quieren ver a sus hijas vestidas de blanco, con un traje carísimo que no van a volver a usar, sosteniendo un ramo hecho hipócritamente de flores de azahar, y convertidas por unas horas en el centro de todas las miradas. En lugar de eso, el único futuro que tímidamente sugeríamos Miguel y yo era el de acabar convertidos en una pareja de DINK's. *Double Income, No Kids.* Ingresos por duplicado, sin hijos. Era una opción que iba ganando adeptos entre hombres y mujeres que habían superado la treintena y que encajaba perfectamente en mi trayectoria vital de personaje egoísta, celoso de su libertad, de su independencia y de su tiempo. Así que mi madre debió resignarse: no iría a mi boda, quizá no tendría nietos míos, pero «al menos» yo había encontrado a alguien dispuesto a cuidar de mí. Porque, aunque llevaba media vida intentando convencerla de que no necesitaba los cuidados de nadie, todas las madres quieren saber que hay alguien dispuesto a ocuparse de sus hijas. Y mi madre excepcional no iba a ser una excepción también en eso.

Admito que si mi madre no hubiese muerto, me hubiese resultado más difícil dejar a Miguel. No por el desconcierto y el disgusto que esa ruptura le hubiera causado a ella, sino porque es más sencillo tomar decisiones drásticas cuando uno se siente desdichado. Si se ha llegado a un grado extremo de amargura, se pierde el miedo a aumentar un poco más la temperatura de la pena. Así que puse punto final a una relación que fue perfecta y que un día empezó a dejar de serlo. Pero ésa es otra cuestión que todavía no estoy en condiciones de abordar.

Hay a mi alrededor muchas parejas que aseguran que son felices. No tengo por qué desconfiar de su versión de las cosas, pero he ido aprendiendo que en la vida no todo es lo que parece, y al pensarlo no puedo evitar el recordar a Laura, y recordar su historia, cuyo verdadero final no conoce nadie más que yo.

Laura trabaja en el departamento de ficción de la editorial con la que colaboro. Fue allí donde la conocí. Una chica estupenda, atractiva, muy lista, con una carrera brillante y un marido muy guapo. Mateo, se llamaba. Hacían una pareja de cine. Salí a cenar con ellos un par de veces. Eran un dúo envidiable. Lo pasaban bien juntos, se reían de las mismas cosas, se miraban por encima de los platos y supongo que hasta se tocaban los pies por debajo de la mesa. Tenían una casa preciosa en las afueras de Madrid, una casa construida en los años veinte que había pertenecido a los padres de Mateo y que habían arreglado entre los dos con muebles traídos de Asia, cortinas hechas de cáñamo y alfombras afganas de nudo finísimo.

Mateo ocupaba un puesto importante en una empresa multinacional de esas que nadie sabe qué fabrican ni a qué se dedican exactamente. Tenía que viajar bastante, y Laura confesaba llevar regular las continuas ausencias de su marido. Hace como año y medio, la empresa de marras celebró en Valencia una especie de congreso o algo así, y Mateo se pasó fuera de Madrid casi toda la semana. Pensaba volver el jueves al final de la tarde, pero perdió el avión de las siete y ya no quedaban plazas en otro vuelo. Cuando llamó a Laura para contarle que tenía que hacer noche en Valencia, ella se cabreó. Mucho, según nos dijo, aunque cuesta trabajo imaginar muy enfadada a una persona como ella, que es de natural pausado y maneras suaves. Pero aquella noche Laura quería ver a su marido, quería dormir con él, quería hacer el amor y comentarle los pequeños acontecimientos de la semana. Y cuando supo que tendría que acostarse sola una noche más, que tendría que aplazar veinticuatro horas el encuentro con Mateo, se enojó más de la cuenta.

Él intentó apaciguarla, pero Laura colgó el teléfono y luego lo desconectó. Mateo intentó arreglar las cosas. Localizó a una secretaria que había viajado a Valencia en coche y que estaba a punto de emprender viaje de vuelta por carretera, y le pidió que le llevara a Madrid. Mateo quería aparecer en plena noche para darle una sorpresa a su mujer. Pero las cosas iban a torcerse: Mateo y aquella chica se salieron en una curva de la autovía y se mataron los dos. Cuando el teléfono sonó de madrugada en casa de Laura, ella ya no estaba enfadada. Sólo esperando que pasasen las horas que la separaban de la llegada de Mateo y de su inmediata reconciliación.

Es fácil imaginar cómo recibió Laura la noticia de la muerte de su marido, y hasta qué punto se sintió culpable de lo ocurrido en aquella carretera entre Valencia y Madrid. Todo el mundo le decía que no debía pensar esas cosas, que el accidente había sido una pura fatalidad. Pero Laura sólo tenía en la cabeza aquella discusión estúpida, los reproches infantiles que había hecho a Mateo y la rabieta que le había llevado a él a cambiar de planes y hacer precipitadamente en coche el camino de regreso que tendría que haber emprendido en avión doce horas después.

Durante el funeral, Laura parecía sólo un bosquejo de la mujer que yo conocía. Tenía el pelo revuelto y los ojos vacíos de toda expresión, los labios pálidos y el rostro hinchado por el llanto. Creo que nunca había visto a nadie tan desesperado. Supongo que la tristeza y la culpa forman una mezcla peligrosa. Su hermano me dijo que había rechazado todos los sedantes que quisieron administrarle, como si estuviese empeñada en asumir hasta la más mínima fracción de dolor, en mortificarse todo lo posible.

Supe por la gente de la editorial que había pedido unos días de baja. Se los dieron sin problemas: en su estado, la pobre Laura era una perfecta inútil desde el punto de vista laboral. No podía concentrarse ni participar en reuniones, de forma que aún iba a ser menos capaz de recomendar libros para su publicación o de tratar con los autores. Se decía que quizá solicitase una baja definitiva. El dinero no iba a faltarle. Mateo tenía un buen seguro de vida, y su empresa, en un raro alarde de magnanimidad, había considerado su muerte como un accidente laboral, de forma que Laura se había convertido en una viuda muy rica. La llamé un par de veces para interesarme por su estado, pero nunca logré entablar con ella algo que pudiera calificarse de conversación. Sólo era posible escuchar sollozos y monosílabos. Me dije que quizá era mejor dejarla en paz durante una temporada, y eso fue lo que hice, aunque a veces me acordaba de lo que le había ocurrido y me preguntaba si algún día aquella mujer podría superar su complejo de culpa e iniciar una vida nueva al margen de la que había tenido al lado de Mateo.

Un día, Silvia me contó que Laura había pasado por la editorial para hablar con los jefes. Al parecer, quería pedir el alta, y también unas vacaciones sin sueldo. Iba a hacer un viaje, dijo. Y así fue. Estuvo desaparecida durante un par de meses. Cuando volvió y le preguntaron cómo se encontraba, dijo tranquilamente que estaba muchísimo mejor, y la verdad es que nadie pudo ponerlo en duda: estaba más delgada y más guapa, se había cortado el pelo y su nuevo estatus de mujer bien situada le había permitido renovar su vestuario, así que la ropa de Zara y Massimo Dutti habían dejado paso a impecables trajes de chaqueta de MaxMara, y los zapatos que compraba rebajados en los muestrarios de Hortaleza, a exquisitas sandalias de Sonia Rykel y Jimmy Choo. Luego me dijeron que también se había cambiado de casa tras vender el chalet de las afueras y comprarse un apartamento de lujo en la zona de Princesa. Había vuelto a hacer vida social y trabajaba más que nunca. Antes de cumplirse un año de la muerte de Mateo, ya estaba viviendo con otro tipo, un autor argentino cuya novela —que había publicado la editorial por sugerencia de la propia Laura— llevaba tres semanas en la lista de libros más vendidos.

No hace falta decir que prácticamente todo el mundo criticó a Laura, y los que, como yo, no lo hicimos en público, fue simplemente por llevar la contraria. Dije a todo el que quiso escucharme que me alegraba de que hubiese sido capaz de superar su desgracia y salir adelante. Pero, en mi fuero interno, a mí también me espantaba la idea de que en sólo nueve meses aquella viuda desconsolada y llorosa hubiese sido capaz de renacer de sus propias cenizas, de empezar otra vida pasando por encima del recuerdo del hombre al que había amado y que se había matado por adelantar unas horas el encuentro con ella. ¿Cómo había conseguido Laura dejar atrás su pena? ¿Qué había hecho para pasar la página del dolor de una forma tan contundente?

Cuando mi madre tuvo su recaída, Laura me llamó varias veces, ofreciéndose incluso a echarme una mano «en cualquier cosa que puedas necesitar». Agradecí su gesto, sobre todo porque llevábamos meses sin hablar. Supongo que, al ser testigo de su milagrosa recuperación, tenía el convencimiento de que Laura se había convertido en una persona distinta a la que yo conocía y, consecuentemente, yo ya no tenía gran cosa que ver con ella. Luego, tras morir mi madre, volvió a ponerse en contacto conmigo, y hablamos por teléfono en un par de ocasiones. Un día me invitó a comer a su casa. Supongo que puse alguna excusa más bien poco convincente, porque la idea de pasar dos horas con ella no me seducía demasiado.

—Venga, Cecilia, anímate... El apartamento tiene unas vistas preciosas y podemos comer en la terraza...

Dije que sí porque no me apetecía seguir inventando disculpas. El día señalado aparecí en la casa con una bandeja de pasteles y un humor no demasiado bueno. Esperaba encontrar a una nueva Laura empeñada en convencerme de lo feliz que era. No sé por qué, imaginaba a su nueva pareja como un mentecato deslenguado, un típico ejemplo de cabeza de chorlito de esos que van dando tumbos por la vida y de vez en cuando apalancan sus culos de artistas en la casa de alguna tontaina vulnerable y generosa, necesitada de afecto o, simplemente, deseosa de compañía. Pues eso era lo que suponía yo: que para convencerse a sí misma de que había reconstruido su vida, Laura precisaba de un hombre que completase el decorado.

Laura me recibió con afecto y me presentó al escritor argentino que ocupaba el lugar de Mateo. Se llamaba Alexis y, en contra de lo que esperaba, lo encontré simpático. No era tan joven como parecía en la foto de las solapas de los libros, llevaba unas gruesas gafas graduadas y tenía un cierto aire de desamparo inteligente. Me contó que llevaba dos años en España, que daba clase en una universidad privada y que ni en sueños había esperado tener éxito con aquella novela que había tardado más de cinco años en escribir. No parecía un bohemio, no era un guaperas de revista ni un gracioso profesional, y ni siquiera abusaba del acento argentino para acentuar su encanto. Me cayó bien. No iba a quedarse a comer: tenía una cita con un periodista, pero esperaba que volviésemos a vernos algún día.

Cuando se fue, Laura me enseñó la casa: un apartamento no demasiado grande, con un dormitorio, un despacho amplio con dos mesas de trabajo que parecía augurar que la relación con el escritor tenía futuro, y una luminosa sala de estar rematada en una terraza. Sin poder evitarlo, intenté identificar en el mobiliario alguna de las piezas que estaban en el chalet que había compartido con Mateo, pero no encontré ninguna. El apartamento estaba decorado en tonos blancos y neutros, y las piezas de decoración se reducían al mínimo indispensable. Las alfombras de artesanía, las pesadas cortinas, los muebles coloniales, los tapices de colores y los adornos llegados de la India habían pasado a formar parte de la historia.

Ayudé a Laura a poner la mesa en la terraza. Había preparado una pasta con salsa de setas que me había gustado mucho la primera vez que la probé, en su antigua casa y en su antigua vida. Aquella pasta parecía ser lo único que quedaba del pasado de Laura. Fue una comida agradable. Hablamos de cosas de la editorial y de algunos conflictos empresariales cuyos entresijos ella conocía bastante mejor que yo. No me habló de Alexis, ni de lo feliz que era con él, como si no necesitase alardear de la nueva bonanza de su vida. No sé por qué, pero me sentía cómoda allí, en aquella casa, donde no había un solo rastro de dolor, una mínima sombra de añoranza, pero tampoco las huellas de una dicha artificial o forzada. Seguía pensando que, al rehacerse tan pronto, Laura había traicionado a Mateo, pero su actitud empezaba a parecerme más digna de admiración que de crítica. En realidad, me hubiera gustado atreverme a preguntar, cómo lo has conseguido, dónde se aprende a olvidar a alguien a quien has querido y que te ha querido, cómo se cierra el telón de una vida perfecta y se empieza una nueva función con un decorado distinto. Porque supongo que habrá que hacer algo más que deshacerse de los muebles de caoba y cambiar las alfombras de dibujos por una moqueta de color crema, algo más que comprar una mesa de estilo zen y unos cuantos grabados japoneses.

El sol se nubló y entramos en la casa para tomar el café. Laura me preguntó por mi estado de ánimo, por la situación de mi familia.

—Lo habréis pasado muy mal.

—Qué te voy a contar yo a ti...

Me arrepentí de la frase en el mismo momento. Era como forzar a Laura a recordar que hubo un tiempo en que ella había sido también una mujer digna de lástima, experta a la fuerza en los códigos del dolor. Ella me sonrió de una forma muy rara que no entendí.

—Sí, al principio lo mío también fue duro. Claro que después las cosas vinieron rodadas.

Empezaba a sentirme incómoda. ¿Qué quería decir Laura? ¿A qué se estaba refiriendo? A ella no le pasó inadvertido mi gesto de extrañeza. Se acarició la nuca antes de seguir hablando: también su peinado era nuevo.

—¿Quieres saber de qué va todo esto, Cecilia? ¿Quieres entender lo que me ha pasado en estos últimos meses?

No sabía qué contestar.

—Mira, Laura, lo que hagas con tu vida es cosa tuya...

—Ésa es una frase hecha. Ya sé que todo el mundo en la editorial me ha puesto a parir. Supongo que tú también, y me importa un bledo. Pero te voy a contar cómo ocurrieron las cosas, ¿vale? Y después puedes seguir pensando lo que quieras. Mira, cuando Mateo murió, creí que iba a volverme loca. Había perdido a la persona que más quería en el mundo, y encima estaba convencida de que la culpa de su accidente la había tenido yo. Después del funeral me encerré en casa sin querer ver a nadie. Me pasé días enteros en la cama. Lo único que hacía era llorar y ver la tele. Y una mañana me llamaron por teléfono. Era alguien que preguntaba por Mateo. Ya había ocurrido más veces, así que no me sentí ni mejor ni peor, conté que había muerto y que yo era su viuda. Me horroriza ese título, su viuda. En fin, que aquel tipo se quedó voladísimo, me pidió disculpas, etc., etc., y luego me explicó que tenía el carnet de identidad de Mateo. Lo cierto es que el puto carnet no aparecía por ningún sitio. No lo llevaba encima en el momento del accidente, ni yo tampoco lo había encontrado en los cajones de casa. La Guardia Civil dijo que era posible que hubiese salido despedido de la cartera a consecuencia del impacto. Y unos días después, aquel hombre telefoneaba para decir que el dichoso carnet de mi marido lo tenía él. Le pregunté desde dónde me llamaba, y me dio el nombre de un hotel rural. Se ofreció a enviarme el documento por correo, pero no quise. Le pedí la dirección, cogí un coche y fui hasta allí...

—¿Tú sola?

—Sí, yo sola. Con los ojos hinchados, siete kilos menos y la cabeza como un bombo. Y, pásmate, por el camino iba bastante tranquila, como si supiera que aquel viaje iba a suponer un antes y un después en mi vida. El hotel estaba a unos cien kilómetros de Madrid, en un desvío de la autovía de Levante... ¿a que ya vas adivinando? Sí, Cecilia, Mateo se había quedado en ese hotel en el viaje de ida a Valencia. No había ido en avión, sino en coche. Con la misma chica con la que se mató. Y la noche del accidente no regresaba a Madrid para darme una sorpresa. Habían dejado una habitación reservada en la casa rural, pensaba pasar la noche allí con su ligue, y volver a Madrid en coche a primera hora de la mañana. Un plan perfecto ¿a que sí? Pero la primera noche el muy memo se dejó el carnet de identidad en la recepción del hotel. De no ser por ese detalle, yo seguiría considerándome culpable de lo que le pasó. Ya ves cómo son las cosas. Todo el mundo piensa que soy la mala de esta historia. Una bruja que en menos de un año se ha olvidado de su marido. Lo que no sabe la gente es que Mateo me lo puso muy fácil. Yo estaba en casa esperando que volviera, y él estaba pisando el acelerador para tirarse cuanto antes a otra tía.

—Laura... no sé qué decirte...

—Ya me lo imagino. Al principio yo tampoco sabía qué hacer, ni qué pensar, ni nada de nada. ¿Conoces a Marina Miranda?

Dije que no.

—Publicó un libro de autoayuda con la editorial. Es psicóloga. Yo la conozco desde hace tiempo, fue novia de mi hermano. Cuando murió Mateo intentó ayudarme, pero no había querido saber nada de ella. La pobre andaba por la casa detrás de mí, con una caja de orfidales en la mano, dándome la tabarra para que bebiese líquido y empeñada en que tenía que dormir. Acabé pidiéndole que se largara, no soportaba tenerla todo el día subida en mi chepa. Por suerte no se enfadó. La llamé aquella misma tarde, al volver a Madrid, y le conté todo. Se portó muy bien. Estuvo varios días viviendo en mi casa, hablando conmigo durante horas y ayudándome a digerir la historia. Luego pedí las vacaciones sin sueldo y me fui de viaje. Fue un consejo de Marina, y me vino muy bien.

—¿Dónde estuviste? —Era una pregunta estúpida, ya lo sé. ¿Qué más daba eso?

—Por Estados Unidos. De costa a costa, en plan *road movie.* Alquilé un coche americano, un Chrevrolet automático de color cereza. Me quedé en los mejores hoteles, comí en los mejores restaurantes y compré un montón de cosas. Gasté un disparate, pero no me arrepiento: entre el seguro de Mateo y la indemnización de la empresa, me llevé casi dos millones de euros. Al volver vendí la casa con todo lo que tenía dentro. No me traje ni un paño de cocina. La familia de Mateo me puso de vuelta y media, pero a mí me traía al fresco lo que dijera aquella gente. De todas formas, nunca les caí demasiado bien.

—¿No les contaste lo que había pasado?

—No ¿para qué? Si la madre de Mateo quiere seguir pensando que su hijo es san Francisco de Asís, yo no tengo ningún inconveniente. Por mí, como si lo canonizan. Yo, a lo mío, a seguir con mi vida y a gastarme los millones haciendo lo que me dé la gana. Ya sé que todos me veis como una mantis religiosa o algo parecido, pero me importa un carajo. Así, con todas las letras. Un carajo. Casi prefiero que piensen que soy una hija de puta que una pobre cornuda que llevaba años creyendo que su matrimonio era perfecto mientras su marido se la pegaba con una secretaria. En cuanto a Alexis, es un tío estupendo que apareció en el momento justo. Al final, Cecilia, he tenido más suerte de lo que la gente se cree y no soy tan mal bicho como todo el mundo piensa.

Nos quedamos calladas las dos. Había empezado a llover, y el suelo rojizo de la terraza brillaba como un espejo.

—Mira qué bien, así no tengo que regar. —Laura sonreía—. Eso de estar pendiente de las plantas es una verdadera lata.

Yo nunca había tenido una terraza, ni un jardín, ni siquiera una maceta, así que no podía opinar. Claro que tampoco había tenido nunca un marido, y eso no me impidió juzgar a Laura sin conocer toda su historia.

—Laura —le dije, por fin—. ¿Por qué me lo has contado?

Ella se puso muy seria para contestar.

—Pues... a ver si sé explicarlo... es por ti, y por lo que le ha pasado a tu madre. No quiero que me veas como un ejemplo, que pienses, «bueno, si ella se ha recuperado tan rápido de la muerte de su marido es que no debe de ser tan difícil tirar para adelante, y si yo no soy capaz de hacerlo como ella es porque soy idiota». Sí que es difícil, Cecilia. Pero a mí me allanaron el camino. Olvidar a una mala persona es más sencillo que olvidar a alguien bueno, y no me importa lo que digan los psicólogos. Esto te lo digo yo.

He vuelto a ver a Laura algunas veces. En la editorial siguen comentando cosas a sus espaldas, y alguien ha empezado a llamarla «la viuda alegre». Yo no estoy autorizada a contar su secreto. Todo lo que puedo hacer es echar mano de aquella frase que nos repetían en el colegio, cuando éramos pequeñas, «antes de juzgar a alguien, intenta conocer sus circunstancias». Me pregunto cuándo, quienes me conocen bien y quienes no me conocen, empezarán a juzgar mi ruptura con Miguel, a unir por su cuenta las piezas del puzle, a opinar sobre lo que nos ha pasado. Y me pregunto si, como Laura, yo seré capaz de decir «me importa un carajo» con la misma seguridad con que ella me lo dijo aquella tarde en que la lluvia le evitó el tener que regar las plantas de la terraza de su casa nueva.

La tarde siguiente llegué a casa de Silvio un poco antes de la hora acostumbrada. Llevaba dos libros para regalar a Lucinda: la enciclopedia de mitología para niños y una edición de *Peter Pan.*

—Aquí tiene... a ver si le gustan.

—Gracias, señorita Cecilia, pensé que no se iba a acordar. Qué bien, tienen la letra grande... como ando mal de la vista...

—Los dibujos los he hecho yo.

En la mirada de Lucinda había una incredulidad ofendida.

—Quite allá, no me mienta.

—Es verdad. Ése es mi trabajo, dibujar para los libros.

Lucinda hojeaba el ejemplar de *Peter Pan* y meneaba la cabeza como si no diera crédito.

—Qué cosas, señorita Cecilia. —No supe a qué se refería—. Ande adentro con el señor Silvio. Hoy les he traído tarta para la merienda, se me van a hartar del bizcocho. Pero tendrán que esperar un poco porque es temprano todavía.

Por las ventanas de la sala entraba un sol dorado que iluminaba la figura de Silvio. El abuelo dormitaba en su sillón, con una manta de viaje sobre las piernas y la cara vuelta hacia la luz de la tarde, como si estuviera buscando el calor del otoño. Intenté acercarme sin hacer ruido, como hacía

Lucinda, y me deslicé hacia el sillón vecino en el que me sentaba todas las tardes. Silvio no se despertó. Pude observar la pureza de aquellos rasgos seniles, la perfecta simetría de su cabeza de patricio, el gesto suavemente contraído por efecto del sueño. Le dejé dormir durante unos minutos. Daba gusto ser testigo de aquella siesta pacífica: ni siquiera roncaba, no se movía... y de pronto se me pasó por la cabeza la idea de que mi amigo estuviese muerto. Por todos los santos. Ocurre muchas veces: un viejo se echa a dormir y ya no se despierta. Todo el mundo, empezando por mí, asegura que es la mejor forma de morirse: una cabezada y hala, directo al limbo. Pero yo no quería que Silvio se muriese, ni siquiera así, de una forma tan envidiable.

—Silvio... —susurré, y en cuanto abrió los ojos me sentí aliviada y también un poco estúpida al haberle arrancado del sueño por pura aprensión.

—¿Estaba roncando?

—No, no —me eché a reir.

—¿Qué hora es? —miró él mismo su reloj—: Ah, las cuatro y media. Hoy has venido antes.

—Sí... perdone que le haya despertado.

—Has hecho bien. No ibas a estar aquí viéndome dormir, ¿eh? Mirar a un viejo que se echa la siesta no es la mejor forma de pasar la tarde.

Dobló la manta que le protegía las rodillas y se levantó —por cierto, con una agilidad notable— para guardarla en un cajón. Creo que era la primera vez que le veía moverse. Lo hacía de forma pausada y elegante, como los ancianos de las películas antiguas. Antes de sentarse tomó la caja de las fotografías, que descansaba sobre un mueble vecino.

—Muy bien. ¿Quieres que siga contándote? ¿Por dónde íbamos? No, no me lo digas...

¿Recuerdas el telegrama que había escrito a Zachary West? Un día después de enviarlo, recibí en mi despacho la llamada de un hombre con acento americano. Me dijo que el señor West me esperaría aquella tarde, después de las siete, en el bar del hotel Palace. Antes de colgar, como si hubiese recordado súbitamente aquella indicación, me dijo, «vaya usted de uniforme».

No puse objeciones a la indumentaria que debía lucir, ni tampoco al lugar de la cita, aunque el bar de un hotel de lujo me parecía el lugar menos apropiado para hablar de cosas serias. En 1945, el bar del Palace estaba tomado por hombres de negocios, extranjeros con aspecto de agentes secretos —seguramente lo eran—, políticos en ejercicio, nuevos ricos y prostitutas caras que bebían champán a cuenta de otro.

Zachary llegó antes que yo, y se sentó en la mesa esquinada que me pareció perfecta para hablar discretamente. Le observé durante unos segundos antes de hacer notar mi presencia: habían transcurrido seis años desde nuestro último encuentro, pero no pude advertir en él cambios notables. No había ganado peso, no había perdido el pelo y conservaba el aire de hombre de mundo que llamaba la atención de todos cuando paseaba por la plaza Mayor de Ribanova arrastrando su cojera de héroe de guerra.

Se puso de pie al advertir mi llegada, y me tendió la mano como anticipándose a cualquier intención de abrazarle. Sentí un relámpago de espanto, pues pensé que la imposición de un saludo formal podía ser un signo de distanciamiento, pero la mirada de Zachary West seguía transmitiendo el afecto de otros tiempos. Supuse que, al estrecharme la mano, mi antiguo amigo sólo pretendía dar a nuestro encuentro un matiz oficial de cara a quienes pudieran observarnos.

—Estás igual —le dije torpemente, mientras el camarero tomaba la comanda.

—En cambio tú pareces distinto. Has cumplido los veintiocho, ¿no es así?

—En mayo. El tiempo pasa para todos —y bajando la voz—: Tengo noticias, pero no sé si es un buen sitio para...

—No te preocupes. Cualquiera que nos vea pensará que estamos haciendo negocios. A eso me dedico ahora, ¿sabes?

—¿Has dejado la embajada?

—¿La embajada? Por favor, ésa fue una etapa que acabó hace siglos... Trabajo en una compañía aeronáutica. La política nunca me ha interesado lo más mínimo.

El camarero nos sirvió las bebidas. West había pedido un combinado para cada uno, y el sabor de la ginebra me vino bien para calmar mi desazón.

—Escucha... se trata de Ithzak Sezsmann.

Mi amigo no cambió su gesto, pero las manos se le crisparon sobre los brazos de la silla que ocupaba.

—Murió en Mauthausen hace más de un año. Recibí la noticia por un preso del campo que consiguió volver a España al acabar la guerra.

Esta vez fue Zachary West quien liquidó su vaso de un solo trago, y luego se pasó por la boca cuidadosamente la servilleta de encaje. Pensé que, observándonos desde lejos, cualquiera hubiera jurado que manteníamos una conversación libre de toda trascendencia.

—Bien —dijo, y me di cuenta de que estaba intentando asimilar la mala nueva—. Bien. Suponíamos que Ithzak estaba muerto. Era casi imposible que hubiese sobrevivido a las deportaciones. Amos murió unos días antes del traslado al gueto... Ithzak consiguió hacerme llegar la noticia. Luego perdimos el contacto... pero ¿has dicho Mauthausen? ¿Cómo fue a parar allí? Normalmente, los habitantes del gueto de Varsovia eran enviados a Treblinka o a Lublin...

—Ese hombre, Font, me contó que pensaba que le habían detenido a pocos kilómetros del campo.

—Debió de escapar del gueto... o quizá de otro campo. Tal vez intentaba llegar a Suiza...

Una voz correosa sonó a nuestras espaldas.

—Miren quién está aquí... si es el hombre de Hughes en persona...

Zachary West necesitó sólo una fracción de segundo para recomponer el gesto y adoptar una expresión de alegre sorpresa social al descubrir a aquel desconocido, un hombre gordo y desagradable que sudaba copiosamente y sostenía con poca gracia una copa de martini.

—Don Sancho Lazaga... le debo una llamada desde hace tiempo.

—Me debe varias —gruñó el otro, que acababa de advertir mi presencia—. ¿No va a presentarme, West?

—Por supuesto. El teniente Rendón, del Ministerio de Asuntos Exteriores. Es hijo de unos viejos amigos. Llevábamos años sin vernos.

—Asuntos Exteriores ¿eh? —Me tendió una mano blanda cuyo contacto me dio verdadera grima—. Tengo algunas amistades por allí. Ya sabe, ahora hay que estar a bien con todo el mundo. En estos tiempos, nunca se sabe quién va a poder abrirte una puerta. ¿No le parece?

El tal Lazaga me guiñaba un ojo como para buscar mi complicidad, pero yo no era tan ducho como Zachary West en el arte de la improvisación, y no sabía muy bien qué cara poner ante aquel súbito arranque de confianza. Por fortuna, Zachary vino en mi ayuda.

—Le invitaría a sentarse con nosotros, pero el teniente tiene que irse.

—Sí... en realidad, necesito pasar por el despacho...

—¿A estas horas? —El otro miraba su reloj de leontina—. Debe de ser usted el único que trabaja en todo el ministerio.

—Puedo llevarle si quiere. —Zachary West pagó la cuenta y recogió su sombrero—. Me viene de camino.

—Váyase, váyase. Es usted muy escurridizo, West. Pero recuerde que tenemos que hablar. Hay un contrato importante con mucho dinero de por medio. Deberíamos vernos lo antes posible...

—Le llamaré, no se preocupe. Cuando quiera, teniente.

Salimos del hotel. Fuera hacía mucho calor, y el uniforme se convertía en una verdadera tortura. Un coche se detuvo delante de nosotros.

—Sube. Iremos a mi casa, ¿de acuerdo? No podíamos quedarnos en el bar. Ese Lazaga es peor que una lapa, no me lo hubiese quitado de encima en toda la noche.

Dentro del coche la temperatura era todavía más agobiante. Hicimos el camino sin hablar. Supongo que Zachary estaría dando vueltas a la muerte oficial de Ithzak. En cuanto a mí, me encontraba demasiado desconcertado. ¿A qué venían tantos misterios? ¿Por qué Zachary había fingido no acordarse de su etapa como diplomático? Y ¿cómo le había llamado Lazaga? «El hombre de Hughes», había dicho.

West seguía viviendo en la misma casa, al principio del paseo de la Castellana. Sin embargo, no parecía quedar allí ninguno de aquellos sirvientes sombríos que daban al lugar un aire gótico. Nos abrió la puerta una criada de ademanes rurales, más parecida a las muchachas de mi casa en Ribanova que a la doncella estirada que años atrás nos servía el desayuno con los guantes inmaculados y la cofia tiesa de almidón.

—Vamos al jardín. Estaremos más frescos. Puedes quitarte la guerrera, aquí nadie espera que observes la disciplina militar.

Nos sentamos en el cenador, bajo la pérgola, donde tantas veces habíamos jugado de niños Elijah y yo. Había muchas cosas que deseaba preguntar a Zachary West. De pronto sentí la urgencia de recuperar los ocho años perdidos, pero el camino de regreso al pasado es largo y difícil, y resulta complicado recorrerlo. Un criado al que tampoco conocía nos trajo una jarra de limonada. West no habló hasta que estuvimos completamente solos.

—Pobre Ithzak.... No es que me sorprenda la noticia, le daba por muerto desde el principio. Cuando supe que todos los judíos iban a ser trasladados al gueto, pensé que no resistiría allí más de una semana. Era un chico frágil, ¿recuerdas? Amos le crió entre algodones. Me choca que fuera capaz de seguir vivo durante casi cuatro años. Es mucho tiempo para cualquiera, pero casi una eternidad para alguien como Ithzak.

—El hombre que me habló de Ithzak también estuvo allí. Me contó cosas espantosas.

West compuso una sonrisa amarga.

—No nos dará la vida para asimilar lo que ocurrió en los campos, Silvio. —Zachary no me miraba al hablar, y ahora su voz sonaba ronca y gastada—. Pasarán los siglos, y si el hombre no ha perdido la conciencia, continuará horrorizándose cuando escuche hablar de lo que hicieron los nazis. Lo que tú sabes es sólo una pequeña parte de todo lo que sucedió en los campos de exterminio. No sólo fue Mauthausen, Silvio. Había muchos más. Sobibor. Sachenhausen. Buchenwald. Ravensbrük. Y Auschwitz, por supuesto. —Tomó una campanilla que había sobre la mesa y la hizo sonar. Apareció el mismo criado que nos había servido las bebidas, y en inglés Zachary le pidió que le trajese una carpeta que estaba en su despacho—. Voy a enseñarte una cosa. Algo que, por distintas razones, sé que va a interesarte mucho.

No volvió a hablar hasta que regresó el criado con el portafolios que había pedido. Zachary lo abrió y sacó unas fotos que miró unos segundos antes de mostrarme.

—Echa un vistazo, ¿quieres?

Ahora creo que mi amigo debió haberme advertido de lo que iba a encontrar antes de enseñarme aquellos retratos que representaban a verdaderos muertos vivientes de ojos espantados, tendidos de cualquier modo en camastros inmundos, vestidos todos con el mismo traje de dril, tocados con ridículos bonetes a rayas. Eran fotos de los campos, fotos de muertos y de vivos, de cadáveres amontonados que los nazis no habían tenido tiempo de llevar a los hornos crematorios. Eran retratos de personas despojadas de su condición humana, esqueletos que miraban a la cámara con una mezcla de terror y de mudo reproche en un gesto que parecía decir, a qué estabais esperando, qué creíais que estaba pasando aquí, qué imaginabais que os ibais a encontrar, por qué no hicisteis nada para ayudarnos. Sentí un golpe de calor en la cara y pensé que iba a desmayarme.

—Están tomadas en Auschwitz, el día de la liberación del campo. ¿Sabes quién hizo estas fotos? Fue tu hermano, Efraín.

—¿Efraín? No puede ser. Mi madre me dijo que se había trasladado a una isla... creo que era El Hierro... le habían encargado un trabajo para una revista de Estados Unidos.

—Ya. Eso fue lo que les contó a tus padres para que no se preocuparan. Durante los últimos meses, tu hermano ha servido como reportero de guerra siguiendo el avance del ejército americano para una agencia internacional. Fue uno de los primeros fotógrafos en entrar en Auschwitz. Él mismo me entregó estas copias.

Volví a mirar aquellas fotos, esta vez sintiendo una punzada de orgullo al saberlas obra de Efraín. Aquel bebé llorón de cuya llegada había abominado veinte años atrás se había convertido en un hombre. Casi inmediatamente me invadió el alma una tristeza intensísima: el autor de los terribles documentos que tenía entre las manos era para mí alguien extraño y ajeno, un ser al que no conocía y del que, por voluntad propia, había permanecido alejado durante todo este tiempo. Volví a meter los retratos en la carpeta y se la devolví a Zachary.

—¿Te encuentras bien? —me dijo.

—En realidad, no.

—Bebe un poco. Es este calor del demonio, que acaba con cualquiera.

—No, Zachary, no es el calor. Ni siquiera esas fotos. Soy yo.

La noche se había cerrado sobre nosotros. El criado regresó para encender dos lámparas de bujía que iluminaron débilmente el cenador. Las restricciones eléctricas que aún pesaban sobre la ciudad no permitían utilizar las farolas del jardín. Estuvimos un rato sin hablar, respirando un aire que estaba volviéndose un poco más fresco. Pude notar el perfume intenso de las madreselvas que crecían en las columnas de la pérgola. A lo lejos, en el estanque, me pareció que croaba una rana. Un pájaro se agitó en las ramas de un árbol vecino buscando refugio. Fue un instante extraño. Allí, en aquel jardín en el corazón de la ciudad, oliendo a flores, disfrutando del silencio sólo roto por algunos ruidos animales, Zachary West y yo sabíamos que lo que dijésemos a continuación podía variar el rumbo de las vidas de ambos. Y, sobre todo, hacer virar la mía para recuperar la buena dirección después de haber navegado a la deriva durante ocho largos años.

—¿Cuántos murieron? —pregunté por fin.

—¿En los campos? Nadie lo sabe. Se habla de cientos de miles. Han empezado a hacer listas de víctimas, pero la cifra exacta no se conocerá nunca.

—Me pregunto a cuántos habría podido salvar hace cinco años, cuando me pediste ayuda.

Zachary me detuvo con un gesto.

—No pienses en eso. Posiblemente, tu colaboración no hubiese valido de nada. Las fronteras polacas estaban mejor controladas por los alemanes de lo que creíamos. En aquel momento pensamos que unos cuantos pasaportes podían ser de utilidad, pero finalmente sólo salieron de Polonia los que lo hicieron de forma completamente clandestina. Quizá te hubieses arriesgado en balde.

Aquello no me consoló. No me pesaba únicamente mi negativa a colaborar. También tenía sobre mí, como una losa, mi indiferencia, mi incredulidad, mi cómoda estupidez, mi firme intención de seguir ignorando una realidad terrible y demasiado próxima.

—¿Qué va a pasar ahora? Con los nazis, quiero decir.

—Los jerarcas del movimiento están detenidos. En otoño, los aliados celebrarán un juicio en Nuremberg. Habrá algunas condenas...

—¿Algunas?

Zachary se pasó un pañuelo por la frente.

—Sí, Silvio. No quiero hacerme ilusiones. No creo que gente como Goering o como Ribbentrop vayan a salir bien parados, pero ten la completa seguridad de que sólo las cabezas visibles del partido nazi y de las SS van a soportar penas severas. Muchos mandos intermedios ni siquiera pisarán la cárcel. Y los demás tardarán sólo unos meses en volver a sus vidas. La mayor parte de los guardianes de los campos, de los torturadores, de los agentes de la Gestapo que organizaban las *razzias* periódicas en los guetos, no van a tener un castigo.

—No entiendo nada...

—¿Sabes cuál es el problema? Que son demasiados. Sí, Silvio. Un gran porcentaje de la población de Alemania participó de alguna forma en las operaciones de exterminio. ¿Qué pueden hacer los aliados? ¿Buscar hasta al último de ellos para condenarlos a todos? ¿Quién reconstruiría el país, cómo volvería Alemania a la vida normal? Más vale aceptarlo: es necesario que nos pongamos una venda en los ojos para asimilar la reinserción de parte de los culpables. Dentro de unos años, los que torturaron a Ithzak Sezsmann vivirán plácidamente en algún pueblecito de la Selva Negra, tendrán sus trabajos o sus negocios y serán considerados ciudadanos ejemplares. Ése es el precio que habrá que pagar para reconstruir el mundo después de la guerra. Fingir que somos sordos, ciegos y mudos.

Zachary se puso de pie y pensé que estaba dando por terminada nuestra reunión, pero me equivocaba.

—¿Tienes hambre? Son más de las diez, y no acostumbro a cenar tan tarde. Voy a pedir que nos preparen algo para comer.

Entró en la casa, y al poco volvió seguido por un criado que llevaba una bandeja con bocadillos. Yo no tenía ganas de nada, pero comí espoleado por el buen apetito de Zachary West.

—Háblame de Elijah —le pedí—. ¿Qué ha hecho estos años?

—Terminar los estudios y lamentarse por no haber ido al frente. No niego que fui yo quien lo impidió. Tengo amigos en el Estado Mayor y evité que fuese llamado a filas. Yo ya he vivido una guerra, y a ti te tocó otra. No iba a permitir que Elijah pasase por lo mismo. Aún no me ha perdonado, pero es arquitecto y trabaja en Nueva York, así que no me importa que me guarde rencor por haber saboteado su alistamiento. Ya se le pasará.

—¿Y Hannah Bilak?

—Conseguí sacarla de Polonia poco después de la invasión. Ithzak podía haber salido con ella, pero ya sabes que no quería dejar a su padre. Cuando Amos murió, fue tarde para ayudarle a huir. Debieron de trasladarle al gueto con todos los demás. Supongo que consiguió escapar, quizá durante la insurrección del 43, o antes tal vez. Lo que no entiendo es por qué no se quedó escondido en alguna casa de Varsovia, como hicieron otros. Prefiero no imaginar cómo se organizó. Seguro que estuvo dando tumbos de un lado a otro, caminando campo a través, perdido, sin orientación y con poca ayuda... un chiquillo como Ithzak no estaba preparado para una aventura así. Pero ¿a quién se le ocurre entrar en territorio austríaco?

—Seguro que sólo pensaba en reunirse con Hannah cuanto antes...

—Pues entonces debió haberse quedado quietecito esperando tiempos mejores, y tal vez hubiera tenido alguna posibilidad. —Me pareció que se le empañaban los ojos, pero había tan poca luz que no puedo asegurarlo—. Pobre Ithzak. Y pobre Hannah. Aunque no lo reconoce, aún conservaba la esperanza de que Sezsmann siguiese con vida.

—¿Donde está ahora?

—Vive en Baltimore, con su madre. La señora Griessmer llegó a Estados Unidos unos meses antes que Hannah. Las cosas no han sido fáciles para ella. Te conté que su marido la había abandonado cuando se intensificó la persecución a los judíos, ¿verdad? Pues él y sus dos hijos murieron en el bombardeo de Dresde.

Habían pasado trece años desde aquel verano en Varsovia, pero no había olvidado a Edith Griessmer. No quería imaginar los estragos que el tiempo y las desdichas habrían hecho en su rostro. Prefería recordarla como era entonces, vestida de azul, luciendo un peinado a la moda y la sonrisa radiante que no había sido capaz de encontrar en ninguna otra mujer. Zachary me contó que Hannah había obtenido un diploma de enfermera, y trabajaba en un hospital de Baltimore.

—Elijah ha ido a visitarlas varias veces. Están bastante bien. Tendré que ponerme en contacto con Hannah para darle las malas noticias. Le resultará duro saber que Ithzak ha muerto, pero es mejor así. Espero que ahora se decida a rehacer su vida. Está muy guapa, ¿sabes? Elijah dice que la mitad de los hombres de Baltimore quieren casarse con ella.

Un criado retiró la bandeja de los bocadillos y nos trajo dulces y café. Zachary sirvió las tazas.

—¿Y qué me cuentas de ti, Zachary? ¿Qué es eso de que has dejado la embajada? ¿Y por qué dices que no te gusta la política, si recuerdo que no había nada que te interesara más? ¿De verdad trabajas para una corporación?

Mi amigo dejó en la mesa la taza de café que sostenía, y luego me miró gravemente.

—Han cambiado algunas cosas. Silvio... Hace seis años te pedí una ayuda que me negaste... Entonces tenías tus motivos y sé que ahora piensas de forma diferente. Por eso estás aquí. Pero quiero saber si esta vez puedo contar contigo, porque te necesito de nuevo.

—Estoy a tus órdenes.

—Ni siquiera sabes lo que voy a pedirte.

—Da igual.

—Entonces, escucha...

Supongo que ya lo habrás adivinado, pero Zachary West era un espía. Había empezado a trabajar para los servicios secretos de su país al término de la primera guerra mundial. Su cargo en la embajada americana de Madrid era una tapadera cómoda que le permitía viajar sin problemas por España y por otros lugares de Europa, y la lesión de su pierna (en realidad, bastante menos aparatosa de lo que pensábamos todos) le convertía a los ojos de los demás en un inofensivo lisiado ideal para no levantar sospechas. Según me contó, en un principio se le encomendaron misiones más bien sencillas, hasta que un día de 1926, en mitad de la noche, recibió la visita de uno de sus superiores americanos. Querían encargarle un trabajo de mayor enjundia e iban a enviarle a Alemania. Fue entonces cuando se produjo el misterioso traslado de Elijah a Ribanova. Por primera vez, Zachary tuvo la sensación de que su vida podía correr peligro, y por eso prefirió no dejar a su hijo a merced de los acontecimientos. Si algo malo ocurría, Elijah estaría mejor en nuestra casa que con media docena de criados. Recordé con una sonrisa aquellas cartas sin sobre que mi padre entregaba al bueno de Elijah, y cómo yo había tramado un plan para interceptar la correspondencia de mi amigo y averiguar así el lugar exacto en el que se encontraba su padre.

Zachary West había sido enviado a Alemania para hacer un seguimiento de la actividad del partido nazi. Durante años viajó regularmente al país para elaborar larguísimos memorándums que recogían nombres concretos e informaciones oficiales, pero también comentarios escuchados en fiestas y rumores que circulaban por los cafés. Aquellas idas y venidas se sucedieron hasta la victoria electoral de Hitler, que no sorprendió a nadie que estuviese al tanto de los entresijos de la política alemana: la extrema popularidad de la que gozaba el partido nazi tenía que reflejarse en las urnas.

Durante sus viajes a Berlín, Zachary había conocido de primera mano los planes antisemitas de Hitler, y pudo así anticiparse y colaborar con algunas asociaciones americanas de judíos que aconsejaron a los suyos abandonar Alemania cuanto antes. Después, cuando estalló la guerra, mi amigo siguió trabajando para los servicios secretos, esta vez proporcionando apoyo material a la resistencia en Francia. Ahora acababa de incorporarse a su nuevo destino en Madrid para pasar información sobre el gobierno de Franco. Estaba oficialmente desvinculado de cualquier labor diplomática, y se le había buscado una nueva tapadera profesional: era representante en España de una compañía aeronáutica propiedad del magnate Howard Hughes.

—No puedes imaginar la libertad de movimientos y las posibilidades de husmear en todos los ambientes que tienen en este país los hombres de negocios.

Imaginé que Zachary West iba a pedirme alguna cosa relacionada con el ministerio: papeles, contactos, qué se yo. Decidí que pondría a su disposición cualquier documento que solicitara. En cuarenta y ocho horas, lo que había sido mi vida en los últimos años había dado un vuelco completo. Muchas cosas habían dejado de importarme, y experimentaba un deseo acuciante de volver a formar parte de un mundo al que había renunciado. Quería que Zachary recuperase la confianza en mí. Quería volver a ver a Elijah, quería escribir a Hannah Bilak una carta larguísima en mi inglés oxidado que ahora, ya sí, ella podría leer. Todo lo demás había perdido trascendencia. Se me estaba dando la oportunidad de recuperar mi pasado.

—Muy bien. Dime qué necesitas del ministerio. Te advierto que no soy un personaje influyente, pero estoy bien considerado y puedo conseguir...

A pesar de la oscuridad, pude ver que Zachary abría los ojos en señal de sorpresa.

—¿Qué estás diciendo? No se trata de eso. Mi trabajo en los servicios secretos es asunto mío, y jamás te comprometería en él. No tienes ninguna obligación con la inteligencia estadounidense. Te he contado esto para ponerte en antecedentes. Pero en los últimos tiempos me he buscado una ocupación que se complementa con mi labor para los servicios secretos y que ejerzo, digámosolo así, de forma oficiosa. Y es ahí donde puedes ayudarme.

Me sentía completamente despistado.

—Verás... hace algunos meses que manejo informaciones fiables acerca de los planes de muchos jefes nazis que no fueron detenidos tras la victoria aliada. Algunos de ellos piensan establecerse en España. El gobierno de Franco va a convertir tu país en una especie de santuario para miembros del partido y altos mandos de las SS.

—Pero eso no es posible, Zachary... en cuanto se sepa lo que ha ocurrido en los campos, cuando se publiquen esas fotos, no creo que nadie esté dispuesto a ofrecer asilo a...

—No seas ingenuo, Silvio. Los españoles tardarán muchos años en poder ver imágenes de Auschwitz. Además, Franco y los suyos estaban al tanto de la existencia de los campos de exterminio. Incluso de la presencia de compatriotas en ellos. Se intentó presionar a Serrano Súñer para que solicitase la liberación de los presos republicanos españoles que se encontraban en Mauthausen o en Treblinka, pero fue inútil. El gobierno de Franco se ha dado la mano con Adolf Hitler demasiadas veces. Y ahora que las cosas se han complicado para los alemanes, sus amigos españoles están preparándoles un retiro tranquilo.

Zachary West me contó que estaban constituyéndose distintas organizaciones con el propósito de localizar a los miembros del partido nazi, los oficiales de las SS o los agentes de la Gestapo que permanecían ocultos desde el final de la guerra. Muchos habían conseguido llegar a Suiza. Otros estaban en Austria, en Italia, en Francia. Algunos tenían una nueva identidad, pero otros estaban camino de empezar otra vida sin ni siquiera cambiarse el nombre. Lo que West y los suyos pretendían era identificar a los criminales huidos y ponerlos a disposición de la justicia, pues sabían que las administraciones de muchos países estarían dispuestas a colaborar para detener a los antiguos nazis que se encontrasen en sus territorios. Pero no esperaban semejante ayuda por parte de Franco.

—Precisamente ahí entro yo. En España habrá que hacer las cosas de otro modo. En primer lugar, actuaremos desde la clandestinidad. Y me temo que habrá que utilizar métodos que a veces serán no del todo ortodoxos. ¿Me sigues?

—Más o menos.

—Silvio, dentro de unos meses el gobierno de Franco empezará a tramitar permisos de residencia y visados especiales que se entregarán a capitostes del partido nazi y a altos oficiales de las SS. Mucha documentación pasará por tu ministerio. Necesito que me tengas informado de todo lo concerniente a esas personas: dónde piensan instalarse, si se les va a dar una identidad nueva, si van emprender negocios... cualquier cosa que nos sirva para tenerles controlados mientras se encuentren aquí. ¿Podrás hacerlo?

—Supongo que sí.

—Me imagino que eres consciente de que hay riesgos.

—Claro.

Me hubiera venido bien una copa, pero no me atreví a pedirla. Zachary encendió un cigarro y me ofreció otro a mí. Fumamos en silencio, y me pareció que el calor había dejado de ser insoportable.

—¿Sabes una cosa, Silvio? No sólo Franco sabía lo que pasaba en los campos. Hubo algunos judíos, pocos, que consiguieron fugarse y llegar a Londres para contar lo que estaba ocurriendo. Pero nadie actuó. Y hubiese sido fácil. Bastaba con bombardear las líneas férreas que unían algunas ciudades con los centros de exterminio. Tan sencillo como eso. Cortar el paso de los trenes, y se acabó. Pero los aliados estaban demasiado ocupados intentando ganar la guerra como para interesarse por un montón de judíos conducidos al matadero. Se consideró la política antisemita como un problema menor. Una gota de agua en el maldito océano de la guerra. Pero pasará el tiempo, Silvio. Transcurrirán los años y el mundo tendrá que sobrevivir a la vergüenza de haber dejado a Hitler actuar a sus anchas. Porque no podremos defendernos hablando de ignorancia. Sabíamos lo que ocurría y cuál era la forma de actuar. Y no quisimos hacerlo. La comunidad judía pidió incluso la ayuda del Vaticano...

—Pero, Zachary, ¿qué hubiera podido hacer el Papa frente a Hitler?

—Anunciar la excomunión de los que participasen en el exterminio, por ejemplo. Pero, claro, Pío XII debió de pensar que el asesinato de judíos estaba fuera del negociado de la Santa Iglesia Católica. Ahí tienes otro motivo de bochorno para los gentiles. El jefe supremo de la Iglesia de Roma miraba para otro lado mientras los nazis acababan con miles de personas. Eso sí, la mayoría eran hijos del pueblo de Israel. Así que debieron de considerar que sus vidas no valían gran cosa.

Aquella noche permanecí en la casa hasta muy tarde. Zachary y yo nos dejamos llevar por la nostalgia, y pasamos un par de horas recordando otros tiempos mejores, cuando nuestras vidas eran distintas, cuando Elijah y yo éramos unos niños con un futuro espléndido por delante. Hicimos memoria de nuestros primeros tiempos de amistad, de los primeros viajes, del encuentro con los Sezsmann. Los dos evocamos al viejo y querido Amos, y creo que escuchamos en nuestras cabezas el sonido de su violín, aquel violín que cobraba vida en cuanto lo rozaba con sus dedos. Recordamos las calles de Varsovia, los edificios de colores cercanos al castillo, los cafés de la plaza del Mercado y las avenidas del parque Saski, donde yo había visto a Hannah Bilak por primera vez, con sus trenzas de colegiala y las mejillas encendidas por la llegada del amor. Aquel mundo ya no existía. Varsovia había quedado reducida a un montón de escombros tras la ocupación alemana, y de las personas que habíamos sido todos —Hannah, Ithzak, Elijah, yo— no quedaban más que un puñado de fotografías y todo lo que tuviese a bien brindarnos la memoria en un futuro próximo. Aquella noche pensé que quizá, algún día, me sería imposible reconstruir la fisonomía de la ciudad de los Sezsmann, que acabaría olvidando a la niña que había sido Hannah Bilak y también a los jóvenes venturosos que fuimos en otro tiempo mis amigos y yo. Que el paso del tiempo y la llegada de una época difícil acabaría arrasándolo todo, como las bombas de los nazis habían arrasado los palacios de Varsovia. Entonces no sabía que la memoria desarrolla un mecanismo para defender los buenos recuerdos de las asechanzas del olvido, y que lucha por preservar todas aquellas cosas buenas que servirán para reconstruir nuestras vidas. Los recuerdos de un tiempo mejor pueden parecer dolorosos, pero uno descubre que son también el único andamiaje para sobrevivir a la pérdida.

En algún momento, Zachary me habló de Efraín y de cómo había conseguido convertirse en reportero de guerra. El trabajo que desempeñaba como fotógrafo del diario de Ribanova había adquirido una cierta trascendencia, y un día mi hermano llamó a su padrino para pedirle ayuda: quería una recomendación para encontrar trabajo en otro lugar, más allá de las murallas de Ribanova, que parecían limitar el horizonte y la vida. Zachary le había puesto en contacto con el responsable en París de una agencia periodística americana. Efraín le envió una carpeta con sus fotos, y le hicieron un primer encargo: un reportaje gráfico de la actividad de un puerto de mar. Luego vinieron otros trabajos, y finalmente la oportunidad de seguir el avance de las tropas estadounidenses en los últimos meses de la guerra.

—Las fotos de tu hermano han aparecido en las portadas de muchos periódicos... es una pena que tus padres no estén al tanto, pero creo que Efraín prefiere no preocuparles. Si hubieran sabido que estaba en el frente... en una guerra, el trabajo de reportero puede ser tan peligroso como el de los propios soldados.

—¿Sabes dónde se encuentra ahora?

—Según tu pobre madre, en El Hierro —Zachary se rió—, pero, entre tú y yo, te diré que está trabajando para la agencia Magnum, haciendo fotografías de los campos de prisioneros. Va a quedarse en Alemania hasta el otoño, para asistir a los juicios de Nuremberg.

Al escuchar el relato de las andanzas de mi hermano, volví a lamentar haberlas ignorado durante tanto tiempo. Efraín había crecido a mis espaldas, se había hecho adulto, había modelado su futuro y escogido el camino de su vida. De pronto reparé en que era mi hermano el que estaba viviendo la existencia que parecía reservada para mí: una vida de emociones, llena de experiencias, prometedora e intensa. Era yo quien se había anclado a conciencia en una rutina mediocre y provinciana después de haber vivido una envidiable adolescencia recorriendo Europa, hablando en otro idioma y conociendo el mundo exquisito de la alta burguesía internacional. Y mientras Efraín, mi hermano menor, que sólo salía de Ribanova para pasar un par de semanas en un hotel de la costa del Cantábrico, que no conocía más lenguas que la suya propia, había sido capaz de labrarse un camino digno de admiración, sin más ayuda que su talento y la vieja cámara de fotos que le había regalado su padrino cuando no era más que un crío. No era envidia lo que sentía por Efraín. Era una profunda vergüenza de mí mismo.

—¿Puedes darme su dirección? La de Efraín, quiero decir. Me gustaría escribirle.

—Claro. Pero es mejor que mandes tus cartas a la agencia, ellos se las harán llegar.

—También quiero escribir a Elijah. ¿Crees que...?

—Silvio, mi hijo sigue acordándose de ti. Fuisteis como hermanos durante más de diez años. Estará feliz cuando recuperéis el contacto. Y más ahora, que está a punto de casarse.

—¿Elijah? Vaya, ésta sí que es una noticia.

—Su novia se llama Mary Jo Connors. La conoció hace meses y acaban de comprometerse. Una buena chica. Celebrarán la boda en primavera: una ceremonia en San Patricio y la fiesta en el Waldorf Astoria. Todo de muy buen tono y muy previsible. Hasta tienen una exposición de regalos en unos grandes almacenes. Cosas de la familia de ella.

Me hizo gracia imaginar a Elijah involucrado en los preparativos de una boda de postín, pero más aún el saber que estaba enamorado y dispuesto a casarse. Yo ni siquiera había pensado en eso. Llevaba unos meses saliendo con una chica muy guapa, bastante más joven que yo, hija de uno de mis superiores en el ministerio, pero me gustaba pensar que no éramos novios formales ni nada parecido. Aunque, en el fondo, sabía que aquella muchacha soñaba con lo mismo que todas las chicas de la España de entonces: un traje blanco, un ajuar y un montón de regalos enviados por parientes y amigos.

—La boda de Elijah puede ser un buen momento para que volváis a encontraros. No creo que él pueda venir a España en los próximos meses, tiene mucho trabajo en el estudio de arquitectura, y además está la dichosa preparación de la ceremonia y la fiesta.

—¿Viajar a Nueva York? Me encantaría, Zachary, pero me temo que no voy a poder.

—Bueno, ya veremos. Nos ocuparemos de eso en su momento. —Me puso la mano en el brazo—. Lo importante es que te hemos recuperado. Y espero que esta vez sea para siempre.

Era casi de día cuando dejé la casa de Zachary West. Él mismo me acompañó a la puerta, y allí nos despedimos con el abrazo que no habíamos podido darnos aquella tarde, en el bar del Palace. Regresé caminado a mi casa sintiendo que había comenzado una etapa nueva. Que había llegado el momento de empezar otra vez.

«No existe un dolor mayor que recordar el tiempo feliz en la desdicha.» Es un verso de la *Divina Comedia.* Leí a Dante en la universidad, cuando no tenía más motivos para sentirme desgraciada que el fracaso en un examen o algún batacazo amoroso sin consecuencias. Creí entender aquella afirmación, que atesoré en medio de un mal presagio, segura de que algún día iba a recordarla con el corazón encogido. Cuando llegó mi mala hora, el verso de Dante se me vino a la cabeza muchas veces. Pero esta tarde, después de hablar con Silvio, empecé a pensar que quizá me había equivocado. Que aquel verso, atesorado con cierta sevicia, rememorado entre lágrimas, manoseado por mí quizá para regodearme en mi propia tristeza, podía no tener tanto sentido. Porque Silvio me había dado otra visión de las cosas cuando me dijo que los buenos recuerdos son una especie de tabla de náufrago a la que agarrarnos en los peores momentos, «el único andamiaje para sobrevivir a la pérdida», había sido su expresión. Supongo que debe de ser difícil seguir adelante cuando lo único que uno tiene para apoyarse es una pobre colección de amarguras.

Los buenos recuerdos iluminan la ausencia y aunque a veces agudizan el dolor, en otras ocasiones lo dulcifican y proporcionan al espíritu una serenidad misteriosa, como si se intuyese que el sufrimiento merece la pena. Supongo que uno llega a esa conclusión cuando ha sido capaz de aprender a administrar la tristeza, a manejar el lenguaje cifrado de la pena. Cuando mi madre murió, durante muchas semanas la memoria de lo vivido juntas sólo servía para atizar mi desesperación. Aquellos retazos de un tiempo feliz llegaban a mi cabeza para desestabilizarme, pues lo único que sentía era la conciencia de todo lo que había perdido para siempre, de todo lo que mi madre se había llevado consigo. Me dolía mirar sus fotos, contemplar sus objetos personales, repasar mentalmente algunos momentos felices. Así que intenté arrinconar un montón de cosas buenas en el lado más profundo del cerebro, no sé si para olvidarlas, pero sí con la intención de mantenerlas a raya para que no perturbasen mi tranquilidad, para que no me empujasen hasta la zona peor del territorio de la nostalgia. Ahora he superado esa fase del dolor, e intento recuperar cada recuerdo de mi madre, de los más grandes hasta los más insignificantes, para reconstruir lo que fue nuestra vida, pero, sobre todo, para reconstruir mi vida futura desde la protección de un pasado feliz. Ése es parte de su legado: el armazón de los buenos recuerdos, que me será indispensable para empezar otra vez.

Cuando la enfermedad de mi madre fue diagnosticada, y a pesar de que el oncólogo de Madrid fue optimista con respecto a las perspectivas de supervivencia, cada uno de nosotros (mi madre la primera) supo que nuestro tiempo juntos había sido bárbaramente recortado. Nunca hablamos de eso. ¿De qué hubiera servido? Sin embargo, estoy segura de que individualmente firmamos un pacto secreto para aprovechar al máximo los días que nos quedaban. Sinceramente, creo que mi madre, mi hermana y yo sacamos a ese tiempo más partido que nadie, quizá porque las mujeres tenemos una especial capacidad para ese tipo de cosas. Es el sentido práctico que nos regala la naturaleza lo que nos permite sopesar, valorar con un rigor casi matemático algunas coordenadas de difícil medida. Como el tiempo por venir. Como el tiempo que queda y que se va acortando dolorosamente a cada minuto que pasa.

Cuando mi madre fue desahuciada, en el mes de mayo de 2003, el médico que la trataba en Lugo sólo hablaba de muerte inminente, de cuidados paliativos y una sucesión de horrores cuya sola mención nos secaba la boca y enflaquecía nuestro ánimo. Aquellos días fueron espantosos, porque no encontramos en los doctores el menor atisbo de piedad a la hora de hablar con nosotros. No puedo olvidar la forma en que aquel médico me confirmó que mi madre tenía cáncer, mientras caminaba por el pasillo, sin detenerse, yo trotando a su lado, él mirando las notas de su próxima visita, y ahora no entiendo por qué no le obligué a pararse, a mirarme a la cara, pedazo de cabrón, hijo de puta, emplea un poco de tu tiempo en decir las cosas como es debido, en comunicar a una hija que su madre va a morirse, háblame de tratamientos, de fármacos, no quiero que me cuentes milongas pero tengo derecho a exigirte cinco minutos en un lugar tranquilo donde pueda hacer preguntas y recibir respuestas. Pero no hice nada, salvo caminar junto a él llena de mansedumbre, dirigiéndole miradas suplicantes, hasta que se metió en un ascensor. En los hospitales, frente a los médicos, hasta las personas más enérgicas sufren una curiosa variante del síndrome de Estocolmo: sentimos que la vida, la nuestra o la de alguien querido, está en las manos de esos seres de bata blanca, y que sólo de su voluntad depende que cada historia tenga o no un final feliz. Por eso, aquella mañana del mes de mayo, no me enfrenté a aquel tipo. Cuando se cerraron las puertas del ascensor me quedé de pie, en un pasillo que apestaba a lejía, desorientada y triste, espantosamente sola.

Para mi madre, su enfermedad fue también una ocasión de descubrir que sus hijas habían madurado, que ya no eran dos niñas sino dos mujeres a quienes el amor por ella iba a dar el valor necesario para enfrentarse a cualquier cosa. Porque, desde el primer momento, mi hermana y yo tomamos las riendas de todo. Mi padre y mi hermano estaban demasiado aturdidos como para reaccionar. En el fondo, los hombres son mucho más cobardes que nosotras. El dolor físico les aterra, y la idea de ver sufrir a alguien querido produce en ellos un efecto paralizante. En el caso de las mujeres es distinto: todas esas cosas nos galvanizan. Eso fue lo que nos ocurrió a Lidia y a mí. La pena y el propio miedo nos hicieron más fuertes de lo que nunca hubiéramos creído ser.

Mi madre estaba orgullosa de que hubiéramos sabido reaccionar del modo correcto. Cuando, tras muchas pesquisas, Lidia y yo localizamos el sitio perfecto para que fuese tratada, llegó el momento de hablar con ella para plantearle un traslado a Madrid. Recuerdo que era un cálido mediodía de mayo, y ella estaba en Lugo, ingresada en aquel hospital donde le hacían las pruebas a cuentagotas y recogían su orina en un vaso de café. Entramos en su habitación, le explicamos cómo estaban las cosas, la poca confianza que nos inspiraban aquellos médicos, la lentitud exasperante de los exámenes, la escasa esperanza que tenían de encontrar un tratamiento para su enfermedad. Le dijimos, sin decírselo, que los médicos se habían rendido con respecto a su caso, y que nosotras no queríamos hacerlo. Le preguntamos si estaba dispuesta a venirse a Madrid, a ponerse en manos de otra gente, a enfrentarse quizá a un protocolo experimental.

Juro que pensé que íbamos a tener que emplearnos a

fondo para convencerla, que habría que combinar la firmeza con las súplicas y las lágrimas, pero no fue así. Mi madre nos dirigió una sonrisa, nos miró a las dos con aquellos ojos luminosos y pacíficos y nos dijo, muy tranquila, yo voy a donde vosotras me llevéis. Recuerdo cada día aquellas palabras mágicas con las que mi madre, Lidia y yo firmamos entre nosotras un pacto secreto, un pacto para pasar juntas todo lo que pudiese venir, para sostenernos mutuamente. Un pacto de fe, un pacto de vida, un pacto de amor y de entrega. El pacto de confianza mutua y ciega entre una madre y sus dos hijas.

—Pues entonces, no hay más que hablar. Nos largamos de aquí.

Mi cuñado, que durante todo aquel proceso había sido para nosotros un apoyo extraordinario —para poner calma siempre es bueno que haya alguien a quien el dolor no le llegue tan adentro— fue el encargado de la logística. Habló con los médicos, pidió los papeles del alta voluntaria y, cuando una de las enfermeras puso problemas para entregarnos las pruebas que habían practicado a mi madre, le explicó sin alterarse que, desde luego, íbamos a salir del hospital con aquellas placas debajo del brazo, le gustara a ella o no. Uno de los médicos que había por allí, supuestamente amigo nuestro, me dijo con un deje de suficiencia, «os la vais a llevar, la vais a marear y no va a servir de nada». Me dieron ganas de llorar, y luego me dieron ganas de darle una bofetada, una de esas bofetadas con la mano abierta que daban a sus hijos las madres italianas en los filmes neorrealistas de los años cincuenta. Un bofetón contundente y al mismo tiempo superficial, del que se da por hartazgo hasta que surja una mejor cosa que hacer, para que un niño deje de dar la murga o un médico imbécil de emitir predicciones apocalípticas. Por supuesto, no abofeteé a aquel doctor. Le dediqué una mueca de desprecio que seguramente le pasó desapercibida, y luego me llevé los papeles del alta para que mi madre pudiera firmarlos.

Mientras, dentro de la habitación, se desarrollaba una escena que luego recordaríamos muchas veces muertas de risa. Mi madre, ya en la silla de ruedas, dirigía las operaciones de recogida de su cuarto: había pasado una semana en el hospital, y aquel lugar estaba lleno de zarandajas inútiles o no. Juana, una amiga que se pidió unos días de vacaciones para trasladarse a Lugo y convertirse en algo parecido a nuestro ángel de la guarda, era el brazo ejecutor de la operación de desalojo. Colocaba la ropa en las maletas, vaciaba el baño de útiles de aseo y preguntaba a mi madre qué hacer con algunos objetos de utilidad dudosa.

—¿Y esto?

Enarbolaba un frasco grande de colonia, lleno hasta la mitad.

—Tíralo —dijo mi madre sin contemplaciones, casi sin mirar el botellón de Nenuco que fue a parar a la papelera.

Lo divertido de aquella operación fue su rapidez vertiginosa. En menos de diez minutos habíamos hecho la mudanza. Aquello no parecía un alta hospitalaria, sino la fuga de Alcatraz. Aquel remedo de huida tuvo un último episodio de comedia de los hermanos Marx: tomamos prestada una silla de ruedas para llevar a mi madre hasta el coche, y mi cuñado entró en el hospital, supuestamente para devolverla. Pero, cuando regresó a donde estábamos, llevaba otra silla, que empujaba a bastante velocidad mientras nos hacía unas señales apremiantes que mi hermana interpretó de la forma correcta. Puso el coche en marcha, como si acabásemos de atracar un banco, guardamos al vuelo la silla en el maletero y salimos pitando de allí.

—Pero ¿qué es lo que ha pasado? ¿Y esa silla?

—La he cogido del hospital. Es plegable. La primera que

te dieron era rígida y no se podía meter en el capó, por eso fui a cambiarla.

—¿Has... has robado una silla de ruedas a la Seguridad Social?

—Sí...

Hubo unos segundos de silencio que rompió mi madre.

—Bueno —filosofó—, han tardado seis meses en diagnosticarme una metástasis. Creo que me deben una silla.

Y nos dio un ataque de risa que nos acompañó en el inicio de nuestro camino hacia una oportunidad.

Ahora sé que vinimos a Madrid buscando, no un milagro (no creo demasiado en esas cosas) pero sí un poco de esperanza, quizá una palabra amable que nos permitiese conservar unas migajas de optimismo. Aquel oncólogo de una clínica privadísima y cara nos dio, y sobre todo le dio a mi madre, esas palabras de aliento que necesitábamos para seguir tirando del carro. «Por fortuna, la metástasis no ha llegado a la médula», dijo. Aquella frase fue una inyección de moral. No estábamos en el peor de los escenarios posibles, así que tampoco tenía sentido tirar la toalla. Luego habló de medicamentos que acababan de superar la fase de prueba, de terapias no agresivas: «Esto es como una escalera. Empezaremos en el peldaño más bajo, y luego iremos subiendo. Dentro de dos meses veremos cómo va la cosa, y quizá el año que viene...» Cuando escuché aquello, hubiera querido abrazar al médico: por primera vez en muchos días, alguien hablaba en términos de futuro. Durante la última semana, lo único que nos habían proporcionado los doctores eran motivos para la claudicación. Desapruebo que un profesional mienta a un paciente, pero no creo que sólo deba desplegar ante él todo un abanico de horrores sin dejar una sola salida para los buenos presagios. Si existe una posibilidad entre cien, entre mil ¿por qué no mencionar también esa posibilidad?, ¿tan malo es arrojar al que se hunde una miserable astilla de madera que, si no va a salvarle del naufragio, al menos le va a permitir mantener las fuerzas para seguir a flote un poco más?

Desde el primer momento, aquel oncólogo madrileño se negó a hablar de plazos. Fue un alivio perder de vista el concepto de cuenta atrás. Nadie sabía lo que iba a ocurrir, nos dijo. El cáncer es una enfermedad muy extraña, y resulta muy difícil hacer pronósticos más allá de los tres meses. «Pero usted no se va a morir ahora mismo, ni mañana, ni pasado.» Y entonces todos, mi madre y nosotros, pusimos el marcador a cero, entendimos que no estábamos contando hacia atrás, sino hacia adelante. Que cada día que ella viviera era un día más que ganaba, que ganábamos todos. Nunca tuve una conciencia tan clara del presente como en aquellas semanas. Y, aunque sé que es difícil de creer, jamás, en toda mi vida, fui tan feliz como durante aquella época en la que todo tenía un nuevo sentido y cobraba una intensidad mucho mayor. Supimos que se nos estaba regalando un tiempo precioso y teníamos la firme decisión de aprovecharlo.

Multiplicamos las caricias, los besos, los abrazos. No regateábamos las expresiones de afecto, las palabras de cariño, ni tampoco las risas. Nos reíamos mucho. Era una especie de catarsis, de desahogo, y además habíamos leído en alguna parte que la risa genera endorfinas, unas hormonas que tienen eficaces agentes anticancerígenos, así que a diario mandábamos a todo un ejército de aquellos bichitos a luchar contra el monstruo.

Mi madre, mi hermana y yo pasamos muchísimo tiempo juntas durante aquellos días, que fueron raramente dichosos para las tres. Nos conjuramos para que su invalidez la limitase lo menos posible y, con la silla de ruedas, visitamos museos, parques públicos y exposiciones de pintura. Renunciamos a pedir taxis para inválidos, y viajábamos en autobús, organizando un pequeño zafarrancho de solidaridad a la hora de bajarnos y subirnos. Y paseábamos, sobre todo por las noches, cuando la temperatura se suavizaba y era una delicia recorrer los bulevares del paseo del Prado o las anchas aceras cercanas a Rosales, comiendo helados y deteniéndonos en los quioscos para comprar vasos de horchata y granizados de limón.

Por alguna razón fisiológica que no alcanzo a comprender, mi madre estalló en una belleza sorprendente. Fue como si algún dios generoso conmovido por su valor en la mala suerte hubiera querido regalarle una segunda juventud. Desaparecieron muchas de sus arrugas, su piel cobró un brillo desconocido y su mirada se cargó de una expresividad nueva. Para sacar más partido de aquella bonanza física, ella y yo nos hacíamos limpiezas de cutis conjuntas y tratamientos revitalizadores, y luego yo la maquillaba con habilidad, sacando todo el partido a sus rasgos exquisitos. Estaba guapísima, tanto que mucha gente no podía creer que estuviese enferma. Cuando la veían en silla de ruedas, quienes no la conocían achacaban su situación a algo pasajero, pero ella les sacaba de su error y explicaba lo que ocurría en realidad, sin el menor dramatismo, sin cargar las tintas. Tengo cáncer, decía sin renunciar a la sonrisa. Para ella, también para nosotros, era fundamental el perder el miedo a aquella palabra, que suena de una forma tan terrible la primera vez que se escucha.

Lidia, mi madre y yo lo pasamos muy bien en los primeros días de su tratamiento. Cuando íbamos por la calle, empujando la silla de ruedas en medio del calor pegajoso del mes de junio, había mucha gente que nos miraba con una compasión cariñosa. Sin embargo, yo no me sentía digna de lástima, sino más bien de envidia: nuestra vida había adquirido una intensidad muy grande y desconocida para el resto del mundo. Por eso siempre íbamos sonriendo, incluso a veces riendo a carcajadas, parloteando como cotorras felices. Muchas noches nos quedábamos de charla hasta la madrugada, recuperando viejas historias familiares, intercambiando confidencias y dando secretamente gracias a la suerte por otorgarnos la oportunidad de compartir nuestro tiempo y nuestra vida. Ahora me doy cuenta de que las tres, ni hermana, mi madre y yo, estábamos haciendo acopio de momentos de alegría, de comunión filial, de amor, para echar mano de ellos cuando llegase la ausencia. Cuando la felicidad, la risa, los abrazos, dejasen paso a un vacío cuya magnitud no éramos capaces de imaginar. Ni tampoco intentamos hacerlo: la pena llegaría, la tristeza llegaría. Era el momento de almacenar toda la dicha posible sin pensar en la inminencia de los malos tiempos. Y supimos hacerlo.

Qué días tan perfectos, tan plenos, aquellos en los que fuimos capaces de estar contentas aunque la sombra de la enfermedad y de la muerte planease sobre nosotras. O quizá precisamente por eso. Porque, aunque no pensábamos en ello, sabíamos perfectamente que la desgracia estaba ahí. En su libro *Una pena observada*, C. S. Lewis escribió, «el dolor de después es parte de la felicidad de ahora». He tardado diez años en entender esas palabras. Hace falta que pase el tiempo, y también que pasen las lágrimas, para tener ocasión de comprender determinadas cosas.

Mi madre empezó enseguida a tomar la medicación que le habían prescrito: una simple pastilla diaria combinada con tres antiinflamatorios y un protector gástrico. Recuerdo la alegría que nos entró cuando supimos que en principio se había librado de las sesiones de quimioterapia. La pobre ya se había resignado a que la enchufaran a una máquina de veneno, y hasta intentaba ver al asunto el lado positivo: si le le caía el pelo, estaría más fresca en verano. Le propusimos comprar una peluca, pero ni siquiera quiso hablar de ello: le parecían escandalosamente caras y bastante incómodas. Se apañaría con unos cuantos pañuelos, y de hecho hicimos algunas pruebas para aprender a colocarlos de formas diferentes.

—Pareces una actriz —le decía yo—. Una actriz de principios de los sesenta a punto de marcharse de vacaciones a la Costa Azul. Perfecta para la portada del *Vogue* francés.

Y ella, de buen humor:

—Me sobra la silla de ruedas.

—Qué va, te da un toque *destroyer* que queda muy bien.

Uno de los tratamientos complementarios que recibía mi madre consistía en unas inyecciones de calcio para reforzar los huesos. Se las ponía una enfermera que se llamaba Pilar. Era de una simpatía arrolladora. Hablaba como un loro, y su charla era parte de la campaña de distracción para las enfermas: escuchando a Pilar, se olvidaban de la goma que empezaba a ceñirles una vena, del pinchazo, de la maquinita que iba derramando algún líquido misterioso destinado a obrar milagros. Y Pilar, con su bata impecable, hablando de cualquier cosa para hacer olvidar a mi madre, o a otras mujeres como mi madre, la razón última por la que estaban allí. Y lo conseguía. Cuando entraba en la consulta, armada con un arsenal de agujas, de frasquitos y de jeringas, nadie miraba a todos aquellos chismes, sino a ella, que tenía una sonrisa espléndida y trufaba su conversación con carcajadas contagiosas capaces de aligerar el ánimo de cualquiera.

Cuando mi madre llevaba once días de tratamiento, fue capaz de caminar unos pasos con la ayuda de las muletas. El oncólogo se lo había dicho, «en dos semanas usted se levanta de esa silla», pero en secreto todos pensábamos que aquellas palabras eran parte de una campaña de buenos augurios destinada a mantener nuestra moral. Pero nos equivocamos, y cuatro días antes de lo previsto mi madre me pidió sus muletas para intentar andar un poco. Yo contuve la respiración. ¿Y si no era capaz de resistir? ¿Y si tenía que volver a sentarse de inmediato? Sin embargo, con una expresión triunfante que no olvidaré mientras viva, mi madre se puso de pie con la sola ayuda de los bastones, y sola también dio los pasos necesarios para llegar al cuarto de baño mientras nosotras estallábamos en un jaleo de vítores y aplausos. Era su victoria, su gran hazaña. Tardó una eternidad en alcanzar la puerta del aseo, pero daba igual: por primera vez en tres semanas, nuestra madre había prescindido de la maldita silla de ruedas. Recuerdo que nos precipitamos al teléfono para dar cuenta del prodigio que acababa de tener lugar delante de nosotras. Nuestra madre caminaba de nuevo, y el mundo se nos desdibujó porque todo lo demás había dejado de tener importancia.

Creo que fue en aquellos días cuando, por primera vez, empecé a desear firmemente un hijo. Me gustan los niños, pero nunca había escuchado la llamada del reloj biológico ni de nada que se le pareciera. La posibilidad de ser madre estaba ahí, suspendida en el limbo, y era algo que podía aplazarse. Pero entonces mi madre enfermó, y yo la cuidé, y estuve a su lado en los momentos de pánico y en los de la más rotunda alegría, y me di cuenta de que deseaba que un día alguien sintiera por mí lo mismo que yo sentía por mi madre. Al principio pensé que quizá podía ser un deseo pasajero, un efecto secundario de los días tan intensos que, para bien y para mal, había tenido que vivir. Pero pasaron los días, la enfermedad de mi madre se estabilizó, y yo seguía pensando en la maternidad. Quería criar a un niño, verle crecer, educarle, enseñarle a querer a los demás, a quererme a mí. Hacer de él una persona feliz, como mi madre había hecho con nosotros. Inculcarle un puñado de valores elementales, dejarle luego elegir un camino, darle libertad para decidir sobre sí y sobre su vida. Y algún día, cuando llegase el momento, comprobar que ese niño, que esa niña, eran ya un hombre o una mujer capaces de tomar decisiones, de ser independientes, de construir su propia vida. Y capaces, también, de seguir amando a su madre.

Tardé algún tiempo en hablar con Miguel de mi maternidad. En los primeros momentos quise guardar aquel deseo para mí sola, como quien esconde un tesoro. Luego, simplemente, no supe cómo atacar el tema. A Miguel no le gustan los niños, pero tampoco había verbalizado nunca la firme intención de no tenerlos. Ni siquiera se planteaba el concepto de paternidad como algo que tuviese que ver con él. Creo que siempre pensó que tener hijos es algo que les pasa a otros, a los demás. Una de las cosas por las que no hay que preocuparse. Hay gente que nunca se saca el carnet de conducir, que jamás se compra una casa, y no es que hayan tomado la decisión de no hacerlo. Simplemente, dejan pasar el tiempo sin que suceda. Lo malo es que, para las mujeres, el tiempo siempre juega en contra. No podemos dejar algunas cosas para más adelante, y tener un hijo es una de las que no pueden aplazarse eternamente. Llega un momento en que hay que tomar la decisión de hacerlo o la de renunciar a ello para siempre. Para mí, ese momento había llegado.

La primera vez que planteé a Miguel la posibilidad de ser padres se tomó la cosa a broma. No entenderá nunca lo que me dolió aquello, entre otras cosas porque tampoco se lo expliqué. Ahora sé que fue un error no haber reaccionado en ese mismo momento. Debí haber reconducido la conversación, debí haberle exigido una seriedad absoluta a la hora de tratar un asunto que para mí era extremadamente importante. Pero no lo hice. Decidí que a lo mejor no era el momento. Cambié de tema y resolví volver a sacarlo en otra ocasión. Y me pregunto ¿a qué ocasión estaba yo esperando? ¿Qué cataclismo tendría que producirse para que Miguel cambiase de actitud? ¿A qué debía aguardar, a que le cayese un rayo en la cabeza, a que se le apareciese algún santo conocido? Ahora comprendo que, en mi profunda decepción, me resigné a esperar un milagro. Es espantoso esperar algo en lo que uno ni siquiera cree. Un milagro. Ya.

Miguel olvidó el asunto, pero yo no lo hice. Al contrario, aquella idea pasó de ser un plan para el futuro inmediato a convertirse en una especie de obsesión. Atravesé diferentes fases de ilusión y de desencanto, de bonanza y de tormenta. A veces me decía que sólo era cuestión de esperar a que las cosas se recondujeran por sí solas. Otras, sin embargo, me enfadaba conmigo misma y con él, y eso provocaba una amargura que me volvía un ser cerrado, herido y lleno de rencor. Llegaron los silencios, los reproches mudos que se alternaban con peleas y tímidos episodios de reconciliación que no eran más que espejismos. Porque yo, sólo yo, había declarado una guerra sorda al hombre que más he querido en toda mi vida, y empecé a encontrar cierta satisfacción morbosa en hacerle daño, en molestarle, en zaherirle. Nuestra vida juntos dejó de ser perfecta para convertirse en algo mezquino y pequeño, sembrado de ocasiones para el malestar, la protesta y la queja. En una palabra, para el desencanto, que es lo último que debe presidir la relación entre dos personas que se quieren.

La verdad es que tardé mucho en entender y en aceptar lo que de verdad nos pasó, y más aún en asumir que todo fue culpa mía. Quería tanto a Miguel que no me resignaba a ponerme a mí misma en una verdadera encrucijada, y por eso alargaba los plazos y me inventaba falsos motivos para la esperanza que sólo existían en mi cabeza pero no en su ánimo: «Es cuestión de tiempo, ya llegará el momento, tengo que darle un margen.» Me inventé mil maneras de eludir la única verdad: Miguel no quería tener hijos. La razón, sólo él la sabe, y no soy yo quién para buscar motivos freudianos en una educación deficiente basada en la falta de cariño, un egoísmo galopante o el tan socorrido complejo de Peter Pan. El caso es que no necesitaba ser padre como yo necesitaba ser madre. Debí haber sido yo quien, desde el primer momento, se dijera a sí misma, lo tomas o lo dejas. Eso nos hubiese ahorrado a los dos una buena sucesión de disgustos y de desencuentros.

Un día me di cuenta de que mi amor por Miguel empezaba a agotarse, como si hubiese abierto una espita por donde empezaron a escaparse todas las cosas buenas que habían servido para construir nuestra relación. Decidí hacer un intento desesperado para arreglar las cosas y después de muchos meses sin tocarlo, volví a poner sobre la mesa el asunto de ser padres para dar a Miguel una última oportunidad. Ahora me digo, ¿una oportunidad de qué?, ¿una oportunidad de cambiar, de volverse otro hombre? Sí, eso precisamente era lo que quería: un hombre a mi medida, un hombre que no era Miguel. Quiero tener un hijo, le dije, quiero tener un hijo cuanto antes y no quiero seguir con esto si no estás conmigo.

Creo que se asustó. A su manera, con sus limitaciones, Miguel también me quería. Me dijo que iba a pensar en ello. Yo le creí, porque otra vez quería creerle. Pero pasó el tiempo y no volvió a decirme nada al respecto. Y entonces le dejé. Sin peleas, sin razonamientos, sin discusiones. Dormí en su casa la noche del domingo, y en la mañana del lunes, cuando se fue al trabajo, recogí las cosas que tenía en el piso, cerré la puerta y dejé mi juego de llaves en su buzón. No he vuelto a verle. Me llamó muchas veces y me dejó decenas de mensajes en el contestador diciendo que no entendía lo que estaba pasando, pero sé que eso tampoco es verdad. Claro que lo sabe. Lo que pasa es que es más cómodo fingir lo contrario, como fue más cómodo echarse a reír el primer día que le dije que deseaba ser madre. En ese momento lo correcto hubiese sido mirarme a los ojos y decirme lo que ambos sabíamos, «no deseo un hijo, no necesito perpetuarme en otra persona, no se me educó para querer a nadie por encima de mí mismo. Esa parte de mí no existe, Cecilia, y no puede surgir de la nada. Tendría que nacer otra vez para que cambiara eso». Pero era más fácil reírse. Como ahora le resulta más sencillo pensar que no entiende lo que ha ocurrido entre él y yo.

Así que aquí estoy. Miguel ya no llama ni me deja mensajes pretendidamente inocentes. No he vuelto a verle. No quiero volver a verle hasta que pasen mil años. Hasta que me olvide de él, hasta que me olvide de lo mucho que le quise, de cuánto deseé que compartiese su vida conmigo. Hasta que no me acuerde de que deseaba un hijo suyo tanto como deseaba un hijo mío.

He empezado a aceptar que quizá nunca seré madre. Intento encontrar ventajas egoístas a esa situación: no tendré que cambiar pañales ni que preparar papillas repugnantes, no pasaré noches en vela mientras un bebé suelta alaridos, no sabré lo que es volverse loca de preocupación por una fiebre de cuarenta, no me veré obligada a meter en cintura a ningún adolescente díscolo —ahora que todos los son—, no tendré que inquietarme por el futuro, porque al estar sola ese futuro me pertenece solamente a mí. Y, después de todo... ¿qué garantías hay de que un hijo vaya a amar a su madre del mismo modo que yo amé a la mía? ¿Por qué damos por hecho ese asunto del amor filial?

Hace sólo unos días recibí la llamada de Berta, una de mis amigas de la infancia. A pesar de que también vive en

Madrid, ella y yo llevábamos tres o cuatro meses sin vernos. La verdad es que había quedado en telefonearla, pero lo olvidé, o, para ser sincera, lo pospuse deliberadamente. Berta era alguien con quien no me apetecía estar, y tenía mis motivos. Su vida y la mía, que corrieron parejas durante muchos años, empezaron a diverger hace relativamente poco tiempo, pero con tanta rapidez que daba la sensación de que circulábamos por carreteras distintas.

Berta y yo nos conocíamos desde que éramos dos crías. Fuimos juntas al colegio y al instituto, nos mudamos a Madrid al mismo tiempo. Ella se casó hace ocho años con Aitor, un tipo despreciable, uno de esos gallitos de corral que están en el mundo porque tiene que haber de todo. Le tomé ojeriza desde el primer día, y el hecho de que sea adicto a la cocaína y haya dislocado la vida de mi amiga no ayuda mucho a hacer más fluidas nuestras escasas relaciones. Berta se ha pasado el último lustro acompañando a su marido en un peregrinaje demencial por clínicas de desintoxicación, convenciendo al director de su banco de que los números rojos de su cuenta son sólo producto de una serie de coincidencias catastróficas, disculpando a Aitor ante sus jefes, disculpándolo ante sus vecinos (la última psicosis cocaínica se saldó con destrozos por valor de tres mil euros en el portal del edificio), disculpándolo antre las familias de ambos y disculpándolo, cómo no, ante sus amigos y ante mí. Berta cuenta todas las aventuras de ese pedazo de mierda iniciando el relato con la frase «el pobre Aitor», y a mí se me revuelve el estómago. El pobre Aitor, que te ha hipotecado para los restos. El pobre Aitor, que ha convertido al hijo de ambos en un crío medroso, triste y eternamente desconfiado. El pobre Aitor, que aunque te empeñes en negarlo te ha soltado más de un sopapo aprovechando el subidón. El pobre Aitor, que, según tú, es cariñoso, inteligente como pocos, sensible y refinado. Claro, este mundo nuestro es poca cosa para un ser tan excepcional como el Aitor de los cojones, y por eso tiene que crearse universos paralelos con ayuda de la farlopa. Si mientras tanto un hogar se tambalea, un crío se traumatiza y se arruina la vida de dos o tres personas, es preferible mirar hacia otro lado y compadecer al pobre Aitor.

Lo curioso es que nunca le había dicho a Berta lo que pensaba de su marido. Mi silencio, mi hipocresía, es sólo la consecuencia indeseable de una educación pretendidamente civilizada. Nos enseñan a respetar a los demás. Nos enseñan a no inmiscuirnos en las vidas ajenas, y al llegar a la edad adulta entendemos ese comportamiento como una muestra suprema de buena educación. Me pregunto si estamos en lo cierto. Si en realidad sólo hemos aprendido a disfrazar de respeto una forma de cobardía. Yo jamás le dije a Berta lo que opinaba de Aitor, pero creo que tampoco lo hizo ninguna de sus amigas. Todas nos hemos contentado con menear la cabeza y, en privado, poner a parir al cocainómano de las narices. Y eso ha sido todo.

Somos tan correctos, tan discretos, tan medidos, que preferimos presenciar la destrucción de una persona querida antes que hacer nada por lo que pudiesen acusarnos de imprudentes. ¿Y si me hubiese enfrentado a Berta hace diez años, en cuanto supe que Aitor se drogaba? ¿Y si el primer día que Berta apareció con un ojo amoratado contando una historia demencial sobre una puerta mal cerrada le hubiese dicho que no me tragaba el cuento y que pensaba ir a la policía para denunciar a su novio? ¿Y si, cuando me dijo que se casaba con Aitor, en vez de darle la enhorabuena, le hubiese dicho lo que estaba pensando, ese tipo te va a destrozar la vida? ¿Qué hubiese pasado entonces? Probablemente nada distinto. O quizá sí. El caso es que han transcurrido diez años desde que me di cuenta de que el pobre Aitor era un miserable con todas las letras, y desde entonces he estado cenando con él, riéndole las gracias y haciéndome la loca cuando mi amiga llegaba a una cita con señales de haber llorado o recibido un bofetón.

Aquel mediodía Berta no tenía en la cara signos de llanto, ni tampoco de accidentes domésticos. Buen comienzo, pensé.

—No te puedes imaginar el cabreo que tengo —dijo, en cuanto nos sirvieron el primer plato, y yo crucé los dedos, esperando escuchar que después de diez años se le habían hinchado las narices y que iba a dejar a su marido. Pero los tiros no iban por ahí.

Una hermana de Berta se había casado en Lugo en el mes de septiembre. Ella pidió unos días de vacaciones, Aitor estaba de baja (¿...?), y el niño no tenía clase, así que se quedaron en la ciudad para pasar una semana después de la boda, instalados en la casa que los padres de Berta tienen a la orilla del río. Allí, al parecer, la recepción al drogadicto no había sido todo lo calurosa que se esperaba. Berta empezó a hablarme de la poca consideración que sus padres y sus hermanos habían demostrado hacia su marido, y cómo, en su exquisita sensibilidad, él había percibido el escaso entusiasmo que despertaba su presencia en la casa.

—¿Y sabes quién fue la peor? Pásmate: mi madre. Sí, hija, sí. Mi madre, tan modosa, tan mosquita muerta, que no dice ni media, ha escogido estas vacaciones para abrir el tarro de las esencias y decirme a la cara no sabes cuántas salvajadas. Que si el pobre Aitor es un vicioso, que si es un degenerado, que si me está hundiendo en la miseria, que si es una mala influencia para el niño... Mira, de Aitor se podrán decir muchas cosas, pero como padre es una maravilla. No hay otro más cariñoso ni más simpático con los críos. Si hasta los amigos de Javi se mueren por venir a casa, porque a Aitor le encanta jugar con ellos.

Sí, claro, jugar con ellos. Aitor se pone hasta arriba de perica, y luego, a mitad del viaje, se tira al suelo con los chavales para hacer el indio y ellos, que no saben de la misa la media, se quedan tan contentos con ese adulto capaz de ponerse una tarta de sombrero, o meterse en la ducha vestido, como hizo una vez durante una fiesta de cumpleaños. Berta no quiere darse cuenta de que, a pesar de los pesares y del rol de padre enrollado que tanto le gusta a Aitor, cada vez hay menos niños a quienes permiten a ir a jugar a su casa. La gente habla, los padres hablan, y a nadie le agrada que sus hijos se pasen las horas confraternizando con un adicto a la coca.

—... Pero claro, eso a mi madre no le importa. Es el problema de quedarse en provincias, que todo es muy limitado, todo es sota, caballo y rey, todo es blanco o negro. Mi madre no ve más allá de sus narices. El pobre Aitor tiene problemas, sí, pero eso no es motivo para tratarle como a un pervertido. Es un enfermo, Cecilia. Lo que pasa es que hay que haber vivido mucho para entender esas cosas. Y mi madre, qué quieres que te diga: la casa, la casa, y la casa, limpiar culos, hacer la compra, aguantar a mi padre, cocinar, y en un exceso, aprender macramé. Y así no se puede comprender a alguien como Aitor. Es una persona muy inteligente, pero también muy complicada. Tiene una sensibilidad distinta, percibe la realidad de un modo que no está al alcance de todo el mundo, y mucho menos de mi madre, que no lee más que el *Hola*, y su concepto del arte es colgar en el comedor una lámina de Monet de las que se regalan con el periódico. Claro, para ella Aitor es sólo un drogadicto. Nunca se le ha ocurrido pensar en él como un artista con talento, que es tan distinto a las demas personas que, no te voy a decir que no, a veces tiene que recurrir a... a otros estímulos. Pero él controla perfectamente. No es un yonqui de las Barranquillas, por el amor de Dios. Y mi madre, dale que te pego, hablando de él como si fuese un heroinómano. Ella, que ni siquiera es capaz de entender la diferencia entre las distintas drogas.

La sangre había empezado a golpearme en las sienes con tanta fuerza que pensé que se me iba a nublar la vista. Pensaba en la madre de Berta, una mujer tímida, muy agradable, sin ínfulas, que se pasó la vida sacrificándose para que no tuvieran que hacerlo sus cuatro hijos. Una vez, cuando éramos muy pequeñas, nos hizo a Berta y a mí unos disfraces de don Quijote. Qué curioso, llevaba años sin acordarme de aquel disfraz que tenía incluso un yelmo con la visera móvil, pero ahora la imagen de la madre de Berta confeccionando aquellos cascos lo llenaba todo y se superponía a la imagen de mi propia madre. La madre de Berta. Mi madre. La enfermedad de mi madre, el dolor de mi madre, la muerte de mi madre, su ausencia tangible. La madre de Berta, protestando débilmente por la visita de su yerno mientras su hija desgranaba ante ella horribles acusaciones de provincianismo, de ausencia de sensibilidad, de burramia. Era Berta quien le estaba haciendo despreciar la vida modesta y sin pretensiones que, seguramente, ella siempre había considerado satisfactoria y feliz. Frente a mí, Berta seguía echando sapos y culebras sobre la figura de su madre, y yo no fui capaz de contenerme más. Llevaba diez años mordiéndome la lengua, haciéndome la tonta, echando mano del concepto de respeto para no decir a Berta lo que pensaba de su marido. Pues había llegado el momento de lanzar los fuegos artificiales. Miré a mi amiga con los ojos duros de una extraña.

—¡Ay, Berta —me costó trabajo identificar mi propia voz, y tuve la sensación de estar sacándola del fondo de un pozo profundísimo—, me das tanta lástima!

Berta soltó la cucharilla del café. Tenía los labios muy pálidos.

—No, Cecilia, ahora las cosas son distintas. Aitor está mejorando. Ya casi no consume... Si acaso una raya, cuando no puede con el trabajo en el estudio... es que está hasta arriba de encargos, sabes...

Levanté la mano para deternerla.

—No van por ahí los tiros, Berta. Yo creo que cada uno es muy libre de joderse la vida como quiera, con un marido drogadicto, jugando al bingo o montando una casa de putas. Pero lo que le has dicho a tu madre...

—Cecilia...

—No, no, escúchame. —El corazón había dejado de latir con fuerza, y ahora me sentía sorprendentemente tranquila—. El día que tu madre se muera (y se va a morir antes que tú, a no ser que al pobre Aitor se le vaya la mano en la próxima paliza) vas a recordar una por una todas las cosas horribles que le has dicho. Y te puedo asegurar que las seguirás recordando toda la vida. Y ¿sabes qué? Te va a doler tanto cada insulto, cada falta de respeto, vas a tener unos remordimiendos tan tremendos, que es muy posible que te vuelvas loca. Por eso me das lástima. No porque estés colgada de un miserable.

Me levanté, cogiendo el bolso de un zarpazo, y pagué la cuenta de ambas en la caja del restaurante. Berta se quedó allí, asombrada y sola, sin entender muy bien lo que había pasado. Algún día lo comprenderá todo. Sólo espero que no sea demasiado tarde, ni para su madre ni para ella.

—Llega tarde, señorita Cecilia. Acabo de servirle la merienda al señor Silvio.

Lucinda reprochándome un retraso... era evidente que se habían producido avances notables en nuestra relación. Silvio me esperaba en la sala. Sobre la mesa había un sobre amarilleado por el paso del tiempo y dos fotografías a las que, en cuanto me vio entrar, dio la vuelta con una sonrisa maliciosa, como si quisiese prolongar el misterio.

—A ver qué te parece esto —dijo, y me tendió las dos imágenes. Una era un daguerrotipo familiar de los Rendón, en el que distinguí los rostros ya conocidos de los padres de Silvio y el de un joven muy guapo, seguramente Efraín. La otra era un fascinante retrato de bodas, donde un detalle llamaba la atención, pero preferí no anticiparme con preguntas a la historia que iba a escuchar.

¿Recuerdas dónde lo dejamos? ¿Sí? Bueno, volví a ver a Zachary West dos o tres días más tarde, cuando le invité a almorzar en una taberna del Madrid de los Austrias. Pensé que iba a darme instrucciones concretas para llevar a cabo mi misión en el ministerio, pero para mi sorpresa sólo me dijo que debía tomar clases de alemán.

—Es un poco tarde para que aprendas a hablar otro idioma perfectamente, pero será bueno que adquieras ciertos conocimientos.

—¿Eso es todo?

—De momento. No seas impaciente, estas cosas son lentas. Además, sabemos que el desembarco de nazis no va a producirse hasta que terminen los juicios de Alemania. Mientras, puedes emplear el tiempo en prepararte para lo que venga. Y ahora, vamos a pedir. Qué bien, tienen pepitoria de gallina... hace años que no la pruebo. ¿Tomarás vino?

Dos días después recibí la llamada de un hombre con fuerte acento germano, Heinrich Spiegel, que se convirtió en mi profesor y también en mi particular pesadilla. A pesar de que Zachary aseguraba que mi dominio del inglés me sería muy útil para las lecciones de alemán, yo tenía la sensación de que aquel idioma terrible era un completo galimatías y me decía a mí mismo, de un modo un tanto frívolo, que no era extraño que Alemania hubiese perdido dos guerras consecutivas: un país con una lengua tan monstruosamente complicada no puede aspirar a dominar el mundo. El señor Spiegel venía a mi casa tres veces por semana a torturar mi pobre cerebro con declinaciones y listas de verbos, y yo hacía lo que podía, pero acababa cada clase bastante descorazonado. Por fortuna, no se me cobraban las lecciones: «*Herr* West ya se ha ocupado de eso», me dijo mi profesor, y cuando insistí ante Zachary en abonar los honorarios de Spiegel, aquél dijo que «la Organización» corría también con ese tipo de gastos.

«La Organización.» No hice preguntas. Intuía que no me serían contestadas, y además me traían sin cuidado lo que yo consideraba detalles menores. Estaba tan contento de haberme recuperado a mí mismo que no tenía tiempo para nada más que para agradecer mi suerte, como meses atrás sólo encontraba ocasiones para rumiar mi amargura.

Cambié completamente, como si aquellos años pasados bajo la sombra de una depresión en toda regla hubiesen dejado paso a una vida nueva. El contacto con mis padres se hizo más fluido, y empecé a telefonearles una vez a la semana. Había escrito a Efraín a la agencia internacional para la que trabajaba, y me contestó enseguida con una carta muy cordial que, si bien no era la de un hermano —ese tren lo habíamos perdido por mi culpa hacía ya mucho tiempo— sí me permitía albergar esperanzas de poder construir en un futuro una buena amistad entre nosotros. Y, por fin, casi un mes después de mi primer encuentro con Zachary, llegó una carta de Elijah, y con ella la tan ansiada amnistía que necesitaba mi conciencia. Mi amigo de la infancia no me hacía reproches ni preguntas, no me echaba en cara mis silencios ni mis desdenes. Sólo celebraba mi regreso y manifestaba sus deseos de volver a verme cuanto antes. Aún conservo aquella carta. Te leeré unas líneas:

«Ha pasado demasiado tiempo, ¿no crees? Tienes que conocer a Mary Jo. Le he hablado de ti y quiere que vengas a visitarnos. Supongo que ya te ha dicho Zachary que nos casamos en primavera. Te esperamos para la ceremonia, y me da igual lo que digas. Además, tienes que ser mi testigo de boda. Mary Jo cuenta con todo un ejército de primos, tíos y parientes lejanos, y yo apenas tengo en la familia adoptiva a media docena de carcamales a los que casi no conozco. Zachary lo arreglará todo para que vengas a Nueva York.»

Al principio había descartado la idea de trasladarme a América. Después de tres años de guerra y seis de vida fosilizada en un despacho del ministerio, consideraba que los viajes eran cosa de una etapa anterior. Pero, al leer la carta de Elijah, recordé de pronto el venturoso protocolo de los traslados, el engorro de hacer maletas, la ceremonia de visar pasaportes, de subir y bajar de trenes y de coches, la aventura de descubrir nuevas ciudades incógnitas donde siempre esperaban sorpresas. Sentí una nostalgia amable, y casi inmediatamente el deseo de volver a experimentar aquellas sensaciones que había dado por perdidas.

La boda se celebraría el 14 de abril, y aunque no lo comenté, supuse que no había nada de casual en la elección de la fecha. No había pedido vacaciones en el ministerio en los últimos dos años, y supuse que mis jefes no pondrían objeción alguna a concederme unas semanas libres. Sí me preocupaba el asunto del pasaporte. ¿Tendría dificultades para salir del país? Hablé con Zachary, que me tranquilizó al respecto.

—Tienes un pasado político sin mancha y trabajas para el gobierno. De todas formas, para anticiparte a cualquier contratiempo, habla con tus superiores en el ministerio.

—¿Qué debería decirles?

—La verdad, por supuesto. Que quieres ir a Nueva York a la boda de un amigo de la infancia. Puedes dejar caer mi nombre, son muchos los que presumen de tener buenas relaciones conmigo. En cuanto te den luz verde, sacaré los pasajes.

—¿Vamos a ir en avión?

—Por supuesto. Soy el hombre de Hughes, ¿no te acuerdas? Nadie espera que haga un largo viaje en barco cuando tenemos nuestra propia compañía aérea.

Tal como Zachary había previsto, conseguí mi pasaporte sin problemas, y él personalmente se ocupó de visarlo en la embajada americana. El director general se sorprendió cuando le anticipé que iba a tomarme unos días de vacaciones para viajar a Estados Unidos y asistir a una boda.

—Se trata del hijo de Zachary West. Él es padrino de mi hermano, y Elijah y yo fuimos amigos cuando éramos niños.

—Así que Zachary West... le conozco de oídas. Trabaja para una compañía de aviación, ¿verdad? Si algún día viene a verle, me gustaría saludarle. En cuanto a sus vacaciones, no habrá problema. Páseme la solicitud con los días que piensa estar fuera y se la firmaré.

Carmen no podía creerse que estuviese haciendo planes para viajar a Nueva York. Para ella, América no era sólo un país distinto: era otro mundo, ajeno y distante, un mundo inaccesible al que había renunciado de la misma forma que hoy nadie haría planes para viajar a Saturno o a los fondos abisales. Te había hablado de Carmen, ¿verdad? Una chica estupenda, muy guapa, muy joven. Estudiaba mecanografía en una academia polvorienta de la calle de Alcalá, y allí la recogía yo la tarde de los jueves para llevarla a merendar. A ella y a sus dos primas, claro. En 1946, una chica decente no podía salir sin carabina, y en este caso las escopetas eran dos hermanas gemelas, deslenguadas y feúchas, que de vez en cuando nos hacían el favor de sentarse en otra mesa para que Carmen y yo pudiésemos charlar con cierta intimidad.

A Carmen la había conocido porque era la hija de un superior del ministerio. La primera vez que la vi, caminado junto a sus padres por el paseo de Recoletos, me llamó la atención por su tristeza: su hermano había muerto en la guerra, y la familia entera arrastraba desde entonces una pena infinita y un luto orgulloso, pues el chico en cuestión había caído por la patria y en el lugar correcto. Eran familia de un héroe del ejército vencedor, y eso daba a su pérdida una aureola épica, aunque vistiesen todos de negro cerrado, como cuervos tristes, y la madre siguiese prohibiendo a su hija que escuchase música en casa, pues le parecía un desdoro para la memoria del soldado muerto.

La primera vez que salimos juntos, Carmen se presentó a la cita con sus dos primas y luciendo un pañuelo morado alrededor del cuello. Lo tomé como una señal. Aquella chica había visto en mí una posibilidad de redención de la amargura familiar cuidadosamente conservada durante casi ocho años. Ahora sé que hubiese debido reflexionar acerca de todo aquello, sobre aquel pañuelo malva y sobre la infinita responsabilidad que estaba asumiendo al aceptar la condición de acompañante de una muchacha guapa y triste que estaba deseando poner punto y final al luto que llevaba por fuera y por dentro. Pero no lo hice. Tampoco para mí era un buen momento, así que seguí adelante con las citas, las meriendas, los paseos por el Botánico y las sesiones de cine junto a media docena de amigas.

Le hablé de Zachary y de Elijah omitiendo algunos detalles de nuestra relación, y le hice creer que habíamos seguido en contacto epistolar durante los últimos años. No mencioné a Ithzak, ni tampoco a Hannah Bilak, y evité así explicar cómo mis amigos judíos habían sido víctimas de la barbarie de los nazis. Carmen no hubiera entendido esas cosas. Sólo tenía veinte años, un abrigo negro cerrado hasta el cuello y el pobre honor de ser la hermana de un caído por Franco y por España. Y un pañuelo morado que se ponía para acudir a nuestras citas y le iluminaba el rostro. Cuando le dije que estaba a punto de marcharme a América para asistir a la boda del que había sido mi mejor amigo, abrió mucho los ojos. Tenía unos ojos preciosos, de un color marrón muy claro, que a la luz parecía amarillo.

—¿A América? ¿Y no te da miedo?

—No, ¿por qué?

—Porque está muy lejos. —Revolvió su café con leche—. ¿Te vas mucho tiempo?

—Todavía no lo sé. Un par de semanas, quizá un poco más.

—A lo mejor no vuelves... mi madre siempre contaba que un tío suyo se fue a América y nunca más supieron de él. Creen que vive en Buenos Aires, pero ni siquiera de eso están seguros, fíjate tú.

Me eché a reír, y Carmen también se rió.

—Bueno, pero yo no me voy a Buenos Aires. Me voy a Nueva York, y te prometo que no voy a quedarme. Pero la verdad es que tengo ganas de ver a Elijah. Hace casi diez años desde la última vez. Y a ti ¿te gustaría ir a Nueva York?

Se encogió de hombros.

—No sé. Es que está tan lejos... adonde me gustaría ir es a París. Lo he visto en las películas. Debe de ser muy bonito. Cuando nos casemos, tienes que llevarme a París.

Lo dijo tan ingenuamente, con una naturalidad tan conmovedora, que tardé un poco en darme cuenta de lo que significaban aquellas palabras. Como había empezado a sospechar, Carmen no me consideraba un acompañante ocasional que la invitaba a pastel y chocolate en época de racionamiento, sino un novio formal con quien había emprendido un camino que por fuerza culminaría ante el altar de alguna iglesia. Te preguntarás por qué no aclaré las cosas de inmediato. La verdad, yo tampoco sé por qué no le dije en aquel mismo momento que ni siquiera había pensado en la posibilidad de casarme, ni con ella ni con nadie. Carmen me gustaba por su juventud, por su candidez, porque era guapa y tenía unos preciosos ojos amarillos, pero no era capaz de imaginar una vida en común con ella. Sin embargo, no la saqué de su error aquella tarde, ni tampoco ninguna de las tardes siguientes. Para mí, la relación con Carmen ocupaba sólo una parte ínfima de mi vida. Había otras muchas cosas que me preocupaban bastante más que sus planes nupciales.

Aquellas Navidades las pasé con los míos, en Ribanova. Esa foto nos la hicimos el día de Nochebuena. Mi madre estaba feliz: hacía muchos años que no tenía a sus dos hijos juntos bajo el mismo techo durante las fiestas pascuales.

A pesar de que la ausencia de mis abuelos, fallecidos al terminar la guerra, hacía imposible que aquellas Navidades pudieran parecerse a las vividas durante la infancia, fueron unas jornadas muy gratas para todos. La casa se llenó de gente: de primos, de tíos, de viejos amigos que acudieron a brindar con nosotros y a recordar otras Navidades pasadas con una mezcla de nostalgia y esperanza en el futuro.

Efraín había vuelto de Alemania con el tiempo justo para sentarse a la mesa la noche del 24. Mis padres seguían pensando inocentemente que su hijo pequeño regresaba de una prolongada estancia en El Hierro, y ni él ni yo les sacamos de su error. Luego, cuando ellos se retiraron, mi hermano y yo pasamos muchas horas hablando de lo ocurrido en Nuremberg y de que, tal como Zachary West había previsto, la inmensa mayoría de los criminales nazis ni siquiera iban a ser juzgados.

—Han caído los peces más gordos, pero los demás se han ido de rositas. Hay una expresión alemana... deja que la recuerde... «*persilschein*», eso es. Se refiere al blanqueo de expedientes de los miembros de la Gestapo y de las SS para demostrar oficialmente que no tuvieron nada que ver en la política de persecución de los judíos.

—¿En qué consiste?

Mi hermano describió una mueca de asco.

—Nada del otro mundo. Basta con un par de firmas de vecinos, o de subordinados, en un papel que declare la completa inocencia del tipo en cuestión. Parece una broma. En unos meses, asesinos de niños estarán campando a sus anchas sin que nadie pueda hacer nada.

No sabía si Efraín estaba al tanto de los planes de la organización con la que colaboraba Zachary West, así que preferí no comentar nada al respecto.

—¿Qué vas a hacer ahora? —le pregunté.

—No estoy seguro. Depende de lo que me ofrezca la

agencia. La verdad es que no me apetece volver a Alemania. Me gustaría viajar a Japón... supongo que me interesa fotografiar a los perdedores. Ya veremos. ¿Y tú? ¿Qué planes tienes para el resto de tu vida?

—Soy funcionario, ¿no te acuerdas? Se supone que el resto de mi vida, como tú dices, va a transcurrir en una oficina en el Ministerio.

Mi hermano me miró con una sombra de burla en los ojos.

—Silvio... nadie que esté en relación con Zachary West va a pasarse los días encadenado a un despacho. No quiero que me cuentes nada, pero tampoco creas que me chupo el dedo. Y ahora, voy a acostarme. Llevo treinta y seis horas sin pegar ojo.

Le di las buenas noches.

—Me alegro de que hayas vuelto.

Y fue Efraín quien pronunció la frase. Porque era yo y no él quien, aquella Navidad, estaba verdaderamente de regreso.

El tiempo pasa muy deprisa, aunque eso es algo que no hace falta que te diga yo. Es curioso, cuando eres un niño los días y las semanas se deslizan con una lentitud que llega a ser exasperante, pero al llegar cierta edad los días empiezan a volar, y luego vuelan las semanas y los meses, y cuando también comienzan a volar los años uno acepta que ha llegado la edad adulta. Pero no quiero filosofar; el caso es que pasaron las Navidades, y los meses de enero y febrero (que fueron extraordinariamente fríos en aquel Madrid del año 46), y en marzo llegó la primavera y se ultimaron los planes de viaje para asistir a la boda de Elijah. Zachary y yo volaríamos juntos vía Londres diez días antes de la ceremonia, y yo regresaría a España solo un par de días después. Zachary no me acompañaría. Tenía cosas que hacer en Nueva York, y supuse que algunas de ellas estaría relacionada con sus planes para dar caza a los nazis huidos. Por mi parte, empezaba a sentir cierta impaciencia con respecto a mi papel en la tan traída y llevada «Organización», que hasta entonces se había reducido a mi condición de alumno del profesor Spiegel. Alguna vez insinué a Zachary que no veía la hora de hacer algo más que estudiar las malditas declinaciones, pero él sonreía y me pedía paciencia. Y así llegó el momento de emprender nuestro viaje.

Carmen se despidió de mí la tarde anterior, con lágrimas en los ojos, y me regaló una medalla de la Virgen de Covadonga para que me protegiese. Le di las gracias y la guardé, aunque no sabía muy bien por qué se suponía que iba a necesitar protección. Cuando la dejé en su casa, mientras sus dos primas se adelantaban en el portal para concedernos un poco de privacidad, sentí por ella una sombra de lástima y también una oleada de afecto. Pero dejé de pensar en ello en cuanto crucé la calle.

El viaje a Nueva York fue tan largo y tan incómodo como puedas imaginarte. No guardo un gran recuerdo de mi bautismo del aire: me mareé bochornosamente cuando atravesamos una tormenta en mitad del Atlántico y confieso que tuve un instante de pánico en el momento del despegue, pues me pareció que aquella cafetera amenazaba con descuajeringarse y que lo que íbamos a hacer desafiaba todas las leyes de la física. A mi lado, Zachary West se partía de risa.

—Menudo héroe estás tú hecho.

Llegamos a Nueva York de madrugada, con seis horas de retraso sobre el horario previsto. Yo estaba tan cansado como aturdido, y bajé del avión como si caminase en una nube. Y allí, en tierra, a pie de pista, estaba esperándonos Elijah West.

Fue como verme a mí mismo pasado por el cedazo de la edad. Elijah, mi amigo, mi compañero de juegos, mi hermano, el niño hecho hombre, el hombre cuya pista había querido perder, la persona por la cual me había enfrentado en la infancia a lo que era mi mundo, el chiquillo de piel negra a quien tendí la mano, el crío indefenso que había buscado refugio en mi casa y en mi vida, el muchacho capaz de crecer solo y que sin embargo había querido crecer conmigo, Elijah, mi Elijah, la vida veinte años atrás, la vida suspendida por mi culpa, todo el cariño desperdiciado durante aquellos años, y mientras yo flotaba todavía en la niebla de la falta de sueño, de la desorientación y del desfase horario, Elijah me dio un abrazo y fue como recuperar todos los años malgastados y cada segundo perdido.

Elijah, que conducía su propio coche, nos llevó a la ciudad. Dejamos a Zachary en el hotel Plaza, y luego Elijah y yo seguimos camino hacia su casa, donde iba a alojarme. Mi amigo vivía en la avenida Lexington, en el duodécimo piso de un edificio de veintisiete plantas. Recuerdo que, a pesar de mi atontamiento y del cansancio acumulado, la primera visión de aquella ciudad fabulosa me alborotó los sentidos y produjo en mí una excitación casi infantil. Ése era el mundo que seguía existiendo sin mí, ése era el mundo al que había estado a punto de pertenecer para siempre. El mundo de Elijah. Y ahora, yo iba a volver a formar parte de ese mundo, al menos durante unos días.

Elijah me aconsejó que durmiese unas horas. Después, ya descansado y tras hacer una mezcla de desayuno y comida, mi amigo y yo nos acomodamos en el salón con la intención de ponernos al día.

—Siento haberme portado así...

Pero Elijah me detuvo con un gesto que no dejaba lugar a dudas.

—Silvio, no creo que hayas venido para disculparte ni

nada de eso. Lo pasado, pasado. Hay cosas más importantes de las que tenemos que hablar...

—Como tu boda, por ejemplo.

—Por ejemplo —sonrió y mostró sus dientes blanquísimos—. Hoy conocerás a Mary Jo. Te advierto que es guapísima, inteligente y muy dulce. Te gustará, ya lo verás. Su padre es muy rico. Ha hecho una fortuna vendiendo suelas de zapatos...

—¿Suelas de zapatos? —me parecía un chiste.

—Sí. Resulta que Jack había inventado hace tiempo una media suela de un grosor especial con cierto poder aislante... y cuando entramos en guerra, el ejército empezó a encargarle a él la fabricación de todos los refuerzos para las botas de los soldados. Así que mi futuro suegro, que era sólo un empresario acomodado, ganó más dinero del que puedas imaginar. Ya ves. —Se puso serio de repente—. Gracias a la guerra, Mary Jo y yo vamos a celebrar nuestra boda en el salón de baile del Waldorf Astoria y a vivir en un piso de lujo con vistas a Central Park. Muchos tipos murieron en Europa, y a mí me ha caído del cielo un apartamento nuevo en Park Avenue. No se puede negar que tengo suerte.

Pero no parecía muy satisfecho.

—Yo tendría que haber estado allí —continuó—. En Normandía, o entrando en Alemania. En lugar de eso me quedé en América, y todo lo que hice fue vender bonos de guerra.

—Hubo suficientes soldados en Europa, suficientes lisiados y suficientes muertos. Me alegro de que tú no seas uno de ellos. La guerra es terrible, Elijah, y puedo asegurarte que no te sentirías mucho mejor de haber estado en las trincheras. Distinto sí, pero mejor no. No pienses más en esas cosas. Por cierto —intenté bromear—: ¿qué tal se te daba lo de los bonos?

Elijah se rió.

—Bastante bien.

—Pues considera que hiciste tu contribución a la causa. Y hablando de otra cosa, ¿qué noticias tienes de Hannah Bilak?

—Pues... que está preciosa, que habla inglés bastante mejor que tú y... sorpresa, sorpresa, que va a venir a la boda. Llegará a Nueva York en unos días.

—¿Cómo se ha tomado la noticia de la muerte de Ithzak?

—Es difícil saberlo. Se lo dije yo, ¿sabes? Fui a su casa de Baltimore, me senté a su lado, la cogí de las manos y le conté lo que había ocurrido. No dijo nada, pero me miró de una forma tan rara... estuvimos un rato así, los dos callados, y luego me dijo, bueno, al menos ahora sabemos cómo ocurrió. A Hannah no se le escapaba que Ithzak estaba muerto. Era imposible que hubiese sobrevivido a las deportaciones o a los campos. Fue una sorpresa saber que había aguantado tanto tiempo. Zachary me dijo que murió en el 44...

—Eso me contó un hombre que le conoció en Mauthausen.

Elijah meneaba la cabeza en un gesto que me pareció de pesadumbre, pero que en realidad era de duda.

—En toda esta historia hay algo que no me encaja. Vamos a ver... si es verdad que Ithzak consiguió escapar del gueto, ¿qué demonios estaba haciendo al otro lado de la frontera austríaca? ¿Por qué no se quedó en Varsovia, oculto en alguna parte? La resistencia ayudó a muchos judíos a permanecer escondidos hasta el final de la guerra.

—Supongo que sólo pensaba en volver a ver a Hannah, quizá también en reunirse con nosotros.

—Ya.... Pues lo siento, pero no creo que ocurriera así. Ithzak era un tipo estupendo, pero no me lo imagino huyendo del gueto. ¿Tú sabes cómo funcionaban las cosas allí? Le gente se moría de hambre en plena calle. Había que ser de una pasta especial para seguir vivo, no digamos ya para escapar. ¿Es que no te acuerdas de cómo era Ithzak? Delgado, enfermizo, sensible como un crío, muy poco capaz de cuidar de sí mismo.

Me dieron ganas de contestar a Elijah: también tú y yo éramos así.

—Durante años —continuó— me torturó la idea de que Ithzak pudiese estar pasando por todas las calamidades que los nazis reservaban a los judíos. Pero ahora, al saber que alguien le vio en Mauthausen en el 44, a cientos de kilómetros de Varsovia, sé que las cosas no fueron como imaginamos. Escucha, he llegado a pensar... he llegado a pensar que Ithzak nunca entró en el gueto. Amos era muy rico. Quizá Ithzak sobornó a algún miembro de la Gestapo que le libró del traslado y luego le ayudó a salir de Polonia.

Ithzak comprando los favores de algún oficial del ejército invasor... la idea no me gustaba nada, pero tenía visos de lógica.

—Me resulta más fácil pensar en Ithzak escapando campo a través con la ayuda de un nazi que imaginármelo en el gueto, temblando de frío, pasando hambre y recibiendo humillaciones diarias por parte de los malditos alemanes. No lo hubiera resistido, Silvio. Sé que otros lo hicieron, pero Ithzak Sezsmann no. Ni era valiente, ni decidido, ni tenía arrojo ni nada que se le parezca. Se habría hundido nada más llegar al gueto, y de no ser así los nazis se hubiesen ocupado de eliminarlo. Allí sólo se mantenía con vida a los trabajadores útiles. ¿Qué se supone que iba a hacer Ithzak? ¿Tocar el violín por las calles?

—Bueno, y si es verdad que recibió ayuda para escapar, ¿cómo es que no se puso en contacto con vosotros?

—Quizá no pudo.

—¿En tres años?

El timbre de la puerta sonó, muy poco oportunamente, en ese preciso momento. Era Zachary West, que venía a recogernos para tomar una copa antes de cenar.

—¿Qué tal unos martinis en el Algonquin? Sé que ha llegado hoy el suministro de ginebra.

—Papá, llevas sólo unas horas en Nueva York y ya tienes noticia del aprovisionamiento de los bares. ¿Cómo te apañas?

—Veinte años en el servicio secreto dan para mucho. ¿Has descansado, Silvio? Tienes mejor aspecto, esta mañana parecías un muerto en vida.

—Zachary... ¿sería posible renunciar a esa copa para dar una vuelta por la ciudad? No he podido ver nada... y la idea de sacudirme el estómago con una ginebra me pone los pelos de punta.

—La verdad es que los jóvenes de hoy estáis hechos de mantequilla. ¿Te ha contado que se mareó en el avión? Bueno, ahora hablaremos de eso. Tenemos un par de horas antes de la cena. Mary Jo y sus padres nos esperan a las ocho en el 21.

No puedo decirte la impresión que me causó aquel paseo por las calles de Manhattan, sombreadas por los edificios altísimos, como colosos desafiantes. Recuerdo las calles llenas de gente y de vida, el paso rápido de los neoyorquinos, los escaparates tentadores donde era imposible encontrar la sombra de la escasez en que vivía aún la vieja Europa. Hasta los bocinazos de los coches parecían cargados de energía. Pensé que en aquella metrópolis rutilante casi cualquier cosa podía ser posible, y también que debía de ser muy fácil acostumbrarse a vivir allí, como es fácil sucumbir al encanto de una mujer hermosa.

Llegamos al 21 un poco antes de la hora de la cita, y tomamos una copa en el bar mientras esperábamos a Mary Jo y a los suyos.

—Ah, ahí vienen. Puntuales, como siempre.

Tuve que hacer un esfuerzo supremo para disimular mi sorpresa. Delante de mí estaba una joven muy guapa, de largos cabellos cobrizos y ojos oscuros... y una piel blanca como la leche. Elijah me miraba, divertido y consciente de mi desconcierto. Había dado por hecho que la familia del rey de las mediasuelas era de raza negra...

—Mary Jo, éste es Silvio.

—Menos mal que has venido —dijo, mientras me estrechaba la mano—. Temía que Elijah se negara a casarse si no estabas tú también en la iglesia... Dice que eres como su hermano, así que supongo que tú y yo vamos a convertirnos en una especie de cuñados...

Mientras avanzábamos hacia la mesa, Elijah se dirigió a mí en un susurro.

—Dime la verdad, ¿qué posibilidades habría de que los padres de una chica blanca le permitieran casarse con un negro? ¿Una entre un millón? No me negarás que soy un tipo con mucha suerte.

En los días siguientes, la familia de Mary Jo organizó toda una batería de actividades sociales en mi honor y en el de otros parientes desplazados a Nueva York para asistir a la boda. El tiempo se nos iba en cenas, tés danzantes y picnics en Central Park con canapés de salmón ahumado y champán servido en copas de cristal. Los Connors componían un nutrido y aristocrático clan extendido por ambas costas estadounidenses, aunque, tal como me había advertido Mary Jo, los Connors del sur poco o nada tenían que ver con los Connors de Pennsylvania, Maryland o Massachusetts. Era divertido observarles a todos juntos pues, a pesar del tiempo transcurrido desde que el primero de ellos se bajara del *Mayflower,* todos conservaban un inequívoco aire de familia en el particular color del cabello y el aire de languidez en las maneras aprendidas en alguna escuela privada.

No todos los parientes de Mary Jo habían recibido a su prometido negro con la misma franca calidez con que lo habían hecho el magnate del calzado y su jovial esposa. En aquellos días, aguzando el oído pude escuchar comentarios despectivos venidos de primos y tíos más o menos lejanos. Elijah era consciente de la situación, pero no le quitaba el sueño.

—Supongo que no se puede esperar otra cosa. Me imagino lo que dicen: «Debe de ser muy decepcionante para Jack y Eunice: tienen una sola hija, la envían a un internado suizo y luego a Vasaar... y resulta que la chica termina casada con un salvaje.» La verdad es que no pienso mucho en ello. He encontrado a tanta gente para la que mi color de piel era un motivo de disgusto, que me he acostumbrado. Incluso en Harvard tuve problemas por ser negro...

La intensa vida social de los días previos a la ceremonia no nos había dejado a Elijah y a mí muchos momentos para hablar sin testigos. Él no había vuelto a mencionar a Ithzak, pero yo no podía quitarme de la cabeza nuestra conversación del primer día. Y cuantas más vueltas daba a las sospechas de Elijah, más visos de realidad encontraba en ellas. La certeza de que nuestro amigo había conseguido salvarse del traslado al gueto y de las deportaciones era vagamente tranquilizadora pero, en mi fuero interno, me parecía detestable la idea de que Ithzak hubiese sido capaz de trapichear con los nazis. Claro que, ¿qué otra cosa podía hacer? ¿Entrar en el gueto como una oveja camino del matadero? ¿Malvivir allí en unas condiciones miserables y completamente solo? Si alguien, quienquiera que fuese, había ofrecido a mi amigo una sola oportunidad de salvación, hizo bien en aceptarla. Cuando llegué a esa conclusión, me avergonzó un poco haber tenido la osadía de juzgar el comportamiento del joven Sezsmann. Había hecho lo correcto, aquello a lo que todos estamos obligados: sobrevivir. En Polonia y en 1940, un muchacho judío no podía aspirar a mucho más.

Hannah Bilak llegó a Nueva York cuatro días antes de la boda, con el tiempo de asistir a una cena de gala en el hotel Plaza, a un té de damas en la residencia de los Connors y al baile que se celebraría la noche previa a los esponsales. El programa era tan apretado que temí no tener tiempo para hablar con ella, pero Elijah me tranquilizó.

—No te preocupes, he organizado las cosas para que Hannah sea tu pareja en todas las fiestas. No creas que ha sido fácil: las primas de Mary Jo estaban deseando que las acompañase un joven y apasionado español.

—No soy muy buen partido...

—Ya, pero ellas sí. Y estos americanos ricos encuentran distinguido todo aquello que viene de Europa.

Hannah iba a alojarse en casa de una tía de Mary Jo, una anciana viuda que vivía en la avenida Madison. Nos encontraríamos un poco antes de la cena para tener oportunidad de charlar a solas. Confieso que dormí mal la noche previa al reencuentro, y me desperté malhumorado y sin poder entender qué era lo que me ponía nervioso. Hannah y yo sólo habíamos pasado juntos cuatro semanas hacía once años, y en aquel tiempo los dos éramos unos niños que sólo podíamos hablar por señas. ¿Qué era entonces lo que me inquietaba? ¿Algún presagio inexplicable? ¿La intuición de que había cosas a las que debía tener miedo?

Volví a ver a Hannah Bilak en el vestíbulo del hotel Plaza, la tarde del 10 de abril de 1946. Llegó del brazo de Zachary West, que había ido a recogerla a la casa donde se alojaba, y no sé por qué pedí a la suerte que me permitiese poder obervarla durante unos segundos sin que ella me viera. Hannah ya no era la niña que había conocido en Varsovia, sino una mujer espléndida que atraía las miradas de todos los hombres presentes. Llevaba un vestido de fiesta de color verde agua y el pelo recogido, y no lucía más joyas que unos sencillos pendientes de oro. Hannah avanzó hacia nosotros indiferente a la expectación que había despertado su entrada, y me di cuenta de que al caminar se aferraba al brazo de Zachary West. Como yo, ella también estaba asustada.

—Silvio...

Los ojos grises se le empañaron, y yo no supe qué hacer, salvo estrechar la mano que me ofrecía y mirarla, once años después de que nos despidiésemos, en aquella estación de tren en Varsovia. Busqué en Hannah algunos rasgos que me recordasen a la niña que había sido, y descubrí que seguía teniendo la misma piel que entonces, y conservaba un aliento adolescente en la sonrisa tímida. Pero eran detalles menores, porque en realidad Hannah había cambiado: en toda ella se había obrado una metamorfosis fabulosa de la que pensé que deberían haberme advertido, porque ahora me costaba disimular la sorpresa. Mirándola recordé a su madre, y el corazón se me alborotó al darme cuenta del asombroso parecido entre Edith Griessmer y su hija, que, supuse, iría intensificándose con el paso de la edad.

—¿Cómo estás, Hannah? ¡Dios mío, cuánto has cambiado!

—Tú también has cambiado un poco. Muchos años para los dos ¿eh? Muchos años para todos, creo.

Hablaba inglés con un delicioso acento eslavo.

—Menos mal que has llegado. —Elijah la abrazó como hubiese hecho con una hermana, y por un segundo envidié a mi amigo, que había llegado con Hannah a semejante grado de confianza—. ¿Qué tal el viaje desde Baltimore?

—Horrible. El tren se paró tres veces. Creí que iba a tener que llegar andando...

—¿Y tu madre? ¿Cómo está?

—Un poco mejor. El invierno es malo para ella. Se quedó triste, hubiera querido venir, pero sigue sin tener mucha fuerza. Por cierto, Elijah, te envía esto...

Hannah abrió su bolso, una pequeña limosnera de encaje bastante desgastada que debió de haber pertenecido a su madre, y sacó un paquetito envuelto en papel de seda. Elijah lo abrió: eran unos gemelos de oro.

—Fueron de mi padre. —Los ojos se le volvieron a humedecer—. Mi madre quiere que sean su regalo para ti.

Elijah pareció dudar durante unos segundos: era un presente excesivo, sobre todo viniendo de una mujer sola y con pocos recursos, pero mi amigo se dio cuenta del hondo significado del obsequio, así que se despojó alegremente de los gemelos que llevaba y se colocó los que Hannah acababa de entregarle.

—Los llevaré el día de la boda. Díselo a tu madre, Hannah.

Se abrazaron otra vez.

—Bueno, bueno, el cupo de emociones está agotado. —Zachary West acarició la mejilla de Hannah—. Por cierto, querida, estás preciosa con ese vestido. Claro que estás preciosa con todo, pero eso ya lo sabes. Vamos a tomar una copa rápida, ¿de acuerdo? Cuando lleguen los invitados se llevarán a Elijah y no volveremos a verle en toda la velada.

Puedo decirte que aquella noche no hice otra cosa que mirar a Hannah. Creo que nuestros compañeros de mesa debieron de decirse que éramos dos perfectos groseros, pues apenas intercambiamos con ellos unas cuantas frases de cortesía obligada. No hablamos del pasado, sino que empleamos aquella cena en conocernos otra vez. Hannah me habló de su sencilla vida en Baltimore, de cómo había obtenido su título de enfermera y de lo mucho que le gustaba el trabajo en el hospital. Yo le hablé de mi cargo en el ministerio, de mi hermano fotógrafo, incluso de mi familia en Ribanova. De quien no le hablé fue de Carmen. Después de todo, no sabía muy bien qué debía decir acerca de ella.

Después de la cena, mientras servían el café en otro salón, Hannah y yo nos instalamos en un rincón discreto, y allí la conversación rodó hacia otros asuntos. Habían ocurrido tantas cosas terribles durante aquellos años que era imposible eludirlas: hacerlo hubiera sido como volver a empezar desde una mentira, pretender que nuestras vidas (y, sobre todo, la vida de Hannah) habían estado marcadas por la tranquilidad y la bonanza. Ella me contó cómo su madre había sido abandonada por su marido ario, que se llevó a los hijos de la pareja y la dejó a expensas de su suerte. Me sorprendió que no hablase de aquel hombre con demasiado rencor.

—Eran tiempos difíciles para todos —dijo— y quizá el señor Griessmer sólo quería proteger a mis hermanos. Ahora los tres están muertos. Ocurrió cuando los aliados bombardearon Dresde. De no ser porque Zachary movió cielo y tierra para embarcar a mi madre en el *Saint Louis*, ella tampoco habría sobrevivido. Consiguió hacerla llegar a América, y se ocupó de cuidarla hasta que pude hacerlo yo. Ha seguido ayudándonos durante todos estos años. —Señaló el vestido que lucía—. ¿Crees que una enfermera podría comprarse un traje así?

La abuela de Hannah había muerto en el año 37, cuando ya Amos Sezsmann estaba muy enfermo. Con el permiso de su madre, ella se había trasladado a vivir a la casa de la calle Trebaka para poder ayudar a Ithzak en sus cuidados al anciano músico. A pesar de todo, aquéllos habían sido unos años felices. Los Sezsmann y Hannah formaron una pequeña familia. Ithzak seguía con sus estudios, aunque ya no dedicaba tanto tiempo a hacer prácticas con el violín y el piano, y Hannah se ocupaba del gobierno de la casa y de mimar al enfermo. Ithzak y ella hablaron de casarse en una ceremonia íntima con la sola presencia del rabino y un par de testigos, pero las tímidas esperanzas de que Amos recuperase su salud les hacían retrasar sus proyectos de boda. Luego llegó la ocupación nazi, y casi de inmediato los planes para sacar a Hannah del país.

—Yo no quería marcharme, ¿sabes? Prefería permanecer en Varsovia con Ithzak y con el pobre Amos... estaba inválido, y necesitaba ayuda hasta para comer. Pero fue Ithzak quien me obligó a dejar Polonia. Dijo que no podía cuidar de su padre y de mí al mismo tiempo, que Amos le necesitaba y que volveríamos a reunirnos antes de lo que yo podía imaginar. Le dije que sí a todo, pero no le creí. La noche que vinieron a buscarme para salir del país, yo sabía que era la última vez que veía a Ithzak. No me preguntes cómo, pero lo sabía.

Cuando llegó a Estados Unidos, su madre estaba esperándola. Llevaban seis años sin verse, y sólo cuando la abrazó, allí, en el muelle, agotada y triste, desorientada y llena de miedo, se dio cuenta de cuánto la había echado de menos, de cuánto había necesitado su ayuda, sus consejos, su amor. Recuperar a su madre fue un tibio consuelo para el dolor que sentía, y la idea de cuidar de ella, un acicate para superar la pena y seguir viviendo.

Zachary West las instaló en Baltimore, donde poseía una casa que había comprado tiempo atrás como inversión y que nunca había llegado a estrenar. Hannah aprendió inglés con relativa rapidez —su dominio del alemán, el francés y el polaco le facilitó el estudio de un cuarto idioma bastante más sencillo que los que ya manejaba— y luego se matriculó en una escuela de enfermería. Zachary se hizo cargo de todo.

—Fue como un padre, como un hermano. Y actuaba

con tanta discreción, con tanta elegancia, que a veces ni siquiera nos dábamos cuenta de algunas de las cosas que hacía por nosotras.

Y mientras Hannah y su madre intentaban recomponer sus vidas, las noticias sobre lo que ocurría en el gueto habían llegado hasta círculos judíos de América del Norte. Se hablaba de las deportaciones, de los campos de exterminio, de los experimentos científicos con hombres y mujeres llevados a cabo por los alemanes...

—Cada cosa que me contaban era peor que la anterior, así que la idea de que Ithzak estaba muerto acabó convirtiéndose en una esperanza. Qué raro, ¿verdad? Llegué a rezar el *kaddish* por él. Prefería creer que la muerte le habría librado de todo aquel horror. Pero a veces pensaba que quizá estuviese vivo y sufriendo. El día que Elijah me contó lo que había pasado me puse triste, pero también fue como si me liberase de un peso. La verdad, por mala que sea, siempre es mejor que hacerse preguntas que no puede contestar nadie.

Rechazó una copa de champán que le ofrecía un camarero, y pidió en su lugar un vaso de agua mineral.

—¿Quieres saber algo que resulta ridículo? —me dijo—. Los Sezsmann eran unos judíos bastante atípicos. Ni siquiera observaban el *sabbath*, y en su despensa había suficientes productos de cerdo como para condenar a media colonia judía de Varsovia. Yo fui la primera persona que encendió en aquella casa las luces de *Hannukah*. Ellos no lo habían hecho nunca, y sin embargo tenían dos árboles de Navidad. Conocían nuestras tradiciones, pero no las respetaban. La abuela Bilak se escandalizó al saber que la cocinera de Amos ni siquiera estaba al tanto de las reglas del *kosher*. Creo que los Sezsmann le parecían un par de herejes. Sin embargo, a ellos les mataron por ser judíos, y yo sigo viva. Es una ironía ¿a que sí?

Me sonrió, como resignada a su suerte. A su mala suerte, que la había hecho nacer en un país destinado al aplastamiento y a la opresión. Supuse que estaría pensando en Ithzak, y me pregunté cuántas veces se habría torturado elucubrando acerca de lo que había ocurrido. Decidí compartir con ella las teorías de Elijah, que estaba seguro de que nuestro amigo había conseguido evitar el ingreso en el gueto.

—De haberse encontrado en Varsovia, Ithzak jamás hubiese acabado en un campo de concentración situado en Austria. No es descabellado pensar que logró escapar de la Gestapo, y que estaba intentando llegar a territorio neutral ayudado por alguien. —Hannah me miraba con el ceño fruncido, como concentrada en lo que estaba diciéndole—. Sé que sólo es una posibilidad pero... pero quizá Ithzak nunca llegó a entrar en el gueto.

Hannah estuvo callada un buen rato, dando vueltas a lo que acababa de escuchar.

—¿Sabes qué? —me dijo por fin—. He estado triste los últimos seis años. Me pasaba los días preguntándome dónde se encontraría Ithzak, y para encontrar consuelo sólo podía pensar en su muerte. Hay que aceptar que nunca sabremos lo que de verdad le ocurrió, así que podemos elegir qué es lo que queremos creer. No sé si Elijah está en lo cierto o no, pero yo prefiero pensar que Ithzak no pasó por el gueto, que no fue deportado en uno de esos trenes horribles y que no pasó los últimos tres años de su vida siendo un esclavo de los nazis. He tenido seis años para imaginar tantos horrores, que me doy por satisfecha sabiendo que Ithzak sólo estuvo unas semanas en Mauthausen.

Nos miramos en silencio. Una orquesta en la que no había reparado hasta entonces empezó a tocar *Mientras el tiempo pasa*, y me pareció que aquélla era una buena música de fondo para aquel momento. Hannah movía suavemente la cabeza al compás de aquella canción que años más tarde se convertiría en inmortal pero que en 1946 era solamente un tema de moda popularizado por el cine. Hubiera debido sacarla a bailar entonces, para subrayar su firme voluntad de empezar una nueva etapa libre de pesadillas y de incógnitas, pero no lo hice. Me quedé sentado, mirándola, mientras ella parecía ir recobrando una tranquilidad perdida al tiempo que tarareaba la canción del mismo modo que Ingrid Bergman lo hacía en *Casablanca*.

Hannah y yo apenas nos separamos en los dos días siguientes. Tuve ocasión de comprobar que el tiempo no sólo la había convertido en una mujer hermosa, sino también en una persona inteligente y buena que se negaba a dejarse vencer por la desdicha. Había algo extraordinariamente vivo en los ojos de Hannah Bilak, aquella muchacha indefensa que cruzó la Europa ocupada con la muerte suspendida sobre la cabeza, aquella novia que se separó del hombre al que amaba con la conciencia de que su despedida era para siempre. Hannah, que había llegado sola a América, y allí había recompuesto su vida sabiendo que nunca, jamás, iba a poder recuperar nada de todo aquello que había dejado tras de sí al salir de Polonia. Sé que fui injusto, pero la comparé con Carmen y su abrigo negro míseramente animado con un pañuelo de alivio de luto. Hannah, que lo había perdido todo, que se había convertido en una apátrida, que había tenido que empezar otra vez en otro país, en otro idioma, que había sobrevivido al pánico y a la incertidumbre. Hannah, que era hermosa y llevaba un traje del color del agua. Carmen, que parecía pedir perdón por ser tan guapa teniendo como tenía la obligación de llorar a diario la muerte del hermano. Fue entonces cuando supe que no quería a la que todos consideraban mi novia. Que no la querría nunca, o al menos no del modo que ella esperaba hacerse querer.

En aquellos días no sólo descubrí a Hannah, sino también Nueva York. A pesar de la sucesión de cenas y bailes, ella y yo encontramos tiempo para explorar una metrópoli que en nada se parecía a ninguna otra ciudad que yo hubiera visto. Pensé que, quizá en su momento, la Roma de Augusto hubiese jugado en la historia el mismo papel que ahora le tocaba desempeñar a Nueva York: el de convertirse en capital de un nuevo mundo, en punto de partida, en un lugar donde se mezclaban culturas y razas. Me pareció notar que el corazón me latía más fuerte al pasear por las calles de Manhattan, al elevar la vista y comprobar qué cerca estaba el cielo de aquellos edificios magníficos. Era la ciudad de la opulencia, de las posibilidades, de las expectativas. La ciudad del presente o, aún mejor, la del futuro inmediato. No sé en qué momento empecé a fantasear con la idea de mudarme allí. Hablaba inglés perfectamente, y aún no era demasiado viejo para encontrar un empleo. En aquella ciudad asombrosamente viva, en perpetuo estado de transformación, parecían quedar muchas cosas por hacer. ¿Por qué no iba a ser yo uno de aquellos ciudadanos que caminaban con la cabeza más alta que en cualquier otro lugar del mundo? ¿Por qué renunciar a vivir en aquella urbe fabulosa donde había tantas historias por escribir? Y, además, estaba Hannah. Ahora que la había encontrado, me espantaba la idea de alejarme de su lado. No lo puedo explicar, pero la sola idea de no volver a verla me producía, más que tristeza, algo parecido al pánico. No tenía la menor idea de qué podía esperar de ella, y tampoco me atrevía a acariciar la idea de proponerle que fuese mi esposa. Lo único que sabía es que no quería perderla del todo. Sí, Cecilia, me había enamorado de aquella chica judía que tan cerca había estado de casarse con uno de mis mejores amigos. Y cuando me decía a mí mismo, tengo que volver, tengo que volver cuanto antes y quedarme aquí para siempre, quizá no estaba pensando en Nueva York. Quizá sólo pensaba en Hannah.

Decidí hablar con Zachary West. Contarle lo que me había ocurrido en aquellos tres días. Confesar que deseaba con todas mis fuerzas dar un nuevo vuelco a mi vida, que estaba dispuesto a todo, a dejar mi trabajo, a renunciar a mi patria, a volver a poner tierra de por medio entre mi familia y yo. Después de todo, el mío era un deseo legítimo: había encontrado el camino a la felicidad, y necesitaba de él para seguirlo. Zachary, mi amigo, mi hermano, mi padre, sólo querría apartar cada uno de los obstáculos que pudieran entorpecer ese camino.

La boda de Elijah fue exactamente como yo esperaba: una ceremonia larga y pomposa con una novia radiante y un novio feliz cuya piel negra parecía desafiar el origen anglosajón de los parientes de su mujer, seguida de un banquete excesivo y una fiesta que duró hasta el alba. Los novios se habían marchado mucho antes, rumbo a su luna de miel en Barbados. Me despedí de Elijah con un abrazo y la promesa de volver a vernos pronto.

—Mientras tanto, intenta escribirme.

—Lo prometo. Buen viaje y hasta pronto.

Le vi alejarse de la mano de su mujer, entre una lluvia de granos de arroz y pétalos de flores que les arrojaban las damas de honor. Cuando la puerta se cerró tras ellos, Zachary West puso su mano en mi hombro.

—Bueno, pues ya está. Ahora podemos volver a la vida normal.

Era el momento perfecto para hablar con él. Hannah

estaba con las otras chicas curioseando los regalos de boda que estaban expuestos en un salón adyacente, y Zachary se había librado por fin de toda la tropa de familiares de Mary Jo que deseaban estrechar la mano del antiguo héroe de guerra.

—Zachary, ¿podemos tomar una copa en algún sitio más tranquilo? Me gustaría hablar contigo.

—Sí, yo también tengo algo que contarte. Vamos al bar de la segunda planta, no creo que a esta hora haya demasiada gente.

Como Zachary había previsto, el bar estaba desierto. Pedimos dos brandys.

—Por Elijah y Mary Jo —dijo Zachary— y también por ti, Silvio. Tengo una sorpresa que te va a alegrar. Sé que llevas meses esperando este momento y que has tenido mucha paciencia.

—No entiendo...

A Zachary le brillaban los ojos.

—Los alemanes comienzan a moverse. Estábamos seguros de que ocurriría en cuanto se confiaran. Las detenciones han empezado hace días. Hemos localizado en Francia a dos altos oficiales de las SS, y a un montón de antiguos miembros de la Gestapo que estaban a punto de establecerse en Austria. Y sospechamos que hay varios capitostes del partido nazi que tienen planes para cruzar la frontera española.

Zachary West me miraba con aire triunfante mientras sostenía su copa de coñac.

—El baile ha empezado, y ahora te toca a ti. En cuanto llegues a España recibirás las primeras instrucciones. Bienvenido a la Organización.

Balbuceé algo ininteligible. Zachary debió de pensar que estaba tan emocionado que no me salían las palabras.

—Bueno... ¿y tú? ¿Qué querías decirme?

Noté algo raro en la boca.

—Nada... que.. que no he hecho ningún regalo de boda a Elijah y Mary Jo. Soy... soy un desastre... ¿sabes si hay alguna cosa que quieran?

Zachary apuró la copa de coñac.

—Puedes comprarle un abanico a Mary Jo. Yo se lo traeré la próxima vez que venga a Nueva York.

TERCERA PARTE

Al poco tiempo de morir mi madre, empecé a ver como una amenaza las primeras Navidades sin ella. Imaginaba la mesa pascual con su silla vacía, me veía a mí misma preparando en soledad la cena de Nochebuena, evocaba otras Navidades, lloraba por anticipado. Y, al aproximarse el adviento, me di cuenta de que había recreado tantísimas veces la Horrible Primera Navidad Sin Mamá, que el miedo cerval que me inspiraba la llegada de diciembre había empezado a deshacerse como la espuma cuando se manosea. El primer día que descubrí a los empleados municipales colocando las guirnaldas de bombillas en las calles de Madrid no se me subió el llanto a los ojos, sino que recordé, casi con una sonrisa, cómo otros años llamaba a mi madre para describirle la iluminación que colocaba el Ayuntamiento en las zonas de Callao y la Gran Vía. A veces, mi madre viajaba a Madrid en las vísperas de Pascua, y juntas visitábamos los tenderetes de la plaza Mayor y la sección de adornos navideños de los grandes almacenes, escandalizándonos en ocasiones con el precio de los objetos de importación. No se me olvida un enorme Papá Noel austríaco, hecho enteramente a mano, que costaba casi cuatrocientos euros: «Por ese precio —había dicho mi madre— deben de haberle cosido la ropa con los pies.»

Siendo yo una niña, mis padres habían viajado a Alemania y Suiza a principios del mes de diciembre, y trajeron de allí todo un tesoro para decorar la casa en las próximas fiestas: pequeños santa claus para colgar del abeto, bolas de cristal transparentes y ligeras como pompas de jabón, coronas de acebo, campanas plateadas y hasta una colección de diminutos instrumentos musicales que brillaban entre las ramas del árbol como si estuviesen hechos de oro. Mis amigas habían venido a merendar una tarde, y todas estuvieron de acuerdo en que no había en ninguna otra casa unos adornos navideños tan bonitos como los nuestros. Recuerdo aquella Navidad —creo que fue la de 1981— como una de las más felices de toda mi infancia.

Aquella misma tarde hablé con mi padre para planificar las jornadas supuestamente festivas que se nos venían encima. Me preguntó qué íbamos a cenar en Nochebuena, y decidí poner las cartas sobre la mesa.

—Papá, no creo que sea buena idea pasar esa noche en casa.

Pude escuchar su silencio.

—Ya veremos.

Me aterra esa frase, «ya veremos». Mi padre la utiliza cada vez que quiere aplazar la toma de una decisión crucial, o cuando no desea enfrentarse con algo que verdaderamente le preocupa. Pero esta vez yo no iba a dejar que las cosas se quedaran en un «ya veremos».

—Creo que es mejor que cenemos con los tíos.

Mi padre tiene cuatro hermanos y se lleva bien con todos. Dos están casados y tienen hijos. Una de mis tías me había insistido para unirme a ellos la noche del 24, y la verdad es que cualquier cosa me parecía mejor que encerrarnos en casa mi padre, mi hermano y yo (mi hermana cenaba con su marido y la niña en casa de sus suegros), bajo una espesa capa de tristeza avivada por la conciencia de la fecha.

—A mí no me importa quedarme aquí —dijo.

—Pero a mí sí —contesté. Mi voz sonaba firme, neutra, como cuando estaba en una reunión discutiendo un contrato.

—No sé qué tiene de malo cenar en casa, como siempre...

Esta vez tomé aire antes de responder, e intenté que mi voz fuese cálida: la voz de una hija y no la de una negociadora.

—Papá... ya no puede ser como siempre.

No había más que decir.

Antes de marcharme a Galicia, fui al piso de Silvio para desearles a él y a Lucinda una feliz Navidad. Me preocupaba que el abuelo estuviese desanimado con la idea de pasar las fiestas en la sola compañía de la asistenta, pero mi amigo estaba hecho de un material muy particular. Me aseguró que las Navidades le resultaban por completo indiferentes. No se ponía triste, no le molestaba el soniquete de los villancicos ni el derroche de la iluminación, le daba igual recibir o no montones de christmas y, por supuesto, no enviaba ninguno («¿y a quién se los iba a mandar?»). Jamás había tomado las uvas al compás del reloj de la Puerta del Sol («me parece una cochinada, todo el mundo engullendo y atragantándose al mismo tiempo»), no adornaba la casa y sólo compraba regalos a sus bisnietos. Lo que sí le gustaba era el turrón («será porque no lo puedo comer»), el sorteo de la lotería del 22 («aunque nunca en la vida me ha tocado nada») y la cabalgata de Reyes («la veo por la tele todos los años»).

Les llevé a él y a Lucinda unos regalos. Para la asistenta, un frasco de perfume que se probó enseguida, dándose toquecitos detrás de las orejas. Para Silvio, una bufanda de punto en tonos tostados que pareció gustarle mucho. Me abrazó al despedirnos. No preguntó cuándo iba a volver, pero supe que él también iba a echarme de menos durante aquellos días. De común acuerdo habíamos decidido interrumpir su historia hasta mi regreso —la última semana había sido para mí de constante ajetreo con cenas de celebración y compras de última hora en medio de hordas de consumidores enloquecidos— y me salté nuestras visitas con la conciencia de estar cometiendo una suerte de traición.

Llegué a casa de mi padre en la tarde del 23 de diciembre. Mentiría si dijese que el corazón no se me encogió en cuanto abrí la cancilla del jardín y recordé otras vísperas de Navidad, cuando había recorrido el mismo camino empedrado hacia la casa, bajo la sombra protectora de los robles centenarios. Mi madre y mi padre estaban dentro, esperando la llegada de sus hijos, con el fuego encendido en la chimenea y muchos planes para las vacaciones. Mi madre nunca dejó de salir a la puerta a recibirme, ni siquiera en los últimos dos años, cuando ya necesitaba las muletas para caminar y sus pasos eran lentos y cortos como los de un niño. Vuelvo a ver la expresión radiante de su cara cuando entrábamos diciendo en voz alta, «Feliz Navidad, Feliz Navidad», cuando nos abrazaba para prologar los momentos dichosos que íbamos a vivir en los días siguientes.

Era ella quien ponía el belén todos los años. Incluso cuando éramos muy pequeños permitía que la ayudásemos a formar caminos con el serrín, y convertía en una verdadera fiesta la tradición anual de coger el musgo. Recuerdo aquellas jornadas que empezaban a media mañana, cuando mi padre nos metía en su coche y nos íbamos, los cinco, a algún lugar alejado del casco urbano. Allí buscábamos entre las peñas húmedas y los márgenes de algún arroyo las verdes alfombras de musgo para reinventar un Jerusalén imposible y distinto, una Palestina ideal donde había prados jugosos en mitad del desierto, palmeras nevadas y animales de corral más grandes que los pastores y los camellos de los magos.

Luego nosotros crecimos, y nos fuimos para volver en Navidades. Mi madre y mi padre aprendieron a ir solos a buscar el musgo, y solos también preparaban el tablero del nacimiento que, sin el concurso impertinente de tres pequeños desmanotados, fue ganando en buen gusto y complicándose con nuevos elementos en el paisaje de Belén. En los últimos años, mi madre había asumido la dirección del proyecto, y cada Navidad se retaba a sí misma para levantar un nacimiento mejor y más perfecto que el del año anterior. De forma sumisa, mi padre se convirtió en un simple peón aplicado a las órdenes de su mujer, que era la responsable última de aquel precioso tinglado de montañas, cascadas y grutas misteriosas, caminos de arena y riscos escarpados. Cada año, durante las pascuas, eran muchos los que se acercaban a nuestro hogar para ver el nacimiento que instalaba mi madre. Ahora, dentro de aquella casa, me esperaban los restos de la Navidad, pues ella se había llevado consigo una parte importante del material con el que estaban hechas aquellas fiestas.

Me recibió mi hermano, que intentaba parecer alegre. Es el más joven de los tres, y desde que mi madre no está, se ha echado sobre los hombros la tarea de proteger a mi padre de las sombras de la pena. No se lo he dicho nunca, pero creo que lo que hace tiene un valor extraordinario. De los tres hermanos, él es el menos afortunado: por haber nacido el último vivió con mi madre cinco años menos que yo, de forma que la perdió cinco años antes. A cambio, ella le protegió a él mucho más que a nosotras. A veces pienso que también le quiso un poco más. Y no me importa. Me sentí suficientemente amada por ella como para aceptar que el peso de su amor era más grande con respecto al menor de sus tres hijos.

En el salón, mi padre había instalado un nacimiento sólo relativamente chapucero, y un árbol cubierto de luces cuyos cables intentaba ocultar colgando entre las ramas figuritas de madera y lazos de fieltro rojo. Colocó las guirnaldas de falso acebo que había comprado mi madre años atrás, el tapete con dibujos de casitas nevadas que había confeccionado y los cojines con motivos pascuales que ella misma había cosido. Puedo imaginar lo dolorosa que tuvo que resultarle aquella tarea y su pena al revolver entre tantos objetos cargados de sentido, puedo imaginar lo denso de su soledad en el momento en que hacía sin mi madre las mismas cosas que llevaba casi cuarenta años haciendo con ella. Por eso, cuando entré en la casa y vi las figuras descascarilladas del belén, las luces del abeto y las velas rojas de los candelabros, pensé en cuánto había amado mi padre a mi madre y cómo ahora intentaba conservar ese amor a través de las cosas que habían sido de ambos. Mi padre se negaba a renunciar a ese amor, como tampoco renunciaba a decorar la casa y a celebrar la Navidad incluso sin su esposa.

No hablé de eso con mi padre. Hay cosas que uno prefiere no sacar de adentro. Le abracé, y en silencio le ayudé a rematar su trabajo mientras el recuerdo de mi madre pasaba suavemente sobre el árbol adornado y el musgo húmedo del nacimiento.

Cuando mi madre enfermó y cambió la vida de todos, la vida de mi padre también cambió. Él, que llevaba treinta y tantos años dejándose cuidar por una persona, descubría de golpe que las tornas habían cambiado y que era él quien tenía que cuidarla a ella. Mis hermanos y yo estábamos preocupados por eso. ¿Cómo iba a reaccionar mi padre a la necesidad irrevocable de poner del revés toda su rutina? Para nuestro desconcierto, respondió sorprendentemente bien. Aquel hombre fruto de una educación anticuada y machista, que era incapaz de lavar una taza, prepararse una infusión o freír un huevo sin organizar un zafarrancho monumental en la cocina, se convirtió de la noche a la mañana en un perfecto ejemplo de mayordomo eficiente. Aprendió a poner lavadoras, a seleccionar las prendas que hay que lavar a mano, a hacer la compra diaria y a distinguir los productos de limpieza. Mi madre le enseñó a guisar: se sentaba en el banco de la cocina y le daba instrucciones precisas para ejecutar esta o aquella receta. Demostró ser un buen alumno, y en unos meses fue capaz de preparar un buen número de platos con una habilidad notable.

Mi padre nunca se quejó por esa parte de carga que había tenido que asumir. Los efectos colaterales de la enfermedad de mi madre que le afectaban directamente a él parecían traerle sin cuidado. Le ponía el desayuno por las mañanas, recogía la mesa, planchaba la ropa. Parecía contento de poder hacerlo. Pidió incluso una reducción de su jornada en el trabajo para poder dedicar todo el tiempo posible a cuidar de su esposa. No pudo sacar demasiado partido a aquella situación: mi madre murió sólo cuatro meses después de que concediesen a mi padre una especie de jubilación anticipada. Pero imagino que aquellas semanas de entrega, de tierno cuidado a quien fue su mujer durante treinta y siete años, tienen por fuerza que haberse convertido en otra preciosa fuente de recuerdos.

Durante aquellos días llamé a Silvio, y escuché su voz familiar deseándome unas felices fiestas y un buen año Nuevo. No fueron charlas largas: Silvio detestaba el teléfono, a pesar de lo cual sabía resultar afectuoso, cálido incluso, en sus frases cortas y sus lacónicas respuestas. Me di cuenta de que le añoraba, de la misma forma que todas las Navidades añoro a un puñado de amigos especialmente queridos que están lejos por una u otra razón. Cuando somos niños, el mundo es perfectamente compacto. Todo está cerca, porque en realidad nuestra nómina de verdaderos afectos es mucho más limitada y se reduce a la familia. Pero luego, al madurar, aparecen personas que entran en nuestras vidas para aumentar la lista de añoranzas, y en determinados momentos es imposible no echar de menos a alguien en concreto, a alguien a quien queremos, a quien necesitamos. A alguien que está lejos. O, peor aún, a alguien que ya no está.

La tarde del 26 hablé con Elena, que vivía en Nueva York sus particulares Navidades blancas. Me dijo que llevaba tres días nevando sin parar.

—La ciudad debe de estar preciosa...

—No seas cursi. Cuando nieva, Nueva York es una sucursal del purgatorio. El tráfico se pone imposible y desplazarse es una aventura. Mi madre resbaló hoy en una placa de hielo y se ha hecho un esguince.

—Vaya por Dios.

—Entre nosotras, yo creo que lo que tiene es cuento, pero no voy a discutir. La tengo en el sofá, con la pata chula, atracándose de bombones. Le va a subir el azúcar, pero paso de decirle nada.

—Oye, ¿y Sergio? —Era el hermano mayor de Elena. Vivía en Roma con su mujer y su hija, y dos hijos de un matrimonio anterior de ella.

—Ésa es otra. Dijo que iba a venir, lo cual hubiese sido un detalle teniendo en cuenta que lleva meses sin ver a mis padres. Dos días antes de Nochebuena me llamó para contar que le había surgido un problema en el trabajo y que tenía que quedarse en Italia. Me sentó como un tiro, pero no le dije nada. Me juego el cuello a que ese cambio de planes es cosa de la bruja de Giovanna, que nos odia a todos. Pero mira, que hagan lo que quieran, bastante tengo yo con todo el jaleo de estas fiestas. La familia de Peter comió con nosotros el día de Navidad. Fuimos diecinueve, ¿te imaginas? Tuve que apañarme sola, porque le dimos el día libre a la gente del servicio.

«La gente del servicio.» Elena decía esas cosas con tanta naturalidad que te transportaba fácilmente al viejo Nueva York de Edith Wharton. Sí, la Navidad en aquella casa podía haber salido perfectamente de una escena de *La edad de la inocencia.*

—Tomamos pavo, por supuesto, y la madre de Peter trajo una tarta riquísima. Los niños ensayaron un villancico y a Eliza se le olvidó la letra. Se echó a llorar, la pobrecita. Lo pasamos bien. El último invitado, un primo de Peter que vive en Newport, se marchó a las diez de la noche borracho como una cuba. Casi se mata al bajar las escaleras, tendrías que haberlo visto.

—¿Y cómo está tu padre?

—Un poco depre. El pobre pensaba que iba a pasar la Navidad en España, pero todavía tiene para rato.

—¿No saben cuándo van a volver?

—No... y de eso quería hablarte... no puedo pretender que sigas ocupándote de Silvio si esta situación se prolonga. Ya han pasado tres meses, y no tenemos ni idea de cuándo van a dar a mi padre el alta definitiva. Toda la familia tiene la sensación de estar abusando de tu buena voluntad. Hemos estado hablando de contratar a un asistente social para cuidar del abuelo.

Sentí algo raro en el estómago, como un pellizco de miedo, ante la perspectiva de ser privada de mis visitas a Silvio.

—Ni se te ocurra —conseguí decir—. En primer lugar, creo que echaría a patadas a cualquiera que no fuese yo. Y, además, qué quieres que te diga, me he acostumbrado a él. Sí, no pongas esa cara.

—No sabes qué cara estoy poniendo.

—Pero me la imagino. El caso es que me gusta pasar el tiempo con tu abuelo. Si estás más tranquila contratando a alguien para que se ocupe de Silvio, hazlo... pero yo pienso seguir yendo a verle todas las semanas.

Elena parecía desconcertada.

—No puedo creer que te apetezca que un viejo te dé la murga cada siete días.

—Pues ya ves.

—En fin, si estás segura... figúrate, yo encantada de seas tú quien se encargue de él...

Mi estómago volvió a su sitio. Me despedí de Elena después de intercambiar toda clase de buenos augurios para el año nuevo y de desearle un poco de paciencia con su pobre madre malherida por el hielo de Manhattan. Instintivamente cerré los ojos y traté de imaginar las calles nevadas de Nueva York, y también la casa del doctor Peter Sheldon, con su esposa española preparada para ofrecer una comida el día de Navidad a todos los miembros de la familia. Sonreí mientras recreaba aquella escena, la chimenea encendida, el árbol fastuoso encargado a alguna tienda, el pavo traído de Dean and DeLuca, mientras el equipo de sonido de última generación desgranaba melodías navideñas clásicas en las voces de Bing Crosby y de Tony Bennet. Me gustó imaginar aquella comida navideña con los distinguidos miembros del clan Sheldon reunidos alrededor de la mesa, besándose bajo el muérdago, entregándose regalos caros y primorosamente envueltos mientras los copos de nieve se arremolinaban tras los ventanales de la casa de Grammercy Park.

Siempre me han gustado esas celebraciones navideñas en las que la casa se llena de gente. En otras Navidades, también a nuestra casa habían llegado alegres visitas de parientes y amigos. Las primas de mi madre, que se habían criado con ella como si fueran hermanas, y sus hijos, e incluso los hijos de sus hijos, venían a pasar la tarde de Navidad para contar junto al fuego viejas historias familiares, tantas veces repetidas que solíamos empezar a reírnos antes incluso de terminar cada chiste. Luego merendábamos chocolate con tostadas (en los últimos dos años hubo que sustituir los picatostes por bollería industrial, porque mi madre ya no podía pasar mucho tiempo de pie para prepararlos, y a mí no me quedaba el pan tan crujiente como a ella) y nos despedíamos bien entrada la noche, plenos de afecto, exudando amor y guardando aquella tarde junto a los buenos recuerdos de otras Navidades. Este año esperé en vano la visita de todos ellos. Como otras veces, compré chocolate y cruasanes envasados, preparé la mesa para una posible merienda y tuvimos el fuego avivado en la tarde del 25, pero nadie vino a vernos. Sólo Carmen, mi prima, y su familia, que en su bondad de nacimiento supieron sobreponerse a la nostalgia que iba a producirles el ver vacío el lugar de mi madre junto al sillón de la ventana.

Yo siento esa nostalgia todos los días, pero el perder aquellas tradiciones venturosas que ella adoraba sirvió para hacer un poco más profunda mi herida. Tiré la bolsa con los bollos y el chocolate casi intacto, asumiendo que esas visitas multitudinarias eran otra parte de las Navidades a la que tendríamos que renunciar para siempre. Confieso que, muy a mi pesar, la ausencia de las personas queridas me dejó dentro un poso de rencor. Quizá no nos querían tanto como yo pensaba. O no nos querían lo suficiente como para dejar de lado su propia pena y ayudarnos a sobrellevar la nuestra. Una de las infinitas caras del dolor es su capacidad para volvernos egoístas, y también, en mi caso, para restringir nuestra capacidad de comprensión. Recordé, amargada, cómo otras Navidades mucha gente acudía a nuestra casa en busca del calor familiar que reinaba en ella, cómo se sentaban junto a la chimenea encendida y olorosa a madera, y picoteaban de la bandeja de los turrones mientras mi madre les ofrecía refrescos y bebidas calientes. ¿Dónde estaban todas aquellas personas? ¿Por qué nos habían dejado solos, si era justo ahora cuando necesitábamos de su compañía y de su afecto? Comprendí que nuestra casa había dejado de ser un refugio apetecible, un reducto de buen humor y de cálidos afectos, para convertirse en un lugar que se suponía ganado por la pena, donde unos cuantos seres se tragaban las lágrimas y vivían de los recuerdos de un tiempo perdido que ya no podía volver. Y la gente huye como de la peste de la tristeza ajena.

El día de Navidad había intentado no pensar mucho en aquel generalizado abandono, pero ahora, tras hablar con Elena y evocar su familiar y ruidosa celebración de la tarde del 25, sentí una opresión en el pecho, una amargura densa, una desoladora sensación de soledad. Me di cuenta de que las lágrimas me estaban mojando la cara. Sentí un violento, un desesperante deseo de abrazar a mi madre, de contarle cómo me sentía y de que ella, echando mano de su particular sentido de la bondad, encontrase una justificación para el comportamiento de aquellas personas por las que siempre nos habíamos creído amados. Fue el peor momento de todas las fiestas. No podía quedarme en casa, así que, aunque el tiempo no era bueno, cogí mi vieja bicicleta y salí a dar un paseo solitario, enfundada en un anorak que me quedaba pequeño, protegida la cara por una bufanda que había sido de mi madre.

Mucha gente prefiere el campo en primavera, pero yo creo que nunca está tan bonito como en los primeros días del otoño o bajo los fríos del invierno. Los árboles desnudos, cubiertas de liquen las ramas quebradizas, pierden su aspecto imponente y parecen seres frágiles a los que cualquiera podría hacer daño. Y el frío, que resulta incómodo, nos ayuda sin embargo a regresar a nosotros mismos, a buscar en nuestro interior una particular intimidad. La cadena de la bicicleta chirriaba con cada pedaleo, y se escuchaba el crujido de las hojas endurecidas por los restos de la helada. El cielo estaba gris. El aire olía ligeramente a humo de algún hogar cercano. No soplaba el viento, tampoco llovía, pero el sol no había salido y era muy posible que al llegar la noche volviese a helar. Es curioso, pero en el campo también el hielo tiene un olor propio y cortante, un olor que se distingue del de la lluvia o el de la nieve.

Recuerdo una Navidad, hace seis o siete años, en que cayó una suave nevada durante la noche del día 29. Al día siguiente, el campo apareció cubierto por lo que parecía una capa de azúcar. Mi madre, mis hermanos y yo salimos a dar un paseo por los alrededores, desafiando a un frío intensísimo que nos sonrojaba las mejillas y convertía en vapor nuestra respiración. Mi hermano nos hizo una foto frente a un prado cubierto de escarcha, que parecía sacado de una imagen de la tundra. Recuerdo que mi madre llevaba un abrigo de piel vuelta con capucha, un poco pasado de moda. Al ver la foto, le convencí para que se deshiciera de él. «Está viejísimo. No puedes ponerte esto, es espantoso.» Ella protestó, pero acabó por claudicar y me prometió que tiraría aquella antigualla. Me pregunto qué hizo con él. Ojalá lo hubiera conservado. De ser así, podría ponerme aquel largo abrigo que era capaz de preservar del frío hasta el último centímetro del cuerpo, calarme la capucha y arrebujarme en el forro de peluche, que seguro que guardaba todavía algún recuerdo del olor de mi madre.

Pensando en aquel viejo abrigo, pensando en mi madre, el alma fue liberándose de la amargura, como si soltara un pesado lastre. La bicicleta avanzaba lanzando de vez en cuando algún gemido seco, y el esfuerzo de las pedaleadas me aligeraba la conciencia. Pensé en todos los que no habían querido estar con nosotros aquellas Navidades, y me dije que posiblemente su comportamiento no tenía nada que ver con la falta de amor, sino con una suerte de cobardía que les hizo trazar un particular camino para huir a su vez de las asechanzas del dolor. Ellos también añoraban a mi madre, también habrían notado su ausencia durante aquellas fiestas, y seguramente no fueron capaces de acercarse al lugar donde esa ausencia se haría más evidente, y por ello más dolorosa. No pensaron en nosotros, pero seguro que sí pensaban en mi madre, y la habrían recordado aquella Navidad con una plegaria, con una lágrima, con un lamento que no quisieron compartir con nadie, menos aún con nosotros. Quizá pensaron que su presencia en la casa sólo iba a servir para hacer más profunda nuestra herida. Se equivocaron, pero ¿quién no lo hace? ¿No me equivoqué yo al pedir a mi madre que tirase aquel abrigo?

Había anochecido cuando volví de mi paseo. Traía la cara helada por el aire de diciembre, y el alma algo apaciguada por el ejercicio y la paz del paisaje. También por los recuerdos de aquel paseo que había dado con mi madre por los campos nevados, muchos años atrás. Dentro me esperaban los míos. La chimenea estaba encendida, como todas las tardes del invierno, y también las luces del árbol y las de la guirnalda de la entrada.

—¿Dónde estabas?

—Dando una vuelta en bici.

—¿Con este frío?

Ni siquiera contesté. Me dirigí al armario de la entrada para colgar el anorak que llevaba puesto, y entonces, cuando buscaba una percha, vi que el viejo abrigo de mi madre seguía estando allí, medio oculto por cazadoras y chubasqueros, como queriendo esconderse de algo o de alguien, como intentando escapar de la expulsión definitiva. O, quizá, con la intención de desafiar todas las cosas que estaban en su contra, su vejez incontestable, su corte anticuado, la piel desgastada a la altura de los codos y del cuello. Mi madre no había querido tirar aquel abrigo. Aunque —al menos en mi presencia— no se lo había vuelto a poner después de aquella tarde, debió de considerar una deslealtad deshacerse de algo que le había sido útil, que le había dado cobijo y calor durante mucho tiempo, sólo porque ya no estuviese en perfecto estado de revista.

Me acerqué un poco y acaricié el forro, hundí la nariz en el cálido interior de aquella prenda que yo misma había desahuciado, y la presencia de mi madre lo llenó todo, el armario de madera, el vestíbulo de la entrada, el salón, la casa. En aquel preciso momento, su recuerdo se hizo tan vivo que no pude pensar nada más que en ella, y me di cuenta de que, igual que aquel abrigo, mi madre también seguía allí. Tenía lágrimas en los ojos cuando volví al salón, pero nadie me preguntó nada. En aquellos días, intentábamos no interferir en la forma de enfrentar la pena de cada uno de nosotros.

Pasamos el resto de las Navidades en una lucha sin cuartel contra la tristeza y resguardándonos en mi sobrina de la amenaza de las lágrimas. Aquel bebé largamente deseado por su abuela era ya una personita de un año y medio, que corría por la casa descubriendo que, al llegar determinadas fechas, el mundo cambia para volverse luminoso y distinto. Ella nos ayudó a sobrellevar la desdicha. La memoria de las Navidades pasadas y perdidas estaba allí, pero la niña simbolizaba las Navidades presentes y todas las Navidades futuras. Sin decirlo, todos estuvimos de acuerdo en que ella tenía derecho a ser feliz, a no crecer consumida por la pesadumbre ajena. A recordar, dentro de mucho tiempo, una Navidad radiante, sin sombras que la nublasen. Una Navidad como la que, junto a mi madre, habíamos vivido mis hermanos y yo. Fue precioso verla descubrir de nuestra mano las luces titilantes del árbol de Navidad, ser testigos de su sorpresa ante el aluvión de regalos de la mañana del 25 de diciembre, contarle de forma sencilla la historia del nacimiento de Jesús y la adoración de los Magos. No sé qué hubiésemos hecho esta Navidad de no estar ella con nosotros, reclamando nuestra atención, exigiendo nuestras sonrisas y nuestra alegría, contagiándonos de su inocencia, de su curiosidad y recordando que teníamos un motivo para plantar cara a nuestra pena. Mi madre decía siempre: «En Navidad, debería ser obligatorio tener un niño en casa.» Ahora que ella no está, nosotros tenemos a nuestra niña recordándonos nuestro deber de seguir viviendo y celebrando la misma Navidad que mi madre adoraba y que siempre intentó que fuese para sus tres hijos lo más feliz posible.

Cuando éramos pequeños, mis padres organizaban un verdadero espectáculo para entregarnos los regalos de Navidad. Solíamos hacerlo en la mañana del 6 de enero, cuando, tras una noche inquieta, avanzábamos con los ojos cerrados hacia el salón de la casa donde sus majestades de Oriente habían dejado los presentes de cada año, condicionados siempre por nuestro buen comportamiento. Recuerdo a mi madre, fingiendo sorpresa cuando entraba en el salón y encontraba las dádivas regias cuidadosamente colocadas sobre la mesa, sobre los sillones, en el suelo. En ocasiones, los Reyes se tomaban incluso la molestia de esconder alguna parte del botín, que no aparecía hasta que pasaban unas horas, incluso unos días. Una vez, un Scalextric permaneció casi una semana oculto tras el sillón grande del salón, hacia donde tuvo que guiarnos mi madre para que el juguete no se quedase allí hasta las Navidades siguientes. Mis hermanos y yo nos reímos al recordar la historia. Fue algo que hicimos constantemente: rememorar las fiestas pasadas con una nostalgia amable, como aquella vez que un pequeño terremoto sacudió la comarca en la tarde del día 24 y por alguna razón misteriosa nuestro árbol de Navidad quedó inclinado, como una torre de Pisa doméstica. O aquella vez que, en contra del consenso general, mi padre —que se encargaba de la luminotecnia del nacimiento— se empeñó en poner una luz roja parpadeante dentro del castillo de Herodes, y yo coloqué un cartel en la torre convirtiendo la fortaleza del rey en un puticlub de carretera. Se lo enseñé a toda la casa menos a mi padre, culpable del efecto lumínico y creador del escenario de la broma. Cuando mi madre vio el cartel, se rió tanto que se le saltaron las lágrimas.

También nos acordamos de una Nochebuena en que se fundieron los plomos justo cuando íbamos a empezar a cenar, y tuvimos que hacerlo completamente a oscuras, iluminados sólo por la luz de las velas. Y otra en que pensamos que se había quemado el asado. Estuvimos a punto de tirarlo, pero cuando lo probamos resultó que estaba más rico que nunca. Aunque a veces nos temblaba la voz, aunque a veces se nos humedecían los ojos, nos dábamos cuenta de que aquellas conversaciones nos sentaban bien: hablar alegremente de todas aquellas cosas era también una forma de hacer presente a mi madre.

De todos los recuerdos de los que echamos mano durante aquellos días, uno de mis preferidos tiene que ver con la madrugada del día de Año Nuevo. Sucedió hará ocho o nueve años. Mi hermana y yo regresábamos de una fiesta, con los zapatos de tacón en la mano y los trajes largos salpicados de papeluchos, y antes de acostarnos tomamos un bocado en el salón. Recordamos que una cadena de televisión había programado para aquella hora *Qué bello es vivir,* y decidimos ver alguna escena antes de acostarnos. Estaba casi al principio, cuando el pequeño George Bailey salva a un niño de morir envenenado y a su anciano patrón de la ruina y la cárcel. Mi madre entró sin que nos diésemos cuenta, y se sentó con nosotras a ver el resto de la película. Las tres conocíamos de sobra cada secuencia, cada diálogo, y eso nos permitía anticiparnos a lo que iba a pasar a continuación. Vimos las tres juntas todo el film de Capra, emocionándonos y riendo a la vez. Con la última escena, cuando el ángel que ha conseguido sus alas hace sonar las campanillas del árbol de Navidad, y los Bailey se abrazan mientras alguien toca al piano el *Vals de las Velas,* a las tres se nos saltaron las lágrimas mientras el sol del invierno empezaba a iluminar nuestro salón con las primeras luces del año nuevo.

—Feliz año, señorita Cecilia.

—Feliz año, Lucinda. ¿Qué tal han pasado las fiestas?

La asistenta se encogió de hombros.

—Pues por aquí, el señor Silvio y yo. El 24 cené con mis hijos y con mi nuera, pero la mañana del 25 me vine aunque tenía el día libre. Me daba pena el viejito, todo el día solo en esta casa tan grande. Ande a verle, que estaba deseando que regresara usted.

Entré en el salón. Me estaba esperando de pie, con la caja de fotos ya preparada encima de la mesa.

—Feliz año nuevo, Cecilia. Me alegro de que hayas vuelto.

Me senté a su lado.

—¿Te acuerdas de dónde nos quedamos la última vez?

—Claro. Usted quería trasladarse a Nueva York para estar cerca de Hannah Bilak, y cambió de idea a última hora. ¿Sabe que le he dado muchas vueltas a lo que me contó? ¿Nunca pensó en seguir adelante, en hablar con Zachary West y explicarle que no quería volver a España?

Me contestó sin apartar la vista de la caja de fotos.

—No podía hacer eso. Zachary contaba conmigo, y ya le había decepcionado una vez. Cuando pensaba en quedarme en América, ni siquiera recordaba mi compromiso, ni pensaba en la Organización, ni siquiera en el pobre Ithzak.

—Pero ¿por qué lo hizo exactamente? ¿Fue por Zachary, por los Sezsmann...?

—Fue por todos... o, más bien, fue por mí. Necesitaba saldar cuentas con mi propia actitud en el pasado. Por eso ingresé en la Organización. Para poder perdonarme a mí mismo.

—Y eso le cambió la vida...

—Pues sí. Pero no sabes hasta qué punto. No, no puedes imaginarte lo que pasó después...

Hannah regresó a Baltimore a la mañana siguiente de la boda de Elijah. Nos despedimos en la estación de tren de Grand Central, y creo que los dos recordamos aquella otra separación que había tenido lugar mucho tiempo atrás, en Varsovia, cuando el mundo y nosotros éramos tan distintos.

—Espero que esta vez no pasen once años hasta que volvamos a vernos —me dijo, risueña. No parecía triste ante la perspectiva de decirme adiós. Recuerdo que se había puesto un sencillo traje de dos piezas y una blusa blanca, y que llevaba el pelo suelto a la espalda. Parecía más joven que la noche anterior, y cuando entró sola en el vagón se me antojó también más indefensa y más frágil. Habría querido abrazarla, pero no me atreví. Le estreché la mano, y ella mantuvo la mía agarrada unos segundos.

—Que tengas un buen viaje de regreso.

—Tú también. Saluda a tu madre de mi parte. Te escribiré desde España.

Esperé en el andén hasta que el tren se puso en marcha. Ella permaneció asomada a la ventana, sonriendo, agitando la mano en un gesto de despedida que me pareció casi infantil. Me quedé allí hasta que el tren se perdió de vista, y luego volví sobre mis pasos diciéndome que jamás sabría qué estaba pensando Hannah Bilak en aquel instante, mientras las circunstancias volvían a separarnos, como ella tampoco sabría lo que estaba pensando yo: que aquella joven que se alejaba en un tren con destino en Baltimore era la única mujer con la que hubiera querido compartir mi destino. Y que nunca, en toda mi vida, me había sentido tan triste como en aquel momento.

Volví a España dos días después. Ni siquiera recuerdo cómo fue el vuelo: la nostalgia, y la autocompasión tienen mucho más peso que el miedo a volar, así que no hice otra cosa que pensar en Hannah Bilak: en sólo cuatro días había conocido y perdido a la mujer de mi vida, y refocilarme en aquella certeza impidió que me angustiase por las turbulencias.

Llegué a Madrid unos días antes de que finalizasen mis vacaciones. Tras llamar a mis padres para decirles que estaba de vuelta y contarles por encima los detalles de la boda —a mi madre le decepcionó mucho mi escasa memoria en lo tocante al vestido de la novia—, dormí una especie de siesta de diez horas, al término de la cual dediqué un buen rato a ordenar el equipaje, a ordenar mi casa y, cómo no, a ordenar también mi futuro inmediato. Me dije que lo primero que debía hacer era romper toda relación con Carmen. Si algo tenía claro tras haber reencontrado a Hannah era que de momento no quería tener nada que ver con ninguna otra chica. No hace falta que te cuente que, pese a estar próximo a los treinta años, mi experiencia en relaciones con mujeres, no digamos ya en el protocolo de las rupturas, era completamente nula. ¿Qué debía hacer uno si había tomado la firme decisión de abandonar a una novia a la que ni siquiera consideraba como tal? ¿Sería correcto enviarle una carta? ¿Un recado por medio de alguien? La sola perspectiva de acabar con Carmen durante una de nuestras meriendas en la cafetería, con sus primas dentonas y bisojas vigilándonos desde una mesa vecina, era suficiente para ponerme los pelos de punta. Me dije que quizá Zachary, que era un hombre de mundo, podría darme algún consejo para hacer bien las cosas. De todos modos, tampoco corría prisa. Carmen ni siquiera sabía que había vuelto a Madrid, de forma que podía tomarme unos días antes de abordar la cuestión.

Tal como Zachary West me había advertido, los responsables de la Organización se pusieron en contacto conmigo veinticuatro horas después de mi llegada. Un tal David Jusseu se presentó en mi casa y, sin perder el tiempo en cortesías, tomó asiento y empezó a contarme todo lo que creía que debía saber acerca de la entrada en España de personajes pertenecientes al entorno nazi.

La Operación Puertas Abiertas había empezado a prepararse antes de que se iniciaran los juicios de Nuremberg. Se trataba de acoger en territorio español al mayor número posible de antiguos miembros de las SS para librarles de la persecución de los tribunales internacionales. Los planes, que habían sido diseñados por un grupo de simpatizantes nazis radicados en España y Sudamérica, contaban con la bendición del gobierno de Franco, que había prometido dar apoyo logístico y legal a los recién llegados. En la operación estaban involucrados un buen número de excombatientes de la División Azul, algunos políticos claramente filonazis y unos cuantos hombres de negocios dispuestos a prestar soporte financiero al entramado.

—Hasta ahora eso era todo lo que sabíamos. Pero hace unos días la suerte se puso de nuestro lado: conseguimos detener en Francia a dos antiguos miembros de la Gestapo. Llevaban encima dinero español y dos billetes de tren con destino a Irún. Entre los papeles que se les incautaron había información acerca de los contactos españoles con los que cuentan los nazis. Tenga, le he preparado una copia de parte de los documentos.

Me tendió una carpeta de cartón azul cerrada con gomas, como las que usaban los escolares. No había nada escrito fuera, así que su aspecto era de lo más inofensivo.

—Aquí están los nombres de las personas a las que los detenidos debían acudir en busca de ayuda una vez se encontrasen en territorio español. Algunos son altos funcionarios del ministerio en el que usted trabaja. Debe intentar acercarse a ellos, ganarse su confianza, incluso su amistad. Si conseguimos colocar a uno de los nuestros en su círculo, habremos dado un paso de gigante. La Organización le proporcionará dinero para los gastos que pueda tener, ya sabe, comidas, regalos... En este sobre hay cinco mil pesetas. Le daremos más cuando lo necesite. Le pido que no se preocupe por cuestiones materiales, eso es cosa nuestra. Sí es importante que los papeles que le entrego estén siempre en un lugar seguro. Vive usted solo, ¿verdad? ¿Hay alguien más que tenga llaves de esta casa?

—La portera sube dos veces por semana para hacer la limpieza. Pero no se preocupe por ella, no acostumbra a fisgar.

—Mejor así. El señor West le habrá advertido de que no puede hablar de esto con nadie, así que no insistiré sobre el asunto. En cuanto a sus honorarios...

—¿Cómo dice?

—Sí, su sueldo, nadie piensa que vaya a trabajar gratis. En cuanto nos traiga información concreta, fijaremos una primera cantidad. Luego todo estará en función del desarrollo de los acontecimientos y también de su grado de implicación. Actúe con discreción y no se precipite. Recuerde que queremos resultados y que no nos importa esperar.

David Jusseu era un hombre de edad indefinida entre los treinta y los cincuenta años. No había nada llamativo en él: era de estatura mediana, piel cetrina y cabello castaño, no demasiado corpulento, ni bien ni mal vestido. En resumen, uno de esos hombres a los que uno olvida nada más conocer. Sólo sus ojos, que eran de un llamativo color verde, parecían salvarle de la vulgaridad. Tenía un tono de voz cortante y neutro, más bien poco apasionado, y apenas gesticulaba al hablar. Parecía, antes que el miembro de una misteriosa organización clandestina, un maestro de escuela aburrido de su suerte.

—¿Hay algo que quiera saber?

Tenía mil preguntas, pero David Jusseu no me parecía la persona más adecuada para responderlas, así que le dije que no.

—Si tiene que ponerse en contacto con nosotros, llame tres veces seguidas a este número de teléfono entre las ocho y las nueve de la mañana. Nadie le contestará, pero sabremos que hay noticias y nos comunicaremos con usted. De todas formas, hablará a menudo con el señor West y podrá recurrir a él en cualquier momento. Ahora tengo que irme. Encantado de conocerle, que tenga suerte y hasta siempre.

Ya estaba en el umbral cuando se dio la vuelta como si hubiese recordado algo.

—Una última cosa: a partir de ahora, recibirá clases de alemán todos los días, y *Herr* Spiegel le dará también algunas nociones sobre la cultura del país. Verá cómo le viene bien.

Y se fue. Cuando regresé al salón estaba tan horrorizado ante la perspectiva de lidiar diariamente con la espantosa gramática germana, que tardé un poco en darme cuenta de que, en efecto, la Organización ya me había asignado una labor concreta. Allí, sobre la mesa, donde Jusseu la había dejado, estaba la carpeta azul. La abrí con cierta desgana. Había nombres, direcciones, incluso números de teléfono. Al final de la lista había tres líneas marcadas con sendos asteriscos: debían de estar referidas a los colaboradores del ministerio. Cuando leí aquellos nombres, supe que mi vida acababa de dar otro vuelco. Uno de ellos era el de Manuel Valera, un subdirector general al que apenas había saludado en un par de ocasiones. Otro, el de un tal Antolín Prado, un gerifalte al que no conocía.

El tercero era el del padre de Carmen.

Aquella noche dormí poco y mal. Me fumé media cajetilla de tabaco americano sentado en una silla, acariciando distraídamente la carpeta de cartón, con las ideas yendo y viniendo del corazón a la cabeza. Recordaba constantemente las palabras de David Jusseu al referirse a los organizadores de la Operación Puertas Abiertas: «Si conseguimos colocar en su círculo a uno de los nuestros, habremos dado un paso de gigante.» No sabían hasta qué punto resultaba sencilla la misión que me habían encomendado, ni cómo el aceptarla me obligaba a reconducir mi destino. La ruptura con Carmen estaba descartada: mal iba a poder acercarme a su padre si mediaba un abandono. Al contrario, estaba obligado a estrechar aquella relación, a hacerla más firme a ojos de todos y, en especial, a los ojos de su familia. De acompañante escurridizo pasaría a convertirme en novio ejemplar, de los que mandan flores el día del santo de la madre y están atentos a aniversarios y onomásticas de tíos y primos en distintos grados, de esos que escoltan a la familia en misa de doce todos los domingos y fiestas de guardar y se persignan con el agua bendita ofrecida por la futura suegra.

Te preguntarás si tuve en cuenta a Carmen en algún momento, si me sentí culpable por estar dispuesto a convertirla en víctima de una mentira colosal, en la simple pieza de un entramado al que era ajena por completo. No lo hice. A estas alturas ya te habrás dado cuenta de que soy de naturaleza egoísta. Pensaba que lo que me traía entre manos era mucho más elevado que el futuro de un puñado de personas, incluido yo mismo. Si había sacrificado mi futuro al lado de Hannah para regresar a España y ponerme al servicio de la Organización ¿por qué no iba a sacrificarse también el futuro de otros? En cualquier guerra se producen bajas entre los inocentes. Y aquella guerra, a mi juicio tan sumamente justa, no iba a ser una excepción. Si yo mismo estaba dispuesto a inmolarme, otros tendrían que caer conmigo.

Tenía que incorporarme al trabajo en el ministerio en la tarde del día siguiente. Empleé la mañana en hacer algunas compras, en las que invertí parte del dinero que me había entregado David Jusseu. Visité a un estraperlista cuyo nombre me había soplado Zachary West, y le compré una botella de Bourbon auténtico. También conseguí que me vendiese un frasco de perfume y un estuche de maquillaje muy completo de la firma americana Elizabeth Arden. Al volver a casa, envolví con cuidado todos los obsequios y añadí al lote un cartón de tabaco rubio que había adquirido la tarde anterior a mi marcha.

Así, cargado como el paje de uno de los tres Reyes Magos, llegué a mi despacho de Asuntos Exteriores, y tras el recibimiento que me dispensaron mis compañeros —marcado por la curiosidad que hoy se reservaría a un recién llegado de Cabo Cañaveral— me dirigí al despacho de Salvador Orenes. Su secretaria (una mujer rubia y bajita, extraordinariamente vivaz) dijo que el señor subdirector se alegraría de verme y me hizo pasar.

—No sabía que hubiese vuelto ya, Rendón.

—Llevo dos días en Madrid, pero he pasado durmiendo las últimas veinticuatro horas. El cambio de continente es terrible.

—Eso dicen. ¿Sabe mi hija que está de regreso?

—No, señor. Prefería saludarle antes a usted. Por cierto, me he permitido traerle un par de cosas de Nueva York.

El padre de Carmen trataba de aparentar indiferencia, pero los ojos le brillaron cuando vio el cartón de tabaco y la botella de whisky.

—Muy amable de su parte... estas cosas son difíciles de encontrar en España. Vamos a probar esto. —Cogió un par de copas de un aparador y las llenó generosamente—. Salud, Rendón. Caramba, es bueno de verdad. Estos americanos hacen muy bien las cosas que hacen bien. ¿No le parece? Bueno, cuénteme qué tal le fue por allí. Carmen me dijo que se casaba un antiguo amigo.

—Así es. Fue una de esas bodas por todo lo alto, usted ya me entiende. La verdad es que estaba deseando volver.

No sé por qué solté semejante mentira.

—Como en casa de uno, en ningún sitio —concedió él—. ¿Piensa ver a Carmen?

—Eso me gustaría. En realidad, querría invitarla a comer este fin de semana... con usted y con su esposa, claro. Espero que no se ofenda, pero les he traído a las dos unos regalos... no sé si habré acertado, son útiles de cosmética y no entiendo nada de esas cosas. Déselos usted en mi nombre, ¿le importa?

—Al contrario, se lo agradezco. En cuanto a la comida, estamos libres el sábado.

—¿Le parece bien en Lhardy a las dos y media?

Orenes asintió, satisfecho. Lhardy era uno de esos resturantes de clientela distinguida donde se podía coincidir con un ministro, un aristócrata o un torero de moda: un buen lugar para ver y ser visto, sobre todo si la factura iba a correr por cuenta de otro.

Como comprenderás, aquella comida sirvió para oficializar las relaciones entre Carmen y yo. Estaba muy guapa aquel día. Le brillaban los ojos y se había hecho en el pelo algo que le sentaba muy bien. Madre e hija me agradecieron los obsequios que les había enviado y se fingieron escandalizadas con la molestia y el gasto.

—No tenía que traer nada, Rendón —me dijo la madre—. Además, en nuestras circunstancias, no necesitamos cosas como ésas. Pero no le voy a negar que ha sido un detalle muy fino y de muy buen gusto.

Carmen asentía, ruborizada. Parecía feliz de estar allí, con sus padres y conmigo, conscientes de que a los ojos de los demás éramos ya una pareja de prometidos que contaban con las bendiciones familiares. Durante el almuerzo apenas habló, y comió como un pajarito, pero cuando su padre levantó la copa para brindar por ella y por mí, se emocionó tanto que me dio lástima. A partir de entonces fui convidado a almorzar en su casa todos los domingos, y a cenar un jueves de cada dos. No me preguntes el porqué de esa secuencia de invitaciones: los Orenes eran así. Carmen y yo salíamos juntos casi todos los días, y a veces ella se cogía de mi brazo para cruzar la calle, mientras me miraba arrobada con aquella sonrisa suya que yo intentaba corresponder al tiempo que hacía lo posible por apartar de mi cabeza el recuerdo de Hannah.

En consecuencia, y tal como yo preveía, mis relaciones con Salvador Orenes adquirieron una cómoda fluidez. Tomábamos café juntos, y me presentó a algunos altos cargos del ministerio que hasta entonces ni siquiera sabían de mi existencia. Una tarde coincidí en su despacho con Manuel Valera, cuyo nombre estaba también en la lista de simpatizantes nazis que me había entregado David Jusseu.

—Así que es Silvio Rendón... aquí su futuro suegro me ha hablado muy bien de usted. Me alegro de conocerle.

—¿Quiere venir a tomar una copa con nosotros dentro de un rato? Carmen me ha dicho que van a ir al cine, pero creo que le dará tiempo a acompañarnos antes de ir a recogerla.

Tuve un instante de inspiración.

—Me gustaría mucho, pero tengo clase de alemán desde las seis hasta las siete y media.

Habría que ser ciego para no darse cuenta de la mirada que intercambiaron Valera y Orenes.

—¿Estudia alemán? Qué curioso... ¿cómo le dio por ahí?

—Bueno, estuve en Berlín cuando era joven y me interesé por la cultura del país. Empecé a recibir clases entonces y las he retomado hace unos meses.

—Qué curioso —repitió Valera—. ¿Y se le da bien?

—Se me podría dar mejor —dije, con modestia—. Y ahora, si me disculpan, no quiero hacer esperar a mi profesor.

Dos días más tarde cené en casa de Carmen. Para mi sorpresa, Valero estaba allí. Mientras nos servían la comida, Orenes me preguntó por mis clases y también por aquel viaje a Berlín que en realidad no había realizado nunca. Agradecí a la suerte el que años atrás Elijah y yo hubiésemos preparado con tanto interés nuestra visita a Alemania, de forma que pude hablar de monumentos, de museos, de edificios emblemáticos y, creo que hábilmente, me las arreglé para lamentar la poca fortuna del destino de los alemanes. Valera y el padre de Carmen volvieron a mirarse. Acababa de pasar mi primer examen.

Volví a tener noticias de ambos sólo veinticuatro horas después. Valera nos invitó a comer en un restaurante cercano al ministerio. Había otros dos hombres en nuestra mesa, situada en un reservado. Cuando hicieron las presentaciones, reconocí uno de los nombres de la lista, el de Antolín Prado, que ocupaba una dirección general en el ministerio. La comida transcurrió en un ambiente extraño, sumida en esa tensión que lo domina todo en una reunión forzada. Aquél no era un almuerzo entre amigos, así que al principio hablé más bien poco y me dediqué a escuchar hasta que se tocó el tema de Alemania.

—El teniente Rendón pasó una temporada en Berlín.

Era evidente que había llegado mi turno. Recordé fingiendo nostalgia mi falso viaje por tierras germanas. Hablé de los paisajes, de la belleza de la capital y, sobre todo, del admirable carácter de sus gentes, expresando mi total convicción de que el pueblo alemán sería capaz, también esta vez, de resurgir de sus cenizas. Aproveché para condenar la extrema dureza de los bombardeos aliados sobre ciudades emblemáticas como Berlín o Dresde, y las muchas bajas civiles que habían provocado.

—Nadie habla de esos muertos —gruñó Valera.

—En cambio —dijo Antolín Prado— en el extranjero no dejan de dar la lata con lo que dicen que les ocurrió a los malditos judíos.

—Silvio acaba de regresar de Estados Unidos —intervino Orenes—. ¿Qué se cuenta por allí sobre ese asunto?

No había previsto una pregunta de ese tipo. Esbocé una media sonrisa.

—Bueno... no había judíos en los círculos en los que yo me moví durante mi estancia en América, y me temo que mis amigos americanos no se dejan inquietar por esa cuestión. Digamos que la suerte de los judíos no está entre sus preocupaciones principales.

Hubo una carcajada general, una carcajada espontánea y despreocupada que hizo que se me encogiera el estómago. Eran hombres como los que se sentaban ante aquella mesa los que habían condenado al horror a Ithzak, a Hannah, a Amos, a cientos de miles de personas que murieron en los guetos y en los campos. Y allí estaba yo, riendo sus bromas, aportando mis chistes, compadeciendo al mismo pueblo que había sido responsable directo de la peor masacre de la historia moderna mientras fijaba en mi rostro la expresión de estúpida complacencia que dibuja el que ha encontrado en el camino a gente de su misma calaña, a bestias pertenecientes a su misma especie. La idea de que pudieran considerarme uno de ellos me estremecía, pero también despertaba en mí una excitante sensación de triunfo.

Mientras tomábamos el café saqué una caja de puros canarios que fueron muy bien recibidos por mis compañeros de almuerzo.

—Todo un detalle, Rendón. —Valera encendió el suyo.

—¿No les había dicho que este muchacho es una joya? —El padre de Carmen me palmeaba la espalda—. Jóvenes así son los que nos hacen falta en España.

—Rendón —era Antolín Prado quien hablaba—: Orenes me ha contado que recibe usted lecciones de alemán. Tal vez podría practicar lo que ha aprendido. Tengo algunos amigos alemanes a los que creo que le gustaría conocer.

—Será un placer —dije, simulando un interés sólo relativo.

Zachary West regresó de Nueva York al día siguiente y me llamó al ministerio para citarme en su casa a la hora de cenar. Llevábamos casi dos meses sin vernos, y le encontré cansado pero contento. Traía buenas noticias, me dijo. Había estado recaudando fondos para la Organización, y la respuesta de los judíos americanos había sido tan positiva que en lo tocante a reservas monetarias no habría motivos de preocupación. Me contó que Elijah y Mary Jo habían vuelto de su viaje de novios y que ya estaban instalados en la casa de Central Park que había sido el regalo de bodas del Rey de las mediasuelas. Querría haberle preguntado por Hannah Bilak, pero no lo hice. Me bastaba pensar en ella para seguir sintiendo un dolor agudo en alguna parte, así que prefería no tener noticias suyas.

—Bueno, cuéntame tú. Sé que estás metido en faena. Me dijeron que te habían enviado a Jusseu. Es un tipo raro, ya te habrás dado cuenta, pero no te preocupes por él. A partir de ahora despacharás conmigo. ¿Hay novedades?

—Yo diría que sí. Ayer comí con tres personas que están en la lista de colaboradores que me entregó Jusseu, y creo que ninguno pone en duda mis simpatías por Alemania. De hecho, uno de ellos, Antolín Prado, quiere que conozca a unos amigos de allí que están de visita en España.

—Esto se te da mucho mejor de lo que pensaba.

Le miré con una media sonrisa y decidí ser sincero.

—La verdad es que lo tuve fácil. Uno de los nombres de la lista, Salvador Orenes, es el padre de mi novia.

—De tu ¿qué? Silvio, ni siquiera sabía que tuvieses novia...

—De hecho, no la tenía. Salía de vez en cuando con una chica, pero mi trabajo en la Organización precipitó las cosas. Ahora tengo una prometida, pero también hilo directo con los simpatizantes nazis del Ministerio de Asuntos Exteriores.

Acababan de servirnos una copa de jerez, pero Zachary no probó la suya.

—Silvio, no estoy seguro de que me guste lo que estás haciendo.

—Pues ya somos dos. Pero lo he pensado mucho y es una ocasión demasiado buena como para dejarla pasar. Esa gente ha empezado a confiar en mí. Es cuestión de días el que me consideren uno de los suyos. ¿Sabes lo que significa eso? Que hablarán en mi presencia de muchos de sus planes. Que conoceré a otra gente involucrada en las operaciones de ayuda a los nazis. Que quizá podré acceder a documentos importantes. Si todo sale bien, voy a estar en condiciones de ofrecer a la Organización informaciones muy valiosas.

—¿Y qué hay de ti? ¿Y de la chica?

—Se llama Carmen.

—¿Estás enamorado de ella?

—Claro que no.

Zachary meneaba la cabeza como si no estuviese del todo convencido.

—Silvio... no te voy a negar la trascendencia de lo que has conseguido. Infiltrar tan pronto a uno de los nuestros entre las cabezas de la Operación Puertas Abiertas era algo con lo que no podíamos ni soñar. Pero quiero que pienses bien en lo que estás haciendo. Hay cosas que no sería justo pedir a nadie. Si tienes una sola duda, la más mínima duda...

En aquel momento, por un segundo, estuve tentado de decirle a Zachary toda la verdad: que estaba enamorado de Hannah Bilak, que lo que de verdad quería era volver a América para estar cerca de ella. Pero no lo hice. Yo también pensaba en que hay cosas que no sería justo dejar de hacer sólo por seguir los dictados del corazón. Por primera vez en la vida tenía entre manos algo de verdadera importancia.

—Tranquilo. Ya he tomado una decisión, y voy a seguir adelante. No te preocupes por mí, ¿de acuerdo? Todo va a salir bien. Venga, brindemos por eso.

Unos días después, el padre de Carmen se presentó en mi despacho.

—¿Tiene un momento, Rendón?

A pesar de que mi noviazgo con su hija estaba oficializado, Orenes seguía tratándome de usted y dirigiéndose a mí por el apellido.

—Claro, señor.

—Antolín Prado quiere que usted y yo asistamos a una cena en su casa mañana por la noche. Mi esposa vendrá conmigo, y estaba pensando en llevar a Carmen.

—Eso sería estupendo. A las mujeres les gustan las fiestas.

—No se trata exactamente de una fiesta. En realidad, es una especie de cena de bienvenida. Unos amigos extranjeros acaban de instalarse en España, y los Prado quieren presentarles gente. Saldremos juntos desde mi casa. Venga a buscarnos a las ocho y media, y póngase el uniforme de gala. Antolín es muy amigo de formalidades.

Me cité a comer con Zachary para ponerle en antecedentes. Parecía que las cosas se precipitaban: ni él ni yo tuvimos la menor duda de que los «amigos extranjeros» de Antolín Prado eran oficiales del ejército del Reich o antiguos capitostes del partido nazi. Aquella tarde no tuve clase de alemán: *Herr* Spiegel y Zachary West se pasaron varias horas repasando conmigo la historia reciente de Alemania, poniéndome al tanto de la actual situación del país y haciendo hincapié en las circunstancias que rodeaban su ocupación por parte de los aliados. Fue entonces cuando me di cuenta que Spiegel, al que había considerado hasta ahora un simple profesor de idiomas, era también un integrante de la Organización.

—Es importante lo que digas, pero también cómo lo digas —recordaba Zachary—. Debes ser contundente, pero frío. Si expresas indignación, no la exageres. Ten en cuenta que un entusiasmo muy acentuado también puede resultar sospechoso. Tienen que ver en ti a un simpatizante de su causa, pero nunca a un fanático.

Al contrario que yo, Spiegel estaba convencido de que sabía el suficiente alemán como para salir airoso de mi encuentro con ciudadanos germanos.

—Lleva más de nueve meses tomando clases de forma intensiva. Tiene un nivel muy alto de gramática, y su pronunciación es correcta, así que no se inquiete. Hará un buen papel.

—Muy bien. —Zachary consultaba su reloj, que marcaba las doce de la noche—. Pues creo que hemos terminado. Sólo un par de detalles, Silvio: ve al peluquero y al barbero, lústrate los zapatos y antes de ir a la fiesta, haz que envíen en tu nombre un centro de flores a la esposa de ese tal Antolín Prado. Sobre todo, que sea grande. ¿Necesitas dinero?

—No, no. Aún tengo bastante del que me entregó Jusseu.

A pesar de mi inquietud, de mis dudas y mis inseguridades, aquella noche dormí como un bendito —debe de ser lo que llaman «el sueño de los justos»— y al día siguiente me desperté con el ánimo encendido por la inminencia de mi entrada en combate.

No voy a decir que no estaba nervioso mientras me preparaba para recoger a los Orenes. Siguiendo las instrucciones de Zachary, me había cortado el pelo y hecho afeitar con navaja, y había enviado a la señora Prado un ramo de flores pomposo y carísimo acompañado de una nota en la que le daba las gracias de antemano por su invitación.

Orenes aprobó mi aspecto cuando llegué a su casa.

—Está usted hecho un pincel, Rendón. Las señoras están acabando de arreglarse —bajó la voz—. Mi esposa no quería venir, dice que estando de luto no debería hacer vida social... pero hace ya ocho años de la muerte de mi pobre Jaime, y yo no puedo vivir de espaldas a estas cosas.

Le tranquilicé diciendo que alguien de su posición tiene obligaciones que no debe dejar de lado, y que también a su mujer y a Carmen les convenía distraerse un poco. Por primera y única vez, aquel hombre me dio lástima. Los ojos se le habían empañado al recordar al hijo muerto, y se me ocurrió pensar que más de una vez Salvador Orenes habría llorado por aquel muchacho caído en el campo de batalla. En ese momento me pregunté si se habría parado a pensar que los hombres a los que ayudaba a escapar de la justicia habían contribuido a asesinar a seres inocentes que también eran hijos de alguien.

Carmen y su madre entraron en el salón. Llevaban sendos vestidos oscuros, no demasiado elegantes y claramente pasados de moda. La inflexible señora Orenes estaba dispuesta a poner un límite al alivio del luto que la familia seguía llevando por dentro. Carmen parecía triste, consciente seguro de que sus atavíos llamaban la atención, y no precisamente por nada bueno. Sentí una ráfaga de afecto hacia ella, pobre niña, víctima inocente de tantas circunstancias. Le ofrecí mi brazo para salir a la calle.

—¡Qué guapo estás! —susurró, y sonrió por primera vez desde que apareciera con aquel vestido tan feo. Le devolví el cumplido, y no sé si lo creyó o no, pero le brillaban los ojos mientras se aferraba a mi brazo y siguieron brillándole cuando entró junto a mí en aquella casa del barrio del Viso, donde había mujeres mucho mejor vestidas que ella, mujeres que llevaban joyas y que habían pasado horas en la peluquería mientras ella lucía un sencillo recogido a todas luces hecho en casa.

—¡Qué elegante está todo el mundo! —dijo, para que sólo yo la oyera.

—Tú también estás muy elegante.

Me dirigió una mirada de reproche que iba también cargada de ternura.

—Yo no. Mi vestido es muy feo. Era de una tía mía, me lo arreglaron ayer. Pero no me importa. Me alegro de haber venido.

Supongo que por instinto, apreté la mano con la que se agarraba de mi brazo.

—¡Rendón, venga por aquí! —Prado acababa de advertir nuestra llegada—. Hola, Carmencita, guapa. ¿Me prestas a este chico un momento? Mira, querida, este muchacho fue quien te envió las flores.

Una mujer delgada y bajita, enjoyada como un árbol de Navidad, se adelantó a saludarme.

—Las recibimos hace un par de horas. Un detalle delicioso, teniente. Las flores me apasionan.

Tenía el hablar afectado y sus modales eran exageradamente corteses. Podría asegurar que sólo una generación separaba a aquella mujer de la más pura necesidad.

—Un placer, señora Prado.

—Bueno, bueno, dejemos a las mujeres hablar de sus cosas. Acompáñeme, Rendón. Hay unos amigos a los que quiero presentarle.

Me di cuenta de que me sudaban las manos, y me las sequé disimuladamente con el pantalón del uniforme. En una sala vecina, tres hombres bebían una copa de jerez. Uno era Ibáñez, a quien había conocido en el almuerzo del otro día. Los otros dos, altos, rubios, de ojos muy claros, perfectos ejemplares de la dichosa raza aria, eran sin duda los amigos alemanes del anfitrión. Cuando estreché sus manos y clavé mis ojos en aquellas pupilas azules, pude notar que las piernas me flaqueaban.

—Capitán Schiller, capitán Hals... el teniente Silvio Rendón.

Les saludé en su idioma, y ellos correspondieron a mis palabras de bienvenida con un puñado de alabanzas a España y a los españoles. Les pregunté si era la primera vez que visitaban el país y me dijeron que sí, y que esperaban tener ocasión de conocerlo bien durante su estancia entre nosotros. Parecía la conversación propia de un cóctel en una embajada. Los otros no tardaron en utilizarme como intérprete para charlar con los alemanes, que al parecer no sabían una palabra de español. Estaba claro que, pese a lo que Prado me había dicho, no tenían con él una relación demasiado estrecha.

Durante la cena me sentaron al lado de la señora Schiller, una exquisita mujer de rasgos aristocráticos y pelo tan rubio que a la luz parecía blanco. *Frau* Schiller tenía una hermosa voz de contralto, y me dijo que en su juventud había sido cantante de ópera.

—Dejé la música al casarme. Ya ve, teniente: cambié un amor por otro. Ahora sólo canto para mi marido y me limito a disfrutir de las interpretaciones de otros. Así es la vida: siempre hay algo a lo que renunciar.

Se me ocurrió pensar que quizá aquella dama habría escuchado alguna vez, en grabaciones o quizá en directo, el violín prodigioso del pobre Amos Sezsmann.

La cena resultó agradable. Yo dediqué toda mi atención a las dos parejas de alemanes, oficiando alguna vez de traductor para el resto del grupo. Tal como Zachary me había aconsejado, dejé bien clara mi supuesta germanofilia sin caer en estridencias. Sólo me apasioné cuando fingí escandalizarme al recordar que aquel invierno muchas mujeres y niños habían muerto por falta de alimentos en Alemania, mientras las tropas aliadas derramaban sacos de azúcar en las pistas de baile de las salas berlinesas para poder deslizarse mejor al ritmo de la música. En ese momento me di cuenta de que la señora Schiller tenía los ojos llenos de lágrimas, y que los otros dos hombres se miraban mientras asentían, satisfechos de haber encontrado a un simpatizante de su causa.

Cuando sirvieron las copas de champán, Prado me pidió que hiciese un brindis, y poniéndome de pie repetí el mismo discurso en alemán y en español.

—Brindo por la amistad entre nosotros y entre nuestras naciones hermanas, y hago votos por que el mundo civilizado comprenda algún día la generosa aportación a la historia que han hecho la una y la otra.

Mis palabras fueron acogidas con aplausos. Carmen me miraba con orgullo, y supe que se había olvidado de su vestido viejo y de su peinado chapucero. Era su novio el que sabía hablar en dos idiomas, el que disertaba sobre política y llevaba los zapatos más brillantes de toda la sala, y enviaba costosos ramos de flores, y sabía comportarse en sociedad con la soltura de un experto. Ése era el triunfo de Carmen, y no necesitaba otro trofeo.

Al día siguiente, cuando llegué al ministerio, tenía ya un mensaje de Orenes y de Antolín Prado: querían verme lo antes posible en el despacho del segundo.

—¿Llevan mucho esperando? Por cierto, señor Prado, una cena estupenda.

—De eso queríamos hablarle... Siéntese, por favor. Rendón, hace tiempo que venimos observándole...

Procuré que mi expresión fuera de sorpresa contenida.

—No se moleste, pero era importante que estuviésemos seguros de usted antes de ponerle en antecedentes de ciertas cosas. Orenes nos había hablado muy bien de su persona, pero ésta es una cuestión delicada y teníamos que atar todos los cabos. Verá, Rendón, las parejas que conoció ayer, los Schiller y los Hals... no son exactamente amigos míos.

—Son refugiados políticos. —Orenes intervino en la conversación—. Han tenido que salir de Alemania a causa de la persecución que sufren por parte de los aliados. No hace falta que le explique más, usted sabe mejor que nadie cómo están las cosas allí.

—Comprendo.

—Hay más como ellos. —Prado seguía hablando—. En realidad hay cientos, miles. Hombres con familia que son perseguidos con saña sólo por el hecho de haber pertenecido a las SS o al cuerpo de funcionarios del gobierno de Hitler. Por eso, y siempre desde nuestras posibilidades, hemos constituido un pequeño grupo para... para echarles una mano. Algunos de esos ciudadanos alemanes se instalarán en España, al menos temporalmente y hasta que decidan qué es lo que quieren hacer en el futuro. Éste es un país amigo, y saben que no tendrán problemas. En realidad, el único escollo para su completo bienestar es precisamente la barrera del idioma. Se entienden utilizando el italiano o algunas palabras en francés, pero muchas veces sería un alivio que alguien pudiese hablarles en su lengua. Hemos localizado a un par de personas que saben alemán, pero no nos parecen dignas de confianza. De momento tenemos que actuar con discreción. No crea que a todo el mundo le gusta lo que estamos haciendo. Contamos con opositores incluso dentro del gobierno de Franco y hay varios representantes del cuerpo diplomático que se complacen en ponernos zancadillas, como ese Jacobo Alba al que han sorbido el seso los malditos ingleses. Parece mentira, pero tenemos al enemigo en casa y hay que saber de quién se fía uno.

—Por eso queríamos pedirle que nos echase una mano de vez en cuando. No esperamos que haga de intérprete con todo el que llega... pero de vez en cuando aparecen personajes más significados a los que querríamos dar un trato especial. No se lo hemos contado, pero los dos caballeros que conoció anoche eran destacados miembros de la Waffen SS...

—No podía ni imaginarlo...

—Vendrán más como ellos. Así que, si no tiene inconveniente, le llamaremos cuando haya que dar instrucciones complejas o si es necesario ofrecer a algún recién llegado un tratamiento preferencial.

—Estoy a su disposición. Si necesitan un intérprete, cuenten conmigo. Y si les hace falta ayuda para traducir algún documento, alguna carta importante...

—Pues no le digo que no. —Prado bajó un poco la voz—: Normalmente, las informaciones se mandan en español bajo un código cifrado y se traducen en destino... pero ganaríamos tiempo si las enviásemos directamente en alemán. Ni que decir tiene que su ayuda será retribuida como corresponde.

Volví a dibujar en mi rostro una expresión de inocencia infinita.

—Me ofende, señor Prado... quiero pensar que esto me lo piden como amigo, y así voy a actuar con usted y con las personas que necesiten mi ayuda.

Orenes me echó el brazo por encima del hombro.

—Déjese de cumplidos, Rendón. A los jóvenes siempre les viene bien algún pellizco a fin de mes. Además, estamos bien organizados y tenemos dinero para estas cosas.

Tras despedirnos, Orenes y yo salimos juntos del despacho, él satisfecho, yo intentando contener mi excitación. Ya estaba dentro. Ahora sí. Iba a entrar en mi oficina cuando Orenes me tiró un poco del brazo.

—Rendón... ¿tiene un minuto para mí? Querría saber... en fin, prefiero hablar con usted antes que con mi hija... ¿qué planes tienen usted y Carmen? Me refiero a casarse, claro.

No estaba preparado para aquello. De verdad que no lo estaba. La idea de una boda se me antojaba tan descabellada que había olvidado que sólo para mí lo era. Casarme con Carmen... no, de ninguna manera. Por lo menos, no en aquel momento.

—Señor, su hija y yo no hemos hablado de eso. La familia está de luto y, si me permite que lo diga, creo que su hija es demasiado joven todavía.

—Tiene veinte años. Su madre se casó con veintiuno.

—Las cosas eran distintas. Prefiero esperar a que Carmen me conozca mejor para pedirle que se case conmigo, y estar seguro de que toma la decisión correcta. Usted sabe cuáles son mis intenciones, pero no hay prisa y es preferible no precipitar las cosas.

Orenes frunció el ceño.

—Bueno, un noviazgo largo no tiene por qué ser malo —dijo, como para sí—. Y la verdad es que para mi mujer sería difícil perder a Carmencita... a la pobre le hace mucha falta su hija. Quizá tenga usted razón. Podemos esperar unos meses. Olvide lo que le he dicho y, por favor, ni una palabra de esto a la niña.

—Faltaría más.

Entré en el despacho con cierta sensación de alivio. Aunque la cuestión volvería a plantearse, al menos había conseguido ganar algo de tiempo.

Las cosas fueron mucho más rápido de lo que yo pensaba. En cuestión de días me convertí en intérprete de la Operación Puertas Abiertas, y aunque al principio me llamaban con cierto embarazo y pidiéndome disculpas por las molestias, pronto se oficializó mi papel y fui una figura omnipresente en las recepciones a los nazis recién llegados, a quienes servía de traductor, pero también de guía turístico y hasta de confidente ocasional. ¿Sabes lo más chocante de todo? Que buena parte de aquellos alemanes no eran, en apariencia, los monstruos sanguinarios que yo imaginaba, sino hombres afables y hasta simpáticos, exquisitamente educados, que me trataban con una absoluta cortesía y un profundo respeto y que agradecían mis desvelos. Al principio, la situación me resultaba incómoda, pues no podía por menos que sentirme vagamente seducido por aquellos hombres de apostura impecable, algunos de los cuales tenían una personalidad arrolladora y un nivel cultural muy superior al de la media. Con ellos hablaba de arte, de literatura y de historia antigua (me di cuenta de que pasaban de puntillas por cualquier cuestión relacionada con la política contemporánea), y daba paseos por las calles del Madrid de los Austrias o visitaba las salas del Museo del Prado para que entrasen en éxtasis ante los cuadros de Velázquez, del Greco o de Goya.

Si nunca me encariñé de verdad con ninguno de aquellos hombres, si mi simpatía hacia ellos fue siempre fingida y superficial, si nunca puse en duda la extremada justicia de la operación que se preparaba en su contra, fue porque me empeñaba en recordar obsesivamente que mis pupilos en Madrid habían sido culpables directos, no ya de la muerte de dos amigos entrañables, sino del más horrendo crimen colectivo de la historia moderna. No, espera, déjame terminar. Sé que en el último siglo ha habido historias de genocidios tan terribles como el dirigido por Hitler y los suyos. Yo también sé lo que hizo Stalin. Sé lo que hizo Idi Amin y ese otro chiflado de Camboya, Pol Pot. Pero esto fue peor. ¿Sabes por qué? Porque Hitler no tenía enfrente a un pueblo reprimido, pobre o limitado. No se las tuvo que ver con campesinos aplastados bajo el yugo de los zares, con aldeanos analfabetos o con miembros de tribus africanas tradicionalmente sometidas a algo o a alguien. Alemania era un país desarrollado, rico, culto. La patria de Schiller, de Goethe, de Bach o de Lutero. Los nazis pervirtieron todo eso. Convirtieron a los alemanes en culpables colectivos de un crimen monstruoso que se les seguirá recordando cuando pasen los siglos. Así que, cuando aquellos oficiales de las SS, aquellos gerifaltes de la Gestapo o del partido caminaban junto a mí por las calles del Madrid viejo, intentando envolverme en la tela de araña de su buena educación y de su encanto personal, yo recordaba machaconamente que eran ellos quienes habían torcido, quizá para siempre, el destino de todo un pueblo previamente bendito por la Historia.

A pesar de mi buena memoria he olvidado a casi todos aquellos hombres. Ahora, al pensar en ellos, se me vienen a la cabeza en conjunto, como si fuesen las extremidades de un enemigo común al que tenía que enfrentarme. Sólo hay uno al que soy capaz de recordar en solitario. Se llamaba Franz Müller. Era militar y miembro del partido. Debía de contar unos cuarenta años, estaba casado y tenía tres hijos, los tres rubios y guapos como él. No sé por qué, aquel Müller me tomó afecto, y a pesar de que intenté zafarme de sus atenciones y sus muestras de consideración, pensé que era imposible hacerlo de una forma contundente sin despertar sospechas. Así que, tras muchas excusas, acabé aceptando una invitación para comer con su familia. Los Müller vivían en una casita situada en Puerta de Hierro. Era un lugar precioso, rodeado de un pequeño jardín, con una enredadera de rosas trepando hasta las ventanas y macetas con flores en los balcones. Franz y los suyos me recibieron con tanto afecto que me sentí incómodo. Su esposa me dijo que estaba feliz de conocer «al único amigo que mi esposo tiene en España», y los niños me besaron como a un pariente próximo hacia el cual se les ha inculcado un cariño sin reservas. Durante la comida abrieron una botella de vino del Rin, «la última que nos queda. La reservábamos para una ocasión especial», y me sirvieron una selección de platos alemanes cocinados por la señora Müller, rematados por un exquisito *strudel* de manzana.

Formaban una familia perfecta. Se trataban unos a otros con amor y respeto: los hijos querían a los padres, los padres a los hijos, los hermanos se adoraban y era evidente que los esposos seguían estando enamorados. Aquella estampa familiar, con el jardín y las rosas trepadoras, estaba sin embargo libre de cualquier cursilería: todo en aquella casa era completamente espontáneo, desde el comportamiento de los críos hasta el tono cariñoso que usaban los Müller para hablar entre sí, pasando por la ternura que demostraban al escoger disimuladamente para mí las mejores porciones de cada plato o su insistencia en que me sirviese otro trozo del pastel que habían preparado en mi honor.

Al terminar de comer, Franz y yo nos quedamos solos. Tomamos café en su despacho, y me di cuenta de que sobre la mesa, colocada sin ningún cuidado, había una Cruz de Hierro. Para mi sorpresa, el militar no hizo referencia alguna a la condecoración ni me dio detalles acerca de la acción heroica que le había hecho merecedor de tal honor. Tampoco yo se los pedí. Fue como si ambos hubiésemos hecho un pacto secreto para no escarbar en el pasado. Es curioso: cuando tomaban confianza conmigo, la mayoría de los militares con los que trataba acababan hablando de su intervención en la contienda, de las heridas de guerra y de brillantes episodios de combate en los que habían participado. Franz Müller no lo hizo. Quizá aquel hombre había intuido que, muy en el fondo, él y yo estábamos en bandos distintos. O, a lo mejor, es que él tampoco sabía ya en qué bando estaba.

Al margen de mi pequeña flaqueza al simpatizar íntimamente con alguien a quien debía considerar un antagonista, el trabajo que realicé aquella temporada fue de gran ayuda para la Organización. Pronto pude proporcionar informaciones suculentas sobre el paradero de muchos de los nazis afincados en España, de su situación personal e incluso de sus planes para el futuro, pues aquellas personas acababan confiándome hasta sus proyectos de vida. Muchos de ellos pensaban utilizar España como trampolín para pasar a Sudamérica, donde iban a contar con ayuda para vivir sin sobresaltos hasta el fin de sus días. Para algunos de aquellos nazis, acostumbrados a la opulencia del Berlín de los años treinta, la vida pequeñoburguesa que les esperaba en nuestro país resultaba poca cosa, y se imaginaban que en el cono sur podrían aspirar a llevar una existencia más acorde con lo que creían merecer.

Al principio no entendía muy bien para qué iba a utilizar la Organización todos los datos que les proporcionaba sobre los alemanes huidos, si de todas formas en nuestro país no podrían detenerles legalmente. Zachary West me decía que no me preocupara de eso. De momento les bastaba con tener controlados a los que llegaban a España. El éxito de la Organización se vería a medio y largo plazo, cuando los nazis aquí radicados actuasen de imán para otros como ellos y se produjese una entrada constante de supuestos refugiados.

En sus inicios, la Operación Puertas Abiertas estuvo marcada por el absoluto descontrol. Las llegadas de alemanes se producían sin orden ni concierto, y la mayor parte de las veces de forma inesperada: sonaba un teléfono y alguien pedía ayuda desde dentro de la frontera española. Fui yo quien convenció a Prado de hacer las cosas de otra forma, y quien hizo germinar en su cabeza la necesidad de crear una serie de rutas fijas y supuestamente seguras para trasladar a los alemanes hasta España desde los lugares en los que estaban escondidos. Gracias a mis funciones de traductor de documentos, pude saber cuáles iban a ser esas rutas, y muchos de los nazis que se preparaban para un agradable exilio en territorio español fueron interceptados por miembros de la Organización en su camino a la frontera.

No todas las operaciones se abortaban: hubiese resultado demasiado sospechoso que la totalidad de los alemanes que habían anunciado su llegada inminente desapareciesen sin dar señales de vida. Por eso la Organización dejaba entrar en el país a algunos de ellos, y aquí se les seguía controlando. Al principio yo pensaba que éramos sólo un puñado de colaboradores, pero no tardé en darme cuenta de que estaba implicada mucha más gente de lo que había creído, o aquella complicada operación de vigilancia y seguimiento no hubiese sido posible.

Por mi parte, seguía asistiendo a los nazis que se habían instalado en Madrid. Tal como Prado y Orenes me habían anunciado, empecé a recibir retribuciones tan generosas como irregulares que me entregaban en mano una o dos veces al mes. Zachary me dijo que no se me ocurriese rechazarlas: es raro encontrar a alguien que hace las cosas a cambio de nada, y no era bueno que me tomasen por un altruista o por un imbécil. Como en el fondo consideraba que aquél era un dinero sucio, no me atrevía a gastarlo, y lo fui dejando en un cajón del armario, sin sacarlo siquiera de los sobres que lo contenían.

No era lo único que recibía. Muchas veces, aquellos correctos oficiales de las SS, aquellos educados funcionarios del gobierno del Reich, correspondían con regalos a mi amabilidad para con ellos, y me hacían llegar al despacho del ministerio botellas de buen brandy, cajas de cigarros o dulces difíciles de encontrar en el Madrid de los años cuarenta. Nunca aproveché aquellos regalos. Una especie de pudor antiguo me impedía encender los puros, servirme una copa de licor o saborear los bombones. Solía regalar el tabaco a mis compañeros de trabajo y las botellas de alcohol al marido de la portera, y cada vez que recibía alguna golosina la enviaba a un colegio de huérfanos que había cerca de mi casa, donde seguro que nadie iba a preocuparse de averiguar su procedencia: unas pastas de chocolate eran casi un milagro en la España de la escasez y las cartillas de racionamiento.

Transcurrieron dos años en los que mi tiempo estuvo tan ocupado como puedas imaginarte. Pasaba las mañanas en el ministerio, y por las tardes me dedicaba a mis funciones como pieza fundamental de la Operación Puertas Abiertas. Seguía encargándome de los alemanes recién llegados, facilitando las salidas del país de todos aquellos que habían decidido radicarse en Sudamérica y traduciendo documentación que era enviada a quienes seguían esperando el momento para entrar en España. De todas formas, y pasados los primeros tiempos en los que hubo verdaderas avalanchas de recién llegados —muchas frustradas por las detenciones que se producían cuando estaban a punto de cruzar la frontera— los alemanes arribaban ahora a cuentagotas.

El tiempo libre lo dividía entre mis encuentros con Carmen y mi trabajo en la Organización. De ser un simple infiltrado en el grupo rival, evolucioné hasta convertirme en alguien con ciertas responsabilidades. Estaba en contacto directo con otros grupos que se dedicaban a la caza de nazis fuera del país, y solía preparar para ellos largos informes sobre la marcha de la Operación Puertas Abiertas. Aquellos documentos salían de España por valija diplomática a través de las embajadas de Inglaterra y Estados Unidos, donde habíamos conseguido introducir a algunos de nuestros colaboradores, e iban a parar a manos de otros buscadores de asesinos que trabajaban en Francia, en Holanda, en Austria o en Bélgica.

Carmen y yo seguíamos llevando nuestro noviazgo con tranquilidad. Salíamos juntos todos los días, y mis cenas en casa de los Orenes habían pasado de ser quincenales a celebrarse cada siete días. Los almuerzos del domingo seguían respetándose (a veces era yo quien les convidaba a comer fuera), y también se contaba conmigo para las celebraciones señaladas, a saber, el día del Carmen, el de San Isidro Labrador y las fiestas nacionales de Santiago y el Pilar. En Navidades viajaba a Ribanova para ver a mis padres, que tuvieron un pequeño disgusto cuando Efraín les comunicó que estaba decidido a trasladarse a Estados Unidos, pues la agencia americana para la que trabajaba quería tenerle instalado allí. Fui yo quien consoló a mi madre:

—Después de todo, parece que tu destino era el de tener un hijo viviendo en el extranjero. Ya ves, de no haber sido por la guerra, yo me hubiese ido a estudiar a Boston y quizá ahora estaría trabajando en cualquier ciudad de Norteamérica.

Se secó las lágrimas sonriendo.

—Me da pena que tú también vivas lejos... pero me gusta verte bien situado, de funcionario en el ministerio y con novia formal... que, por cierto, a ver cuándo me das una alegría.

Supongo que forcé una sonrisa. Aunque procuraba no pensar en el asunto, la cuestión de una próxima boda seguía gravitando sobre mi cabeza. Carmen acababa de cumplir 22 años, y en la España de la época la mayoría de las chicas se casaban en torno a esa edad. Yo ya no podía esgrimir ante su padre argumentos tan peregrinos como la necesidad de que Carmen me conociese mejor ni de querer respetar el luto de su familia. A veces yo mismo pensaba ¿y por qué no?, ¿qué había de malo en el matrimonio? No estaba enamorado de Carmen, pero sentía por ella un afecto sincero. Era dulce, cariñosa y jamás pedía nada. Varias amigas suyas se habían casado ya, e incluso una acababa de ser madre. Hasta entonces yo no había pensado demasiado en la paternidad, pero había empezado a darle vueltas después de leer una carta de Elijah informándome de que él y Mary Jo iban a tener un hijo.

Mi amigo y yo nos escribíamos al menos una vez al mes. Sus cartas me recordaban a aquellas que redactaba cuando los dos éramos niños: misivas llenas de entusiasmo que describían una vida atractiva y feliz. Su trabajo en el estudio de arquitectura iba viento en popa, y le llegaban encargos de otras partes del país, lo que le obligaba a hacer frecuentes viajes. Mary Jo solía acompañarle, y a veces visitaban a los miembros de la familia de su esposa. Algunos todavía tenían que tragar saliva cuando un negro se sentaba a su mesa, y en una eterna cantinela compadecían a los pobres

Connors, tan orgullosos de su hija, debutante de éxito, estudiante privilegiada y participante habitual en el Daisy Chain, que teniendo tantos chicos para elegir había seleccionado a un salvaje como marido.

Elijah solía bromear con esas cosas, incluso aquella vez que acudieron a Alabama para firmar el proyecto de un edificio y ningún hotel quiso alojarles. Se quedaron en casa de una prima de la madre de Mary Jo (por suerte, la sangre de los Connors había llegado a todos los rincones del país) pero el viaje resultó ser hecho en balde pues, en cuanto vieron a Elijah, los propietarios del solar donde iba a construirse el inmueble le informaron de que el contrato quedaba rescindido «porque no querían trabajar con un negro». Elijah me refirió el episodio sin acritud ni rencor: «La culpa fue mía. Sé perfectamente cómo están las cosas en el Sur. Teníamos que haber enviado a Gillian, que es pelirrojo y descendiente de irlandeses.»

En cuanto a Hannah Bilak, después de escribirnos con cierta asiduidad durante unos meses, nuestras cartas se habían espaciado. No niego que fui el culpable de aquel distanciamiento, pero me había dado cuenta de que aquellos sobres con su letra alteraban mi ánimo y me hacían soñar con cosas imposibles, así que empecé a convertir mis cartas en simples notas de cortesía y dejar pasar mucho tiempo entre un envío y otro. Hannah debió de entenderlo, y también dejó de escribir. Me dije que era mucho mejor así.

A medida que pasaba el tiempo, las llegadas de refugiados iban espaciándose, y mi concurso dentro de la Operación Puertas Abiertas fue haciéndose cada vez menos necesario, pues los alemanes instalados en España habían formado ya una pequeña colonia solidaria encantada de prestarse apoyo entre sí. A pesar de que cada vez me llamaban menos para utilizarme como intérprete, seguían invitándome a muchas reuniones sociales, supongo que porque me consideraban un ejemplar de español presentable: culto, políglota y de buena presencia. Yo seguía mandando flores a las esposas anfitrionas, contribuyendo con botellas de champán al éxito de las fiestas y mostrándome encantador con todo el mundo.

Fue en una de aquellas fiestas donde me enteré de que el nuevo santuario para los nazis huidos estaba radicado en territorio italiano. Desde finales de 1946 funcionaba en el país la llamada «Vía Romana», una bien trazada ruta que llevaba a los alemanes hasta Roma, y de allí a un exilio definitivo, bien en los países del Próximo Oriente (si se trataba de ayudar a simples funcionarios o militares de baja graduación) bien en Sudamérica. No tardé más que unas horas en poner aquellos datos en manos de la Organización.

—Es una información muy valiosa. Lástima que nuestros colaboradores italianos no funcionen demasiado bien —se lamentó Zachary West—. Sería perfecto que fueses a Italia para obtener más detalles sobre esa nueva ruta de huida.

—Imposible —contesté—. No puedo salir de España sin dar una explicación, y podría parecer sospechoso que me trasladase a Italia precisamente ahora.

—Ya lo sé. De todas formas, hace ya tiempo que la cúpula de la Organización me reclama que encontremos la forma de permitirte realizar algunos viajes. Tu trabajo ha sido tan bueno que hay algunas personas que quieren conocerte.

—Pues, la verdad, de momento no creo que eso sea posible.

—Oh, no te preocupes —dijo Zachary West empleando el tono indiferente que usaba para hablar de asuntos que en realidad tenían verdadera trascendencia—. Estamos en ello desde hace semanas. Ve diciendo a la gente de tu entorno que llevas bastante tiempo escribiendo.

Miré a Zachary como si pensase que se había vuelto loco.

—Escribiendo ¿qué?

—Novelas policíacas.

Ni que decir tiene que mi falsa faceta de escritor aficionado sorprendió a todos los que me conocían. A pesar de que hablaba de mis escritos con verdadera modestia, más de uno me pidió que le permitiese leer las cuartillas terminadas. Carmen fue quien más insistió, pero me escudé en la inseguridad y los prejuicios para justificar mi negativa. Siguiendo las instrucciones de Zachary, comuniqué a todo el mundo que había mandado un manuscrito terminado a una editorial, y sólo quince días después llevé unas botellas de vino al ministerio para festejar la respuesta del editor, a quien había gustado tanto mi novela que había comprado los derechos para publicarla, no sólo en España, sino también en Italia, Francia, Inglaterra y Estados Unidos. Carmen estaba radiante: su novio no sólo era un héroe de guerra bendecido con el don de lenguas, sino que además se había convertido en escritor.

—Te vas a hacer famoso —decía—. Como Carmen de Icaza o Marcial Lafuente. Qué pena que te haya dado por historias de crímenes, con lo que a mí me gustan las novelas de amor... Por cierto, ¿cómo se llama lo que has escrito?

—*El caso Hightower*.

No hace falta que te diga que el título de marras y todos los detalles sobre mi supuesta actividad literaria me habían sido proporcionados por Zachary West. La editorial que iba a publicar mis novelas se llamaba Tinta Roja, y en contra de lo que pensé en un momento, existía de verdad. Se trataba de una antigua firma al borde de la quiebra, a quien la Organización había contratado una edición discreta para esta y otras novelas mías. A cambio de una cantidad que suponía respetable, se habían comprometido a imprimir la novela en rústica y a colocarla en algunas librerías madrileñas. En Inglaterra, Italia, Francia y Estados Unidos las tiradas iban a ser simbólicas y ni siquiera las haría una editorial, sino alguna imprenta especialmente contratada para sacar a la calle medio centenar de volúmenes que pudiesen servir de coartada a mi presencia en aquellos países.

—Eso sí, el editor se ha empeñado en ponerme un nombre inglés, porque los autores anglosajones son muy apreciados y dice que así venderé mucho más. —Se lo estaba explicando a la familia de Carmen, tíos y primos incluidos, en el transcurso de un almuerzo dominical—. Las novelas van a ir firmadas por Nathaniel Prytchard.

—Sí que es una lástima —decía Carmen—. Si ponen otro nombre en los libros, nadie se va a creer que los hayas escrito tú...

—Pues a mí me parece bien, para qué nos vamos a engañar —aseguraba Orenes—. Eso de escribir novelas no es muy serio... dicho sea con todos los respetos, Rendón... pero usted es un oficial condecorado por el Generalísimo, tiene un puesto de responsabilidad... en fin...

—Yo pienso lo mismo. La verdad, nunca pensé que esas historietas que escribo pudieran interesar a alguien, pero ya ve.

—Vale usted mucho, Silvio. —No sé por qué, la madre de Carmen estaba encantada con mi nueva actividad—. Y, diga lo que diga Salvador, a mí lo de la literatura me parece muy bonito y nada impropio de un militar.

Te estarás preguntando quién escribía por mí aquella y todas las otras novelas que fueron publicándose a lo largo de los años y que supusieron el mejor salvoconducto para moverme fuera de las fronteras españolas. Lo cierto es que no supe nunca el nombre de mi «negro». Cuando insistí delante de Zachary West en conocer la identidad del autor de aquellas historias, se negó a revelármelo. Me puse bastante pesado, pero no valió de nada. Me aclaró que era alguien a sueldo de la Organización y que estaba generosamente remunerado. Eso sí lo di por cierto, pues mi trabajo allí se pagaba muy bien. Mientras, los sobres de papel de estraza que recibía por las labores de intérprete en la Operación Puertas Abiertas se acumulaban ya en otro cajón de mi cómoda. Cuando me di cuenta de que era una estupidez tener guardado tanto dinero, y como seguía negándome a gastarlo, empecé a entregar mis honorarios a Zachary West como donativo para la Organización, formándose así una curiosa corriente de entrada y salida de billetes.

Acababa de publicarse *El caso Hightower* —había entregado el primer ejemplar a la madre de Carmen, que lo agradeció entre lágrimas— cuando Zachary West me dio la primera mala noticia que recibía en muchos meses: Elijah y Mary Jo habían perdido el bebé que esperaban. Había sucedido durante el parto, y la propia Mary Jo estuvo al borde de la muerte por una hemorragia masiva.

—Elijah está destrozado. Deseaba tanto ese hijo... Estoy arreglando las cosas para volar a Nueva York y pasar unos días con ellos.

—Iré contigo. —Lo dije sin pensarlo, pues ni siquiera sabía si me darían permiso—. ¿Te ocupas tú de los pasajes?

Habían pasado más de dos años desde mi primer viaje, pero estaba seguro de que en el ministerio iban a ponerme problemas para hacer otro desplazamiento largo. Decidí no arriesgarme y pedir la ayuda de Orenes, pues revocar una negativa siempre es más complicado que preparar las cosas para obtener un sí. Llamé a la puerta de su despacho a primera hora de la mañana, cuando aún no había demasiada gente en el ministerio.

—Señor, ¿puedo hablar con usted un momento?

—Claro, Rendón. ¿Pasa algo malo? Tiene usted cara de no haber pegado ojo. ¿Algún problema con mi hija? Ella no me ha dicho nada.

—No, no, no es eso. Carmen está bien. Se trata de mí.

Tengo que pedirle que me ayude a obtener permiso para viajar a Estados Unidos dentro de unos días.

—¿Otra vez? Mire, Rendón, no le voy a ocultar que esas idas y venidas no me gustan nada, y no van a favorecer la opinión que de usted se tiene por aquí. Hace sólo dos años que viajó a América, y ahora me dice que tiene que volver... ¿qué negocios se trae usted en Estados Unidos? Porque no creo que se trate de otro compromiso social...

Salvador Orenes había tenido la reacción que esperaba.

—Comprendo lo que dice, señor, pero tengo un motivo para solicitar su colaboración. Voy a contarle algo... Sólo le pido que no diga nada de esto a Carmen ni a su esposa...

—Tiene mi palabra. Me está usted asustando.

—Se trata de mi hermano, Efraín. Vive en América desde hace unos meses. Es un chico un poco... bueno, un poco irresponsable. La oveja negra de la familia, ya sabe a qué me refiero. Mis padres están muy preocupados por él. Me he enterado de que piensa casarse con una chica que no le conviene en absoluto. Una americana protestante de padres divorciados, que tiene un hijo de un matrimonio anterior.

—Virgen Santa...

—Puede imaginarse cómo reaccionaría mi madre si llegara a celebrarse esa boda. La pobre ya está delicada de salud, y esto la llevaría a la tumba. Por eso quiero ir a Norteamérica. Mi hermano es un botarate, pero no un mal muchacho. A lo mejor, si hablo con él, consigo abrirle los ojos. Comprenderá que es un viaje penoso, pero ...

—No me diga más, Rendón. Está todo justificado. Déjeme a mí los detalles, y usted preocúpese sólo de lo que le espera allí. —Movió la cabeza en un ademán de compasión infinita—. Menudo trago. Menudo trago, hijo.

Zachary West y yo partimos seis días después. Hicimos la preceptiva escala en Lisboa, y luego un vuelo nocturno bastante tranquilo. Zachary dormía pacíficamente a mi lado, pero yo no tenía sueño. Pensaba en el dolor de Elijah y Mary Jo y en qué posibilidades habría de brindarles consuelo. Y también pensaba en Hannah. Estuve a punto de enviarle un telegrama para avisarla de mi llegada, pero cambié de idea. Ella y los West estaban en contacto, y de todas formas ni siquiera estaba seguro de que pudiera trasladarse desde Baltimore para encontrarse conmigo... Me moría de ganas de verla, pero por otro lado quizá no fuese una buena idea el promover un encuentro entre ambos. Ya me había dolido bastante decirle adiós la última vez. En cuanto a Efraín ni siquiera sabía si estaba en Nueva York. Según su última carta, fechada tres meses atrás, iba a iniciar un viaje por el país para preparar una colección de fotos sobre estaciones de ferrocarril. A pesar de todo, le había mandado un telegrama a su apartamento de Manhattan informándole de mi visita.

Aquella vez no había en el aeropuerto nadie para recibirnos, así que Zachary y yo alquilamos un coche con chófer que nos llevó a casa de Elijah. Un criado nos abrió la puerta.

—Los señores duermen todavía...

—No les despierte. ¿Pueden servirnos un café?

Zachary y yo estábamos disfrutando de un generoso desayuno cuando Elijah entró en la habitación. Acababa de levantarse y llevaba un batín mal anudado y el pelo revuelto.

—Cuánto me alegro de que hayas venido...

Elijah y yo nos abrazamos. Me di cuenta de que mi amigo se agarraba a mí no con la franca camaradería de los buenos tiempos sino con la desesperación de un náufrago. Fui consciente de la carga de pesadumbre que llevaba por dentro, y también de que era la primera vez en la vida que el destino ponía a prueba al siempre afortunado Elijah West.

Mary Jo llegó algo después, ya vestida y peinada. La encontré hermosa y triste, mucho más delgada, con las huellas de la pena en un rostro que había perdido su aire aniñado. La desdicha nos hace madurar, nos vuelve adultos en cuestión de horas. A pesar de todo, la esposa de Elijah me recibió con el afecto que se reserva a un hermano —pues, como bien había dicho ella, eso éramos su marido y yo— y me agradeció, con los ojos llenos de lágrimas, el que hubiese hecho un viaje tan largo para estar a su lado en un momento difícil.

—Bueno, bueno, ya está bien de dramas. —Zachary besó en la frente a su nuera—. Mary Jo, sigues siendo preciosa, pero te estás quedando en los huesos. Siéntate y desayuna. Y tú, Elijah. Ahora que estamos todos juntos, Silvio, ponles al corriente de las novedades.

—¿Novedades? En tus cartas no me has contado nada demasiado emocionante.

—Ya sabes cómo es Silvio: no le gusta hablar de sí mismo. Pero acaban de publicar en España una novela suya, y el libro saldrá también en Estados Unidos.

—¡Pero bueno...!

—Las cosas no son exactamente como las cuenta tu padre...

Entre risas, Zachary explicó a Mary Jo y a Elijah las circunstancias en las que se había producido mi ingreso en la república de las Letras. Los dos celebraron ruidosamente la ocurrencia de la Organzación.

—Así que harán de ti un escritor de renombre internacional. Es estupendo. Ahora podrás moverte a tus anchas...

—Bueno, no tanto. Pero será menos sospechoso el que pida licencia para viajar. Esta vez tuve que inventarme una historia para que mi suegro me arreglase los papeles en el ministerio.

—¿Tu suegro? Así que lo de esa chica, Carmen, empieza a ir en serio.

Zachary bajó los ojos en un gesto que no le era habitual. Supuse que nunca había hablado a Elijah de los detalles que rodeaban mi noviazgo.

—Más o menos... lo cierto es que ya tengo una edad y que debería ir pensando en sentar la cabeza.

A Mary Jo le brillaban los ojos.

—Ay, Silvio, eso sí que es una buena noticia. Cuando te cases, iremos a España a la boda. ¿Verdad, Elijah? Cuánto me alegro por ti... ya verás qué cara pone tu hermano cuando lo sepa... porque ¡él también va a casarse!

—Mary Jo... le prometimos no decir nada. ¡Era una sorpresa!

—¿Casarse? Pero ¿con quién?, ¿cuándo?

—Ni una palabra más. Mi querida esposa ya ha sido suficientemente indiscreta, y Efraín quiere contártelo personalmente. Ahora está en Filadelfia, pero volverá antes de que regreséis a España y te dará todos los detalles. Se puso loco de contento al saber que venías.

Aquella semana en Nueva York fue mucho más tranquila que la que precedió a la boda de Elijah y Mary Jo. Si la otra vez mis amigos estaban permanentemente agobiados con preparativos y compromisos sociales, esta vez pudieron dedicarse sólo a mí. Ellos, Zachary y yo dimos largos paseos por las calles neoyorquinas y los bosques de Central Park, asistimos a un par de estrenos de teatro y visitamos museos y galerías de arte. Los padres de Mary Jo nos recibieron en su casa de Sutton Place y dieron en nuestro honor una cena a la que también asistieron los consabidos parientes Connors que vivían en Connecticut, Boston y Rhode Island. En aquella reunión, nadie trató a Mary Jo con un especial afecto, ni le prodigaron los mimos que merece una mujer que acaba de perder a un hijo. Hubiera jurado que aquellas personas no acababan de lamentar la muerte del bebé West. Después de todo, la idea de que un mulato llevase la sangre de los Connors era demasiado incluso para los miembros más progresistas de la familia.

Dos días más tarde, Mary Jo se empeñó en que fuese de compras para Carmen.

—La ropa y los complementos son aquí muchísimo más baratos que en Europa... iré contigo para ayudarte. Además, me hacen descuento en algunas tiendas.

Estuve a punto de hacerme el remolón, pero entonces recordé el viejo abrigo negro de Carmen y la pobreza de sus vestidos heredados y aquello me decidió. Hasta la fecha no le había hecho demasiados regalos, y no debía desperdiciar la oportunidad de ser asesorado en mis compras por una elegante neoyorquina. Fue una jornada muy divertida. La esposa de mi amigo y yo —Elijah y Zachary prefirieron, con buen criterio, quedarse en casa— recorrimos la planta de señoras de los almacenes Macy's y una docena de tiendas de los alrededores de la Quinta Avenida. Allí, dejándome guiar por el gusto de Mary Jo, compré para Carmen un traje de noche, un abrigo, blusas, faldas y dos vestidos de diario. Elegimos también tres sombreros con los bolsos y los guantes haciendo juego, y si no me llevé también zapatos fue porque no tenía la menor idea del número que calzaba mi novia. En la última tienda Mary Jo seleccionó una preciosa estola de piel que pidió que cargaran a su cuenta.

—Llévasela de mi parte, ¿lo harás? Ay, Silvio, estoy tan contenta por ti... debe de ser una chica estupenda... y me daba miedo que te quedases solo. Elijah te quiere mucho, y yo también... y nada nos hace más ilusión que el saber que tendrás pronto tu propia familia, aunque vivamos tan lejos unos de otros.

Creo que pocas veces en mi vida fui tan consciente del cariño que me profesaba una persona. Miré a aquella joven preciosa, a aquella madre frustrada que se había sobrepuesto al desencanto para hacerme compañía durante unos días, y vi en ella a una mujer valiente y fuerte, que no sólo había desafiado los atavismos de su clase casándose con un hombre de color, sino que además era capaz de apreciar a las personas que formaban el círculo inmediato de su marido. Eso debe de ser el amor, pensé, y sentí por mí mismo algo parecido a la lástima. Como aquella vez con Zachary, tuve la tentación de abrir mi alma a Mary Jo y explicarle que estaba dispuesto a casarme con una mujer a la que no amaba mientras estaba enamorado de otra. Fue una suerte que el sentido común refrenase mi lengua, pues sólo Dios sabe qué hubiese ocurrido de haber hecho semejante confesión. En ese momento, infeliz de mí, pensé que quizá ella y los otros podían sospechar algo acerca de mis sentimientos por Hannah, pues ni siquiera habían pronunciado su nombre en la semana que yo llevaba en Nueva York, y la única vez que me atreví a preguntar por ella me respondieron con evasivas, como si llevasen meses sin noticias suyas.

Aquella noche, Elijah y yo salimos a cenar solos. Zachary tenía un compromiso anterior, y Mary Jo pretextó estar agotada después de la tarde de compras, aunque yo sabía que sólo quería proporcionarnos un poco de privacidad a su marido y a mí. A diferencia de otras noches en que Elijah había reservado mesa en caros restaurantes de la parte alta de la ciudad, en aquella ocasión buscamos refugio en una casa de comidas del barrio italiano, donde no corríamos el peligro de encontrarnos con ningún conocido de los West que pretendiese unirse a nosotros. Cenamos una ensalada de queso y unos enormes platos de pasta con albóndigas, y hablamos de épocas pasadas, que es algo que suelen hacer los viejos amigos. Nos habían traído una botella de un vino tinto áspero y no demasiado bueno, y cuando la acabamos, Elijah pidió otra frasca, de la que se sirvió generosamente. Se me hizo raro, porque normalmente bebía bastante poco, pero no dije nada y tendí mi vaso para que volviese a llenarlo. Al acabar el postre, nos sirvieron una copa de aguardiente de limón.

—Bueno, Silvio... Zachary dice que eres el mejor agente doble que ha conocido en toda su dilatada trayectoria como espía.

—Tu padre exagera.

—No, qué va. Me lo ha contado todo. Decenas y decenas de nazis atrapados antes de cruzar la frontera gracias a tu labor como topo... por no hablar de todos los alemanes que tienen perfectamente controlados en Madrid. Eres un fenómeno, sí, señor... y estoy muy orgulloso de ti.

Elijah me palmeaba el brazo con torpeza. Empezaba a revolver la lengua al hablar, así que me dije que era el momento de iniciar la retirada y levanté la mano para pedir la cuenta.

—¡No tengas tanta prisa! Hace dos años que no te veo y nadie sabe cuánto tiempo pasará hasta que vuelvas de visita.

—Mary Jo dice que vendréis a mi boda.

—Mary Jo no se entera de nada. ¿Qué crees que dirían los amigos de los nazis si viesen entrar en la iglesia a un cochino negro como yo? ¿Qué diría el padre de Carmen? ¿Iban a seguir tragándose el cuento del joven fascista que adora a los alemanes? Zachary me lo ha explicado bien: si me ven contigo, empezarán a sospechar. Y no podemos permitir eso, ¿verdad? Hay que seguir trabajando para hacer justicia, para acabar con los asesinos de judíos inocentes. Claro que es una distribución de tareas un poco rara: ellos se dejan exterminar, y luego mi padre y tú dedicáis media vida a buscar venganza. Qué reparto tan poco equitativo.

—Sí, sobre todo porque me temo que fueron los judíos los que se llevaron la peor parte. ¿Ya no te acuerdas de Ithzak?

—Cómo olvidarlo. El pobre Sezsmann, que quería ser director de orquesta, y acabó muerto en la cantera de Mauthausen.

Me extrañó el tono empleado por Elijah: era como si su amargura naciese del rencor. Como si, en el fondo, considerase que Ithzak merecía lo que le había pasado.

—¿Por qué lo dices así?

Elijah encendió un cigarrillo.

—No lo sé. O sí. Es difícil de explicar. He pensado en eso muchas veces...

—¿En lo que le ocurrió a Ithzak?

—Más bien en lo que les ocurrió a los judíos polacos. Los nazis los llevaron al matadero como a un rebaño de ovejitas bien educadas. Les dijeron: ¡todos al gueto!, y allí se fueron uno detrás de otro. Luego empezaron a liquidarlos, y ellos se resignaron a su suerte. De vez en cuando, los metían en vagones de carga y empezaba el viaje a los campos de exterminio. Y los judíos, tan dóciles ellos, se apretujaban en aquellos trenes, bajaban en orden y se dejaban marcar como animales antes de ponerse a trabajar como esclavos...

—No sé a dónde quieres llegar.

—¿Sabes cuántos judíos había en Varsovia cuando se produjo la invasión? ¿No? Yo te lo diré. Cuatrocientos mil. Te dejo eliminar del grupo a los niños, a las mujeres, a los ancianos y a los enfermos, y aún nos quedan cien mil personas que hubiesen podido desafiar a los nazis o al menos vender caro el pellejo. Pero claro, el pueblo elegido debía de estar esperando un milagro. Que bajase del cielo un rayo vengador para acabar con Hitler, por ejemplo. Y entretanto se dejaron hacinar en un barrio miserable para ser diezmados o conducidos a campos de concentración. En ese aspecto, tengo que reconocer que nuestro Ithzak demostró tener al menos un poco de sentido común.

—Elijah, nunca supimos lo que pasó con él...

—Oh, vamos, Silvio, no te hagas el tonto. Mientras los suyos permitían que los nazis les pasaran por encima, él espabiló lo suficiente como para salvarse de la quema. No digo que aceptar favores de la Gestapo sea algo de lo que uno puede estar orgulloso... pero en la guerra vale todo ¿a que sí? Poner la otra mejilla o sobornar al enemigo... partiendo del deshonor, cada uno puede elegir lo que más le convenga.

Hice una seña a la patrona que se acercaba otra vez con la botella de aguardiente, y la mujer volvió sobre sus pasos. Elijah seguía hablando, pero no se dirigía a nadie en particular.

—Eso sí, el pobre Ithzak ni siquiera fue capaz de rematar la jugada. A veces me pregunto por qué le atraparon. Quizá se le acabó el dinero de su padre y sus protectores le dejaron abandonado a su suerte. Quizá se equivocó al orientarse y acabó llamando por voluntad propia a las puertas del campo. ¿Te imaginas? «Toc, toc, toc.» «¿Quién va?» «Soy un pobre músico judío que se ha perdido y busca un lugar para pasar la noche.»

Aquella burla me dolió.

—Elijah, ya es suficiente.

—Pero ¿qué te pasa? Reconoce que es gracioso...

—He dicho que ya está bien. Vámonos a casa.

Pagué la cuenta y Elijah abandonó el local sin mí. Iba tambaleándose. Nunca había visto a mi amigo en semejante estado: el graduado de Harvard, el inquilino de Park Avenue, el esposo de una descendiente de colonos, víctima de una melopea y diciendo aquellas cosas tan crueles... me dije que no se le podía tener en cuenta. Elijah estaba pasando por una etapa difícil, por la primera etapa realmente difícil de toda su vida. Cuando salí a la calle, mi amigo estaba vomitando protegido por las sombras de un callejón lleno de gatos que rebuscaban en los restos de comida. Me acerqué y le sujeté la cabeza durante el resto de la vomitona.

—¿Mejor?

—Yo qué sé...

—Espera aquí.

El restaurante aún no había cerrado, y la dueña me dio un paño húmedo y un vaso de agua. Se lo llevé a Elijah, que acababa de sentarse en un escalón mugriento.

—Límpiate, anda. Se te ha ido la mano con el vino. Y mira que era malo.

Me acomodé a su lado y así estuvimos un buen rato, Elijah restregándose el trapo por el cuello y por la frente, yo callado y esperando no sé a qué. En el callejón, los gatos seguían hurgando en los cubos de basura. Pasó una mujer pintarrajeada que a punto estuvo de dirigirse a nosotros, pero cambió de opinión y siguió su camino, pasó un niño corriendo, pasaron dos borrachos felices cantando *Yankee Doodle* a grito pelado. Tuve envidia de ellos. Ojalá Elijah y yo hubiésemos acabado la noche de la misma manera.

—Elijah, deberíamos volver a casa. Es tarde.

—Dame cinco minutos, ¿de acuerdo?

Mi amigo hundió la cabeza en el paño húmedo.

—Zachary me lo ha contado todo. Lo de tu novia. Llevas tres años con ella para poder ayudar a la Organización, y ahora vas a casarte. ¿Qué será lo siguiente, Silvio? ¿Qué más estás dispuesto a hacer por ellos? ¿Te ofrecerás para ejecutar a algún nazi?

—No digas tonterías. En cuanto a Carmen... no estoy enamorado de ella, pero la quiero mucho y creo que será feliz conmigo.

—¿Y tú? ¿Tú vas a ser feliz? Cuando me casé con Mary Jo, deseé que encontrases a alguien que te hiciese sentir como yo me sentía. Es lo que uno quiere para sus hermanos, ¿no?

Tengo pocos amigos. Ningún amigo de verdad, si quieres que sea sincero. Vivo en un mundo de blancos, y en el fondo sigo siendo el negrito adoptado por el señor Zachary West. Creo que tú y Mary Jo sois las únicas personas que nunca han pensado en el color de mi piel.

—Te olvidas de Ithzak.

Me pareció que reflexionaba unos segundos antes de seguir hablando.

—¿Es por él, Silvio? ¿Es por él que has renunciado a casarte con alguien a quien quieres, que llevas años arriesgando tu vida como infiltrado de la Organización? ¿Que te rodeas a diario de simpatizantes nazis, que tu círculo habitual está formado por fascistas?

Me quedé callado buscando una buena respuesta.

—Es por muchas cosas, Elijah —dije al fin—, pero, sobre todo, lo hago porque me parece justo. Porque creo que es lo que tengo que hacer, y porque se lo debo a mucha gente.

—Eso no es verdad. No le debes nada a nadie.

—Cuestión de opiniones. —Le palmeé el brazo—. Venga, Elijah, volvamos a casa. Aquí huele que apesta.

Le ayudé a levantarse y caminamos un buen rato en silencio.

—Siento haberte hablado así. —La voz de Elijah sonaba pequeña y distinta.

—Ya lo sé.

—No le cuentes nada a Zachary. Ya nos hemos peleado esta tarde... le dije que estaba abusando de tu buena fe.

—Olvídalo. Mira, ahí hay un taxi. No pareces tan borracho como para que no quiera llevarnos.

Elijah pasó el día siguiente disfrutando las consecuencias de una fastuosa resaca, entre vasos de zumo de tomate y cafés bien cargados.

—Pues más vale que te repongas para esta noche. —Mary Jo parecía divertida—. Porque tenemos invitados.

—¡Por el amor de Dios! ¿No puedes anularlo? La cabeza me va a estallar.

—Pues tómate otra aspirina. Además, se trata de Efraín.

—¿Mi hermano está aquí?

—Llegó anoche de Filadelfia. Te llamó a casa, pero ya os habíais marchado, así que le dije que viniese hoy a cenar.

No veía a Efraín desde las pasadas Navidades. Me había escrito una vez contándome su proyecto para fotografiar estaciones, pero no había vuelto a tener noticias suyas. Y ahora iba a casarse. ¿Quién sería ella? ¿Una americana rica como Mary Jo? No, mi hermano era demasiado bohemio como para buscarse a una afortunada heredera. Le imaginaba con una chica como él, alguien amante de la vida desordenada y las aventuras, capaz de seguirle en su peregrinaje por el mundo para captar la mejor instantánea. Intenté que Mary Jo me contase algo de mi futura cuñada, pero no tuve mucho éxito con mis pesquisas.

—Ya he dicho mucho más de lo que debía. Esta noche podrás preguntar a Efraín todo lo que quieras, pero entretanto ten la bondad de no interrogarme.

Mary Jo disfrutó organizando una cena suntuosa. A pesar de su diplomatura en Vassar y su mentalidad abierta, la sangre de los Connors corría por las venas de aquella muchacha, que parecía encantada de ejercer de anfitriona. Hizo poner la mesa con la mantelería de Holanda y la vajilla inglesa que una de sus tías le había enviado como regalo de bodas, mandó limpiar la cubertería de plata y dispuso las copas de Bohemia que reservaban para las grandes ocasiones.

—No deberías molestarte tanto por Efraín. Es un pobre fotógrafo que ha pasado media vida vagabundeando por ahí con los zapatos rotos y la camisa sucia.

—No seas pesado, Silvio. ¿Sabes si le gustan las ostras?

—Supongo que habrá comido cosas peores durante la guerra. Vaya, espero que se acuerde de afeitarse o a la dama de Park Avenue le dará un infarto cuando lo vea entrar cubierto de pelos.

—Deja de incordiar y alcánzame los candelabros.

Hace ya muchos años de aquella tarde, pero la recuerdo con un cariño especial. Mientras ayudaba a Mary Jo a elegir los platos de la cena y la veía preparando las flores para el centro de la mesa, me invadía la amable sensación de estar protegido por la calidez del hogar de mis amigos: allí estaba yo, participando en los preparativos de una agradable reunión de camaradas, lanzando puyas cariñosas a la esposa de Elijah, que seguía suplicando que no hiciésemos ruido entre las brumas de su dolor de cabeza. En ese momento me di cuenta de que nunca podría reproducir en mi hogar una escena parecida: iba a casarme con una mujer a la que jamás podría hablar de la naturaleza de las personas a las que quería, que en efecto no estaba preparada para recibir en su círculo a un hombre de color, ni para saber que uno de mis mejores amigos había sido asesinado por los nazis a los que su padre escondía de la justicia. A pesar del efecto que en él había ejercido el alcohol, el discurso de Elijah no estaba falto de sentido: mi entorno vital, ahora y en el futuro, estaría integrado por hombres a los que despreciaba: germanófilos prepotentes y otros adeptos al régimen que doblaban el espinazo en las recepciones de El Pardo. Hasta entonces no lo había pensado, pero mi trabajo en la Organización me impedía tambien contar con un verdadero grupo de amigos.

Mary Jo había citado a Efraín a las ocho en punto.

—Has puesto seis cubiertos en la mesa...

—Lo sé. Para nosotros tres, para Zachary, para Efraín... y para su novia.

—¿De verdad va a traerla?

El timbre de la casa sonó en ese momento. Mary Jo y Elijah se miraron divertidos, como pendientes los dos de mi reacción. La puerta de la sala tardó sólo unos segundos en abrirse para dar paso a mi hermano, que venía acompañado de su prometida. Nada más verla sentí que el suelo acababa de abrirse bajo mis pies.

Era Hannah Bilak.

Cuando sonó el teléfono supe que era Elena. Pasaba de las doce de la noche y nadie me llama tan tarde excepto ella, que vive a seis horas de distancia y acababa de llegar a casa después de trabajar.

—Hola...

Ni siquiera me devolvió el saludo. Cuando está indignada, Elena se olvida incluso de sus exquisitos modales oxonianos.

—Adivina lo que acaba de ocurrir. La mujer de Sergio le ha plantado.

Conocí a Sergio, el hermano de Elena, en los tiempos de Oxford. Estudiaba en Londres y de vez en cuando venía a pasar con nosotras un fin de semana, o éramos Elena y yo quienes le visitábamos en la ciudad y él aceptaba romper por unas horas su bárbara disciplina de estudio para acompañarnos al teatro o a comer *kebabs* y pescado con patatas en un banco de Hyde Park.

Elena adora a su hermano. Siempre han tenido una relación extraña, marcada por el cariño ilimitado y el constante choque de dos caracteres que en nada se parecen, y aderezada por la ancestral rivalidad fraterna. Pasaron la mitad de su juventud peleándose a muerte, y reconciliándose la otra mitad. Sólo al llegar a la edad adulta decidieron de común acuerdo dejar de lado sus constantes ordalías para aprender a ser amigos.

Sergio trabaja en Roma para la FAO. Se casó en Italia hace cinco años. Aquella boda fue una sorpresa: ni siquiera Elena sabía que tuviese intención de casarse, y por eso cuando su hermano llamó diciendo que había celebrado una boda civil sin invitados en el ayuntamiento de Ostia, se agarró un enfado monumental y declaró odio eterno a Giovanna, la esposa, afirmando que aquella italiana manipuladora había sido la armadanzas de todo. Elena aseguraba que Sergio nunca hubiese hecho una cosa así, «casarse en secreto, en un ayuntamiento de pueblo, como si fuese un adolescente o una puñetera estrella de Hollywood». Yo no dije nada, pero pensé que en el fondo Elena no tenía ni idea de lo que hubiese o no hubiese hecho su hermano. ¿Qué sabemos, en realidad, de las personas que amamos? ¿Conocemos a aquellos que nos quieren hasta el punto de ser capaces de anticipar sus reacciones? Yo no lo creo. En cualquier caso, hace cinco años, Sergio se casó inesperadamente en la casa consistorial de un pueblecito del Lazio, y todo el mundo fingió sorprenderse porque eso era lo que había que hacer, y culparon a la recién llegada a la familia de tamaño despropósito, porque siempre es más cómodo convertir a un extraño en el chivo expiatorio. Ahora, según me estaba contando Elena, la mujer de Sergio había vuelto a dar la campanada abandonando a su marido.

—Se ha largado y le ha dejado a los críos. A la niña y a los dos de ella, la muy fresca.

—Bueno, será algo temporal...

—No, qué va. Mi ex cuñada le ha explicado a Sergio que Guido y Lucca estarán mejor con él. Que va emprender un nuevo camino, y que los chicos serían un obstáculo. Dice que se casó muy joven la primera vez, que tuvo hijos demasiado pronto y que ahora se da cuenta de que le hace falta espacio.

Me quedé pensando un momento en esa expresión, «me hace falta espacio». Es relativamente nueva. Hasta bien entrados los noventa, para argumentar una ruptura hablábamos de libertad a secas. Ahora reclamamos espacio, y yo me pregunto ¿cuánto espacio hace falta exactamente y para qué? ¿Qué cantidad de espacio necesita la mujer de Sergio, que se ha marchado de casa dejando tras de sí a una cría pequeña (Giovaninna no debe de tener más de tres años) y a dos adolescentes fruto de su anterior matrimonio que vivían con ella y con Sergio? Supongo que lo bueno de irse sola es que, a partir de ahora, se conformará con un espacio mucho más pequeño, y que será Sergio el que tenga que compartir su espacio con una niña sin madre y dos muchachos que ni siquiera son hijos suyos.

No puedo creer que en el camino hacia su nueva vida, Giovanna —a quien no he visto nunca, pero imagino alta, morena y hermosa como Carla Bruni o Mónica Bellucci— haya dejado atrás a sus dos chicos, eludiendo toda responsabilidad sobre ellos con el absurdo argumento de que estarán mejor con otra persona y cargándose de razón al explicar que en su nuevo periplo los muchachos sólo serían una carga. Me pregunto si todas las mujeres son plenamente conscientes del significado último de la maternidad. Tengo amigas que reconocen sin disimulo que sus hijos se han convertido en un verdadero estorbo para sus carreras profesionales e incluso para su vida social. «Dile a un tío al que acabas de conocer que tienes dos niños de otra pareja y ya verás lo que tarda en salir por pies.» Ya. Pero ¿eso no lo sabían cuándo decidieron ser madres? ¿O es que, una vez hecho realidad el deseo que apuntala para siempre la condición femenina, los hijos dejan de ser un objetivo vital para convertirse en un puro y simple estorbo?

Recuerdo a alguien para quien trabajé una vez, una mujer de cuarenta y pocos años que se había convertido voluntariamente en madre soltera. Estaba harta de su empresa, de su ex pareja, de su existencia en general, y una tarde, tras desgranar ante mí la interminable lista de miserias que conformaban su día a día —mucho trabajo, poco sueldo, noches solitarias, una niña a la que criar, etc., etc.— me dijo, sin bajar la voz: «Yo, si no fuese por ésta, me iría a Australia». «Ésta», que dibujaba a nuestro lado un paisaje de casitas y montañas ocultando la puesta de sol, se volvió y nos miró con un aire interrogante de infinita tristeza. Tenía siete años y su madre la había tenido porque sí, porque no le daba la gana de perderse la experiencia de la maternidad, porque pensó que se avecinaba el climaterio y quería sentirse realizada y completa. Después de nacer la niña, no tardó ni tres meses en darse cuenta de que los críos no son sólo una etapa a cubrir, sino que vienen con todo el lote de problemas, enfermedades e incordios que uno pueda imaginarse. «Me iría a Australia derechita», decía. Supongo que a buscar algo de espacio, como la mujer de Sergio.

—Giovanna no me gustó nunca, ya lo sabes. —Elena seguía a lo suyo—. No me gustó ni un pelo. Pero esto es demasiado incluso para ella. Darse el bote así y cargar a Sergio con la renacuaja y con dos chavales que no son sus hijos...

—¿Y el padre de los niños?

—Ésa es otra. No le ven desde hace años. Creo que se ha casado con una rubia de tetas grandes, o puede que sea morena, y ha tenido tres hijos con ella. A los de Gio ni siquiera les pasa una pensión, así que no creo que esté dispuesto a llevárselos a su casa con la tetona y los mocosos. De modo que mi hermano se ha quedado con Giovaninna y los dos cafres, que por cierto van camino de convertirse en delincuentes juveniles. Yo a Sergio se lo he dicho muy claro: si Giovanna quiere irse, me parece perfecto. Pero que se lleve todas sus cosas, empezando por sus hijos. ¿Qué pasa si un día les ocurre algo grave? Porque, con el historial de esas dos prendas, cualquier cosa es posible, que los detenga la policía o que asalten un furgón blindado cuando se les acabe la paga. No sabes cómo son. A su lado, el hijo de Peter es un verdadero angelito, y aún así, si Peter se largase dejándomelo en casa, no tardaba ni una hora en ponérselo en el felpudo de su nueva residencia, no te jode la del espacio. A mí me iba a decir esa gilipollez. Pues si te has casado joven y te has puesto a parir hijos antes de los veinticinco, ahora te comes el marrón.

No sabía muy bien qué decir, porque además no podía evitar que la situación me pareciese ligeramente cómica, como sacada de una función de revista.

—Siento que lo estés pasando mal. Si necesitas algo...

—Necesito un cerebro nuevo para el imbécil de mi hermano y unas vacaciones para mí. Las últimas dos semanas han sido demenciales. Peter está de un humor de perros. Mi jefe la tiene tomada conmigo y me está dando más trabajo del que puedo sacar adelante. Y ahora que mi padre está mejor, él y mi madre vuelven a tener broncas a diario. De hecho, ella sólo deja de hacerle la vida imposible cuando le apetece pelear conmigo. A veces tengo que hacer verdaderos esfuerzos para no estrangularla.

Calculé unos segundos de silencio para dar más consistencia a mi siguiente frase:

—Bueno, ojalá yo pudiese pelearme con mi madre aunque sólo fuese durante cinco minutos.

A través del hilo pude escuchar cómo Elena se daba una palmada en la frente.

—Perdona, Ceci, soy una burra. Pero es que no sabes cómo estoy, y encima me llama Sergio para contarme sus desdichas. —Su tono había cambiado—. Mi hermano puede ser muy listo y muy trabajador, pero se ahoga en un vaso de agua. Yo le he dicho que tiene que reaccionar, empezando por obligar a Giovanna a encargarse al menos de sus dos hijos. Si ella no se los lleva, que avise a Asuntos Sociales y que los metan en un orfanato, en un correccional o en una cárcel para delincuentes precoces. Pero Sergio dice que esos arrapiezos le dan pena.

—Hombre...

—Ni hombre ni mujer. A mí me da pena él. Me gustaría ir a Roma para verle, pero de momento no me puedo mover del trabajo. Ojalá mi jefe me tocase el culo. A él le echarían y a mí me darían una baja psicológica.

Esta vez me reí sin disimulo.

—Oye —la voz de Elena me permitió adivinar que mi amiga había tenido algún ataque de inspiración—: ¿por qué no vas tú a visitar a Sergio?

—¿Yo?

—Me dijiste que estabas tomándote un descanso en lo de los dibujos, ¿no? Bueno, pues te invito a pasar cuatro días en Roma. Tengo un montón de puntos de vuelo acumulados para comprar el billete, y Peter es muy amigo de un tío que tiene hoteles por toda Italia, así que te reservaremos una habitación en algún sitio bonito. No digo que te quedes en casa de Sergio porque entonces no serían unas vacaciones, sino una pesadilla, pero puede hacerte de guía por la ciudad y así se distrae.

—Eres muy amable... pero no creo que a Sergio le haga ninguna falta mi presencia en Roma. Lleva años viviendo allí, y supongo que habrá hecho amigos.

—¿Amigos? Bueno, si quieres llamar así a toda esa colección de estirados que le ha presentado Giovanna, allá tú. Pero hazme caso si te digo que mi hermano no se ha relacionado con nadie normal desde que se casó con la zorra del espacio.

El nombre me pareció perfecto para titular un cómic porno de estética futurista, pero no era el momento de pensar en dibujos para un «manga».

—Elena, no estoy segura de que sea una buena idea.

—Ya, pero es que tú no conoces a mi hermano. Le vendrá muy bien charlar con alguien que tenga más de dos dedos de frente, aunque sólo sea para variar. En cuanto a ti, creo que unas vacaciones te sentarían fenomenal. Y no te estoy pidiendo que te pases el día pegada a Sergio. Bastará con que quedes con él un par de veces, un almuerzo, un café... El resto del tiempo puedes hacer lo que te apetezca. Hay una exposición de dibujos de Leonardo en la galería Borghese...

—No sé, Elena...

—Nada, que no le des más vueltas porque es una idea estupenda. Voy a buscarte los billetes de avión.

—Es que...

Pero mi amiga ya había cortado. Colgué el teléfono algo aturdida. Así que Elena estaba dispuesta a enviarme a Roma para cuidar de su pobre hermano abandonado... después de todo ¿por qué no? Regresar a una ciudad en la que se ha sido feliz es como volver a ver a un viejo amigo. En mi caso, iba a hacer ambas cosas. Había estado en Roma tres veces: una con un grupo de compañeros en la época de la universidad —alojamiento cutre lejos del centro, menú de bocadillo en mitad de la calle, ropa zarrapastrosa y cómoda—; otra cuando me dieron un premio por las ilustraciones de un libro —hotel de cinco estrellas, comidas y cenas por todo lo alto pagadas por los editores italianos, trajes de chaqueta y tacones—; y otra con Miguel, en una preciosa *pensione* cerca de la plaza de España, paseando por el Trastévere y bebiendo capuchinos en las terrazas de la Piazza Navonna, comprando libros en una tienda pequeñita de Campo de Fiore y tirando las monedas de rigor en la Fontana de Trevi junto a una legión de turistas. Eso había sido hace dos años, meses después de que se declarara la enfermedad de mi madre, cuando aún había algo en qué creer. No ha pasado tanto tiempo, pero tengo la sensación de que mi última visita a Roma tuvo lugar hace ya más de un siglo: lo suficiente para que mi mundo de entonces se desmoronara y yo tuviese que aprender a reconstruirlo.

Cuando mi ruptura con Miguel estaba reciente, me autolesionaba pensando en todas las ciudades que habíamos visitado juntos y a las que, pensaba entonces, yo ya no podría volver. Quedaban, pues, descartados para futuros viajes lugares como Roma, Florencia, Venecia, Londres, Lisboa, la costa Dálmata, París, Budapest, la cordillera del Atlas y el valle del Loira. Afortunadamente, el ataque de cursilería nostálgica me duró más bien poco, y una noche, después de volver de casa de Silvio, me dije que Miguel me había arrebatado tres años de mi vida fértil, algunas aventuras amorosas que hubiesen podido ser interesantes y una buena parte de mi autoconfianza, así que no iba a permitir que me privase también del regreso a ciudades que eran tan suyas como mías. A pesar de ello, desde que terminamos —habían pasado ya cinco meses— no había vuelto a emprender ningún viaje, exceptuando la visita a Frankfurt por motivos de trabajo y la estancia navideña en Galicia, que no se parecían en absoluto a lo que yo llamaría unas vacaciones. Elena me estaba sirviendo en bandeja tres o cuatro días en Roma. No es algo a lo que uno pueda decir que no.

En cuanto a volver a ver a Sergio, ese asunto era harina de otro costal. «Tú no conoces a mi hermano», había dicho Elena. Pues resulta que sí le conocía. De hecho, a veces pensaba que mucho mejor que ella. Él y yo habíamos tenido una aventura. Nadie lo supo, ni siquiera la propia Elena. Sucedió hace ocho años. Ella acababa de trasladarse a Nueva York, y Sergio había venido a Madrid a pasar tres meses haciendo un curso de no sé qué antes de incorporarse a su nuevo destino en la FAO. Elena, tan amiga de meterse en la vida de todo el mundo, insistió en que teníamos que vernos. Creo que a Sergio no le apetecía demasiado, y puedo asegurar que a mí tampoco. En aquella época estaba bastante mal de dinero y había reducido mi vida social al mínimo indispensable. Vivía en un pequeño apartamento de alquiler, me pasaba el día dibujando —aceptaba cualquier trabajo que pudiese proporcionarme algún ingreso— y sólo salía de casa para comprar coca cola *light* y tabaco en el Seven eleven de la esquina. Mis amigos de siempre habían aprendido a respetar mis fases de ermitaña —aunque creo que nunca sospecharon que tuviesen nada que ver con una mala racha económica— y cuando me negaba a participar de sus planes dejaban de llamarme hasta que era yo quien, tras cobrar un encargo y disponer ya de algo de dinero, volvía a dar señales de vida.

El día que Sergio telefoneó, me quedaban sólo seis mil pesetas en el banco. Me propuso ir a cenar y le dije que no: seguramente pensaba en invitarme, pero la sola idea de no poder hacer frente a mi parte de la cuenta si decidía que pagásemos a medias me hubiese hecho morir de vergüenza.

—Podemos tomar un café a eso de las once.

Me pareció que se lo pensaba.

—Muy bien. Un café, entonces. ¿En el Central?

Dije que sí justo antes de caer en la cuenta que los viernes por la noche actuaba un grupo de jazz y había un recargo de trescientas pesetas en cada bebida. Lo malo de tener poco dinero es que siempre hay que estar haciendo cuentas miserables de ese tipo. Pero ya no había vuelta atrás, y maldiciendo mi suerte y mis escasos reflejos —que de haber actuado a tiempo me hubiesen permitido proponer un lugar alternativo donde la consumición mínima no supusiese una notable parte de mi presupuesto para los próximos días— colgué el teléfono y me enfrasqué en lo que estaba haciendo, unos dibujos horribles para ilustrar el catálogo de ofertas de un supermercado.

Dejé de trabajar a las diez menos cuarto. Cené un par de yogures y un sándwich. Luego me arreglé para salir. Recuerdo que no sabía qué ponerme. No me gustaba nada de lo que había en mi armario, pues hacía meses que no podía comprarme ropa nueva, ni siquiera en las rebajas. Ganaba lo justo para pagar los gastos del apartamento, así que malamente podía emplear lo que no tenía en ir a la moda. Me puse unos pantalones vaqueros, unas bailarinas que me pareció que daban el pego y una chaqueta negra. Aquella noche hacía frío, pero no quería que Sergio me viese con el único abrigo que tenía, una reliquia de hacía tres temporadas, visiblemente pasada de moda, a la que habían salido brillos por todas partes.

Antes de tomar el autobús, metí mil pesetas en la cartera. Era todo lo que tenía para gastar esa noche, y me prometí a mí misma que me marcharía a casa en cuanto el billete verde se me terminase. Había sido una pena no elegir para nuestra cita una cervecería de Moncloa, donde en 1999, mil pesetas daban para pagar varias rondas, pero el mal ya estaba hecho.

Cuando llegué al Central, la banda de jazz aún no había empezado a tocar. Sergio parecía llevar allí un buen rato, pues había un par de tazas vacías delante de él. Entré muerta de frío, temblando en mi chaqueta negra insuficiente para el invierno de Madrid, y él se puso de pie cuando vio que me acercaba.

—Cecilia... cuánto tiempo...

—Hola. ¿Llego tarde?

—No, no, me he adelantado yo. ¿Qué quieres tomar?

Pedí un té con leche para quitarme la tiritona. Sergio se tomó otro. Llevábamos dos años sin vernos, desde su estancia en Oxford. Nos pusimos al día, aunque yo no tenía tantas cosas que contar como él, que había ampliado sus estudios con varios cursos especializados y acababa de aceptar un puesto en la sede de la FAO. Parecía satisfecho y feliz. El clásico ejemplo de un ganador amable y agradecido con su suerte, que cuenta las cosas como son, sin darse un lustre excesivo ni adornarse con una falsa modestia. Pensé que hacía dos años Sergio no era así. Le recordaba como un muchacho inseguro, parapetado detrás de aquellas gafas de concha, siempre asustado ante la perspectiva de los exámenes eliminatorios de la London School of Economics, siempre preocupado, como si sobre su cabeza pendiese eternamente la espada de Damocles de un fracaso que sólo él era capaz de presentir. Los demás —Elena, sus amigos, yo misma— veíamos en Sergio a un futuro triunfador, a un profesional exitoso que iba a alcanzar la cumbre fuese cual fuese la meta propuesta. Mientras, él seguía temblando la víspera de los exámenes, y teniendo pesadillas sin sentido que hablaban de expulsiones, becas retiradas y masters que no le permitían terminar.

Todo aquello había quedado atrás. Frente a mí estaba el Sergio que todos habíamos adivinado, el Sergio que esperábamos y del que sólo él mismo había dudado en otro tiempo. Ahora, encauzada ya su vida, se había transformado en una persona igual pero mejor, libre ya del aura de inseguridad que le rodeaba y que acababa por resultar levemente incómoda. Llevaba un jersey de suave cachemira encima de una camisa de rayas y el pelo perfectamente cortado. En el respaldo de su silla se espachurraba un bonito chaquetón de cuero. Tenía unas manos fuertes, de uñas cortas y pulidas. A su lado, me sentí desaliñada y vulgar, e instintivamente coloqué los pies muy juntos debajo de la mesa para que mis bailarinas desgastadas no contrastasen demasiado con los zapatos de Sergio, que eran nuevos y brillaban como espejos.

A pesar de encontrarme en una situación de clara inferioridad, me gustaba estar allí, con él, escuchándole hablar de sus planes para el futuro inmediato. Me contó que se trasladaría a Roma en cuanto terminase el curso que estaba haciendo. Había alquilado un pequeño apartamento en el Trastévere —no sé por qué me gustó tanto aquella frase, «un pequeño apartamento en el Trastévere»— y se había propuesto explorar la ciudad hasta sus últimas piedras. El tiempo pasó muy deprisa. Pedimos otra ronda —con la que se agotaba mi presupuesto— y, bordeando las doce y media de la noche, como una cenicienta sui géneris, expliqué que tenía que marcharme.

—¿Tan pronto? —Sergio parecía decepcionado—. Pensé que podíamos tomar una copa en alguna parte.

Yo deseaba lo mismo. De hecho, de camino al lugar de la cita, había pensado en todos los sitios que me gustaría visitar con Sergio, todos los lugares de moda que conocía sólo por referencias o bien había visitado en otras épocas de bonanza económica, cuando no tenía que hacer números para tomar un café fuera de casa.

—Lo siento. Es que tengo que terminar unos dibujos y aún me queda mucho que hacer.

—Pues... bueno, no pasa nada. ¿Comemos mañana?

Mi sentido común se desplazó, dolorosamente, hacia la cuenta de ahorros donde ya sólo quedaban cinco mil pesetas, y balbuceé una excusa que no recuerdo para justificar mi negativa. Sergio, incapaz de adivinar las oscuras razones que hubiesen explicado una resistencia tan poco cortés, no volvió a insistir. Pidió la cuenta y se hizo cargo de ella a pesar de mis protestas. Al salir, para que no se preocupase al verme marchar caminado, paré un taxi al que hice detener un par de manzanas más allá, para acabar el trayecto hasta mi casa en un autobús nocturno. Al entrar en mi diminuto apartamento, con las ventanas que cerraban mal y perpetuamente agitado por una extraña selección de ruidos, me sentí la protagonista de alguna historia de pobreza y escasez concebida por Charles Dickens, y supongo que hasta invoqué al espíritu de las Navidades pasadas, presentes o futuras, pues sólo una intervención sobrenatural podía servirme de ayuda.

Sin embargo, aquella vez, los dioses se apiadaron de mí. A la mañana siguiente se me ocurrió comprobar mis cuentas en el banco, más que nada para cerciorarme de que no había llegado ningún recibo capaz de desbaratar por completo mi ya maltrecha economía. Para mi sorpresa, el saldo a mi favor era de doscientas setenta y siete mil pesetas. Entré en la sucursal, preparada para enterarme de que había habido algún un error. Pero era yo quien se equivocaba. Acababa de recibir el pago de unas ilustraciones entregadas once meses atrás y cuyo cobro, después de mucha insistencia ante el cliente, había dado definitivamente por perdido. Me había olvidado de aquel dinero y de pronto, como un milagro, la pasta estaba ahí como para darme una oportunidad.

Sin pensarlo dos veces, retiré treinta mil pesetas de la cuenta y llamé a Sergio a su hotel desde una cabina. Habían retrasado la entrega de los dibujos, le dije. Si todavía quería comer conmigo, tenía tiempo para encontrarme con él. Dije que pasaría a buscarle por su hotel a las dos en punto. Mientras, con el dinero caliente en el bolsillo, fui a una tienda Zara y me compré un abrigo de la nueva colección que me costó catorce mil pesetas, y un jersey negro de cuello de cisne por el que pagué otras cuatro mil. Consciente del dispendio, entré en una peluquería del barrio y pedí que me cortaran las puntas de la melena, que llevaba meses creciendo a su aire. Cuando salí de mi casa en dirección al hotel de Sergio, enfundada en mi jersey, protegida por mi abrigo nuevo del frío de Madrid, me sentía una mujer muy distinta a la pobre chica que había dejado plantado a Sergio la noche anterior. Él se dio cuenta nada más llegar. Supongo que por eso me besó en la boca ante la atención indiscreta del personal de recepción. Aquel beso, largo y aplazado, fue sólo el principio de una temporada feliz.

Sergio y yo no volvimos a separarnos en las siete semanas que duró su estancia en Madrid. Dormí en su hotel casi todas las noches, hasta que las miradas de reprobación de los conserjes se volvieron comprensivas, y luego cómplices y hasta cariñosas. No conté a nadie lo que estaba pasando entre nosotros dos. Sabía que era imposible iniciar con él una relación más o menos estable (los noviazgos a distancia no son mi fuerte), así que acepté con gusto la ambigua condición de amante.

Tal como estaba previsto, Sergio dejó Madrid a mediados de diciembre para tomar posesión de su puesto en Roma. La víspera de su marcha él y yo cenamos en un restaurante indio que nos gustaba a ambos, y ninguno de los dos habló de la inminencia de la despedida ni tuvo el mal gusto de preguntar al otro ¿qué va a pasar ahora? Demasiado bien sabíamos los dos lo que iba a pasar. Nos despedimos a la mañana siguiente, en la misma puerta de su hotel, cuando estaba a punto de tomar el taxi que le llevaría al aeropuerto y a la siguiente etapa de su vida. Hacia una etapa definitiva en la que yo no tenía sitio, ni pretendía tenerlo.

Nunca le conté a nadie lo que había pasado entre Sergio y yo, mucho menos a Elena. Creo que de haber tenido noticias de nuestra aventura, mi amiga se hubiese sentido herida, y seguramente también algo desplazada. Su hermano y yo éramos entonces las personas a las que más quería en el mundo, y ambos habíamos establecido entre nosotros una nueva intimidad a la que Elena nunca podría tener acceso. Así que guardamos silencio. En realidad, sólo hubo una persona que estuvo un poco al tanto de lo ocurrido. Fue mi madre.

Dos días después de la marcha de Sergio, mi padre tuvo que venir a Madrid por algo relacionado con su trabajo, y mi madre le acompañó. Llevaba casi tres meses sin verles, y en cuanto aparecí por el vestíbulo de su hotel, pude notar que mi madre se había dado cuenta de que algo me había ocurrido durante todo aquel tiempo: yo misma era consciente de caminar como flotando en una nube —los restos fehacientes de un enamoramiento fugaz— y de llevar en la cara las huellas de los amores imposibles: la mirada distraída, el gesto esquivo, la sonrisa triste y ausente porque va dirigida a alguien que no está. Por lo demás, me sentía irritable e incómoda en todas partes, y llevaba conmigo unos irrefrenables deseos de salir corriendo, como un niño que debe guardar un secreto y no soporta la presencia de quienes supuestamente pretenden hacerle hablar.

Recuerdo que mi madre me miró de una forma muy particular, y aunque en su gesto había también un compromiso de silencio —ella no hubiera preguntado nunca delante de mi padre «¿qué demonios te pasa?», como sí hubiera hecho él de haber reparado en mi metamorfosis— supe que estaba necesitando saber algo más sobre lo que me había sucedido en las últimas semanas.

Recuerdo que me entró una especie de pavor absurdo ante la perspectiva de quedarme a solas con ella. Le presencia de mi padre se me antojó entonces como un parapeto que podía protegerme, pero llegó el momento en que él tuvo que marcharse a sus reuniones y nos dejó a mi madre y a mí sentadas ante la mesa de una cafetería inhóspita —la primera que encontramos al principio de la Gran Vía— donde olía a fritanga y había sospechosas manchas de cualquier cosa sobre las mesas de formica azul. Ella me miró en silencio, y yo, después de rehuir unos segundos aquella expresión que tan bien conocía, me eché a llorar.

Mi madre no dijo nada. Despachó al camarero pidiendo dos cafés —que en realidad no nos apetecían a ninguna de las dos— y luego me dejó llorar hasta que, entre hipidos, le conté por encima —y sin ahondar en detalles ni dar nombres concretos— las razones últimas de mi estado de ánimo: alguien había llegado, había estado, se había ido para no volver nunca más. Ella escuchó en silencio y luego me acarició la cara.

—Son cosas que pasan —dijo al fin—. Cosas que pasan, y ya está. No lo pienses más, Cecilia. Dentro de un año ni siquiera te acordarás, así que es mejor que empieces a olvidarlo ahora mismo.

El camarero trajo los cafés —ácidos y aguados, como hechos con la borra de otros— y nos fuimos sin tomarlos. Pasamos la tarde sin hacer referencia a nuestra breve conversación, mirando escaparates, probándonos ropa que no teníamos intención de comprar, buscando gangas inexistentes en la sección de oportunidades de El Corte Inglés y hojeando volúmenes de cuentos ilustrados en la Casa del Libro y en la FNAC. Cuando mi padre llegó al hotel, ya por la noche, yo había perdido parte de mi expresión ausente y mi sensación de incomodidad. Como mi madre había aconsejado, si tenía que olvidar lo ocurrido era preferible comenzar a hacerlo de inmediato.

En estos últimos años no sólo no había vuelto a ver a Sergio, sino que ni siquiera había pensado en él. Elena, ignorante de lo acontecido entre los dos, me sugirió que le llamase cuando viajé a Roma a recoger el Premio. Quizá lo hubiese hecho de haber tenido tiempo, pero el caso es que hasta mi último minuto estaba ocupado. Después, aquella vez que Miguel y yo fuimos juntos a la ciudad para pasar allí un fin de semana, habría tenido muy poco sentido concertar una cita con Sergio, a pesar de que Miguel —a quien le encanta conocer a personas instaladas en las ciudades que visita, creyendo que ellos pueden entregarle la llave maestra para toda una selección de lugares misteriosos que no vienen en las guías— me sugirió que le telefonease: «¿No vive en Roma el hermano de Elena? ¿Por qué no quedas con él?» Le dije la verdad: que no me apetecía. No quise explicarle por qué, y supongo que lo achacó a mi intención de monopolizarle durante todo el fin de semana. Lo cierto es que no tenía el menor interés en encontrarme con mi antiguo amante quien, dicho sea de paso, no había tenido la deferencia de llamarme ni de mandarme un miserable correo electrónico en los seis años que habían transcurrido desde nuestro último encuentro en la puerta de un hotel de Madrid. Ahora, ocho años después, las cosas habían cambiado tanto que recordaba como un espejismo la aventura entre Sergio y yo. A veces me costaba trabajo reconocer como propia aquella historia, que se me antojaba redonda y bien rematada, como sacada de una novela o de una película romántica de los años cincuenta.

Unas horas después de haber hablado conmigo, Elena me envió por correo electrónico un localizador de vuelo, la dirección de un hotel cerca de la plaza de San Ignazio y la copia del correo electrónico que había enviado a Sergio:

«Sergio, mi amiga Cecilia va a pasar en Roma tres o cuatro días. Su madre murió hace unos meses y acaba de romper con su novio, así que necesita unas vacaciones y te sugiero que te preocupes un poco de ella. No sé si hace falta que te recuerde que Cecilia lleva un montón de tiempo yendo a hacer compañía al abuelo una vez por semana mientras tú y yo nos lavamos las manos como Poncio Pilatos, aunque yo, al menos, estoy cuidando de papá y mamá, que tú ni de eso tienes que preocuparte, y ya hablaremos del asunto la próxima vez pero que sepas que lo de las Navidades me sentó como un tiro y a mamá ni te cuento. Ya sé que tienes problemas, pero no eres la única persona del mundo que lo pasa mal. Así que deja de mirarte el ombligo y haz el favor de atender a Cecilia y procurar que lo pase bien durante su estancia en Roma o cuando vuelvas a verme tendré tantas cosas que echarte en cara que será mejor que esperemos al cambio de siglo para encontrarnos.»

Qué agradable. Es decir, que para mi antiguo amante yo era una pobre huérfana traumatizada por una ruptura a la que —bajo amenazas— había que entretener y rescatar del pozo de la depresión. Envié un correo a Elena pegado al de Sergio:

«Creí que era tu hermano el que tenía que distraerse :)»

Y ella me contestó:

«Ya, pero es que Sergio es más tontaina que tú y no quiere aceptar la ayuda de nadie, por eso es mejor que crea que el favor lo hace él. Por cierto, Peter te ha cogido asiento de primera clase y el hotel está que te cagas, así que no te quejes»:) :) :)

Sonreí al leer el correo. Por mucho colegio privado, mucha universidad elitista y mucho rango de consorte de un médico para millonarias del Upper East Side, Elena seguía conservando notables ramalazos barriobajeros. Imprimí el código de vuelo y los datos del hotel, llamé a Silvio para informarle de mi viaje por si necesitaba localizarme y no lo conseguía y, dos días después, tomaba un vuelo rumbo a Roma.

Entré la última en el avión: embarcar cuando ya se han encendido los motores es uno de los placeres que se reservan a los que viajan en primera clase. En esa zona, los pasajeros suelen mirarse entre sí con un aire de familiar complicidad, como si se supiesen uncidos por un destino común que les separa de los otros, la desdichada grey de la clase turista, donde yo había realizado la práctica totalidad de mis viajes. Allí había aprendido a distinguir a los viajeros frecuentes de los turistas accidentales; éstos viajan con mucho equipaje —repartido en varias bolsas que evitan facturar, pues no se fían del sistema de las compañías aéreas— y comprueban media docena de veces que han apagado el teléfono móvil. Mientras aquéllos se mueven por los aeropuertos con una elegante languidez, incluso cuando tienen prisa, los viajeros ocasionales siempre parecen abrumados por las circunstancias y el ambiente, por el cambio de puertas, por las pantallas que anuncian las salidas de los vuelos, por las colas frente al *finger* y la colocación de los bultos en el compartimento superior. Los viajeros frecuentes ignoran las explicaciones de la azafata sobre cómo actuar en caso de emergencia —porque saben perfectamente que si el avión se cae no hay instrucciones que valgan— y se enfrascan en la lectura del periódico. Los pasajeros excepcionales ponen sus cinco sentidos en el soliloquio gesticulante y localizan, aterrándose antes de tiempo, todas las salidas marcadas con un piloto rojo. Unos se dejan ganar por la indolencia; los otros, por la preocupación exagerada que llega a dibujar en sus rostros una permanente mueca de angustia, como si no pudiesen quitarse de la cabeza toda la amplia sucesión de contratiempos que pueden arruinar el viaje, tal vez el primero y último que realizan en su vida. No vería a ninguno de esos viajeros bisoños en la zona de primera clase. En realidad, no vi a nadie: me quedé dormida antes incluso de que el avión despegara, renunciando así, de forma voluntaria, a los canapés de salmón y la copa de champán que pretendía subrayar la diferencia supuestamente abismal entre nosotros, los privilegiados integrantes de la clase preferente, y el resto del pasaje.

En otoño, el aire de Roma huele bien, a una mezcla de castañas asadas y piedra húmeda. Eso fue lo primero que pensé al salir de la estación Términi. Igual que en mi primer viaje a Roma —ya se sabe, presupuesto limitado, bocadillos, etc.—, había elegido el tren para llegar a la ciudad desde el aeropuerto de Fiumiccino, prescindiendo de los delirantes taxis romanos, con sus conductores irresponsables corroídos por la impaciencia y las malas maneras. Así que, al bajar del avión, mis afortunados acompañantes en la zona de privilegio de la primera clase se sorprendieron al verme enfilar la salida que me unía al colectivo menos agraciado que tenía que llegar a la ciudad haciendo uso del transporte público. Me hubiese gustado explicarles que entrar en Roma por la estación Términi es como llegar a Venecia en el *vaporetto* de San Marcos: un placer adicional a los que nos aguardan en la ciudad.

Como me había advertido Elena, mi hotel en Roma era cualquier cosa menos un motivo de queja: el Albergo della Pace estaba situado en un callejuela cercana a la plaza barroca de San Ignacio, y contaba con un diminuto patio romano que daba a las habitaciones interiores la tranquilidad de una abadía. La ventana de mi cuarto parecía haber sido abierta en mitad de la hiedra rojiza que trepaba por las paredes, y a las horas en punto escuchaba, como llegado de muy lejos y tamizado por la piedra, el sonido de las campanas de una iglesia.

No vi a Sergio hasta la noche. Dediqué mis primeras horas en Roma a caminar por la ciudad que tan bien conocía, buscando adrede algunos rincones para mí cargados de sentido: un pequeño café donde Miguel me había besado, la diminuta tienda de ultramarinos en la que había comprado pasta de colores y tomates secos, una *gelatteria* que despachaba helados de color azul con sabor a chicle... Aquella tarde, mientras caminaba, me di cuenta de que era la primera vez en mi vida que estaba sola en Roma, y deseé poder prolongar la rara sensación de libertad que proporciona el encontrarnos en un país extranjero donde la mayor parte de las cosas nos son ajenas, empezando por el idioma, que es la particular música de fondo de cada ciudad. Estaba sola, *sola y conmigo,* disfrutando del limpio otoño romano, buscando entre mis recuerdos aquellos que ocupaban un lugar de honor en el territorio de la memoria.

Sergio me llamó al móvil cuando caminaba de regreso al hotel. Confieso que, por unos segundos, pensé en la posibilidad de no responder y prolongar así un poco más el placer de la soledad. Pero me pudo mi sentido del deber: Elena me había enviado a Roma en primera clase para hacer compañía a su hermano, no para que me solazara en mi independencia.

—¿Cecilia?

Qué raro se me hizo escuchar aquella voz que fue familiar durante un corto espacio de tiempo, y qué raro también apreciar en ella nuevos matices aportados por el paso de unos cuantos años y muchas cosas vividas.

—Sí...

—Soy Sergio. ¿Hace mucho que has llegado? Escucha, ahora estoy en una reunión, pero si te parece puedo recogerte en el hotel a las nueve para ir a cenar.

—Muy bien.

—Hasta entonces.

Aquella conversación apremiante me hizo sentir un poco molesta. Tuve la sensación de que —como yo había previsto— mi llegada a Roma no constituía un aliciente para Sergio, sino más bien un completo incordio. Él tendría su vida, sus amigos, su rutina, sus rituales diarios, y ahora quien fuera mi amante estaría convencido de que había llegado a Roma para desbaratar sus planes. ¿Por qué pensé que, en efecto, podía precisar distracción o apoyo y, más aún, que era yo la persona adecuada para proporcionárselos? La culpa, desde luego, era de Elena, que estaba empeñada en que su hermano necesitaba de un ángel de la guarda o una señorita de compañía... pero, al fin y al cabo, yo me había dejado arrastrar por el empecinamiento de mi amiga, así que tampoco era del todo inocente.

No debería haber venido, pensé, y se me encogió el corazón. Pero en ese momento me di cuenta de que en el cielo de Roma el atardecer había dejado un singular color violeta rasgado por nubes blanquísimas en forma de jirones que ocultaban sólo a medias los últimos rayos de sol de un precioso atardecer invernal. Estaba parada frente a una pizzería callejera de la que se escapaba un olor familiar a mozzarella derretida y salsa de tomate, y podía escuchar el rumor de una modesta fuente de piedra: la boca de un fauno derramaba un chorro de agua sobre una concha cubierta de limo. ¿Qué más quieres?, me dije. Definitivamente, había hecho bien en emprender aquel viaje. Mi error —o el error de Elena— había sido involucrar a Sergio en una mínima parte de la aventura.

Decidí que aquella noche vería a Sergio por primera y única vez durante mi estancia en Roma. Sería bueno para mí, pues en los días siguientes podría disfrutar por completo de la libertad conquistada, y aún mejor para él, que quedaría libre de la obligación de ejercer de hermanita de la caridad.

Volví al hotel, puse bastante esmero en arreglarme —por si acaso Sergio se estaba temiendo que iba a recoger a una solterona desmañada con gafas de culo de vaso y granos en las aletas de la nariz— y luego me tomé un Bellini en el pequeño bar que había junto a la recepción. No sé por qué pedí un Bellini, pero me pareció más apropiado al escenario que un mojito o un whisky sour. Sonreí al pensar que, al menos desde lejos, debía emitir una pasable imagen de sofisticación, con mi abrigo nuevo, los zapatos italianos y sorbiendo, displicente, el cóctel que me acababan de servir. Debería encender un cigarrillo, me dije, si no fuera porque llevo cinco años sin fumar y bastante me costó dejar el vicio como para caer en él sólo para completar una estampa de cine negro: la rubia que bebe y fuma en soledad esperando la llegada de un tipo que sabe que no le conviene.

—Hola, Cecilia. Caramba, te hubiera reconocido en cualquier parte; estás igual...

Al girarme derramé la copa de Bellini. Ninguna heroína cinematrográfica hubiese sido tan torpe, pensé mientras saludaba a Sergio y me daba cuenta que el tiempo le había tratado bastante bien. La vida diplomática había servido para multiplicar su aire de hombre de mundo, y la otra vida —la que está hecha de victorias y decepciones, de heridas que hacemos o que nos hacen— se había limitado a encanecerle un poco el cabello y colocar estratégicamente algunas arrugas alrededor de los ojos grises.

—Tú tampoco has cambiado mucho, que digamos. ¿Cómo estás?

—Bien... oye, antes de nada, siento lo de tu madre... y mil gracias por ocuparte del abuelo.

—No hay por qué darlas. Es un tipo encantador.

—¿Nos vamos? He hecho una reserva en un restaurante que está por aquí cerca. ¿Te gusta la casquería?

Por mi cabeza pasaron, en un segundo, una docena de imágenes repugantes de platos de riñones, tripas fritas, guisos de rabo de vaca y toda esa colección de horrores que constituyen uno de los motivos de orgullo de la cocina del Lazio.

—No mucho, la verdad.

—Pues no te preocupes, porque donde vamos no sirven nada de eso...

El restaurante estaba abarrotado. Un montón de camareros salían y entraban de las cocinas cargados con bandejas atestadas de platos de pasta y enormes pizzas de masa delgada como el papel de fumar. Había un grupo de músicos que interpretaba *tarantellas* de mesa en mesa. No cabía duda de que Sergio había escogido un local para turistas. La comida era deliciosa pero poco arriesgada: *fettucini, lasagna, ravioli* y salsas de hongos con mucho parmesano. El hombre con el que había tenido una aventra seleccionaba como marco para nuestro primer encuentro después de ocho años una *trattoria* perfecta para obsequiar a una cuñada o una anciana tía de visita en Roma. Confieso que cuando me di cuenta me picó un poco en el amor propio. ¿Y qué esperabas, Cecilia? No lo sé. Todas las mujeres, incluso las que no lo reconocemos, tenemos dentro un yo peliculero que nos hace fantasear con escenarios más apropiados. Con los escenarios que creemos merecer, y yo no me consideraba acreedora de un restaurante típico y tópico con guitarristas disfrazados de campesinos sardos y platos de macarrones con salsa boloñesa. En fin, esto es lo que hay. Esto es lo que queda, pensé, y me concentré en mi plato de *rigatoni all'arrabiata* preparada para cualquier cosa que pudiese ocurrir a continuación.

Aquella noche, en contra de lo que yo esperaba —y de lo que Elena hubiese deseado—, Sergio no me habló de sus problemas familiares, ni del quebranto doméstico que le había supuesto el repentino abandono de su esposa. No mencionó a los dos hijos de ella, ni a la pequeña Giovaninna, ni lamentó su suerte delante de mí, ni me hizo partícipe de sus preocupaciones de aquellos días. Para mi sorpresa, se pasó toda la cena haciéndome preguntas acerca de mi madre, sobre su carácter, sobre sus reacciones ante determinados acontecimientos. Quiso saber cómo se vestía, qué música le gustaba, incluso cuáles eran sus platos favoritos. Él, que no se llevaba demasiado bien con su madre, parecía sentir una particular curiosidad acerca de la relación que yo mantenía con la mía.

—La verdad, no entiendo cómo podíais congeniar tanto. Mi madre y yo sólo hablamos media docena de veces al año, y casi siempre me cuesta encontrar algo que contarle.

—Bueno... con mi madre fue sencillo. Era inteligente, y conciliadora... y esencialmente buena. Le gustaba la gente. En realidad, le gustaba casi todo. No resulta sencillo pelearse con alguien así. Y además era muy simpática y tenía una risa preciosa. Se reía con toda la cara. Con la boca. Con los ojos. Incluso con la nariz. No sé, a lo mejor entre mujeres las cosas son más fáciles...

—De eso nada. Mi madre y Elena no pueden estar juntas más de cinco minutos sin empezar a pelearse. Me das mucha envidia. Para mí, mi madre es una extraña.

—Pero está viva —dije, y Sergio sonrió con mi perogrullada. Luego pareció concentrarse en su *risotto*, bebió un poco de vino (un tinto toscano bastante bueno) y me miró con una seriedad alarmante.

—Cecilia... a ver cómo te lo explico... Tuve una madre histérica, incapaz de entenderme y a la que disgustaba cada cosa que hacía. Siempre me cuestionó, nunca consideró que tuviese algún motivo para estar orgullosa de mí. No importaba lo que yo hiciese, porque ella siempre quería algo más, o algo distinto. Hubo un tiempo en que pensaba que era culpa mía, que no era capaz de hacer las cosas a su gusto. Luego entendí que lo que ocurría entre mi madre y yo no tiene nada que ver conmigo. Carmina es una mujer egoísta incapaz de preocuparse por nadie que no sea ella misma. Tuvo hijos porque tocaba, porque todas las mujeres de su generación los tenían, y ella no iba a ser menos. Una vez que cubrió la papeleta de parir a la parejita, descubrió que Elena y yo le estorbábamos. No tenía paciencia con nosotros. Cualquier cosa que hiciésemos la sacaba de sus casillas. Siendo un crío, me llevé más cachetes yo solo que todos mis amigos juntos. Cuando me ponía pesado, cuando empezaba a ponerla nerviosa, me daba un coscorrón, y punto. ¿Por qué te crees que empezó a mandarnos a internados a los catorce años? Pues para tenernos delante la menor cantidad de tiempo posible. Fue muy duro darnos cuenta de que nuestra madre pasaba de nosotros como de comer sobras. Luego, ya sabes, te acostumbras y se acabó. Por eso ahora puedo tirarme semanas sin hablar con ella, y hace casi dos años que no la veo. No digo que no la quiera. Es mi madre, y punto. Pero no hay nada más. Ojalá hubiese podido tener, no digo ya durante treinta y cinco años, sino sólo por unos cuantos, una madre como la que tú tuviste.

Tuve la impresión de que Sergio había empezado a hablar para sí mismo.

—A veces pienso cómo me sentiré cuando muera mi madre. Y ¿sabes qué? Me entra miedo. Miedo a no ser capaz de notar nada distinto dentro de mí. A quedarme tan tranquilo.

No supe qué decir. Llevaba toda la vida escuchando a Elena quejarse de su madre, pero pensaba que simplemente se llevaban mal, que sus enfados de aluvión eran sólo producto de desencuentros puntuales, y no de un rencor justamente acumulado durante los años de la niñez. Aquella noche, en la *trattoria* para turistas a la que Sergio me había llevado, acababa de enterarme de que él y su hermana, mi adorada Elena, eran en realidad mucho más huérfanos que yo.

Era casi media noche cuando salimos a la calle. A pesar de que hacía frío, Sergio y yo caminamos hacia el hotel. La puerta del Albergo de la Pace estaba iluminada por un foco que derramaba una cálida luz amarilla, tamizada por la hiedra que crecía en la pared. Tuve que llamar para que me abrieran.

—Bueno, Sergio, pues muchas gracias por la cena... me alegro de haberte visto.

—¿Qué vas a hacer mañana?

—Hay un par exposiciones que quiero ver. Quizá me acerque a Villa Borghese.

—Pues te llamo para comer.

Había llegado el momento de relevar al pobre Sergio de sus funciones de buen samaritano.

—Escucha... no te preocupes por mí. Ya sé que Elena te ha coaccionado para que me atiendas bien y todo ese rollo. Pero puedo apañármelas sola perfectamente.

—¿Estás loca? Olvídate de mi hermana. No me preocupo por ti. En realidad hace tiempo que he decidido no preocuparme por nadie, pero ésa es otra historia. Mi mujer se ha marchado, lo cual quiere decir que ahora soy una especie de padre soltero de tres críos, dos de los cuales ni siquiera son mis hijos. De la noche a la mañana, mi vida se ha convertido en un desastre. Es por mí por quien me preocupo. Me paso el día dándole vueltas a la cabeza. Quiero poder hablar con alguien que esté al margen de toda esta puta historia. Con alguien que no me diga que, en el fondo, la culpa de que Giovanna se haya marchado la tengo yo. Te llamo a mediodía, ¿de acuerdo?

Al día siguiente me levanté muy pronto, como me ocurre siempre que estoy en una cama distinta a la mía. Estaba amaneciendo. Eran las siete y media cuando salí del hotel para disfrutar del cálido espectáculo del despertar de la ciudad. Es un momento hermoso, un fenómeno que se repite todos los días aunque dura demasiado poco. Las calles vuelven a la vida, las tiendas se abren en un alegre estruendo de verjas y cerrojos, se preparan terrazas para los desayunos, se barren las aceras. El silencio de las primeras horas del día multiplica los ruidos. El tráfico es aún medianamente controlable: el atasco empezará en media hora, pero de momento los coches ruedan sin prisa y sin ansia, en la seguridad del que sabe que va a llegar a tiempo. Los puestos ambulantes de comida están cerrados, los quioscos de prensa acaban de abrirse. La luz del sol romano es todavía pálida, y no ha adquirido el tono dorado de las horas centrales del día. No hay turistas en las calles, y eso es casi un milagro en una ciudad como Roma. Por eso es tan importante conquistar esas primeras horas de la jornada: porque pertenecen enteramente a aquellos que viven en la ciudad y de la ciudad.

Cuando paso unos días en un sitio que me gusta se apodera de mí una suerte de nostalgia anticipada: empiezo a pensar que quisiera formar parte de este universo compacto, y me molesta la sensación de saberme allí de prestado, de ser una integrante de la masa antipática de turistas que pervierten las ciudades y les hacen perder su espíritu original para acabar convirtiéndolas en una especie de parque temático. Pienso que me gustaría vivir en ese lugar, que quisiera quedarme allí, tener un piso céntrico, comprar una vez a la semana en el mercado, frecuentar un restaurante en concreto donde al entrar los camareros me llamasen por mi nombre. Querría tener un café favorito, un bar de referencia, un puesto de flores donde supiesen que me gustan las gerveras, que el dueño de un quiosco me dejase llevarme la prensa el día que hubiera olvidado la cartera en casa, desearía conocer los callejones que vienen sin nombre en los mapas de la ciudad, de una ciudad que comparo con Madrid y que encuentro más amable, más hermosa, más hospitalaria. Más apta, en una palabra, para hacerme feliz que el lugar en el que vivo, donde apenas quedan vestigios de un pasado mejor, donde se han arrasado palacios y jardines en nombre de la fealdad y el progreso.

No fui a Villa Borghese. Comí con Sergio cerca de su despacho, en un bar ruidoso donde nos sirvieron el menú del día junto a una legión de oficinistas que, como mi amigo, disponían de unos escasos cincuenta minutos para comer y regresar al trabajo. Me gustó el lugar: comer allí era una forma de acentuar mi sensación de estar en casa, de eludir la sensación de provisionalidad que acompaña a los turistas.

—Ha sido visto y no visto —se disculpaba Sergio—, lo siento, pero se me ha complicado la tarde. Tengo una reunión dentro de diez minutos...

—No hay problema. Además, he comido muy bien.

—Sí, alcachofas y lasaña recalentada. Esta noche te lo compenso. Te recojo a las ocho y media.

El lugar elegido por Sergio era bien distinto a la *trattoria* donde habíamos estado la noche anterior. Era un restaurante ultramoderno y sofisticado, con vistas al castillo de Sant'Angelo y camareros vestidos por algún diseñador italiano. Allí no servían pizzas ni tallarines, sino platos franceses en raciones diminutas, en claro desafío al buen apetito de cualquier comensal. Para tranquilidad de Elena, Sergio abrió su particular caja de Pandora y me habló de lo sucedido con Giovanna.

—Supongo que mi hermana te habrá contado algo.

—Bueno...

—No, si no me importa. De cualquier forma, todo el mundo sabe ya lo que ha pasado. Mi mujer se ha ido de casa sin previo aviso. No teníamos problemas, no habíamos discutido y, que yo sepa, no habían aparecido terceras personas. Una noche, después de cenar, Giovanna se sentó conmigo en el salón y me dijo que estaba harta. Harta de no tener un minuto libre en todo el día, harta de los chicos, harta de la casa y harta de mí. Que llevaba mucho tiempo sin ser feliz, que acababa de cumplir los cuarenta y uno y que no se resignaba a pasar el resto de su vida aburriéndose soberanamente. Me soltó que tenía derecho a empezar de nuevo. Luego se fue a la habitación, recogió sus cosas y se marchó.

—¿A dónde?

—A un apartamento amueblado que sólo tiene un dormitorio y cuesta 1.400 euros al mes.

—Caray. Así da gusto.

—Los niños se han quedado conmigo. Al principio, Giovannina lloraba todas las noches porque echaba de menos a su madre, pero la cosa duró poco. Ahora está más tranquila. No comprendo nada, pero los críos son así. En cuanto a Guido y a Lucca... en fin, la cosa es complicada. No son hijos míos, así que imagina lo que es lidiar a diario con dos adolescentes que cada dos por tres te sueltan aquello de «tú no eres mi padre».

El panorama era tal y como Elena me lo había descrito: terrible. Pensé muy bien qué debía decir a continuación, pues no sabía qué era lo que Sergio esperaba de mí: palabras de aliento, consejos, quizá una bronca que le obligase a reaccionar...

—¿Qué dice Giovanna?

—Que necesita tiempo. Pero me temo que se va a tomar las cosas con calma. Ha alquilado el apartamento para todo el año. —Sergio me miró—: ¿Qué te parece a ti?

—Yo qué sé, Sergio. Es que todas estas cosas me quedan tan lejos... un matrimonio, tres hijos... no me cabe en la cabeza que una madre pueda marcharse como lo ha hecho tu mujer, pero me temo que no entiendo mucho de esas cosas.

—¿Y tú? ¿Por qué no tienes hijos?

Vaya por Dios. Así que había volado hasta Roma para escuchar la misma pregunta que podía hacerme cualquiera sin necesidad de salir de mi barrio. Pensé en dar a Sergio una respuesta convencional, pero en el fondo es mucho más cómodo decir la verdad.

—Porque el tipo con el que pensaba tenerlos se rajó después de estar tres años conmigo mareando la perdiz.

Ahora era Sergio el que no sabía qué decir.

—Bueno, aún puedes...

Le detuve con un gesto.

—Ya lo sé. Y, por favor, no me hables de esa italiana que tuvo trillizos a los cincuenta y tres.

Nos reímos los dos. Me pareció que Sergio estaba de mejor humor, y durante el resto de la cena no volvió a mencionar su condición de marido abandonado, ni yo hablé de mi frustración maternal.

—Tienes suerte de vivir en Roma.

—¿Tú crees?

—¿Estás de broma? Cualquiera se moriría por instalarse aquí. Es como vivir en un museo. Y el tiempo es tan bueno... por no hablar de la vida en la calle, y de la comida...

Sergio se encogió de hombros.

—Pues múdate. No, no me mires así, estoy hablando en serio. Elena me dijo que seguías trabajando como ilustradora, y eso es algo que se puede hacer en cualquier parte del mundo. Conozco gente en un par de editoriales italianas, podría conseguirte buenos contactos.

—No hablo el idioma...

—Te pedirán que hagas dibujos, no que les des conversación. Y, de todas formas, en Roma uno puede entenderse usando el español y las manos. Un amigo mío va a dejar su apartamento durante un año, se va a dar clase a Georgetown todo el curso que viene. No piensa alquilarlo a menos que encuentre a alguien de confianza. Sería perfecto para ti. Está junto a la Academia de España.

«Un pequeño apartamento en el Trastévere.» El corazón empezó a latirme con fuerza pensando en Roma, en la vida de Roma, en las calles romanas, las iglesias, los museos, las terrazas, los mercados.

—Puedes alquilar tu casa de Madrid y viajar a España una vez al mes para conservar a tus clientes. —Sergio seguía trazando sus planes para mí—. Considéralo como algo temporal. Una especie de paréntesis... no tienes por qué quedarte en Roma para toda la vida, pero unos meses aquí pueden ser una buena experiencia. Piénsatelo. O mejor, no te lo pienses mucho y hazlo. Las mejores cosas surgen así.

Aquella noche, después de que Sergio me dejase en el hotel, hice algo un poco raro: esperar a que se marchase y salir otra vez. Era más de medianoche, y las calles romanas estaban desiertas. Hacía frío y el aire del Tíber dejaba mucha humedad en el ambiente. Estuve paseando sola durante un rato, pensando en que aquella ciudad ahora inmóvil, iluminada sólo a medias por la luz desvaída de unas cuantas farolas, podía acabar siendo el escenario de una nueva parte de mi vida. Sergio tenía razón: ¿qué me impedía hacer un alto en el camino? Si Giovanna, que tenía unos cuantos años más que yo, un marido y tres hijos, estaba dispuesta a empezar de nuevo, ¿por qué yo no?

Podría estudiar italiano. Hablo inglés malamente —lo justo para entenderme sin problemas con los editores extranjeros, los *maîtres* de los restaurantes americanos y los vendedores de las tiendas de *outlet* en Nueva York— y siempre he querido aprender otro idioma. No hay nada que me ate a Madrid. No tengo un trabajo estable, no tengo una familia que dependa de mí. Nadie me necesita. La soledad nos hace libres. Tengo treinta y cinco años y todavía no es demasiado tarde para ninguna cosa. Ni siquiera para empezar otra vez, en otra ciudad, en otro país, en una lengua distinta a la mía. En un lugar extraño donde no tengo nada pero pueden esperarme muchas cosas buenas. Y en ese momento, algo alarmada, me di cuenta de que no estaba pensando en Roma, sino en Sergio.

Apenas dormí aquella noche. Escuché dar las horas en el campanario de la iglesia, y aunque el tañido parecía llegar de muy lejos, fui capaz de identificar cada campanada marcando las dos, las tres, las cuatro de la madrugada. ¿Iban a ser las campanas de Roma la música de fondo de mi próxima vida? ¿Estaba de verdad dispuesta a levantar el campo para instalarme en la ciudad de los césares? Y si era así ¿por qué iba a hacerlo? ¿Qué quería encontrar allí? No eran, desde luego, las tiendas lujuriosas de Vía Condotti, las terrazas de Piazza Navona, las piedras milenarias del Coliseo ni las esculturas de Bernini. Aquella noche, en mi habitación del Albergo de la Pace, me di cuenta de que trasladarme a Roma era intentar recobrar aquella oportunidad perdida hace ocho años, cuando me despedí de Sergio en la puerta de un hotel madrileño después de pasar juntos siete semanas felices que fueron como un paréntesis en las vidas de ambos. Y entonces, sentándome en la cama, me di cuenta de que ésa era la misma palabra que había utilizado Sergio para referirse a mi estancia en Italia: «considéralo una especie de paréntesis».

Eso era todo lo que podía ofrecerme. Una tregua en la vida. Un interregno. Unos puntos suspensivos en la Ciudad Eterna. Dieron las cinco en el campanario cercano. Me di cuenta de hasta qué punto puedo ser estúpida, y en ese mismo momento me quedé dormida.

—Llego tarde, lo siento.

Sergio y yo nos habíamos citado en el mismo restaurante del día anterior, y yo llevaba un buen rato atracándome de palitos de pan.

—He hablado con Nicola.

—¿Con quién?

—Con mi amigo, el del apartamento. El que se va a Washington. Dice que puede fijar un alquiler simbólico, para cubrir los gastos de mantenimiento...

El camarero nos trajo el menú del día y yo fingí estudiarlo detenidamente al tiempo que hablaba.

—Pero, Sergio, ¿de verdad pensabas que iba a trasladarme a Roma así, de un día para otro y sin venir a cuento?

—No sé... ayer te vi decidida.

—Ya, bueno, es que lo pintabas tan bien que era difícil resistirse. La verdad es que me encantaría hacer algo así, ya sabes, empezar de cero y todo eso... pero no puedo. Aunque te parezca raro, me gusta Madrid. Y mi casa, a pesar de que está en un barrio complicado. Mi padre y mis hermanos están en España, mis amigos también. Roma es un sitio fantástico... pero siempre puedo venir de visita. Oye, yo voy a pedir alcachofas otra vez. Estaban muy buenas. En Madrid siempre las ponen de bote.

Aquella noche, como despedida, Sergio y yo volvimos a salir a cenar. Reservó mesa en un pequeño restaurante en el barrio judío. Pensé que era el tipo de sitio al que hubiese querido que me llevara desde el primer momento: acogedor, tranquilo, con pocas mesas y velas medio gastadas protegidas con una campana de cristal.

—He hablado con Gio esta mañana.

—¿Y?

—Me ha pedido una moratoria de dos meses para llevarse a Guido y a Lucca. Giovaninna se queda conmigo.

—Bueno, es lo mejor, ¿no?

Sergio hizo un gesto ambiguo.

—¿Sabes qué es lo malo de cumplir años? Que uno termina por no saber nunca qué es lo mejor.

Fue una cena muy agradable. Hablamos de muchas cosas, de la época de Oxford, de sus primeros pasos en Roma, de mi trabajo, de Silvio.

—Es un hombre sorprendente.

—Me temo que le conoces tú mejor que yo. Hace siglos que no le veo. ¿Sigue bien de aquí?

Sergio se tocaba la sien con el dedo índice.

—Bastante mejor que tú y que yo. Pero nadie sabe cuánto va a durar eso. No te pierdas a tu abuelo. Ve a verle antes de que ya no podáis deciros nada. Antes de que no esté en condiciones de contarte algunas de las cosas que me ha contado a mí.

De postre pedí un tiramisú, como cualquier turista. Mientras tomábamos el pastel me di cuenta de que Sergio me miraba de una forma rara.

—¿Qué pasa?

—Hay una cosa que quiero preguntarte... ¿recuerdas aquella vez, en Madrid?

Me di cuenta de que me ruborizaba, y eso hizo que me sintiese rematadamente torpe.

—Sí, claro... bueno, no sé a qué te refieres en concreto.

—Cuando estuvimos tomando café en aquel sitio de la banda de jazz... ¿por qué no quisiste quedarte conmigo después? Recuerdo que prácticamente saliste corriendo. Te metiste en un taxi casi sin despedirte. Pensé que te había molestado alguna cosa y que no volvería a verte... y luego, al día siguiente, me llamaste como si tal cosa...

Le sostuve la mirada unos segundos mientras meneaba la cabeza y recordaba, sonriendo, aquella escena en el café Central, que se aparecía en mi imaginación envuelta en el humo de los cigarros y la música de la banda de jazz, como un fotograma de cine negro.

—Me fui a casa porque no tenía dinero para pagar una copa.

—No me lo puedo creer.

—Ya ves. Así de tonta era entonces. Al día siguiente descubrí que me habían hecho un ingreso y, como ya era solvente, te llamé para comer. Y, por cierto, hablando del asunto... déjame que hoy te invite a cenar. Llevas dos días pagando tú.

Me marché de Roma al día siguiente. Sergio quiso acompañarme al aeropuerto, pero no le dejé. Aquello le trastocaría la mañana, y además no me gustan ese tipo de despedidas. Aun así, se presentó en el hotel a las ocho y media para desayunar conmigo. Es un buen tipo. Le he deseado suerte con sus cosas y le he prometido volver en alguna ocasión. Roma siempre es un buen sitio al que regresar.

Llegué a mi casa de Madrid a las seis de la tarde, cuando el sol empezaba a ponerse, y me asomé a la ventana para ver los tejados de Lavapiés y recordar los tejados de Roma, que a la luz del último sol son de un rojo encendido, como si estuviesen cubiertos de brasas o de virutas de cobre. En un gesto de traición los comparé con los tejados de Madrid, tan distintos, tan desordenados, tan escasamente poéticos, tan proletarios, tejados ocres, tejados pizarrosos, tejados de azoteas descubiertas, de modestas cúpulas tímidas que avanzan entre las antenas de televisión y a veces entre la ropa tendida, las sábanas al viento, los tejados vulgares de la ciudad en que vivo, los queridos tejados similares que veo apuntar desde mi ventana en Lavapiés, los límites precisos de la ciudad. Aquí están los tejados de Madrid, trepando hacia un cielo lejano que a veces, al atardecer, se vuelve más hermoso que el cielo de Roma.

Sé que alguna vez —sobre todo cuando las cosas se pongan difíciles— pensaré en que quizá debí haber aprovechado la oportunidad que tuve: cambiar de ciudad, cambiar de vida, aprender italiano. Pero, hoy por hoy, creo que no necesito ninguna de esas cosas. Mi inglés no es muy bueno, pero me apaño con él. Pasa igual con mi vida: tampoco es perfecta, pero he aprendido a arreglármelas.

—¿Lo ha pasado bien en Roma, señorita Cecilia?

—Estupendamente, Lucinda. Por cierto, le he traído una cosa...

Dejé en la mesa una caja de bombones peruginos y un cartucho de pastas de almendra.

—¿Para mí?

Lucinda se acercó y me dio un abrazo tímido. Al tenerla tan cerca pude comprobar lo menuda que era: apenas un metro y medio que se agarraba a mí temblando como un pajarito. Reconozco que aquel abrazo me supo a triunfo: Lucinda no se hubiese atrevido a hacer semejante cosa la primera vez que llegué a aquella casa, aunque hubiese puesto encima de la mesa el mismísimo cuerno de la abundancia.

Entré sola en el salón. Silvio estaba de pie.

—Pero ¿qué es esa cháchara con Lucinda? Lleva seis años conmigo, y no había conseguido sacarle más de dos frases seguidas. No sé cómo lo has hecho.

—Tengo mis métodos.

—¿Qué tal te fue en Roma? ¿Cómo está mi nieto?

—Bien. Dice que vendrá a verle dentro de poco.

—Ya. Pues nada, le esperaré sentado por si acaso. Hace

tres años que no aparece por Madrid. Pero eso es cosa suya. —Silvio reparó en el paquete que llevaba en la mano—. ¿Qué tienes ahí?

Le alargué el regalo que había traído para él.

—Nada del otro mundo... pero pensé en usted cuando lo vi en un anticuario de Roma, y se lo compré.

—No es muy alentador eso de que se acuerden de uno a la vista de las antigüedades. —Silvio sonreía, y los años se le escapaban de la sonrisa y salían volando, muy lejos—. No pongas esa cara, es una broma. Sólo siento que te hayas gastado el dinero en una de esas tiendas, los chamarileros romanos son unos perfectos ladrones. A ver qué tenemos aquí...

Era un álbum de fotos de terciopelo rojo, que a pesar de estar algo desgastado en las cantoneras doradas conservaba el aire señorial que tienen las cosas que se han hecho bien, no importa el tiempo que haya mediado.

—¿Le gusta?

—Es precioso. Mil gracias, querida.

Se acercó y me besó una sola vez, en la mejilla, como un novio antiguo.

—Ven, siéntate. ¿Hace frío fuera?

—Un poco. Pero aquí se está bien.

Silvio sacó un par de fotos de la caja, pero no me las enseñó. Se quedó mirándolas con cierta nostalgia, y sin apartar los ojos de ellas continuó con su relato.

Los tres días que permanecí en Nueva York tras saber que Hannah iba a convertirse en esposa de mi hermano se me hicieron largos y pegajosos, como si estuviesen hechos de esos caramelos masticables que se enganchan a las muelas. Por fortuna, Efraín y su prometida no iban a quedarse en la ciudad, pues Hannah tenía que regresar a Baltimore inmediatamente, y mi hermano iba a acompañarla. Sólo compartimos aquella cena en casa de los West, donde supe que los novios se habían conocido tres meses atrás durante un almuerzo organizado por Mary Jo, que «había sido un flechazo», en palabras de Efraín, y que sólo unas semanas después obtenían de la señora Griessmer el permiso para casarse. Iba a ser una ceremonia sencilla por el rito judío —mi hermano era un completo ateo, así que le daba exactamente igual recibir las bendiciones de un cura, de un rabino o del deán de la abadía de Westminster— y, decía Hannah, sólo sentían no poder hacer coincidir la boda con mi estancia en América.

—Tal vez podrías volver en un par de meses...

—Lo siento, no va a ser posible. Tengo mucho trabajo en Madrid.

Mis padres aún no sabían nada. Efraín pensaba escribirles contándoselo todo, pero, ya que yo había sido el primero en enterarme, no estaría de más que les pusiera en antecedentes.

—Sé lo que va a ocurrir: papá se pondrá hecho una furia y mamá llorará, como si lo viese —decía Efraín— y después se darán cuenta de que lo más importante es mi felicidad. Así que haz el favor de decirles que nunca en mi vida había estado tan contento, y que mi futura esposa es la mujer más guapa y más buena del mundo... con el permiso de Mary Jo.

Todos rieron. Yo también. Aquélla fue una noche rara. Intenté no mirar a Hannah de frente ni una sola vez, pero a pesar de todo comprobé que era más bella de lo que yo recordaba. Y ahí estaba mi hermano, el aventurero, el fotógrafo, preparado para convertirla en su esposa. Una vez más, Efraín parecía complacerse en vivir el destino que me estaba reservado a mí. A medida que avanzaba la noche sentía crecer el peso de una tristeza que me impedía participar naturalmente de todas las conversaciones, a pesar de que hice lo imposible para vencer la pesadumbre. Por fortuna, nadie estaba pendiente de mí. Los novios sólo tenían ojos el uno para el otro. Mary Jo se encontraba demasiado imbuida en su papel de anfitriona, y el dolor de cabeza de Elijah no había remitido. Sólo los ojos inquisitivos de Zachary West buscaban los míos. A estas alturas, me resultaba difícil engañarle también a él.

La velada se prolongó hasta la madrugada. Mi hermano y Hannah se despidieron de mí, él con un abrazo, ella con dos besos, los primeros que me daba desde que la conocía: una buena chica judía besa sólo a los miembros de su familia. Prometimos escribirnos, hablar por teléfono. Efraín me dio un sobre con algunos retratos de su prometida «para que se los envíes a mamá y pueda empezar a imaginar lo guapos que van a ser sus nietos». Cuando por fin se cerró la puerta, Elijah dijo que se iba a dormir.

—Lamento ser tan grosero, pero no aguanto ni un segundo más.

Mary Jo fue con él, y Zachary y yo nos quedamos en el salón, como otras veces, dispuestos a tomar la última copa. Pero aquella noche Zachary West no se ofreció para preparar un *dry* martini ni inició ninguna conversación intrascendente. Se quedó callado, mirándome, mientras yo hacía esfuerzos por no demostrar el efecto devastador que aquella noche había causado en mí. Estuvimos un buen rato así, en silencio los dos. Supuse que Zachary estaría buscando algo oportuno que decir.

—Silvio... —tenía la voz triste y apagada, como si se hubiese hecho viejo— ... lo siento mucho, Silvio. Te juro que no lo sabía.

—Claro que no, Zachary. Nadie podía saberlo.

Al día siguiente pedí a Mary Jo que me acompañase a alguna de las joyerías de la calle cuarenta y dos a elegir un anillo de compromiso para Carmen. La espera había dejado de tener sentido.

Sólo unas horas después de haber llegado a Madrid, sin darme tiempo a descansar ni a organizar mis cosas, me fui a hablar con Salvador Orenes. Se sorprendió al verme, pues Carmen estaba convencida de que mi ausencia iba a prolongarse aún dos o tres días. Ni siquiera le dio tiempo a darme la bienvenida, pues inmediatamente solicité su permiso para fijar cuanto antes la fecha de mi boda con su hija. Creo que se emocionó, aunque disfrazó el momento dándome un abrazo muy masculino con el correspondiente palmeteo en la espalda. Le dije que quería celebrar una ceremonia sencilla, apenas la familia directa y unos cuantos amigos íntimos, y después un almuerzo en algún hotel. Estuvo de acuerdo en todo.

—Entonces, hoy mismo hablaré con Carmen. Le he comprado un anillo en Nueva York... y también algunas prendas de vestir para el ajuar.

—Se va a llevar una alegría. Y mi señora, para qué le voy a contar. Ya andaban algunas amigas envenenándola con comentarios sobre lo mucho que se alargaba el noviazgo de ustedes. Claro que ella, ni caso a los chismes. Pero ya sabe cómo son las mujeres con esas cosas. Hala, muchacho, deme otro abrazo y bienvenido a la familia.

Iba a retirarme cuando la voz de Orenes me detuvo junto a la puerta.

—Por cierto, Silvio... ¿y lo de su hermano?, ¿se arregló?

Necesité unos segundos para recomponer la mentira.

—Sí. Se arregló completamente. Ha encontrado a otra chica.

Creo que nunca vi a nadie tan feliz como a Carmen cuando le entregué el anillo comprado en una joyería de Nueva York. Ella misma se lo colocó en el dedo anular —tenía unas manos preciosas, muy blancas, de muñecas delgadas y quebradizas— y luego me miró con una sonrisa trémula, como si no acabara de creerse que íbamos a casarnos enseguida. Aún no se había repuesto de la sorpresa de la sortija cuando le di el guardarropa que Mary Jo había elegido para ella. Se echó a llorar al ver el traje de noche, el abrigo y los sombreros.

—No pude comprarte los zapatos, no sabía tu número, pero los encargaremos aquí a juego con los bolsos. Mira esto, es una estola de piel. Te la envía Mary Jo.

—Qué cosa tan bonita. —Se la colocó, con bastante gracia, por encima del hombro derecho—. Así vestida ya voy pareciendo una señora. Qué buena es Mary Jo... ¿Crees que podrán venir a la boda? Al fin y al cabo, tú estuviste en la suya...

Recordé lo que había dicho Elijah: ¿Qué dirían los amigos de tu suegro si un hombre de color fuese testigo de tu matrimonio?

—No creo que puedan. Mary Jo ha estado muy enferma hasta hace poco, y no debe hacer desplazamientos largos...

—Qué pena. Me gustaría conocerla, a ella y a....

—Elijah. Elijah West.

Aquella noche, después de haber entregado a mi novia el anillo de compromiso, pasé por casa de Zachary West.

—Bueno, pues ya está hecho. Me he declarado. Nos casaremos en dos o tres meses. Será algo sencillo, la familia y media docena de amigos. Espero que vengas. Me gustaría contar con Elijah, pero ya sé que no sería muy buena idea...

—Pues no. La aparición de un negro en tu boda daría al traste con tu buena fama en los círculos fascistas.

Nos reímos los dos.

—Tendrás que comprar un piso en condiciones. No puedes vivir con tu mujer en ese tugurio de la glorieta de Bilbao...

Ni siquiera había pensado en eso.

—Y también tienes que preparar tu luna de miel.

—Ya... creo que Carmen quiere ir a París.

En el rostro de Zachary West se dibujó una sonrisa maliciosa.

—Pues tienes que convencerla de que no es una buena idea viajar a Francia precisamente ahora. Porque hay otros destinos más apetecibles. Italia puede ser un lugar perfecto para tu viaje de novios... por no hablar de lo bien que iba a venir a la Organización el que hicieses algunas averiguaciones sobre la Vía Romana.

Un par de días después compré el piso en el que estamos ahora. No recuerdo cuánto me costó, pero sí que fue casi la mitad de lo que tenía ahorrado a cuenta de mis ingresos por el trabajo que desarrollaba en la Organización. Lo pagué a tocateja, billete sobre billete, y en cuanto firmé la escritura llevé allí a Carmen y a su madre para que pudieran verlo.

—Vaya suerte tienes, Carmencita —le decía a ella—, con piso propio en el barrio de Salamanca... pero, Rendón, esto habrá que amueblarlo, ¿no?

—Sí, pero eso se lo dejo a ustedes dos. Vayan a la tienda que quieran, elijan lo que les guste y ya pasaré yo a pagar.

—¿Y las cortinas... y las toallas, y la ropa de cama? ¿Y el *menage* de cocina?

—Lo mismo, doña Sole. Hagan a su antojo y pásenme la cuenta.

—Lo dicho, niña —la madre de Carmen abrazaba a su hija—, que te ha tocado la lotería con este novio tan rumboso.

La fecha de la boda se fijó para el 4 de octubre, día de San Francisco, lo cual encontró muy adecuado Salvador Orenes por coincidir el evento con el santo del Caudillo. A mí me daba igual un día que otro, pero utilicé la excusa del otoño para proponer a Carmen un cambio de destino: París por Roma.

—En París ya ha empezado a hacer frío. Y Roma está preciosa en el mes de octubre. Iremos a Francia más adelante, te lo prometo.

Carmen no protestó. Nunca lo hacía, y además en aquella época parecía andar flotando, feliz de afrontar la tarea de organizar una casa, asistiendo a las pruebas de su vestido de novia, entrando y saliendo con su madre de tiendas de muebles y almacenes de loza. Junto a ella, doña Sole brillaba con luz propia, obligaba a su hija a enseñar el anillo de compromiso y recordaba a amigas y parientes que su futuro yerno les había dado carta blanca para gastar cuanto quisieran en el acondicionamiento de la casa.

—Vamos, que ni en el cine. Y la va a llevar de viaje a Roma, ¿verdad, Carmencita?

—A Roma... ¿Y vas a ver al Papa?

En aquel momento no pensé que aquella pregunta de una prima segunda pudiese resultar providencial para mis verdaderas intenciones en aquel viaje.

—No sé... ¿Vamos a ir, Silvio?

Salvador Orenes intervino en ese momento.

—Eso puede apañarse. Prado tiene en Roma algunos amigos influyentes. Será cuestión de hablarlo con él. Lo malo es que no hay mucho tiempo.

—Mañana mismo pasaré por su despacho, a ver si puede hacernos el favor.

—Silvio —mi futuro suegro había empezado a tutearme—, estoy pensando que le podías pedir a Antolín que fuese tu testigo. Eso le haría mucha ilusión, ya sabes cómo es.

Al día siguiente visité a Antolín Prado, que aceptó encantado firmar mi acta de matrimonio y se ofreció a gestionar la visita a Pío XII.

—Creo que podremos arreglarlo. Además, tengo en Roma algunos amigos a los que le gustaría conocer. Buena gente. Muy comprometidos con nuestra causa, a pesar de que en Italia las cosas no son tan sencillas, usted ya me entiende.

Fui tan consciente de que Prado estaba abriéndome la puerta de acceso al laberinto de la Vía Romana que me costó trabajo mantener la tranquilidad.

—Por eso tiene más mérito lo que hacen —contesté—. Querría tener ocasión de saludarles.

—Hablaré con ellos. Y en cuanto a la visita al Papa, estoy seguro de que no habrá problema, y más tratándose de usted. No crea que me olvido de los servicios prestados, Rendón. La gente de bien debe tener buena memoria.

Zachary West se había ocupado de sacar los billetes para Roma. Cuando le conté que los amigos de Prado iban a servirme de guías durante mi estancia en Italia, estuvo de acuerdo conmigo en que se me presentaba una ocasión de oro.

—Debes comprar regalos para todos. Tienen que ser cosas que puedas llevar fácilmente en la maleta. Déjame pensar... para ellos, cajas de puros cubanos. Yo te los consigo. Para las señoras, abanicos de encaje. Pesan poco y no abultan. Te llevarás dinero de la Organización para pagar almuerzos y cenas; cuanto más generoso seas, mejor. En cuanto al hotel, te alojarás en el Hassler. No te preocupes por el dinero, nosotros correremos con los gastos. Después de todo, tu luna de miel puede considerarse una misión. Por cierto, una cosa más...

—¿Qué pasa?

—Ha ocurrido algo con lo que no contábamos. Se trata de tu novela. —Zachary se rascaba la barbilla—. No me preguntes cómo, pero se está vendiendo muy bien. De hecho, el editor quiere aumentar la tirada. Nos ha cogido un poco por sorpresa, pero no creo que nos cause problemas. Sólo quería que lo supieses, ¿de acuerdo?

Es verdad que la novela había tenido un gran éxito entre mis allegados. Salvador Orenes confesó haberla devorado literalmente en una sola tarde de domingo, y su esposa, que no era lo que se dice una aficionada al género, me dijo que había estado leyendo hasta bien entrada la madrugada para llegar al desenlace del misterio. Esperaba los elogios de Carmen, pero mis compañeros del ministerio también me felicitaron. Un día, uno de ellos llegó con tres ejemplares de *El caso Hightower.* Quería que se los dedicase a unos amigos.

—En la librería me han dicho que se están vendiendo como churros. ¿Vas a seguir escribiendo?

—Sí... en realidad, ya he entregado al editor otros dos originales.

—Eres un fenómeno. No sé de dónde sacas el tiempo.

Le dirigí una sonrisa que quería ser modesta.

—Yo tampoco, te lo puedo asegurar.

Mis padres viajaron a Madrid sólo unos días antes de la boda. Los Orenes hubieran querido celebrar semanas antes una petición de mano tradicional, con intercambio de regalos y fotos en el *ABC*, pero mi madre no estaba en condiciones de cruzar media España dos veces en tan poco tiempo, así que las familias respectivas se conocieron en un almuerzo en Casa Botín cinco días antes de la ceremonia. A mi madre le gustó mucho Carmen, que fue con ella todo lo cariñosa que puedas imaginar. Incluso pospuso unos días la última prueba del traje de novia para que mi madre pudiese acompañarla al taller de la modista. Buena como era, Carmen supuso que a una mujer sin hijas tendría que hacerle ilusión participar de ese tipo de preparativos. Iba a ser la madrina de la boda (traía en su equipaje una mantilla española de encaje heredada de su abuela y que había sobrevivido durante más de setenta años a los estragos de la polilla), y esa alegría la compensaba un poco del inusual casamiento del menor de sus hijos, que había tenido lugar en Baltimore, libre de pompa y ceremonia, a miles de kilómetros de distancia, sin invitados ni familia. Sólo Elijah y Mary Jo, que actuaron como testigos, y Edith Griessmer.

—Pero ¿cómo ha podido hacer una cosa así? —Mi madre sollozaba a través del teléfono después de haber recibido el preceptivo telegrama de Efraín. A pesar de que yo ya le había comunicado que mi hermano tenía la intención de casarse, ella y mi padre conservaban la esperanza de que al final Hannah y Efraín aceptasen celebrar la boda en España.

—Ni siquiera conocemos a esa chica, ni a sus padres...

—Mamá, te dije que es una antigua amiga mía y de los West. Es huérfana de padre, y su madre no está bien de salud. Es natural que se hayan casado en Baltimore. Esa mujer, la señora Griessmer, sólo tiene a su hija...

—¿Griessmer? Pero ¿no me habías dicho que se apellidaba... Divak... o algo así?

—Bilak. Se llama Hannah Bilak. Su padre murió hace años, y su madre volvió a casarse.

—¿Y el marido de la madre?

—Murió en la guerra, mamá...

Escuché suspirar a mi madre.

—Pobre gente. Tantos muertos en la familia, tanta desgracia... nosotros hemos tenido suerte. Y la chica es guapa... o eso parecía en las fotos que me mandaste. En fin, tendré que esperar para conocerla. Menos mal que tú estás haciendo las cosas como es debido.

«Cómo es debido.» Era una forma de verlo. Eso pensaba mientras mis padres saludaban a los de Carmen. Antes de salir hacia el restaurante, todos estuvimos de acuerdo en que sería mejor no mencionar la particular boda de Efraín delante de nuestra familia política: hablar de un hijo casado casi en secreto con una muchacha polaca no era la mejor forma de empezar a relacionarse con una gente tan conservadora como los Orenes. Y eso que mis padres no sabían que Hannah era judía ni unos años mayor que Efraín.

La víspera de la boda, mientras mi madre ayudaba a Carmen a hacer las últimas compras y mi padre descansaba en el hotel, fui a casa de Zachary West. Allí, cuidadosamente empaquetados, estaban los obsequios que debía llevar a los amigos italianos de Antolín Prado. Dos días antes él me había entregado su regalo de bodas: un marco de plata ostentoso y feo, y la noticia de que Carmen y yo participaríamos en una audiencia privada con Pío XII.

—Mis amigos romanos lo han arreglado todo.

—Supongo que tendré ocasión de agradecerles las molestias... si no están muy ocupados, me gustaría invitarles a almorzar.

—Por supuesto. Les he hablado de usted y del trabajo que ha hecho para nosotros, y están deseando conocerle. Se llaman Enzo Caserta y Gaetano Corradini.

—¿Son militares?

—Hombres de negocios. Les he dado el nombre de su hotel y le llamarán en cuanto llegue a Roma.

—Gracias por todo, señor. Y también por su regalo. A Carmen le gustará mucho. Por cierto, yo también he comprado unos detalles para sus amigos italianos...

—Usted siempre tan cumplido, Rendón.

Zachary West me explicó qué era cada cosa. Había cuatro cajas de puros habanos, dos abanicos de encaje y dos mantones de Manila bordados en seda. Me entregó además un sobre con una fortuna en liras italianas.

—Espero que lo gastes durante tu estancia —me dijo.

—¿Quieres que compre toda la ciudad?

—Quiero que les compres a ellos. Que pidas los mejores vinos, que envíes flores a diestro y siniestro, que pagues todas las copas que puedan beberse. Abrúmalos con tu generosidad, Silvio. La mala gente suele ser también codiciosa y mezquina, no importa el dinero que tengan. Si ven en ti a una vaca que puedan ordeñar, olvidarán toda prudencia. Es cierto que partes con ventaja porque te consideran uno de los suyos, pero necesitas impresionarles para que ellos también deseen dejarte con la boca abierta. Y, por cierto, ahí está mi regalo de bodas para Carmen. Creo que le va a gustar.

Me señaló un bulto informe envuelto en una tela blanca.

—Es un abrigo de piel. Mary Jo lo encargó en Nueva York. También llegó esto para ti.

Se llevó la mano al bolsillo del chaleco y me entregó un sobre que contenía a su vez tres cartas de Efraín, Mary Jo y Elijah. La de Mary Jo era un cálido texto, vagamente poético, en el que reiteraba su cariño por mí y me aseguraba que, «a pesar de las dificultades y de los obstáculos que pueda haber» seguiría ocupando un lugar esencial en su vida. Aquellas líneas me hicieron suponer que Elijah se lo había contado todo. El billete de Efraín estaba redactado de cualquier manera y resultaba alegre y afectuoso. Hannah había añadido unas letras al final, con su elegante caligrafía de niña bien educada: «Silvio, te deseo toda la felicidad del mundo. Tu cuñada, Hannah». En cuanto a la carta de Elijah, eran tres folios escritos con su particular estilo epistolar, llenos de intensidad, claramente emotivos:

«Mi querido Silvio, nadie, o casi nadie, sabe de verdad quién eres. Yo sí, y por eso estoy orgulloso de ser tu amigo. Sé que piensas que mi padre y yo te cambiamos la vida, pero fuiste tú quien cambió la mía. Estaba condenado a la soledad más absoluta y tú viniste a rescatarme aquel día, en Ribanova, mientras celebrábamos el bautizo de Efraín. Hemos pasado muchas cosas, no todas buenas, pero han servido para enriquecernos y para hacer nuestra amistad indestructible. Quiero decirte lo mucho que te respeto y te admiro. Vas a hacer algo con lo que no estoy de acuerdo, pero deseo que sepas que es porque no soy capaz de entender que alguien haya puesto un objetivo —en este caso, el de hacer justicia— por encima de cualquier otra cosa en su vida. El día de tu boda, Mary Jo y yo estaremos pensando en ti y rezando una oración, no importa en qué idioma ni a qué Dios. Alguien habrá por ahí arriba que nos escuche y que se encargue de proporcionarte toda la felicidad que te mereces, toda la felicidad que te has ganado, toda la felicidad que has procurado a otros como yo, querido Silvio, mi amigo, mi hermano.»

Se me saltaron las lágrimas. Zachary me abrazó, y en ese momento recordé la primera vez que le había visto, en Ribanova, con su traje impecable y sus maneras de aristócrata, cojeando ligeramente, sonriendo a todos aquellos que ni siquiera soñábamos con pasar a formar parte de su privilegiado mundo particular. Ahora, aquel hombre me abrazaba como un padre en la víspera de mi boda.

—Silvio... escucha bien lo que voy a decirte. Esto no es lo que hubiera elegido para ti. Te vas a casar con una mujer sabiendo que quieres a otra... y me siento responsable.

Pero... pero sé que, a pesar de todo, puedes llegar a ser feliz. Porque eso es algo que también depende de uno mismo. La felicidad tiene mucho de acto voluntario. Te voy a contar algo que ni siquiera sabe Elijah. Todos pensáis que soy un solterón. Un solitario, a lo mejor incluso un misógino. No es verdad. Estuve casado durante un tiempo. Incluso tuve un hijo, una niña. Se llamaba Rebeca. Ella y mi mujer murieron en un accidente de tren. Ocurrió un año después de que empezara la guerra. Creí que iba a volverme loco, y por eso me gané tantas condecoraciones: olvidé toda prudencia y supongo que hasta busqué la muerte. Un día, al volver de una incursión nocturna en la que me había jugado la vida, mi asistente me preguntó por qué me arriesgaba tanto. Le contesté que no tenía a nadie, y que por lo tanto me daba igual morir o no. Y aquel chico me dijo algo muy raro: cuídese, mayor West, porque vendrá alguien que le necesite vivo. Recordé esa frase el día que encontré a Elijah y decidí adoptarlo. Me propuse ser feliz para él, de la misma forma que, tras perder a mi mujer y a mi niña, había decidido convertirme en el ser más desgraciado de la tierra. Uno tiene que estar siempre predispuesto a la felicidad. Porque un día viene alguien y lo cambia todo. Como yo cambié tu vida, y tú cambiaste la vida de Elijah, y los Sezsmann cambiaron las vidas de todos nosotros. Sé que las cosas no son perfectas, pero éste es el material que tenemos para construir el futuro. Y tienes que arreglarte con eso, Silvio.

Recuerdo aquel instante, en el despacho de Zachary West. El jardín que se veía desde la ventana empezaba a teñirse con los colores magníficos del otoño, y la casa entera estaba en silencio. Había muchos objetos a nuestro alrededor: el abrigo de Carmen, embutido en su bolsa de loneta; los regalos para los italianos; todos los cachivaches de escritorio que se acumulaban sobre la mesa; los libros, los muebles, los recuerdos materiales de la vida de Zachary. Y allí estaba yo, en la víspera de mi boda, escuchando los consejos de un hombre que me quería como a un hijo y al que yo, aun sabiéndome un traidor a mi sangre, quería más que a mi propio padre.

—Gracias por todo, Silvio. Y que tengas mucha suerte.

—Ya la tengo. Carmen es una persona estupenda.

Zachary me dio un tímido golpe en el hombro.

—Me refiero a tu misión en Italia...

Mira, aquí tienes el retrato de mi boda. Carmen estaba muy guapa. Ésta es mi suegra. Mi padre está muy serio, ¿verdad? Bueno, todos lo estamos. Antes la gente se ponía así para las fotos. En cuanto a mí, creo que tengo un aire algo ausente. Pasé así toda la ceremonia. Pensaba en Hannah, en Elijah y en Mary Jo, y con especial intensidad en Ithzak Sezsmann. De vez en cuando, Carmen buscaba mis ojos con aquella mirada suya, tan limpia, y yo correspondía con una sonrisa. Creo que nunca dudó de que yo era tan feliz como ella.

Fue, como habíamos previsto, una celebración sencilla. Por mi parte vinieron sólo mis padres, dos de mis tías con sus esposos y un hermano de mi abuela que, a sus ochenta años, estaba como un roble y se negó a perderse el festejo. Por parte de Carmen vinieron unos treinta familiares. Acudieron también algunos amigos de mi suegro —todos con cargo público en el gobierno de Franco— y mis compañeros del ministerio. Zachary West firmó como testigo al lado de Antolín Prado y luego, durante el cóctel, les presenté oficialmente.

—He oído hablar de usted —le dijo Prado—. ¿Sigue trabajando para el señor Hughes?

—Es una de mis principales actividades. —West lucía su mejor sonrisa.

—No me dirá que tiene otras...

—Se sorprendería si le hablase de ellas.

Y se echó a reír, en una carcajada que Prado, aun sin entenderla, no tardó en secundar.

Carmen y yo salimos en dirección a Roma a la mañana siguiente. Quien ya era mi esposa estaba guapísima. Al subir al avión me di cuenta de lo elegante que podía resultar, libre ya de la tutela de su madre y de las sombras del luto, pues por decisión propia había renunciado para siempre a los colores de la muerte. Era como si su condición de mujer casada le franquease las puertas a otra vida, donde no cabían los malos recuerdos ni los compromisos anteriores. Tuvimos un vuelo plácido y tranquilo. El comandante del avión —que supongo que tendría algún contacto con Zachary West— nos envió una botella de champán, y Carmen brindó conmigo «por lo felices que vamos a ser, y por Roma, y por todo».

Nuestra habitación en el Hassler tenía unas vistas maravillosas. La Organización había debido de pagar una fortuna por aquel alojamiento, y pensé que ojalá el esfuerzo mereciese la pena. Aún no habíamos acabado de instalarnos cuando sonó el teléfono de nuestro cuarto. Era el señor Corradini, que en una mezcla de español e italiano me daba la bienvenida a Italia y me proponía una cita para cenar «si usted y su esposa no están tan cansados».

—Sería un placer verles. Podemos encontrarnos en el restaurante del hotel.

Quedamos a las ocho y media. Mientras yo me ponía de acuerdo con nuestro contacto romano, Carmen suspiraba de emoción, pues una camarera había entrado para deshacer nuestro equipaje y planchar las prendas arrugadas.

—Ay, Silvio, es como estar en una película... estoy tan contenta...

Carmen brillaba en su traje nuevo, brillaba en su anillo de bodas, brillaba al mirar por la ventana y ver las escaleras de la plaza de España, al abrir los grifos dorados del cuarto de baño, al probar las chocolatinas que habían dejado en la mesilla de noche.

—Toma una. Es el chocolate más rico que he tomado en mi vida.

Y cerraba los ojos para saborear el dulce. Fue en ese momento cuando me di cuenta de que sería fácil ser dichoso junto a una persona así, capaz de entusiasmarse con una vista hermosa, con una copa de champán, con un bombón, con un vestido nuevo. Me acerqué a ella y la abracé. Ahora que no está, me gusta recordarla aquel día, sentada en la cama, con las piernas cruzadas, luciendo unos zapatos de tacón y quitando el papel de plata que recubría los chocolates. Nunca estuve enamorado de Carmen, pero fue tan sencillo quererla durante veinticinco años que creo que la vida me hizo un gran favor al cruzarla en mi camino.

Dimos un breve paseo por Roma antes de volver al hotel para cenar. Me disculpé con Carmen por el incordio del encuentro con Caserta y Corradini.

—Ya sé que citarse con unos italianos no es el mejor plan para una luna de miel...

—Oh, no te preocupes. Además, seguro que resulta interesante. Nunca he conocido a gente extranjera... excepto a ese amigo tuyo, Zachary West. ¿Has visto el abrigo que me envió como regalo? Casi me desmayo al sacarlo de la bolsa. Por cierto, tendrás que decirme qué me pongo para la cena. No quiero quedar como una pobre paleta que no sabe vestirse.

Aquella noche, Carmen se puso el vestido negro que le había comprado en Nueva York y unos pendientes de oro que habían sido de su abuela. Yo llevaba un traje oscuro con una corbata que me había regalado Elijah. Cuando bajamos al vestíbulo, el espejo de la entrada nos devolvió la imagen de una pareja joven y atractiva, y Carmen se dio cuenta, porque me pareció que crecía un poco más sobre sus zapatos de raso.

Caserta y Corradini venían con sus esposas. Eran dos parejas entradas en años y en kilos, raramente parecidas entre sí, algo vulgares en su fisonomía y sus atavíos. Nos saludaron con un afecto ruidoso, y las mujeres besaron a Carmen y se empeñaron en que diese una vuelta completa para ver bien su traje de noche. Mi esposa se reía, cohibida por la aplastante naturalidad de las dos italianas. Cuando nos sentamos a la mesa, las señoras formaron un grupo aparte, dejando claro que no pensaban intervenir en nuestra conversación. Enzo y Gaetano no hablaron de nada especial. Les agradecí sus gestiones con el Vaticano que iban a permitirnos asistir a la audiencia papal, y les transmití los saludos de Antolín Prado.

—La verdad —Caserta hablaba español con bastante corrección— es que apenas conocemos a su amigo. Pero nos contó que usted había trabajado por nuestra causa, así que...

Pensé que si en ese momento hubiese pedido detalles sobre la constitución de la Vía Romana, los dos italianos me los hubiesen dado sin dudar. Pero consideré que era mejor no precipitar las cosas. Así que cambié de conversación, disfruté de la cena y pedí con el postre dos botellas de champán Taittinger, observando, divertido, que Caserta y Corradini tensaban el gesto: sin duda tenían previsto pagar la cuenta, pero yo ya me había ocupado de eso, y el *maître* la cargó a mi habitación ante las débiles protestas de mis supuestos anfitriones.

—Por favor, permítanme invitarles... —les dije, mientras dejaba una buena propina con muy poca discreción—. Es lo menos que puedo hacer...

Los italianos se miraban entre sí, imagino que un poco confundidos.

—¿Les parece que tomemos una copa en el bar de abajo? ¿Sí? Pues, si no les importa, vayan ustedes hacia allí. Tengo que recoger una cosa.

Puedes imaginar cómo recibieron Caserta y Corradini las cajas de puros, pues en esa época era casi un milagro encontrar tabaco cubano. En cuanto a sus esposas, agradecieron mil veces la entrega de los abanicos. Carmen les enseñó a manejarlos a la española, e incluso les dio lecciones sobre su lenguaje secreto. Pedí otra botella de champán —me pareció que Caserta estaba ya un poco piripi— y no consentí que pagase nadie más que yo. Los dos matrimonios estaban felizmente abrumados con tantas muestras de generosidad. Tanto es así, que Corradini se ofreció para organizar al día siguiente un recorrido por Roma.

—Vendré a buscarlos con el chófer a las diez de la mañana. Podemos ir a los jardines de Villa Borghese, que gustarán mucho a la señora Rendón.

—No me gustaría molestar, pero será un lujo tener a un romano como guía.

—Yo considero un honor acompañarle a usted y a su bella esposa en su primera visita a la ciudad. Después, si quieren, podemos almorzar todos juntos.

Y así fue como los amigos italianos de Antolín Prado se convirtieron en nuestra sombra durante la luna de miel. Les veíamos no ya todos los días, sino a todas horas. Carmen, dando muestras de una paciencia franciscana, no hizo un sólo comentario acerca de lo incómodo de llevar una perenne compañía durante nuestro viaje de novios. Al segundo día, Caserta y Corradini dejaron de lado las sutilezas y empezaron a tratarme con una franca camaradería que incluía frecuentes palmadas en la espalda y algún que otro golpe en las costillas. En cuanto a sus esposas, asediaban a Carmen con preguntas indiscretas acerca de nuestra luna de miel, nuestros planes de futuro y la inminencia de los hijos.

Yo seguía pagando todas las comidas, aunque de vez en cuando permitía a los italianos que nos invitasen a un helado o a un capuchino. Siguiendo con mi estrategia de esplendidez absoluta, compraba flores a los vendedores ambulantes, daba limosnas absurdas a los pobres de las iglesias y me empeñaba en alquilar coches de caballos para ir de un sitio a otro.

—No haga eso, amigo Silvio. Los conductores son ladrones. Todos.

—Da igual. ¿No ve lo mucho que les gusta a las señoras?

Desde nuestra llegada, ni una sola vez habíamos hablado de política. Después de cinco días de paseos, comidas pantagruélicas y gastos desmesurados en regalitos y finezas, empezaba a pensar que había perdido mi oportunidad de obtener la información que necesitaba. Pero la ocasión llegó, como llega todo lo que uno sabe esperar. Una noche, Enzo Caserta dijo que podía conseguir entradas para la ópera.

—Un reventa que conozco puede procurarnos un palco a buen precio.

—Pues tendré mucho gusto en invitarles. ¿Cuál es el programa?

—*Madame Butterfly.* ¿Le gusta Puccini?

—Mucho. Pero, por varias razones, prefiero escuchar ópera en alemán.

Los italianos sonrieron.

—Es cierto. El español, Prado... nos dijo que hablaba usted el idioma con mucha corrección.

—Lo suficiente para haber resultado útil a nuestros amigos alemanes trasladados a España. —Y añadí, con total tranquilidad—: ¿Tuvieron ustedes problemas para encontrar intérpretes?

—No. Por fortuna, varios frailes son de origen austríaco y pueden atender a quienes no hablan italiano.

Mis anfitriones hablaban con tanta naturalidad que debían de suponerme al corriente de muchos detalles que ignoraba por completo. Sólo hacía unos meses que tenía noticia de la red de fugas del Camino Romano, y no disponía de información alguna sobre su funcionamiento. Decidí que había llegado el instante de arriesgarse. Estábamos cenando en un restaurante cerca del Foro. Ya habíamos tomado el café, pero no podía interrumpir la conversación, así que pedí unas copas de Amaretto.

—*Salute.* Y díganme... ¿cómo organizaron la llegada de refugiados? En España, el escenario es muy favorable para recibir a ciudadanos de Alemania, pero supongo que aquí el asunto será mucho más complicado.

—Bueno, capitán, eso es muy relativo... claro que contamos con opositores... pero estamos en Roma. —Caserta se echó a reír—. Y en Roma, si uno tiene de su parte a alguien como Alois Hudal, no hay puertas cerradas. Ya ve que podemos llegar al mismísimo Papa...

A pesar de mis esfuerzos, la expresión de mi rostro debió de reflejar un completo despiste.

—No ponga esa cara, teniente Rendón... ¿quién cree que le consiguió la audiencia con el Pontífice? Fue el propio obispo Hudal... tiene una gran amistad con Su Santidad Pío XII.

Fue así como lo supe: Alois Hudal, obispo de la ciudad austríaca de Gratz, representante ante Italia de la Conferencia Episcopal Alemana y rector del Colegio Pontificio de Santa Maria dell'Anima, era uno de los pilares básicos de la llamada «Operación Ratline», destinada a ayudar en su huida a través del Camino Romano a los criminales de guerra nazis. Hudal, un religioso de tendencia antisemita, había colaborado en la creación de una serie de rutas seguras para la circulación por el país de los alemanes que escapaban de la acción de la justicia. Se habían establecido refugios en los pasos fronterizos de los Alpes, y desde allí se hacía llegar a los prófugos, bien a Génova, bien a Milán. De esas ciudades pasaban a Roma, donde, tras una estancia en el colegio de Santa Maria dell'Anima o en el de San Girolamo, se les proporcionaba documentación falsa para salir con destino a otros países desde Venecia o desde el cercano puerto de Ostia. Los pronazis italianos contaban con la colaboración de destacados miembros de la curia vaticana y de sacerdotes jesuitas, que brindaban alojamiento a los alemanes a su paso por las distintas localidades del camino a Roma.

—Aunque no crea que no recibimos coces por parte de los curas. Hay muchos que complican de verdad las operaciones de ayuda. El bueno de Hudal cuenta con opositores de peso que se encuentran incluso en el entorno del Papa. Últimamente las cosas se han puesto un poco más difíciles. Dicen que el servicio de inteligencia americano empieza a sospechar... pero los muros del Colegio Pontificio son inexpugnables incluso para Eisenhower.

Nos reímos, volvimos a brindar, ellos por mí, yo por el éxito de la misión que me había traído hasta Roma. Aquella noche, mientras Carmen dormía, elaboré un informe sucinto de la conversación mantenida con mis contactos romanos —teniendo buen cuidado de anotar nombres e incluso alguna dirección— y, tal como me había enseñado Zachary West, oculté el papel en el pomo de jabón de afeitar que llevaba en mi maleta.

Reconozco, que en aquel viaje, Roma no fue para mí la ciudad luminosa y alegre que había descubierto años atrás junto a los West y los Sezsmann. La lluvia del otoño, los días cortos y grises y el descubrimiento de que la ciudad había sido convertida en un santuario para los nazis, hicieron de la Roma eterna un lugar distinto al que visité durante mi adolescencia. Una tarde, paseando junto a los Corradini, Enzo me hizo notar que estábamos junto al Colegio de Santa Maria dell'Anima. Recuerdo aquel edificio amable y recoleto de la Vía Sicilia, y también el escalofrío que me recorrió la espalda cuando pensé que detrás de los muros del convento podría estar escondido alguno de los asesinos de Ithzak Sezsmann.

La audiencia con el Papa tuvo lugar la tarde anterior a nuestra marcha. Vestida enteramente de negro, oculto el cabello por una mantilla de blonda, Carmen caminaba a mi lado temblando de emoción ante la perspectiva de recibir las bendiciones del vicario de Cristo. Yo, que me había puesto mi uniforme de gala, me notaba extrañamente indiferente al momento excepcional, incluso al soberbio protocolo vaticano. En la sala de la recepción había sólo otras seis personas, privilegiadas como nosotros por sus buenas relaciones con la jerarquía eclesiástica. Recuerdo que el Papa entró envuelto en un aroma a lavanda que tuve metido en la cabeza durante muchos días. Nos saludó uno por uno, nos bendijo. Carmen se echó a llorar cuando sintió en su cabeza las manos del Pontífice. Y yo contemplaba a aquel hombre delgado, enjuto, de sonrisa difícil y mirada esquiva tras los lentes redondos, y era incapaz de sentir nada. En ese momento me di cuenta de que había dejado de creer en la Iglesia, y que a partir de entonces preferiría entendérmelas directamente con Dios.

La audiencia duró unos veinte minutos. El Papa nos regaló a cada uno un rosario bendito que Carmen se apresuró a colocarse alrededor del cuello. Todavía estaba limpiándose las lágrimas, cuando otro religioso de aspecto pacífico se nos acercó como si hubiese surgido de la nada y se dirigió a mí hablándome en alemán.

—¿Son ustedes los españoles? ¿El teniente Rendón y su esposa?

Le dije que sí, y me tendió un anillo para que se lo besara.

—Soy Alois Hudal. Me alegro de conocerle.

—Y yo de poder agradecerle el honor que nos ha hecho. Ha sido un momento inolvidable, excelencia.

Hudal me miraba con una sonrisa que no alcanzaba a sus ojos. Tenía las pupilas de un raro color gris.

—Me han hablado muy bien de su persona, teniente. Quizá, si tiene tiempo, usted y yo podríamos compartir un almuerzo ligero.

A mi lado, Carmen escuchaba sin entender nuestra conversación, que se desarrollaba en alemán. Estaba claro que Hudal no contaba con ella para comer.

—Tendría que acompañar a mi esposa a nuestro hotel.

—No se preocupe por eso. Quizá *frau* Rendón encuentre de interés visitar una parte de los museos vaticanos. Le asignaremos a un guía que hable su idioma y después un chófer la llevará a donde guste. ¿Le parece?

Me volví a Carmen y, con cierto embarazo, le expliqué la oferta de Hudal. Ni siquiera pareció sorprenderse; dijo que estaría encantada de ver el museo y que luego almorzaría por su cuenta en el restaurante hotel.

—No te preocupes por mí. Además —sonrió— será divertido comer sola. Acabo de darme cuenta de que no lo he hecho nunca.

La besé en la frente antes de marcharse, y ella se giró para saludarme otra vez. Hudal, que había adoptado una expresión de esfinge mientras yo hablaba con Carmen —a quien apenas había mirado mientras estuvo con nosotros—, me pidió que le siguiera hasta una pequeña habitación escasamente amueblada, de un elocuente rigor conventual.

—Ahora nos servirán. ¿Quiere beber vino?

—Si va a tomarlo usted...

—No, sólo bebo agua. Cuénteme, ¿le ha gustado Roma?

—Mucho. En realidad, ya había estado aquí. Quería traer a mi esposa, acabamos de casarnos y le hacía ilusión.

—Habla usted muy bien el alemán.

—Lo suficiente para entenderme... y para haber resultado de utilidad en su momento.

Hudal no me miraba. Tenía los ojos fijos en la mesa, mientras tamborileaba en ella con sus dedos que eran largos, finos y tan blancos como si los hubiesen pasado por cal viva.

—Ha trabajado usted para la red española.

—Como intérprete y traductor. Aunque últimamente mi concurso ya no es tan necesario.

—Por culpa nuestra. —El obispo sonrió al fin—. El Camino de Roma se ha convertido en el mejor trayecto para los refugiados alemanes.

Una monja de toca impecable entró a disponer la mesa. Hudal no la miró. Me pareció una situación algo incómoda, pues actuaba como si ella no existiera.

—Me han hablado de su labor aquí —le dije—. Confieso que estoy impresionado.

—Con la ayuda de Dios...

—Y, si me lo permite, con la eficacia de su trabajo... no sea modesto, excelencia. Por cierto... espero que no se ofenda... ¿cuentan con bastante ayuda económica?

El rostro de Hudal se contrajo levemente.

—No nos falta de nada, si eso es lo que quiere decir.

—No, yo... bueno, me gustaría hacer una pequeña contribución a su causa.

Me llevé la mano a la guerrera y extraje un sobre que entregué al obispo. Revisó el contenido sin ningún disimulo, me dirigió una mirada de aprobación y en ese momento se relajó. Sus manos adoptaron otra postura, dibujó una sonrisa por fin clara e incluso cambió de posición en la silla.

—Cualquier donación es bienvenida. Por supuesto que no podemos quejarnos de nuestros benefactores. Cáritas colabora con nosotros, y también la Cruz Roja internacional.

Hice lo que pude para disimular mi sorpresa. La Cruz Roja, radicada en la muy neutral Suiza, adalid del respeto a la vida humana, trabajaba con los herederos de Hitler. Hudal, que ya había abandonado toda reticencia con respecto a mí, me contó que la organización fundada por Henri Dunant les había facilitado, sobre todo, pasajes gratuitos para distintos países hispanoamericanos.

—Algunos alemanes han decidido radicarse allí. Brasil, Argentina, Paraguay y Chile son buenos lugares para empezar otra vida.

Hudal empezó a contarme con pelos y señales la huida de algunos de los prohombres del régimen nazi y su paso por el Camino Romano. Sabía que no podría memorizar todos aquellos nombres, así que decidí elegir sólo algunos de ellos para seguir su trayectoria e informar después a la Organización. Puse en alerta mis cinco sentidos cuando Hudal citó a un personaje del que había escuchado hablar: Adolf Eichmann, uno de los principales impulsores del exterminio de los judíos, y al que se había facilitado una nueva identidad. Eichmann se movía por el mundo con pasaporte croata bajo el nombre de Ricardo Klement, y Cáritas acababa de pagarle el viaje a Argentina. Se habló también de Walter Rauff, de Franz Stagl... a veces me pregunto qué hubiera pasado si aquel día, en el Vaticano, se me hubiese permitido tomar notas escrupulosas de toda la conversación que mantuve con Hudal.

Nos sirvieron un almuerzo muy frugal: macarrones con tomate y un plato de carne de vaca guisada con zanahorias. De postre, una naranja. Hudal comió muy poco.

—No suelo almorzar, ¿sabe? Hoy he hecho una excepción en honor a su visita.

Lo decía con orgullo, satisfecho de su ejercicio de dominio de una pasión tan baja como el apetito. Han pasado casi sesenta años, pero recuerdo con repugnancia a aquel hombre melifluo y cortés que revolvía los macarrones como si le diesen asco y masticaba una docena de veces cada trocito de carne, como alardeando de la austeridad que dominaba su vida. Me despedí de él en torno a las cuatro y media de la tarde, cuando ya la conversación había dado un giro hacia temas que no tenían que ver con el Camino Romano, y entendí que nada más iba a sacar de aquel almuerzo miserable. Hudal pidió un coche para mí y me acompañó a la salida. Volví a besar su anillo antes de despedirnos.

—Gracias por todo, excelencia. Ha sido usted muy amable conmigo.

—Un placer conocerle. Que Dios le bendiga, teniente.

Dejamos Roma al día siguiente, por la mañana. Los Caserta y los Corradini nos acompañaron al aeropuerto, y allí les hice entrega de nuestros regalos de despedida: mantones de Manila para las señoras y más tabaco para Gaetano y Enzo. La imagen de las dos parejas diciéndonos adiós, emocionadas, frente a la sala de embarque, es la última imagen que guardo de mi falsa luna de miel.

Ya en España, no tardé ni veinticuatro horas en reunirme con Zachary West para pasarle toda la información que había conseguido obtener. La magnitud de la operación italiana era muy superior a lo que se había previsto, como también el grado de implicación de la Iglesia y de algunas organizaciones humanitarias. Zachary se llevó los informes que traía escondidos en mi maletín de aseo, y se entusiasmó al conocer las noticias sobre Eichmann.

—Llevamos meses buscándole. El conocer su nueva identidad nos allanará el camino. —Me dio un abrazo—. Silvio, no sabes el valor que tiene la información que has traído.

—Sí que lo sé. Vale dos mil pesetas. —Zachary me miró sin entender—. Lo siento, pero fue la limosna que tuve que dar a Hudal para soltarle la lengua.

Seguro que te preguntarás si los datos que proporcioné a la Organización sirvieron para algo, y la respuesta es sí, aunque todos esperábamos mucho más. Los servicios secretos americanos se implicaron en la operación, hubo detenciones y se frustraron algunas salidas de Italia. Franz Stangl, comandante del campo de concentración de Treblinka, fue detenido en Brasil varios años después. Y, en 1962, la inteligencia israelí capturó en Buenos Aires a Adolf Eichmann, que fue trasladado a Jerusalén, juzgado y ejecutado. Y ¿sabes? Yo, que no creo en la pena de muerte, brindé con champán el día que le ahorcaron. Sé que es terrible, pero para entonces ya sabía lo suficiente como para asumir que algunas reglas, incluso las que tocan a la moral y a la ética, pueden transgredirse en contadísimas ocasiones. A mi juicio, Eichmann merecía la muerte. Otro castigo, Cecilia, no habría sido suficiente para él.

En cuanto a las fugas de los nazis por el Camino Romano, se interrumpieron definitivamente a finales del año 1949. Al parecer, la vía que protegían Hudal y los suyos había dejado de ser segura.

Sueño con mi madre muchas noches. Al principio, en mis sueños, mi madre estaba viva pero enferma, y yo era consciente de la inminencia de su muerte, de lo irremisible de su pérdida. Por eso me despertaba agotada y triste, como al regresar de cualquier pesadilla. Luego dejé de soñar con mi madre, y fue un alivio escapar de la tortura de verla cada noche desvaneciéndose ante mí, confinada en su silla de ruedas, víctima del miedo y el dolor.

Ayer volví a soñar con ella, y a diferencia de otras veces me desperté invadida por una cómoda sensación de paz: por primera vez en mucho tiempo, mi madre no se me aparecía torturada por el dolor ni físicamente consumida. No hubo nada excepcional en mi sueño. Mi madre y yo estábamos en el jardín de la casa familiar, recogiendo hojas secas. Eso fue todo. Confieso que, a medida que volvía a la vida consciente, me iba sintiendo también levemente decepcionada. Llevaba meses esperando por un sueño así, del que no tuviese que despertar con los ojos llenos de lágrimas ni el ánimo encogido, y hubiese querido algo más que la recreación de una escena aburrida y doméstica. Tal vez mi madre y yo caminando juntas cerca del mar en una hermosa puesta de sol, o montando a caballo por un prado florido, aunque ni ella ni yo sabíamos cabalgar. Sin embargo tuve que conformarme con volver a verla engolfada en la tarea de barrer hojas muertas, vestida con un pantalón vaquero desteñido y una camisa de leñador que le quedaba grande.

Me di cuenta de que en general mi madre y yo habíamos compartido muy pocas escenas dignas de aparecer en un anuncio de champú. Antes al contrario, nuestras relaciones habían estado siempre presididas por su carácter amablemente vulgar, por la eterna sombra de lo cotidiano. Nunca hicimos grandes cosas juntas. Íbamos de compras, veíamos algún programa de televisión, paseábamos, arreglábamos el jardín. Nada extraordinario, nada que se saliese de lo normal. Nuestra relación estaba dominada por un plácido escenario de rutina. Hasta que se puso enferma, nunca nos pasó nada verdaderamente importante. Fue una suerte que ocurriera así.

Durante la adolescencia, mis amigas se dividían en dos grandes grupos: las que detestaban a sus madres, a las que veían como enemigas frontales, y las que las habían elevado a la categoría de confidentes. Unas madres no entendían nada, otras lo entendían absolutamente todo. A unas se les mentía hasta en lo más ínfimo, a otras se les proporcionaban detalles innecesarios sobre todo lo que rodeaba la vida de sus hijas. Yo no pertenecía a ninguno de los dos grupos.

Mi madre y yo nunca fuimos amigas. Sin haber hablado de ello, ambas estábamos de acuerdo en que la amistad entre madre e hija no podía acabar en nada bueno. Mi relación con mi madre era satisfactoria, pero nunca la convertí en mi confidente, lo que quiere decir que había una larga lista de cosas que ella no necesitaba saber, como los detalles de mi vida sexual, los anticonceptivos que usaba y que no usaba o mis aproximaciones a determinadas drogas blandas. Tenía amigas que, nada más perder la virginidad, habían ido a contárselo a sus madres. A mí jamás se me hubiese ocurrido semejante cosa. Mi madre era mi madre y no mi amiga. Tenía decenas de amigas con las que hablar de preservativos, diafragmas y canutos, pero sólo tenía una madre y no estaba segura de que hubiese ayudado a nuestra buena relación el haberle hecho saber que acababa de acostarme con mi primer novio o que mi experiencia con la marihuana se había saldado con una vergonzosa vomitona en el apartamento de una compañera de clase.

Durante mi juventud, me sentí unida a mi familia por un cordón umbilical invisible que me propuse romper en cuanto iniciase los estudios superiores. Cuando me admitieron en la Facultad de Bellas Artes, en Madrid, supe que había llegado el momento de quebrar ese hilo misterioso cuyas ataduras habían dejado de ser algo grato para convertirse en un completo engorro. El día en que tenía previsto viajar a Madrid, dije a mis padres que prefería ir sola a la estación, librándome así del protocolo de los adioses y las despedidas públicas, que encontraba casi bochornoso. Cuando llegué al autobús, con dos pequeñas maletas y una mochila —el resto del equipaje me lo llevarían en coche unos amigos a la semana siguiente— me felicité por haber tomado aquella decisión: a mi alrededor, una docena de madres llorosas abrazaban a los hijos prestos a volar del nido, en una escena que parecía más bien propia del adiós a los soldados que partían en busca de alguna guerra. Los besuqueos y los pucheros no eran la mejor forma de iniciar la andadura hacia la vida adulta, así que, ignorando aquellas desproporcionadas manifestaciones de afecto, entré sola en el autobús y desde allí, instalada ya en mi asiento, contemplé con indiferencia la estampa ligeramente ridícula de las despedidas ajenas. En ningún momento pensé que quizá mi padre y mi madre hubiesen querido acompañarme en el momento del despegue. La juventud suele llevar implícita una contundente dosis de egoísmo.

Llegué a Madrid por primera vez el 13 de octubre de 1988. Para alguien venido de una ciudad pequeña, que ha crecido bajo el manto protector de su familia y que no ha dormido fuera de su hogar más que para pasar un par de noches en casa de una amiga del colegio, el salto a la universidad tenía todos los ingredientes de una sensacional aventura. Pasé muchos días en un estado de permanente excitación ante las perspectivas que se abrían ante mí. Desde el primer momento decidí que no quería relacionarme con gente «como yo» —chicas y chicos temblorosos venidos de provincias que sentían idéntica emoción al enfrentarse a su nueva vida e igual torpeza al dar sus primeros pasos en territorio independiente— y opté por buscarme un sitio junto a lo que entonces consideraba personas interesantes: un manojo de seres supuestamente atormentados, radicalmente distintos a todos aquellos que habían conformado mi paisaje vital hasta aquel momento.

Uno era Jorge, un chico que había tenido problemas con las drogas —experiencias, las llamaba él— y que vivía en un piso compartido junto con un divorciado, una mujer cuyo nombre ni siquiera conocía y —lo que yo encontraba más emocionante— un tipo que acababa de salir de la cárcel. Otra de mis compañías era una muchacha que se había escapado de casa para vivir con su novio, quien la había dejado tirada después de dos meses de convivencia, y que ahora se alojaba temporalmente en el piso de una tía lejana. Según Nuria, su tía, menopáusica y aficionada al alcohol, discutía con ella de forma descarnada, y un par de veces cada día amenazaba entre insultos con echarla de la casa.

—Pero no lo hará —aseguraba Nuria— porque soy lo único que tiene.

Le cambiaba la cara cuando decía eso, y yo intentaba no pensar que aquella muchacha de aspecto aniñado y dulce era capaz, llegado el momento, de ser una persona extremadamente cruel.

Por fin estaba Salva, un chico homosexual que acababa de salir del armario ganándose así el repudio de toda su conservadora familia. Aquel trío me fascinaba. Estaban los tres en mi clase de Bellas Artes (Salva era dos años mayor que nosotros, porque había pasado un par de cursos fingiendo estudiar ingeniería para complacer a sus padres y, mientras tanto, empezar lejos de su ciudad natal sus escarceos con ejemplares de su mismo sexo), y compartí con ellos los primeros meses de curso, rendida a las circunstancias particulares de cada uno y a lo que yo consideraba una evidente superioridad intelectual con respecto a mí. Los tres habían viajado por Europa, exhibían un notable conocimiento de las vanguardias artísticas y habían leído a Seamus Heaney y a Harold Pinter mucho antes de que nadie pudiese imaginar que acabarían dándoles el premio Nobel. Admití, con cierto disgusto, que mi formación no estaba a la altura de la suya. Pensaba que toda mi generación había estado condenada a ver en pantalla pequeña los grandes clásicos del cine, pero Salva, Nuria y Jorge eran habituales de la filmoteca, y habían asistido a proyecciones de *Casablanca*, *Metrópolis* o *Muerte en Venecia* en un ambiente de silencio sepulcral y respeto absoluto, cuando yo estaba acostumbrada a ir al cine acompañada de un montón de gente, vasos de palomitas y latas de coca-cola.

Pensaba que mis nuevos amigos eran seres extraordinarios y que dadas mis circunstancias debía considerarme afortunada por el solo hecho de haber sido admitida en su universo particular. Nunca antes había tenido ocasión de tratar a personajes como aquéllos, asaetados de continuo por problemas reales: falta de dinero, falta de perspectivas materiales, falta de comprensión, falta de afecto. Mientras, yo vivía en un colegio mayor y recibía un par de llamadas semanales de mis padres, que me habían dado una tarjeta de crédito por si tenía alguna emergencia en lo tocante a mis gastos. Mucho tiempo después me daría cuenta de que, más allá de su constante ejercicio de malditismo, no había nada en aquellos chicos que me pudiera interesar y, lo que es peor, no había nada en mí que les interesara a ellos. Pero, al principio, ni se me ocurrió pensar en esa posibilidad.

Un día discutimos. Nuria, la chica fugada de su casa, dijo que debería avergonzarme de aceptar dinero de mis padres y que nunca llegaría a nada si seguía negándome a romper mis ataduras con la familia. Jorge, a pesar de estar fumado, le dio la razón. En cuanto a Salva, no dijo nada, pero al salir los dos solos de la cafetería de la facultad me comentó que en realidad Nuria era «una pobre envidiosa muerta de hambre», y Jorge, un descerebrado que no tardaría mucho en tocar fondo por culpa de las drogas. No debía hacerles caso: eran dos personas mediocres y bastante limitadas, que no tenían demasiado que ofrecer.

—No se parecen a nosotros, ¿entiendes? Son dos desgraciados. Nuria nunca conoció a su padre, y Jorge se mete de todo porque sus dos hermanos mayores son yonquis y lleva media vida viéndoles comprar papelinas.

Aquellos comentarios susurrados a espaldas de quienes eran nuestros amigos debieron haber sido suficiente para ponerme en guardia contra Salva y comprender que era uno de esos seres venenosos y cobardes de los que uno debe huir como de la peste. Pero no lo hice. Al contrario, decepcionada por la actitud de los otros dos, busqué su protección y su cariño para descubrir, demasiado tarde, que Salva era una especie de sanguijuela que, una vez se había adherido a la piel, no se despegaba hasta haber succionado hasta la última gota de sangre.

Para él yo era una víctima perfecta: joven, insegura, tonta como una mata de habas y fascinada por su personalidad transgresora, que le empujaba a hablar a gritos en el autobús para dejar bien clara su faceta de reinona o a vestirse de chaqueta y corbata para asistir a una clase en la universidad y epatar así al resto de los alumnos, que llevaban —llevábamos— vaqueros raídos y camisas con manchas de pintura al óleo hechas deliberadamente para acentuar nuestro aspecto de artistas bohemios. Salva y yo nos convertimos en inseparables, y él acabó tejiendo en torno a mí una invisible tela de araña hecha de un material capaz de separarme de todo el mundo, incluso de Jorge y de Nuria, a quien dedicaba a veces duros calificativos que yo encontraba llenos de ingenio. Además, la agudización de su conflicto familiar —su padre le había expulsado de casa y retirado definitivamente la generosa asignación mensual que hasta entonces le estaba enviando— le convirtió ante mis ojos en un ser necesitado de calor y de afecto. Para poder pagar el alquiler de su estudio, una buhardilla en Malasaña que había decorado con muy buen gusto, había empezado a trabajar de camarero en un bar de la zona, y por las noches pinchaba discos en un pub. Cuando acabó el trimestre, Salva iba más bien poco por la facultad, pero había adquirido un cierto estatus dentro del mundo de la noche madrileña. Le dejaban entrar sin pagar en casi todos los locales de moda, y tenía copas gratis en una docena de garitos, aunque lo cierto es que sus trabajos apenas le permitían hacer vida social. Yo solía acompañarle al pub en el que trabajaba de disc-jockey y me quedaba toda la noche allí, junto a la cabina, dándole conversación y yendo a la barra a buscarle copas. Bebía bastante, pero el alcohol no parecía afectarle. Luego, a las cinco de la mañana, le acompañaba en su peregrinar por otros locales donde los porteros nos franqueaban la puerta, y permanecía a su lado hasta que Salva encontraba a alguien con quien acabar la velada. Cuando eso ocurría, yo me marchaba sola al colegio mayor, aturdida por el ruido de la música y las luces estroboscópicas de las discotecas, acompañada de una rara sensación de derrota que nunca quise diseccionar.

Cuando regresamos de nuestras vacaciones navideñas —que Salva, para mi consternación, había pasado en su buhardilla, lejos de cualquier entrañable ambiente familiar— dijo que necesitaba hablar conmigo. Había contraído algunas deudas, me explicó. Su padre seguía sin pasarle dinero, y su sueldo como camarero y pinchadiscos apenas le daba para cubrir sus gastos que, sólo ahora —al darse cuenta de que su padre no estaba jugando de farol al retirarle la paga—, había empezado a reducir. Yo, que acababa de recibir de mi familia algunos regalos en forma de dinero, puse a su disposición la pequeña fortuna reunida —unas cincuenta mil pesetas— y que, de acuerdo con mi concepción burguesa de la vida, había previsto ahorrar para poder hacer algún viaje en la época estival. Salva agradeció mi gesto exageradamente, me abrazó y me dijo varias veces que era la mejor amiga que había tenido nunca, y también que me devolvería el dinero «con intereses» en cuanto se aclarase su situación material.

Pasaron los meses. Jorge y Nuria se fueron a vivir juntos, y nos propusieron a Salva y a mí que nos trasladásemos con ellos a un enorme piso lleno de corrientes de aire que habían encontrado por medio de un anuncio. Pero Salva dijo que quería seguir viviendo solo, y en cuanto a mí, mis padres no hubiesen autorizado mi traslado a un piso compartido. Sus instrucciones cuando llegué a Madrid habían sido muy claras: los dos primeros años, en una residencia universitaria. Luego, ya veremos. Nuestra negativa encolerizó a Jorge y a Nuria, que al no contar con nuestro concurso tuvieron que renunciar a aquel piso destartalado e inhóspito para irse a vivir a un apartamento, igualmente desolado pero más pequeño, y por ende más barato. Salva ignoró su reacción, que calificó de «extemporánea» —yo ni siquiera sabía qué significaba aquella palabra—, y luego me dijo que, el curso siguiente, él y yo podríamos alquilar juntos un piso agradable cerca de la universidad: «Ni muerto viviría con esos dos, y menos en una casa que se pareciese a ellos.» Yo le reí la gracia. Estaba subyugada por Salva, por su personalidad arrolladora, por su forma de vivir al margen de las conveniencias sociales, incluso por su promiscuidad. Estábamos a finales de los ochenta, y sabíamos e ignorábamos tantas cosas sobre el sida, que lo normal era adoptar una actitud cuando menos prudente con respecto a las relaciones sexuales. Él no lo hacía. Cambiaba de pareja, se enamoraba todos los días de los tíos más variopintos y alardeaba de su faceta conquistadora, cuyo trabajo en el mundo de la noche había contribuido a consolidar. A mí sólo me preocupaba que usase preservativos, y a veces los compraba por mi cuenta y se los dejaba, bien visibles, sobre la mesa de noche de su habitación.

Un día, Salva llegó exultante a una clase de dibujo. Me dijo que había tenido un golpe de suerte: su abuela, una viuda rica que le adoraba —y que debió de quedarse de una pieza al saber que su nieto mayor era homosexual— había decidido unilateralmente romper el bloqueo económico al que estaban sometiéndole sus padres. La buena señora iba a mandarle cien mil pesetas al mes, una cantidad que hace casi veinte años era más que respetable y con la que cualquiera hubiese podido vivir con cierta holgura. Cualquiera excepto Salva, que acostumbrado como había estado a nadar en la abundancia, y amargado tras sobrevivir malamente durante aquellos meses de escasez, tardaba un abrir y cerrar de ojos en gastar cada céntimo que su abuela le enviaba. No puedo reproducir la lista de cosas prescindibles que Salva compró aquel trimestre, pero recuerdo con especial alarma una camisa de seda transparente —que jamás se puso porque, según él, «le hacía parecer más gordo»—, un guardapolvos firmado por un diseñador emergente —que no llegó a estrenar porque se lo regaló a uno de sus amiguitos— y una tetera de plata que adquirió porque, dijo, le recordaba a una que había visto expuesta en una muestra sobre la secesión vienesa abierta en el Reina Sofía. Hubo más cosas, por supuesto, pero no recuerdo cuáles. Sólo que todas eran caras e inútiles. Mientras tanto, yo me apañaba como podía con la magra asignación que me enviaban mis padres, y me preguntaba —sin hacerle partícipe de mis componendas— cuándo se avendría Salva a devolverme las cincuenta mil pesetas que le había prestado cuatro meses atrás.

Llegaron los últimos días de curso, y Salva ni siquiera hizo mención a la deuda que tenía conmigo. Mientras un grupo de compañeros que había conocido en el trimestre previo a las vacaciones pergeñaba unos atractivos planes para pasar el verano en el sur de Portugal, mis perspectivas vacacionales se reducían a recluirme con mis padres en la casa del campo, pues no tenía dinero para viajar a ningún sitio. Salva pensaba irse a París: unos amigos suyos —Salva tenía amigos en todas partes del mundo— estaban viviendo en un apartamento en Montmartre, y le habían invitado para los meses de julio y agosto.

Yo nunca había estado en París. En realidad, nunca había estado en ningún sitio que a mi entender mereciese la pena. Escuchar los planes de los demás, no digamos ya hojear las guías que Salva dejaba desparramadas encima de la mesa, producía en mí una rara mezcla de melancolía y envidia. Después de saborear durante nueve meses la tan ansiada libertad, ahora me veía obligada a regresar al nido para ceñirme, una vez más, a una larga lista de obligaciones familiares, por no hablar de horarios y otros horrores en relación a la vida bajo el techo paterno. Una noche, después de volver del cine, y tras escuchar el parloteo incesante de Salva acerca de sus expectativas veraniegas —visitar el Louvre y el museo de Orsay, patinar por los Campos Elíseos, comer *baguettes* y *croissants* auténticos, buscar gangas en el mercado de las pulgas— murmuré, creo que un poco resentida, que ojalá yo también pudiese permitirme unas vacaciones así. Confieso que fue una indirecta torpe, pero esperaba que Salva recogiese el guante y me hablase del dinero que me debía y que, al menos en aquel momento, marcaba la diferencia entre un verano aceptable y otro mortalmente aburrido. Pero no hizo ningún comentario acerca de la deuda. Se limitó a decir que, si pudiese, estaría encantado de invitarme a ir a París con él «pero el apartamento de Michel y Jean Marc es demasiado pequeño». Eso fue todo. Dos días después vacié mi habitación en el colegio mayor y, tras un deprimente y largo viaje en autobús, regresé a Lugo.

Había recogido mis papeletas de la universidad antes de marcharme, y las calificaciones obtenidas habían sido decepcionantes. Había suspendido dos asignaturas, y merecido aprobados miserables en todas las demás. No es que esperase otra cosa —no había dado golpe en todo el curso, excepto los quince últimos días antes de los exámenes finales— pero las malas notas fueron algo así como el toque de gracia: el último ingrediente para el cóctel amargo de un verano infeliz.

Cuando llegué a mi casa estaba de mal humor, y culpaba de mi situación a todo aquel que se cruzaba en mi camino, empezando por mis padres, que de haber sido ricos hubieran podido sufragarme unas vacaciones agradables en el extranjero o, en su defecto, en alguna playa. Mi amargura llegó hasta tal punto que me pasaba el día encerrada en mi habitación, de la que sólo salía para quejarme de todo y de todos —del tiempo, de la comida, del ruido de la casa, de las visitas intempestivas de parientes que venían a tomar el sol en nuestro jardín— o paseando, sola y ceñuda, por los alrededores de la finca de mis padres.

Mis hermanos decidieron tomarse a chacota mi mal genio, y se complacían en zaherirme con unas bromas que entonces considerable crueles. Mi padre optó por ignorar mi pésimo talante diciéndose, supongo, que ya se me pasaría. Pero mi madre estaba hecha de otra pasta, y una tarde en que sólo estábamos en casa ella y yo, me cogió por banda y lanzó una feroz perorata acerca de mi «incalificable comportamiento» durante aquellos días de verano. No era propio de mi madre hablarme así, mucho menos ser tan dura en sus juicios. Aunque aquella tarde subí a mi cuarto echando sapos y culebras sobre las vacaciones, sobre aquella casa y sobre mi familia, la riña de mi madre sirvió para que mi conciencia diese la voz de alarma. Estuve seis horas encerrada en la habitación —ni siquiera quise bajar a cenar— pero, ya a medianoche y después de un severo examen de la actitud mantenida durante aquellos días, llegué a la conclusión de que estaba metiendo la pata al dirigir mis malas vibraciones en la dirección equivocada.

Antes de acostarme me senté delante de mi escritorio, y de un solo golpe escribí a Salva una carta incendiaria en la que le reprochaba su escasa consideración para conmigo, haciendo alusiones concretas al dinero que me adeudaba desde hacía más de seis meses. Metí aquel folio en un sobre sin releerlo —no quería caer en la tentación de atenuar ninguna de mis acusaciones— y al día siguiente le pedí a mi padre que lo echase al correo cuando fuese a la ciudad, esperando que llegase cuanto antes al coqueto apartamento de Montmartre donde mi supuesto amigo vivía, en parte a mi costa, su particular versión de *la vie en rose.*

Ese verano aprendí, entre otras muchas cosas, que el correo en España no funciona tan mal como podemos pensar. Una semana después de que le enviase la mía, llegó desde París una carta de Salva. Recuerdo que tardé unos minutos en abrir aquel sobre, consciente de que su contenido iba a marcar un antes y un después en muchas cosas. Cuando por fin me decidí a leer aquellas páginas, me encontré con una violenta diatriba acerca de mi deslealtad, mi desinterés, mi ingratitud. Salva me hablaba del «profundo disgusto» que mi carta le había provocado, y de lo mucho que le había dolido descubrir que, para mí, nuestra amistad «valía sólo cincuenta mil pesetas». Podía imaginar a Salva redactando indignado aquellas líneas mientras consumía indolentemente pedacitos de *brioche* o un *eclair* de chocolate adquirido en alguna pastelería de postín —era un sibarita, además de un incorregible goloso— tras comunicar a sus amigos franceses que iba a romper para siempre su amistad con una estúpida que tenía la poca delicadeza de hablar con él de cosas de dinero. En las últimas líneas, Salva daba por zanjada para siempre nuestra relación. Y, por cierto, no hacía la mínima alusión a mis posibilidades de recuperar la pasta que seguía debiéndome.

Al acabar de leer aquella carta hiriente, me sentí a la vez molesta y tranquila: las palabras de Salva eran sólo la prueba fehaciente de que, como llevaba algún tiempo sospechando, mi supuesto amigo era un ser egoísta y taimado, cuya idea del afecto estaba ligada al concepto de servidumbre voluntaria. En su particular código de conducta, las cosas funcionaban así: Salva era el centro del universo, y los demás, pobres planetas condenados a girar para siempre alrededor del astro rey. Porque ésa era nuestra obligación: servir a Salva, con nuestra pleitesía, con nuestro afecto, con nuestro dinero si era preciso. ¿Cómo me había atrevido yo, simple súbdito, a importunar las bien ganadas vacaciones de Salva reclamando el pago de una deuda? ¿Cómo no había caído en la cuenta de que aquellas miserables cincuenta mil pesetas eran mucho menos de lo que valía el estar incluida en su nómina de favoritos? De pronto me pregunté con cuántas personas se habría comportado así antes de que yo apareciese en su vida. Probablemente había habido otras víctimas que, fascinadas por su personalidad seductora, se habían dejado seducir por el canto de sirenas de su amistad de cartón piedra. Al pensar en que todo aquello había acabado, sentí una profunda sensación de alivio y una tranquilidad interior que llevaba muchos meses sin experimentar.

Dispuesta a dar completo carpetazo a aquella historia, y también a mi actitud de las últimas semanas, decidí hablar con mi madre para ofrecerle una explicación sobre lo ocurrido. Al principio pensé en organizar una especie de consejo de familia —algo que había visto en algunas teleseries americanas— donde todos los miembros de la mía tendrían ocasión de hacerme reproches mientras yo, humildemente, escuchaba sus recriminaciones y les pedía perdón. Pero me dije que, a pesar de que mi actitud habría exasperado a todos por igual, había sido mi madre la única en coger el toro por los cuernos y cantarme las verdades del barquero. Mis hermanos se habían limitado a defenderse de mis desdenes con burlas de todo tipo, y mi padre, a ignorar mi conducta a la espera de la llegada de tiempos mejores. No, no merecían en absoluto una explicación, puesto que tampoco se habían tomado la molestia de demandarla.

Así que a la mañana siguiente, en la primera ocasión que tuve —mi padre había ido a la ciudad, y mis hermanos a darse un chapuzón en la piscina— me acerqué a mi madre. Llevaba puestos unos vaqueros descoloridos y una camisa que había sido de mi padre, y estaba limpiando el jardín delantero. No importa que sea verano o invierno, en Galicia siempre hay hojas secas que recoger, rastrojos que arrancar y malas hierbas que eliminar, y mis padres no podían permitirse un jardinero, así que solían acometer ellos mismos aquellas tareas de las que nosotros, sus hijos, procurábamos escaquearnos en la medida de lo posible. Por eso mi madre debió de extrañarse cuando me ofrecí a echarle una mano.

—¿Te ayudo?

—Claro. Así acabaré antes.

Mi madre empuñaba una especie de escoba de metal con la que rastrillaba las hojas antes de depositarlas en una carretilla, donde ya había un montón de abrojos y zarzas extraídas de raíz. Busqué otro rastrillo y recogí algunas hojas, y mientras lo hacía, sin levantar la vista del suelo, se lo conté todo, sin dejarme nada en el tintero. Le hablé de Salva, y también de Jorge y de Nuria, de hasta qué punto me había sentido halagada cuando me incluyeron en su círculo —sólo unos meses después no entendía qué había de atractivo en semejante situación— y mis posteriores dificultades de adaptación a un entorno que no se parecía al mío. También le describí cuidadosamente mi relación con Salva, que sólo ahora me doy cuenta de que era una especie de noviazgo enfermizo sin sexo de por medio. Y, por fin —sintiéndome, eso sí, bastante despreciable— le hablé de mi deseo de pasar unas vacaciones como es debido, en lugar de estar condenada a recluirme en la casa familiar, lejos de todo contacto con mis contemporáneos y haciendo las mismas cosas que hacía en los veraneos de mis doce, trece o catorce años, y de cómo el dinero que Salva me adeudaba hubiese sido bastante para proporcionarme siquiera unos días en la playa, junto a mis compañeros, o un sencillo viaje solitario a alguna capital europea. Luego, para completar la historia, le enseñé la carta de Salva, y, en una buena muestra de mi estupidez, todavía sentí un ramalazo de orgullo al ver una vez más el matasellos de París: mi vida conservaba un evidente toque de sofisticación, pues incluso aquella carta cuajada de insultos llegaba nada menos que de la capital de Francia, de la ciudad de la luz, del refugio de la generación perdida, de los pintores impresionistas y los carteles de Toulouse-Lautrec.

Mi madre, lejos de fijarse en el origen de la carta —ni me escuchó cuando le dije «me la ha mandado desde París. Está pasando allí el verano, en el apartamento de Michel y Jean Marc». Pronuncié aquellos nombres como conociese a sus portadores y marcando ligeramente el acento francés, en lo que me pareció una buena muestra de cosmopolitismo— la leyó por encima y luego me la devolvió. Ni siquiera parecía enfadada, mucho menos indignada.

—Hay que ver qué gente anda por el mundo.

Me sorprendió aquella frase; nunca había pensado que mis amigos —menos aún Salva— pudiesen ser reducidos por nadie a la tibia y vulgar categoría de gente. Luego, en una muy previsible filípica maternal, me dijo que es muy difícil conocer a las personas que uno va encontrándose en el camino, y que las decepciones con los amigos son el pan nuestro de cada día, lo cual no debe inducirnos a desconfiar de la gente, pero sí hacernos más prudentes en nuestras nuevas relaciones. Era el discurso que yo esperaba: el de cualquier madre afectuosa y comprensiva. En realidad, no me estaba descubriendo nada nuevo con sus bienintencionadas disquisiciones. Cada cosa que mi madre me dijo aquella mañana ya la había pensado yo, pero fingí que sus consejos iban a servirme de mucho, porque era lo menos que podía hacer.

Cuando ya había dado aquella charla por terminada y estaba a punto de sellar con un beso nuestra reconciliación, mi madre añadió algo más. Dijo, muy tranquila, que lamentaba no estar en condiciones de proporcionarme un verano mejor, que nada le hubiera gustado más que poder sufragar un curso de idiomas o un viaje por alguna región europea, pero que por más números que hiciesen mi padre y ella, no podían ir más allá de pagarme la matrícula en la universidad y la estancia en el colegio mayor. De todas formas, concluyó, tenía un poco de dinero ahorrado, y me lo cedía con mucho gusto en el caso de que todavía estuviese a tiempo de reunirme con mis compañeros en su visita al Algarve.

Ahora, casi veinte años después, todavía soy capaz de reproducir en mi interior la intensa vergüenza que despertó en mí la oferta de mi madre. Pensé que, de estar en un telefilm, habría llegado el momento de lanzarme a sus brazos, llorando y pidiendo perdón por mi vergonzoso proceder de los últimos días, acentuado ahora por su magnanimidad al poner a mi alcance aquel dinero ahorrado y destinado, con toda seguridad, a alguna reparación casera no del todo necesaria, o simplemente a, como dicen los americanos, «un día de lluvia». Pero eso no era lo que ella esperaba de mí. Mi madre era enemiga de numeritos sentimentales y escenas emotivas. Así que me limité a darle las gracias y a rechazar su concurso en mis vacaciones. De todas formas, le dije, tenía que estudiar para aprobar en septiembre las dos asignaturas que había suspendido.

Ella y yo pasamos el resto de la mañana retirando la maleza del jardín que había delante de nuestra casa. Encendimos una pequeña hoguera en el suelo enlosado cercano al garaje, y allí fuimos quemando los desperdicios que afeaban la hierba y los parterres de flores. Recuerdo aquella fogata, y el humo azulado que dejaban los rastrojos al quemarse, y cómo mi madre y yo regresamos a casa, acabada ya la tarea, con la cara tiznada, las manos llenas de ampollas y el pelo oliendo a humo.

No habría vuelto a recordar aquella escena de no ser por mi sueño de hoy, en el que mi madre volvió a aparecer con sus vaqueros y su camisa de cuadros, limpiando el césped y deshaciéndose de todos los elementos indeseables que por allí había. Es ahora cuando me doy cuenta de que fue precisamente aquella mañana, pasada entre rastrillos y hierbajos, cuando mi madre y yo empezamos a hacernos amigas. Amigas de verdad. No confidentes ocasionales, ni mutuas depositarias de secretos que perderían trascendencia con el paso del tiempo.

Mi madre murió sin saber todo de mí, y yo la perdí sin haber llegado a saber todo de ella. Pero no me importa lo más mínimo: eran asuntos menores, pequeños pecados veniales, diminutas porciones de intimidad a las que habíamos decidido negar nuestro mutuo acceso. Pero aquella mañana, en el jardín, ayudándola a llenar la carretilla de hojas sin vida, pasando afanosamente el rastrillo por el césped liso del jardín, mi madre y yo pusimos, sin necesidad del trasfondo de fuegos artificiales, los cimientos de una amistad que habría de consolidarse en los años venideros.

Nuestras vidas fueron completamente independientes. Conservamos las dos muchos espacios de privacidad en los cuales no había cabida para la otra. Pero supimos crear entre ambas un hilo de mutua compresión y de verdadero afecto, que nada tenía que ver con el hecho de compartir un mismo código genético. Amaba a mi madre por ser mi madre, pero también porque era buena, porque escuchaba, porque sabía reírse y respetar mis secretos y mis silencios. Porque nunca quiso saber nada que yo no deseara contarle. Porque jamás me preguntó. Porque, cuando le confiaba algo, era porque sentía la necesidad de hacerlo y no porque me sintiese obligada a ello. Porque sabía que siempre habría cosas que no tenía por qué contarle, y que ella jamás se sentiría herida por quedar al margen de una parcela de mi vida. Y, sobre todo, porque nunca me juzgó, porque me aceptó como soy y jamás interfirió en mi vida ni intentó moldearme. Y así se forjó entre ambas una verdadera, una sólida amistad capaz de superar cualquier cosa. Incluso una enfermedad grave. Incluso el sufrimiento. Incluso la muerte.

Amar a mi madre más allá de su condición maternal sirvió, no voy a negarlo, para complicar las cosas cuando la perdí. No sólo me quedé sin una madre. Perdí también a alguien especial con quien había trabado una relación particular, muy diferente a la que tenía con ninguna otra persona en el mundo. Por eso ahora que el dolor por su muerte va cambiando de forma, lamento cada vez más el que no esté.

Mi madre. Mi cómplice. Mi socia, algunas veces. La mejor interlocutora para un puñado de cosas. Alguien que dominaba el arte de la conversación y la particular disciplina de la risa. Una mujer que atesoraba recuerdos ínfimos de asuntos sin importancia y se construía con ellos su memoria particular. Conozco al dedillo la infancia de mi madre, pues ella se preocupó de hacerme llegar su personal colección de momentos dichosos. Sé cómo celebraba las Navidades y los juguetes que tenía, conozco los nombres de sus compañeras de clase, sé quiénes eran sus amigas y quiénes no. Ella evocó para mí su primer viaje con mi abuela —una fabulosa aventura que las llevó de Lugo a Cádiz en tren, y de allí en barco a Gran Canaria, para que pudiese conocerlas a ambas la familia insular de mi abuelo—, su primer traje largo, las pruebas de su vestido de novia, los primeros tiempos de recién casada. Han llegado hasta mí algunos de sus libros, una caja de lata llena de muñecas recortables con su colección de vestidos de papel, un diminuto juego de café de porcelana que me permitió utilizar siendo yo muy pequeña sin decirme «no lo rompas». Fue ella quien se preocupó de que mis hermanos y yo conociésemos la historia de cada uno de los miembros de nuestra familia, incluso de aquellos parientes lejanos a quienes nunca conocimos. Cuando yo era niña, aquellas historias me hacían pensar que procedía de una fabulosa estirpe de hombres y mujeres excepcionales. Supongo que no lo eran, pero mi madre nos hablaba de sus vidas y daba a la narración un tono épico que engrandecía cada acontecimiento y lo hacía más atractivo para la curiosidad de una niña impaciente de seis, de siete, de ocho años.

Mi madre sabía administrar la nostalgia. Qué suerte es poder acordarse de tantas cosas buenas, me dijo una vez cuando ya estaba enferma. No recuerdo qué le contesté, pero sí que tuve que volver la cabeza porque los ojos se me habían llenado de lágrimas. Pensé si, cuando ella ya no estuviese, sería capaz de quedarme con eso, de considerarme afortunada por haber tenido la ocasión de vivir a su lado momentos que merecían recordarse y si algún día sería capaz de echar mano de ellos sin perder el dominio de mí misma, sin abandonarme a un llanto que me obligase a detener el mecanismo de la memoria. Ahora, al pensar en mi madre se me vienen a la cabeza muchas cosas, casi siempre en un amable desorden, como en una tormenta de buenos recuerdos que invaden mi memoria. De todos, uno de mis preferidos es el de un viaje a Londres que mi madre, mi hermana y yo hicimos en las vísperas de la Navidad de 1998. Yo había sido comisionada por el resto de nuestro pequeño grupo para encargarme de la logística, así que me ocupé de comprar los billetes de avión y de reservar una habitación triple en un hotel del centro. Eran los tiempos previos a internet, así que tuve que recurrir a una agencia para conseguir nuestro alojamiento londinense. Me aseguraron que era un hotel «moderno y tranquilo», muy agradable y de categoría superior, pero cuando llegamos a la ciudad nos encontramos con un tugurio monstruosamente grande, oscuro y mal ventilado, donde grupos de turistas escandalosos tiraban al suelo los envoltorios de las chocolatinas y las latas de refrescos. Yo, que me sentí responsable de todo, entré en nuestra habitación cochambrosa y pequeña hecha una auténtica furia. Pero mi madre, a quien no iban a arredrar unos cuantos papelotes en el suelo ni la luz fluorescente que iluminaba el vestíbulo, se sentó en la cama y se echó a reír.

—Ay, Cecilia, no le des más vueltas. No es para tanto. Todo lo que tenemos que hacer es pasar en este sitio la menor cantidad de tiempo posible. No hemos venido a Londres para estar metidas en una habitación.

Al margen del hotel repugnante, ni un solo contratiempo entorpeció aquel viaje. Fueron cinco días de intensas caminatas, de compras, de alegres visitas a los museos y a los mercados callejeros de Portobello Road y Candem Town. Comimos bocadillos de pastrami y compramos mermeladas en Fortnum and Mason, y tomamos el té en Covent Garden y medias pintas de cerveza en pubs que se llamaban Los Hombres del Rey o La Rosa y el León. Entramos en la abadía de Westminster y en la catedral de San Pablo, y tuvimos que reprimir un ataque de hilaridad al contemplar el túmulo funerario que Al Fayed había levantado en Harrod's en honor de su hijo y de Lady Di. Nos reímos mucho en aquellos días. Estábamos las tres juntas y éramos felices, cada una a su manera.

Una noche, al volver al «Hotel Pesadilla», nos encontramos con un concierto improvisado junto al Eros de Piccadilly Circus. Un joven muy delgado, de larga y rizada melena castaña cantaba, acompañado de una guitarra, antiguos éxitos incontestables de Lennon y McCartney, John Denver, Phil Collins y Cat Stevens. Atraídos por la voz poderosa del cantante y su virtuosismo con la guitarra, a su alrededor se fue congregando un grupo cada vez más nutrido de paseantes y noctámbulos. Hacía mucho frío y era bastante tarde, pero permanecimos más de media hora allí, acompañando canciones que mi hermana y yo conocíamos tan bien: *Annie's Song*, *Yesterday*, *Father and son*. Aquella noche, en Piccadilly, se creó una atmósfera de rara camaradería entre un centenar de desconocidos liderados por un músico anónimo que nos hacía seguir la letra de *Penny Lane* o *Perhaps love* y romper con nuestras palmas la cadencia del tráfico en la noche de Londres. A nuestro alrededor brillaban los neones de Piccadilly Circus y las luces de Navidad de Regent's Street, y mientras escuchábamos la guitarra de aquel muchacho, mi madre, Lidia y yo nos sentimos unidas y dichosas, conscientes de estar viviendo juntas un momento que acabaría ocupando un lugar de privilegio en nuestra memoria, uno de esos momentos que uno conserva celosamente y que se mantiene vivo a través de los años. Hoy, al evocarlo, vuelvo a ver al cantante melenudo, y escucho su voz de cristal cantando *Woman* y *Another day in paradise* y pienso, como mi madre, que es una suerte poder acordarse de tantas cosas buenas.

Otro de mis recuerdos no es tan idílico como el de aquella noche entre música y adornos navideños. Fue algo que nos ocurrió a mi madre y a mí un año antes de que se declarara su enfermedad. Ella había venido a Madrid para asistir a la última prueba del traje de novia de mi hermana, y creo que nos dirigíamos juntas hacia el estudio del diseñador. La convencí para tomar el metro y escapar así de los atascos. El vagón, que estaba medio vacío cuando nos subimos, se llenó en la siguiente estación. Entre los que se montaron viajaba una joven marroquí muy guapa, de ojos oscurísimos y pelo suelto a la espalda. Llevaba una blusa de inspiración árabe y una falda larga y ajustada que le marcaba las caderas. Cuando entró, muchos hombres la miraron. Ella fingió no darse cuenta, pero esbozó una media sonrisa y se atusó la melena rizada y sedosa con cierta coquetería. Uno de aquellos hombres no apartó la vista de ella. Me dio la impresión de que también era magrebí, y había en la mirada que dirigía a la chica una extraña mezcla de deseo y orgullo de raza. De vez en cuanto vigilaba la existencia de otras miradas, como si la joven fuese una especie de trofeo patrio a defender de la curiosidad ajena. El convoy se detuvo y la muchacha se dispuso a bajar. Y entonces, el hombre que la había estado mirando durante todo el viaje, su posible compatriota, le pasó la mano por el culo.

La chica le miró, pero no dijo nada. En su rostro se dibujó una expresión resignada que me pareció más de un profundo hastío que de indignación, como si no fuese la primera vez que un desconocido le manoseaba las nalgas sin su consentimiento. Mucha gente se dio cuenta de lo que había ocurrido, pero nadie intervino. Yo tampoco lo hice. Cambié una mirada de disgusto con mi madre, y ella meneó la cabeza con aire reprobatorio. Me pregunté qué hubiese pasado si la muchacha agredida hubiese sido una española. ¿Hubiésemos reaccionado igual? Quiero pensar que sí. La vida en las ciudades nos ha enseñado a evitar conflictos, de forma que procuramos escapar de todo aquello que no nos incumbe de forma directa. Y, para colmo, aquella chica a la que habían magreado ni siquiera era uno de los nuestros, sino una extranjera, igual que su agresor. De pronto me dio la impresión de que al ver lo ocurrido muchos pensaron algo así como «es cosa de ellos». Ellos y nosotros. Dos mundos distintos, el nuestro y el de los que vienen de prestado. Que se maten entre ellos, escuché decir a alguien cuando, cerca de mi casa, dos ecuatorianos golpearon a otro hasta abrirle la cabeza en mitad de una pelea. Pues eso. Que se peleen, que se insulten, que se ofendan. Que se hagan daño. De todas formas, no es cosa nuestra. Intenté pensar en qué estaría haciendo la chica a la que acababan de manosear.

Quizá ya habría olvidado el incidente. Quizá no. Quizá estuviese llorando de rabia. Quizá no tenía a nadie a quien contar lo que le había ocurrido. A lo mejor estaba sola en mitad de la tierra prometida. Frente a mí, el tocaculos había vuelto a enfrascarse en la lectura de un diario deportivo. Era un tipo asqueroso, o al menos eso me pareció, alto, de espaldas cuadradas, con un lunar junto al ojo derecho y unos labios gruesos que se habían curvado en una sonrisa mientras agarraba el trasero de su víctima, pero que ahora habían recobrado una expresión adusta y desagradable.

Era verano y hacía mucho calor. Algunos pasajeros se abanicaban con más bien poca fe, otros resoplaban. En Madrid, el mes de julio es terrible. Yo también tenía calor, y sentí alivio al ver que se aproximaba nuestra parada. Íbamos a bajar de aquel vagón que olía a sudor reconcentrado donde la temperatura era insoportable, íbamos a perder de vista para siempre a aquel tío repugnante que iba por ahí metiendo mano a mujeres que no podían defenderse. A las que nadie podía defender, pensé.

Estábamos a punto de salir del tren cuando me di cuenta de que aquel hombre llevaba unas sandalias por las que asomaban unos pies enormes de dedos peludos y mugrientos. Yo también llevaba sandalias, de tiras y con un discreto tacón afilado. Así que, tras ceder el paso a mi madre, cuando estaba a punto de alcanzar la puerta, cuando sólo unos centímetros me separaban del andén, clavé el delicado tacón de mis sandalias nuevas en los dedos desnudos de aquel hombre, que lanzó un aullido de dolor. Fingiendo sorpresa, le lancé una disculpa desapasionada y me bajé del convoy. Él me llamó puta a gritos. Y entonces, desde fuera, cuando las puertas se cerraban y él todavía podía vernos, mi madre le hizo un corte de mangas. Nunca, en toda mi vida, la había visto describir un gesto así. Ni siquiera sabía que fuese capaz de colocar los brazos en la posición correcta, y sin embargo, cuando hizo caer la palma de la mano sobre su antebrazo desnudo, consiguió hacer un ruido que sonó como un tiro en el andén. Un ruido que apostaría a que llegó hasta dentro del vagón y que yo saludé con una carcajada. A su modo, mi madre tampoco se había privado del deseo de venganza. Aunque aquella tarde, en el metro, ambas estuvimos de acuerdo en que nos habíamos limitado a hacer justicia.

—Señorita Cecilia, hoy está muy guapa.

Aquella mañana me había cortado el pelo después de muchos años de llevar una melena que había empezado a parecerme demasiado larga.

—Muy guapa. A ver qué dice el señor Silvio cuando la vea.

—Seguro que ni se entera. Los hombres no se fijan en esas cosas.

—El señor Silvio sí.

—Le hago una apuesta: si no se da cuenta de que me he cortado el pelo, me hace usted un bizcocho para mí sola. Y si dice algo del peinado, yo le compro una caja de bombones. Vamos juntas a verle. Pero no vale hacer señas, ¿eh?

Entramos juntas en el salón, yo muy seria, Lucinda aguantando la risa con muy poco disimulo.

—Buenas tardes, Silvio.

—Buenas... ¿qué demonios te has hecho en el pelo?

Lucinda soltó una carcajada sonora.

—¿Le gustan de licor?

—Me gustan de todos modos. Que pasen buena tarde.

Silvio me miraba con el ceño fruncido y sin entender.

—No haga caso, es una broma entre nosotras. Bueno, supongo que ya sabrá que su hija está a punto de regresar.

—Carmina me llamó ayer para contármelo.

Parecía mustio mientras sostenía entre las manos la caja de fotografías. Me dio lástima verle así.

—¿No se alegra?

—Sí, claro. Sobre todo por Antonio, que está mejor. Pero —carraspeó— bueno, para qué me voy a andar con rodeos, me da pena que no vayas a volver por aquí.

En aquel momento, Silvio me recordó a aquel anciano enfurruñado con el que me encontré la primera tarde.

—No diga tonterías. A menos que usted no quiera, tengo la intención de seguir viniendo a verle.

—Te advierto que la historia está a punto de terminar.

La mirada de Silvio se había iluminado otra vez, y como me había pasado otras tardes, pensé que hubiese sido estupendo conocer a aquel hombre hace medio siglo, cuando su parecido con Gregory Peck debía ser casi una provocación para los cazadores de autógrafos.

—Bueno —contesté— supongo que tendremos que buscar otros temas de conversación. No crea que se van a librar de mí. Ni usted, ni Lucinda. ¿Y dice que la historia está acabando?

—Así es. Y espero que el final te guste. Si el final no es bueno, las historias no valen la pena. Verás...

... para sorpresa mía y desconcierto de todos los que compartían el secreto, las novelas policíacas de Nathaniel Prytchard se convirtieron en uno de los éxitos editoriales del momento. Los beneficios generados por los derechos de autor eran tan jugosos que la Organización me propuso utilizarlos para retribuir mis servicios, sustituyendo así al dinero que me entregaban en mano cada cierto tiempo. La solución era buena para todos, así que acepté. La excusa de mi fortuna como escritor me sirvió también para, en 1950, solicitar la excedencia en el ministerio, para disgusto de mi madre (que veía con mejores ojos un trabajo de funcionario que el oficio de chupatintas) y, por supuesto, de toda la familia de Carmen. Salvador Orenes me dirigió una filípica insoportable y larguísima, haciendo llamadas a la sensatez, al orden y al concierto, al sentido común y a la prudencia, que desaconsejaban el abandono de un puesto fijo y bien retribuido. La verdad es que escuché sus admoniciones como quien oye llover.

Como la actividad de la Operación Puertas Abiertas era ya prácticamente nula, mi trabajo en la Organización también cambió de rumbo. Ya no tenía sentido que ejerciese de agente doble, y por eso me incorporé a otro tipo de tareas. Al haber dejado el puesto en el ministerio, mi disponibilidad para viajar era mucho mayor, así que al menos cuatro veces al año salía del país para hacer seguimiento de operaciones de búsqueda de nazis en países del cono sur, donde previamente se introdujeron los libros de Nathaniel Prytchard para dar cobertura a mis movimientos por Argentina o Chile.

Durante aquellos años fui feliz con Carmen. Nuestra hija, Carmina, nació en el invierno de 1949, un año después de nuestra boda y cuando ya algunas de sus primas empezaban a cuestionarse la capacidad de mi esposa para ser madre. Para Carmen, la maternidad fue el mejor regalo que podía recibir de la vida. En cuanto a mí, mentiría si te dijese que el convertirme en padre supuso un cambio fundamental. Por supuesto que adoré enseguida a aquella niña, y me emocionaba un poco al pensar en su fragilidad, en su indefensión y en que llevaba mi misma sangre. Pero nunca consideré que el hecho de tener un hijo pudiese variar mis postulados vitales. Seguí viajando, seguí ausentándome de casa cada vez que mi trabajo en la Organización así lo requería, y seguí pasando fuera de nuestro hogar diez horas al día, supuestamente para encerrarme en un estudio a redactar nuevas novelas. Carmina estaba bien atendida y llenaba todas las horas de su madre. Siempre pensé que se bastaban la una a la otra, de forma que ninguna de las dos me necesitaba demasiado.

Como si se tratase de una burla del destino, mientras yo renunciaba de forma voluntaria a una parte de la experiencia de la paternidad, Elijah y Mary Jo habían sabido que no podían tener hijos. Mi amigo me lo comunicó en una larguísima carta, y luego no volvió a mencionar el asunto. Zachary, que les veía dos o tres veces al año, dijo que la noticia había supuesto un terrible disgusto para ambos, y que habían rechazado por el momento la posibilidad de la adopción. Mary Jo me enviaba por su suegro multitud de regalos para nuestro bebé, y mientras Carmen contemplaba, alborozada, aquella primorosa colección de vestidos, capotitas y patucos, yo pensaba una vez más en la generosidad de la adorable mujer de Elijah, que compraba para nosotros, en las más exclusivas tiendas de Nueva York, las prendas que hubiese deseado poner a su hija.

—¿No van a venir nunca a España? —decía Carmen, que ni siquiera podía suponer la verdadera razón que impedía esa visita—. Me gustaría tanto conocerles... ¿Cómo es posible que ni siquiera tengas un retrato de tu amigo?

—Elijah detesta hacerse fotos, te lo he dicho mil veces.

—Al menos Mary Jo no tiene ese problema. —La señora West nos había mandado una preciosa fotografía suya, realizada antes de asistir a un baile en algún hotel de Nueva York—. Es tan guapa... Y siempre se acuerda de mandarnos cosas para Carmina. Qué pena que no pueda ser madre.

Efraín y Hannah tampoco tenían hijos. Desde su boda habían viajado a España dos veces, en una ocasión a Ribanova para que Hannah conociese a mis padres —y que coincidió con la última etapa del embarazo de Carmen, lo que impidió que viajásemos al norte— y en otra a Andalucía, pues la agencia de fotos había encargado a Efraín un trabajo en la feria de Sevilla. De paso hacia su destino en el sur, se detuvieron unos días en Madrid para visitarnos. Carmen quería que se quedaran en nuestra casa, pero Efraín dijo que su agencia le pagaba los gastos, y él y Hannah se alojaron en una pensión de la Gran Vía. A mi mujer le disgustó que no hubiesen querido quedarse en el piso de Velázquez.

—Ya son ganas de dormir en una fonda cuando aquí hay sitio de sobra para todos.

—Preferirán estar a su aire...

—Pero, Silvio, es tu hermano...

—Efraín es tozudo como una mula. Si ha decidido dormir en la pensión, lo hará de todos modos y digamos lo que digamos.

En el fondo, para mí fue un alivio que mi hermano y su esposa no aceptasen la invitación de Carmen. Me horrorizaba la idea de vivir bajo el mismo techo que Hannah Bilak pretextando una fraternidad hacia ella que estaba muy lejos de sentir, a pesar de que en los últimos meses había conseguido apartarme de su recuerdo y pensar en ella como la mujer de mi hermano. La primera vez que la vi, cuando fui a recogerles en aquella pensión húmeda y mal iluminada, me di cuenta de que el amor que había sentido por ella mucho tiempo atrás había evolucionado hasta convertirse en algo mucho menos puro: me avergüenza decirlo, pero al verla experimenté algo que tardé un tiempo en darme cuenta de que era una suerte de rencor, como si no pudiera perdonar a aquella mujer el que hubiese elegido a otro hombre y mucho menos que ese hombre fuese precisamente mi hermano menor.

Durante su corta estancia, salimos todos los días a cenar y a comer con Efraín y su esposa. Afortunadamente, mi mujer ignoraba por completo los rudimentos del *kosher*, y confundió con una simple manía la insistencia de Hannah para que le confirmasen que la paella que nos sirvieron no llevaba nada de marisco, su rechazo al jamón serrano o su negativa a tomar un helado después de haber consumido un entrecot de buey.

—La verdad es que estos americanos son raros, pero raros de verdad...

Recuerdo aquellos tres días en Madrid como unas jornadas largas y algo tensas. Hannah y Carmen no podían hablar entre sí, y Efraín y yo teníamos que oficiar de traductores. No pude por menos que recordar, una vez más, aquel verano en Varsovia, cuando éramos Hannah y yo quienes teníamos dificultades para entendernos, y Elijah e Ithzak nos servían de intérpretes. Tardé algún tiempo en darme cuenta de que el problema entre las dos mujeres no tenía nada que ver con sus diferencias idiomáticas: Carmen y Hannah se habían detestado nada más verse. La mutua antipatía que desarrollaron (y que fue haciéndose más evidente a medida que pasaban los días) me pareció provocada por un misterioso proceso químico o quizá, simplemente, por un particular sexto sentido que tienen casi todas las mujeres. La última noche, cuando nos preparábamos para ir a cenar, Carmen esgrimió una disculpa para no acompañarnos.

—Estoy un poco mareada y me duele la cabeza.

—¿Has tomado una aspirina?

—Sí, pero no se me va. Si me paso la noche escuchándoos hablar en inglés y esperando a que me traduzcas lo que dice tu cuñada, la jaqueca me durará tres días. Id sin mí.

Cuando Hannah supo que Carmen se había quedado en casa, dijo que tampoco cenaría con nosotros.

—Estoy muy cansada, y mañana tenemos que madrugar. Además, creo que en los últimos años no habéis tenido ni un minuto para estar solos.

Hannah tenía razón pero, en el fondo, yo me preguntaba si Efraín y yo necesitábamos de esa intimidad y si había cosas que deseásemos comentar libres de la presencia de terceras personas. Sea como fuere, mi hermano y yo entramos juntos en una marisquería cercana a la plaza del Callao, y nos dispusimos a pasar mano a mano nuestra primera velada juntos después de mucho tiempo. Empezamos hablando de cosas sin importancia: nuestros padres, algunos amigos ribanovenses a los que ambos habíamos perdido la pista, sus planes para hacer nuevos trabajos en su agencia, la inminencia de la publicación de mi octava novela... Íbamos a pedir el postre cuando la mirada de Efraín cambió de repente, y entonces me di cuenta de que nuestra conversación anterior había sido un simple preámbulo, una forma de hacer tiempo hasta llegar a la cuestión que mi hermano quería atacar.

—Háblame de Ithzak.

Tardé unos segundos en reaccionar. El nombre de Ithzak Sezsmann nunca había sido pronunciado entre nosotros, ni Efraín se había referido a él en las cartas que nos intercambiábamos de vez en cuando. Entonces ¿a qué venía ese interés repentino por su persona?

—Pues... no sé qué quieres que te cuente. Y, de todos modos, tú le conocías. ¿Recuerdas aquel verano en San Sebastián, con papá y mamá, cuando estrenaste la cámara que te había regalado Zachary West?

—Ya, pero entonces yo era un niño y ni siquiera pude hablar con él porque no sabía inglés. Recuerdo mejor a su padre, ¿cómo se llamaba?

—Amos.

—Eso. Me parecía un hombre fascinante, tan corpulento, con las cejas pobladas y aquellas manos que no parecían suyas... pero no te vayas por las ramas. Hablábamos del hijo.

Me invadió una sensación de fastidio. ¿Qué demonios le pasaba a mi hermano? No esperaba que alguien como Efraín pudiese sentir celos retrospectivos, y menos aún de alguien que llevaba nueve años muerto.

—¿A qué viene esto?

—Es por Hannah. Ella nunca me había hablado de Ithzak. Si no es por Elijah y Mary Jo, ni siquiera hubiera sabido que estaban comprometidos cuando ella dejó Varsovia. Le pregunté por qué me había ocultado ese detalle y se echó a llorar. ¿Tú lo entiendes? Hannah no es una de esas mujeres que gimotean por cualquier cosa. Desde entonces he querido saber algo más de ese tipo, pero Hannah no parece muy por la labor.

—¿Por qué no le preguntaste a Elijah?

—Oh, ya lo hice. Pero me contestó que no le gustaba hablar mal de los muertos.

Pensaba que Elijah había enterrado ya para siempre sus viejos rencores y esas ideas absurdas sobre lo adecuado o no del comportamiento de Ithzak y los suyos durante el sitio de Varsovia.

—Mira, Efraín, Ithzak era una persona excepcional y uno de los mejores amigos que uno pueda tener. Tenía talento, sentido del humor y era generoso y muy inteligente. Tuvo la mala suerte de nacer judío en la época y el lugar equivocado, y su pecado fue ése. Cuando los alemanes invadieron Polonia no quiso salir del país para no dejar abandonado a su padre, y tres años después murió en un campo de concentración. No hay mucho más que contar.

—¿Y por qué Elijah...?

—A Elijah no le hagas ni caso. Se le ha metido en la cabeza que Ithzak y todos los judíos de Polonia tenían que haberse rebelado contra Hitler, y no perdona que no lo hicieran. En cuanto a las lágrimas de Hannah... bueno, supongo que no fue fácil para ella perder a su novio a los veinte años, y que durante este tiempo ha debido de intentar no pensar demasiado en él. Yo no le daría importancia. Si no quiere hablar de Ithzak, respétala. Bastante trabajo cuesta olvidar como para que te obliguen los demás a hacer memoria.

Habíamos pedido un flan con nata y una copa de coñac. Mi hermano parecía satisfecho con las explicaciones obtenidas, y de pronto recordé algo.

—¿Sabes qué? Ithzak fue el primero en darse cuenta de que tenías un talento especial para la fotografía. Fue aquel verano, en San Sebastián, cuando te vio medir la luz para hacernos una foto. Tu hermano es un artista, me dijo. Eras sólo un niño con una cámara que te habían regalado, pero él supo ver que había un don en ti... Quédate con eso, Efraín.

Unos meses después de aquel encuentro con mi hermano, Zachary me dijo que debía preparar las cosas para un viaje a Londres.

—Algunos miembros de la Organización van a celebrar allí un encuentro, y supongo que te gustará asistir. Yo iré contigo... y habrá una feliz coincidencia. Elijah y Mary Jo viajarán también a Londres desde Nueva York. Van a firmar un convenio de colaboración con un estudio de arquitectura inglés, y al saber que tú ibas a estar en el país han adelantado el viaje.

Hacía casi cinco años que no veía a mis amigos, y la idea de encontrarme con ellos me hizo incluso perder interés por los detalles de la reunión en la que iba a participar. Zachary seguía hablando, pero yo casi no le escuchaba. Elijah... desde mi conversación con Efraín no podía quitarme de la cabeza las palabras que había dedicado a Ithzak: «No me gusta hablar mal de los muertos», dijo cuando mi hermano quiso que le contase algo del primer amor de Hannah.

Zachary se dio cuenta de que no estaba prestando atención a sus explicaciones.

—¿Sé puede saber en qué estás pensando?

Es muy complicado engañar a un espía, así que decidí ser sincero.

—En Elijah. El otro día Efraín me contó algo que no me gustó. Le preguntó por Ithzak y le contestó con una frase terrible.

Zachary dejó sobre la mesa los papeles que estaba revisando y me miró.

—Silvio... si hay alguna herida que cierra mal es la que causa el rencor. Ya sé que ha pasado mucho tiempo, pero mi hijo no perdona a Ithzak. No le perdona que se quedara en Varsovia, no le perdona que no plantase cara a los alemanes, no le perdona que aceptase la colaboración de algún nazi para escapar de Polonia, y supongo que tampoco le perdona por haber dado con sus huesos en Mauthausen. Pensé que se le pasaría, ¿sabes?, como cuando se enfadó conmigo por haber impedido que se alistase. Pero la cosa va a peor. Siempre que nos vemos, insiste en que por culpa de Ithzak tu vida y la mía también han cambiado. Que estamos dando la cara por el joven Sezsmann y por todos los judíos que, según él, vendieron barato el pellejo. Que nos dedicamos a buscar venganza y que ése es nuestro único objetivo.

Zachary se quitó las gafas, las limpió y volvió a ponérselas con un gesto muy suyo, golpeando el puente de los lentes con la falange del dedo índice.

—Lo peor de todo —añadió— es que a mi hijo no le falta razón. No, no pongas esa cara. Tú más que nadie has puesto tu vida al servicio de esta causa...

—Zachary, no hay en mi vida ni un solo motivo de queja. Tengo una mujer estupenda, una niña preciosa y un trabajo... bueno, digamos que más que interesante.

—Ya. Supongo que, tratándose de ti, Elijah quería algo más. Lo cierto es que no has tenido mucho donde elegir. Pero ya hemos hablado de esto alguna vez, así que no volveré sobre ello. En cuanto a mi hijo, confiemos en su buena suerte y dejemos que aparezca alguien que le quite de la cabeza esas ideas tan retorcidas.

—Eres muy optimista.

Zachary volvió a sus papeles.

—Bueno, vamos a lo nuestro. Para que puedas justificar tu viaje, te he conseguido una invitación para dar una conferencia en un club de lectura londinense.

Zachary siempre estaba en todo. Le miré con detenimiento mientras revisaba el contenido de una carpeta, y por primera vez caí en la cuenta de que el tiempo también había pasado para él. Acababa de cumplir los setenta y cuatro años, y a pesar de que conservaba su andar elástico y la elegante apostura militar de su pasado como héroe de guerra, era evidente que sus movimientos se habían vuelto un poco más torpes. Ahora necesitaba lentes para ver de cerca, y la vieja herida de combate le dolía con más intensidad en las vísperas de los días de lluvia. Aquella tarde, mientras Zachary West seguía hablándome con su entusiasmo habitual de nuestra próxima visita a Inglaterra, fui consciente por primera vez de que mi amigo era mortal y mucho más viejo que yo, y que un día, en un futuro que esperaba todavía lejano, tendría que verle morir y aprender a vivir sin su presencia. Es curioso, pero nunca había pensado algo semejante acerca de mis padres, que tenían la misma edad que Zachary e incluso peor salud que nuestro amigo americano. Ahora sé que lo que sentí aquella tarde fue el primer pánico ante la certeza de la pérdida, no de un ser querido, sino de la persona que me había servido de guía durante mi ingreso definitivo y real en la etapa de la madurez.

—No sé en qué estás pensando, pero olvídalo —me dijo aquella tarde, y acepté con alivio su sugerencia—. Nos vamos a Londres dentro de diez días, así que arregla todo lo que tengas que arreglar y cómprate un paraguas. Por cierto, tu editorial ha recibido una oferta de un productor que quiere hacer una película basada en una de las novelas de Nathaniel Prytchard.

—Vaya por Dios...

—Pensé que te alegrarías. El cine da mucho dinero.

—Ya, pero... no sé, cada vez me gusta menos toda esta farsa del escritor misterioso. No niego que me ha resultado muy útil durante todos estos años, pero no deja de ser un engaño.

—Con un fin de lo más noble. Ahora sólo tenemos que encontrar a alguien capaz de hacer un buen papel como guionista... porque el productor se empeña en que sea el propio Prytchard quien haga el guión.

—Sólo faltaba eso...

Zachary se echó a reír. Al hacerlo, tuve la sensación de que se hacía un poco más joven, porque su risa sonaba igual que hacía treinta años. No volví a pensar en su muerte. No hasta que no tuve más remedio que hacerlo.

Aunque no protestó, sé que a Carmen no le hizo ninguna gracia la perspectiva de mi conferencia en Londres.

—Es el tercer viaje en lo que va de año.

—Ya lo sé, pero no tengo más remedio que ir. Mis libros se venden muy bien en Inglaterra, y esa conferencia es parte del compromiso con el editor inglés. Y además... bueno, no sé si decírtelo porque aún es un secreto.

Carmen tenía veintisiete años, y a pesar de su condición maternal, a pesar de su sensatez y su buen juicio, seguía siendo una niña capaz de entusiasmarse ante un misterio.

—¿Qué es? Vamos, cuéntamelo... no se lo diré a nadie...

—Pues existe la posibilidad de que hagan una película basada en una de mis novelas. Es también por eso por lo que voy a Londres. El productor quiere conocerme porque pretenden que me encargue del guión.

A Carmen se le olvidó de un golpe la inminencia de mi viaje. Me abrazó, feliz y orgullosa, y mientras me besaba prometía que no diría nada de aquel proyecto, ni a su madre, ni a sus primas, ni a ninguna de sus amigas, a pesar de que sabía lo mucho que iban a envidiarla cuando supieran que no estaba casada sólo con un escritor, sino también con alguien relacionado con los peces gordos del cine. Carmina, que nos observaba en su sillita, empezó a palmotear al percibir la alegría de su madre. Cuando recuerdo aquella escena sólo lamento no haber sido consciente en su momento de lo intensamente dichoso que fui durante aquella etapa de mi vida. Eso es lo malo de la felicidad: que resulta demasiado fácil acostumbrarse a ella.

Llegamos a Londres en uno de los primeros días del otoño de 1952. Como Zachary había supuesto, estaba lloviendo cuando el avión aterrizó, y no dejó de llover durante los siete días que pasamos en la ciudad. No sé por qué me acuerdo de la lluvia. No cuando durante aquella semana sucedieron cosas tan extraordinarias y tan decisivas para la vida de todos. Pero prefiero ir por partes.

Zachary había reservado dos habitaciones en un hotelito discreto en la zona de Gloucester Road, muy cerca del Museo de Historia Natural. Elijah y Mary Jo ya estaban allí. Habían llegado la noche anterior y nos esperaban para hacer una cena temprana.

—¡Silvio!

Habían pasado cinco años desde la última vez, pero me

dio la sensación que Elijah había envejecido casi un siglo. Tenía mi misma edad, treinta y ocho años, pero parecía mucho mayor que yo, y mucho mayor también que Mary Jo, que se había instalado en una edad indefinida en el paso entre la juventud y la madurez. La encontré tan guapa como siempre, igual de dulce y un poco más triste. Supongo que la maternidad frustrada presta una particular melancolía a la mirada de una mujer. Les abracé a ambos, y supe que seguíamos queriéndonos igual, a pesar de la distancia y del tiempo transcurrido.

—¿Cómo estáis?

—¿Cómo estás tú? ¿Has traído alguna foto de la niña? Oh, es una pena que no podamos conocerla. —Mary Jo apretó el brazo de Elijah—. A veces querría que este marido mío fuese blanco...

Era un chiste cruel, pero todos nos reímos. Almorzamos juntos, y durante la comida nos quitábamos la palabra los unos a los otros. Había demasiadas cosas que contar. Elijah me hablaba del estudio. Mary Jo había empezado a trabajar en una especie de liga feminista organizada por un grupo de antiguas alumnas de Vasaar. Zachary les habló de la novela que podía ser llevada al cine, y el entusiasmo de Mary Jo me recordó al de Carmen. Era estupendo volver a estar entre amigos.

—¿Cuándo es la primera reunión?

—Mañana por la mañana, en un club de caballeros de la calle Piccadilly.

—Había olvidado vuestras malditas reuniones. —La voz de Elijah había adquirido un tono extrañamente desabrido—. Mary Jo quería ir a Hampstead a pasar el día.

Zachary me miró fugazmente.

—Podéis ir sin nosotros. Nos veremos a la hora de cenar.

Al día siguiente, un coche vino a buscarnos a la puerta del hotel. Hubiese querido ir caminando hasta el lugar de nuestra cita, pero seguía lloviendo a cántaros. La reunión empezó a las nueve en punto. Se habló de muchas cosas: de éxitos y de fracasos, de búsquedas que habían culminado satisfactoriamente o no. Se habló de dinero, de donaciones, de los trabajos en colaboración con los servicios secretos ingleses y americanos. Lo cierto es que no había nada de especial en aquel encuentro, pero supongo que el tener ocasión de charlar con otra gente que estaba dedicada en cuerpo y alma a lo mismo que nosotros era una forma de mantener la moral. Muchos ya nos conocíamos. Habíamos coincidido en otras ocasiones, y supongo que por eso me llamó la atención aquel hombre de pelo cano que se había sentado en una esquina. No le había visto nunca. Debía de tener algunos años más que yo. Lucía un traje anticuado que parecía quedarle grande y una poblada barba blanca, y me pareció que miraba a su alrededor como si estuviera buscando algo. Sus ojos eran grandes y acuosos, tenía la piel muy blanca y los labios pálidos y una expresión inteligente y pacífica. Recuerdo que pensé que era uno de esos hombres que no se parecen a nadie.

No tuve ocasión de saludarle hasta dos días después, cuando nuestro anfitrión en Londres —un misterioso gentil de antepasados judíos que había luchado en las dos guerras y fiananciaba de su bolsillo buena parte de las actividades de la sección inglesa de la Organización— hizo las presentaciones.

—Quiero que conozca al señor Nalewki.

El desconocido me sonrió antes de estrecharme la mano.

—Llámeme Karol.

—Soy Silvio Rendón. Encantado.

—¿De dónde procede usted?

—El señor Rendón ha viajado desde España. Les dejo para que hablen. Por cierto, no les recomiendo que prueben el café. Es repugnante.

Nalewki sirvió una taza de té para cada uno.

—Así que español. Yo soy polaco. De Varsovia.

—Conozco su ciudad. Estuve cuando era joven. Tenía dos buenos amigos viviendo allí, y pasé un verano en su casa. Quizá les conozca... se llamaban Sezsmann. Amos e Ithzak. El padre era un violinista famoso.

Nalewki abrió mucho sus grandes ojos húmedos.

—Sé quién era Amos Sezsmann. Teníamos discos suyos en nuestra casa. Mi madre era muy aficionada a la música. Recuerdo que decía siempre, ese hombre hace hablar a los violines. Ahora ella está muerta, y supongo que Sezsmann también lo está.

—Falleció unos días antes del traslado al gueto.

—Mi madre no tuvo esa suerte. Murió allí. De hambre. Al menos se libró del viaje a los campos.

Confieso que me costó hacer la pregunta.

—¿Y... y usted?

—Yo también me libré.

Justo en ese momento nos pideron que entrásemos de nuevo en la sala, pero yo no pensaba dejar así mi conversación con Nalewki.

—¿Tiene algún compromiso para comer? ¿No? En ese caso, déjeme que le invite. Usted, yo y un amigo americano.

—Será un placer.

La siguiente reunión se me hizo eterna, y creo que pasé buena parte del tiempo vigilando a Nalewki, como si temiese que pudiera escapar. Pero el desconocido no tenía intención de zafarse de mí, y en cuanto acabó la sesión acudió a mi encuentro. Le presenté a Zachary West y entramos juntos en un restaurante cercano. Allí, resguardados los tres de la lluvia y del frío, Nalewki nos confirmó que era un superviviente del gueto de Varsovia.

—Entré allí con mi madre y mi hermano. Ella murió a los tres meses, y eso fue lo que nos salvó la vida a Janek y a mí. Los dos ingresamos en la Organización Judía de Lucha. Mi hermano murió durante la insurrección del 43. Yo conseguí escapar y me incorporé a la resistencia. Cuando acabó la guerra, mis parientes ingleses consiguieron localizarme y me establecí en Londres. Puse un negocio de baldosas. Suena vulgar, pero da mucho dinero.

Sonrió otra vez, y fue entonces cuando me di cuenta de que Karol Nalewki era mucho más joven de lo que había supuesto. A menudo olvidaba que el sufrimiento físico y las verdaderas privaciones tienen la facultad de arrojar años encima de hombres y mujeres.

—¿Cuántos años tiene usted? —le pregunté.

—Treinta y nueve.

—La misma edad que tendría ahora Ithzak... me refiero al hijo de Amos Sezsmann. —Karol asintió—: Ya sé que es muy improbable, pero tal vez le conoció usted. Estaba en Varsovia cuando tuvo lugar la invasión.

Nalewki meneó la cabeza.

—Seguro que no. Su apellido me hubiese llamado la atención. Pero no es de extrañar. Piensen ustedes que éramos muchos miles en el gueto...

Ni Zachary ni yo nos atrevimos a confesar nuestras sospechas acerca de la huida de Ithzak. ¿Cómo íbamos a hablar de algo así con una persona que había visto morir a dos de sus seres queridos, que había participado incluso en la quijotesca lucha armada contra los invasores alemanes?

Fingimos prestar atención a la carpa asada que acababan de servirnos.

—¿Llevan mucho tiempo colaborando en la Organización?

—Zachary es uno de los fundadores de la rama española —aclaré yo.

—Y Silvio fue un agente doble que se infiltró entre los simpatizantes de los nazis.

Me pareció que Karol Nalewki se acobardaba.

—Pues debo decir que mi concurso se reduce a la ayuda financiera. El negocio de las baldosas, ya saben. Hubiera querido hacer más... pero tengo mala salud y no puedo participar en operaciones físicas.

En un gesto muy suyo, Zachary West le dio una palmada amistosa en un brazo.

—Usted ya hizo lo suficiente en favor de la causa durante el levantamiento del 43.

Nalewki volvió a sonreír. Su expresión cambiaba sorprendentemente cuando lo hacía.

—Me gustaría invitarles a cenar en mi casa de Richmond. ¿Qué tal esta noche? Mandaré un coche a recogerles donde estén alojados.

Zachary pareció dudar.

—¿Puedo abusar de su hospitalidad? Mi hijo y mi nuera se encuentran en Londres... y me gustaría que él le conociera. ¿Tiene algún inconveniente en que se unan a nosotros?

—Será un placer. Díganme dónde quieren que les envíe el chófer.

Como era de esperar, Elijah puso el grito en el cielo ante la perspectiva de cenar en casa de un desconocido: «Sólo tenemos unos días para estar juntos, y lo único que se os ocurre es citaros con un judío chiflado.» Eso fue lo que dijo.

Por fortuna, la siempre conciliadora Mary Jo dijo que ella «no» creía que nuestro nuevo amigo estuviese chiflado, y que, además, nunca había estado en Richmond y todo el mundo hablaba de las hermosas casas eduardianas de la zona. Elijah se dio cuenta de que se había quedado solo en sus reticencias, y no volvió a abrir el pico.

El coche enviado por Karol Nalewki nos recogió a las siete en punto. Desde nuestro hotel hasta Richmond había unos cuarenta minutos de camino, que hicimos casi sin hablar. Seguía lloviendo con una lluvia mansa y persistente, una lluvia impávida y retadora que amenazaba con volverse eterna. El coche avanzaba por una carretera secundaria bordeada de árboles sombríos (creo que eran plátanos) que aún conservaban algunas hojas muertas agarradas a las ramas. Ojalá pudiese recordar lo que sentía al avanzar hacia la casa de Nalewki, en qué estaba pensando exactamente mientras nuestro coche recorría el camino bajo una densa cortina de agua. Pero lo he olvidado. Quizá porque no notaba nada especial. Ahora me pregunto cómo hubiese abordado aquel viaje de haber sabido que iban a ocurrir cosas capaces de marcar en mi vida un antes y un después.

La casa de Nalewki tenía un fondoso jardín delantero protegido por una verja de hierro cubierta de una hiedra que, mojada por la lluvia, brillaba como si también estuviese hecha de metal. El coche avanzó por un sendero de gravilla hasta dejarnos en el porche. Karol Nalewki nos esperaba allí, y, quizá por contraste con la imponente fachada de la casa, se me antojó más pequeño y más débil que la primera vez que lo viera.

—Karol, éste es mi hijo Elijah... su esposa, Mary Jo.

—Me alegro de que hayan venido. Vamos a entrar, hace una noche horrible.

Nalewki nos dijo que vivía solo en aquella casa. No sé por qué, se me ocurrió que aquel hombre estaría mucho más a gusto en uno de aquellos *cottage* que habíamos visto a la entrada de Richmond que en una mansión a todas luces llena de habitaciones inútiles. Como si me hubiese leído el pensamiento, nuestro anfitrión hizo un comentario al respecto.

—He pensado en mudarme muchas veces... pero necesito espacio para el archivo... y además, no quiero hacer traslados hasta que terminemos la clasificación de todos los documentos. Está siendo más complicado de lo que había creído.

—¿Un archivo, dice usted?

—Sí. Los papeles Ringelblum.

Ni Elijah, ni Mary Jo, ni yo mismo sabíamos a qué se refería Nalewki, pero la cara de Zachary West había cambiado de color.

—¿Dice que tiene usted...?

Nalewki parecía sorprenderse de nuestra ignorancia.

—Pensé que lo sabían. Después del hallazgo, en 1946, trasladaron aquí toda la documentación. Así que llevamos más de seis años trabajando en la catalogación y la copia de los originales. Lo malo es que hay que ir con cuidado. Algunos están muy deteriorados. Es como tener en las manos un papiro egipcio o algo así, de forma que estamos tardando más de lo previsto.

—Perdón —fue Elijah el primero en reaccionar—. ¿De qué están hablando?

Fue Zachary quien le contestó.

—Los archivos Ringelblum son algo así como la memoria escrita de los años del gueto. Un hombre, Emmanuel Ringelblum, se propuso levantar acta de las cosas que iban sucediendo desde que los judíos fueron obligados a trasladarse allí. Escribió cientos de páginas sobre la vida en el gueto, y también conservó cartas, fotografías, cartillas de racionamiento... Fue guardándolo todo en cajas, y escondiéndolo cuidadosamente. Cuando el gueto fue destruido, todo el mundo pensó que los papeles nunca se localizarían...

—Pero, por fortuna, no sucedió así —añadió Nalewki—. Tuvimos que rastrear las ruinas casi centímetro a centímetro hasta dar con esas benditas cajas. Fue el 19 de noviembre de 1946. Yo estaba allí.

—Así que es aquí donde están clasificando el archivo...

—Dadas las circunstancias, intentamos hacer las cosas con la mayor discreción. Incluso en los países aliados queda gente interesada en que los documentos Ringelblum no salgan a la luz. Pero pensé que usted sabía que los tenía yo, entre la gente de la Organización no es ningún secreto. ¿Quieren pasar a la sala de catalogación? Creo que ya no hay nadie trabajando, los chicos suelen marcharse a eso de las siete.

Seguimos a Nalewki por un pasillo largo y bien iluminado hasta llegar a una sala cerrada con llave. Al abrir, vimos una media docena de mesas de trabajo y centenares de papeles en aparente desorden.

—Tengo que pedirles que no toquen los originales. Las copias de los documentos están en esas otras mesas. Pueden mirar cuanto quieran, hay más de una.

Pero ninguno se movió. Supongo que estábamos demasiado conmovidos: allí, en torno a nosotros, se encontraban las pruebas que daban fe de una de las grandes ignominias de la historia. Aquellas cuartillas irregulares, escritas con tinta de colores diferentes, algunas desleídas, otras medio devoradas por el tiempo, la humedad o los insectos, habían sido redactadas desde el miedo y el espanto, pero también desde la necesidad de dejar constancia de todo el horror vivido. Aquellas páginas se escribieron para ser leídas mucho después, para que las viesen personas como Elijah, como Zachary o como yo, pero también para que, dentro de muchos años, pudiese leerlas mi hija, y los hijos de mi hija, y los hijos de sus hijos. En aquellas hojas había pánico y rabia, pero también una profunda esperanza en el tiempo por venir.

Intentando sacudirnos la primera sorpresa, empezamos a prestar atención a algunos de los documentos que nos señalaba Nalewki. A Mary Jo le llamó la atención un texto que estaba enmarcado en la pared.

—Es un poema de Wladyslaw Szlengel —dijo Nalewki—. Nuestra *Marsellesa* particular.

—¿Qué dice la letra?

Nalewki se puso sus gafas y empezó a traducir del polaco.

—«Escucha, dios alemán, escucha / los rezos judíos en los refugios / armados con armas y bastones. / Ante la nada y la noche / antes de que abandonemos la vida / por armas en nuestras manos ¡Dios Todopoderoso! / ante la muerte, ante la noche /ante la caída y el aniquilamiento / haznos luchar como hombres libres.»

Instintivamente miré a Elijah.

—Pero —dijo mi amigo— no puede decirse que ustedes peleasen demasiado.

—Elijah, no empieces...

Pero Nalewki detuvo a Zachary con un gesto.

—Sé que eso es lo que opina mucha gente. Que nuestro pueblo se abandonó en manos de los nazis. Puede que tengan razón. Es terrible sufrir dos castigos: primero, la opresión de los alemanes. Luego, los reproches del mundo entero y las acusaciones de cobardía. Pero no nos metan a todos en el mismo saco. Algunos luchamos. Peleamos aun sabiendo que no teníamos posibilidades de ganar. Yo entré en la asociación judía de lucha en el invierno de 1941. ¿Sabe cuántas armas teníamos cuando empezamos a prepararnos para la insurrección? Diez pistolas. ¿No es de risa? Conseguimos más, por supuesto, pero a cuentagotas. Cuando nos levantamos contra los nazis, en abril del 43, ni siquiera había armas para todos. Algunos se defendieron a pedradas. Los alemanes mataron a casi todos, y deportaron a los prisioneros. Sólo unos cuantos conseguimos escapar.

—¿Cómo se las arreglaron? Quiero decir, para salir del gueto...

—Había una cloaca en la calle de los Franciscanos que terminaba en la calle Bielanska. Yo salí por allí. Me oculté en una casa en ruinas hasta que me localizaron algunos miembros de la resistencia polaca. Me ofrecieron un escondite en el sótano de una casa de Varsovia, pero yo quería seguir luchando, así que empecé a colaborar con ellos.

Se quitó las gafas y las guardó en un bolsillo de la chaqueta. Volvió a parecerme un ser indefenso al que resultaba difícil imaginar empuñando una pistola.

—En la Organzación de Lucha no sólo preparábamos la revuelta —siguió contando—. Hacíamos más que eso. Intentábamos mantener viva la moral de la gente que vivía en el gueto. Obteníamos noticias del exterior y las hacíamos circular. Organizábamos representaciones de títeres para los niños. ¿Saben que, en la clandestinidad, funcionó incluso una facultad de medicina? La puso en marcha el doctor Hirzsfeld, un céleble inmunólogo que había sido candidato al Nobel. Él no sobrevivió. Casi nadie lo hizo. Al principio, yo mismo me sentía culpable por haber salido vivo del gueto. Pero creo que me lo gané...

—A eso me refería —Elijah volvió a intervenir—. Usted y otros, al menos, lo intentaron. Por eso me parece imperdonable la actitud de los que se rindieron sin luchar.

Karol Nalewki se volvió hacia mi amigo y le miró con un aire que no sé si era de condescendencia o de pura compasión.

—No juzguéis y no seréis juzgados.

Por fortuna, Elijah guardó silencio. Yo sabía que estaba pensando en Ithzak, en su huida, en el posible soborno a algún nazi, en su torpeza al escapar. «Incluso eso lo hizo mal», me había dicho una vez.

—¿Quieren ver algunas fotos? Éstas ya están clasificadas. Vengan. Miren, éste es el orfanato de la calle Krochmalna. Llegó a haber catorce hospicios. Eran tantos los niños que se quedaban sin padres... esta foto es del día que empezó a levantarse el muro de separación entre el gueto y la ciudad. Vean ésta, es de un teatro. Y ésta ni siquiera sé cómo la tomaron. Esta gente estaba en la Umschlagplatz esperando a los trenes para ser deportada.

—Parece un milagro que hayan podido conservarse tan bien.

—Bueno, las fotos que están aquí son las mejores. Muchas se perdieron. Fíjense en éstas, son mis preferidas. Las sacaron durante algunas de las reuniones de la Organización de Lucha. Éste soy yo, el segundo por la derecha. Tenía veintisiete años. —Sonrió con nostalgia—. Casi me cuesta creer que un día tuve esa edad.

Nos acercamos a ver aquel retrato. Había media docena de hombres muy jóvenes, todos delgados y mal vestidos, y con idéntica expresión decidida, casi desafiante, en la mirada que dedicaban al fotógrafo. Estaban enfadados e indignados, estaban hartos, justamente llenos de odio. Pero no parecían oprimidos, ni siquiera infelices. Karol Nalewki estaba a punto de enseñarnos otra foto cuando Elijah se lo impidió poniendo la mano sobre la que acababa de mostrarnos. La mirada de mi amigo se había vuelto distinta: tras unos segundos de inquisición, de concentración absoluta en la imagen que brindaba el retrato, sus ojos se volvieron vidriosos y buscaron los míos.

—Silvio, este chico de aquí... —su voz había perdido fuerza—... es Ithzak, Silvio.

Sin ninguna ceremonia, Zachary y yo nos precipitamos sobre la foto y observamos la figura que nos señalaba Elijah: un muchacho espigado, de cabello muy claro y grandes ojos subrayados por unas profundas ojeras. Ninguno tuvo dudas. Era Ithzak Sezsmann, con más años encima y mucha más vida sobre sus espaldas, zarandeado por las desdichas, obligado a crecer por las circunstancias. Era nuestro amigo, el futuro director de orquesta, aunque ya no tenía la mirada plácida del adolescente melómano que habíamos conocido, del hijo de papá que vivía en una hermosa casa de Varsovia y viajaba por Europa escuchando las notas del violín de su padre y soñando con los aplausos futuros. Aquellos ojos habían perdido la inocencia para ganar una fuerza desconocida. Era un hombre quien nos miraba, y creí ver en aquellos ojos duros un reproche al destino o, tal vez, a nosotros mismos, que habíamos perdido la fe en él durante tantos años.

—Es Ithzak Sezsmann. No hay ninguna duda.

Nalewki parecía desconcertado.

—No entiendo... estoy seguro de que nunca conocí personalmente a nadie que se apellidase así... ¿a quién se refieren? ¿A ese chico del centro? Su nombre era Janek... De todas formas, casi todos los miembros del grupo de lucha ocultábamos nuestra verdadera identidad, sobre todo para proteger a nuestras familias y también para dificultar la investigación si éramos detenidos. Así que Janek era hijo de Amos Sezsmann... debí haber imaginado que pertenecía a una estirpe de músicos. ¿Sabe que formó un pequeño coro de niños en la sinagoga del gueto? Deberían haberle visto dirigir a aquellos pequeños. Les parecerá absurdo, pero el simple hecho de hacer un poco de música, de escuchar cantar a los críos, significaba mucho para todos nosotros. Era como si tuviésemos un motivo para esperar algo del futuro.

En ese momento, para mi desconcierto, me di cuenta de que Zachary estaba llorando. Ni siquiera hacía nada por secarse las lágrimas que le resbalaban por la cara y caían en el suelo de la habitación. Seguía teniendo la foto entre las manos, y miraba el rostro de Ithzak con los ojos empapados.

—¿Sabe qué fue de él?

—Claro. Participó en la insurrección, como todos los demás. Y salió con vida. Luego, igual que yo, se incorporó a la resistencia. Los nazis le capturaron en mitad de una misión. No hay pruebas de qué pasó con él, pero estamos casi seguros de que Janek y los otros miembros de su grupo murieron en Mauthausen.

—Así fue —dije yo—. Un español estuvo con Ithzak en ese campo. Él le dio su verdadero nombre y le pidió que nos informase de su muerte.

Nos quedamos todos callados. Nalewki volvió a colocar la foto al montón.

—Es curioso, ¿verdad?, cómo las piezas de un rompecabezas van encajando a medida que pasa el tiempo. A todos nos faltaba una porción de la historia de Janek. Y esta noche hemos completado el acertijo. Es curioso —repitió— es muy curioso...

Aquella noche no llegamos a cenar. Karol Nalewki comprendió que no estábamos en condiciones de sentarnos a una mesa, y en una sala contigua al archivo hizo servir algo de carne fría y pescados ahumados. Luego, y aunque él no bebía, abrió una botella de champán y nos pidió que brindásemos a su salud y a la de sus camaradas. Pasamos el resto de la noche escuchándole referir fascinantes historias acerca de la resistencia en el gueto, la organización del levantamiento del 43, las huidas, las magras victorias contra pequeñas facciones del ejército alemán. Karol buscó para nosotros más fotos en las que estuviese Ithzak, y encontró otros dos o tres retratos de nuestro amigo, todos en grupo. En uno estaba junto a los niños de su coro. En otro, accionando la palanca de lo que debía de ser una rudimentaria imprenta. Y en otro sostenía un fusil. Pero no lo empuñaba como los demás. En esa foto Ithzak aparecía menos fiero, casi sonriente. Se había colocado el arma con la culata debajo de la barbilla y sujetaba el cañón con el brazo extendido. Desde lejos, cualquiera hubiese dicho que nuestro amigo estaba tocando un violín.

¿Tú también lloras, Cecilia? No, no llores. Aquel viaje a Inglaterra, aquella noche en casa del querido Karol Nalewki, me sirvió para cerrar definitivamente una puerta del pasado y una vieja herida que dolía de vez en cuando. Habíamos llegado a Londres pensando que Ithzak Sezsmann era algo parecido a un cobarde, y nos fuimos sabiendo que nuestro amigo era un héroe y que nunca, ni siquiera tras los muros del gueto, tras las alambradas de Mauthausen, había dejado de ser un hombre libre.

Es posible que quieras saber qué fue del resto de los protagonistas de mi historia. Zachary West murió a principios de 1962. Lo hizo de forma envidiable. Se metió en la cama y no despertó más. Estaba a punto de cumplir los ochenta y tres años y conservó sus facultades y su buena forma física hasta el mismo día de su muerte. Ante la complicación de trasladar su cuerpo, le incineramos, y luego yo llevé a París sus cenizas, donde las recogieron Elijah y Mary Jo. Esta vez, incapaz de negarle la ocasión de visitar la ciudad con la que había soñado, Carmen viajó conmigo y pudo por fin conocer a los West... No lo creerás, pero me dijo que ya sabía que mi amigo era negro. Ella, Elijah y Mary Jo se adoraron desde el primer momento. No sabes cuánto me reproché el no haber confiado más en la bondad natural de Carmen para haber compartido con ella tantos secretos que le oculté celosamente durante demasiados años. Nunca me alegraré lo bastante de haberla llevado conmigo en aquel último viaje. Durante las etapas más duras de su enfermedad, que se declaró unos años después, siempre recordaba aquellos días pasados en París como parte de las mejores jornadas de su vida.

Yo dejé la Organización, y también mi falsa actividad como escritor poco después de la muerte de Zachary. En cuanto a la adaptación de mi novela, alguien se preocupó de escribir por mí un guión deleznable que dio lugar a una película espantosa y digna de olvidar. Eso sí, me proporcionó unos ingresos inesperados que, redondeados con lo ya obtenido a cuenta de mis derechos de autor, me vinieron muy bien para hacer algunas inversiones inmobiliarias que proporcionaron a mi familia una existencia acomodada. Una vez que abandoné la Organización me dediqué a mi esposa y a mi hija, a quien no hablé nunca de mi trabajo como espía, de mis contactos internacionales ni de mis viajes por Europa y América. Carmina creció pensando que su padre era un escritor mediocre y un afortunado rentista. Siempre pensé que era mejor así.

Mi hermano y Hannah se separaron en 1958. No volví a saber nada de ella. Sé que Zachary le contó toda la verdad sobre Ithzak, y también que aquellas revelaciones la dejaron indiferente por completo. «¿Cambia eso algo?», dijo, «¿no sigue siendo cierto que Ithzak murió en Mauthausen y que no volvimos a verle?». Elijah se indignó al escuchar sus palabras. Yo, al principio, también. Después, a medida que el tiempo fue haciendo su trabajo, entendí que quizá de todos nosotros era ella quien más había querido a Ithzak Sezsmann y la única que no le había juzgado. Diez años atrás la habían separado del hombre que amaba, y nunca le había importado si ese hombre pertenecía a la categoría de los héroes o a la de los villanos. Ahora lamento haber interrumpido el contacto con Hannah y también, cómo no, haber interpretado su reacción bajo mi punto de vista personal.

En cuanto a Mary Jo y Elijah, murieron a finales de los ochenta en un absurdo accidente de coche cuando iban a visitar a alguno de los parientes Connors. Llevábamos años sin vernos, pero seguíamos en contacto por medio de las cartas y el teléfono. A pesar del tiempo transcurrido, sigo echándoles de menos y no pasa un solo día en que no piense en ellos.

¿Y yo? Pues ya me ves. Esperando a que me llegue el turno mientras miro otra vez estas viejas fotos. Todavía me resulta muy fácil recordar cuando las tengo delante, pero sé que algún día llegará el olvido. Por eso te he contado esta historia. Nadie, salvo tú, la conoce por completo. El día que yo no esté, puedes decidir qué es lo que deseas hacer con ella. No llores, Cecilia. O hazlo, si quieres. Son buenas lágrimas. ¿Sabes una cosa? Cuando me dijeron que alguien vendría, nunca creí que iba a ser una persona capaz de escucharme, y luego llorar. No sé qué pensarás tú, pero creo que éste es un buen final para mi historia.

Los padres de Elena volvieron una semana después. Antonio está bastante recuperado, aunque tendrá que seguir un tratamiento de por vida, y regresar a Nueva York un par de veces al año para hacerse revisiones. Los médicos son optimistas con respecto a su caso, pero también le han advertido que no pueden hacer previsiones a largo plazo. Y yo me digo, ¿es que alguien puede hacerlas?

Elena, Peter y los niños vendrán a España en unos meses para pasar sus vacaciones. Desde que se lo dijeron, Silvio no hace otra cosa que pensar en el próximo encuentro con sus dos bisnietos. Por consejo mío, ha empezado a colocar algunas de las fotos en el álbum que le regalé. Le he dicho que, si en el futuro quiero contar su historia a Eliza y a Alexander, necesitaré de la ayuda de los retratos. Sigo yendo a verle una vez por semana, aunque el constante revoloteo de Carmina alrededor de nosotros entorpece cualquier conversación. Le he pedido que volvamos a repasar todo lo que me contó para que pueda tomar algunas notas y asegurarme así de que no va a perderse ningún nombre ni ningún detalle. No me ha dicho que no. Ahora quiero convencerle de que se haga un retrato. Me gustaría que dentro de algunos años, Eliza, Alexander y Giovaninna me creyesen cuando les diga que su bisabuelo se parecía muchísimo a Gregory Peck.

Por lo que a mí respecta, he vuelto a trabajar. No estoy acostumbrada a tener tanto tiempo para mí sola, así que he aceptado un proyecto para diseñar los decorados de una función de ópera para niños. Silvio y Lucinda han visto los primeros bocetos, y dicen que vendrán el día del estreno. Lucinda, que parece haber olvidado su mutismo, habla ahora mucho con su patrón. Le obliga a hacer los ejercicios para la artritis, le esconde el chocolate y ha dejado de darle bizcocho para merendar. Silvio se desespera con las galletas integrales y la sacarina, y dice que a menos que el racionamiento de azúcar vaya a servir para que viva veinte años más, no merece la pena tanto sacrificio.

Por supuesto, sigo pensando en ser madre. Después de dar vueltas a todas las posibilidades, desde la fecundación in vitro por medio de algún donante anónimo —lo que me da verdadera grima— a pedir el favor descabellado a algún amigo presentable y sensato, he decidido tirar por la calle de en medio y recurrir a la adopción. Llevo dos meses acudiendo a reuniones con una psicóloga que tiene que certificar que no tengo problemas mentales ni ningún tipo de trauma que trate de suplir con la llegada de un hijo. A veces pienso que si hicieran todos esos test a los padres biológicos, sólo podría tener niños el cinco por ciento de la población.

Hace un par de semanas vi a Miguel. Iba en un taxi camino de casa de Silvio, y él esperaba el disco verde para cruzar la calle. Le miré durante unos segundos, buscando dentro de mí alguna de las cosas que había sentido por él en un tiempo que no era tan lejano. No encontré nada, salvo un ramalazo de decepción, un poco de rencor y, por consiguiente, cierta dosis de la amargura que nos deja el tiempo que consideramos perdido.

No es eso lo que quiero sentir por Miguel. La próxima vez que le vea, me gustaría que hiciese en mí el mismo efecto que cualquier extraño. Llegará un día en el que no recuerde el color exacto de sus ojos, como hoy soy incapaz de recordar el tacto de su piel, y entonces sólo sentiré melancolía por todo lo que nos unió una vez y que no supimos conservar para siempre. Y dentro de muchos años, cuando yo tenga la edad de Silvio, quisiera que Miguel fuese un buen recuerdo distorsionado por la nostalgia, y pensar en él como alguien a quien quise mucho, que me hizo feliz durante un tiempo y que luego desapareció, como ocurre con buena parte de las personas y las cosas que nos hacen dichosos.

Ayer hizo un año que murió mi madre. Me acordé por casualidad, al abrir la agenda y tropezarme con la fecha del 20 de marzo. No sentí nada especial. La echo de menos cada día, así que un aniversario no iba a tener la facultad de intensificar mi añoranza ni el tamaño de su ausencia. Ha pasado un año, y el dolor es distinto al del primer día, pero sigue estando ahí. Lo que ocurre es que he aprendido a vivir con ese dolor. A vivir a pesar de él. La falta de mi madre es ahora también una parte de mi vida.

La última vez que estuve en casa de mi padre me traje una foto preciosa: somos mi madre y yo, durante mis primeras Navidades. Ella, vestida con traje de noche, sostiene en brazos a un bebé mofletudo de ojos grandes que la mira, consciente a su manera del profundo amor que despierta en esa joven que sonríe a la cámara. Yo tenía seis meses. Ella, veintisiete años. Ni siquiera había llegado al ecuador de su vida, injustamente corta. Creo que en ese momento mi madre era inmensamente feliz, y también que me consideraba la artífice principal de su constante alegría. A veces me pregunto si después, al crecer, al convertirme en una niña, en una adolescente, en una muchacha, en una mujer, seguí contribuyendo de alguna manera a la felicidad de mi madre. Quiero creer que sí.

He colgado la foto en mi habitación. La miro cada noche antes de acostarme y cada mañana, recién levantada, cuando me asalta la certeza de que mi madre ya no está. Cuando pienso en ella, se me desdibuja la imagen de los últimos tiempos de su enfermedad, cuando estaba demacrada y débil, y sus ojos apagados iban preparándonos a todos para la marcha definitiva. Ahora, al pensar en mi madre, lo primero que se me viene a la cabeza es esa foto, y vuelvo a verla como fue en sus mejores tiempos, joven y bella, con una sonrisa única y la mirada que nos iluminó a todos durante un tiempo que, aunque hubiera vivido un siglo, siempre hubiese sido demasiado corto.

El mismo día en que se cumplió un año de su muerte me pregunté qué haría si se me diese la ocasión de volver a ver a mi madre durante cinco minutos. Imaginé aquella escena con un escalofrío: mi madre regresaba y yo tenía sólo unos instantes para decirle todas aquellas cosas que no había tenido tiempo de hablar con ella durante treinta y cuatro años. Y entonces me di cuenta de que, en realidad, ninguna de las dos se había dejado nada en el tintero. No hubo una cosa que quedase por decir, nada importante de lo que hablar. No había preguntas, no flotaba en el aire ninguna confesión, ninguna respuesta. Yo no necesitaba esos cinco minutos adicionales junto a mi madre. Treinta y cuatro años nos habían bastado a las dos para escribir nuestra historia. Para acumular un montón de recuerdos a los que recurrir, de instantes felices que guardar en la memoria.

Si un dios me hiciese la gracia de concederme esos cinco minutos, lo único que haría sería abrazar a mi madre, y así, aferrada a ella, esperar a que pasase el tiempo y tuviese que dejarla marchar otra vez.

AGRADECIMIENTOS

Hay muchas personas a las que tengo que dar las gracias por distintos motivos. A Antonia Kerrigan y Lola Gulias, que me convencieron de que ésta era la historia que tenía que escribir. A Fernando Marías, que leyó las primeras páginas y me espoleó para seguir adelante. A mi familia y a mis excepcionales amigos, que cuando llegó la hora del dolor construyeron en torno a mí un muro de cariño que evitó que me derrumbase. Y a Marcial, que es la persona a quien quisiera parecerme.

A todos ellos, mi gratitud sin límites y la certeza absoluta de que, sin su presencia en mi vida, no hubiese sido capaz de escribir esta novela.